ullstein

BARBARA LECIEJEWSKI schrieb ihren ersten Roman mit zwölf Jahren. Einen Liebesroman. Der Berufswunsch danach war klar: Schriftstellerin. Ebenso klar war: Das wird man nicht, das ist kein Beruf. Deshalb schlug sie zuerst den *normalen* Weg ein, machte Abitur und zog dann fürs Studium der Germanistik und Theaterwissenschaft nach München. Nach verschiedenen Jobs am Theater und einer Magisterarbeit über Kriminalromane arbeitete Barbara Leciejewski als Synchroncutterin. Die alte Liebe zum Schreiben hat sie allerdings nie losgelassen. Inzwischen hat sie sechs Romane veröffentlicht.

Von Barbara Leciejewski sind in unserem Hause bereits erschienen:

Solange sie tanzen

Fritz und Emma

BARBARA
LECIEJEWSKI

In all den Jahren

Roman

Ullstein

Besuchen Sie uns im Internet:
www.ullstein.de

Wir verpflichten uns zu Nachhaltigkeit

- Klimaneutrales Produkt
- Papiere aus nachhaltiger Waldwirtschaft und anderen kontrollierten Quellen
- ullstein.de/nachhaltigkeit

Für Erich

MIX
Papier
FSC® C083411

Überarbeitete Lizenzausgabe im Ullstein Taschenbuch
1. Auflage August 2021

Umschlaggestaltung: bürosüd° GmbH, München
Titelabbildung: © Mark Owen / Trevillion Images (Pärchen am Strand);
© www.buerosued.de (Ornamente)
Gesetzt aus der Quadraat Pro powered by pepyrus.com
Druck und Bindearbeiten: CPI books GmbH, Leck
ISBN 978-3-548-06309-6

1990

Als ich ihn das erste Mal sah, war er nackt. Er klingelte an meiner Tür und sagte, er habe sich aus seiner Wohnung ausgeschlossen. Dann folgte eine umständliche und ausführliche Erklärung, wieso und weshalb, und ich konnte die ganze Zeit nichts anderes denken als: Warum hält dieser Typ nicht die Hand davor? Also: *da*vor.

Nachdem er seine Erklärungsversuche beendet hatte, stand er vor mir und wartete.

»Kann ich nun telefonieren?«, fragte er, und die Art, wie er es sagte, machte mir klar, dass es schon das zweite Mal war. Mindestens.

Ich stammelte etwas, das wohl wie Einverständnis klang, und er schob sich an mir vorbei in meine Wohnung. In der Diele entdeckte er mein Telefon und wählte eine Nummer, während ich vorsichtshalber neben der halb offenen Tür stehen blieb und mich bemühte, nicht auf seinen nackten Hintern zu starren.

»Ich bin's. Ich hab mich ausgesperrt, kannst du mir den Schlüssel vorbeibringen? – Jetzt gleich wäre gut. – Alles klar, bis dann!«

Er legte den Hörer auf und grinste mit geschlossenem Mund. Damals wusste ich noch nicht, wie typisch dieses Grinsen für ihn war: die Lippen fest aufeinandergepresst und die Mundwinkel weit auseinandergezogen. Das tat er immer dann, wenn er etwas zufriedenstellend erledigt hatte. So, das hätten wir, sagte dieses Grinsen.

Seine Arme hingen noch immer entspannt neben seinem Körper, und es schien ihm nicht im Traum einzufallen, dass es mir eventuell peinlich sein könnte, über die Größe seines Penis Bescheid zu wissen. Sicher, man wollte seine neuen Nachbarn gern kennenlernen, aber *das* gehörte nicht zu den Dingen, die man wissen wollte. Zumindest nicht als Allererstes.

Nun ja, es *war* das Erste, was ich über Finn erfuhr. Finn, das war sein Name, aber den fand ich erst später heraus.

Als ich nicht weiter reagierte – ich wusste wirklich nicht, was ich tun sollte – sagte er schlicht »Danke!« und ging nach draußen ins Treppenhaus, wo er sich auf die oberste Stufe setzte. Die Beine lässig auseinander, die Ellbogen auf die Oberschenkel gestützt.

Ich überlegte kurz, ob ich noch etwas sagen sollte, ihn nach drinnen bitten, einen Kaffee anbieten, irgendeine Art von Konversation betreiben, doch die Situation sprach dagegen. Die Situation, die durch den Mangel an Bekleidung seinerseits bestimmt wurde.

So schloss ich leise die Tür. Ich fand es angebracht, es leise zu tun. Ich hätte es noch angebrachter gefunden, mich in Luft aufzulösen, doch das war nicht möglich.

Drinnen blieb ich an der Tür stehen und lauschte, was ich selbst albern fand. Es war nichts zu hören. Ich ging in die Küche und machte mir einen Tee, obwohl ich nie Tee trank. Was war das für ein Typ, der nackt bei seiner Nachbarin klingelte und sich nicht einmal die Hände vor sein gutes Stück hielt? Ein Exhibitionist? Aber dafür war er zu wenig … exhibitionistisch gewesen.

Ich musste mir schließlich eingestehen, dass die Unverkrampftheit, mit der der Mann sein Schicksal trug und die Selbstverständlichkeit, mit der er sich Hilfe holte, mich mindestens genauso aus der Bahn geworfen hatten, wie der Anblick seines nackten Körpers.

War womöglich ich es gewesen, die sich lächerlich gemacht hatte? Hätte ich nicht genauso unverkrampft sein können wie er?

Die Antwort lautete: Nein. Wie sich später noch in unzähligen Situationen herausstellen sollte, war unser Kennenlernen symptomatisch gewesen. Er, der Entspannte, Lockere, den kaum jemals etwas in Verlegenheit bringen konnte, ich, die Verklemmte, Nervöse, der alles peinlich war.

Ich hätte zu gern durch den Spion nach draußen gesehen, doch dabei hätte ich mich vor mir selber geschämt. Also musste meine Neugierde leiden.

Später erfuhr ich, dass sein Bruder, der einen Ersatzschlüssel besaß und nur eine Straße weiter wohnte, vorbeikam und ihn erlöste. Ich hörte an diesem Abend nur noch ein paar Schritte auf der Treppe, einen knappen Wortwechsel, von dem ich nichts verstand, und ein kurzes Lachen, dann fiel die Tür nebenan ins Schloss.

Es dauerte eine ganze Woche, bis ich Finn wiedertraf und dabei schließlich auch herausfand, dass er Finn hieß. Er stand neben mir am Briefkasten, gänzlich bekleidet, und sortierte Werbung aus. Mit Kleidung erkannte ich ihn nicht, sonst hätte ich mich wahrscheinlich an ihm vorbeigestohlen und erst später in meinen eigenen Briefkasten gesehen, doch so stellte ich mich direkt neben ihn, grüßte geistesabwesend und fischte meine Post heraus.

»Mein Bruder hat gemeint, ich sollte mich bei Ihnen entschuldigen«, sagte er unvermittelt. Eine weitere Eigenschaft, die ich noch als typisch für Finn kennenlernen sollte: Er brauchte keinen Einstieg für Gespräche, keine Einleitungsfloskeln, keine *Ämmms* und *Ähhhs* und *Alsos*. Er sagte einfach, was er sagen wollte.

Ich erkannte die Stimme sofort, und erst da wurde mir bewusst, dass ich auch noch etwas anderes an ihm wahrgenommen hatte als das Augenfällige. Er hatte eine Stimme, die so unverwechselbar war, dass ich sie nach Jahren wiedererkannt hätte, so einzigartig, dass ich sie unter tausend ähnlichen Stimmen herausgehört hätte. Sie klang wie Samt, nein, viel besser, wie Kaschmir.

Seine Direktheit, seine Stimme und die Tatsache, dass ich meinem nun nicht mehr nackten Nachbarn so ganz ohne Vorwarnung gegenüberstand, brachten mich in die größte Verlegenheit. Mein Gesicht wurde heiß, und ich konnte nur noch hoffen, dass es sich schlimmer anfühlte, als es tatsächlich aussah. Ich würde wahrscheinlich noch als Achtzigjährige erröten.

»Also«, sagte er weniger betreten als verwirrt, »ich entschuldige mich dann für neulich. Ich hoffe, ich habe Sie nicht gestört.«

»Nein, nein«, stammelte ich eine Oktave zu hoch, »überhaupt nicht. Ist schon okay.« Ich grinste unbeholfen und steckte meine Post, die ich gerade aus dem Kasten genommen hatte, wieder hinein.

Er schloss seinen Briefkasten ab, nickte mir zu und ging zur Treppe. Er betrachtete die Sache damit als erledigt. Und hätte sein Bruder ihn nicht darauf aufmerksam gemacht, hätte er die Begebenheit sicher nie mehr angesprochen. Wer es nicht für nötig hielt, seinen Penis mit der Hand zu bedecken, wenn er in eine solche Situation geriet, hielt es auch nicht für nötig, ein weiteres Wort darüber zu verlieren. Allerdings wäre mir das lieber gewesen.

Allmählich kam ich wieder zu mir und leistete mir sogar etwas Empörung über diesen seltsamen Typen mit der Kaschmirstimme. Ich holte meine Post zum zweiten Mal aus dem Briefkasten und warf dabei einen Blick auf den meines Nachbarn: Finn McGregor. Ein Schotte? Er hatte aber gar keinen Akzent. Sein

Deutsch war so gut wie meins, und das sagte einiges, schließlich sollte man als Schauspielerin, die ich war – nun ja, Sprecherin eigentlich eher – perfektes Hochdeutsch beherrschen. Alles, aber auch alles an diesem Mann war merkwürdig. Ich hoffte, ich würde ihm nicht allzu häufig begegnen. Meine Hoffnungen wurden jedoch schon bald zunichtegemacht. Gleich am nächsten Tag, als ich zu einem frühen Termin aus dem Haus musste, kam er mir auf der Treppe entgegen, eine große Mappe unter dem Arm, mit schnellen Schritten und geistesabwesend auf die Stufen starrend. Wäre ich nicht ausgewichen, wobei ich mich fast an die Wand drücken musste, wir wären zusammengeknallt. Ich murmelte ein leises, verschrecktes »Hallo!«, doch er reagierte nicht. Er schien mich nicht einmal zu bemerken. Als ich weitergehen wollte, verstummten seine Schritte plötzlich und hinter mir ertönte ein freundliches, in Kaschmir gehülltes »Guten Morgen!« Ich drehte mich um und sah, dass er sich mir zugewandt hatte, erneut dieses breite Grinsen mit geschlossenem Mund in seinem Gesicht. Ich nickte und lächelte verklemmt zurück. Das Grinsen wurde womöglich noch ein paar Millimeter breiter, dann wirbelte er herum und lief weiter nach oben. Diesmal war ich in der Lage, ein paar weitere Details zu erfassen: seine langen, schlaksigen Beine zum Beispiel. Und die besondere Art, wie er sich bewegte: lässig, elegant und gleichzeitig voller Energie.

Er sah gut aus. Hübsch, wenn man das von einem Mann sagen konnte. Seine Gesichtszüge waren weich und harmonisch, doch deswegen nicht weniger männlich. Er musste in meinem Alter sein, Mitte bis Ende zwanzig also. Hätte ich ihn unter anderen Umständen kennengelernt, hätte ich versucht, mit ihm ins Gespräch zu kommen. Ich hätte ihn gefragt, was er so machte und wo er vorher gewohnt hatte. Wo sein Name herkam, lauter banale Small-Talk-Sachen eben, über die man als neue Nachbarn so redete, zumal wenn man etwa im gleichen Alter war und sich ganz sympathisch fand. Aber zwischen Finn und mir waren diese Gespräche vorerst ausgeschlossen. Dazu wusste ich schon zu viel von ihm.

Für den Rest des Tages versuchte ich mich auf andere Dinge zu konzentrieren. Die Arbeit im Studio war dabei an diesem Tag sehr hilfreich, obwohl es keine Herausforderung war. Ich hatte mich vom Aufnahmeleiter breitschlagen lassen, an einem Ensembletag teilzunehmen, dem Tag, an dem bei einer Produktion im Synchronstudio die kleinen Rollen und Mengen – das anonyme Hintergrundgebrabbel in einem Film – aufgenommen wurden. Normalerweise machten das vorwiegend Anfänger, doch bei hochwertigen Filmen legten die Regisseure manchmal Wert darauf, auch kleinere Rollen mit erfahrenen Leuten zu besetzen. Nicht mit den Stars der Szene natürlich, aber solchen wie mir: Leuten, denen man nicht mehr viel erklären musste, die eine Szene schnell erfassten, den Text fehlerfrei, natürlich und lippensynchron rüberbringen konnten und damit dem ganzen Team nicht unnötig Zeit stahlen.

Zu meiner Überraschung traf ich an diesem Tag dennoch viele unbekannte und nervöse Gesichter im Aufenthaltsraum. Darunter mischten sich auch einige bekannte Kollegen, alte Hasen, die man immer an solchen Tagen traf. Schauspieler, die von Termin zu Termin hetzten, weil sie das Geld brauchten, und die nie richtig groß rausgekommen waren, weil es ihnen am gewissen Etwas fehlte oder schlicht an Begabung. Oder auch weil sie die falschen Leute kannten oder den falschen Leuten auf die Füße getreten waren. Sie schlugen sich an kleinen Theatern durch, mit winzigen Film- oder Fernsehrollen, mit Werbung, wenn sie Glück hatten, solchen Ensembletagen und kleinen Nebenrollen beim Synchron. Sie schienen mir oft als Spiegel meiner eigenen Zukunft. Auch ich verkehrte nicht mit den richtigen Leuten, war kein Mitglied des ›Inner Circle‹ und eher introvertiert. Nur meiner Stimme hatte ich es zu verdanken, dass ich trotzdem recht häufig gebucht wurde, manchmal sogar für etwas größere Rollen. Das lag an meiner leichten Naturheiserkeit, die ich immer schon gehabt hatte, so als hätte ich permanent eine Halsentzündung. Oder so als müsste ich mich immerzu räuspern. Das machte meine Stimme interessant. Außerdem ›funktionierte‹ ich ganz gut, ich hatte Rhythmusgefühl und ließ mich nicht davon beirren, dass der Text, den ich sprechen musste, in den Mund einer anderen Person passen sollte.

Ich kam jedenfalls ganz gut über die Runden, ohne kellnern oder putzen zu müssen. Das war okay. Meine Ambitionen als Schauspielerin waren begrenzt, denn auch mein Selbstbewusstsein war es.

Allerdings fühlte ich mich an diesem Tag im Studio doch erheblich unterfordert. Ich hatte in ermüdenden Zeitabständen diverse Winzrollen mit Zweiwortsätzen zu sprechen, daneben inmitten einer Menge von Leuten unverständlich zu murmeln, zu schreien oder zu jammern. Immer wieder saß ich im Aufenthaltsraum herum, hörte mir die immer gleichen Anekdoten der älteren Kollegen an, die die Frischlinge damit zu beeindrucken versuchten, beantwortete Fragen nach der Kantine oder dem Klo oder wie lange ich das schon machte, ob ich schon als Kind angefangen hätte und so weiter. Ich war einsilbig und genervt. Immer wieder ertönte die Stimme der Cutterin durch den Lautsprecher, verlangte einen bestimmten Sprecher oder eine ganze Gruppe oder – und das war das Schlimmste – alle ins Studio. Mein Kopf dröhnte.

Als ich laut Plan etwa eine halbe Stunde lang nicht dran war, ging ich in die Kantine und besorgte mir einen großen Milchkaffee.

»Schlimm heute, was?«, ertönte eine Bassstimme neben mir

am Tresen. Manfred Kober, genannt Läubel, stand dicht, zu dicht, neben mir, Hände in den Taschen, den Bauch herausgestreckt. Wie immer trug er seine schwarze Lederjacke, einen schwarzen Rollkragenpullover und Jeans. Diese natürlich unter dem Bauch. Er war mindestens sechzig und erzählte immer gerne Geschichten aus der Zeit, in der er eine kleine Rolle als Polizist in einer sehr beliebten Krimiserie gespielt hatte. Läubel war sein Serienname gewesen, und ein sich häufig wiederholender Dialog mit dem Hauptdarsteller von damals war:

»Läubel?« – »Ja, Chef?« – »Sagen Sie mal ...«, oder: »Gehen Sie ...«, oder: »Können Sie ...«, oder: »Kümmern Sie sich ...«, und so weiter, woraufhin Läubel jedes Mal antwortete: »Ja, Chef!«

Manfred Kober war also damals der Ja-Chef-Sager der Serie gewesen. Der Läubel eben. Aber er erzählte davon, als hätte er den Faust neben Gründgens als Mephisto gegeben.

Ich lächelte kurz zu ihm rüber und bestellte meinen Kaffee.

»Zwei bitte!«, rief der Läubel der Bedienung zu und hielt zwei Finger in die Höhe, als wäre sie taub. »Ich lad dich ein«, bemerkte er großzügig, und ich ahnte schon, dass er sich damit das Recht erkaufte, mich vollquatschen zu dürfen. Außerdem wunderte es mich, dass wir per Du waren, so gut kannten wir uns auch wieder nicht. Ich konnte mich nicht einmal daran erinnern, über einen Gruß hinaus jemals ein Wort mit ihm gewechselt zu haben. Aber gut. Wir erhielten unsere Milchkaffees, und er redete sicherheitshalber gleich weiter, damit ich nach meinem freundlichen »Danke!« nicht annehmen durfte, dass ich mich nun zurückziehen könnte.

Er redete und redete. Über die heutige Schauspielausbildung (»das ist doch alles nur noch Pipifax, was die da machen«), die Theatertournee, die er letztes Jahr an der Seite irgendwelcher ehemaliger Boulevardtheatergrößen gemacht hatte (»einen Monat lang jeden Abend in einer anderen Stadt, das schlaucht«), die Werbung, die er neulich gedreht hatte (»lauter Idioten da in der Werbebranche, kann ich dir sagen«) und natürlich über seine Rolle als Läubel (»wie in einer großen Familie war das«).

Ich nickte, lachte oder staunte an den gewünschten Stellen.

Plötzlich ertönte die Stimme der Cutterin durch den Lautsprecher, der auch in der Kantine zu hören war: »Elsa Frank, bitte ins Studio, Elsa Frank, bitte ins Studio!«

Das war mein Name, obwohl ich eigentlich noch gar nicht dran war. Vielleicht hatten sie etwas vorgezogen. Was auch immer es war, es rettete mich.

Als ich beim Studio ankam, war das Erste, was ich sah, ein in Tränen aufgelöstes junges Mädchen, eine der Neuen, die sich zum ersten Mal beim Synchron versucht hatten. Ein anderes saß neben ihr auf dem Sofa und bemühte sich halbherzig, sie zu trösten. Die Türen zur Regie und zum Studio waren geschlossen.

»Das kann doch jedem mal passieren«, flüsterte die Trösterin nicht sehr überzeugend. »Ist ja auch ein schwieriger Satz.«

Als ich eintrat und meine Tasche ablegte, warf sie mir einen vorwurfsvollen Blick zu, von dem ich nicht wusste, womit ich ihn verdient hatte.

Die Tür des Studios ging auf, und Regina, die Cutterin, kam heraus.

»Ah, Elsa, da bist du ja, komm gleich rein.« Sie streifte das verweinte Häufchen Elend auf dem Sofa mit einem peinlich berührten Blick und verschwand wieder im Studio, laut »Sie ist da!« rufend.

Ich ging hinter ihr her.

Als ich einen Blick durch die Scheibe zum Regieraum warf, sah ich dahinter Henning, den Regisseur, mit zerrauften Haaren und offensichtlich zu Tode erschöpft über dem Tisch hängen. Der

Tonmeister neben ihm hatte den Blick gesenkt und drehte an ein paar Schaltern. Regina machte mir seltsame Zeichen, denen ich entnehmen konnte, dass die Luft so dick war, dass man sie schneiden konnte. Laut sagte sie: »Du musst bitte einen Extra-Take sprechen. Das hat gerade nicht so ganz geklappt.« Sie räusperte sich.

» ...ANZ GEKLAPPT?«, schrie Henning aus seinem Koma erwachend durchs Mikrofon. Er hatte wohl den Knopf zu spät gedrückt, sodass man nur den letzten Teil hören konnte, doch er wiederholte sich gerne und in gleicher Lautstärke noch einmal.

»NICHT SO GANZ GEKLAPPT?«

Ich zuckte zusammen. Ich hatte schon öfter von Hennings Wutausbrüchen gehört, aber sie noch nie live erlebt. Das hatte was. Kein Wunder, dass das Mädchen sich draußen die Augen ausheulte.

»Wie oft haben wir den Satz gemacht?«, wollte Henning wissen. »Wie oft?«

Er antwortete schließlich selber: »Dreiundzwanzig Mal! DREIUNDZWANZIG MAL!«

Zu seinen Wutausbrüchen schien es zu gehören, dass er selbst jeden Satz auch mindestens zweimal wiederholte.

Ich fragte mich erstens, wieso sie es überhaupt so oft versucht und nicht gleich die Sprecherin ausgetauscht hatten, schließlich gab es an einem Ensembletag genügend Alternativen. Und zweitens fragte ich mich, was das für ein Satz war, denn den musste ich nun sprechen, und ich wagte mir nicht vorzustellen, was passieren würde, wenn er nicht beim ersten Mal saß. »Wo sind wir denn?«, fragte ich so sachlich wie möglich Regina.

Ich war ›Frau in getupftem Kleid‹ und der Satz lautete: ›Er ist dort hinter dem Kiosk verschwunden.‹

»Aha!«, entfuhr es mir. Was war daran so schwer? Der Tonmeister zeigte mir nun auch den Take: Die Frau stand vor einem Laden und antwortete einem Polizisten, der einen flüchtigen Verbrecher verfolgte. Dabei sagte sie den Satz. Aufgeregt, aber nicht zu schnell. Wichtigtuerisch, aber nicht zu bedeutend. Auf vier, kein Anatmer, keine Pause, einfach durchsprechen.

»Okay«, sagte ich, atmete ruhig und konzentrierte mich auf den Start. Eins. Zwei. Drei. Bei vier fing ich an zu sprechen und nach fünf Sekunden war alles vorbei.

»Danke!«, sagte Regina und strahlte mich erleichtert an.

»Du bist ein Schatz!«, seufzte es glücklich durch das Mikrofon. Eine Kusshand flog mir zu. Der Tonmeister hatte den Blick wieder gehoben und wischte sich mit dem Handrücken grinsend die Stirn ab.

»Kleine Pause?«, fragte Regina nach hinten, und Henning nickte. Er zückte bereits seine Zigarettenschachtel und verschwand.

Regina nutzte die Gelegenheit, das Fenster im Studio aufzumachen und frische Luft hereinzulassen.

»Bei dem vielen Angstschweiß kann man gar nicht mehr atmen«, meinte sie und verdrehte die Augen.

»Was war denn das Problem vorhin?«, fragte ich.

Sie verdrehte die Augen noch mehr. »Zu schnell, zu hektisch, zu undeutlich, und vor allem das Wort ›Kiosk‹«, sagte sie. »Man hat einfach nicht erfahren, wohin der Typ verschwunden ist, du hast keine Ahnung wie viele Varianten da möglich sind.«

»Dreiundzwanzig?«, riet ich. Sie nickte.

»Und Henning wollte es ihr unbedingt beibringen. Wenn er nicht so stur gewesen wäre, aber nein, immer wieder musste sie es versuchen, obwohl sie sich schon in ein Mauseloch verkriechen wollte. Der alte Sadist.«

»Das hab ich gehört«, ertönte Hennings Stimme über Mikrofon. Blauer Rauch quoll aus seinem Mund, und er nahm gleich noch einen tiefen Zug von der Zigarette.

»Geschieht dir recht«, gab Regina ungerührt zurück.

Henning drohte mit dem Finger, wirkte aber wieder ganz entspannt.

Ich ging in den Aufenthaltsraum zurück, in dem sich inzwischen auch der Läubel wieder eingefunden hatte. Das Mädchen hatte aufgehört zu heulen, saß aber zusammengekauert und mit roten Augen auf dem Sofa. Sie vermied es, mich anzusehen. Ich war die Feindin, die ihre Schmach noch vergrößert hatte. Einen Moment lang fragte ich mich, ob ich aus Solidarität nicht wenigstens ein einziges Mal über den Kiosk hätte stolpern können, doch ich verwarf den Gedanken spätestens als Henning hereinkam, mich beiseitenahm und mir ein Buch in die Hand drückte. Das Synchronbuch für eine romantische Komödie, ein kommender Blockbuster aus Hollywood.

»Mach dich schon mal mit der Claire vertraut«, raunte er mir zu und zwinkerte kurz, dann wandte er sich an das Unglücksmädel, setzte sich mit Schwung neben sie auf das Sofa und nahm sie in den Arm.

»Mach dir nichts draus. So haben alle mal angefangen.« Er drückte sie väterlich an sich und löste damit eine erneute Tränenflut aus.

Ich schlug das Buch auf, und mir fielen fast die Augen aus dem Kopf. Claire kam fast auf jeder Seite vor: die Hauptrolle. Mindestens dreihundert Takes. Ich überschlug schon mal im Kopf, was das bei hundert DM Komm-Gage und sechs Mark pro Take einbringen würde. Um diesen Monat musste ich mir jedenfalls keine Sorgen mehr machen. Großer Gott! Da war man in der Lage, im richtigen Moment einen Satz mit dem Wort ›Kiosk‹ fehlerfrei zu sprechen, und schon drehte sich die Welt auf den Kopf. Hätte es ein Casting für die Rolle gegeben, hätte man mich wahrscheinlich nicht einmal eingeladen.

Ich bemühte mich, den Rest des Tages so konzentriert zu bleiben, dass ich meinen Karrieresprung nicht doch noch gefährdete, aber zum Glück blieb die größte Herausforderung für mich, in der schlechten Luft im Studio neben rund fünfzehn verschwitzten Leuten nicht ohnmächtig zu werden. Mein letzter Satz an diesem Tag lautete: »Du verdammter Hurensohn!« Das war's.

Ich verabschiedete mich von Henning mit einem Handschlag, von Regina mit zwei Wangenküsschen und sah zu, dass ich schneller aus dem Studio herauskam als der Läubel.

Was für ein erfolgreicher Tag! Eigentlich sollte man das feiern, dachte ich und ging im Kopf alle Leute durch, die ich dazu einladen konnte. Die Liste war kurz, denn ich hatte in München weder Eltern noch Geschwister. Meine beste Freundin war gerade in Australien, und eine zweitbeste Freundin gab es nicht, jedenfalls nicht hier. Natürlich waren da ein paar Bekannte, mit denen ich ab und zu etwas unternahm, mal ins Kino oder zum Essen. Man traf sich, unterhielt sich über dies und das, angeregte Gespräche, aber niemals zu persönlich.

Keiner von denen hätte ausgelassen mit mir zusammen darüber gejubelt, dass ich meine erste Synchronhauptrolle ergattert hatte.

Da stand ich nun mit meinem Triumph vor einem Tengelmann, bereit, die teuerste Flasche Wein zu erstehen, die sie dort hatten, vielleicht sogar zwei, nur leider machte das so gar keinen Spaß mit der Aussicht, sie alleine trinken zu müssen. Das war so traurig, fand ich, alleine zu trinken. Das machte man nur, wenn man depressiv war, oder ein Säufer. Und alleine mit sich selbst auf einen Erfolg anstoßen, war nicht besser. Mir fiel ein, dass ich kein Brot mehr daheim hatte, also betrat ich den Laden trotzdem, kaufte Brot, Toilettenpapier und Nussschokolade. Keinen Wein. Es war idiotisch.

Ich machte, dass ich nach Hause kam.

So war es oft: Ein kurzes Hochgefühl verwandelte sich so schnell in Ernüchterung, wie man brauchte, um mit den Fingern zu schnippen. Zack! Da war ich wieder auf der Erde, wo ich hingehörte. Ich hatte eine Hauptrolle, eine nette Altbauwohnung im Glockenbachviertel, Nussschokolade und konnte das Wort Kiosk aussprechen, ohne Menschen dabei Nervenzusammenbrüche zuzufügen, was wollte ich denn noch? Warum schleppte ich sogar an guten Tagen immer dieses Miesepeter-Gefühl mit mir herum?

Warum konnte ich nicht einfach ganz locker meinem neuen Nachbarn ein Handtuch reichen, mit dem er sein entblößtes Genital bedecken konnte, oder besser noch einen Bademantel?

Warum konnte ich nicht einfach den mir aufgedrängten Kaffee nehmen und mich dann souverän verdrücken, anstatt mir ein Gespräch oder vielmehr einen Monolog aufzwingen zu lassen?

Warum konnte ich nicht einfach eine Flasche Wein kaufen, mir eine Pizza bestellen und den Abend genießen? Einfach so. Warum tat ich nie, was ich wirklich wollte?

Ich sollte meine Eltern anrufen und sie fragen, was sie bei mir falsch gemacht hatten. Ich meine, außer meinen älteren Bruder entscheiden zu lassen, welchen Namen ich bekommen sollte. Der war damals in der ersten Klasse und kannte aus seiner Fibel Hans, Heiner und Elsa. Elsa! So sollte ich heißen, meinte er und bestand darauf mit der Entschlossenheit eines Sechsjährigen, nachdem meine Eltern ihm nun einmal den Freibrief dazu erteilt hatten. Elsa! Kein schönes Schicksal!

»Griaß Gott, Frolein Frank!«

Die dicke, nervige Nachbarin aus dem vierten Stock, Frau Obermoser, grüßte mich, und ich stellte fest, dass ich mich bereits im Durchgang zu unserem Haus befand. Rasch versuchte ich, aus meinen trüben Gedanken wieder ins Hier und Jetzt zurückzukehren, grüßte ebenfalls und vergaß sogar, mich innerlich darüber aufzuregen, dass sie mich mal wieder ›Fräulein‹ genannt hatte.

»Sangs amol«, setzte Frau Obermoser an, und ich befürchtete ein längeres Gespräch, zu dem mir jegliche Lust fehlte.

»Kenna Sie den neie Nachborn scho?« Sie legte den Kopf etwas schief, als erwartete sie von mir zu hören: ›Ja, das ist doch dieser Massenmörder, wissen Sie das nicht?‹ Doch ich sagte nur: »Nicht wirklich, nur vom Sehen.«

»Aha!«, sagte sie und nickte, als hätte ich gerade gesagt: ›Ja, das ist doch dieser Massenmörder, wissen Sie das nicht?‹

Ich wollte schon weitergehen, da rief sie hinter mir her: »Der spuilt scho den gonzn Ownd Trumbet, wann er bis achte ned afherd, konner wos erlem.«

Ich sah auf die Uhr. Es war gerade mal halb sieben, wo war das Problem? Doch es wunderte mich, dass Finn Trompete spielen sollte. Ich besann mich darauf, was ich in meinem Beruf gelernt hatte, und gab meinem Gesicht einen Ausdruck, der zwischen Verständnis und Bedauern jede Interpretation offenließ. Ich hoffte, dass es damit getan war, und begab mich in den Vorraum unseres Treppenhauses, wo ich in meinen Briefkasten schaute.

»I moan, des is a ganz a Windiger«, tönte es hinter mir. Die Obermoserin verfolgte mich. Vielleicht erhoffte sie sich in mir eine Verbündete, denn ich wohnte genau neben Finn und sie genau unter ihm, aber damit konnte ich nicht dienen. Wenn ich mich auf der Welt mit jemandem *nicht* verbünden würde, dann war es diese bayrische Granatwachtel, die mich mit Fräulein anredete, täglich ein Stück Fleisch für ihren Franzl auf den Tisch bringen musste (»des braucht's scho«), in alles ihre Nase steckte, als wäre sie die Aufseherin des Hauses (»Sie, so geht des fei ned«), und in ihrem Wohnzimmer ein Bild von Franz Josef Strauß hängen hatte (»Des worn noch Zeitn.«).

Ich holte eine Theaterzeitung, die ich abonniert hatte, aus dem Briefkasten und sagte: »Wie gesagt, ich kenne ihn nicht. Schönen Abend noch, Frau Obermoser!«

Ich schenkte ihr ein kurzes, abschließendes Lächeln und rauschte betont geschäftig zur Treppe. Ich konnte sicher sein, dass sie mich dort nicht mehr einholen würde, denn ich hatte einige Zentner weniger die Stufen hinaufzuwuchten als sie.

Allerdings war ich trotz meines Fliegengewichts – in Relation zur Obermoserin – restlos außer Puste, als ich endlich im fünften Stock vor meiner Wohnung ankam. Wie immer musste ich erst einmal in meiner viel zu großen und viel zu unordentlichen Handtasche nach meinem Schlüssel kramen. Aus der Nachbarwohnung drang Musik, aber es war keine Trompete, wie die Nachbarin behauptet hatte, für deren Ohren sicher jedes Blasinstrument gleich klang und die wahrscheinlich auch nichts anderes kannte. Nein, es waren eindeutig die weichen, schnurrenden Töne eines Saxofons. Ob ich es in meiner Wohnung wohl noch hören konnte? Die dicken Wände des Altbaus waren normalerweise ziemlich geräuschresistent. Zum ersten Mal bedauerte ich das. Die Musik brach ab. Dann, nach ein paar Sekunden ging es weiter. Ein anderes Lied. *The Rose*. Ich wollte auf dem Flur übernachten, direkt vor der Tür, aus der die Musik kam, und die ganze Nacht zuhören.

Ich fand meine Schlüssel, sperrte auf und ging in meine Wohnung.

Innen hörte man kaum noch etwas, wie ich schon vermutet hatte. Wieso regte sich die alte Schreckschraube dann so auf?

Sollte sie doch ihr billiges Fleisch in die Pfanne hauen, das Brutzeln würde schon alles übertönen.

Ab und zu drückte ich mein Ohr an die Wand, um zu hören, ob noch etwas zu hören war, und kam mir dämlich dabei vor. Aber es sah mich ja keiner. Und es wusste auch keiner, welches Bild in meiner Vorstellung erschien, wenn ich die Augen schloss: Finn, nackt auf einem Sofa und dabei *The Rose* auf dem Saxofon spielend. Hätte ich doch nur den verdammten Wein gekauft, dachte ich, ich könnte mich auf diese Weise ins Delirium träumen.

Ich schaffte es auch so. Der lange Tag und die schlechte Luft im Studio hatten mich so müde gemacht, dass ich vollkommen angekleidet auf meinem Bett einschlief, sobald ich mich darauf niederließ.

Zwei Stunden später wachte ich wieder auf. Im Zimmer war es inzwischen fast dunkel, die Kleider engten mich unbequem ein, und ich war völlig kaputt. Als ich das Gekeife vor der Tür hörte, wurde mir klar, was mich geweckt hatte.

Frau Obermoser schimpfte mit durchdringender Stimme und machte damit wahr, was sie unten vorm Haus angekündigt hatte: »Do konner was erlem.« Finn erlebte also gerade ein Donnerwetter vom Feinsten.

Ich mochte normalerweise ein harmoniebedürftiger Mensch sein, doch das war vergessen, wenn ich gewaltsam und ohne Not aus dem Schlaf geholt wurde.

Es war mir in diesem Moment egal, ob mein Make-up verschmiert war, meine Augen verquollen und meine kurzen Haare in alle Richtungen abstanden. Ich riss die Tür auf und sagte laut und empört: »Was ist denn hier los?«

Frau Obermoser schrak zusammen und sah mich mit großen Augen an, doch sie fasste sich rasch wieder. Sie stand einen halben Meter von Finn entfernt, der am Türrahmen lehnte und den Sermon stoisch über sich ergehen ließ.

»Da«, sie zeigte auf Finn, als hätte sie ihn gerade bei einem Einbruch ertappt, »der junge Mann hot es nicht für nötik befunden, sich an die Hausordnunk zu holten.« Sie versuchte, Hochdeutsch zu reden, vielleicht weil sie dachte, dass dadurch ihr Auftritt einen amtlichen Charakter bekam.

Weil mir das als Erklärung nicht genügte und ich sie weiterhin nur wütend anstarrte, fuhr sie fort.

»Hot af seiner Trumbeten gespuit. Es is scho glei Neine, und ma will doch seine Ruhe haben.« Sie beendete den Satz trotzig erneut auf Hochdeutsch.

»Ich dachte nicht, dass man …«, setzte Finn zu einer Entschuldigung an, doch ich schnitt ihm das Wort ab, ohne ihn zu beachten.

»*Ich* habe in meiner Wohnung keinen Ton gehört«, sagte ich laut und deutlich, aber ohne zu schreien. »Alles, was *ich* gehört habe, war *Ihr* Geschrei, Frau Obermoser.« Ich sah ihr fest und unverwandt in die Augen. »Ich habe mich mit Kopfschmerzen hingelegt und bin eingeschlafen, und erst durch *Ihren* Lärm bin ich wieder wach geworden. Nicht durch eine Trompete. Durch *Sie*, Frau Obermoser.«

Frau Obermoser stand der Mund offen, und sie fühlte sich sichtlich unwohl in der Defensive, in die sie sich plötzlich gedrängt sah.

»Aber I hab's g'hert in meiner Wohnung herunten. Des muaß I ma doch need gfalla losn.«

Sie versuchte, die dicken Arme über ihrem mächtigen Busen zu kreuzen, was jedoch nicht möglich war, sodass sie sie einfach wieder sinken ließ.

»Dann beschweren Sie sich in Gottes Namen demnächst

schriftlich oder rufen gleich die Polizei, aber veranstalten Sie bitte nicht einen solchen Lärm.«

Ich blitzte sie noch einmal wütend an, zog mich dann in meine Wohnung zurück und warf energisch die Tür ins Schloss. Peng!

Das hatte ja richtig gutgetan, dachte ich amüsiert, unterdrückte ein Lachen und klemmte mich vorsichtig hinter den Spion, um den Effekt zu bewundern. »Also, Frau Obermoser, es wird nicht wieder vorkommen«, hörte ich Finn sagen, ohne dass ich ihn sehen konnte, dafür reichte der Blickwinkel des Spions nicht aus.

Frau Obermoser stand noch unter Schock, nickte nur kurz und murmelte etwas wie: »Dös wui i a hoffen.« Dann eilte sie, so schnell sie es vermochte, die Treppe hinab. Nebenan wurde die Tür geschlossen. Schade, jetzt würde er wohl nicht mehr spielen.

Eine Minute später hörte ich leise durch die Wand *The Rose*.

Bei der nächsten Begegnung war Frau Obermoser denkbar kühl und kurz angebunden, was mir gut gefiel. Mehr als ein schnippisches »Grüß Gott!« schenkte sie mir nicht mehr. Kein süßliches Lächeln, kein »Scheena Doog no«. Sehr gut!

Finn sah ich eine ganze Weile überhaupt nicht. Ab und zu hörte ich seine Haustür nebenan, aber das war alles. Eigentlich fand ich es schade, denn spätestens seit ich ihn Saxofon spielen gehört hatte, hatte ich den Wunsch, ihn richtig kennenzulernen. Wenn ich aus dem Haus ging oder zurückkam, hoffte ich insgeheim, ihm zu begegnen. Wenn ich seine Haustür hörte, war ich versucht, zum Spion zu eilen, was ich mir natürlich nicht gestattete. Wie kindisch wäre das denn gewesen?

Dann kam endlich mein großer Tag. Zwei große Tage eigentlich. Die Synchronaufnahmen zu dem Kinofilm, bei dem ich die weibliche Hauptrolle sprechen sollte, gingen los. Ich hatte auf drei Tage gehofft, doch die geschickte und sparsame Aufnahmeleiterin hatte alle meine Takes in zwei Tage gequetscht. Das hieß von morgens bis abends hellwach sein und jede Minute einen der berühmten Henning-Ausbrüche fürchten, die zeitweise sogar die Leute ereilten, die er gut leiden konnte und mit denen er eigentlich ganz zufrieden war.

Ich hatte nicht wenig Panik. Er kannte mich doch eigentlich gar nicht so gut. Dieser eine Take in einem günstigen Moment war sicher schon längst wieder vergessen. Jetzt wurden von mir ganz andere Qualitäten verlangt.

Ich war froh, als mir im Studio Regina entgegenkam. Sie war Hennings Leib-und-Magen-Cutterin. Diejenige, die seinen Ausbrüchen standhalten oder sie manchmal sogar abfangen konnte und die sich nicht scheute, ihm auch mal die Meinung zu sagen. Und sie war eine echte Hilfe, besaß Adleraugen und die nötige Ruhe, die einem Sicherheit gab.

Das Herzklopfen, das sich bei Reginas Anblick ein wenig gelegt hatte, setzte jedoch umso stärker wieder ein, als ich meine Sachen in den Aufenthaltsraum brachte.

»Hallo, ich glaube, wir beide haben heute das Vergnügen miteinander, stimmt's?«

David Aigner stand leibhaftig vor mir, nannte höflich seinen Namen, als wäre er irgendein Nobody, und streckte mir lächelnd die Hand entgegen. David Aigner, der Synchrongott, die Stimme aller Stimmen. Ich wollte sterben. Oder mich in Luft auflösen. Irgendwas, nur nicht neben diesem Mann am Pult stehen müssen und in seinem Beisein versagen und von Henning fertiggemacht werden. Doch als nichts passierte, das mich vor dieser Schmach retten konnte, ergriff ich notgedrungen seine Hand, schaffte ein verkrampftes Grinsen und sagte etwas kurzatmig: »Elsa Frank!«

»Hi, Elsa«, lächelte er. »Sagen wir Du?«

Ich nickte nur, weil ich damit beschäftigt war, den Kloß in meinem Hals loszuwerden.

Er lachte. »Bist du nervös?«

»Ehrlich gesagt, ja«, sagte ich, meine Stimme rauer als ohnehin schon.

»Ich auch«, erwiderte er zu meiner Überraschung, und als ich ihn ein wenig skeptisch ansah, fügte er hinzu: »Im Ernst. Jedes Mal wieder. Und die Leute glauben es mir nie.«

Er setzte sich auf das Sofa, auf dem einige Wochen zuvor die aufgelöste Kleine gesessen hatte. Es kam mir so absurd vor.

David Aigner war sehr groß, sicher fast zwei Meter, und so breitschultrig, dass ich mich fragte, ob wir nebeneinander hinter das Pult passten. Er war attraktiv, aber ganz und gar kein Schönling, hatte leicht pockennarbige Haut und eine lange, sehr markante Nase, doch seine Augen strahlten Wärme und Herzlichkeit aus und waren umgeben von vielen kleinen Lachfältchen. Sein Alter war nur schwer zu schätzen, er konnte ebenso gut dreißig wie auch vierzig sein, denn er wirkte jugendlich und sehr erfahren zugleich.

Ich wollte mich schon zu ihm setzen, als Regina hereinkam und meinte: »Dann legen wir mal los, oder?«

»Auf in den Kampf«, sagte David und lächelte mir zu. Ich atmete tief durch.

Der Film war eine romantische Komödie, in der es um die schwierige Beziehung zwischen einer Frau und einem Mann ging, die von Anfang an füreinander bestimmt schienen, doch sich immer wieder aus den Augen verloren, weil sie zu unterschiedlich und zu dickschädelig waren. Meine Figur hieß Claire und war das Gegenteil von mir: eine unangepasste, aufmüpfige junge Frau, die gern gegen den Strom schwamm und immer ein wenig zu schnell mit dem Mundwerk war. Meine raue Stimme passte hervorragend zu der Figur, wie ich erstaunt feststellte, besser noch als zu mir selbst.

Den ersten Take hatte David, und er brauchte drei Versuche. Einmal war er zu kurz, und beim zweiten Mal wollte er es selbst noch besser machen, obwohl Henning schon zufrieden war. Er war toll. Ich war ihm vom ersten Take an verfallen, in professioneller Hinsicht natürlich.

Dann kam ich. Mein Take war erschreckend lang, und Regina, die wohl die Angst in meinen Augen gesehen hatte, fragte, ob wir ihn vielleicht teilen wollten, aber Henning zischte von hinten durch das Mikrofon: »Quatsch, die kann das.«

›Was heißt hier betrogen? Wie kann man jemanden betrügen, den man nicht liebt? Ich hab die Schnauze voll von dir, verstehst du? Ich liebe dich nicht. Ich liebe dich nun mal nicht, und jetzt lass mich in Ruhe.‹

Das war mein Text. Claire machte gerade mit ihrem Freund Schluss, auf ihre Weise. Rücksichtslos, hart, verletzend. Sie wäre mir unsympathisch gewesen, wenn ich nicht schon das ganze Buch gelesen und gewusst hätte, dass das alles nur eine Maske war. Sie verletzte, bevor andere sie verletzen konnten, weil sie so viel Angst davor hatte. Eine junge Frau, die sich selbst im Weg stand.

Gregor, der Tonmeister, spielte mir den Take vor: Er war lang, schnell, emotional, mit vielen winzigen Pausen. Ich versuchte zu erkennen, wo mein Text hingehörte und wie ich ihn verteilen musste, aber irgendwie schien das Original rhythmisch gar nicht zu der deutschen Fassung zu passen.

»Lass dich nicht beirren«, ließ sich Henning vernehmen. »Der deutsche Text liegt etwas anders, aber das passt schon.« Ach wirklich?

»Einfach ablesen«, flüsterte mir David zu. Was? Ablesen? Nicht aufs Bild schauen? Ich sah ihn fragend an, doch er nickte nur.

Der Take war schon da, ich hatte ihn verpasst. Also noch mal.

Einfach ablesen. So, wie ich es sagen würde. Wütend, trotzig, aufgebracht. Einfach auf den Autor vertrauen und ablesen, sobald die vier kam.

Eins. Zwei. Drei.

»Was heißt hier betrogen? Wie kann man jemanden betrügen, den man nicht liebt? Ich hab die Schnauze voll von dir, verstehst du? Ich liebe dich nicht. Ich liebe dich nun mal nicht, und jetzt lass mich in Ruhe.«

Noch während ich las, war ich von mir selbst überrascht. Meine Stimme vibrierte förmlich, der heisere Ton ließ erahnen, dass hinter all der Wut eine verletzte Seele steckte, die sich verzweifelt zu verbergen versuchte.

»Großartig!«, kam es aus der Regie.

»Das war ja der Hammer«, sagte Regina verblüfft. David grinste mich an und applaudierte geräuschlos. Besser ging's nicht.

Es war nicht so, als ob von da an alles reibungslos lief. Natürlich gab es Takes, die ich drei-, vier-, fünfmal machen musste, aber die gab es bei David auch. Wir ergänzten uns fantastisch, und es machte am meisten Spaß, wenn wir Takes gemeinsam hatten.

Den nächsten Tag begann ich alleine. David kam am Nachmittag wieder. Als wir am Abend unseren allerletzten Take gemeinsam sprachen, Regina danach strahlend in die Hände klatschte und Henning nach vorn kam und mich stürmisch umarmte, war ich so glücklich wie nie. Es war wie ein Rausch, bei dem ich nichts anderes denken konnte als: Das will ich wieder und wieder und wieder.

Aber erst einmal war es vorbei. Man ging zwar noch gemeinsam auf ein Glas Wein in die Kantine, doch sowohl Regina als auch Henning verabschiedeten sich rasch. Für sie war es Routine. Am nächsten Tag wartete auf sie ein weiterer Ensembletag, und danach kam ein anderer Film oder eine Serie. Nur ich fühlte mich besonders und wollte dieses Gefühl nicht so schnell wieder loslassen. Ich bemerkte, dass David auf die Uhr schaute. Na klar, er hatte am nächsten Tag wahrscheinlich wieder irgendeine Hauptrolle zu sprechen, in einem anderen Studio einem anderen Weltstar seine Stimme zu leihen. Die altbekannte Ernüchterung klopfte schon wieder bei mir an.

»Ich würde ja am liebsten noch was mit dir trinken«, sagte David dann prompt, und ich machte mich schon bereit, ihm zu versichern, dass es nicht schlimm sei, dass er jetzt schon gehen müsse, ich müsse ja auch nach Hause und so weiter, aber dann sagte er: »Ich hab nur blöderweise einem Freund zugesagt, bei seiner Vernissage aufzutauchen. Hättest du vielleicht Lust, noch mitzukommen?«

Mit so etwas hatte ich nicht gerechnet. »Ähm, äh, ja«, stammelte ich und besann mich dann. Mit diesem Mann hatte ich gerade eine innige Liebesbeziehung mit allen Höhen und Tiefen durchlebt, wenn auch nur vor einem Mikrofon, da gab es keinen Anlass mehr zu stammeln.

»Ja, gern«, sagte ich mit fester Stimme und musste lachen.

»Toll!«, strahlte er und meinte: »Wenn du dich in mein Auto traust, sind wir in fünf Minuten dort.«

Als wir nach draußen kamen, stand da ein hellblauer Trabbi, der nicht so aussah, als wäre er groß genug, um Davids langen Beinen und breiten Schultern Platz zu bieten.

»Der musste sein«, sagte er und öffnete mir die Tür. »Wer weiß, wie lange es die noch gibt.«

Ich stieg ein, und David quälte sich auf den Fahrersitz, während er erklärte, er habe das Auto einem Cousin aus der DDR abgekauft, der sich jetzt nach dem Fall der Mauer so bald wie möglich etwas anderes zulegen wollte.

Ich bekam alleine schon vom Anblick seiner unbequemen Sitzhaltung Rückenschmerzen.

»Ja, ich weiß, ich spinne«, erriet David meine Gedanken. »Keine Angst, demnächst fahre ich auch wieder Kombi. Hat mir mein Arzt verschrieben.«

»Privatpatient, was?«, sagte ich. David lachte.

»Da sind wir«, sagte er nach kurzer Zeit und bog in den Hof einer großen, alten Villa in Bogenhausen ein.

»Wow!«, entfuhr es mir.

»Da wohnt keiner mehr, die steht leer«, erklärte David. »Entsprechend heruntergekommen sieht es drinnen auch teilweise aus. Die Dame, der die Villa gehört, ist eine große Kunstliebhaberin und stellt das Haus jungen Künstlern als Ort für ihre Ausstellungen zur Verfügung.«

»Umsonst?«, fragte ich.

»Allerdings!«, antwortete David. »Sie selbst wohnt übrigens gleich da hinten.« Er deutete auf eine andere Villa, die eindeutig in besserem Zustand und ebenfalls von einem riesigen Garten umgeben war.

»Wow!«, sagte ich noch einmal, und David lachte.

Der Eingang der alten Villa stand offen, und man konnte einfach eintreten.

Obwohl es von außen nicht danach aussah, war eine ganze Menge los. Leute, die sich schick gemacht hatten, schlenderten oder standen herum, hielten Sektgläser in der Hand, unterhielten sich oder betrachteten die ausgestellten Bilder, die überall an den Wänden hingen. Ich war vorher noch nie auf einer Vernissage gewesen, doch es war genau, wie ich es mir immer vorgestellt hatte: mondän und etwas schräg. Ich kam mir denkbar fehl am Platz vor. David schien sich auszukennen und schob mich behutsam, seine Hand an meinem Ellbogen, von Zimmer zu Zimmer. Einmal beugte er sich zu mir herunter und flüsterte mir zu: »Da drüben ist die Besitzerin der Villa.« Sein Kopf zuckte unauffällig in die Richtung, in der in einem großen, alten Sessel eine kleine, alte Dame mit weißem Haar und unzähligen Klunkern um den Hals und an den Armen saß. Sie hielt ein Sektglas in der reich beringten Hand und unterhielt sich mit ein paar jungen Leuten, die um sie herumstanden. Das heißt, sie redete, und die jungen Leute hörten zu. Ich hatte den Eindruck, dass sie gerne geflohen wären, aber das war nicht möglich, ohne schlechte Manieren zu offenbaren. Und vielleicht war ja unter ihnen auch jemand, der sich in Zukunft von der Dame unterstützen lassen wollte.

David nahm zwei Sektgläser von einem der Tabletts, die von jungen Aushilfskellnern mit langen, weißen Schürzen durch die Gegend getragen wurden, und drückte mir eines davon in die Hand.

»Das ist doch wohl kein ...«

»Champagner. Genau«, sagte David. »Zum Wohl!«

Ich sparte mir ein drittes ›Wow‹, denn sonst hielt er mich womöglich für ein totales Landei, das noch nie rausgekommen war. Womit er recht gehabt hätte.

»Die Gute lässt sich nicht lumpen«, bemerkte David.

»Bist du öfter auf solchen Veranstaltungen?«, fragte ich.

Er schüttelte den Kopf. »Nein, eigentlich nicht. Mein Bruder ist Kunstprofessor und hat für seine Studenten, oder auch Ex-Studenten, Möglichkeiten gesucht, sich und ihre Arbeiten zu präsentieren. Dabei hat er eines Tages diese Villa entdeckt. Dass die Besitzerin so eine spendable Rolle spielt, war zwar nicht geplant, aber wenn sie Freude daran hat, umso besser. Ich komme nur her, wenn ich den Künstler auch persönlich kenne oder wenn mein Bruder nicht hier sein kann. Und heute trifft beides zu.«

Ich war irgendwie beruhigt, dass David einen persönlichen Bezug zu der Geschichte hatte und nicht hier war, weil er auf solche Schickimicki-Veranstaltungen stand.

Eine rothaarige Frau im kleinen Schwarzen warf mir im Vorbeigehen einen abschätzigen Blick zu. Ich war mit meiner Jeans, den flachen, bequemen Schuhen und der zwar hübschen, aber doch alltäglichen Bluse mit dem kleinen Blümchenmuster nicht wirklich passend angezogen. An meine Haare wollte ich gar nicht erst denken. Ich nahm einen großen Schluck Champagner und versuchte, mein Selbstbewusstsein durch den Gedanken an meine Leistung der letzten beiden Tage aufzupolieren. Und natürlich durch den Mann an meiner Seite. Na ja, nicht gerade an meiner Seite, aber immerhin war David nicht irgendwer und seine imposante, charismatische Erscheinung machte Eindruck. Trotzdem, der Blick dieser Frau hatte seine Wirkung nicht verfehlt. Ich wollte mich am liebsten verkriechen. Oder nach Hause gehen.

Plötzlich hob David die Hand und winkte.

»Hey! Finn!«, rief er mit seiner markanten, durchdringenden Stimme.

Ich zuckte zusammen. Finn. Ich versuchte hektisch herauszufinden, wem er da winkte. Es war mein Nachbar Finn McGregor. *Der* Finn.

Er kam durch die ganzen Leute direkt auf uns zu. Weißes, ungebügeltes Hemd, Jeans, Turnschuhe und sein typisches breites Grinsen im Gesicht. Warum musste ich diesem Menschen immer dann begegnen, wenn es peinlich war, wenn er nackt oder ich unpassend gekleidet war? Unwillkürlich wich ich ein wenig zurück und war dankbar, dass David Finn entgegenging und ihm so den Blick auf mich versperrte.

Die beiden gaben sich halb die Hand, halb umarmten sie sich. Irgend so eine männliche Begrüßungsgeste. Neben David verschwand Finn fast, und wenn er sonst groß und schlaksig aussah, wirkte er neben diesem breitschultrigen Goliath so schmächtig, dass es fast schon rührend war.

»Darf ich vorstellen«, sagte David weltmännisch und richtete einen seiner langen Arme auf mich: »Elsa Frank, eine ganz wunderbare Kollegin. Elsa, das ist Finn McGregor, der Künstler, der alle diese genialen Bilder gemalt hat.«

Auch Finn entglitten für einen kurzen Moment die Gesichtszüge, als er mich erkannte. Es war dieses verspätete Erkennen, dieses Das-Gesicht-hab-ich-doch-schon-mal-gesehen-aber-wo?-Ach-ja-genau!-Erkennen, das einem definitiv klarmachte, dass man bisher keinen bleibenden Eindruck hinterlassen hatte. Jedenfalls interpretierte ich seine Reaktion so.

Und dann grinste er und sagte schlicht: »Hallo!«

»Hallo!«, erwiderte ich, verklemmt wie immer, und fühlte mich verpflichtet, David aufzuklären. »Wir sind Nachbarn.« Es klang vollkommen dämlich.

»Im Ernst?«, fragte David verblüfft und schaute zwischen Finn und mir hin und her.

»Ja«, sagte Finn, als wäre es das Selbstverständlichste der Welt.

»Du bist also Synchronsprecherin?«, fragte er mich dann. Meine Berufsehre gebot mir, ihn zu korrigieren: »Schauspielerin, ja.« Und ich fragte meinerseits: »Und du bist also Maler?«

»Illustrator eigentlich«, berichtigte er, »aber ja, das auch: Maler.«

Er sah mich plötzlich nachdenklich an.

»Ist es okay, wenn wir uns duzen?«, fragte er.

»Ja, klar. Ist okay«, erwiderte ich. Ich spürte Davids Blick von der Seite und auch, dass er sich fragte, was da zwischen seinem Freund und mir vorging.

»Wie gefällt euch die Ausstellung?«, fragte Finn.

»Toll!«, sagte David prompt, während mir bewusst wurde, dass ich die Bilder bisher gar nicht beachtet hatte, und so wusste ich nicht, was ich sagen sollte, als Finn mich erwartungsvoll ansah.

Natürlich wurde ich wieder rot, was bei der guten Beleuchtung kaum zu verbergen war, doch bevor ich irgendetwas Blödes stammeln konnte, sprang David ein: »Wir sind gerade erst angekommen.«

»Und woher weißt du dann, dass die Ausstellung toll ist?«, fragte Finn.

»Weil deine Bilder immer toll sind«, sagte David grinsend, aber man konnte trotzdem erkennen, dass er es ehrlich meinte.

»Idiot«, sagte Finn lachend. Zum ersten Mal hatte ich den Eindruck, dass er unter dem Lob seines Freundes ein wenig verlegen geworden war.

»Wenn du willst, kann ich dir eine Privatführung geben«, wandte er sich an mich.

»Gern«, sagte ich, erleichtert, dass sich die peinliche Situation so einfach aufgelöst hatte.

»Du kannst dir ja inzwischen ein wenig Gesellschaft suchen«, meinte Finn zu David, »dürfte nicht so schwer sein.« Die Blicke, die sie tauschten, enthielten irgendeinen Subtext, den ich nicht verstand, aber ich war nicht in der Lage, mir darüber Gedanken zu machen. Ich war viel zu verwirrt von dem ganzen Abend, der Villa, dem Champagner und vor allem der Tatsache, dass Finn hier aufgetaucht war.

Er nahm mich mit zur Eingangshalle, wo das erste Bild hing.

»Damit sollten wir anfangen«, meinte Finn, »weil es das Thema vorgibt: Verliebtes Paar am Meer bei Sonnenuntergang.«

Wir standen vor einer Zeichnung, einer Skizze, reduziert auf das Wesentliche: ein Sonnenuntergang über dem Meer, davor, am Strand sitzend mit Blick zum Horizont, die Liebenden. Die Frau hatte ihren Kopf an die Schulter des Mannes gelegt, der Mann seinen Arm zärtlich um sie geschlungen. Es war eine simple Zeichnung, doch in den wenigen Strichen lag die ganze Innigkeit und Vertrautheit des Paares, und ihre Gefühle füreinander waren fast greifbar. Das Bild war in seinem Ausdruck so tief und beseelt, dass es mir die Sprache verschlug. Kein detailreiches Ölgemälde, keine Fotografie hätte lebendiger oder berührender sein können.

Ich hatte keine Ahnung von Kunst oder Malerei, aber das hier war das Werk eines wirklich großen Künstlers, und es war überwältigend.

Im Bewusstsein, dass eben dieser Künstler nun neben mir stand, und weil ich fürchtete, er würde, ob meiner Sprachlosigkeit, womöglich denken, ich fände das Bild nicht gut oder wäre nicht in der Lage, das Besondere daran zu erkennen, sagte ich: »Wunderschön!«, und hätte mich ohrfeigen können. Wie platt! Wie unpassend! Das Bild war viel mehr als ›wunderschön‹. Es war unfassbar.

Doch Finn hatte sein breites Grinsen im Gesicht, während er mich von der Seite ansah, und das gab mir die Hoffnung, dass er verstand, was ich eigentlich sagen wollte.

»Da geht's weiter«, sagte er, und wir gingen in ein kleines Zimmer zur Rechten. Hier befanden sich zwei Bilder. Das gleiche Thema wie zuvor, Verliebte am Meer bei Sonnenuntergang, nur diesmal völlig anders. Das erste war eine schrille Popart-Version in so knalligen Farben, dass man den Blick geblendet abwenden wollte, das zweite eine aufwendige Karikatur, die die ganze Szene grob ins Lächerliche zog. Der Mann hielt diesmal eine Zigarette in der Hand, die auf der Schulter der Frau lag – hier eine Geste der Dominanz –, eine Bierflasche in der anderen. Weitere Flaschen lagen am Strand herum. Die Haltung des Kopfes der Frau suggerierte, dass auch sie betrunken war. Auf ihrem entblößten Rücken über der Hose offenbarte sich ein geschmackloses Tattoo.

Ich war so verblüfft, dass mir unwillkürlich »Das gibt's ja nicht« entfuhr.

Neben dem Popart-Gemälde war ein kleiner, brauner Zettel an die Wand geheftet: *sold*.

»Verkauft?«, fragte ich.

»Ja, hat mich auch überrascht, dass jemand den Mist haben will«, sagte Finn.

»So war das nicht gemeint«, versicherte ich schnell.

»Stimmt aber«, sagte Finn schmunzelnd. »Von allen Bildern finde ich das am wenigsten gelungen. Nur Technik. Das kann praktisch jeder.«

Das bezweifelte ich stark, aber Finn schien fest dieser Ansicht zu sein.

»Wie viel …?« Ich wusste nicht, ob es unhöflich war zu fragen, aber es hätte mich schon interessiert, was so ein Bild brachte.

»Nur achthundert«, sagte Finn leichthin. »Mehr ist es auch nicht wert.«

Er lotste mich weiter von Raum zu Raum, auch ins obere Stockwerk. Ich sah jedes Mal das gleiche Bild, immer in einem anderen Stil. Naturalistisch, expressionistisch, surrealistisch, manchmal den typischen Stil eines bestimmten Malers nachahmend. Auch ohne eine Kunstkennerin zu sein, begriff ich: Das hier war etwas Besonderes. Sogar ein Blinder hätte das gesehen.

Jedes einzelne Bild zeichnete eine andere Welt, weckte eine andere Emotion.

Bei vielen der Bilder hingen die kleinen, braunen Zettel. Ich versuchte, nicht auszurechnen, was Finn an diesem Abend verdiente.

Als wir unseren Rundgang beendet hatten, sah ich, dass David sich angeregt mit einer langmähnigen Dame auf High Heels unterhielt, wenn man das so nennen konnte, was er tat. Das also hatte der Blick bedeutet, den die beiden Männer sich zugeworfen hatten.

»David findet immer Anschluss«, sagte Finn.

»Ist doch okay«, sagte ich, um zu zeigen, dass ich wahrlich nicht die Absicht gehabt hatte, mich von David abschleppen zu lassen.

»Klar«, sagte Finn, »er kann machen, was er will. Es ist nur so ... unoriginell.«

»Wahrscheinlich liegt ihm nichts an Originalität«, erwiderte ich schulterzuckend.

Finn sah mich nur an.

»Noch einen Champagner?«, fragte er.

»Ich muss bald gehen«, sagte ich.

»Wir haben denselben Weg, oder?«, meinte er. »Wenn du es noch etwa eine Stunde aushältst, kannst du mit mir nach Hause fahren.«

»Also gut«, stimmte ich zu. Finn brachte mir ein Glas Champagner und entschuldigte sich dann fürs Erste. Er habe noch ein paar Verpflichtungen. Ich nahm an, dass er sich um seine Käufer kümmern musste, die tatsächlichen und die potenziellen.

Ich lief noch ein wenig durch die Zimmerfluchten, entdeckte voller Dankbarkeit die Toilette und kehrte schließlich in das große Zimmer zurück, in dem ich ganz zu Anfang gewesen war. Die alte

Dame saß noch immer in ihrem Sessel, doch nun war sie ganz alleine. Sie beobachtete das Treiben um sich herum, ein kleines Lächeln im Gesicht, und schien ganz zufrieden zu sein. Ich jedoch fand es traurig, wie sie da so saß mit ihren ganzen Klunkern, wie eine Königin, die Hof hielt, aber die keiner beachtete.

Nach zwei Gläsern Champagner – und dem Glas Wein in der Kantine zuvor – war ich wesentlich geselliger als sonst, und darum ging ich zu ihr.

»Guten Abend«, sagte ich, »ich bin Elsa Frank. Ich wollte Ihnen nur sagen, wie schön ich die Ausstellung finde. Ich habe gehört, dass Sie diejenige sind, die das möglich gemacht hat, und das finde ich ganz großartig.«

Sie sah mich zunächst erstaunt an, dann wurde ihr Lächeln weit und ihre Augen begannen zu strahlen.

»Das ist aber nett von Ihnen, danke!«, sagte sie mit leuchtendem Gesicht. »Nehmen Sie sich doch einen Stuhl, und setzen Sie sich zu mir, wenn es Ihnen nichts ausmacht.«

Wenn es Ihnen nichts ausmacht. Sie war also sensibel genug zu spüren, dass viele der Leute keinen großen Gefallen daran hatten.

»Danke, gern«, sagte ich und meinte es so. Ich nahm mir einen der wenigen Stühle, die sich in dem Raum befanden und von keinem benutzt wurden, weil es schicker war, in der Gegend herumzustehen, und zog ihn neben den Sessel der alten Dame.

Sie hielt mir ihre schmale, faltige Hand hin und sagte: »Edda Goldstein!«

»Freut mich sehr«, sagte ich.

»Kennen Sie den jungen Mann persönlich? Den Künstler, meine ich?«, fragte sie.

»Ja, das heißt nein«, sagte ich. »Also, nicht so gut jedenfalls. Wir sind zufällig Nachbarn.«

Sie lächelte, als hätte sie nicht das geringste Problem, mein wirres Gestammel zu verstehen.

»Ich liebe Kunst«, sagte sie dann. »Ich habe mein Leben lang mit Künstlern zu tun gehabt, und ich finde, dass man den jungen Leuten heutzutage wenig Chancen gibt, sich bekannt zu machen.«

Ich lächelte zustimmend, obwohl ich keine Ahnung hatte, wie es um die Chancen der jungen Künstler bestellt war.

»Mein Mann war auch Künstler, wissen Sie?«

Ich hob nur erstaunt die Brauen, was jedoch Aufforderung genug für sie war.

»Nun ja, kein bildender Künstler, er war Pianist. Jude!«, fügte sie hinzu. Ihr Lächeln gefror, und ich reimte mir in Sekundenbruchteilen zusammen, was mit ihm passiert war.

»Er starb in Auschwitz«, bestätigte sie meine Gedanken. »Ihm hat dieses Haus gehört. Man hat mich damals zu einer Scheidung zwingen wollen, aber ich habe mich geweigert. Ich kam nach Dachau. Das Haus wurde uns weggenommen. Ich habe die Nazis überlebt, er nicht.«

Ich war so schockiert, dass ich nicht wusste, was ich sagen sollte. Um uns herum standen schicke Menschen mit Champagnergläsern, scherzten oder diskutierten kultiviert über Banalitäten, und die alte Dame, die ihnen das Ganze ermöglichte, saß hier und redete ohne Umschweife über ihren Mann, der im KZ ermordet worden war. Schlagartig fühlte ich mich wieder nüchtern.

Edda Goldstein ergriff meine Hand und lächelte wieder.

»Das ist alles so lange her«, sagte sie. »Ich konnte zwar nie mehr in dem Haus leben, aber ich wollte doch, dass es einen gewissen Zweck erfüllt. Das wäre auch im Sinne meiner Eltern gewesen. Sie haben die Villa immer geliebt.«

Ich verstand nicht. Ihre Eltern? Was hatten die jetzt mit dem Haus zu tun?

»Mein Vater hat den Garten immer selbst gepflegt. Er hatte ein großes Rosenbeet hinter dem Haus. Ach, was sag ich? Beet? Es war viel größer als ein Beet. Als ich ein Kind war, hat er mir eingeschärft, niemals dort in der Nähe zu spielen, weil er Angst um seine Rosen hatte.«

Sie lachte herzlich und erzählte davon, wie sie es einmal verbotenerweise trotzdem getan hatte und dann prompt in die Rosen gefallen war. Als Kind? Ich hatte gedacht, ihrem Mann hätte die Villa gehört, doch ich hakte nicht nach. Vielleicht hatte ich etwas falsch verstanden.

»Und was machen Sie so, mein Kind?«

»Ich bin Schauspielerin«, sagte ich überrumpelt von dem abrupten Themenwechsel.

Sie hob die Hände in die Luft und klatschte sie begeistert zusammen.

»Noch eine Künstlerin!«, rief sie aus, so laut, dass es mir peinlich war, doch keiner achtete auf uns. Ich lächelte verlegen und fürchtete, nun von mir erzählen zu müssen, weil dann herauskäme, dass ich nur ab und zu beim Synchron einen Seufzer lassen durfte, wenn man mal von den vergangenen zwei Tagen absah. Doch Edda Goldstein war schon wieder ganz bei sich und erzählte von den ganzen Schauspielern und Künstlern, die sie im Laufe ihres Lebens kennengelernt hatte. Von Festlichkeiten und Wohltätigkeitsgalas, die in der Villa stattgefunden hatten, und von Filmaufnahmen. Während ich ihren Erzählungen folgte und sie dabei beobachtete, wie sie in der Vergangenheit schwelgte, tat sie mir noch mehr leid. Sie schien mir selbst ein bisschen wie diese Villa, alt und verlassen, nur noch eine Erinnerung an verblassten Glanz.

Plötzlich bemerkte ich, dass Finn neben mir stand. Wie lange schon, wusste ich nicht. Als ich zu ihm hochsah, lächelte er kaum merklich.

»Ich wäre dann so weit«, sagte er. Dann gab er der alten Dame die Hand und sagte: »Vielen Dank für alles, Frau Goldstein. Ich komme morgen noch einmal vorbei. Wegen der Bilder.«

»Dann trinken wir noch einen Kaffee, ja?«, sagte sie strahlend und umfasste seine Hand mit ihren beiden Händen, bis er zustimmte.

»Es war sehr nett, Sie kennenzulernen«, sagte ich und reichte ihr ebenfalls die Hand.

»Oh ja, mich hat es auch gefreut«, sagte sie herzlich. »Sie können mich gerne einmal besuchen, wenn Sie gerade nichts anderes zu tun haben. Oder wenn Sie mal Lust haben, mit einer tütteligen, alten Frau zu quatschen.« Die Villa hatte sich weitgehend geleert. Die meisten Leute hatten sich inzwischen andere Orte gesucht, um ins Nachtleben einzutauchen, oder waren einfach nach Hause gegangen. David sah ich ebenfalls nirgendwo mehr. Aus Finns Bemerkungen konnte ich meine Rückschlüsse ziehen und verzichtete darauf, mir vorzustellen, womit er sich gerade beschäftigte. Ich mochte David. Als Mensch und Kollegen. Was er als Mann so tat, ging mich nichts an.

Finns Wagen stand nicht in der Einfahrt, sondern an der Straße. Es war ein sehr großer, alter Pick-up.

Im Gegensatz zu David dachte Finn nicht daran, mir die Tür aufzuhalten, aber immerhin räumte er den Beifahrersitz von all dem Zeug frei, das dort herumlag. Er warf es nach hinten zu dem Zeug, das auf dem Rücksitz lag.

»Das ist nicht mein Auto«, sagte er.

»Ach so«, sagte ich und hoffte, dass er dieses Riesengefährt wenigstens fahren konnte.

Den Gruß vom Getriebe beim Start nahm er zumindest so gelassen hin, als hätte er damit bereits Routine, dann bog er direkt in die Mauerkircherstraße ein.

Finn war ein unaufgeregter und sicherer Fahrer – und ein schweigsamer. Er machte keine Anstalten, ein Gespräch zu beginnen. Warum hatte er mich dann nach Hause fahren wollen? Ach ja, weil wir im selben Haus wohnten.

Er schien die Stille nicht im Geringsten unangenehm zu finden, ich schon. So vertraut waren wir nun auch wieder nicht, dass wir uns erlauben konnten, gemeinsam zu schweigen.

»Frau Goldstein ist sehr nett«, war das Erste, was mir einfiel.

»Ja!«, stimmte er mir zu und hupte einen schwarzen BMW vor uns an, der die Straße blockierte, weil eine langbeinige Blondine danebenstand und sich bei aufgerissener Tür mit dem Fahrer unterhielt. Sie warf Finn nur einen gelangweilten Blick zu und nahm sich Zeit für ein paar weitere Worte.

Finn kurbelte die Scheibe herunter und brüllte: »Geht's noch?«, dann ließ er den Motor aufheulen, was dem Knurren eines tollwütigen Wolfes gleichkam. Der Fahrer, der sich wohl Sorgen um seinen Wagen machte – schließlich war der Pick-up um einiges gewaltiger als der BMW – machte hektische Gesten, die gleichzeitig der Blondine und uns galten, woraufhin die Frau die Tür zuschlug, vom Auto zurücktrat und uns den Mittelfinger zeigte. Ich zeigte spontan zurück.

Der BMW vor uns fuhr los, und Finn trat ebenfalls wieder aufs Gas.

»Typisch BMW!«, entfuhr es uns wie aus einem Munde. Wir lachten und schimpften noch ein wenig weiter auf die teuren Autos dieser Welt und ihre Fahrer.

Dann bogen wir auf die Montgelasstraße ein und fuhren kurz darauf über die Max-Joseph-Brücke, die im Glanz der Lichter erstrahlte. Ich liebte München bei Nacht, die Atmosphäre dieser Großstadt, die so gar nichts Großstädtisches an sich hatte. Ich liebte die Isar und ihre Brücken, besonders die in meinem Glockenbachviertel. Und natürlich liebte ich den Englischen Garten, in dem wir jetzt direkt beim Chinesischen Turm gelandet wären, wenn wir noch wenige Hundert Meter geradeaus gefahren wären. Doch gleich hinter der Brücke bogen wir nach links Richtung Innenstadt ab.

»Worüber hast du dich mit Frau Goldstein unterhalten?«, fragte Finn, während wir an der Ampel hielten.

»Sie hat mir sozusagen ihre Lebensgeschichte erzählt«, sagte ich.

»Und welche?«, fragte er.

»Wie, welche?« Ich verstand die Fragestellung nicht.

»Sie erzählt oft ihre Lebensgeschichte, sie erzählt sie nur fast jedes Mal anders«, erklärte er. Es klang ganz sachlich, ohne jedes Urteil oder gar Häme.

»Tatsächlich?« Ich war verblüfft. Frau Goldstein hatte einen sehr aufrichtigen Eindruck auf mich gemacht.

»Sie erzählt fast immer von ihrem Mann«, erklärte Finn. »Nur, einmal war er ein Widerstandskämpfer, ein andermal ist er im KZ gestorben. Oder er musste vor den Nazis fliehen, und sie hat ihn nie wieder gesehen. Mal so, mal so.«

»Sie sagte, er starb im KZ, und sie war in Dachau, weil sie sich nicht von ihm scheiden lassen wollte«, sagte ich.

Finn nickte. »Ich nehme an, sie weiß selbst nicht mehr so genau, wie es war«, meinte er.

»Die Arme!«, sagte ich, denn ich konnte mir vorstellen, dass er damit richtiglag.

»Und von wem hat sie nun das Haus? Sie sagte erst, es hätte ihrem Mann gehört, und dann hat sie davon erzählt, wie sie als Kind mit ihren Eltern dort gelebt hat.«

»Keine Ahnung«, antwortete Finn. »Sie ist ein bisschen mysteriös.« Er grinste verschmitzt, und ich lachte.

»Aber auch irgendwie cool«, fügte er hinzu. »Sie ist total aufgeschlossen und unheimlich gebildet. Und sie weiß wirklich viel über Malerei. Viel mehr als ich.«

»Hast du schon öfter dort ausgestellt?«, fragte ich.

»Heute war das zweite Mal«, antwortete er. »Zum ersten Mal, als ich mit dem Studium fertig war. Das hat mir die ersten Jobs verschafft. Davids Bruder war mein Professor.«

»Du hast David durch seinen Bruder kennengelernt?«

»Umgekehrt. Durch David bin ich damals erst an der Akademie gelandet. Lange Geschichte.«

Zu lang offensichtlich, denn wir hatten unser Viertel bereits erreicht. Finn musste sich jetzt konzentrieren, um mit dem Riesenwagen unfallfrei durch die kleineren Straßen zu fahren. Hier einen Parkplatz zu finden, würde ein Abenteuer werden, überall standen die Autos dicht an dicht. Doch zu meiner Überraschung bog er plötzlich in eine Einfahrt ein. Langsam lenkte er den Wagen durch das Tor. Links und rechts waren höchstens ein paar Zentimeter Platz. Unwillkürlich hielt ich die Luft an, aber schließlich standen wir im Innenhof. Finn bat mich auszusteigen, öffnete danach das Tor zu einer Garage und fuhr hinein. Obwohl er auf der Beifahrerseite fast die Wand berührte, konnte er sich selbst nur noch knapp aus der Fahrerkabine herauszwängen.

»Das Auto ist ein Monster«, sagte er und steckte die Schlüssel in seine Hosentasche.

Unser Haus befand sich in der Nebenstraße, und so mussten wir noch einige Schritte laufen. Ich bereute, dass ich keine Jacke dabeihatte. Es war zwar schon Anfang Juni, aber die Nächte waren noch recht frisch, und ich hatte nicht damit gerechnet, dass ich erst spätabends nach Haus kommen würde. Als ich die Arme um meinen Körper schlang, zog Finn ohne Zögern sein Jackett aus und reichte es mir. »Geht schon«, murmelte ich abwehrend, woraufhin er es mir um die Schultern legte. Es duftete nach ihm, und ich wurde natürlich mal wieder rot.

Wir liefen eine Weile schweigend nebeneinander her, bis wir unser Haus erreichten.

»Übrigens, danke für die Rettung neulich«, sagte Finn und hatte wieder sein Grinsen im Gesicht.

»Was?«, fragte ich entgeistert. Welche Rettung meinte er?

»Frau Obermoser«, sagte er. Ich lachte erleichtert.

»Keine Ursache«, sagte ich, während ich die Haustür aufsperrte.

»Du spielst toll«, fügte ich danach leise hinzu, weil wir im Haus waren. »Saxofon, meine ich.«

»Danke«, sagte er lächelnd. Wir gingen so langsam die Treppe hoch, als wollten wir unseren Spaziergang noch ein wenig ausdehnen.

»*The Rose* ist zufällig mein Lieblingslied«, sagte ich und hätte mich wieder einmal ohrfeigen können. Wen interessierte das? Doch er blieb verdutzt stehen.

»Wirklich?«, staunte er. »Meins auch.«

Ich blieb ebenfalls stehen. »Echt?«

Überwältigt strahlte ich ihn an. Er strahlte zurück. Irgendwo über uns knarrte eine Tür. Das Licht im Flur ging aus, und der nächste Lichtschalter befand sich erst im Stockwerk über uns. Wir standen im Dunkeln auf der Treppe. Als wir gleichzeitig nach dem Geländer tasteten, berührten sich unsere Hände. Ich zuckte zurück und schwankte.

»Vorsicht!«, sagte er und stützte meinen Rücken.

Wir tasteten uns nach oben, drückten den Lichtschalter und sahen, wie sich die Tür von Frau Obermosers Wohnung knarrend schloss. Wir gingen daran vorbei, als hätten wir nichts bemerkt, doch als wir außer Reichweite ihres Spions waren, bogen wir uns vor unterdrücktem Lachen.

»Ich glaube, sie hat keinen Fernseher«, flüsterte Finn.

»Naa, a so a Glump braucht's need«, imitierte ich die alte Schreckschraube. Finn prustete heraus und hielt sich die Hand vor den Mund.

»Jetzt spuider scho wider Trumbet«, setzte ich noch eins drauf. »Dös is eine Frech-heit!« Finn setzte sich auf die Treppe und lachte stumm Tränen. Hätte ich nicht befürchten müssen, dass Frau Obermoser meine kleine Vorstellung unten mitbekam, ich hätte weitergemacht. So jedoch hielt ich es für das Beste, wenn ich abwartete, bis er sich beruhigt hatte und wir kein weiteres Aufsehen erregten.

Als wir vor unseren Türen standen, jeder vor seiner, lächelten wir uns verlegen an. Es war seltsam, sich jetzt zu verabschieden und dann doch nur ein paar Meter voneinander entfernt zu sein, nur getrennt durch eine Wand. Doch was hätten wir sagen sollen? Wollen wir noch etwas trinken? *Bei dir oder bei mir?* Das wollte ich nicht. Aber ich wollte auch nicht Gute Nacht sagen. Ich wollte nicht aufhören, bei ihm zu sein. Und das Schlimmste war, dass er mich ansah, als gingen ihm genau die gleichen Gedanken durch den Kopf. Plötzlich fiel mir seine Jacke ein. Ich nahm sie von den Schultern und hielt sie ihm hin.

»Danke!«

»Gern!«

»Also dann …«

»Ja, dann …«

Ich schloss meine Tür auf, er seine. Ein letzter Blick.

»Gute Nacht!«

»Gute Nacht …«

Ich zog die Tür hinter mir zu und hörte, wie seine ins Schloss fiel.

Er schien sich danach in Luft aufgelöst zu haben. Ich traf ihn nicht mehr. Ich hoffte, dass er mal an meiner Tür klingeln würde, einfach so, aber das tat er nicht, und weil ich natürlich auch nicht bei ihm klingelte, sahen wir uns nicht. Über einen Monat. Erst als Deutschland schon Weltmeister geworden war und Mitte Juli eine Hitzewelle über das Land schwappte, klingelte es dann doch an meiner Tür, und es war Finn. Neben ihm standen ein großer Koffer und eine kleine Reisetasche.

»Hey!«, sagte er.

»Hey!«, sagte ich. Mein Blick wanderte über das Gepäck.

»Ich wollte nur Tschüss sagen«, sagte er. Ich nahm an, dass er in Urlaub fuhr, doch das stimmte nicht so ganz.

»Ich geh für eine Weile nach New York, an die School of Visual Arts.«

»Wie lange?«, entschlüpfte es mir unwillkürlich. Er sah mich an, als müsste er erst darüber nachdenken. Schließlich zuckte er mit den Schultern und sagte: »Mal sehen.«

»Dann ... eine gute Zeit«, sagte ich und ließ es möglichst unbeteiligt klingen.

»Danke«, sagte er. »Dir auch.«

Wo, dachte ich, hier? Klar werde ich eine gute Zeit haben. Ich hab doch immer eine gute Zeit. Ich lehnte mich an den Türrahmen und kämpfte gegen meine aufkeimende Wut.

»Ich hab noch eine Frage«, sagte er.

»Ja?« Ich hörte selber, wie abweisend ich klang.

»Ich hab da ein paar Pflanzen in der Wohnung«, fing er an. »Aber ich kann auch meinen Bruder fragen, der wohnt ja nicht weit weg«, meinte er dann.

Ich sollte seine Pflanzen gießen, während er fort war?

»Nein, ist schon okay«, sagte ich irgendwie fremdgesteuert. »Ich hab zwar einen braunen Daumen, aber ich kann mir Mühe geben.« Er lachte. Ich lachte.

»Ich hab aufgeräumt«, sagte er, »aber weil ja alles relativ ist, kriegst du vielleicht doch einen Schock.«

»Ich krieg keinen Schock«, versicherte ich ihm.

»Okay. Der Kühlschrank ist leer, da kann also nichts weglaufen, und schmutzige Wäsche gibt's auch keine mehr«, meinte er.

»Das ist schon mal ein Plus«, sagte ich.

»Also dann.« Er reichte mir den Schlüssel. Seine Fingerspitzen berührten meine, und ich fragte mich, ob ich ihm zum Abschied die Hand reichen sollte. Eine Umarmung kam wohl nicht infrage. Ich nahm den Schlüssel und trat einen Schritt zurück.

»Mach's gut«, sagte ich.

»Du auch«, sagte er. Eine Sekunde lang blieb er unschlüssig stehen, dann nahm er sein Gepäck, lächelte mir noch einmal zu und lief die Treppe hinunter.

Als ich die Tür schloss, schossen mir die Tränen in die Augen.

Der Sommer mit seiner drückenden Hitze ging vorbei. Ich goss täglich Finns Pflanzen und nahm mir vor, nicht eine einzige von ihnen sterben zu lassen. Ein großer Farn jedoch schien seinen Besitzer zu vermissen und unter Depressionen zu leiden. Da begann ich, mit ihm zu reden. Das mochte er, und wir wurden doch noch Freunde.

Als ich Finns Wohnung zum ersten Mal betreten hatte, hätte mich fast der Schlag getroffen. Nicht weil sie so unordentlich gewesen wäre – das war sie nicht, nur etwas chaotisch –, sondern weil sie ungefähr dreimal so groß war wie meine eigene.

Das größte Zimmer war eine Mischung aus Wohnzimmer und

Atelier und endete in einer Dachterrasse. Es war sehr hell, und die Zimmerdecke ging bis unters Dach. Neben einer Staffelei und einem großen Zeichentisch, zwei tiefen Schränken, mehreren Kisten und Regalen mit allen möglichen Mal- und Zeichenutensilien befanden sich ein paar Bücherregale, ein altes Sofa, ein uriger, grober Holztisch, ein großer Ohrensessel und ein Klavier in dem Zimmer. Daneben standen und lagen überall irgendwelche Kleinigkeiten herum. Und natürlich waren da all die Bilder an der Wand. Ich hatte mir vorgenommen, mich auf keinen Fall umzusehen. Rein, Pflanzen gießen und wieder raus. Aber so einfach war das nicht. Ich konnte nicht verhindern, dass mich Finns Bilder anzogen und dass sie mir von ihm erzählten. Davon, was für ein guter Beobachter er war und wie leidenschaftlich er Gefühle einfangen konnte. Auch von seinem Humor und seiner Freundlichkeit. Im Schlafzimmer, wo mein Freund, der Farn stand, entdeckte ich nicht nur das Saxofon, sondern über dem Bett auch das Bild von der Ausstellung, das mir so gefallen hatte, die Zeichnung der beiden Verliebten am Meer. Das hatte also niemand gewollt. Sahen die Leute nicht, was ich sah? Für mich war das Bild vollkommen.

Doch ich hielt mich an die Abmachung, die ich mit mir getroffen hatte. Ich hütete mich davor, genauer in die Bücherregale zu schauen, ganz zu schweigen von den Schränken. Schon nach kurzer Zeit wurde es eine tägliche Routine, in Finns Wohnung zu gehen, seine Pflanzen zu gießen und den Rest nicht weiter zu beachten. Ich lüftete ab und zu, und als der November kam, machte ich auch manchmal die Heizung an, damit die Wohnung nicht auskühlte.

November. Und von Finn war nichts zu hören. Ich hatte heimlich mit zwei Monaten gerechnet. Im Oktober dachte ich fast täglich: Jetzt müsste er doch allmählich wieder zurückkommen. Doch dann gewöhnte ich mich daran. Es war ja auch nicht weiter von Bedeutung. Wie gut kannte ich ihn denn schon? Wie oft hatten wir miteinander gesprochen? Kaum eigentlich, bis auf diesen einen Abend.

Mein Leben plätscherte dahin. Beim Synchron schien dieser eine Film die große Ausnahme für mich gewesen zu sein, denn es hatte sich nichts Vergleichbares mehr ergeben. Auch zu David hatte ich keinen Kontakt mehr. So war das eben in diesem Beruf, man traf sich bei einer gemeinsamen Arbeit, verstand sich blendend, und dann sah man sich eben nicht mehr, und das war auch in Ordnung. Mit ein paar Bekannten traf ich mich ab und zu, aber meistens wollte ich nur zu Hause sein. Je kälter es wurde, desto mehr wollte ich mich verkriechen.

Eines Tages kam ich auf die Idee, mein Versprechen wahrzumachen und Edda Goldstein zu besuchen. Wahrscheinlich erinnerte sie sich gar nicht mehr an mich, dachte ich, aber mir war danach. Es war leicht, ihre Telefonnummer ausfindig zu machen. Als ich sie anrief und schon ansetzte zu erklären, wer ich war, unterbrach mich ihre freudige Stimme sofort. Natürlich erinnere sie sich an mich, und wie schön, dass ich mich meldete. Sie lud mich noch für den selben Tag zum Tee ein. Es war ein angenehmer, hochinteressanter Nachmittag mit dem besten Früchtetee, den ich je getrunken hatte, köstlichen Plätzchen vom Konditor und einer neuen Variante der Lebensgeschichte, in der Max Goldstein sich monatelang in der Villa ihrer Eltern versteckt gehalten hatte, bis ihn eine Nachbarin denunzierte.

Daneben erzählte sie von berühmten Schauspielern, die sie kennengelernt hatte, von Musikern, Theaterleuten, Künstlern und auch Politikern. Falls auch nur ein Teil davon erfunden war, hatte sie eine Fantasie, die ihresgleichen suchte. Ich fragte sie, ob sie nach dem Krieg noch einmal geheiratet habe. Sie lächelte wehmütig. Ja, sagte sie, das habe sie, aber es habe nicht gehalten.

»Es war kein Max«, sagte sie wörtlich. »Die wahre Liebe lässt sich nicht wiederholen. Die gibt es nur einmal.« Dann wechselte sie wieder das Thema. Es war schon dunkel, als ich ihr Haus verließ, und ich musste versprechen, bald wiederzukommen.

Ich dachte lange über Edda nach und darüber, was sie gesagt hatte, den einen Satz über die wahre Liebe. Und wieder kam mir mein Leben so belanglos vor.

Was würde ich einst zu erzählen haben? Nicht einmal eine wahre Liebe konnte ich vorweisen, nur zwei Ex-Freunde und einen One-Night-Stand, an dessen Namen ich mich nicht einmal mehr erinnern konnte. Ich kannte niemanden, ich erlebte nichts, ich war langweilig und für Finn nur gut genug, um seine verdammten Pflanzen zu gießen.

Auf meinem Anrufbeantworter zu Hause war eine Nachricht von Beate, der Aufnahmeleiterin aus dem Synchronstudio: Ob ich nächste Woche Zeit für zwei Ensembletage hätte.

»Leck mich am Arsch!«, schrie ich das Gerät an und warf meine Jacke danach. Dann nahm ich den Hörer ab und sprach meinerseits auf ihren Anrufbeantworter.

»Hallo, Beate, hier ist Elsa Frank, ich wollte nur schnell sagen: Das geht klar mit den Terminen. Bis dann.«

Ich legte auf und brach in Tränen aus.

In der Woche vor Heiligabend bekam ich Besuch von einer alten Freundin aus meiner Heimatstadt. Silke und ich hatten eine fantastische Zeit. Wir tranken uns auf dem Weihnachtsmarkt von Glühweinstand zu Glühweinstand, aßen so viele gebrannte Mandeln, dass sich unsere Zahnärzte freuen durften, und kauften traumhaften Weihnachtskitsch. Wir schwelgten in alten Zeiten und tratschten über alle Leute, die wir so kannten. Zum ersten Mal seit Langem hatte ich richtig Spaß. Freitags, einen Tag bevor sie wieder wegfuhr, gingen wir noch ein paar Cocktails trinken, und dabei flirtete ich sogar völlig ungezwungen mit einem Typen am Nebentisch. Als wir gehen wollten, bat er mich um meine Nummer und gab mir auch gleich seine eigene. Nur zur Sicherheit. Dabei zwinkerte er. Aber nicht auf diese schmierige Art, sondern nett. Eigentlich war alles ganz einfach, wenn ich mich ausnahmsweise einmal lockermachte.

Silke behauptete, dass der Typ – Jürgen hieß er – mich am liebsten gleich vernascht hätte. Ich widersprach heftig, aber geschmeichelt. Es war nicht weit bis zu ihrem Hotel, und weil es ihr letzter Abend war, setzten wir uns noch in die Hotelbar und kippten mehrere Gläser Wein. Gegen zwei Uhr morgens bestellte mir der Nachtportier ein Taxi, das mich nach Hause brachte. Zugegebenermaßen wusste ich später nicht mehr viel von dieser Taxifahrt. Ich wusste nicht einmal, ob ich den Fahrer bezahlt hatte – musste wohl so gewesen sein – oder wie ich in meine Wohnung gekommen war. Am nächsten Morgen wollte ich sterben. Irgendjemand, der mit einem Vorschlaghammer bewaffnet war, saß in meinem Gehirn und folterte mich, sein Kumpel hatte die Zerstörung meines Magens übernommen. Ich kroch auf allen vieren aus dem Bett und schlug mein Lager vor der Toilette auf. Konnte man noch tiefer sinken? Ich schwor mir, in meinem ganzen Leben keinen Alkohol mehr zu trinken. Im selben Moment, als ich das Wort ›Alkohol‹ auch nur dachte, ging es wieder los. Dass ich das nicht überleben würde, war klar. Man würde mich nach Tagen finden: eine verschwitzte, verklebte, übel riechende Leiche.

Es läutete an der Tür.

Ich schwankte zwischen zwei Gedanken: Ich kann jetzt auf keinen Fall aufmachen, und: Das könnte meine Rettung sein. Der letzte Gedanke war stärker, denn ich hoffte, dass Silke noch einmal vorbeigekommen war, um nach mir zu sehen.

Ich stand vorsichtig auf, hielt mir dabei den Kopf, der bei dieser Höhenveränderung umso stärker hämmerte, tastete mich zur Tür und öffnete.

»Hey!«, sagte Finn.

Jetzt wollte ich *wirklich* sterben.

Ich hatte nur eine ungefähre Vorstellung davon, wie ich aussah, aber die genügte, um den Entschluss zu fassen, auszuwandern. Es war der allerpeinlichste, schlimmste Moment in meinem ganzen Leben.

»Was ist denn mit dir passiert?«, fragte Finn besorgt. »Bist du krank? Kann ich dir helfen?«

Ich fühlte, wie es mir wieder hochkam. Es war eh schon egal. Die Klotür war genau neben dem Eingang, und ich machte einen Hechtsprung hindurch, um nicht auch noch Finns Kleider mit Galle vollzuspucken.

Als ich über der Kloschüssel hing wie ein nasser Sack, spürte ich, wie mir ein feuchter Waschlappen in den Nacken gelegt wurde, eine Hand strich mir die Haare aus dem Gesicht und hielt mir den Kopf. Als keine Gefahr bestand, dass noch etwas herauskam, legte Finn mir den Arm um die Taille und half mir aufzustehen. Willenlos ließ ich mich zu meinem Bett führen. Ich legte mich hin, und Finn deckte mich zu.

»Warte«, sagte er und ging raus, die Wohnungstür ließ er offen. Nach wenigen Augenblicken kehrte er zurück und ging in die Küche. Ich hörte den Wasserhahn, dann kam er wieder zu mir.

»Kannst du das trinken?«, fragte er. »Alka Seltzer hilft bei mir immer.«

Er hielt mir das Glas mit der sprudelnden Flüssigkeit hin. Es roch zumindest nicht so, dass es sofort wieder einen neuen Brechreiz auslöste, also stützte ich mich im Bett auf und trank das Zeug.

Als er mir das leere Glas abnahm, fiel ich wieder zurück auf mein Kissen, schloss die Augen und schlief erschöpft ein.

Als ich wieder wach wurde, bemerkte ich als Erstes, dass die Kopfschmerzen fast verschwunden waren. Ich fühlte mich wie gerädert, aber es ging mir deutlich besser. Finn saß in dem Sessel neben meinem Bett und las. Als er merkte, dass ich wach war, ging er nach nebenan in die Küche und brachte mir ein Glas Wasser und eine frische Breze, die er anscheinend zwischendurch besorgt hatte.

»Geht's wieder?«, fragte er.

Da saß er tatsächlich vor mir. Nach fast einem halben Jahr und fragte: Geht's wieder?

»Wo kommst du denn her?«, fragte ich.

»Direkt aus New York«, sagte er. »Iss die Breze.«

Gehorsam schob ich mir das Laugengebäck in den Mund. Er ging ins Badezimmer, und ich hörte, wie er den Hahn aufdrehte und das Wasser in die Wanne plätscherte.

»Du brauchst ein Bad.«

»Hilft das auch gegen Kater?«, fragte ich widerstrebend.

»Nein, aber gegen Körpergeruch«, sagte er unverblümt. Ich schnappte nach Luft.

Er öffnete meinen Kleiderschrank und zog einen Pulli und eine frische Jeans heraus.

»Hast du auch so was wie Unterwäsche?«, fragte er. Ohne eine Antwort abzuwarten, sah er in der Kommode nach, wo er Socken, einen Slip und einen BH fand.

Ich wollte protestieren, aber er tat es mit einer solchen Selbstverständlichkeit, dass ich es einfach bleiben ließ. Und außerdem, was war noch indiskret, wenn man erst einmal jemandem beim Kotzen den Kopf gehalten hatte?

Er brachte meine Kleider ins Badezimmer und drehte den Hahn ab.

»Fertig! Soll ich hierbleiben, oder soll ich lieber später noch mal kommen?«, fragte er. »Oder soll ich überhaupt nicht mehr kommen?«

Es fiel mir nicht schwer, mich zu entscheiden. »Kannst du hierbleiben?«

Er grinste breit, nickte und setzte sich wieder in den Sessel.

Ich lag eine ganze Weile einfach nur im warmen Wasser und machte mir klar, dass ich mich nicht in irgendeinem wilden Traum verlaufen hatte. Finn war wieder da. Er hatte mir beim Kotzen den Kopf gehalten, mich ins Bett gesteckt, meine Unterhosen durchforstet und mich in die Badewanne geschickt, weil ich stank wie ein Iltis.

Und er war wieder da und wartete draußen auf mich.

Ich badete, putzte mir mindestens fünf Minuten lang die Zähne und war dankbar für den Rest Odol in einer kleinen Testflasche. Ich benutzte mein sicherstes Deo, zog mir die Kleider an und kämmte meine Haare glatt über den Kopf. Es war mir zu anstrengend, sie auch noch zu föhnen.

Draußen war es inzwischen schon wieder dunkel, Finn hatte das Licht angemacht.

Als ich hereinkam, sagte er anerkennend: »Wie neu!« Ich lachte verlegen und sagte: »Danke!«

»Du hast längere Haare«, stellte er fest.

»Ich bin nur nicht zum Friseur gekommen.«

»Steht dir gut.«

Ich war nicht gut darin, Komplimente anzunehmen, besonders nicht, wenn sie von jemandem kamen, der mir etwas bedeutete. Und Finn bedeutete mir etwas. Ich wusste nur nicht so genau, was.

Anstelle einer Reaktion begann ich, mein Bett abzuräumen, ließ Decke und Kissen im Bettkasten verschwinden und verwandelte das Ganze in ein Sofa.

»Praktisch«, sagte er.

»Tja, ich hab nicht so viel Platz wie du«, meinte ich. »Deine Pflanzen leben übrigens alle noch. Wie durch ein Wunder.«

»Hab ich gesehen. Danke.«

»Gern geschehen.«

»Tja, in Zukunft musst du das dann nicht mehr machen«, sagte er zögernd.

»Gut«, sagte ich, »die sind bestimmt froh, wenn ihr Herrchen wieder da ist.«

Er schaute mich nachdenklich an, dann seufzte er und sagte: »Bin ich aber nicht. Die Wohnung wird weitervermietet.«

»Was?«, entfuhr es mir. Ich war froh, dass ich sowieso schon so blass war, denn ich fühlte, wie mir buchstäblich die Farbe aus dem Gesicht wich.

»Ich gehe nach Weihnachten wieder nach New York zurück. Ich hab einen Lehrauftrag bekommen.«

»Was?«, sagte ich wieder und begann dann erst, mich zusammenzureißen.

»Das ist ja toll«, behauptete ich.

»Ja, das stimmt.« Er klang genauso begeistert wie ich. »Es ist eine einmalige Gelegenheit.« Wie eine Rechtfertigung hörte sich das an.

»Ich konnte es selbst nicht glauben, eigentlich wollte ich nur ein Gaststudium dort absolvieren, und dann das.«

Mein Herz klopfte.

»Ich hab keine Ahnung, wie lange ich bleibe«, nahm er die Antwort auf die Frage, die mir auf der Zunge brannte, vorweg.

»Aber mindestens ein Jahr. Deshalb wird die Wohnung auch weitervermietet.«

»Ja, klar«, sagte ich hohl, und unter Aufbietung meiner ganzen schauspielerischen Fähigkeiten munterer: »Dann bekomme ich also einen neuen Nachbarn?«

»Nachbarin«, korrigierte Finn. »Mein Bruder hat schon alles arrangiert. Sie zieht im neuen Jahr ein. Übernimmt die Möbel und kümmert sich um die Pflanzen.«

»Kann ich den Farn haben?«, fragte ich, ohne vorher nachzudenken. »Ich glaube, den würde ich vermissen.«

»Den Farn?«

»Ja, wir hatten so unsere Startschwierigkeiten, aber dann haben wir uns angefreundet. Ich weiß, was er braucht, und ich würde ihn ungern in fremden Händen lassen.«

Finn sah mich lange an.

»Bist du über Weihnachten da?«, fragte er dann.

»Nein«, antwortete ich. »Ich fahre zu meinen Eltern nach Mannheim.«

Das hatte ich zwar gar nicht vorgehabt, aber ich hatte das plötzliche Bedürfnis, aus München zu verschwinden.

»Okay, dann ...« Er dachte nach.

»Ich fliege am Freitag. Bist du bis dahin wieder zurück?«

»Nein«, sagte ich kurz entschlossen. »Erst am Samstag.«

»Hmm ...«

»Ich kann dir meinen Ersatzschlüssel geben, und du kannst mir den Farn am Freitag in die Wohnung stellen. Bis Samstag hält er das schon aus.«

»Gut«, sagte er.

»Okay«, sagte ich.

Damit war das Thema erledigt. Wir redeten noch über dies

warum. Ich fühle mich dann weniger verkleidet und weniger geschützt. Ich bin dann so, wie ich bin, und das Bild hat mehr mit mir zu tun, mit meinem innersten Wesen.

Dieses Bild war nicht das erste der Ausstellung, sondern eigentlich das letzte. Mit keinem der anderen war ich richtig zufrieden. (Gott sei Dank waren die Käufer anderer Meinung.) Ich hab mich ausgezogen und gemalt. Und als es fertig war, fand ich es selbst großartig, weil es das hatte, was den anderen gefehlt hat: Seele.

Ich war so euphorisch, dass ich gar nicht mehr daran dachte, dass ich nicht angezogen war, denn sonst wäre ich nicht auf die Idee gekommen, so zum Briefkasten zu gehen. Im Flur ist mir klar geworden, dass ich nackt war und folglich auch keinen Schlüssel in der Hosentasche haben konnte. Blöd, dass die Tür inzwischen zugefallen war. Das nur zur Erklärung.

Egal. Was ich nur sagen wollte: Das Bild ist eigentlich schuld an unserer ersten Begegnung und somit, finde ich, steht es dir in doppelter Weise zu.

Alles Liebe, Finn

1991

Das Namensschild an Finns Briefkasten und an seiner Klingel war ausgewechselt worden. Jetzt stand da nicht mehr Finn McGregor, sondern S. Schulze.

S. Schulze war eine Frau in den sogenannten besten Jahren, also Anfang vierzig schätzte ich. Sie trug Kostüme, schlampige Hochsteckfrisuren und meistens eine schmale, schwarze Aktentasche, die sie als Businessfrau auswies. Wenn sie grüßte, lächelte sie breit und süßlich, doch sie war immer in Eile, sodass man nie ins Gespräch kam. Nicht dass ich das gewollt hätte. Ich versuchte, sie mir manchmal in Finns Wohnung vorzustellen. Was hatte sie mit der Staffelei und dem Zeichentisch gemacht? Was mit dem schönen Holztisch? Schlief sie tatsächlich in seinem Bett? Und kümmerte sie sich auch um die Pflanzen?

Ich war froh, dass ich Alfred gerettet hatte. Alfred, den Farn. Er war mir mittlerweile so ans Herz gewachsen, und ich redete so viel mit ihm, dass ich fand, er sollte einen Namen haben. Schließlich konnte ich morgens ja schlecht sagen: Guten Morgen, Farn!

Noch glücklicher war ich über *Die Verliebten* an meiner Wand über dem Sofa, das ja auch gleichzeitig mein Bett war. Es war das Erste, was ich am Morgen sah, wenn ich wach wurde, und das Letzte, wenn ich schlafen ging.

Viel mehr hatte sich allerdings nicht geändert. Ich dümpelte vor mich hin, machte viel belanglosen Synchron, der mich gerade so ernährte, und spielte ab und zu Kleinstrollen in Fernsehproduktionen, gerne Leichen.

Eines Tages Anfang Februar erhielt ich einen vielversprechenden Anruf. Es war nicht Hollywood, aber es war ein neues Privattheater in München, das sich ›Die Theaterwerkstatt‹ nannte. Die Dame am anderen Ende der Leitung erklärte mir, man habe von mir gehört und würde mich gern zu einem Vorsprechen einladen. Es ging dabei um die Hauptrolle in der Eröffnungsinszenierung: *Hamlet*.

»Die Ophelia?«, schrie ich.

»Nein, den Hamlet«, sagte die Dame sachlich.

»Bitte?«

Näheres würde mir der Regisseur dann mitteilen. »Werden Sie kommen?«

Allein aus Neugierde wollte ich mir das nicht entgehen lassen. Ich machte also einen Termin mit ihr aus und begab mich gleich am nächsten Tag in den Norden Münchens nach Freimann, wo die neue Bühne ihre Räumlichkeiten hatte.

Freimann. Also gut. Warum nicht auch einmal an der Peripherie spielen? Es musste nicht immer Schwabing, Haidhausen oder die Innenstadt sein. Warum nicht ein kulturell unterrepräsentierter Stadtteil? Immerhin war die Studentenstadt in der Nähe, die würden das Angebot schon nutzen.

Das Theater befand sich in einer Art Schuppen. Ein großer Schuppen zwar, der wahrscheinlich einmal eine Werkstatt gewesen war – womit mir auch die Wahl des Namens klar wurde –, aber trotzdem eben ein Schuppen, wenig größer als Finns Atelier. Finns ehemaliges Atelier.

Immerhin hatte jemand den Holzboden sauber gekehrt.

Ein paar Leute standen am anderen Ende des Raums. Eine dünne Frau in Schwarz schlenderte auf mich zu.

»Hallo!«, sagte sie leicht näselnd und hielt mir eine schmale Hand hin. »Du musst Elsa sein.« Klar, man duzte sich.

»Ja«, sagte ich und nahm ihre Hand, eine labbrige, kühle Fischhand, das hatte ich schon geahnt. Eklig.

»Ich bin Ramona, ich mach hier Dramaturgie und bin die Assistentin der Theaterleitung.«

Sie redete, als würden wir uns gerade in den Münchner Kammerspielen befinden und nicht in einem Schuppen.

»Komm mit.« Sie machte eine Kopfbewegung zu der Gruppe und schwebte voraus.

Ein kleiner, zauseliger Typ mit ungewaschenen Haaren und einem geklebten Brillengestell kam uns ein paar Schritte entgegen. Er behielt die Hände in den Taschen seiner versifften Cordhose, worüber ich erleichtert war.

»Das ist Markus Hansemann, unser Regisseur und Theaterleiter. Elsa Frank«, stellte Ramona uns vor, begleitet von eleganten Bewegungen ihrer Fischhände.

»Du hast schon gehört, was wir vorhaben?«, sagte der Regisseur ohne Begrüßung, aber mit der metallischen, tragenden Stimme eines echten Schauspielers.

»Ähm, nicht wirklich«, sagte ich.

Daraufhin breitete er seine künstlerische Vision vor mir aus, erklärte mir seine Interpretation des *Hamlet*, betonte die, wie er sagte, dialektische Herangehensweise seiner Inszenierung und die transzendentale Pigmentierung, die ihm besonders wichtig erschien.

»Transzendental im Sinne Kants natürlich«, betonte er.

»Natürlich«, sagte ich ernst. Ganz gleich in welchem Sinne,

ich wusste nicht, was das heißen sollte: transzendentale Pigmentierung.

Die anderen standen ein paar Meter von uns entfernt und hörten dem Meister bewundernd zu.

»Und ich soll also den Hamlet spielen?«, vergewisserte ich mich noch einmal.

»Alle Männerrollen werden mit Frauen besetzt und die Frauenrollen mit Männern, das ist ein wesentliches Element der Dialektik, wie ich sie einführe.«

Wie bitte? Hatte er schon einmal etwas vom dialektischen Theater bei Brecht gehört? Hatte er es verstanden? Und was wollte Hansemann da noch einführen?

»Also gut«, sagte ich und überging den Punkt einfach. »Ich habe den Hamlet natürlich nicht drauf, aber ...«

»Das macht gar nichts, denn wir werden den Text ablesen«, unterbrach mich Hansemann.

»Oh! Gut!«, sagte ich und zog meine Reclam-Ausgabe hervor.

»Die kannst du stecken lassen. Ich habe die letzten beiden Jahre damit verbracht, den ganzen Text neu zu übersetzen«, sagte Hansemann sofort. Die Assistentin reichte ihm wie auf Kommando einen Din-A4-Ordner, den er, ohne sie anzusehen, an mich weitergab.

Hamlet. Nach William Shakespeare in einer Übersetzung von Markus Hansemann, stand da. Nach? *Nach* William Shakespeare? Zudem kam mir der Ordner ziemlich dünn vor.

Ich schlug die erste Seite auf und überflog sie rasch.

Ich hatte, um meine *Hamlet*-Kenntnisse ein wenig aufzufrischen, das ganze Stück in der Nacht zuvor quergelesen, deshalb fiel mir sofort auf, dass sowohl die ganze erste Szene als auch der Anfang der zweiten Szene fehlte, und ich war mir ziemlich sicher, dass auch der Dialog im Original etwas ausführlicher war, neue Übersetzung hin oder her. Meine gerunzelte Stirn bemerkend, meinte Hansemann: »Ich habe den Text etwas gekürzt. In der Kürze liegt die Würze.« Er lachte und entblößte dabei zwei dunkelgelbe Zahnreihen.

»Soll ich jetzt vorsprechen?«, fragte ich, nicht sicher, ob ich das überhaupt noch wollte. »Soll ich vielleicht den berühmten Sein-oder-nicht-sein-Monolog sprechen?«

»Der ist auch gestrichen«, sagte Hansemann. »So was von abgedroschen.«

»Der Markus ist einfach genial«, flüsterte eine Frau mit ausladenden Hüften, die ich mir im Geiste schon als Polonius vorstellte, einem neben ihr stehenden Kollegen zu. »Der scheut sich nicht, die alten Hüte auszuräumen.«

Der geniale Markus tat so, als hörte er die Bemerkung seiner Bewunderin nicht, doch der angesprochene junge Mann – sicher Ophelia – nickte zustimmend und ehrfürchtig.

Plötzlich ging mir der Gaul durch. Ich hatte einen Ensembletag für diese Nasen sausen lassen. Für diesen aufgepumpten, ungewaschenen, überheblichen Zausel, der meinte, er könnte das Theater neu erfinden und Shakespeare dabei vergewaltigen. Für diese Möchtegerns und Pseudokünstler, die sich nur in einer verlassenen Werkstatt trauten, ihr Unvermögen und ihren Wahnsinn zur Schau zu stellen.

Ich knallte dem genialen Markus Hansemann den Ordner vor die Brust und sagte: »Lass uns doch bitte noch über die Gage reden, Markus, okay? Du weißt ja – um es mit Lessing zu sagen –: ›Die Kunst geht nach Brot‹. Oder ist das auch ein alter Hut?«

Markus Hansemann war verblüfft. Im Hintergrund brütete Empörung.

»Also, es ist dir doch klar, dass das hier noch ein sehr junges Theater ist, und bis wir uns etabliert haben ...«, setzte er an.

»Es ist mir klar, dass das hier ein Schuppen ist und dass ich hier meine Zeit verschwende«, blaffte ich ihn an. »Ich werde für das, was ich tue, bezahlt. Ich habe mein Handwerk gelernt, und ich möchte mich bei William Shakespeare, falls er irgendwo da oben zuhört, dafür entschuldigen, dass ich mir diese gequirlte Scheiße so lange angehört habe.«

Damit drehte ich mich auf dem Absatz um und stürmte davon. Hinter mir hörte ich ein halblautes, zaghaftes »Miststück!« von Polonius.

Jetzt tat sie mir leid. Alle taten mir leid. Doch ich ging weiter, ohne zu reagieren, und ließ meinen schlimmsten Albtraum hinter mir. Da drinnen waren lauter Leute, die es nicht einmal in ein richtiges Hinterhoftheater schaffen würden, nicht einmal in den Sprecherraum eines Synchronstudios bei einem Ensembletag, nicht einmal in den Einspieler von *Aktenzeichen XY*. Warum hatte ich nicht einfach gehen können, ohne sie zu beschimpfen? Einfach nur: »Tut mir leid, das ist glaub ich nichts für mich.« Einfach nur lügen.

Ich lief die Straße hinunter, ohne darüber nachzudenken, wo ich hinwollte. Es drohte wieder einer dieser miesen Tage zu werden, an denen ich mich selber nicht ertragen konnte. Miststück!

Ich erreichte die Leinthalerstraße und beschloss durch den Englischen Garten zu gehen, statt mich in die U-Bahn zu setzen. Außerdem war es ein ungewöhnlich warmer und sonniger Tag, ich hatte nichts anderes mehr vor, keiner wartete auf mich, also war es egal. Vielleicht würde ich mir den ganzen Ärger ja einfach ablaufen.

Als ich beim Aumeister, dem gemütlichen Biergarten im Norden des Englischen Gartens, ankam, staunte ich nicht schlecht. Da waren tatsächlich einige Tische aufgebaut, und Leute in warmen Jacken saßen in der Sonne und tranken Bier. Es sah so einladend aus, dass ich mich am liebsten auch hingesetzt hätte. Da hörte ich, wie jemand meinen Namen rief.

»Elsa?«

Ich blieb stehen und schaute mich um. Ein junger Mann stand auf und winkte ein wenig unsicher. Groß, blond, wellige Haare. Ein mittelmäßig attraktiver Mann, der mir zuwinkte und meinen Namen kannte. In meinem Gehirn arbeitete es. Woher kannte ich den? Vom Synchron? Von früher? Von *Aktenzeichen*? Meine Verwirrung stand mir mit Sicherheit ins Gesicht geschrieben, denn der Typ lächelte und kam auf mich zu.

»Ich dachte mir schon, dass ich keinen großen Eindruck hinterlassen habe«, sagte er halb scherzend. Und da fiel es mir wie Schuppen von den Augen: der Typ aus der Bar, mit dem ich geflirtet und Telefonnummern getauscht hatte. Vor Weihnachten. Wie hieß er noch gleich? Jürgen!

»Jürgen!«, sagte ich. »Doch, natürlich. Ich war nur einen Moment durcheinander.«

Ich gab ihm die Hand.

»Wie geht es dir?«, fragte ich.

»Jetzt gerade ganz gut«, sagte er, »aber normalerweise stecke ich mitten im Lernen für meine Prüfung im März.«

Ich versuchte, mich zu erinnern, welche Prüfung er meinen könnte. Er studierte irgendetwas, aber ich wusste natürlich nicht mehr, was. Er grinste und sagte: »Jura. Erstes juristisches Staatsexamen. Zwei Drittel fallen durch.«

»Oh, ja«, sagte ich, »klar, das weiß ich doch noch.«

Er sah mich zweifelnd an.

»Nein, ehrlich gesagt weiß ich es nicht mehr.« Wir lachten beide.

»Ich hab zwischendurch mal angerufen. Kurz nach Weihnachten, aber da warst du wohl nicht zu Hause«, sagte er.

Nein, dachte ich, da war ich nicht zu Hause, da bin ich vor Finn geflüchtet.

»Später hat mich dann der Mut verlassen, ehrlich gesagt«, sagte er mit einem sympathischen Anflug von Verlegenheit, an dem nichts gespielt war.

»Aber ich bin doch nicht so furchterregend, oder?«, fragte ich lachend.

»Nein«, erwiderte er, »aber ich bin normalerweise niemand, der Leute in Bars aufreißt.«

Jürgen war eindeutig sympathisch.

»Also, wenn du Lust hast, könnten wir ja mal was trinken gehen«, sagte ich.

Sein Gesicht leuchtete geradezu auf.

»Ja, natürlich. Gern. Ähm ... hast du morgen Abend Zeit?«

Ich ging im Kopf meinen überschaubaren Terminkalender durch.

»Ja, morgen hab ich Zeit«, sagte ich.

»Hast du einen Vorschlag?«, fragte er.

»Bei mir um die Ecke sind ziemlich viele Kneipen. Vielleicht das Café Butter?«

»Wo ist das denn?«, fragte er.

»In der Buttermelcherstraße natürlich. Originell, was?«

»Okay, dann im Butter«, stimmte er freudig zu.

Wir verabredeten uns für sieben Uhr. Als ich mich von Jürgen verabschiedete und durch den Englischen Garten spazierte, war das Fiasko mit der Theaterwerkstatt bereits völlig vergessen.

Am nächsten Tag war ich pünktlich um fünf nach sieben im Butter. Jürgen war schon da. So gehörte sich das. Den ersten Pluspunkt hatte er sich damit schon mal erworben.

Ich war lange nicht mehr in dieser Kneipe gewesen. Mit meiner besten Freundin Johanna, die nach wie vor in Australien weilte, war ich früher manchmal hierhergekommen, aber es schien sich seitdem einiges geändert zu haben. Die Musik, die im Hintergrund lief, war merkwürdig, und die Bedienung war eine mürrische, gelb-blond gefärbte Tussi, die Kaugummi kaute und uns nicht ansah, als sie die Bestellung aufnahm. Ich nahm einen Salat, Jürgen eine Käseplatte und wir beide jeweils ein Weißbier. Es war, wie ich erwartet hatte: Der Käse war trocken und geschmacksneutral, es gab zu wenig Brot, und der Salat suchte das Dressing vergebens.

Ich machte die Blondine darauf aufmerksam. Die sagte kein Wort und kam ein paar Minuten später mit einem kleinen Kännchen mit Dressing zurück, das sie stumm auf den Tisch stellte.

Na gut, man konnte nicht alles haben. Zumindest das Weißbier war kühl und schmeckte. Jürgen und ich unterhielten uns glänzend. Er hatte Ringe unter den Augen und sagte, dass er praktisch Tag und Nacht lernte, denn er wollte unbedingt zu jenem Drittel gehören, das die schwierige Juraprüfung schaffte, vor allem weil er, wie er meinte, ohnehin schon so spät dran war.

»Erst bin ich beim Abi durchgefallen, dann musste ich Zivildienst machen, und bis ich dann richtig mit dem Studium anfangen konnte, war ich schon fast vierundzwanzig«, erzählte er. »Ich kann nicht noch mehr Zeit verschwenden.«

»Und Jura macht dir Spaß?«, fragte ich.

»Ich wollte schon immer Richter werden«, sagte er. »Wenn mich als Kind jemand gefragt hat, was ich werden will, hab ich nie Feuerwehrmann oder Astronaut gesagt, oder Müllkutscher, das war auch sehr beliebt, sondern immer Richter. Keine Ahnung warum.«

»Das ist doch toll, wenn man genau weiß, was man will«,, fand ich.

»Ist das bei dir nicht so?«, fragte er. »Du bist doch Schauspielerin. Das muss man doch auch wollen, oder?«

»Ja, klar«, sagte ich, obwohl es mit meiner Entschlossenheit und meinem Willen nicht wirklich weit her war.

Jürgen erzählte viel über sich, und ich hörte gerne zu, aber ich hatte nicht das Bedürfnis, ähnlich viel von mir zu erzählen. Er fragte nach meiner Arbeit beim Synchron und schien ehrlich interessiert zu sein, konnte aber offenbar nicht wirklich viel mit dieser Welt anfangen. Er redete über meinen Beruf wie über ein interessantes Hobby. Er selbst beschäftigte sich mit den wesentlichen Dingen im Leben, mit Umweltschutz und den Folgen der deutschen Einheit, mit den Entwicklungen in der Sowjetunion und mit dem Golfkrieg. Davon hatte ich keine Ahnung. Ich sah mir die Nachrichten an und war informiert, aber ich war in meinem ganzen Leben noch nie auf einer Demonstration gewesen und war auch kein Vorbild beim Mülltrennen. Ich ging wählen, immerhin. Ich schämte mich ein wenig und versuchte, es vor Jürgen zu verbergen. Er sollte mich nicht für ein Dummchen halten, denn das war ich schließlich nicht.

Aber ich hatte nicht den Eindruck, dass ich mir darüber Sorgen machen musste. Wir lachten viel, und es gab keinen einzigen Moment, in dem uns der Gesprächsstoff ausging. Wir tranken jeder noch ein weiteres Weißbier und später brachte er mich bis vor die Haustür.

»Das war ein sehr netter Abend«, sagte ich. Er nickte, und ich hatte das Gefühl, dass er sich gerade fragte, ob der Abend schon vorbei war.

»Ruf mich an, wenn du mal wieder eine Auszeit vom Lernen brauchst«, sagte ich, und meine Körpersprache gab ihm die Antwort auf seine unausgesprochene Frage.

»Mach ich bestimmt«, sagte er. »Spätestens, wenn die Prüfung vorbei ist.«

»Toi, toi, toi!«, sagte ich, hob die Hand zum Gruß und wandte mich zur Tür.

»Tschau!«, sagte er.

»Tschau!«, sagte ich und ging hinein.

Im Treppenhaus blieb ich eine Weile stehen. Ich dachte an den Abend der Vernissage, als ich mich von Finn verabschiedet hatte. Wie anders hatte ich mich da gefühlt. Viel unsicherer, viel befangener, aber auch viel verbundener. Dieses merkwürdige und gleichzeitig vertraute Gefühl, das mir Finn gegeben hatte und das ich niemals einordnen konnte, gab Jürgen mir in keiner Weise. Aber war das schlecht? Jürgen mochte mich, das war klar, und hätte ich ihn noch eingeladen, war es ebenso klar, wo es geendet hätte. Mit Finn dagegen wäre ich niemals im Bett gelandet, wir hätten einfach nur geredet, unwichtiges Zeug, wichtiges Zeug, Blödsinn, hätten uns übers Saxofonspielen unterhalten und darüber, wie er David kennengelernt hatte. Wir hätten Zeit gehabt für diese lange Geschichte. Und wenn ich heute mit Finn zusammen ausgegangen wäre, hätte ich ihm mit Sicherheit von der Theaterwerkstatt erzählt. Vor meinem geistigen Auge sah ich, wie Finn sich darüber kaputtgelacht hätte.

Aber Finn war in New York, und sprach das nicht Bände darüber, wie nah wir uns wirklich waren?

Was auch immer ich empfand: Jürgen war hier und Finn nicht, und daran würde sich nichts ändern.

Mitte März rief Jürgen an, um sich erneut mit mir zu verabreden. Er hatte sich schon öfter zwischendurch gemeldet, doch er hatte nie Zeit für ein Treffen gehabt. Jetzt waren die Prüfungen vorbei, und das wollte er feiern.

Wir trafen uns in einem Lokal in Schwabing. Zur Begrüßung umarmte er mich und lud mich zum Essen ein. Auch diesmal wurde es ein netter Abend, auch wenn wieder hauptsächlich er es war, der erzählte. Von den vergangenen Prüfungen, von einer Kommilitonin, die einen Nervenzusammenbruch erlitten hatte, von den mündlichen Prüfungen, die im Juli anstanden, und seiner Hoffnung, dass er dann im Herbst beim Amtsgericht seine Referendarstelle antreten und endlich aus der engen WG in der Studentenstadt ausziehen konnte.

»Ich drück dir ganz fest die Daumen«, sagte ich.

»Danke«, sagte er, nahm meine Hand und sah mir tief in die Augen.

Natürlich konnte ich die Hand nicht einfach so zurückziehen, obwohl ich ihm das falsche Signal gab, wenn ich es nicht tat. Der Ober rettete mich, indem er das Essen brachte. Ich fühlte mich zunehmend unwohl, weil ich nun wusste, was Jürgen von mir wollte, und gleichzeitig erkannte, dass es ganz und gar nicht auf Gegenseitigkeit beruhte.

Er schien nichts von meinem Unbehagen zu spüren. Nach dem Essen bestellten wir noch einen Kaffee, danach ließ er sich die Rechnung geben und schlug vor, noch einen kleinen Spaziergang die Leopoldstraße hinunter zu machen. Ich steckte die Hände vorsorglich in die Taschen meiner Jacke. Die Luft war klar und kalt, und der Himmel sah aus wie ein schwarzes Zelt, geschmückt mit winzigen Lichtern. Das Siegestor lag glänzend vor uns, umringt vom Verkehr der Abendschwärmer in ihren schicken Autos. Viele schwarze BMWs, dachte ich, und ertappte mich dabei, dass ich Jürgens Monologen gar nicht mehr folgte. Ich beeilte mich mit einer Kopfbewegung in seine Richtung zu reagieren und so zu tun, als wäre ich ganz Ohr.

Er lächelte mich an, ich lächelte zurück. Natürlich, denn das war höflich, oder nicht? Er nahm es jedoch als Einladung, den Arm um meine Schulter zu legen.

»Du siehst aus, als wär dir kalt«, erklärte er und rieb ein wenig meinen Oberarm.

»Eigentlich nicht«, sagte ich ehrlicherweise.

»Soll ich meinen Arm wieder wegnehmen?«, fragte er. Man hörte deutlich, dass er ein ›Nein‹ erwartete.

Ich machte eine undefinierbare Grimasse und sagte etwas, das klang wie »Ngh«.

Der Arm blieb, wo er war.

So schritten wir die Ludwigstraße in all ihrer Pracht hinunter. Ja, schreiten trifft das, was wir taten, ziemlich gut, denn ich versuchte, mich nicht an ihn zu lehnen und meine Hüfte möglichst nicht seine berühren zu lassen, was ein Kunststück ist, wenn der Oberkörper sozusagen von einem Fremd-Arm eingekesselt ist. Es war alles sehr unbequem.

Als wir endlich den Odeonsplatz erreichten, nutzte ich die Gelegenheit auszubüchsen.

»So, dann werde ich mir mal die nächste U-Bahn schnappen«, sagte ich und drehte mich dabei geschickt aus seinem Arm heraus.

»Schade«, sagte er.

»Ich muss morgen früh raus«, erklärte ich.

»Wann sehen wir uns wieder?«, fragte er direkt. »Morgen Abend?«

Ach du liebe Güte, dachte ich, der hatte es wirklich eilig. Ich hatte keine Lust, mir die ganzen nächsten Tage über Ausreden einfallen zu lassen.

»Morgen hab ich leider schon was vor«, hörte ich mich sagen.

Ein einfaches ›Nein‹ hätte es auch getan. Genau wie zuvor: Nein, ich möchte eigentlich nicht, dass du deinen Arm um meine

Schulter legst. Und alles wäre klar gewesen. Ich musste das noch üben.

»Was hast du denn vor?«, fragte er doch tatsächlich. Hallo?! Ging ihn das etwas an?

»Ich ruf dich an, okay?«, sagte ich, ohne zu antworten. Älteste Strategie von allen: Fragen, die man nicht beantworten will, überhört man einfach.

»Okay«, sagte er und schien es zu kapieren.

»Also dann«, sagte ich, und bevor er irgendetwas tun konnte, was ich nicht wollte, beugte ich mich vor und luftküsste ihn auf beide Wangen. Diese unverbindliche, pseudoherzliche Schickimicki-Begrüßungsart, die ich eigentlich verabscheute, war manchmal gar nicht so schlecht.

»Bis dann!«

Ich sah mich noch einmal zu ihm um, winkte und glitt dann auf der Rolltreppe nach unten. Vor lauter Verwirrung hatte er Gott sei Dank vergessen, dass er ja auch die U-Bahn nehmen musste, nur in die Gegenrichtung.

Ich meldete mich ein paar Tage lang nicht. Er hinterließ zwei Nachrichten auf dem Anrufbeantworter, und ich sorgte dafür, dass ich erst zurückrief, als ich glaubhaft versichern konnte, dass ich für ein Treffen momentan leider keine Zeit hatte. Ich hatte viel beim Synchron zu tun – lauter Kleinkram –, ich wollte Edda besuchen, und zu allem Überfluss kam demnächst endlich meine Freundin Johanna aus Australien zurück. Da war kein Platz für Jürgen. Er bedauerte es sehr, aber schließlich musste er auch schon wieder für die mündliche Prüfung lernen. Und so verlief diese Geschichte langsam im Sande. Ich fand es eigentlich schade, denn ich verstand mich gut mit ihm, aber wir wollten ganz offensichtlich nicht dasselbe.

Also war ich wieder allein.

Das heißt, fast allein, denn Johanna würde bald wieder da sein, oder vielmehr Jo, was viel besser zu ihr passte, denn man hatte bei ihr immer das Gefühl, sie könnte jederzeit einen Colt ziehen oder die Peitsche schwingen oder jemanden verprügeln. Jo war der impulsivste Mensch, den ich kannte, und wenn ihr etwas nicht passte, dann sagte sie es laut und deutlich. Im Gegensatz zu mir konnte sie sehr gut Nein sagen. Sie wirkte oft unfreundlich und barsch, aber man konnte mit ihr jede Menge Spaß haben, und es war einfach ansteckend, wenn sie laut lachend den Kopf in den Nacken warf. Es war ihr völlig gleichgültig, was andere von ihr dachten, sie tat, was sie wollte und wann sie es wollte. Australien hatte auch dazu gehört. Sie wollte eigentlich nur den Urlaub dort verbringen, doch dann kam eine Karte, auf der sie verkündete, dass sie erst einmal dortbleiben würde. Sie machte sich keine Gedanken darüber, wie sie über die Runden kam, sie fand immer irgendwelche Jobs, die Kenntnisse dreier abgebrochener Studiengänge (BWL, Soziologie und Psychologie) und zweier halb abgeschlossener Ausbildungen (Hotelfach und Schreiner) halfen ihr dabei. Jo war einzigartig.

Jetzt kam sie also zurück. Ich erwartete, dass sie mich darum bitten würde, vorübergehend bei mir wohnen zu dürfen, doch sie schrieb, dass sie bereits eine Wohnung hätte. Ich war überrascht und fragte mich, wie sie das von Australien aus gemanagt hatte, aber ich war auch froh, dass ich auf diese Weise einer Überdosis Jo entging.

Eines Tages Ende April stand sie dann einfach vor meiner Tür. Zur Begrüßung umarmte sie mich stürmisch. Dann stellte sie sich vor mich hin, drehte sich und zeigte dabei ihre teuren Klamotten. Ein Markenteil über dem anderen.

»Tja, Australien hat sich gelohnt, wie man sieht«, lachte sie und schüttelte ihre wilde, dunkle Mähne, um die ich sie schon immer beneidet hatte.

»Los, mach dich schick!«, befahl sie und schob mich ins Bad. »Ich lad dich ein und erzähl dir dann alles.«

Ich war einigermaßen befremdet. Und enttäuscht. Ich wollte sie vom Flughafen abholen. Und war das Allererste, worüber man nach über einem Jahr reden musste, wirklich, welche tollen Kleider man sich leisten konnte?

Und zu mir hatte sie gar nichts gesagt. Na ja, was sollte sie auch sagen? Ich trug immer noch die gleichen Levis wie im letzten Jahr, und dass meine Haare jetzt schulterlang waren und es mir ganz gut stand, war auch kein großes Thema.

War ich empfindlich? Ich beschloss, mich zusammenzureißen. Immerhin war Jo, meine beste Freundin, wieder da, und ich hatte endlich wieder jemanden, dem ich alles, was mir so unter den Nägeln brannte, mitteilen konnte.

Dachte ich.

Schon drei Stunden später war ich ernüchtert. Und das, obwohl ich diverse von Jo spendierte Cocktails bei Schumann's zu mir genommen hatte. Jawohl, Schumann's, die berühmte Bar, der ultimative Nobelschuppen, darunter machte sie es nicht.

Sie erzählte ohne Punkt und Komma von ihrem Leben in Australien und von Marc, den sie dort unten kennengelernt hatte. Ein Unternehmer und Selfmade-Millionär, aber wirklich nicht spießig, wie sie mir versicherte. Er finanzierte ihr den Aufenthalt in München, und natürlich würde sie schon bald wieder nach Australien zurückkehren. Oder vielleicht würde Marc auch für einige Zeit nach München kommen. Er hatte ja seine Leute, die sich um sein Unternehmen kümmerten. Was für ein Unternehmen das war, wusste sie nicht so genau, irgendwas mit Geldgeschäften, so lange hatte sie nun auch nicht BWL studiert. Hahahahaha.

Ich begann mich zu fragen, wo meine Freundin war. Jemand hatte sie gekidnappt und eine überdrehte Doppelgängerin zurückgeschickt. Eine schicke, die Mähne zurückwerfende, Kellnern zuzwinkernde Doppelgängerin.

Natürlich stellte sie auch ein paar Fragen: Wie es so lief mit der Schauspielerei. Oh, und übrigens, apropos Schauspieler, ich würde es ja nicht glauben, wen sie in Sidney getroffen habe: Mel Gibson. Ja, wirklich. Marc sei ja so ein guter Bekannter von Mel, und er sei ja so was von witzig, also Mel. Ich fragte mich, wann die verdammten Cocktails endlich ihre Wirkung zeigten. Es war nicht auszuhalten.

Jo, die unangepasste, unabhängige, lustige Jo war verschwunden. Ich hasste Australien. Ich hasste Mel Gibson. Ich hasste Schumann's. Ich hasste Finn.

Ich bedankte mich bei Jo für die Drinks und nahm meine Handtasche.

»Ich muss gehen. Wir sehen uns, okay?«, sagte ich. Zum ersten Mal an diesem Abend sah ich in ihrer verwirrt gekräuselten Stirn die alte Jo, die gleich sagen würde: ›Hey, was soll denn das? Was ist los?‹ Doch dann siegte die Doppelgängerin, und die sagte gar nichts, sondern umarmte mich nur und lächelte ihr neues Doppelgängerinnen-Lächeln.

Ich ging zu Fuß nach Hause, lief durch die Stadt und versuchte durchzuatmen. Gab es irgendetwas in diesem Jahr, das nicht zum Kotzen war?

Am nächsten Tag besuchte ich Edda. Wir tranken Tee, und sie erzählte wieder ihre Geschichten. Dann sah sie mich an und sagte: »Es gibt immer Zeiten, in denen man unglücklich ist und denkt, das geht nie vorbei. Aber dann ist es das doch irgendwann.« Sie lächelte, dann überlegte sie kurz und sagte: »Oder vielleicht gewöhnt man sich einfach nur daran.« Sie lachte und drückte mir die Hand. »Der Sommer kommt, Elsa«, rief sie. »Der Sommer!«

Der Sommer kam und ging. Jo war wieder in Australien bei ihrem Millionär. Jürgen hatte seine Prüfungen hinter sich, doch wir hatten keinen Kontakt mehr. S. Schulze lebte in Finns Wohnung wie ein Fremdkörper und war weiterhin immer in Eile.

Ich führte viele tiefgründige Gespräche mit Alfred. Er war ein guter Zuhörer.

Eines Tages, als ich wieder einmal zu einem meiner kurzen, unbefriedigenden Synchrontermine ins Studio durfte, erlebte ich eine Überraschung. Im Nachbarstudio wurde gerade ein Blockbuster aufgenommen, der dritte Teil einer bekannten Actionkomödie, der bereits sehnsüchtig von den Fans erwartet wurde. Hochkarätig besetzt natürlich, was die Schauspieler anging, und demnach auch, was deren Synchronsprecher betraf. Als ich an der Glastür zum Nachbarstudio vorbeiging und kurz einen neugierigen Blick hindurchwarf, begegneten meine Augen denen von David. David Aigner, den ich seit über einem Jahr nicht mehr gesehen hatte. Er sprang sofort auf, schoss durch die Tür und umarmte mich so stürmisch, dass ich fast keine Luft bekam.

»Elsa!«, rief er und drückte mir einen dicken Schmatz auf die Wange. »Wo hast du dich denn die ganze Zeit versteckt?«

»David, du bist eingerufen«, sagte eine Frau und streckte den Kopf durch die Tür.

»Die werden ja wohl mal eine Minute warten können, was?«, entgegnete er unwirsch.

»Bist du noch länger hier?«, fragte er mich. »Lass uns doch nachher in die Kantine gehen, ja?«

»Okay«, sagte ich.

»Wer früher fertig ist, wartet auf den anderen, okay?«

»Okay«, sagte ich wieder. Er gab mir noch einen Kuss, strahlte mich an und ging ins Studio, nachdem er durch die Sprechanlage noch einmal sehr dringlich dazu aufgefordert worden war.

Ich war natürlich zuerst fertig. Zwanzig Takes in zwei Stunden. Sechzig DM Komm-Gage, der Take à sechs DM. Mühsam ernährte sich das Eichhörnchen. Vielleicht sollte ich mir auch einen Millionär suchen.

Ich ging ins Studio nebenan und wartete auf der Couch im Sprecherzimmer. Durch die Anlage in der Regie konnte ich zuhören. David hatte wahrhaftig eine grandiose Stimme. Und er war ein ebenso grandioser Schauspieler, da saß jede Nuance. Mit ihm zusammen im Studio waren noch eine Frau, die ich sofort als Anna Fuchs erkannte – ebenfalls eine Ikone als Sprecherin – und ein Mann mit einer höheren Stimme.

Da waren wirkliche Künstler am Werk. Die drei kreierten ihren eigenen akustischen Film, und das allein war so spannend, dass man keine Bilder dazu brauchte. Würde ich jemals so gut sein?

Schließlich sagte der Regisseur: »Danke alle zusammen. Das war's für heute.«

Die Tür zum Studio ging auf, und als Erste kam Anna Fuchs heraus, die mir einen kurzen, taxierenden Blick zuwarf. Sie kannte mich nicht. Wie auch? Ihr folgten David und ein kleiner, älterer Mann, die herumalberten.

»Oh, Elsa!«, sagte David sofort, als er mich sah. Dann stellte er mich als vielversprechendste junge Kollegin seit Langem vor und erwähnte dabei unseren gemeinsamen Film.

»Und nein, Anna, nicht was du denkst«, sagte er. »Ganz und gar nicht.« Anna Fuchs lachte und gab mir freundlich die Hand. Sie hatte mich offensichtlich zuerst für eine von Davids temporären Gespielinnen gehalten. Auch der ältere Schauspieler, Norbert Gernbacher, war sehr freundlich und bestand in der Kantine darauf, uns einzuladen. David und ich tranken Wein, er selbst ein Weißbier. Sie erzählten von dem neuen Film und hatten ganz offensichtlich viel Spaß bei den Aufnahmen. Ich war ein wenig neidisch.

»Ich freu mich schon auf nächsten Monat«, sagte Norbert aufgeregt wie ein kleiner Junge.

David wiegte bedenklich den Kopf hin und her, aber Norbert sagte: »Was denn? Das wird groß. Und wenn nicht, werden wir zumindest eine gute Zeit haben, was?« Er hob sein Glas und prostete David zu.

»Hoffentlich«, sagte David.

»Übrigens«, er zeigte mit dem Daumen auf mich, »hier sitzt unsere Briggs.«

Norbert riss verblüfft die Augen auf, dann lachte er schallend und prostete mir ebenfalls zu.

»Auf Briggs, die alle Ganoven zum Teufel jagt«, rief er laut. »Auf Elsa!«

Ich hatte nicht den leisesten Schimmer, wovon die beiden redeten.

»Ich weiß natürlich nicht, ob sie Lust dazu hat«, sagte David.

»Wozu denn?«, fragte ich. Norbert feixte.

»Ich fange nächsten Monat mit einer neuen Serie an«, erklärte David. »Meine erste Regiearbeit. Mir geht der Arsch auf Grundeis. Ziemlich große Sache. In den USA ist die Serie der Hit und läuft dort schon in der dritten Staffel. Wenn alles gut geht …« Er holte tief Luft und sah mich bedeutungsschwer an.

»Und was soll ich …?«, fragte ich verständnislos.

»Die Serie heißt: Ein Fall für Briggs«, sagte David und hob die Augenbrauen. »Wenn du Lust und Zeit hast, bist du Briggs.«

»Ich bin Briggs?«, fragte ich und kapierte nicht einmal ansatzweise, was das bedeutete.

»Wir hatten verschiedene Probesprechen, aber bislang war keine Kandidatin ideal. Ich muss übrigens unbedingt daran denken, der Aufnahmeleiterin den Kopf abzureißen, weil du dabei niemals aufgetaucht bist. Aber gut, ich hätte auch selber daran denken können. Du bist perfekt. Du hast das richtige Alter, deine Stimme wird passen wie die Faust aufs Auge, und du wirst es großartig machen.«

»Die Hauptfigur?«, fragte ich.

»Die Hauptfigur!«, sagte David. »Ich mach Regie und übernehme den Polizisten, der immer ein wenig mit Briggs konkurriert, aber eigentlich in sie verknallt ist. Briggs ist übrigens Privatdetektivin. Norbert hier spielt ihren Mentor, den sie immer zurate zieht. Ist eine echt coole Serie. Spannend, witzig ... romantisch manchmal.«

»Die Hauptfigur?«, hauchte ich noch einmal.

»Hey, Elsa!« Er rüttelte mich ein wenig an der Schulter, und bei dieser Berührung brach ich in Tränen aus. Es kam einfach so über mich. David zog mich an sich, legte seine Arme um mich und hielt mich fest. Ich machte die ganze Vorderseite seines Hemds nass. Norbert ging an die Bar und holte für uns alle neue Getränke.

»Oh Gott«, sagte ich, als ich anfing, mich wieder in den Griff zu kriegen, »es tut mir leid. Ich bin eigentlich gar nicht so hysterisch.«

»Gute Schauspieler sind alle ein bisschen hysterisch«, sagte Norbert. »Was meinst du, wie viele Nervenzusammenbrüche in dieser Kantine schon stattgefunden haben? Erinnerst du dich an Elfriede Gasskühl?«, fragte er David. Der nickte heftig.

»Das war ein Auftritt, sag ich dir. Inklusive Gläserwerfen.«

»Oder Hans-Horst Elversleben«, warf David ein. »Kannst du dich an den erinnern? Als er seine Schreiattacke bekam und Martin Schnell fast eine gelangt hätte.«

Während ich mich beruhigte, kamen sie abwechselnd mit weiteren Geschichten daher. David behielt mich dabei im Arm, und das tat mir gut.

»Geht's wieder?«, fragte er schließlich. Ich nickte und nahm einen großen Schluck aus meinem neuen Glas.

»Ich weiß auch nicht, was mit mir los ist«, sagte ich. »Es ist nur alles in diesem Jahr so beschissen gelaufen, und ich dachte schon, das ändert sich nie.«

»Na ja, ich kann dir nicht versprechen, dass jetzt alles ganz toll wird. Vielleicht bin ich als Regisseur ja die absolute Niete, aber zumindest wirst du ab nächsten Monat ziemlich viel Kohle machen.«

»Das klingt gut«, sagte ich und lachte.

»Und wir drei werden einen Heidenspaß haben«, fügte Norbert hinzu. »Garantiert.«

So war es. Der trübe November wurde der beste Monat im ganzen Jahr. David entpuppte sich als genialer Regisseur, was sonst, und Norbert wurde auch in Wirklichkeit zu einem Mentor. Es war, als würde ich noch einmal Schauspielunterricht nehmen, nur diesmal intensiver und ganz auf mich zugeschnitten.

»Du solltest dein Talent nicht beim Synchron verschwenden«, sagte er eines Tages. »Du bist viel zu gut. Dein Gesicht braucht eine Kamera und dein Körper eine Bühne.«

»Eine Bühne?«, fragte ich lachend, denn ich erinnerte mich an die Theaterwerkstatt.

»Ja, Elsa«, sagte Norbert ernst. »Eine große Bühne.«

1992

»Frau Frank, bitte!«, sagte die freundliche, dunkelhaarige Sekretärin am Empfang und zeigte mit der Hand zu der blauen Tür, neben der ich saß. Blaue Tür, roter Sessel, grüner Läufer, gelber Schreibtisch – man konnte nicht behaupten, dass das Vorzimmer der renommierten Theateragentur Kleinholz und Buchner farblos war.

Ich stand mit zitternden Knien auf, klopfte an die Tür und lauschte. Da ich nichts hörte, sah ich die Sekretärin fragend an.

»Sie können ruhig hineingehen«, ermunterte sie mich lächelnd.

Ich öffnete die Tür und war erstaunt, dass gleich dahinter eine zweite war. Eine Doppeltür, damit auch ja kein Laut nach außen drang.

Ich öffnete auch diese Tür und stand in einem hellen, vorwiegend beigen Raum, was nach dem Farbschock aus dem Vorzimmer ein wenig verblüffend war.

Ein Mann saß lässig auf einem Schreibtisch, ein zweiter korrekt und geschäftsmäßig dahinter.

»Grüß Gott«, sagte ich und hörte selbst, wie schüchtern das klang. Ich hatte eigentlich vorgehabt, selbstbewusst und offen aufzutreten, das hatte wohl noch nicht so ganz geklappt.

»Hallo«, sagte der Mann auf dem Schreibtisch mit einem Lächeln. Er kam auf mich zu und gab mir die Hand. Der Mann hinter dem Schreibtisch blieb, wo er war, doch zumindest stand er auf und reichte mir die Hand.

»Sie sind also Elsa Frank, die uns so sehr ans Herz gelegt wurde«, sagte der Mann hinter dem Schreibtisch. »Ich bin Andreas Kleinholz«, stellte er sich dann vor.

»Andreas Buchner«, sagte der andere, der etwas lockerer war, und bot mir mit einer Geste Platz an.

»Zwei Andreasse«, rutschte es mir heraus. Oh Gott, Elsa! Sofort wurde ich rot.

»Ja«, sagte Buchner. »Wir wollten uns zuerst auch Andreas und Andreas nennen, aber dann dachten wir, das andere klänge seriöser.« Er lächelte entwaffnend.

»Stimmt«, bestätigte ich kleinlaut.

»Also«, kam Kleinholz zum Punkt. »Sie wurden uns von Herrn Gernbacher wärmstens empfohlen. Sie haben eine Schauspielausbildung?«

»Ja.« Ich kramte meine Mappe hervor und reichte sie ihm. »In Stuttgart an der Hochschule für Musik und darstellende Kunst.«

Er warf einen kurzen Blick auf mein Diplom.

»Bühnenreifeprüfung«, sagte er und sah mich an. »Sind Sie bühnenreif?«

Ich war ein wenig überrumpelt von der Frage, immerhin hatte er den Beleg dafür vor sich liegen.

»Ich denke schon«, sagte ich verunsichert.

»Sie haben nicht viel Erfahrung«, stellte Kleinholz fest. »Wenige Engagements an kleinen Privattheatern, ein paar Minirollen im Fernsehen, Synchron ... das ist nicht viel«, resümierte er knallhart.

»Nein, das ist nicht viel«, gab ich zu, und weil ich sowieso schon alle Felle davonschwimmen sah, fügte ich hinzu: »Und das soll sich jetzt ändern, deswegen bin ich ja hier.«

Buchner lachte.

»1:0 für Frau Frank«, sagte er.

Kleinholz verzog keine Miene. Ich auch nicht.

Er schlug mit der flachen Hand auf den Tisch und sagte: »Also gut, dann legen Sie mal los. Was haben Sie uns denn mitgebracht?«

»Hamlet«, sagte ich, ohne nachzudenken.

»Bitte?«, Kleinholz runzelte die Stirn.

»Ich bin letztes Jahr einem«, ich verzog unwillkürlich das Gesicht, »einem Regisseur begegnet, der *Hamlet* inszenieren wollte und beabsichtigte, alle Männerrollen mit Frauen und alle Frauenrollen mit Männern zu besetzen. Der große Monolog sollte ganz wegfallen. Zu abgedroschen, meinte er.«

Ich machte eine kleine Pause, doch keiner der beiden fiel mir ins Wort.

»Seitdem hab ich den Monolog studiert. Nur den Monolog, nicht die ganze Rolle. Also, das ist der Hintergrund. Wenn Sie den Monolog hören wollen, kein Problem, aber ich hab natürlich auch Maria Stuart, Julia, Gretchen, Rosalinde aus *Wie es euch gefällt* ...«

»Ja, Rosalinde, bitte«, sagte Kleinholz. »Welche Stelle?«

»Welche Sie wollen, ich hab die ganze Rosalinde drauf.«

»Im Ernst?«

»Ich lerne schnell, und es bleibt lange in meinem Gedächtnis.«

»Okay, irgendwas«, sagte Kleinholz, während Buchner sich wieder auf der Schreibtischkante niederließ.

Ich wählte Rosalindes Rede an Phoebe und verwandelte mich in die als Mann verkleidete Frau, die, noch während sie dem Mädchen kräftig ins Gewissen redet, weil es rüde einen verliebten Schäfer abgewiesen hat, plötzlich selbst zum Objekt von Phoebes Begierde wird.

Es war eine komische Szene, und ich benutzte die beiden Herren als Anspielpartner, wobei ich Buchner die Rolle Phoebes zudachte und Kleinholz die des in Phoebe verliebten Schäfers.

»Oh, blöder Schäfer, warum folgt Ihr ihr?« Ich erntete prompt das Gelächter Buchners.

Am Ende klatschte Buchner in die Hände, doch ich hatte bereits mitbekommen, dass es Kleinholz war, den ich rumkriegen musste, und der verzog keine Miene.

»Ich möchte den Hamlet hören«, sagte er plötzlich.

Meinen Hamlet. Meinen Monolog.

Ich setzte mich hin und konzentrierte mich auf die größte Frage des Menschen: Sein oder nicht sein.

Ich vergaß die beiden, den beigen Raum, den Schreibtisch, alles, und ich wurde so sehr eins mit dem Text, dass er aus mir herauskam, als wäre er erst in mir entstanden, in diesem Moment und als mein ureigener Konflikt. Ich endete mit »Still!«, dann hob ich den Kopf und sah Kleinholz ins Gesicht.

Was ich sah, war blanke Fassungslosigkeit. Er griff zum Telefonhörer, wählte eine Nummer und sagte: »Hallo, Georg, Andreas Kleinholz am Apparat. Ich schicke euch die Tage jemanden, und wenn ihr klug seid, besetzt ihr sie.« Er sagte noch ein paarmal »Ja … ja … ja …«. Dann legte er auf, tauschte mit Buchner einen Blick und sagte zu mir: »In Augsburg suchen sie eine Shen Te, weiß der Geier, warum die selber keine haben. Ist nicht viel Zeit zum Textlernen, Anfang März geht's los. Vorsprechen ist Formsache.«

Ich war sprachlos. Kleinholz stand auf.

»Haben Sie die nächsten Tage Zeit?«

Ich nickte, natürlich würde ich Zeit haben, außer es wäre gerade Weltuntergang.

»Ich mach den Termin in Augsburg aus, und dann fahren wir

da zusammen hin. Ich will sichergehen, dass die keinen Scheiß bauen.« Er reichte mir die Hand. »Ich ruf Sie an.«

Ich legte wie betäubt meine Hand in seine, sagte, es sei okay und bis dann, und verließ das Zimmer. In der Farborgie draußen kam ich wieder zu mir. Ich musste sofort Norbert anrufen. Ich sollte mir vielleicht so ein Handy leisten. Ich würde ... auf der Bühne in Augsburg ...Shen Te. Mir wurde schwindlig. Ich musste mich damit beruhigen, dass ich die Rolle ja noch gar nicht hatte. Ich konnte es immer noch vermasseln. Wahrscheinlich sogar. Typisch ich eben. Nein. Ich war so gut gewesen. Und in Augsburg würde ich wieder gut sein. Ich würde sie alle umhauen.

›Verehrtes Publikum, los, such dir selbst den Schluss,
es muss ein guter da sein, muss, muss, muss.‹

Was soll ich sagen? Ich bekam die Rolle. Zum Vorsprechen hatte ich den Schlussmonolog vorbereitet und vorsichtshalber noch zwei weitere Stellen: eine, in der ich Shen Te spielte, und eine nach ihrer Verwandlung in Shui Ta. Dann stand ich allein auf der großen Bühne und wartete. Drei Männer steckten im Zuschauerraum die Köpfe zusammen, schließlich erhob sich einer und sagte: »Die Proben beginnen am 2. März. Wenn Sie mit nach oben kommen, können wir gleich den Vertrag machen.«

Drei Stunden später saß ich mit meinen beiden Agenten in ihrem beigen Büro und stieß auf mein Engagement an. Weitere zwei Stunden später tat ich das Gleiche in der Kantine des Studios mit Norbert und David, die ich von meinem neuen Handy aus sofort angerufen hatte.

Die Zeit bis März wurde ganz schön hart für mich, denn ich hatte nicht nur jede Menge Text zu lernen, sondern musste auch noch die restlichen Aufnahmen der ersten Staffel als Briggs hinter mich bringen. Die Aufnahmen für die zweite Staffel waren erst für Mai geplant, sodass es perfekt zu meinen Theaterterminen passte, denn Premiere würde am 26. April sein.

Ich konnte mich an keine Zeit in meinem Berufsleben erinnern, in der ich ein komplettes halbes Jahr schon vorausgeplant hatte. Bisher hatte ich immer von Tag zu Tag gelebt, allenfalls von Woche zu Woche. Auch finanziell ging es mir nicht gerade schlecht. Ich gönnte mir eine Lederjacke, die ich mir schon immer gewünscht hatte, und einen Friseurbesuch, der in einem erstaunlich pfiffigen Schnitt resultierte. Und in jeder freien Minute lernte ich Text.

An meinem Geburtstag, am 14. Februar, war ich im Studio. Ich hatte keinem Menschen gesagt, dass ich Geburtstag hatte, sondern würde nur mit Alfred, meinem treuen Freund, ein wenig feiern. Zu diesem Anlass hatte ich sogar mit meiner eisernen Regel gebrochen, Alkohol niemals alleine zu trinken, und mir eine Flasche Champagner besorgt. Immerhin wurde man nur einmal 29, im nächsten Jahr würde das Getränk viel bitterer schmecken.

Als wir im Studio fertig waren, lud mich David noch auf einen Sprung in die Kantine ein. Ich sagte zuerst, ich müsse noch lernen, aber er legte mir den Arm um die Schulter und sagte: »Nur ein halbes Stündchen, ist doch Freitag, und morgen hast du alle Zeit der Welt.«

Ich ging also mit. Als wir in die Kantine kamen, gingen mir die Augen über: Da standen alle. Alle Beteiligten der Produktion inklusive Aufnahmeleiterin, Cutterin und Tonmeister, alle Sprecher und dazu eine riesige Geburtstagstorte, und alle sangen laut »Happy Birthday«. Unnötig zu sagen, dass mir sofort wieder die Tränen in die Augen traten. Ich war so gerührt. Norbert kam auf mich zu und umarmte mich herzlich, und David lachte schallend über die gelungene Überraschung. Später verriet mir Norbert, dass Buchner ihm den Tipp gegeben hatte, schließlich hatte er als mein Agent auch meine Daten.

»Na, die sind ja vertrauenswürdig«, rief ich in gespielter Empörung. Aus der halben Stunde wurden mehrere, sodass ich erst weit nach Mitternacht zu Hause war.

»Hallo, Alfred«, sagte ich mit schwerer Zunge. »Wir trinken den Schampus ein andermal, okay?« Dann fiel ich müde und glücklich ins Bett.

Das Theater hatte mir ein Zimmer in einer kleinen Pension reserviert, damit ich nicht täglich hin und her fahren musste, was ich vor allem Alfred zuliebe trotzdem häufig tat.

Die Proben liefen großartig. Mein einziges Problem war das Singen. Es war zwar nicht nötig, dass man die Songs wie ein professioneller Sänger darbot, aber ich hatte den Anspruch, den Zuschauern zumindest keine Ohrenschmerzen zu bereiten. Ich bekam Extraproben für die Lieder und tat mich dabei mit Thomas Leithammer, dem Darsteller des Wang zusammen. Gemeinsam übten wir und hörten uns gegenseitig zu. Beide waren wir nicht übermäßig begabt als Sänger, aber wir waren gute Schauspieler und gaben uns gegenseitig Tipps, wie wir unser mangelndes Gesangstalent kompensieren konnten. Ich spürte, wie ich täglich besser wurde. Es war das Befriedigendste, was ich je getan hatte.

Anfang April begann ich zum ersten Mal, an die Premiere zu denken. Von da an erlitt ich immer wieder mal Anfälle von plötzlichem Herzflattern.

Eines Tages, als ich von einer Samstagsprobe nach München zurückkam, stand ein kleiner Umzugswagen vor unserem Eingang. Zwei Männer packten, von S. Schulze dirigiert, Kisten hinein. Zog sie aus?

»Hallo, Frau Schulze«, sagte ich und beachtete diesmal ihre hektische Betriebsamkeit nicht. »Ziehen Sie um?«

»Tja«, sagte sie schnippisch. »Wenn der Vermieter Eigenbedarf anmeldet, kann man nichts machen.« Sie drehte sich auf dem Absatz um, und weg war sie. Ich folgte ihr ins Haus. Oben angekommen warf ich einen Blick durch die offene Tür der Nachbarwohnung. Da waren doch auch noch Finns Sachen drin. Was passierte denn mit denen, wenn der Eigentümer da einziehen wollte? Es gab mir einen Stich ins Herz. Jetzt würde also endgültig alles anders werden. Natürlich war Finn selbst schon längst nicht mehr da, aber zumindest seine Zeichensachen, sein Klavier, sein Holztisch, sein Bett, seine Bilder. Das würde jetzt alles auch verschwinden. Und dann war nichts mehr von ihm da.

Ich ging in meine eigene Wohnung und suchte Trost bei Alfred.

Merkwürdigerweise vertrieb dieses Ereignis mein Lampenfieber vor der Premiere. Ich konzentrierte mich noch mehr auf die Proben. Wäre Alfred nicht gewesen, ich wäre am liebsten vorerst gar nicht mehr nach München zurückgekehrt.

Die Premiere war an einem Sonntag, und am Samstag davor war Generalprobe. Ich beschloss, zumindest an diesem Wochenende, von Freitag bis Sonntag, in Augsburg zu bleiben. Ich hatte David gebeten, sich um Alfred zu kümmern und ihm nicht nur Wasser zu geben, sondern auch mit ihm zu reden. Als Dank dafür schenkte ich ihm und Norbert die Premierenkarten, die ich eigentlich für meine Eltern reserviert hatte, aber die konnten nicht kommen. Was für eine Überraschung!

Die beiden Andreasse dagegen wollten sich meine Premiere natürlich nicht entgehen lassen.

Die Generalprobe lief wie eine Generalprobe laufen sollte:

schlecht. Nun ja, vielleicht noch etwas schlechter als erwünscht. Es gab fast keinen, der nicht irgendwann einen gewaltigen Texthänger gehabt hätte. Ein Umbau klappte nicht, obwohl das Bühnenbild nun wirklich nicht allzu aufwendig war. Es herrschte überall spürbare Nervosität.

Mein Schlussmonolog klang wie heiße Luft, denn ich sah nur trübe Gesichter im Zuschauerraum, das gequälte unseres Regisseurs, Pavel Rainhard, das betretene seiner Assistentin und das zweifelnde des Intendanten. Verhaltener Applaus schickte uns in die Garderobe. Es war ernüchternd.

Pavel rief uns im Theaterfoyer zu einer letzten Kritik zusammen.

Wir warteten darauf, dass er uns zur Schnecke machen würde. Doch es kam anders.

»Wir müssen nicht darüber reden, was heute alles schiefgelaufen ist«, sagte er, »das wisst ihr selber. Aber ich möchte euch etwas erzählen, das ich erlebt habe, vor …«, er rechnete nach, »vor acht Jahren. Es war in Berlin in der Theatermanufaktur am Halleschen Ufer. Man gab *Die Rundköpfe und die Spitzköpfe* von Brecht. Eine großartige Aufführung. Fantastische Schauspieler, eine witzige Inszenierung und ein ganz einfaches Bühnenbild. Mit anderen Worten, fast wie bei uns.«

Er lächelte uns an und fuhr dann fort: »In einer Szene mussten die Schauspieler einen Wagen über die Bühne ziehen. Ein einfacher Holzleiterwagen. Plötzlich brach die Achse, der Wagen ließ sich nicht mehr bewegen. Und was taten die Schauspieler? Sie bauten es ein. Ich weiß bis heute nicht, ob der Wagen tatsächlich kaputtging oder ob das Ganze ein reiner Verfremdungseffekt war. Aber es war der beste Moment des Abends. Ihr spielt Brecht, und was immer passiert, ändert nichts am Stück oder an eurem Spiel. Nehmt, was ihr kriegen könnt, um die Zuschauer zu begeistern, sogar das, was schiefläuft. Genießt den Tag morgen. Ihr seid großartig.«

Mein Lampenfieber kehrte zurück, obwohl Pavel nichts hätte sagen können, das mich mehr motiviert und gleichzeitig beruhigt hätte. Aber Lampenfieber hatte nichts damit zu tun, ob man eigentlich beruhigt und vorbereitet war, ob man wusste, dass man gut war, ob man sich darauf freute, spielen zu dürfen. Es war einfach da. Wie eine Krankheit, wie ein Pickel. Gemeinsam mit Thomas, der ebenfalls wie ein Gespenst herumlief, zwang ich mich am Nachmittag, zumindest ein belegtes Brot in der Kantine zu essen. Danach ging ich noch kurz ins Hotel, versuchte das Kribbeln zu vertreiben, hatte das Gefühl der Text wäre komplett weg, duschte, zog mich an, packte meine Premierenfeierklamotten ein, wünschte mir, ich sei tot oder nie geboren oder hätte etwas Vernünftiges gelernt und begab mich zum Theater. So musste sich Marie Antoinette gefühlt haben, als man sie zur Guillotine führte.

Als ich aus dem Fenster meiner Garderobe schaute, sah ich all die vielen Leute in feinen Kleidern, die sich ganz entspannt auf die Aufführung freuten. Wie ich sie beneidete!

Es gab nicht viel für die Maskenbildnerin zu tun, nur meine Augen wurden so geschminkt, dass sie riesengroß wirkten, und auch die Garderobiere war praktisch arbeitslos, denn in die Latzhose, die ich trug, konnte ich problemlos selbst hineinschlüpfen. Um mich in Shui Ta zu verwandeln, brauchte ich nur ein Jackett, eine Brille und einen Hut dazu. All das war neben der Bühne platziert.

Als ich mich im Spiegel betrachtete, fing mein Herz stärker an zu klopfen als je zuvor.

Ich ging hinter die Bühne, wo ich Pavel und die anderen Darsteller traf. Wir bildeten einen großen Kreis, fassten uns alle an den Händen und konzentrierten uns ein paar Sekunden lang stumm. Dann sagte Pavel: »Und jetzt!« Und wir alle sagten es: »Toi, toi, toi!« Die magischen Worte. Ich fühlte ihre Kraft und nahm sie in mich auf. Jetzt war ich bereit.

Das Licht im Saal ging aus, und die Bühne wurde nur spärlich beleuchtet. Thomas betrat die Szene.

»Ich bin Wasserverkäufer hier in der Hauptstadt von Sezuan.«

Es hatte begonnen.

Die Götter kamen hinzu und suchten Unterschlupf, und schließlich sagte Thomas als Wang die Worte, die mein Herz für einen kurzen Moment zum Aussetzen brachten: »Jetzt bleibt nur noch die Prostituierte Shen Te, die kann nicht Nein sagen.«

Er rief »Shen Te!«, und Shen Te betrat zum ersten Mal die Bühne.

Nicht ich, sondern sie. Elsa war vergessen. Ich war Shen Te, und dann war ich irgendwann Shui Ta, ich wollte ein guter Mensch sein und konnte es nicht. Ich war zerrissen in zwei Gestalten, und keine davon trug den Namen Elsa. Und dann und wann war ich, wie der Dichter es verlangte, die Schauspielerin, die an der Natur ihres Spiels keinen Zweifel ließ. Wenn ich auf offener Bühne mein Haar zusammenband und mir den Hut aufsetzte. Wenn ich zwischendurch mit dem Publikum kokettierte und nach den Liedern auf Beifall wartete und mich verbeugte. Und natürlich am Schluss. Noch während ich meinen Monolog sprach, ging im Saal das Licht langsam an, wurde das Bühnenbild abgebaut und kamen die anderen Schauspieler, als würden sie zum Publikum gehören, und hörten mir zu.

Und trotzdem konnte ich die Spannung im Saal spüren, die ich allein mit meinen Worten hielt und die sich, als ich schließlich endete, in tosendem Applaus entlud.

Ich blieb stehen, und die anderen gesellten sich in einer Reihe zu mir. Wir verbeugten uns wieder und wieder. Dann ging der Vorhang zu, und der Einzelapplaus folgte, wobei ich als Letzte durch den Vorhang trat. Als ich das tat, glaubte ich, die Wand aus Beifall und Bravos würde mich umhauen. Ich vergaß für einen Moment, dass ich mich verbeugen sollte, und verwandelte mich in die unsichere Elsa zurück, die nicht fassen konnte, dass all das nur ihr galt. Immer wieder mussten wir uns verbeugen, und jedes Mal, wenn ich vortrat, erhöhte sich der Geräuschpegel noch um ein Vielfaches.

Diesen Augenblick hätte ich für immer festhalten wollen.

Schließlich war es doch zu Ende. Der letzte Vorhang fiel. Auf dem Weg zur Garderobe warteten die ersten Gratulanten. Pavel umarmte mich und war fast zu Tränen gerührt. Nicht in seinen kühnsten Träumen hätte er sich vorstellen können, dass es so gut wird, sagte er. Gut ja, aber *so* gut, so unglaublich, wahnsinnig gut. Auch die anderen Schauspieler gratulierten mir und versicherten mir immer wieder, wie großartig ich war. Als ich dann allein in meiner Garderobe stand, dachte ich, jetzt würde ich gleich aufwachen und zu Hause in meinem Couchbett liegen. Es war alles viel zu unwirklich, und es konnte doch niemals mir passieren: mir, Elsa Frank, verklemmtes Hascherl. Ich blickte in den Spiegel und sah eine hübsche Frau mit großen, glänzenden Augen und geröteten Wangen. Nichts an ihr sah aus wie ein Hascherl. Die neue Elsa Frank, dachte ich, die eigentliche Elsa Frank.

Die Tür ging auf und knallte gegen meinen Rücken.

»Oh, Tschuldigung, Elsa«, sagte die Garderobiere Martina, und huschte mit ein paar Kostümen an mir vorbei. »Ziehst du dich rasch um? Ich muss das dann alles wegräumen. Und du willst doch auch zur Premierenfeier.«

»Ja, klar«, sagte ich und verwandelte mich zurück vom gefeierten Star der Vorstellung in ein gehorsames Mäuschen. So viel zu der neuen Elsa.

Ich machte mich rasch frisch, legte ein wenig neues Make-up auf, kämmte meine Haare und zog das enge, schwarze Kleid an, das ich mir für diesen Anlass geleistet hatte. Zum Schluss zwängte ich meine Füße in die neuen High Heels und überlegte sofort, wie lange ich sie wohl ertragen konnte. Meine restlichen Sachen packte ich in die große Tasche, die ich mitgebracht hatte, und bat Martina, sie beim Pförtner für mich zu hinterlegen.

Dann schnappte ich mir meine Handtasche und begab mich ins Foyer, wo die Feier stattfand. Als ich durch die Tür trat und man mich bemerkte, hob sofort wieder Applaus an, und weil ich nicht mehr auf der Bühne stand und in meinen privaten Sachen war, machte mich diese Aufmerksamkeit von allen Seiten höchst verlegen, auch wenn ich natürlich unglaublich stolz war. Doch es half nichts. Überall streckten sich mir Hände entgegen. Plötzlich schlangen sich ein paar Arme um mich, und ich fand mich an der Brust von Andreas Kleinholz wieder, den ich noch nie zuvor so enthusiastisch gesehen hatte. Auch Buchner nahm mich in den Arm, doch ich hielt Ausschau nach meinen Leuten, nach David und Norbert. Ganz hinten an einem Ecktisch entdeckte ich sie. Sie strahlten und klatschten wie alle anderen. Ich wollte gerade auf sie zustürmen, als ich direkt neben ihnen noch jemanden sah, der mir applaudierte, ein breites Grinsen im Gesicht. Jetzt, dachte ich, verlier ich den Verstand, jetzt hab ich schon Halluzinationen. Doch die Halluzination kam geradewegs auf mich zu. Und zwei Sekunden später lagen Finn und ich uns in den Armen.

Es blieb zunächst keine Zeit, irgendwelche Fragen zu stellen, denn ständig war ich von Leuten umlagert, die mir gratulieren, mit mir über die Vorstellung reden, oder mir einfach nur sagen wollten, dass ich die beste Shen Te war, die sie je gesehen hatten. Ich ging bei solchen Aussagen vorsichtshalber davon aus, dass diese Leute zumindest noch eine andere Shen Te kannten. Dann hielt der Intendant eine Rede. Es war keine dieser schwülstigen, nie enden wollenden, langweiligen Lobhudeleien, sondern eine äußerst amüsante Einlage, die zwar durchaus jede Menge Lob enthielt, doch er verpackte es in witzige, kleine Pakete, auf jeden einzelnen der Erwähnten passgenau zugeschnürt. Es gab jedes Mal einen Lacher. Ich kam als Letzte an die Reihe und war nervös und gespannt, was er zu sagen hatte.

»Und jetzt, verehrte Gäste – es tut mir leid, aber jetzt muss ich ernst werden, denn ich stehe in Ehrfurcht vor so viel Talent, wie es in Elsa Frank schlummert. Mit unserer Shen Te haben wir einen Rohdiamanten in unser Haus bekommen, von dem ich inständig hoffe, dass es nie jemand wagen wird, ihn zu schleifen und ihm seine natürliche Schönheit und Strahlkraft zu nehmen. Ich kann an dieser Stelle, verzeihen sie mir bitte diese Einfallslosigkeit, nichts anderes tun, als mich von ganzem Herzen dafür zu bedanken, dass Frau Frank uns mit diesem Talent und mit diesem Abend beschenkt hat.«

Wenn David nicht zufällig gerade wie ein Fels in der Brandung neben mir gestanden und den Arm um mich gelegt hätte, ich wäre wahrscheinlich umgekippt. Mit brennenden Wangen nahm ich erneut den Applaus entgegen, doch ich wollte mich lieber verkriechen. Wie war das möglich? Ich war doch ... nichts Besonderes. Es fühlte sich an, als wäre alles eine große Verwechslung. Der Intendant war fertig mit seiner Rede und forderte alle dazu auf, den gelungenen Abend noch ausgiebig zu feiern. Ich setzte mich zu Finn, David und Norbert an den kleinen Ecktisch und hoffte darauf, ein wenig zur Ruhe zu kommen, als zwei Mädchen, Teenager, vielleicht vierzehn oder fünfzehn, zögernd mit einem

Programm auf mich zukamen und schüchtern fragten, ob sie ein Autogramm haben könnten. Dabei hielten sie mir das Heft und einen Stift entgegen.

Ich starrte sie ein paar Sekunden lang an. Ein Autogramm? Ich? Weil ich mich nicht regte, nahm Finn das Programm entgegen und fragte die beiden Mädchen nach ihren Namen.

»Lisa«, sagte die eine und »Simone« die andere.

»Also, Lisa und Simone«, sagte Finn, »ihr beiden bekommt jetzt etwas ganz Besonderes. Hebt es gut auf, denn irgendwann wird es sehr wertvoll sein und dann könnt ihr es teuer verkaufen.«

Dann drückte er mir den Stift in die Hand, schlug die erste Seite des Programmheftes auf, wo genügend Platz zum Schreiben war, und sagte: »Das allererste Autogramm von Elsa Frank.«

Die beiden Mädchen quietschten unterdrückt vor Aufregung, ich kam wieder zu mir und musste lachen. Ich schrieb: *Für Lisa und Simone in Erinnerung an Elsa Frank.* Klein und in Klammern dahinter: *Hiermit erkläre ich, dass dies mein erstes offizielles Autogramm ist.*

Ich gab den beiden das Heft und den Stift zurück. Sie bedankten sich und quietschten noch mehr.

Ein Kellner kam mit einem Tablett voller Sektgläser vorbei, und David reichte jedem von uns eins.

»Auf unsere Elsa, Brecht hätte sie geliebt«, sagte er bombastisch, und wir ließen die Gläser klingen. Ich platzte fast vor Neugierde und konnte es nicht erwarten, Finn endlich danach zu fragen, wie er hier so plötzlich hatte auftauchen können, doch ich hatte keine Chance. Als Nächstes wurden wir von den beiden Andreassen belagert, die wilde Pläne machten, wo ich künftig unterzubringen sei. Ein festes Engagement? Nur an einem großen Haus, besser Stückverträge an guten Häusern, vielleicht ein Tourneetheater, aber ein gutes. Mir brummte der Schädel, und ich wollte eigentlich gar nichts davon hören. Nicht jetzt, nicht an diesem Abend.

Zum Glück verabschiedeten sich die beiden bald. Nach ihnen kam Pavel an unseren Tisch, redete über die Aufführung und fragte ganz nebenbei, ob ich Lust hätte, demnächst wieder etwas mit ihm zu machen. Er hätte da was im Auge, noch nicht ganz spruchreif, aber wir würden in Kontakt bleiben. Er würde sich melden.

»Klar«, sagte ich, »jederzeit.« Ich war völlig erschöpft.

Ich kippte meinen Sekt hinunter und bekam sofort von irgendwem ein neues Glas vorgesetzt. Am liebsten hätte ich mich in eine Ecke gelegt und geschlafen.

Plötzlich stand Norbert auf und sagte: »Lasst uns hier verschwinden. Das wird jetzt alles ein bisschen viel.« Er zog mich auf die Füße, und ich folgte ihm willenlos, David und Finn hinterher. Nachdem wir beim Pförtner meine Sachen abgeholt hatten, gingen wir zu Davids neuem Kombi, der in einer Seitenstraße nahe dem Theater stand.

Ich wurde nach hinten verfrachtet, Norbert setzte sich neben mich, während Finn auf dem Beifahrersitz Platz nahm.

Noch bevor ich meine drängenden Fragen stellen konnte, war ich eingeschlafen.

Ich wachte erst auf, als David vor unserem Haus den Motor abstellte.

»Da sind wir«, sagte er und drehte sich zu mir um. »Na, ausgeschlafen?«

»Sind wir zu Hause?«, fragte ich und sah mich dabei um.

»Wo denn sonst? Wir wollen doch in Ruhe noch ein bisschen feiern, oder?«

»Aber meine Wohnung ist nicht aufgeräumt«, protestierte ich.

»Deswegen gehen wir ja auch in meine«, sagte Finn und stieg aus.

»Du hast keine Wohnung mehr«, rief ich ihm aus dem Wagen hinterher. Norbert holte meine Sachen aus dem Kofferraum, während David mir die Tür aufhielt.

»S. Schulze ist ausgezogen, weil der Vermieter Eigenbedarf angemeldet hat«, erklärte ich.

»Stimmt«, sagte Finn.

»Na also, dann weißt du es ja«, sagte ich begriffsstutzig. »Wo wohnst du denn jetzt?«

»Elsa«, sagte David und zog mich zum Eingang. »Jetzt lass uns erst einmal hineingehen.«

Finn ging vor, Norbert kam mit meiner großen Tasche, und David führte mich langsam die Treppe nach oben. Finn schloss seine Wohnung auf und machte eine einladende Geste. Als ich es immer noch nicht verstand, zeigte er auf das Schild an der Tür: McGregor.

»Ich bin der Vermieter, und weil ich jetzt wieder in München bin, habe ich Eigenbedarf angemeldet.«

David schob mich hinein.

»Ich hoffe, du hast ein adäquates Getränk zu Hause«, sagte er zu Finn. »Und damit meine ich nicht Bier.«

»Ich hab noch eine Flasche Champagner drüben«, sagte ich, als ich meine Sprache wiedergefunden hatte.

»Dann hätten wir damit schon drei«, sagte Finn.

»Das sollte fürs Erste genügen«, meinte Norbert und machte es sich im Ohrensessel gemütlich.

Nachdem wir alle angestoßen hatten, wurde ich endlich meine Fragen an Finn los.

Was war mit New York? Wieso war er wieder in München, und wie lange blieb er? Warum hatte er nicht Bescheid gesagt?

Erst als ich diese Frage gestellt hatte, wurde mir klar, dass sie irgendwie seltsam klang, denn so enge Freunde waren wir ja nun auch nicht gewesen. Gar keine richtigen Freunde eigentlich, nur Nachbarn. Außer, dass es sich immer so angefühlt hatte, als wären wir Freunde. Außerdem hatte ich seine Pflanzen gegossen, und er hatte mir dafür den Kopf beim Kotzen gehalten, das verband natürlich.

Finn jedoch fand die Fragen nicht ungewöhnlich. Er hatte niemandem Bescheid gesagt, außer natürlich seiner Mutter und seinem Bruder, der das mit seiner Wohnung geregelt hatte. Zwei Tage vorher, also am Freitag, war er eingetroffen, hatte als Erstes an meiner Tür geklingelt, doch ich war ja nicht da gewesen. Dafür hatte er am Samstag David getroffen, der sich um meinen Alfred gekümmert und ihm bei dieser Gelegenheit erzählt hatte, was mir am nächsten Tag bevorstand.

»Ist doch klar, dass ich mir das ansehen wollte«, meinte Finn. »David hat dann noch eine zusätzliche Karte organisiert. Wir saßen übrigens in der ersten Reihe.«

Fast hätte ich mich an meinem Champagner verschluckt. Nicht auszumalen, was passiert wäre, wenn ich die drei, vor allem Finn, zufällig gesehen hätte.

»Ja«, fügte David hinzu, »ich glaube, einmal hab ich sogar etwas Spucke von dir abbekommen.«

»Ich spucke nicht«, protestierte ich, als die drei lauthals lachten. Es entstand eine aberwitzige Debatte darüber, ob ich spuckte, wer von den anderen Schauspielern spuckte und dass Norbert grundsätzlich das Sprecherpult so einnässte, dass neben der Cutterin ein Handtuch bereitlag. Wir grölten vor Lachen.

Zwischendurch meinte ich, Frau Obermoser mit dem Besenstiel gegen die Decke poltern zu hören.

Als zwei Flaschen Champagner geleert waren, rief David für sich und Norbert ein Taxi.

»Gute Nacht, mein Schatz«, sagte David zu mir und gab mir einen Kuss auf den Mund. »Du bist eine Granate.«

Norbert nahm mich in den Arm, wie es mein Vater hätte tun sollen, wenn er da gewesen wäre. Er drückte mich an sich und flüsterte mir ins Ohr: »Ich bin so stolz auf dich. So, so stolz.« Dann gab er mir einen Kuss auf die Wange und ging mit David die Treppe hinunter.

Finn und ich standen im Treppenhaus und sahen ihnen nach.

»Hast du nicht etwas von einer Flasche Champagner in deinem Kühlschrank gesagt?«, fragte Finn, bevor wir wieder an den Punkt kamen, an dem wir nicht wussten, wie es weitergehen sollte.

Da war es wieder, dieses breite Grinsen mit geschlossenem Mund, das ich so vermisst hatte. Ich grinste zurück, nickte und holte die Flasche aus dem Kühlschrank.

»Eigentlich wollte ich die mit Alfred trinken«, sagte ich, als ich mich zu ihm setzte und er einschenkte.

»Ist das dein Freund?«, fragte er direkt, aber ohne jeden Unterton in der Stimme.

»Alfred ist dein Farn«, sagte ich. »Ich unterhalte mich mit ihm, und ohne Namen kann ich ihn ja nicht ansprechen.«

»Ach so«, sagte Finn. Er fläzte sich aufs Sofa, und ich kuschelte mich mit angezogenen Knien in den riesigen Ohrensessel.

»Außerdem, was wäre das für ein Freund, der sich heute Abend nicht hätte blicken lassen?«, gab ich zu bedenken.

»Stimmt«, pflichtete er mir bei. »Also, kein Freund?«

»Wieso willst du das wissen?«, fragte ich.

»Einfach so«, sagte er schlicht.

»Also gut«, sagte ich. »Nein. Ich habe keinen Freund. Es gab durchaus Interesse, aber der Interessent war mir etwas zu …« Wie sollte man das ausdrücken?

»Zu?«

»Zu … interessiert.«

»Aha«, sagte er nur, und bevor er weiterbohren konnte, fragte ich: »Und du? Freundin? In New York?«

Er nippte an seinem Glas und sagte: »Ja.«

Ich war baff. »Tatsächlich?«

Er sah mich an. »Wieso nicht?«

»Ja, klar, wieso nicht«, bestätigte ich rasch. »Und jetzt?«, hakte ich nach.

»Ich bin hier, und sie ist dort«, sagte er.

»Es ist aus, oder was?«, fragte ich.

»Ja. Ich wollte wieder zurück«, sagte er.

»Sie hätte mitkommen können, oder?«, fragte ich.

Er schüttelte den Kopf.

»Ich passe nicht in ihre Welt und sie nicht in meine.«

Er setzte sich auf und wurde nachdenklich.

»Ich hab nicht nach New York gepasst, weißt du? Es ist toll und alles, aber es ist nicht meine Welt. Das hier ist meine Welt.«

Ich verstand ihn. Es hatte keine Sekunde gegeben, in der ich ihn mir in dieser Riesenstadt hatte vorstellen können.

»Und jetzt?«, fragte ich. »Hast du ein gebrochenes Herz?«

Er lachte und meinte: Nein, jetzt sei es wieder heil. Dann lehnte er sich wieder zurück und legte bequem die Beine hoch.

Wir tranken schweigend unseren Champagner, doch es war nicht einen Moment lang unangenehm.

Dann wollte er wissen, wie ich an die Rolle in Augsburg gekommen war. Ich erzählte davon, wie Norbert mich unermüdlich motiviert und mir schließlich ein Vorsprechen bei Kleinholz und

Buchner besorgt hatte. Dabei erwähnte ich auch, wie es dazu gekommen war, dass ich den Hamlet-Monolog lernte.

»Markus Hansemann«, sagte ich mit vor Sarkasmus triefender Stimme, »den Namen wirst du dir merken müssen.«

»Wer weiß?«, orakelte Finn. »Es gibt doch überall Leute, die mit ihrer Schrägheit und mit heißer Luft Karriere machen.«

»Ja, das stimmt«, gab ich zu, »aber die meisten von diesen Leuten haben zumindest gewaschene Haare und saubere Klamotten.«

Er hob sein Glas. »Auf Wasser und Seife!«, toastete er.

»Auf Wasser und Seife«, echote ich.

Es war mittlerweile fast drei Uhr nachts, und ich war kein bisschen müde. Finn schenkte unsere Gläser nach und erzählte von seiner Arbeit in New York. Von der SVA, der School of Visual Arts, und von dem Angebot, das er zwei Monate zuvor von Disney erhalten hatte. Er hatte eine Riesenkarriere sausen lassen. Als ich ihn fragte, ob er das nicht bereute, schüttelte er den Kopf. Geld, Prestige, das bedeutete ihm nichts. Finn war mit ganzem Herzen Künstler.

»Als ich damals in deinem Gesicht gesehen habe, welchen Eindruck die Zeichnung von den Verliebten am Meer auf dich gemacht hat, als ich gesehen hab, dass dir schier die Worte gefehlt haben, da hab ich Befriedigung empfunden. Wenn ich einen einzelnen Menschen so berühren kann, dann ist das viel mehr als alles, was man mir dafür geben könnte.«

Unsere Blicke trafen sich für Sekunden, verbanden sich und ließen sich wieder los.

»Und außerdem«, sagte er dann betont nüchtern und räkelte sich auf dem Sofa, »verdiene ich auch ohne Disney genug Kohle, ich kann mir diese coole Haltung leisten.«

»Ja, du bist ja sogar Wohnungsbesitzer«, sagte ich.

»Hausbesitzer, um genau zu sein«, ergänzte er.

»Wie bitte?«, rief ich aus. »Dir gehört das ganze Haus? Ich zahle meine Miete an dich?«

»An meinen Bruder und mich, genau genommen«, sagte er. »Wir haben das Haus von unserem Großvater geerbt.«

»Das ist ja …« Ich wusste nicht, was es war.

»Dann ist ja Frau Obermoser auch eure Mieterin.«

»Jaa«, grinste Finn. »Aber das weiß sie gar nicht.«

»Wieso weiß sie das nicht?«

»Du hast es doch auch nicht gewusst«, entgegnete er. »Aber lies mal deinen Mietvertrag, da steht klar und deutlich McGregor.«

»Das mach ich morgen«, sagte ich. »Woher kommt eigentlich der Name? Das wollte ich dich schon immer fragen.«

»Mein Vater war Schotte. Ich bin in Schottland geboren, aber er ist gestorben, als ich ein Jahr alt war. Da ist meine Mutter mit ihren beiden Kindern wieder nach München gezogen. War einfacher für sie.«

»Ist dein Bruder viel älter?«

»Sechs Jahre. Und er ist viel vernünftiger als ich, kennt sich mit Geld und Darlehen aus und solchen Sachen. Ich glaub, er weiß sogar, wie die Börse funktioniert. Aber laut meiner Mutter sind wir wirklich Geschwister.«

»Wie heißt er?«

»Kevin. Heutzutage fällt der Name gar nicht mehr auf.«

»Kevin – Allein zu Haus?«, fragte ich amüsiert.

»Nein. Kevin hat Frau und Kind, wie sich das gehört.«

»Gehört sich das so?«, fragte ich.

»Für manche Menschen schon, für manche ist es einfach nur schön«, sagte er. »Muss aber nicht sein.«

»Nein, muss es nicht«, bestätigte ich.

»Und was ist mit deiner Familie?«, fragte Finn.

»Was soll mit meiner Familie sein?«, fragte ich ein wenig unwillig zurück.

»Sind die alle schon tot, leben sie auf einem anderen Planeten, oder warum war heute keiner in Augsburg bei deiner Premiere?«

Ich schnaubte.

»Also? Tot anscheinend nicht, oder?«

»Ganz und gar nicht. Meine Eltern sind sehr lebendig. Lebenshungrig geradezu, da wird kein Fest ausgelassen. Außer Feste, die die Tochter betreffen. Oder den Sohn. Der ist genauso ins eigene Leben entlassen worden wie ich, nur dass er eine eigene Familie hat. Mit wechselnder Besetzung allerdings. Er war schon dreimal verheiratet und hat, wenn ich richtig gezählt hab, insgesamt vier Kinder. Mit der letzten Frau ist er noch zusammen. Glaub ich jedenfalls.« Ich verdrehte die Augen.

»Mein Bruder ist übrigens auch sechs Jahre älter als ich. Ihm hab ich auch den Namen zu verdanken, weil er gerade eingeschult worden war, und die Hauptpersonen in der Lesefibel waren seine Helden.«

»Hans, Heiner und Elsa?« Finn schlug sich mit der flachen Hand an den Kopf. »Oh, mein Gott.« Er lachte schallend.

»Nicht dass Elsa kein schöner Name ist, aber ...«.

»Aber es sollte bessere Gründe geben, sich für den Namen seines Neugeborenen zu entscheiden, richtig.«

»Elsa ist ein schöner Name«, betonte er.

»Es geht. Altbacken eben«, meinte ich.

»Jetzt kannst du ihn nicht mehr ändern, sonst ist dein erstes Autogramm nichts mehr wert«, erinnerte er mich.

Ich musste lächeln, als ich an die beiden aufgeregten Mädchen dachte.

»Ich kann's noch immer nicht glauben, dass mir das alles passiert«, sagte ich. Ich leerte mein Glas, stand auf und ging nach draußen auf die Dachterrasse. Es war atemberaubend. Man sah über die Dächer der Münchner Altstadt und, darüber wachend und hell erleuchtet, den Alten Peter und die Türme der Frauenkirche. Finn gesellte sich zu mir.

»Ich stand auf dem Empire State Building und hab diese Aussicht vermisst, weißt du?«, sagte er. Ich nickte.

Er sah mich an.

»Spielst du noch Saxofon?«, fragte ich.

»Klar!«, sagte er.

»Spielst du noch mal *The Rose*? Für mich?«

»Jetzt?«

»Bevor jemand die Polizei verständigen kann, ist das Lied schon zu Ende.«

Er grinste breit, ging hinein und holte sein Saxofon.

Und dann spielte er über den Dächern von München *The Rose* – nur für mich.

An diesem Abend begann alles. Einfach alles. Mein neues Leben. Und vor allem die Freundschaft zwischen Finn und mir, obwohl der Grundstein dazu schon zwei Jahre zuvor gelegt worden war.

Es hatte im Übrigen tatsächlich jemand die Polizei verständigt, was vielleicht zu erwarten gewesen war, wenn man um drei Uhr morgens mitten in der Stadt im Freien auf einem Saxofon spielte, auch wenn man so gut spielte wie Finn.

Als sie eintraf, verschwand ich rasch in meiner eigenen Wohnung und hörte amüsiert, wie Finn von den beiden Polizisten eine Belehrung erhielt und Besserung gelobte.

Von diesem Tag an verbrachten wir fast jede freie Minute zusammen. Nicht dass wir viele freie Minuten gehabt hätten. Ich musste natürlich häufig nach Augsburg, hatte auch wieder jede

Menge Studiotermine, und Finn arbeitete sowieso ununterbrochen, wie ich feststellte. Aber wenn wir Zeit hatten, frühstückten wir zusammen, sahen uns am Abend gemeinsam Filme an oder gingen spazieren. Oder wir hingen einfach auf seiner Dachterrasse herum und redeten Blödsinn. Jeder hatte den Wohnungsschlüssel des anderen, geklingelt wurde eigentlich nur zur Ankündigung und diente vor allem Finn als Zeichen dafür, dass er sich schleunigst etwas anziehen sollte, falls er beim Malen gerade wieder einmal nackt war.

Wir waren gern zusammen, hatten Spaß miteinander, konnten über alles reden und verstanden uns auch ohne Worte.

Mehr war nicht zwischen uns.

Finn machte niemals irgendwelche Annäherungsversuche, niemals waren seine freundschaftlichen Berührungen missverständlich, niemals nutzte er die Situation aus, wenn wir dicht nebeneinander auf das Sofa gekuschelt einen spannenden Film ansahen und ich mein Gesicht an seiner Schulter verbarg, und ich genoss, dass es so war. Ich dachte nicht über meine Gefühle für Finn nach, oder darüber, ob ich mehr gewollt hätte, denn ich hatte nie eine bessere Zeit gehabt und nie einen besseren Freund. Das wollte ich behalten. So sollte es bleiben.

Nur David machte manchmal Anspielungen und konnte anscheinend gar nicht glauben, dass wir nichts miteinander hatten, aber das war eben David.

1993

Das darauffolgende Jahr wurde seltsam. Vielleicht fühlte es sich aber auch nur deshalb seltsam an, weil ich in diesem Jahr dreißig wurde. Ein Meilenstein. Laufen lernen, sprechen lernen, in die Schule kommen, volljährig werden, dreißig werden, lauter Meilensteine. Nicht, dass ich eine Krise deswegen gehabt hätte. Es kam mir nur so ... erwachsen vor. Und, wie Finn sich – nicht sehr ernst gemeint – ausdrückte, die Uhr begann zu ticken. Ich war also erwachsen, und meine Uhr tickte, beides Dinge, mit denen ich nichts anfangen konnte. Ich war zufrieden, war gut beschäftigt, erhielt glänzende Kritiken, hatte einen wunderbaren Freundeskreis, musste mir keine Gedanken wegen meinem Vermieter machen, ich hatte nicht einmal Eltern, die ständig nachfragten, ob ich jetzt endlich einen Freund hätte und ob ich sie eventuell bald mit einem Enkel beschenken würde. Ich hatte nicht einmal Falten. Was also sollte mir diese Zahl sagen, die am 14. Februar 1993 über mich hereinbrach?

Wir feierten in Finns Wohnung. Das war sein Geburtstagsgeschenk, wie er betonte. Neben ein paar Kollegen aus Augsburg, Thomas und Pavel, kamen Leute vom Synchron, Regina mit ihrem Freund, ein paar Sprecherkollegen, Norbert natürlich und David, der merkwürdig verlegen gefragt hatte, ob er eine Frau mitbringen dürfe. Zu meiner großen Freude war auch Edda zugegen, die es sichtlich genoss und einen Ehrenplatz in Finns Ohrensessel erhielt.

Finn setzte sich ans Klavier, und alle sangen lauthals »Happy Birthday«. Und weil er schon dabei war, spielte er gleich noch ein bisschen weiter. Maria, Davids Freundin, entpuppte sich als großartige Sängerin. Sie war eine überaus sympathische, aparte, aber sehr natürliche Frau und schien mindestens in Davids Alter zu sein. Sie passte so gar nicht in sein übliches Beuteschema, doch als er sie ansah, während sie sang, erkannte ich ihn fast nicht wieder. Diesen verliebten Blick hatte ich noch nie bei ihm gesehen.

Auch Norbert hatte es bemerkt, stieß mich an und schmunzelte.

Es war eine schöne und ausgelassene Feier, und als es gegen elf Uhr an der Tür läutete, dachten Finn und ich, Frau Obermoser würde kommen und sich beschweren. Doch es war jemand anderes. Zum ersten Mal sah ich Finn fassungslos. Vor der Tür stand ein blonder Engel mit Koffer.

»Happy Valentine's Day, sweetheart«, sagte der Engel und fiel Finn um den Hals.

Die Gäste verabschiedeten sich gegen Mitternacht, David und Maria brachten Edda nach Hause, Norbert und ich halfen Finn noch dabei, die Wohnung aufzuräumen. Vielmehr machten wir alles alleine, denn Finn hatte eine blonde Klette am Hals. Sie saßen nebeneinander auf dem Sofa, und sie schmiegte sich an ihn, als wollte sie in ihn hineinkriechen. Er hatte zwar den Arm um sie gelegt und bedachte sie mit gelegentlichen Küssen auf Haar oder Wange, aber genauso oft warf er mir verzweifelte Blicke zu, doch ich konnte ihm da leider nicht helfen.

Ich verabschiedete mich und unterließ es tunlichst, Finn einen Kuss zu geben, wie ich es sonst immer tat. Ich konnte ja nicht wissen, wie das Mädchen reagieren würde. Sie hieß Anna, Anna Thieler, und war fünfundzwanzig. Sie sah tatsächlich aus wie ein Engel mit ihrem blonden Haar, das um ihre Schultern fiel. Sie hatte riesige, und ich meine wirklich riesige blaue Augen, das feinste Näschen, das ich je gesehen hatte, und einen rosaroten Kussmund. Ihre Taille war so dünn, dass sie aussah wie aus einem Werbeheft für Barbiepuppen, ihre Gliedmaßen wirkten so zerbrechlich, dass ich mich fragte, wie Finn es über sich brachte, sie überhaupt anzufassen.

Im Vergleich zu ihr kam ich mir wirklich erwachsen vor – und fett, obwohl ich im Allgemeinen als zierlich galt.

Ich lächelte sie an und sagte: »Good night, Anna, it was very nice to meet you.«

Eigentlich hatte ich sie weder richtig kennengelernt, noch freute ich mich, und eine gute Nacht wünschte ich ihr schon gar nicht. Ich war ein verlogenes Stück, aber zumindest freundlich.

Ich hob die Hand zum Gruß und ging in meine Wohnung hinüber. Alfred musste sich die ganze Misere anhören, während ich in meinen warmen Lieblingsschlafanzug schlüpfte und mich im Bett einmummelte. Ich sah hoch zu meinem Bild und dachte: Die beiden da oben sind jedenfalls niemals Finn und Anna. Dann schlief ich ein.

Mitten in der Nacht wachte ich auf und hätte fast laut geschrien, denn auf meiner Bettkante saß ein Mann. Es war natürlich Finn.

»Spinnst du?!«, schimpfte ich.

»Kannst du mal ein Stück rutschen, es ist kalt in deiner Wohnung«, sagte er und schob mich zur Seite. Er selbst trug nur eine leichte Pyjamahose und ein T-Shirt.

»Das weißt du doch. Ich heize nicht so viel wegen Alfred«,

sagte ich und kämpfte mit ihm um das größere Stück Decke. »Warum bleibst du nicht in deiner eigenen Wohnung?«

»Das Bett ist besetzt«, sagte er.

»Freu dich doch«, entgegnete ich.

»Tu ich aber nicht«, sagte er. Es hörte sich ein bisschen verzweifelt an.

»Nimm wenigstens deine kalten Füße zur Seite, wenn ich dich hier schon aufnehmen soll«, verlangte ich.

»Was mach ich denn jetzt?«, fragte er.

»Mit Anna? Das musst du wissen«, sagte ich.

Er seufzte.

»Liebst du sie?«, fragte ich.

Keine Antwort.

»Also nein«, sagte ich.

»Ich weiß es nicht«, sagte er.

»Wenn man jemanden liebt, dann weiß man es«, sagte ich.

»Ach, die große Expertin!«, sagte er.

»Das ist gemein, und du bist nicht gemein, also nimm das zurück.«

»Tut mir leid. Ich bin ein Arsch.« Er kuschelte sich an mich. »Nein«, murmelte er unter der Decke, »ich bin *im* Arsch.« Ich lachte.

»Vor allem, wenn sie dich plötzlich sucht und dich hier findet. Womöglich ist sie eine Psychopathin, hat irgendwo in ihrem Gepäck ihre *gun* versteckt, die sie aus Amerika hier reingeschmuggelt hat, und knallt uns beide ab.«

»Dazu braucht sie keine Knarre. Sie kann einfach das große Fleischmesser aus der Küche nehmen und dann so wie in Psycho ...« Er machte mehrere Stichbewegungen mit dem Arm.

»Das kommt aber nur gut mit der entsprechenden Musik dazu«, sagte ich und imitierte den schrillen Geigenakkord beim

Mord unter der Dusche. Wir erstickten unser Gelächter mit der Bettdecke.

»Danke«, sagte er, gab mir einen Kuss und stand auf. »Ich wusste, dass es hilft, zu dir zu kommen.«

Er ging zur Tür, und ich rief ihm nach, er solle mich beim nächsten Mal gefälligst nicht so erschrecken.

Anna richtete sich in Finns Wohnung häuslich ein, und er kam täglich zu mir, um Dampf abzulassen.

»Das Schlimmste ist, dass ich so nicht arbeiten kann«, beschwerte er sich.

»Oh, Anna hat garantiert nichts dagegen, wenn du nackt malst«, meinte ich.

»Sehr witzig.«

»Wie lange will sie eigentlich noch bleiben?«

Das war die große Frage, und sie blieb unbeantwortet, denn weder Finn noch Anna selbst schienen es zu wissen.

»Bist du nicht eifersüchtig?«, fragte mich Edda eines Tages, als ich sie mal wieder besuchte und wir den Tee auf ihrer Terrasse einnahmen, um den ersten warmen Tag des Jahres zu feiern. Ich hätte mich fast verschluckt.

»Wieso das denn?«, fragte ich.

Edda zuckte die Schultern und lächelte vielsagend.

»Finn und ich sind Freunde«, betonte ich. »Sehr enge Freunde, aber nicht mehr.«

Das Lächeln blieb in ihrem Gesicht.

»Wirklich nicht«, sagte ich noch einmal zur Bestätigung.

»Ja, Elsa«, sagte Edda, »ich weiß.« Sie hob elegant ihre Teetasse zum Mund und verbarg damit ihr Lächeln.

Im Mai hatte ich viel zu tun. Ich probte am Theater und erledigte nebenbei die Aufnahmen zur vorerst letzten Staffel unserer Serie. Dazu kam, dass ich ab und zu noch Vorstellungen in Augsburg hatte und mich Kleinholz und Buchner unbedingt zum Film bringen wollten und nach einem geeigneten Drehbuch fahndeten. Ich war von dem Gedanken weniger begeistert, denn ich sah mich nicht auf einer Leinwand. Außerdem genoss ich es, nur sehr selten von Theaterbesuchern erkannt zu werden und ansonsten ein ruhiges Leben zu führen.

Ende Mai, es war Pfingsten, kam ich nach einer Vorstellung in Augsburg nach Hause und fand Finn in meiner Wohnung. Er saß vor dem Fernseher und schaute nicht einmal auf, als ich hereinkam.

»Hast du das gesehen?«, fragte er, die Augen fest auf den Bildschirm geheftet.

Ich ging zu ihm, ohne zu fragen, warum er hier oder wo Anna war.

Im Fernseher lief eine Nachrichtensendung. Es ging um einen Brandanschlag auf ein Haus in Solingen, bei dem fünf Menschen, darunter drei Kinder, ums Leben gekommen waren.

»Diese verschissenen Nazis!«, presste Finn durch die Zähne. »Wir haben nichts dazugelernt.«

»Das sind nicht ›wir‹«, versuchte ich ihn zu beruhigen. »Das sind Einzelne. Verbrecher. Mörder. Das sind nicht alle.«

»Und wie viele, glaubst du wohl, applaudieren denen? Oder finden das insgeheim gut? Es häuft sich doch in letzter Zeit wieder. Und irgendwann wird es dann wieder so sein, dass die Leute es wagen, das auch offen zu sagen. Aber bevor es so weit kommt, bin ich hier weg. Mit so einem Land möchte ich nichts zu tun haben.«

Er stand auf. Ich trat ihm in den Weg und hielt ihn fest. Er zitterte förmlich.

»Hey«, sagte ich, »beruhig dich erst mal.«

»Ich will mich aber nicht beruhigen. Wir sollten uns nicht beruhigen, wir sollten uns aufregen. Wir regen uns noch lange nicht genug auf.«

Ich hatte Finn noch nie so zornig gesehen.

Ich zog ihn aufs Sofa zurück und hielt seine zu Fäusten geballten Hände fest.

Nach einer Weile entspannte er sich.

»Meine Mutter hat mir früher von ihrer besten Freundin erzählt«, sagte er unvermittelt. »Sie spielten von klein auf zusammen, gingen zusammen zur Schule und waren unzertrennlich. Eines Tages war sie nicht mehr da. Ihre ganze Familie war nicht mehr da, und angeblich wusste keiner, was mit ihnen passiert ist. Die Freundin meiner Mutter war Jüdin. Glaub mir, meine Mutter hatte keinerlei Probleme, Deutschland zu verlassen. Zumal sie gesehen hat, dass es nach dem Krieg so viele Nazis gab, die davongekommen sind und plötzlich wieder irgendwelche Posten bekleidet haben. Und ihre Nachfahren im Geiste gibt es heute noch. Nicht alle von ihnen zünden Häuser an, aber sie lassen anzünden, oder sie klatschen Beifall.«

Was sollte ich dazu sagen? Er hatte ja recht. Wortlos zog ich seinen Kopf an meine Schulter und legte meinen Arm um ihn.

Anna war immer noch da. Meistens lief sie durch München und machte Fotos. Allerdings nur dann, wenn Finn gerade nicht verfügbar war. Also ergriff er des Öfteren die Flucht, genauso wie an jenem Pfingstabend im Mai. Sie konnte seine Aufregung über die Nachrichten nicht verstehen und wollte lieber einen romantischen Film ansehen, als sich mit so etwas Unangenehmem auseinanderzusetzen. Es hatte überhaupt keinen Sinn zu versuchen, sie für irgendetwas außerhalb ihres eigenen Horizontes zu interessieren oder auch nur darüber zu reden.

Nicht nur, dass Finn an diesem Abend in meiner Wohnung Zuflucht gesucht hatte, er tauchte auch gerne mal im Synchronstudio auf, oder sogar in Augsburg. Er besuchte häufiger als sonst seinen Bruder und seine Mutter, und auch Edda hatte manchmal das Vergnügen. Dabei behauptete er Anna gegenüber stets, irgendetwas Dringendes erledigen zu müssen, beruflich natürlich. Dass er nebenan bei mir in der Wohnung saß und an meinem Fernseher herumzappte, wusste sie ja nicht.

»Du musst es ihr sagen«, sagte ich zu ihm.

»Was denn?«, fragte er, während er mit nacktem Oberkörper auf meinem Sofa saß und mich zeichnete. Ich hatte ihm befohlen, die Hose anzubehalten.

»Dass sie hier nur ihre Zeit verschwendet. Dass du sie nicht liebst. Dass sie dir auf die Nerven geht. Dass sie Schweißfüße hat. Was weiß denn ich, was du sagen sollst«, schimpfte ich. »Sag ihr eben, was gesagt werden muss.«

Er ließ Zeichenblock und Stift sinken.

»Könntest du es ihr nicht sagen?«

»Wie bitte?«, rief ich laut, woraufhin er mahnend den Finger auf die Lippen legte.

»Ich soll für dich mit deiner Freundin Schluss machen?«, flüsterte ich unwillkürlich. »Du hast sie wohl nicht alle.«

»Sie ist nicht meine Freundin«, sagte er.

»Du schläfst mit ihr«, warf ich ein.

»Nein, das auch nicht«, sagte er.

Ich war platt. »Nicht?«

»Na ja, so gut wie nie«, sagte er. »Ich behaupte, ich habe Potenzprobleme.«

»Und, hast du?«, fragte ich, noch bevor ich mich bremsen konnte.

»Bei Anna schon«, sagte er düster.

»Aber sie ist doch sehr hübsch«, sagte ich.

»Sie ist so dünn, dass ich Angst habe, sie anzufassen«, meinte er, und seine Miene dabei sprach Bände. »Und sie ist mir zu oberflächlich. Wenn ich etwas für sie empfinden würde, wäre ich in New York geblieben oder hätte sie gebeten, mit mir zu kommen. Ich hätte mich doch nie von ihr getrennt, kapiert sie das denn nicht?«

»Nein«, sagte ich, »und deshalb musst du es ihr sagen.«

Dieses Gespräch zwischen uns hatte im Juni stattgefunden, und Ende Juli war Anna immer noch da. Sie war auch zugegen, als uns David am Abend des 7. August zusammen mit ein paar weiteren Freunden zu seinem Lieblingsitaliener in Schwabing einlud und uns beim Aperitif verkündete, dass er und Maria heiraten würden.

David heiratete! Das war ungefähr so verrückt, als würde plötzlich die SPD in Bayern die Wahlen gewinnen. Umso mehr freute ich mich für ihn, denn er schien wirklich glücklich zu sein. Wir gratulierten alle, und er und Maria strahlten um die Wette. Am meisten freute sich seltsamerweise Anna, die David eigentlich gar nicht weiter kannte.

»A wedding!«, quietschte sie. »I love weddings!« Dabei blinzelte sie Finn so übertrieben zweideutig an, dass mir fast schlecht wurde. Auch Finn aß danach nur noch den halben Teller Spaghetti leer. Er hatte unser aller Mitgefühl, aber im Grunde war er ja selbst Schuld. Er hatte normalerweise kein Problem damit, Leuten unumwunden zu sagen, was er dachte. Finn war der unkomplizierteste, ehrlichste und direkteste Mensch, den ich kannte. Nur Anna loszuwerden, das schaffte er nicht.

Da Finn, Anna und ich den gleichen Nachhauseweg hatten, gingen wir zusammen zur U-Bahn. Wir fuhren bis zum Marienplatz und wollten von dort aus über den Viktualienmarkt zu Fuß nach Hause. Es war schon ziemlich spät, aber es waren noch einige Nachtschwärmer unterwegs.

In Höhe des Café Rischart überquerten wir die Straße und waren schon dabei, über den Viktualienmarkt zu laufen, als uns ein bulliger Typ mit Glatze auffiel, der breitbeinig den Weg hinter einem langen Marktgebäude Richtung Heilig-Geist-Kirche versperrte. Die meisten Leute machten einen großen Bogen um den Typen, und auch wir wollten ihn eigentlich großräumig umgehen, als wir sahen, was in der Gasse dahinter vorging. Da waren noch mehr Skinheads, und sie prügelten und traten auf einen Mann mit dunkler Hautfarbe ein.

Finn blieb augenblicklich stehen. Mein Herz fing an zu rasen. Anna wollte weitergehen, denn sie merkte nicht, was los war, doch ich wusste sofort, was er vorhatte.

»Hast du dein Handy dabei?«, fragte Finn leise.

»Ja«, flüsterte ich und wollte ihn festhalten, aber er zog den Arm weg und sagte nur: »Geht weiter, und ruf die Polizei. Schnell.«

Dann ging er auf die Gasse zu.

Ich gab der entsetzten Anna mit der Schulter einen Schubs, sodass sie weiterlief, zog mit zitternden Händen das Handy raus und wählte den Notruf.

»Schnell, am Viktualienmarkt vor der Heilig-Geist-Kirche wird gerade ein Mann von mehreren Skinheads zusammengeschlagen. Mein Freund will eingreifen.«

Er solle sich da raushalten, das sei lebensgefährlich, hieß es.

»Es ist zu spät, kommen Sie schnell«, schrie ich ins Telefon.

Es sei sofort jemand da, und meine Personalien bitte noch.

Noch während ich sie durchgab, hörte ich, wie Finn laut rief: »Hey, was ist denn da los?« Er versuchte, die Aufmerksamkeit von anderen Passanten zu erregen, doch die suchten alle das Weite. Der bullige Typ, der die Gasse bewachte, kam auf ihn zu, und ich sah, wie Finn ihm ohne zu zögern einen Handkantenschlag gegen den Hals gab und gleich darauf noch mit einem kräftigen Fußtritt nachlegte. Der Typ ging zu Boden, und Finn rannte an ihm vorbei auf die anderen zu, die sofort von dem Mann, der mittlerweile reglos am Boden lag, abließen und sich auf Finn stürzten.

»NEIIIIIIIIN!«, schrie ich, das Handy immer noch in der Hand. Auch Anna schrie wie von Sinnen. Die Leute blieben stehen, doch keiner mischte sich ein. Sie glotzten alle nur schockiert. Finn hatte nicht die geringste Chance. Er wehrte sich noch einen Moment lang so gut es ging, doch bald lag er ebenfalls am Boden und versuchte nur noch, mit den Armen seinen Kopf gegen die Tritte zu schützen. Ich dachte keine Sekunde nach, ließ das Handy fallen und lief los. Schreiend rannte ich zu dem Haufen und stürzte mich auf den Ersten, den ich zu fassen bekam. Ich sprang auf seinen Rücken, krallte meine Finger in sein Gesicht und biss irgendwohin. Er schrie auf und schüttelte mich gewaltsam ab, sodass ich auf den Boden knallte. Da hörte man die Polizeisirene, und wenig später fuhren drei Autos gleichzeitig in der Straße vor. Die Glatzen ließen von Finn ab und wollten sich aus dem Staub machen, doch die Polizisten holten drei von ihnen ein und konnten sie überwältigen.

Ich kroch zu Finn hinüber. Er rührte sich nicht. Seine Arme lagen schlaff neben seinem Kopf, der an mehreren Stellen blutete, eine davon dicht über dem Auge.

»Finn!« Ich berührte ihn an der Schulter. Er versuchte, die Augen aufzumachen, und murmelte meinen Namen, doch als er die Hand nach mir ausstrecken wollte, stöhnte er auf. Zwei Rettungswagen und ein Notarztwagen fuhren in dem Moment vor. Der Notarzt und eins der Rettungsteams kümmerten sich um den Mann, der ein paar Meter weiter lag und sich nicht bewegte. Zwei Sanitäter kamen zu Finn. Ich stand auf und machte ihnen Platz. Plötzlich fiel mir Anna wieder ein, die wie paralysiert und heulend an einer Hauswand lehnte.

Bevor ich zu ihr gehen konnte, nahm mich ein dritter Sanitäter sanft am Arm und führte mich weg zum Rettungswagen.

»Kommen Sie, ich schau mir das mal an.«

Ich fragte mich, was er sich anschauen wollte. Da gab es nichts zu schauen, ich wollte bei Finn bleiben und verhindern, dass die hysterische Anna sich einmischte. Da sah ich das Blut an meinem Ärmel. Ich hatte eine große, blutende Schürfwunde am Arm, doch der Sanitäter beachtete sie gar nicht, sondern setzte mich in den Rettungswagen und machte sich an meinem Kopf zu schaffen.

»Haben Sie da einen Schlag abbekommen, oder sind Sie irgendwo gegen gefallen?«, fragte er und tupfte an meiner Stirn herum.

»Was?«, fragte ich. »Mir fehlt nichts. Ich muss zu meinem Freund.«

Ich wollte aufstehen, doch der Sanitäter drückte mich vorsichtig wieder zurück auf den Sitz.

»Der wird gut versorgt, keine Angst«, sagte er. »Sie haben einen Schock, und da muss man aufpassen.«

»Die junge Frau da hinten hat wahrscheinlich auch einen Schock.« Ich zeigte zu Anna. »Um *die* müssen sie sich kümmern.«

»Die ist nicht halb so blass um die Nase wie Sie, hat keine Prellung im Gesicht und keine Wunde am Arm. Wollen Sie vielleicht mal einen Spiegel?«, fragte er.

Ein Polizist kam zu uns und fragte, ob ich in der Lage sei, eine Aussage zu machen. Der Sanitäter runzelte die Stirn.

Ich schilderte dem Polizisten genau, was wir gesehen hatten und was passiert war.

»Ihr Freund ist zwar wahnsinnig mutig, aber es ist auch wahnsinnig dumm, sich bei so etwas einzumischen«, meinte der Polizist.

»Vielleicht hätten sich einfach *mehr* Leute einmischen sollen«, sagte ich erbost und schrie dann den Umstehenden zu: »Die haben nur rumgestanden und gegafft, genauso wie jetzt. Gute Show heute Abend, was?«

»Ganz ruhig«, sagte der Sanitäter und legte mir die Hände auf beide Schultern.

»Wie geht es dem Mann überhaupt?«, fragte ich den Polizisten.

»Er lebt«, antwortete er. »Noch zumindest, und wenn das so bleibt, hat er es wahrscheinlich Ihrem Freund zu verdanken.«

Ich atmete auf.

»Es ist trotzdem dumm, sich einzumischen«, betonte er noch einmal.

»Einer muss es ja schließlich tun, oder?«, entgegnete ich. Er schwieg und machte seine Notizen.

Der Mann war bereits in den anderen Rettungswagen verfrachtet worden. Jetzt brachten sie Finn auf einer Trage. Er war leichenblass und blutverschmiert. Sein Kopf war mit einer Halskrause fixiert, sein Hemd war offen, und er war nicht mehr bei Bewusstsein.

»Was ist mit ihm?«, fragte ich bestürzt.

»Alles wieder okay«, sagte der Notarzt, der daneben herlief. »Kleiner Aussetzer.«

»Was?«

»Musste kurz reanimiert werden, kommt vor«, sagte der Notarzt und schwang sich grußlos in seinen Wagen.

Anna war jetzt herangekommen wie ein Häufchen Elend.

»Können Sie sich um ihre Freundin kümmern?«, fragte der Sanitäter sie. »Nehmen Sie sich hier ein Taxi und fahren uns hinterher ins Krankenhaus rechts der Isar, verstanden?«

Nein, Anna hatte nicht verstanden. Ihre spärlichen Deutschkenntnisse hatten sich nach der Aufregung in Luft aufgelöst. Sie stand nur da.

»Ich mach das schon«, sagte ich und nahm Anna an der Hand. »Fahren Sie los, ich komm nach.«

Der Sanitäter warf mir einen besorgten Blick zu, nickte dann und schloss die Tür. Eine Sekunde später brauste der Rettungswagen mit Blaulicht davon.

Ich zog Anna hinter mir her und schnappte mir ein Taxi.

Unterwegs verständigte ich David und auch Kevin, Finns Bruder. Wir waren keine zehn Minuten im Krankenhaus, da trafen beide auch schon ein, David in Begleitung von Maria, die mich sofort in den Arm nahm. Sobald sie das tat, öffneten sich bei mir alle Schleusen.

Ich bekam noch mit, dass Anna es mühevoll schaffte, ihnen zu erklären, was passiert war, doch dann konnte ich mich nicht mehr auf den Beinen halten, als würde die Welt einfach unter mir wegrutschen. Immer wieder sah ich vor mir, wie Finn zusammengeschlagen wurde, wie er blutend am Boden lag, hörte die dumpfen Schläge und Tritte, hörte sein Stöhnen. Jemand bohrte mir eine Nadel in den Arm, und danach fiel ich endgültig ins Leere.

Als ich wieder erwachte, lag ich in einem Krankenhausbett. Durch ein Fenster schien die Sonne. Ich war allein. Ich fühlte mich so benebelt, dass ich mich nur allmählich an den vergangenen Abend erinnern konnte, und nur langsam wurde mir klar, dass diese Erinnerung nicht nur ein schlimmer Albtraum gewesen war.

Ich musste zu Finn. Sofort. Ich dachte an den Herzstillstand und bekam Panik. War denn hier niemand, der mir sagen konnte, was los war? Ich wollte gerade das Bett verlassen, als die Tür aufging und Maria hereinkam.

»Mist«, sagte sie. »Ich wollte doch da sein, wenn du aufwachst.«

»Was ist mit Finn?«, fragte ich sofort.

»Alles okay«, sagte sie.

»Ich will zu ihm«, sagte ich und wollte mich schon auf den Weg machen, als Maria mich festhielt.

»Vielleicht ziehst du dir erst etwas an«, sagte sie und zeigte auf meine blanke Rückseite, die aus dem Flügelhemd, das ich anhatte, hervorlugte.

Sie holte mir meine Sachen, und ich zog mich so schnell an, wie es mein schmerzender Kopf zuließ.

Unterwegs erzählte sie mir, was sie wusste. Finn war noch in der Nacht operiert worden. Er hatte innere Blutungen gehabt und mehrere Rippenbrüche. Sein Gesicht hatte einiges abbekommen, doch er hatte zum Glück keine gefährlichen Kopfverletzungen. Auch seine rechte Hand war gebrochen.

»Seine Hand?«, fragte ich bestürzt. »Aber die braucht er doch.«

Maria nahm mich in den Arm.

»Keine Angst, das wird alles wieder. Er hat Glück gehabt.«

Auf dem Gang vor dem Zimmer wartete David. Er begrüßte mich mit einer vorsichtigen, aber nicht weniger innigen Umarmung und sagte ebenfalls: »Wird alles wieder gut. Finn hat Schwein gehabt.« Dann sagte er mir, dass Kevin fast die ganze Nacht da gewesen und erst am frühen Morgen nach Hause gefahren sei.

»Und ihr?«

»Wir wollten warten, bis du wieder bei dir bist«, lächelte Maria mich an. »Aber jetzt werden wir den verlorenen Schlaf nachholen.«

Sie gab mir einen Kuss auf die Wange.

»Finn schläft«, sagte David, als auch er sich mit einem Kuss verabschiedete. »Oder zumindest tut er so. Anna ist drin und hält Händchen. Hoffentlich nicht die falsche.«

»Oh je«, sagte ich und versuchte zu schmunzeln, was mir noch nicht wirklich gelang.

Dann betrat ich das Zimmer. Bei Finns Anblick wären mir fast wieder die Tränen gekommen. Er sah aus wie eine etwas hübschere Version von Frankensteins Monster. Auf dem rechten Auge war ein Verband, über dem anderen Auge, auf der Wange und unter dem Kinn waren blutige, dunkle Nähte, der Rest des Gesichts war blau, das linke Auge fast zugeschwollen. Die Hand war gegipst, und der Hals steckte immer noch in der Halskrause. Ein Monitor überwachte sein Herz. Zwei Schläuche hingen an seinem Arm und einer in seiner Nase. Und Anna, die hing natürlich auch an ihm. Sie hatte sich einen Platz an seiner linken Schulter ausgesucht. Dort hatte sie ihr Engelsköpfchen drapiert, vorsichtig, damit sie mit den Schläuchen nicht ins Gehege kam.

»Elsa«, rief sie, als sie mich bemerkte. »How are you, sweetie?«

»Fine«, sagte ich irritiert, denn ich hätte schwören können, dass Finn in dem Moment, in dem Anna meinen Namen gerufen hatte, sein Auge einen Millimeter weit geöffnet hatte, so weit es eben ging. Doch sobald Anna sich zu ihm umdrehte, schloss er es wieder.

»Anna«, sagte ich, »you should go home and have some rest.«

Sie protestierte, doch ich sagte ihr, dass sie es doch nicht verpassen wolle, wenn Finn endlich zu sich käme, sie sei doch selbst völlig übermüdet.

»Oh, but I was at home tonight«, sagte sie mit unschuldigem Blick.

»Echt?«, sagte ich verblüfft. »Oh!«

Jetzt erst bemerkte ich das neue Shirt, das sie trug, und die frisch gewaschenen Haare. Da war guter Rat teuer. Mein Kopf tat zu weh, um mir weitere Ausreden einfallen zu lassen, mit denen ich sie loswerden konnte. Und ich hatte auch keine Lust dazu.

»Anna«, sagte ich freundlich, »would you allow me some time in private with Finn, please?« Sie schien in sich zusammenzufallen.

»Alright«, sagte sie dann und zauberte schnell wieder ein Lächeln auf ihr Gesicht.

Sobald sie draußen war, murmelte Finn ein schwaches: »Endlich!«

Ich trat an sein Bett und strich ihm übers Haar.

»Ich halt die Frau nicht mehr aus.« Er redete undeutlich und bewegte dabei kaum den Mund.

»Warum redest du so komisch? Hast du keine Zähne mehr?«

»Weiß nicht. Schau mal nach.«

Oh Gott, Finns bildschöne Zähne!

Ich wusch mir die Hände und schob vorsichtig meine Finger zwischen seine Lippen.

»Aua!«

»Alles noch da«, stellte ich fest.

»Gut«, nuschelte er, »Implantate sind sauteuer. Und mit Gebiss lauf ich nicht rum.«

»Musst du nicht«, versicherte ich ihm. Er wollte lachen, aber sofort verzog er unter Schmerzen das Gesicht.

»Lachen tut weh«, sagte er heiser. Seine Atemzüge wurden kurz und flach.

»Und was tut noch alles weh?«

»Alles. Aber ich krieg Schmerzmittel.« Er zeigte mit dem Finger der gesunden Hand kurz nach oben, wo die Infusion durchlief.

»Seh ich auch so schlimm aus wie du?«, fragte er dann.

»Was? Ich?«

Ich war bislang noch keinem Spiegel begegnet. Im Zimmer hing einer, und ich schaute hinein. Da war eine riesige, blaue Schwellung über meinem linken Auge. Ich hatte mich ja noch nie für eine Schönheit gehalten, aber das entstellte mich endgültig.

Ich drehte mich um und sagte: »Das ist noch gar nichts gegen dich.«

»Dachte ich mir fast«, murmelte er leise und schloss sein Auge. Es strengte ihn an, zu reden und seinen Zustand mit kleinen Scherzen herunterzuspielen.

»Schlaf ein bisschen«, sagte ich.

»Bleibst du da?«, fragte er fast unhörbar.

»Natürlich bleib ich da«, sagte ich und zog mir einen Stuhl heran.

Er streckte seine Hand aus, und ich hielt sie fest. Es dauerte keine zehn Sekunden, bis er eingeschlafen war.

Es machte mir nicht das Geringste aus, ganze zwei Stunden so dazusitzen. Ich hatte das Gefühl, ich müsste auf Finn aufpassen in dieser weißen, sterilen Umgebung. Es piepste und sprudelte und brummte, und ab und zu kam ein Pfleger herein und kontrollierte die Schläuche und die Zugänge und den Monitor. Finn in dieser Umgebung zu sehen, mehr noch, ihn dieser Umgebung so hilflos ausgeliefert zu sehen, war verstörend.

Ich ließ seine Hand nicht los.

Wo Anna abgeblieben war, interessierte mich nicht. Ich wunderte mich immer noch darüber, dass sie in der Nacht, während ihr Freund in Lebensgefahr geschwebt hatte und einer Notoperation unterzogen wurde, einfach nach Hause gefahren war.

Kevin kam am späten Nachmittag zurück und brachte seine Mutter mit, die ich bisher noch nicht kennengelernt hatte. Es war unglaublich, wie sehr Finn ihr ähnelte. Und sie war genauso liebenswert wie ihr Sohn. Weil Finn wieder wach und seine Familie bei ihm war, nutzte ich die Gelegenheit, um selbst nach Hause zu fahren. Ich stellte mich unter die Dusche und hielt den verbundenen Arm zur Seite.

Draußen wurde es dunkel. Ob jetzt wieder welche unterwegs waren? Skinheads, Nazis, die es auf Ausländer abgesehen hatten, auf Leute, die anders aussahen oder anders lebten? Ob sie wieder ein Opfer fanden? Und würde das dann so viel Glück haben wie der Mann, dem Finn das Leben gerettet hatte? Würde es wieder einen Finn geben, der auf seine eigene Sicherheit pfiff und einfach das tat, was richtig war, auch wenn es – wie der Polizist wiederholt betont hatte – dumm war?

Dabei hatte ich ihn selbst noch festhalten wollen, aus Angst, sie könnten ihm etwas antun. Wenn es mehr Menschen wie Finn gäbe, dachte ich, wenn mehr eingreifen würden, gemeinsam, dann würde sich diese Frage gar nicht stellen, dann wäre es nicht dumm, dann müsste man keine Angst haben. Dann müssten *die* Angst haben.

Ich stand an meinem Fenster und schaute auf die dunkle Stadt.

Am nächsten Tag besuchte ich Finn wieder. Ich war nicht überrascht, Anna zu sehen, doch als ich kam, ging sie sofort nach draußen.

Finn war von den meisten Kabeln und Schläuchen befreit, sah aber beinahe noch schlimmer aus als am Tag zuvor.

Trotzdem verzog er den Mundwinkel zu einem angedeuteten Lächeln, als er mich sah.

»Wie geht's dir?«, fragte ich.

»Geht schon«, meinte er wenig überzeugend.

»Du siehst schon viel besser aus«, log ich.

»Vergiss es«, sagte er, »erstens bist du nicht gut im Lügen, und zweitens ist Anna vorhin schon wieder in Tränen ausgebrochen, als sie mich gesehen hat.«

»Na schön, du siehst gruselig aus«, sagte ich. »Wozu ist eigentlich der Verband am Auge?«

»Ich glaube, der ist mehr dafür da, um den Leuten den Anblick zu ersparen.«

»So schlimm?«, fragte ich besorgt.

»Nein. Der Arzt sagt, der Verband wäre nur, um das Auge zu schonen.«

»Gut«, sagte ich beruhigt.

»Weißt du was?«, fragte Finn. Ich hob erwartungsvoll die Brauen.

»Anna denkt, wir beide hätten was miteinander.«

Man sah ihm an, dass er eigentlich sein breitestes Grinsen aufsetzen wollte, aber leider nicht konnte.

»Wir beide?«

Da er nicht nicken konnte, reckte er den Daumen in die Luft.

»Wie kommt sie denn darauf?«

»Wahrscheinlich, weil du dich todesmutig in den Kampf gestürzt hast, aber vor allem, weil du ›some time in private‹ mit mir wolltest, wie sie sagte.«

»Oh!«, sagte ich. »Na ja, vielleicht hätte ich mich anders ausdrücken sollen, mein Englisch ist nicht so gut.«

»Dein Englisch ist perfekt.«

Man hatte den Eindruck, er hätte am liebsten Luftsprünge gemacht, so viel Begeisterung ging von seinem vorerst stillgelegten Körper aus.

»Und du hast das nicht richtiggestellt?«, fragte ich.

»Ich hab nur die Wahrheit gesagt«, antwortete Finn unschuldig. »Sie hat zu mir gesagt: ›Gib zu, dass du Gefühle für Elsa hast.‹ Und natürlich hab ich das zugegeben.«

»Du hättest sagen können: Ja, aber wir sind nur Freunde«, sagte ich empört.

»Das hab ich«, freute sich Finn, und nur die Schmerzen seines malträtierten Gesichts und seiner kaputten Rippen verhinderten ein triumphierendes Lachen.

»Ich habe gesagt: Natürlich liebe ich Elsa, sie ist meine beste Freundin, aber das ist alles.«

Mir fehlten die Worte. Er schürte das Missverständnis auch noch. So schlecht es ihm auch ging, er war immer noch geistesgegenwärtig genug, um diese einmalige Gelegenheit beim Schopf zu packen.

»Du bist ...«, setzte ich an, aber ich wusste nicht so genau, was er war. Der Beweis dafür, dass er kein furchtbarer Mensch oder etwa feige war, lag ja vor mir. Und mein Mitleid mit Anna hielt sich in Grenzen. Allerdings hätte ich es bevorzugt, wenn er mich aus der Sache rausgehalten hätte.

»Was?«, fragte er provozierend. »Was würdest du denn sagen, wenn sie dich fragen würde?«

»Wenn sie mich was fragen würde?«, fragte ich unwillig zurück.

»Ob du Gefühle für mich hast. Ob du mich liebst.«

Ich wäre plötzlich lieber an einem anderen Ort gewesen. Das Krankenzimmer war viel zu eng und zu weiß, und ich konnte mich nicht hinter Decken und Verbänden verstecken, hinter einer Augenbinde und Blutergüssen. Ich konnte nicht verbergen, dass ich rot wurde.

»Das weißt du doch«, sagte ich.

Er strich mit dem Finger über meine Hand. Ganz flüchtig.

»Und ich würde sagen, dass wir nicht mehr als Freunde sind«, fügte ich mit Nachdruck hinzu.

»Ja«, sagte er zufrieden, »genau. Aber sie glaubt es ja nicht.«

»Das werden wir ja sehen«, sagte ich, stand auf und ging nach draußen.

Anna saß auf einer Bank im Flur. Sie sah so rauschgoldengelhaft aus wie eh und je, aber auch so verloren, als hätte sie sich auf der Erde verirrt und fände nun nicht mehr zurück ins Rauschgoldengelland. Sie tat mir leid.

Ich setzte mich zu ihr.

»Anna«, begann ich, doch sie unterbrach mich.

»Du musst nix sagen«, sagte sie mit starkem amerikanischen Akzent. Ich hatte sie selten Deutsch reden hören, und ich verstand sofort, warum sie es jetzt tat. Es war ihre Kapitulation. Ich wollte das Missverständnis aufklären, aber sie ließ mich nicht.

»Finn hat mick gesagt, dass er liebt dir, und ick hab gemerkt das auck.«

»Wir sind nur Freunde, nichts weiter.«

Endlich hatte ich meinen Satz untergebracht, doch sie schüttelte den Kopf und lächelte traurig.

»Ick wollte nickt sehen das, aber Finn sieht zu dir anders als zu mir.«

»Aber wir haben nichts miteinander«, beharrte ich. »We are no lovers, we are friends. Friends can love each other, too.«

»Yes, indeed«, sagte sie, »but I want to be number one, and not number two on my boyfriend's list. You are number one on Finn's list.«

Sie stand auf, lächelte mir noch einmal zu und ging.

Anna reiste ab. Sie ging zurück, um jemanden zu finden, bei dem sie die Nummer eins war, und das würde ihr sicher nicht schwerfallen. Aber ich fühlte mich schuldig. Nicht nur Anna gegenüber. Wenn es wirklich so war, wie sie gesagt hatte, dann standen Finn und ich uns gegenseitig im Weg. Oder vielmehr den Menschen, die eine Beziehung mit uns aufbauen wollten. Andererseits hatte er Anna nicht geliebt, er wollte keine Beziehung mit ihr. Wenn er jemanden finden würde, den er liebte, dann würde ich automatisch auf Platz zwei rutschen. Und umgekehrt genauso. Dass Anna nicht die Nummer eins gewesen war, lag an ihr und nicht an uns.

Finns Verletzungen heilten, und sein Gesicht sah allmählich wieder so aus wie sein Gesicht. Nach zwei Wochen konnte er das Krankenhaus verlassen, doch seine Mutter bestand darauf, ihn noch ein paar Tage bei sich wieder aufzupäppeln, wie sie es nannte. Finn nannte es mästen, und um nicht nachher alles wieder abtrainieren zu müssen, machte er sich bald aus dem Staub.

Er stürzte sich in seine Arbeit. Ich stürzte mich in meine Arbeit. Im September begannen die Proben für ein weiteres Stück in Augsburg, und ich hatte zahlreiche Termine beim Synchron.

Finn nahm so viele Aufträge an, dass es den Anschein hatte, er wollte seine Hand dafür entschädigen, dass sie eine Weile lahmgelegt war. Ich ging regelmäßig zu ihm und erinnerte ihn daran, dass er sich nicht überanstrengen und seine Hand noch schonen sollte, doch es war nicht die Hand, die die Beschäftigung brauchte, es war sein Kopf. Es ging ihm wie mir: Er wollte vergessen.

Ende Oktober heirateten David und Maria. Die Feier fand außerhalb von München statt, mitten in den Bergen. Wie bestellt, strahlte die Sonne vom Himmel, und es war warm genug, dass man in seinen festlichen Kleidern nicht erfror. Der bunte Herbstwald und die Berge boten eine einzigartige Kulisse.

Es war das erste Mal, dass ich Finn in einem dunklen Anzug sah. Dunkelgrau. Statt eines weißen Hemdes mit einer Krawatte trug er einen schwarzen Rollkragenpullover. Er sah umwerfend aus. Wenn ich ihn nicht schon gekannt hätte, hätte ich mich sofort in ihn verknallt. Ich trug ein schlichtes, aber enges, braunes Wollkleid, das irgendein Designer entworfen hatte und das – wie die Verkäuferin mir versicherte – wie für mich gemacht war. Finn pfiff durch die Zähne, als er mich sah, und wenn wir nebeneinander hergingen, hatte er auffallend oft seine Hand an der Stelle genau über meinem Po. Die anderen Gäste, zumindest die, die uns nicht kannten, bedachten uns ab und zu mit verstohlenen Blicken.

»So kann das ja nichts werden«, sagte ich leise zu Finn, als wir beim Essen nebeneinandersaßen.

»Was denn?«, fragte er.

»Hier sind jede Menge potenzielle Partner für uns, aber die denken alle, wir sind zusammen.«

»Wen würdest du mir denn aussuchen?«, fragte er interessiert und sah in die Runde.

Es wimmelte nur so von jungen, hübschen Frauen, und einige von ihnen waren anscheinend ohne Anhang unterwegs.

»Die da hinten«, sagte ich. »Die mit den kurzen, dunklen Haaren, die sieht nett aus.«

»Okay, ich werde nachher mit ihr tanzen«, versprach Finn.

»Ach, so einfach geht das?«

»Klar!« Er zauberte einen verführerischen Blick in seine Augen.

»Und ich? Krieg ich auch einen?«, fragte ich.

»Wen willst du denn?«, fragte er.

»Den, der am besten aussieht natürlich.«

»Kein Problem«, sagte er.

Wir mussten nicht lange auf unseren Tanz warten. Die erstklassige Band spielte so gut, dass es schwerfiel, sich von der Tanzfläche fernzuhalten. Der obligatorische Brautwalzer mutierte zu einer flotten Jazznummer, und Maria ergriff danach höchstpersönlich das Mikrofon und sang *It had to be you*. David schmolz förmlich dahin. Alle verlangten nach einer Zugabe. *Let's face the music and dance* beendete Marias kurze Einlage und lud gleichzeitig die Gäste ein, sich auf die Tanzfläche zu begeben. Die Band spielte zwar auch einige bekannte Popsongs, doch im Wesentlichen Swing-, Blues- und Soulnummern.

»Was ist mit deinem Versprechen?«, erinnerte ich Finn, der die ganze Zeit schon im Takt hin und her wippte.

Ich zeigte unauffällig zu der Frau hinüber, die allein neben der Tanzfläche stand.

»Ich glaube, ich kümmere mich erst einmal um dich. Du wolltest doch den bestaussehenden Mann im Saal, oder?«

»Genau«, sagte ich.

»Also dann«, sagte er lachend und zog mich mit Schwung auf die Tanzfläche. Im nächsten Moment wirbelt er mich im Rhythmus einer flotten Swingnummer herum.

Wir hatten noch nie zusammen getanzt, aber es fühlte sich so an, als würden wir es täglich tun. Unsere Bewegungen fügten sich so leicht und harmonisch zusammen wie ein Puzzleteil ans andere. Und je mehr wir das spürten, umso größer wurde unsere Lust zu tanzen und umso ausgelassener wurden wir. Ohne es zu bemerken, wurde die Tanzfläche zu unserer Bühne, und bald sahen uns alle zu. Als das Lied zu Ende war, waren wir völlig außer

Atem. Lachend hingen wir aneinander, und als ich sah, dass uns alle beobachteten, hätte ich mich am liebsten verkrochen, aber Finn verbeugte sich großspurig und zwang mich ebenfalls dazu. Gott sei Dank spielte die Band gleich weiter. Eine langsame Nummer diesmal, sodass wir zu einer zivilisierteren Tanzweise gezwungen waren. Finn zog mich dicht an sich. Meine Hand in seiner linken, sein rechter Arm um meinen Rücken gelegt, wiegten wir uns einfach hin und her. Ich hätte bequem meinen Kopf an seine Schulter legen können, doch das erlaubte ich mir nicht. Kopf an Schulter war die Position eines Liebespaares, und das waren wir nicht. Wir waren Freunde. Allerdings waren unsere Körper so eng aneinandergepresst, dass kein Blatt dazwischen gepasst hätte. Wir tanzten den ganzen Abend und wechselten nur einmal die Partner, als Finn mit Maria und ich mit David tanzte.

»Du siehst glücklich aus«, sagte ich zu David.

»Du auch«, gab er schmunzelnd zurück.

Der Abend wurde lang und in erheblichem Maße feuchtfröhlich. David hatte zum Glück für alle Gäste Zimmer in dem Hotel gebucht, in dem die Feier stattfand, sodass keiner nach Hause fahren musste.

»David muss ja Geld wie Heu haben«, lallte Finn, als ich ihn aufs Zimmer brachte.

»Du zahlst unser Zimmer selbst«, erinnerte ich ihn, denn darauf hatte Finn bestanden, genauso wie einige andere Gäste auch, obwohl David alle eingeladen hatte.

»Echt?«, fragte Finn. »Warum eigentlich?«

Wir hatten der Einfachheit halber ein Doppelzimmer gebucht. Allerdings war ich mir nach unserer Tanzorgie nicht mehr so sicher, ob das so eine gute Idee gewesen war.

Finn warf sich in voller Montur aufs Bett und schlief sofort ein. Zum Glück.

Was hatte ich denn erwartet, was er tun würde? Es war nichts Besonderes, eng zu tanzen, dabei spürte man eben den Körper des Partners. Es war ja nicht so, als hätte ich Finns Körper noch nicht gekannt. Ich wusste genau, wie er aussah, und ich wusste auch genau, wie er sich anfühlte. Er war mir vertraut. Aber tanzen ... Ich dachte an eine Bemerkung, die Edda einmal gemacht hatte: »Tanzen ist ein bisschen wie Sex haben.«

Unsinn, es kam darauf an, mit wem man tanzte. Mit Finn zu tanzen war ... himmlisch, aber es war immer noch Finn.

Ich zog meinen Schlafanzug an und kroch unter die Decke. Ich war so müde, dass ich auch bald einschlief.

Es war noch dunkel draußen, als ich aufwachte. Finn lag nicht mehr im Bett, sondern bemühte sich, so geräuschlos wie möglich seine Kleider auszuziehen. Seine Pyjamahose fand er nicht, also legte er sich so unter die Bettdecke. Ich tat so, als ob ich schlief.

»Elsa?«, flüsterte er leise, doch ich reagierte nicht. Dann spürte ich seine Hand auf meinem Haar.

Ich weiß nicht, was in dieser Nacht passiert wäre, wenn ich seine Hand genommen hätte. Ich tat es jedenfalls nicht. Er strich über mein Haar und schlief wieder ein.

1994

Der Prozess gegen die Schläger vom Viktualienmarkt begann am 21. März 1994. Weit über ein halbes Jahr nach dem Vorfall. Und das obwohl man alle sechs Täter sehr bald hatte identifizieren können. Drei hatte man sofort festgenommen, und auch die drei anderen waren nach kurzer Fahndung durch die Polizei ausfindig gemacht worden.

Finn sprach nie darüber. Er hatte mir beiläufig den Termin genannt, das war alles.

Wir hatten überhaupt nie über das gesprochen, was passiert war. Jedenfalls nicht richtig. Wir hatten versucht, alles mit Scherzen zu überdecken. Die Wunden waren verheilt, die Hand funktionierte wieder, und im Gesicht hatte Finn nur eine kleine Narbe über dem Auge behalten. Aber über die inneren Narben redete er nicht.

Ich träumte manchmal von dem Abend. In diesen Träumen kam keine Polizei, niemand half uns. Die Schläge und Tritte hörten nicht auf. Ich sah die hassverzerrten Visagen der Skinheads und die Befriedigung in ihren Augen, wenn die Knochen krachten. In meinen Träumen starb Finn jedes Mal. Ich wurde erst wach, wenn ich die Tränen auf meinem Gesicht spürte und mich selbst laut weinen hörte.

Ich ging davon aus, dass auch er solche Träume hatte, und

dachte, vielleicht würde alles besser werden, wenn wir das Thema nicht einfach totschwiegen. Ich machte einmal den Versuch, doch er sagte, seine Strategie damit umzugehen sei, es einfach zu vergessen. Es war passiert, es war vorbei.

Doch das stimmte nicht ganz, denn nun ging der Prozess los. Die Anklage bei fünf der sechs Täter lautete auf versuchten Mord bzw. versuchten Totschlag, einer, der Wächter, wurde der Beihilfe angeklagt.

Am ersten Prozesstag sah ich auch Jerome Abadi wieder, den Mann, dem Finn das Leben gerettet hatte. Das Leben, nicht aber seine Gesundheit, denn er hatte so schwere Kopfverletzungen erlitten, dass seine gesamte rechte Seite fast vollständig gelähmt war. Er konnte kaum laufen und war auf Hilfe angewiesen. Außerdem war er auf einem Auge erblindet. An diesem Tag erfuhr ich zum ersten Mal davon, dass Finn den Mann zuvor schon einmal besucht hatte. Auch davon hatte er mir nie etwas gesagt.

Finn und Jerome Abadi waren Nebenkläger, ich war als Zeugin geladen. Anna hatte in den USA eine Zeugenaussage gemacht. Außerdem gab es noch jede Menge anderer Augenzeugen. Natürlich, es hatten ja alle zugesehen.

Die sechs Angeklagten verzogen zu keiner Zeit eine Miene. Sie wurden gemeinsam von einem Anwaltsbüro vertreten, das mit mehreren Anwälten aufwartete. Man fragte sich, wo das Geld dafür herkam.

Der Fall selbst lag von Anfang an ziemlich klar, doch es war eine Tortur, alles noch einmal anzuhören. Und natürlich war es eine Tortur, die Zeugenaussage zu machen. Ich wurde von einem der Anwälte danach gefragt, warum Finn die Angeklagten angegriffen habe. Und ob er früher schon öfter in Schlägereien verwickelt worden war. Ich zitterte vor unterdrückter Wut, aber ich blieb sachlich.

Finn wurden die gleichen Fragen gestellt. Die Anwälte versuchten es doch tatsächlich so hinzustellen, als ob er den ›Kampf‹, wie sie es nannten, hatte anstacheln wollen.

Finn blieb äußerlich gelassen, doch ich konnte sehen, wie es in ihm aussah. An diesem Tag verschwand er einfach nach der Anhörung. Ich machte mir Sorgen, doch Kevin, der jeden Tag beim Prozess anwesend war, sagte, dass Finn schon als Kind so reagiert habe, wenn ihn etwas besonders verletzt hatte. Er zog sich zurück wie ein angeschossenes Tier. Versteckte sich, statt Hilfe zu suchen. An diesem Abend wartete ich in seiner Wohnung auf ihn. Es war Nacht, als er endlich auftauchte. Ich lag in seinem Bett, und er legte sich wortlos dazu. In meinem Arm schlief er ein.

Am nächsten Tag erlebte ich eine Überraschung. Unter den Anwälten der Angeklagten entdeckte ich plötzlich ein bekanntes Gesicht: Es war Jürgen, der eine Mappe mit Unterlagen dabeihatte und sie bei Bedarf den anderen Anwälten anreichte. Er verschwand zwischenzeitlich, sodass ich nicht wusste, ob er mich gesehen hatte oder nicht. Und ich wusste auch nicht, ob mir das lieb gewesen wäre.

Das Urteil wurde Ende April verkündet. Die fünf Hauptangeklagten wurden zu fünf bis acht Jahren verurteilt, der sechste zu drei. Ich empfand nichts, als ich es hörte. Es hieß, es sei ein gutes Urteil, doch für wen? Ich hätte jeden von denen am liebsten für alle Ewigkeit hinter Gittern gesehen, ohne Tür wohlgemerkt. Keiner von ihnen hatte auch nur den Ansatz einer Entschuldigung hervorgebracht. Sie hatten das Leben von Jerome Abadi zerstört, sie hatten Finn so schwer verletzt, und sie hätten auch mich zusammengetreten, wenn sie die Zeit dazu gehabt hätten. Sie hätten jeden von uns ohne Hemmungen getötet. Was waren da fünf Jahre? Oder acht?

Wieder versuchten wir zu vergessen, das heißt, Finn versuchte es. Er zeichnete und malte von morgens bis abends: zwei Kinderbücher, mehrere Buchcover, Entwürfe für ein Bühnenbild, Plakate für eine Ausstellung, ein Filmplakat und natürlich Bilder. Seine Kleider behielt er dabei immer an.

An einem Nachmittag, etwa zwei Wochen nach dem Prozess, klingelte mein Telefon, und ich war nicht wenig erstaunt, als ich Jürgen am anderen Ende der Leitung hörte.

»Du hast noch die gleiche Nummer«, sagte er zur Begrüßung.

»Ja, warum nicht«, erwiderte ich und lachte verlegen. Immerhin hatte ich den Kontakt damals einschlafen lassen. Allerdings hatte ich es ihm hoch angerechnet, dass er es dann auch kapiert und mir erspart hatte, deutlichere Worte finden zu müssen.

»Ich rufe eigentlich nur an, um dir noch einmal zu sagen, wie leid mir tut, was dir und deinem Freund passiert ist. Ich hab dich auf der Zeugenliste gesehen und war auch kurz einmal im Sitzungssaal, ich arbeite nämlich für Hauser, Klee und Hepp, die Anwälte ...«

»Ich weiß«, unterbrach ich ihn, »ich hab dich gesehen.«

»Tut mir leid«, sagte er noch mal, und es war nicht ganz klar, was er meinte: dass ich ihn gesehen hatte oder dass er für die Anwälte arbeitete, die diese Schweine vertreten hatten oder generell alles.

»Hör mal«, sagte er, man konnte förmlich hören, wie er innerlich Anlauf nahm. »Ich bin gerade in deiner Gegend. Wenn du Zeit hast, könnten wir nicht einen Kaffee zusammen trinken? Hier wimmelt es doch von Cafés.« Er lachte nervös. Ich realisierte, wie schwer ihm dieser Anruf gefallen war.

»Ich hab mir gerade die Haare gewaschen«, sagte ich wahrheitsgemäß, »aber wenn du in der Nähe bist, komm doch einfach rauf. Ich hab auch Kaffee. Du kannst ein paar Krapfen oder so was mitbringen, wenn du willst.«

Ich hörte das erleichterte Aufatmen am anderen Ende der Leitung.

»Ja, klar, mach ich. Bin in fünf Minuten da, höchstens zehn. Bis gleich.«

»Bis gleich.«

Jürgen war noch genauso nett wie früher, und wir verstanden uns noch genauso gut, auch wenn ich nicht begriff, wie er für eine Anwaltskanzlei arbeiten konnte, die Nazis verteidigte.

»Man kann es sich nicht unbedingt aussuchen. Mein Examen war nicht so berauschend, und jetzt muss ich eben sehen, wo ich bleibe.«

Er wirkte resigniert.

»Ich bewundere, was dein Freund getan hat«, sagte er.

»Er ist nicht mein Freund«, sagte ich in einem irrationalen Bedürfnis, das offensichtliche Missverständnis aufzuklären.

»Also, schon mein Freund, mein bester Freund und Nachbar übrigens, aber nicht *mein* Freund, also mein *Freund*.«

»Ach so«, sagte er und lächelte. Hatte er das nun falsch verstanden? Es war nicht als Einladung gemeint.

Jürgen erzählte, wie es ihm nach den Prüfungen ergangen war. Schlechte Ergebnisse, anstrengende Referendarzeit, noch eine Prüfung und weitere schlechte Ergebnisse. Und nun seit Kurzem erst der Job in der Kanzlei. Er ließ kein gutes Haar an sich selbst.

»Aber dafür hast du ganz schön Karriere gemacht«, meinte er. »Ich hab neulich in der Zeitung von dir gelesen.«

»Hast du mich auch mal gesehen?«, fragte ich.

»Das nicht«, gab er zu, aber er hätte es fest vor.

»Ja, es geht mir beruflich ganz gut«, sagte ich. »Ich kann nicht klagen.«

An meiner Haustür klingelte es einmal lang und ein paarmal kurz. Finns stürmische Art, sich anzumelden. Wenn ich nicht öffnete, nahm er seinen Schlüssel und ließ sich selbst rein.

Ich ging zur Tür und machte auf. Finn war barfuß, seine Haare waren zerrauft, sein Hemd war falsch geknöpft und seine Jeans mit Farbe beschmiert. Er hatte gemalt.

»Hast du noch Zucker zu Hause?«, fragte er und ging an mir vorbei. Als er in meine Wohnküche kam, wo Jürgen saß, sagte er: »Oh, sorry, du hast ja Besuch. Ich wollte nicht stören.«

»Tust du nicht«, sagte ich. »Das ist ein alter Bekannter von früher, Jürgen, hab ich sicher schon mal erwähnt.«

Jürgen stand auf und gab Finn die Hand. In diesem Moment stutzte Finn und kniff die Augen zusammen.

»Dich kenn ich doch«, sagte er. Seine Stimme wurde so kalt, dass es mir einen Schauer über den Rücken jagte.

»Du warst doch einer von diesen Scheißern beim Prozess.« Finn nahm kein Blatt vor den Mund. Ich versuchte, ihn am Arm zu berühren, aber er schüttelte mich ab.

»Was macht der in deiner Küche?«, fragte er mich.

»Ich hab doch gesagt, ich kenn ihn von früher. Jetzt reg dich nicht auf. Jürgen ist schwer in Ordnung.«

»Schwer in Ordnung?«, schrie Finn so laut, dass ich zusammenfuhr. »Wie kann jemand ›schwer in Ordnung‹ sein, der sich mit so einem Abschaum zusammentut?«

»Hör auf, mich so anzuschreien«, sagte ich, doch da mischte Jürgen sich schon ein.

»Ich hab mich nicht mit denen ›zusammengetan‹. Es ist eben mein Job, und jeder hat in unserem Staat das Recht auf Verteidigung, egal, was er getan hat.«

»Ach«, höhnte Finn, »da spricht der Verteidiger des Rechtsstaats. Wie interessant.«

Er ging ganz dicht auf Jürgen zu.

»Ich brauche keine Belehrung von einem wie dir, ist das klar? Von mir aus verteidige, wen du willst, aber dann betritt gefälligst nicht MEIN HAUS.«

»Das ist Elsas Wohnung, ich nehme an, sie darf das entscheiden«, sagte Jürgen ruhig.

Mein Herz klopfte wie verrückt. Ich hatte Finn noch nie so erlebt.

»Finn, bitte«, war alles, was ich herausbrachte.

Finn atmete schwer und sagte dann: »Entweder du schmeißt den Typen jetzt raus, oder ich will nichts mehr mit dir zu tun haben.«

Er sagte das wirklich. Es zerriss mich. Ich war so schockiert, dass ich mich weder bewegen noch etwas sagen konnte. Finn, mein Finn, sagte das zu mir. Zu mir, die mit ihm beinahe alles teilte, die alles für ihn getan hätte, sagte er: Ich will nichts mehr mit dir zu tun haben.

»Das ist völlig daneben«, sagte Jürgen verächtlich, und keine Sekunde später hatte er Finns Faust im Gesicht. Die linke wohlgemerkt, eiskalt und gut überlegt. Finn wollte sich nicht noch einmal seine Mal-Hand zertrümmern.

»FINN!«, schrie ich auf.

Jürgen ging zu Boden, und Finn stürmte aus dem Zimmer. Ich brach heulend zusammen und versuchte, mich gleichzeitig um Jürgen zu kümmern.

Er wehrte ab, obwohl dickes Blut aus seiner Nase quoll. Er hielt die Hand davor und behauptete mit schmerzverzerrtem Gesicht, es ginge schon. Dann rappelte er sich auf und schwankte ins Badezimmer, wo er sich das Blut abwusch. Die Nase war gebrochen, da gab es keinen Zweifel. Sogar mit links war Finn zielsicher gewesen, und seine Wut hatte dem Schlag extraviel Kraft verliehen.

»Es tut mir so leid«, sagte ich.

»Keine Angst, ich geh nicht zur Polizei«, sagte Jürgen, der wohl vermutete, dass das meine Hauptsorge war.

»Es war einfach ein Fehler herzukommen, aber ich konnte nicht wissen, dass dein Freund auch hier wohnt.«

»Er ist nicht mein Freund«, schluchzte ich, auf dem Badewannenrand sitzend, während Jürgen über dem Waschbecken lehnte.

»Dein Was-auch-immer«, sagte Jürgen. »Ich kann ihn ja sogar verstehen.«

»Du musst zum Arzt«, sagte ich.

»Ja«, stimmte er zu, »kannst du mir ein Taxi rufen, bitte?«

Ich fragte, ob ich mitkommen sollte, doch das wollte er nicht.

»Ich würde gern sagen: Es war schön, dich wiederzusehen«, sagte er, als der Taxifahrer klingelte, »aber ich glaube, das wäre irgendwie unpassend.« Er hielt sich ein großes Taschentuch vors Gesicht und sprach entsprechend nasal.

»Ja, wir haben kein gutes Timing«, sagte ich und versuchte zu lächeln, was gründlich misslang.

»Es war trotzdem schön«, sagte Jürgen. »Pass auf dich auf.«

»Du auch«, sagte ich.

Er ging. Aus dem Haus und einmal mehr aus meinem Leben.

Ich kauerte mich auf mein Sofa unter das Bild der Verliebten am Meer und weinte mir die Augen aus.

Als ich mich beruhigt hatte, ging ich zu Finn hinüber. Er saß in einer Ecke auf dem Boden, seine Hand in ein nasses Tuch geschlagen, den Kopf auf den Knien und von seinen Armen geschützt. Als würde wieder jemand auf ihn einprügeln.

Ich ging zu ihm und kniete mich hin.

»Finn?«

Ich berührte seinen Kopf, doch er zuckte zurück.

»Geh weg«, sagte er.

»Sprich mit mir.«

»Ich hab alles gesagt«, sagte er, ohne den Kopf zu heben.

»Nein, das hast du nicht«, sagte ich, meine Stimme erneut von Tränen erstickt. »Du hast nie mit mir über deine Gefühle geredet. Und du hast mir nie ermöglicht, über meine zu reden.«

Er sah mich an, seine Augen waren genauso verheult wie meine.

»Was denkst du denn, was ich für Gefühle habe? Muss ich darüber wirklich reden? Und deine Gefühle konnte ich vorhin sehen. Du hast anscheinend kein Problem damit, mit diesen Typen auch noch nett Kaffee zu trinken.« Er redete sich wieder in Rage.

»Das war Jürgen, den kenn ich seit vier Jahren.«

»Es ist mir scheißegal, wer das war.«

»Was kann er denn dafür, wenn er sich seine Arbeitsstelle nicht aussuchen kann und wenn die Leute, für die er arbeitet, eben beschließen, diese Arschlöcher zu verteidigen.«

»Hast du sie noch alle?«, schrie er mich so laut an, dass seine Adern am Hals hervortraten. »Er kann doch kündigen, oder? Ich würde mich nie, NIE im Leben für so etwas hergeben, und wenn es der letzte Job auf der Welt wäre. Lieber würde ich mich auf die Straße setzen und betteln.«

Sein Kopf war knallrot vor Zorn, aber aus seinen Augen flossen wieder Tränen.

Ich fühlte mich so hilflos. Normalerweise, wenn ich mich so fühlte, wenn es mir schlecht ging oder mir irgendetwas Kummer bereitete, konnte ich zu Finn gehen, und er nahm mich in den Arm. Aber genau der saß mir jetzt gegenüber und schrie mich an. Es tat so weh.

»Ich kann doch nichts dafür. Ich hab doch nichts Schlimmes getan«, sagte ich verzweifelt.

»Bitte geh, Elsa.«

Er vergrub den Kopf wieder in seinen Armen und schloss mich aus.

Ich wollte ihn berühren, trösten, ihm helfen, aber er ließ mich nicht. Und ich wagte nicht, mich darüber hinwegzusetzen, denn eine weitere Zurückweisung hätte ich nicht ertragen.

Ich ging in meine Wohnung zurück und heulte den restlichen Abend und die ganze Nacht hindurch. Etwas Unersetzliches war zu Bruch gegangen.

Ich wartete darauf, dass Finn am nächsten Tag an meiner Tür klingeln würde, aber er kam nicht. Auch nicht am Tag danach. Vielleicht wartete er ja auch auf mich, aber das glaubte ich nicht. Ich kannte ihn zu gut. Wenn er einen Zustand ändern wollte, dann tat er das selbst.

Nein, es war so, wie ich dachte, es war einfach alles kaputt.

Ich rief Kevin an, um ihn zu bitten, nach Finn zu sehen, denn ich befürchtete, er säße womöglich immer noch auf dem Fußboden. Ich erklärte ihm die Situation und erzählte, wie Finn ausgerastet war. Kevin seufzte schwer.

»Schmerz bekämpft man mit noch mehr Schmerz«, sagte er tiefgründig. Und als ich fragte, wie er das meinte, sagte er: »Indem er dir wehtut, tut er sich selber weh, und dann muss er über das andere nicht mehr nachdenken. Es wird überlagert, verstehst du?«

Ich verstand, aber dadurch wurde nichts besser.

Er versprach, sich um seinen kleinen Bruder zu kümmern, und sagte noch die immer wieder tröstlichen Worte: »Es wird sich alles wieder einrenken, Elsa.«

Aber es renkte sich nicht ein.

Finn erschien ein paar Tage danach an meiner Tür und entschuldigte sich lapidar und merkwürdig förmlich. Ich sagte, es sei okay und vergessen. Dann ging jeder wieder in seine eigene Wohnung. Es war eigentlich schlimmer, als hätte er gar nichts gesagt.

Ich sah ihn von da an so selten wie in der Anfangszeit. Wir trafen uns allenfalls im Treppenhaus oder auf der Straße, wechselten zwei, drei Worte, so wie unter Nachbarn eben oder ehemaligen Freunden, und dann hatten wir es immer sehr eilig. »Du, ich muss ganz schnell …«, oder: »Entschuldige, die warten schon …« Irgend so was.

Ich redete mit niemandem darüber, obwohl den Leuten aus meinem näheren Umfeld aufgefallen sein musste, dass niemals mehr die Rede von Finn war und dass wir nie mehr zusammen waren.

David und Maria wollten uns in ihr Haus nach Tegernsee einladen, doch ich fand immer eine Ausrede.

Mit der Zeit gewöhnten sich alle daran, ohne dass ich etwas erklären musste.

Wenn ich abends in meiner Wohnung war, lauschte ich manchmal an der Wand, ob er Saxofon oder Klavier spielte, aber ich hörte nichts. Ich fragte mich, ob er mich genauso sehr vermisste, wie ich ihn, aber das tat er sicher nicht. Er hatte eine Seite an mir entdeckt, die ihm nicht gefallen hatte, eine oberflächliche, ohne Prinzipien. Vielleicht vermisste er das Bild, das er früher von mir gehabt hatte, aber sicher nicht die Person, die er zurückgestoßen hatte.

Kleinholz und Buchner hatten zwar immer noch kein Glück damit gehabt, mich beim Film unterzubringen, aber dafür ein paar sehr lukrative Anfragen einiger Theater. So weit war ich schon: Ich wurde angefragt.

Die interessanteste kam aus Bremen, und es ging dabei um *Hamlet*, diesmal allerdings tatsächlich um die Rolle der Ophelia.

»Bremen ist zwar nicht gerade um die Ecke, aber …«, versuchte Kleinholz mir das Angebot schmackhaft zu machen, denn bisher hatte ich es bevorzugt, in der Umgebung zu bleiben, doch ich unterbrach ihn sofort.

»Ich mach das«, sagte ich. »Keine Frage.«

»Wirklich?«, wunderte sich Kleinholz.

»Ja, na klar, die Ophelia kommt doch nicht ständig daher«, sagte ich überzeugend. »Und Bremen ist gut. Gutes Theater.«

Der wahre Grund war natürlich, dass ich wegwollte aus München. Nicht nur ein paar Tage, sondern länger. Ich musste in eine andere Umgebung, andere Menschen sehen. Vielleicht würde mir Bremen so gut gefallen, dass ich ganz dorthin gehen würde. Warum nicht auch einmal ein festes Engagement annehmen? Was hielt mich denn noch in München? Ein paar Namen schossen mir sofort durch den Kopf, aber der wichtigste davon schrie: Geh bitte.

So kam es dann, dass ich im Herbst meine Koffer packte, denn ich würde mindestens zwei Monate bleiben. Erst kurz vor Weihnachten würde ich wieder ein paar Tage freihaben.

Meine einzige Sorge galt Alfred, der inzwischen riesig geworden war und versorgt werden musste. Ich rang mit mir, bis ich schließlich doch bei Finn klingelte. Als er öffnete und ich vor ihm stand, war er überrascht. Ich gab ihm keine Gelegenheit, etwas zu sagen und kam gleich zum Punkt: dass ich ein Engagement in Bremen hätte und ob er sich für die nächsten zwei Monate um Alfred kümmern könne.

»Du bist zwei Monate weg?«, fragte er.

Mir war nicht klar, welcher Unterton in der Frage mitschwang, und ich weigerte mich, darüber nachzudenken. Er war vermutlich froh, dass er so lange nicht mehr Gefahr laufen würde, mir unversehens im Treppenhaus zu begegnen.

»Ja. Kannst du das bitte tun?«

»Natürlich«, sagte er. Fast freundlich, fast normal.

»Danke«, sagte ich nur. Ich drehte mich schnell um und lief die Treppe hinunter. Er musste mir nachgesehen haben, denn es dauerte eine Weile, bis ich die Tür hinter mir ins Schloss fallen hörte.

Die Proben in Bremen waren anstrengend. Ich bereute mehr als einmal, dass ich zugesagt hatte. Ausgerechnet Ophelia zu spielen, war eine dumme Idee gewesen. Ich konnte mich viel zu gut mit ihr identifizieren. Bei den Dialogen mit Hamlet musste ich meine ganze Energie darauf konzentrieren, nicht zu weinen. Dafür fiel mir die Wahnsinnsszene umso leichter. Es war schwierig und zermürbend.

Kleinholz rief mich ab und zu an und erzählte mir, wie begeistert alle von mir waren und wie sie von meinem intensiven Spiel schwärmten. Wenn die gewusst hätten, dass mein intensives Spiel gar kein Spiel war und meine eigentliche Leistung darin bestand, mich zusammenzureißen ...

Sonst hörte ich nichts aus München.

Einen Tag vor der Premiere rief mich Norbert an und wünschte mir ›Toi, toi, toi.‹ Er bedauerte es, dass diesmal nicht meine übliche Fangemeinde dabei sein konnte, und erinnerte sich an den rauschenden Erfolg in Augsburg bei meiner ersten Premiere.

»Das wird wieder genauso großartig, das weiß ich«, sagte Norbert und schickte mir einen Kuss durchs Telefon. Als ich am nächsten Tag im Theater eintraf, standen da mehrere große Blumensträuße: von der Intendanz, von Kleinholz und Buchner und von David und Maria, die zumindest in Gedanken bei mir sein würden, wie sie auf der Karte schrieben.

Ich brachte die Premiere hinter mich – ohne Fehler und ohne Nervenzusammenbruch, nicht einmal an den schwierigen Stellen. Ich verausgabte mich, während ich Ophelias Wahnsinn spielte, und wäre am liebsten wirklich ins Wasser gegangen.

Wieder erhielt ich Ovationen, aber ich konnte sie nicht genießen. Kein bisschen.

In meiner Garderobe hatte ich das Gefühl, mich auflösen zu wollen. Der Gedanke, strahlend auf der Premierenfeier zu erscheinen, war mir ein Gräuel. Zu allem Überfluss kam die Garderobiere herein und sagte mir, dass draußen jemand auf mich wartete.

»Wer denn?«, fragte ich argwöhnisch.

Sie zuckte mit den Schultern. »Sie sagen, sie sind Fans.«

Ich stöhnte. Ich war nicht in der Stimmung für Fans. Trotzdem ging ich hinaus, denn ich war schon umgezogen und wollte niemanden vor den Kopf stoßen.

Im nächsten Moment hallte mein Aufschrei wahrscheinlich durchs ganze Haus, denn ich konnte meine Freude nicht zurückhalten. Da standen David und Maria leibhaftig vor mir. Ich fiel beiden um den Hals und war so glücklich, dass ich vor Freude am liebsten geweint hätte. Ich merkte zu spät, dass ich es bereits tat.

David gab mir ein Taschentuch und nahm mich in den Arm.

»Wir konnten das doch nicht verpassen. Hättest du dir das nicht denken können?«

Ich schüttelte gerührt den Kopf.

»Also hat Norbert dicht gehalten«, stellte David fest. »Er wäre mitgekommen, aber er hat einen Termin, den er nicht verschieben kann. Und er hat darauf bestanden, dass wir herfahren.«

Es war eine der schönsten Überraschungen in meinem Leben,

gleich nach der in Augsburg, als Finn bei der Premierenfeier plötzlich vor mir stand. Der Gedanke daran versetzte mir sofort einen Stich. Finn hatte überhaupt nicht an mich gedacht, er hatte mir nicht einmal einen Gruß ausrichten lassen. David und Maria erwähnten ihn mit keinem Wort, aber das war auch gut so.

Der Abend war durch die beiden gerettet, und ich konnte ihn schließlich doch noch so genießen, wie man es nach einer erfolgreichen Premiere tun sollte.

David und Maria reisten am nächsten Tag wieder zurück, während ich noch ein paar Vorstellungen zu bewältigen hatte, bevor ich in die Weihnachtsferien und damit zurück nach München konnte.

Am 21. Dezember war es dann so weit. Ich nahm den Zug nach München. Gegen 18 Uhr kam ich an und gönnte mir ein Taxi zu meiner Wohnung.

Frau Obermoser begegnete mir im Treppenhaus.

»Ah, des Frolein Frank. Sammer widder do?«

Ich war zu müde, um sie darauf hinzuweisen, dass es keine Fräulein gab, genauso wenig wie Männlein. Ich verzog den Mund nur zu einem künstlichen Lächeln und schleppte meine Koffer nach oben. Aus Finns Wohnung hörte ich Musik.

Ich schloss auf, stellte meinen Koffer in der Diele ab, hängte Mantel und Schal auf und ging in mein Wohnzimmer. Und dort traf mich der Schlag.

Alfred war tot. Er war ganz braun, fast alle Blätter lagen vertrocknet am Boden, und seine Zweige hingen dünn und kahl herab wie Stroh.

»Nein!«

Die Tränen schossen mir in die Augen. Ich konnte es nicht glauben. Mein treuer Gefährte Alfred, dem ich alles anvertraut hatte, den ich gehegt und gepflegt hatte wie ein Kind. Tot. Unwiederbringlich.

Ich war außer mir und stürmte nach draußen, klingelte und klopfte an Finns Tür. Trat mit dem Fuß dagegen. Und als er öffnete, stürzte ich mich auf ihn.

»Du widerlicher Mistkerl!«, schrie ich und schlug mit den Fäusten auf ihn ein.

Er war vollkommen verwirrt und versuchte nur, mir auszuweichen und meine Hände festzuhalten.

»Was ist denn in dich gefahren?«, rief er, aber weniger zornig als erschrocken.

»Du hast Alfred umgebracht«, schrie ich ihn an. »Mein Farn Alfred ist tot. Ich hab dich gebeten, dich um ihn zu kümmern, und du hast ihn einfach verrecken lassen!«

Er schlug die Hände vors Gesicht und murmelte nur noch: »Oh, nein, nein, nein. Oh, nein. Ich Idiot. Oh, mein Gott.«

Sein Entsetzen war echt. Ich hatte aufgehört, um mich zu schlagen.

»Es tut mir so leid, Elsa. Es tut mir so leid. Ich hab's vergessen. Bitte glaub mir, das war keine Absicht. Ich hab's völlig vergessen. Es tut mir so leid.« Er lief verzweifelt auf und ab, raufte sich die Haare und murmelte immer wieder: »Oh, nein.«

»Du machst alles kaputt, Finn«, sagte ich heulend. »Du machst alles kaputt, was in Ordnung ist.«

Er sah aus, als hätte er sich am liebsten umgebracht.

»Alfred war alles, was ich hatte, auch wenn er nur eine Pflanze war. Ich hab ihn trotzdem geliebt. Ich will dich nicht mehr sehen. Nie mehr. Nicht im Treppenhaus und auch sonst nirgends. Geh mir gefälligst aus dem Weg!«

1995

Als ich an Neujahr auf dem Weg zu Edda das Haus verlassen wollte, stand vor meiner Tür ein kleiner Farn in einem Topf. Daneben lag ein gefalteter Brief, auf dem außen in Kinderschönschrift stand: *Ich gehöre Elsa.*

Ich zögerte, denn ich wusste nicht, wie ich reagieren sollte. Die Pflanze war natürlich von Finn. Was sollte das?

Ich nahm den Zettel. Auf der Rückseite stand: *Bitte nimm mich, denn ich kann nichts dafür, dass Finn so ein dummes Arschloch ist.*

Gegen meinen Willen musste ich schmunzeln. Ich nahm den kleinen Farn und den Brief und ging wieder hinein.

Dann faltete ich den Brief auseinander und las:

Liebe Elsa,

ich bin ein Geschenk von dem größten Idioten, der herumläuft. Ich verspreche dir, du musst ihn auch gar nicht mehr beachten. Nie mehr, wenn du willst, denn das hat er verdient. Ich bin kein Ersatz für deinen Alfred, denn den kann man nicht ersetzen, das weiß sogar besagter Idiot, ich bin … einfach ich. Ich habe auch noch keinen Namen, du kannst mir einen geben, wenn du möchtest. Ich suche ein neues Zuhause, und der Idiot von nebenan hat mir gesagt, dass es kein besseres Zuhause als deins gibt. Und dass du der liebevollste

Mensch auf der Welt bist und der beste eigentlich. Vielleicht abgesehen vom Dalai Lama, aber ich will lieber zu dir.

Ich hoffe, dass du mich bei dir aufnimmst und dass ich auch einmal so groß werde wie dein Alfred.

Dein kleiner Farn

PS: Ich soll dir von dem Idioten ausrichten, dass ihm alles (!!!) sehr leidtut.

Ich stellte den Farn auf Alfreds alten Platz und gab ihm zur Begrüßung einen kräftigen Schluck Wasser.

»Also, Kleiner, wie heißt du?«, fragte ich ihn.

»Ich heiße Alfred, der Zweite«, antwortete ich mir selbst in einer erfundenen, hohen Farn-Stimme.

»Also dann, Alfred II., mach deinem Namen alle Ehre.«

Dann besuchte ich Edda.

Edda hatte ganz besondere Pläne für dieses Jahr, denn sie würde achtzig Jahre alt werden und wollte dieses Ereignis mit einem großen Fest begehen, so groß, dass sie sogar jemanden mit der Planung beauftragt hatte.

Mich hatte sie gebeten, ihr bei der Gästeliste zu helfen.

Das Ganze dauerte eine Ewigkeit, denn zu jedem, der etwa hundert Leute, die sie einzuladen gedachte, erzählte Edda eine amüsante Begebenheit. Es waren einige Musiker und Schauspieler darunter, allerding nahm ich mir vor, bei allen noch einmal zu überprüfen, ob sie auch noch am Leben waren, denn auch Roy Black sollte auf die Liste, und Edda war betrübt zu hören, dass er bereits verstorben war. Natürlich wollte sie auch David und Maria,

Davids Bruder, den Professor, mit seiner Frau und selbstredend Finn einladen.

»Weißt du, ob er jemanden mitbringt?«, fragte Edda. Ich hatte keine Ahnung. Seit vielen Monaten wusste ich nicht mehr über Finns Privatleben Bescheid, doch mir war nie in den Sinn gekommen, dass er mit jemandem zusammen sein könnte.

»Bringst du jemanden mit?«, fragte Edda mit einem kleinen Lächeln in den Augen.

»Nein«, sagte ich.

»Na, bis zum 21. Mai ist ja noch etwas Zeit«, meinte sie und tätschelte mir lachend das Bein.

»Ich hab keine Zeit, jemanden zu finden«, sagte ich. »Ich hab noch zehn Vorstellungen in Bremen und dazwischen Synchronaufnahmen für die neue Staffel ›Briggs‹.«

»Die meisten Beziehungen entstehen am Arbeitsplatz, hab ich gelesen«, bemerkte Edda.

»Tatsächlich?«

»Ich habe meinen Mann auch an seinem Arbeitsplatz kennengelernt.«

Es dauerte einen Moment, bis mir klar wurde, dass sie von ihrem zweiten Mann sprach und nicht von Max. Es war das erste Mal, dass Edda über ihn redete.

»Wirklich? Wo denn?«, fragte ich neugierig.

Edda lächelte.

»Das war in der Oper. Er war der Dirigent, und ich saß in der ersten Reihe genau hinter ihm. Als er sich zum Applaus umdrehte, haben wir uns kurz in die Augen gesehen. Und als ich dann hinterher mit meiner Freundin noch in einem Restaurant in der Nähe der Oper saß, kam er plötzlich herein, sah mich und hat mich angesprochen.«

Edda lachte bei der Erinnerung.

»Er war sehr charmant und sehr insistierend. Aber natürlich war er das, er war Dirigent, er war es gewohnt, dass man ihm gehorchte.«

»Und ihr habt geheiratet?«, fragte ich.

»Ein halbes Jahr später«, sagte Edda. »Und zwei Jahre danach ließ ich mich wieder scheiden.«

Sie hob die Hände in einer Geste, die sagte: Was kann man machen?

»Ich war in ihn verliebt, aber ich liebte ihn nicht, weißt du, Elsa. Das ist ein Unterschied. Am Anfang ist man immer auch ein bisschen in das Gefühl selbst verliebt, in die Schmetterlinge und all das Neue, das Prickelnde, aber dann ... Wenn die Liebe nicht da ist, die echte Liebe, die bleibt, egal, was passiert, dann hält es eben nicht.«

»Und ...«, setzte ich an. Durfte ich so neugierig sein?

»Und gab es noch andere?«

Edda lachte laut und herzlich auf und hob scherzhaft mahnend den Zeigefinger, dann sagte sie: »Viele, Elsa, viele. Man muss doch das Leben leben, oder? Ein paar von ihnen weilen sogar noch unter uns, und du wirst sie am 21. Mai kennenlernen.«

Sie klatschte amüsiert in die Hände.

»Such dir jemanden, Elsa. Genieß das Leben.«

»Wenn ich aber die große Liebe will?«, fragte ich. »Wenn ich einen Max will?«

Die Heiterkeit fiel von ihr ab, und ihr Gesicht wurde wehmütig.

»Die großen Lieben enden doch meistens traurig, nicht wahr?«

»Nicht immer«, widersprach ich, doch die Erfahrung, die sie selbst gemacht hatte, hatte sie etwas anderes gelehrt.

Auf dem Nachhauseweg dachte ich über mein beziehungsloses Leben nach und darüber, ob Finn tatsächlich jemanden hatte, von dem ich nichts wusste. Es sollte mir egal sein, aber das war es natürlich nicht. Dann fiel mir noch etwas ganz anderes ein: Ich musste wieder nach Bremen und würde erneut fünf Tage weg sein. Ich hatte aber ein neues Baby, einen neuen Alfred, wer sollte den versorgen? Ich hatte noch eine Woche Zeit, es mir zu überlegen.

Die Woche verging, ohne dass ich eine Lösung gefunden hatte. Ich hatte kurzfristig sogar mit dem Gedanken gespielt, Alfred II. Frau Obermoser anzuvertrauen, aber das wäre dann doch ein zu großer Affront gewesen. Finn hatte mit der weißen Fahne gewinkt, also sollte ich ihm zumindest die Chance geben, seinen Worten auch Taten folgen zu lassen. Ich musste mich ja nicht weiter mit ihm unterhalten.

Also klopfte ich, kurz bevor ich mich zum Bahnhof aufmachte, an seine Tür. Ich hörte seine Schritte, doch dann rief er laut: »Einen Moment!«, lief wieder weg, kam zurück und öffnete die Tür. Er trug einen Bademantel, aber er sah nicht so aus, als ob er gerade aus der Dusche kam, im Gegenteil, er sah aus, als hätte er mal wieder eine nötig.

Ich wusste, was das bedeutete. Er malte, und wie es aussah, malte er wieder nackt.

»Hallo!«, sagte er und lächelte unsicher.

»Ich muss wieder nach Bremen. Du nimmst entweder den Farn zurück, oder du gießt ihn, okay?«

»Mach ich. Versprochen. Ganz bestimmt.«

»Okay. Tschüss«, sagte ich nur, drehte mich auf dem Absatz um und ging.

»Tschüss«, sagte er.

Meinem Farn ging es gut, ich hatte es nicht anders erwartet und fühlte nicht die Notwendigkeit, mich dafür zu bedanken. Wir sahen es beide als eine Art Wiedergutmachung und nicht im Entferntesten als Annäherung.

Das heißt, wie Finn es sah, wusste ich nicht, denn wir hatten keinen weiteren Kontakt.

Ich arbeitete an meinem Privatleben und daran, den Tipp, den mir Edda gegeben hatte, zu beherzigen.

Die Gelegenheit dazu bekam ich, als im Synchronstudio plötzlich unser Tonmeister kurz vor Beginn der Aufnahmen die halbe Treppe runterfiel und sich den Fuß brach, sodass er ins Krankenhaus musste und uns beinahe ein ganzer Tag ausgefallen wäre. David schob Panik und die Aufnahmeleiterin noch mehr, denn es stand kein anderer Tonmeister zu Verfügung. Da sprang Alex, der Mischtonmeister, ein, der normalerweise gar keine Aufnahmen mehr machte, sondern nur noch Filme mischte, und zwar die ganz großen. Alle lagen buchstäblich vor ihm auf den Knien aus Dankbarkeit, dass er sich in diese Niederungen herabließ.

Alex war wortkarg, oder vielmehr sagte er nur etwas, wenn es wirklich etwas zu sagen gab. Das gefiel mir. Bei der Arbeit war er präzise und konzentriert. Er schmunzelte über unsere gelegentlichen Albernheiten, aber machte selber nie einen Scherz. Er war kein Schönling, hatte nur wenige, sehr kurze Haare und war sehr kräftig gebaut, aber er verbreitete eine beindruckende Aura um sich: professionell und selbstsicher. Sogar David behandelte ihn mit erlesenem Respekt.

Alex galt, wie ich später von Regina hörte, als der Künstler unter den Mischtonmeistern, und dass er die Aufnahmen im Studio machte, sei so, als würde Edita Gruberova nach ihrem Auftritt die Bühne fegen.

Ich war noch mehr beeindruckt.

Am nächsten Tag wäre es möglich gewesen, einen Ersatztonmeister zu bekommen, aber Alex bot sich zum Erstaunen aller freiwillig noch mal an.

»Es schadet nichts, wenn man ab und zu noch mal zu seinen Wurzeln zurückkehrt«, meinte er als Erklärung.

David dagegen raunte mir zwinkernd zu: »Ich glaube, er wollte zu etwas ganz anderem zurückkehren.«

Ich zeigte ihm den Vogel, doch David war Experte in diesen Dingen und behielt recht.

Alex machte sich an mich heran. Sehr subtil, sehr nett, hier mal ein Kommentar, dort mal ein Lächeln. Ein »Soll ich dir einen Kaffee aus der Kantine mitbringen?«.

Es fing an zu kribbeln. Seine Gelassenheit und sein Können reizten mich genauso sehr wie sein unaufdringliches Interesse an mir.

Nach den Aufnahmen tranken wir noch etwas, dann fragte er mich, ob er mich nach Hause bringen solle. Er sollte. Und ich wusste, was ich wollte. Ich fand ihn attraktiv, und ich hatte keine Lust mehr, auf den Märchenprinzen zu warten. Edda hatte recht.

Aber ich hatte die Rechnung nicht mit Alex' Klasse gemacht. Er brachte mich nach Hause, gab mir einen Kuss auf die Wange und dann noch einen richtigen. Und was für einen richtigen. Ich hätte am liebsten im Treppenhaus losgelegt, so bereit war ich. Doch er flüsterte mir ins Ohr: »Wir sehen uns morgen, ja?«, und ging.

Alex vollendete auch noch den dritten Tag im Studio. Die Spannung zwischen uns war so stark, dass ich schon Angst hatte, jeder könnte das Knistern hören. Wir sprachen kaum miteinander, aber wie verabredet fanden wir uns an seinem Auto ein, und er brachte mich wieder nach Hause, diesmal bis in meine Wohnung. Wir tranken Rotwein und redeten uns eine Weile pro forma durch das ganze übliche Vorgeplänkel, bevor wir anfingen zu knutschen. Ich konnte mich gar nicht mehr daran erinnern, dass das so viel Spaß machte, aber das konnte natürlich auch an Alex' Vorgängern liegen. Ich nahm mir vor, Küssen zu meinem neuen Hobby zu machen, während wir uns gegenseitig auszogen. Es stellte sich heraus, dass Alex praktisch aus nichts als Muskeln bestand, und er schien jeden einzelnen davon zu meinem puren Vergnügen einsetzen zu wollen. Es war perfekt. Zum Glück hatte ich das Bett am Morgen gar nicht erst umgebaut, sodass uns nichts aus dem Fluss brachte. Es war das erste Mal seit langer Zeit, dass ich mich ganz und gar jemandem hingab. Ohne nachzudenken, ohne Vorbehalte. Ich war auf dem Weg zu dem großartigsten Orgasmus aller Zeiten, als ich es hörte: *The Rose*. Ganz, ganz leise nur, aber ich hätte schon taub sein müssen, um es nicht zu hören. Finn spielte nebenan Saxofon, und er spielte *The Rose*. Plötzlich sah ich über mir das Bild hängen: die Verliebten am Meer. Alex kam ... und bei mir war alles vorbei. Geistesgegenwärtig stöhnte ich noch ein bisschen weiter, völlig legitim, denn ich wäre ja gekommen, wenn Finn sein blödes Saxofon in Ruhe gelassen hätte.

Alex zog mich an seine harte Brust und schlief fast sofort ein. Ich stahl mich zurück auf mein weiches Kissen und war wütend. Ich brauchte eine andere Wohnung.

So unglaublich es war, ich hatte eine Beziehung. Eine Art Beziehung zumindest. Es war nicht die große Liebe, und zugegebenermaßen dominierte der sexuelle Aspekt, aber das war okay. Es war ja nicht so, dass man sich mit Alex nicht hätte unterhalten *können*, wir taten es nur selten, denn wir fanden schnell heraus, dass wir nicht allzu viele Gemeinsamkeiten besaßen. Aber das war im Bett schließlich auch nicht so wichtig.

Das Schöne war, dass es so unkompliziert war. Wir verlangten nichts voneinander, aber nahmen trotzdem Rücksicht aufeinander. Ich mochte Alex wirklich. Hätte er menschlich nichts zu bieten gehabt, hätte die Bettgeschichte das auch nicht wettgemacht.

Eddas Geburtstag kam näher, und eines Tages, als ich mich mit ihr und der Geburtstagsplanerin traf, verriet ich ihr, dass ich jemanden mitbringen würde. Edda ballte ihre schmalen Fäustchen vor Aufregung wie ein Kind und strahlte mich an.

»Das ist ja wunderbar. Finn bringt auch jemanden mit.«

»Was?« Das Gesicht rutschte mir weg. »Ich meine ... ähm ...«

Edda war so begeistert, dass sie mein verblüfftes Gestammel gar nicht bemerkte.

»Ja, er hat eine ganz nette Freundin, wusstest du das nicht?«

»Nein«, gab ich zu, »wusste ich nicht.«

Warum war ich so erstaunt? Hatte ich gedacht, nur für mich ginge das Leben weiter? Und selbst wenn wir noch befreundet gewesen wären, hätte er eine Freundin haben können. Hatte er ja vorher auch schon. Anna. War ja nichts dabei. Nur dass ich es diesmal nicht gewusst hatte. Aber so hatten wir das ja beide gewollt. Oder nicht?

Noch vor einem Jahr wären Finn und ich zusammen zu Eddas Geburtstag gegangen. Oder nein, vor einem Jahr war schon alles vorbei gewesen. Seit einem Jahr war Finn nicht mehr in meinem Leben. Und ich nicht mehr in seinem. Wie hatte das nur passieren können?

Und dann war es so weit. Edda Goldstein wurde achtzig, und eine bombastische Fete stieg in ihrem Garten. Die Planerin hatte wirklich an alles gedacht, und ich wollte mir lieber nicht ausmalen, was es kostete. Egal. Es war Eddas Ehrentag, sie hatte das Geld, und sie wollte es auf diese Weise raushauen.

Alex war nicht wenig beeindruckt von dem Prunk, den Kellnern, dem Champagner und den Gourmet-Häppchen. Und von den Gästen erst. Da gab es so einiges zu sehen. Auch ein paar bekannte Gesichter.

David entdeckte mich bald. Er stand bei seinem Bruder, Finns ehemaligem Professor, den ich bei der Hochzeit schon kennengelernt hatte. Ich sah Maria nicht, doch David deutete auf die Combo, die gerade auf der Terrasse Platz nahm.

»Maria singt für Edda«, sagte David. »Das ist ihr Geburtstagsgeschenk sozusagen.«

Ein wertvolles Geschenk, denn normalerweise bekam Maria nicht wenig Gage für ihre Auftritte. David kannte Alex natürlich schon, aber Edda brannte darauf, ihn zu treffen. »Oh, là, là!«, rief sie. »Elsa, ich muss schon sagen!«

Sie musterte Alex mit eindeutig zweideutigen Blicken von Kopf bis Fuß, bevor sie ihm charmant die Hand reichte.

»Es freut mich ausgesprochen, Sie kennenzulernen.« Alex machte einen formvollendeten angedeuteten Handkuss, was Edda noch mehr begeisterte.

Und dann sah ich Finn.

Er sah wie immer unglaublich aus in seinem Anzug und diesmal einem dunkelblauen Hemd. An seinem Arm hielt sich eine junge Frau fest. Sie sah sich etwas unsicher um. Braune, halblange, glatte Haare, klein, schlank, aber nicht dünn, nettes Lächeln, sympathisch. Ich hasste sie vom ersten Moment an. Sie war keine Anna, nicht im Mindesten, und deshalb ging ich davon aus, dass es diesmal ernst war.

Finn sah mich ebenfalls, und er sah Alex neben mir, den Arm um mich gelegt. War es Wunschdenken, oder erkannte ich ein leichtes Flackern in seinen Augen? Störte es ihn?

Er kam tapfer auf uns zu, begrüßte jedoch zuerst Edda und gratulierte ihr. Sein Geschenk könne sie sich nachher in ihrem

Wohnzimmer ansehen, sagte er lächelnd zu ihr, dort sei es schon aufgehängt. Edda freute sich über die Maßen, nahm seinen Kopf in ihre beiden Hände, zog in sanft zu sich herab und gab ihm einen Kuss auf die Stirn. Dann begrüßte sie Finns Freundin, die sie offensichtlich schon kannte.

»Karina!«, rief Edda entzückt. »Das ist so schön, dass Sie auch kommen konnten.«

»Hallo, Elsa«, sagte Finn zu mir, und wie immer war nur ich es, die die Situation als peinlich empfand, obwohl auch Finn einen nervösen Eindruck machte. Aber nervös war nicht betreten.

»Hi«, sagte ich und schluckte leider sichtbar den Kloß hinunter, der mir im Hals steckte.

Ich vergaß völlig, Alex vorzustellen, aber Finn fing diesen Fauxpas locker auf.

»Bringst du jetzt schon deinen Bodyguard mit?«, fragte er. Nur Finn konnte so eine Frage ohne jede Provokation oder Beleidigung stellen. Ohne jeden ätzenden Unterton. Und folgerichtig lachte Alex und gab ihm die Hand.

»Ich bin Alex, der Freund von Elsa.«

»Finn.« Keine weitere Bezeichnung.

Ich wartete auf irgendeine Regung in Finns Gesicht, als Alex sagte ›Freund von Elsa‹, doch da war nichts. Er stellte uns Karina vor.

Nichts deutete darauf hin, dass mein Name bei ihr schon einmal Erwähnung gefunden hatte. Sie hatte genauso wenig von mir gehört wie Alex von Finn.

Wir machten ein wenig Small Talk, jene Art von Unterhaltung, von der ich genau wusste, dass Finn sie ebenso verabscheute wie ich.

Später wollte Edda ihr Geschenk von Finn sehen. Sie wusste zwar, was es war, aber das machte es natürlich nur umso spannender. Wir begaben uns in den Salon und bewunderten das neue Bild, das an der Wand hing: *Edda in ihrem Sessel, daneben eine Bodenvase mit Blumen*. Das war der Titel des Bildes. Finn liebte lange, beschreibende Titel. Aber nichts konnte beschreiben, wie lebendig dieses Bild war und wie genau er Edda getroffen hatte, mit ihrem Lachen, der Haltung ihrer Hände, der Neigung ihres Kopfes. Es war so berührend, Edda zu sehen, wie sie ihr Abbild an der Wand betrachtete, das Werk eines begnadeten Künstlers.

Dieser Künstler stand da ohne die Spur von Eitelkeit, nur ein breites Grinsen im Gesicht.

Das warme Gefühl, das Finn seit jeher in mir ausgelöst hatte, umfing mich plötzlich wieder. Er hatte so viel Herz wie niemand sonst, den ich kannte, und durch seine Hand floss es direkt in seine Bilder.

Der Raum drohte mich zu erdrücken. Ich lief nach draußen.

Die Combo spielte, Maria sang.

Alex trat hinter mich und zog mich auf die Tanzfläche. Er hielt mich dicht an sich gepresst. Ich wusste, woran er schon wieder dachte, nur hatte ich dafür im Moment so gar keinen Sinn. Ich fühlte mich eingeengt und bedrängt, doch ich hatte auch den Halt, den ich brauchte, und deshalb machte ich mit. Auch Finn und Karina tanzten. Sie gaben ein inniges Bild ab, bis auf die Tatsache, dass Karina sich allzu sehr an Finn klammerte, statt auf die Musik zu achten. Mir fiel auf, dass ich sie überhaupt nie gesehen hatte, ohne dass sie Finns Arm oder Hand gehalten oder in anderer Weise Kontakt zu ihm gesucht hatte. In der Hinsicht ähnelte sie nun doch wieder Anna. Allerdings schien es Finn bei Karina nicht zu stören. Er wirkte glücklich oder zumindest mit sich im Reinen. Karina schien ihm gutzutun.

David kam und klatschte ab, denn Maria war ja beschäftigt.

Ich war dankbar, dass ich Alex' Umklammerung entfliehen konnte.

»Wie findest du Finns Freundin?«, fragte David.

»Nett«, sagte ich. Er schmunzelte.

»Was?«

»Nichts«, sagte er unschuldig. »Sie ist sehr nett, nur …«

Er schaute über meine Schulter zu der Stelle, an der, wie ich wusste, Finn und Karina tanzten.

»Nur tanzen kann sie nicht. Der arme Mann kommt ja gar nicht dazu, sich ein bisschen auszutoben. Schau nur, wie sie an ihm hängt. Das ist doch kein langsamer Walzer, zum Kuckuck.«

Ich lachte, und damit hatte David sein Ziel erreicht.

»Redet ihr immer noch nicht miteinander?«, fragte er.

Mir wurde etwas unbehaglich. Er hatte unser zerrüttetes Verhältnis vorher nie angesprochen.

»Wieso?«, sagte ich leichthin. »Du hast doch vorhin gesehen, dass wir geredet haben. Ganz normal.«

»Ja, ich gebe zu, ihr habt wenigstens gute Manieren«, sagte David sarkastisch. Er winkte Maria zu, sie pustete einen Kuss zu ihm zurück.

Ich bemerkte nicht, wie David uns langsam zu Finn und Karina manövrierte, doch plötzlich tanzten sie genau neben uns.

»Okay, Partnerwechsel«, verkündete David gut gelaunt, ergriff Karinas Hand mit dem ihm eigenen unwiderstehlichen Charme und zog sie von Finn weg, während er ihm gleichzeitig mich in die Arme warf.

»Du erlaubst doch?«, sagte er zu Karina, die überrumpelt lachte und sagte: »Warum nicht?«

»Ich muss deine Freundin mal unter vier Augen kennenlernen, Finn. Ich bring sie dir unversehrt zurück, versprochen.«

Damit verschwand er mit der amüsierten Karina im tanzenden Gewühl. Und ich stand da alleine mit Finn.

»Na dann«, sagte er. »Darf ich bitten?«

Er bot mir die linke Hand an und ich legte meine hinein. Er legte den Arm um mich, aber wahrte Distanz, so wie man es höflicherweise machte, wenn man mit dem Tanzpartner nicht sehr vertraut war. Trotzdem bildeten wir sofort wieder diese Einheit aus Rhythmus und Bewegung, als gäbe es eine unsichtbare Verbindung, die uns lenkte. Selbst wenn wir gewollt hätten, hätten wir uns gegen diese Art von Harmonie nicht wehren können.

Als das Lied zu Ende war, sah ich mich nach Alex um, doch Maria verließ gerade die Bühne und forderte ihn zum Tanzen auf. Es sah eindeutig nach einer Verschwörung aus.

Als könnte er meine Gedanken lesen – natürlich konnte er das – sagte Finn: »Also, nur damit du nichts Falsches denkst: Ich hab damit nichts zu tun.«

»Womit?«, fragte ich.

»Damit, dass David und Maria uns dazu bringen wollen, miteinander zu reden. Sieht doch ein Blinder.«

Ich wurde rot.

»Du musst dich nicht mit mir abgeben, wenn du nicht willst«, sagte er leise. Die Trauer in seiner Stimme war nicht gewollt, aber unüberhörbar.

»Red keinen Unsinn, und lass uns tanzen«, sagte ich. Da war es wieder: Finns berühmtes Grinsen, bei dem er aus unerfindlichen Gründen meinte, seine wunderschönen Zähne verstecken zu müssen. Und dann tanzten wir wieder zusammen. Enger, entspannter, fast so wie früher.

Endlich konnten wir uns wieder unterhalten, richtig unterhalten.

Ich fragte ihn, wie er Karina kennengelernt hatte.

»Sie hat ein Kinderbuch geschrieben, und ich hab die Illustrationen dazu gemacht. Letztes Jahr im Herbst.«

»Aha«, sagte ich und dachte im Stillen: So lange schon?

»Zusammengekommen sind wir aber erst vor«, er überlegte, »drei Monaten oder so.«

»So genau wollte ich es nicht wissen«, versicherte ich ihm.

»Wem willst du das denn erzählen?«, erwiderte er und bekam dafür einen Boxhieb gegen den Oberarm.

»Und du? Seit wann in Begleitung von Mr. Bodyguard?«, fragte er, während er sich den Arm rieb.

»Auch so um den Dreh«, sagte ich vage.

»Ihr feiert also auch keine Jubiläen«, stellte er fest. Ich wusste nicht, was er meinte.

»Karina kann auf den Tag genau sagen, wann wir uns kennengelernt haben und wann wir zum ersten Mal ... also, du weißt schon.«

»Und du nicht?«

Er schüttelte prustend den Kopf. »Nee! Ist das wichtig?«

»Manchen Leuten schon«, gab ich zu bedenken.

»Dir?«, fragte er.

»Kommt drauf an«, überlegte ich. »Weißt du eigentlich noch, wann wir uns kennengelernt haben?«

»Am 14. Mai 1990«, kam es wie aus der Pistole geschossen. Ich war von den Socken.

»An dem Tag hab ich das Bild gemalt, das ich dir geschenkt hab«, sagte er zur Erklärung, »das *kann* man nicht vergessen.« Wir lachten beide.

»Übrigens, ich hab bald wieder eine Ausstellung«, sagte er dann und wurde ernster. »Im Haus der Kunst.«

»Das ist ja Wahnsinn«, sagte ich begeistert und scherzte: »Wie ein richtiger Künstler.« Doch er blieb ernst.

»Kommst du zur Eröffnung?«, fragte er ungewöhnlich nervös. »Das würde mir viel bedeuten.«

»Natürlich komm ich«, sagte ich. Er lächelte erleichtert und drückte mich enger an sich. Und dann flüsterte er in mein Ohr: »Ich hab dich so vermisst.«

Finn und ich hatten uns wieder. In gewisser Weise zumindest. Wir sahen uns viel seltener als früher, weil wir beide eine Beziehung mit anderen hatten und es auf wenig Verständnis stieß, wenn man sagte, dass man lieber mit dem besten Freund etwas unternehmen wollte als mit dem Partner.

Es war dabei nicht sehr hilfreich, dass Finn im Grunde so gar nichts mit Alex anfangen konnte und Karina und ich auch nicht gerade auf einer Wellenlänge waren.

Sie war nett, ja, aber auch anstrengend mit einem Hang zur Pedanterie und merkwürdigen Eigenarten. Man hatte immer den Eindruck, dass sie sich in Finns Wohnung mit ihrem gemütlichen Chaos sichtbar unwohl fühlte, und warum das so war, begriff ich erst, als ich einen Blick in ihre eigene Wohnung geworfen hatte, wo die Bücher nach Größe und Farbe geordnet in weißen Regalen standen und die bunten Kissen auf dem weißen Sofa alle einen Knick in der Mitte hatten. Da war nicht ein einziges Teil, das unnütz herumlag. Keine alten Zeitungen, keine benutzten Gläser, kein Stift quer über dem Schreibtisch, keine Zettel, kein Kram. Alles hatte seinen Platz. Wie konnte so jemand Kinderbücher schreiben? Und, was mich noch mehr interessierte, wie hielt Finn das aus?

Eines wunderschönen Abends im Frühsommer saßen wir alleine auf der Dachterrasse und tranken Wein. Unsere Gläser standen am Boden, wir gammelten auf den Holzliegen, aßen Kirschen und machten Kirschkernzielspucken in eine kleine Schüssel.

»Wenn das Karina sehen würde«, lachte Finn und jubelte nach einem Treffer. Ich stöhnte.

»Okay«, sagte ich und gab mir einen Ruck, weil ich der Meinung war, dass sich unsere Freundschaft schon so weit von ihrer schweren Krankheit erholt hatte, dass ich die Frage stellen durfte.

»Wie hältst du es eigentlich mit ihr aus?«

»Wie hältst du es mit Alex aus?«, gab er die Frage prompt zurück. Er kräuselte dabei so provokant die Nase, dass ich mich nicht zurückhalten konnte.

»Er ist gut im Bett«, sagte ich unverblümt, woraufhin er nur die Handflächen nach oben hielt nach dem Motto: Na also, da hast du die Antwort. Karina? Das wunderte mich.

»Aber sie ist auch lieb«, sagte er dann. Ich brach in schallendes Gelächter aus.

»Nein, ehrlich«, beharrte er.

»Sie ist *auch lieb*«, imitierte ich ihn. »Lass sie das bloß nicht hören. Wenn mein Freund von mir sagen würde, dass ich ›auch lieb‹ bin, würde ich mir echt Gedanken machen.«

»Was denkst du denn, sagt dein Freund über dich?«

»Dass ich gut im Bett bin«, sagte ich, ohne nachzudenken. Dann wurde mir schlecht.

»Oh Gott, nein«, verbesserte ich mich, »hoffentlich sagt er das nicht.«

»Nein?« Finn amüsierte sich köstlich.

»Ich meine, er soll es denken, aber nicht darüber reden. Mit anderen meine ich.«

»Aber das machst du doch auch«, erinnerte er mich.

»Das ist was anderes. Ich sag es ja nur zu dir.«

»Oh, nur zu mir«, wiederholte Finn. »Ist das jetzt ein Kompliment oder eine Beleidigung?«

»Das kannst du dir aussuchen«, sagte ich und spuckte einen Kern in die Schüssel.

Wir genossen die warme Luft, die Ruhe, den Wein und die Tatsache, dass wir absolut nichts zu tun hatten, außer Kirschkerne durch die Gegend zu spucken. Wir genossen es, gemeinsam schweigen zu können und zu reden, wenn uns danach war.

Aber mir brannte noch eine Frage auf der Zunge. Nach dem zweiten Glas Wein stellte ich sie.

»Liebst du Karina?«

Schweigen.

»Edda sagt, die wahre Liebe gibt es nur einmal«, sagte ich, als er nicht antwortete. »Wie merkt man, ob es die wahre Liebe ist?«

»Ich weiß es nicht, Elsa«, sagte er und warf mir einen leidenden Blick zu. »Aber können wir das ein andermal besprechen, wenn ich nicht gerade das Gefühl habe, es zerreißt mir gleich den Magen?«

Die Kirschen waren eine blöde Idee gewesen. Und dazu der Wein. Ganz blöd. Die Frage nach der wahren Liebe mussten wir leider vertagen.

Am Tag vor Finns Ausstellungseröffnung hatte ich Aufnahmen im Studio. Es war Davids erster großer Film, und er wollte seine Leute dabeihaben, wie er sagte. Es gab kaum Frauenrollen außer meiner, und auch die war ziemlich klein. Ich hatte nur einen halben Aufnahmetag. Zu meiner Freude war seit längerer Zeit auch Norbert mal wieder dabei, doch als ich ihn sah, erschrak ich. Er hatte fürchterlich abgenommen und sah krank aus. Trotzdem kam er lächelnd auf mich zu und umarmte mich.

»Nicht erschrecken, Elsa«, sagte er und tätschelte mir die Wange, als ich ihn sprachlos anstarrte. Ich konnte einfach nicht anders.

»Was …?«

»Krebs!«, sagte er schulterzuckend. »Jetzt hat's mich auch erwischt. Na ja, was soll's. Wird schon wieder. Mach nicht so ein Gesicht.«

»Aber warum hast du mir denn nichts gesagt?«, rief ich. »Ich muss doch wissen, wenn es dir nicht gut geht.«

Das meinte ich so. Norbert war eine Art Ersatzvater für mich. Er war immer für mich da gewesen und hatte sich kaum eine meiner wichtigen Vorstellungen entgehen lassen. Plötzlich wurde mir alles klar.

»Deshalb konntest du nicht zu meiner Premiere in Bremen kommen?«

»Ja, da ging das los. Ich wollte dich nicht beunruhigen.«

»Aber David hat es gewusst?«

»Und ich habe ihm verboten, etwas zu sagen, also reiß ihm nicht den Kopf ab, sondern lasst uns jetzt endlich anfangen und ein bisschen Spaß haben.« Er drückte mich an sich und sagte eindringlich: »Bitte, okay?«

Ich brauchte eine Weile, um mich zu fangen, doch Norbert zuliebe riss ich mich zusammen. Ich brachte meine Takes so gut es ging hinter mich, setzte mich noch eine Weile mit Norbert in die Kantine, wo er mir versicherte, dass die Chemotherapie sehr gut anschlüge, und ging dann nach Hause. Ich musste sofort mit Finn reden, doch er war nicht da. Natürlich nicht. Er war mit Sicherheit im Haus der Kunst und bereitete seine Ausstellung vor. Er hatte mir immer noch nicht gesagt, worum es dabei ging. Er musste die Bilder zum größten Teil erst in diesem Jahr gemalt haben. Oder doch schon letztes Jahr? Ich hatte eine einjährige Wissenslücke, was Finn anging. Wie viel hatte ich von ihm verpasst? Wie viel hatte er mir vielleicht sagen wollen und nicht können, während Norbert über seine Krankheit nicht hatte reden wollen, obwohl ich jederzeit für ihn da gewesen wäre? Für Finn war ich nicht da gewesen. Sicher, es war nicht allein meine Schuld, aber ich hätte um ihn kämpfen können. Ich hatte mich einfach zurückweisen lassen und später selbst noch eins draufgesetzt.

Ich ging in meine Wohnung und grübelte, bis ich die Nachbartür hörte. Karina war dabei.

»Hallo, Elsa«, sagte sie und winkte mir zu, obwohl ich nur einen Meter von ihr entfernt stand.

»Das wird eine so großartige Ausstellung, sag ich dir. Die Bilder sind einfach unglaublich.« Sie sprühte nur so vor Stolz auf Finn. Dieser machte einen ausgesprochen müden Eindruck, aber da war noch etwas anderes, das ihn umgab und das ich schon einmal gesehen hatte. Er bemühte sich um ein Lächeln, als Karina ihn so lobte, doch ich kannte ihn besser. Wäre sie nicht gewesen, hätte ich jetzt mit ihm darüber gesprochen. Über das, was nicht stimmte oder was schieflief.

»Ich mach uns was zu essen, ja?«, rief Karina, die in die Küche vorgeeilt war.

Ich hielt Finn am Arm fest und flüsterte: »Was ist los?«

»Alles okay. Das verstehst du morgen.« Er gab mir einen raschen Kuss auf die Wange, und ich ließ ihn mit Karina alleine.

Und wie ich es verstand.

Als ich in den Ausstellungssaal im Haus der Kunst kam, blieb mir fast das Herz stehen. Er hätte mich darauf vorbereiten sollen. Da waren viele Leute, wie immer bei solchen Eröffnungen. Leute, die interessiert waren, Leute, die sich zeigen wollten, und manchmal Presse. Diesmal war jede Menge Presse da, aber es herrschte striktes Fotografieverbot, sie durften nur über die Ausstellung schreiben. Es gab auch keinen Champagner und keine Häppchen. Und keines der Bilder stand zum Verkauf.

Jedes einzelne hing geschützt hinter Panzerglas. Aus gutem Grund.

Die Ausstellung trug den Titel ›Fratzen‹.

Zu sehen waren die Fratzen der Skinheads, die Jerome Abadi und Finn im Herbst zwei Jahre zuvor beinahe zu Tode geprügelt hatten. Die Bilder zeigten auf brutale Weise die Szenen, die sich zugetragen hatten: den Wächter, der dafür gesorgt hatte, dass kein Mensch seine fünf Kumpels bei ihrem widerlichen Geschäft störte, einen zutretenden Fuß aus der Perspektive des Opfers, dahinter die hasserfüllt grinsende Visage des Täters, oder alle fünf gleichzeitig, wie sie sich auf ihre wehrlosen Opfer stürzten. Man sah den Tätern ins Gesicht, genauso wie ihrer Tat. Die Ausstellung zeigte sie in ihrer ganzen unmenschlichen Brutalität und war der Pranger, an dem sie standen, für alle sichtbar, die die Augen davor nicht verschließen wollten.

In Abständen waren Monitore aufgestellt, auf denen in wiederkehrenden Schleifen Ausschnitte aus Dokumentationen über neonazistische Verbrechen gezeigt wurden, darunter die Brandanschläge von Solingen und Mölln sowie die Übergriffe in Hoyerswerda und Rostock.

Die Ausstellung war eine einzige Anklage, und Finns Bilder hätten dabei nicht schockierender sein können, nicht zuletzt, weil sie so gut waren, vor allem aber, weil jeder sah und wusste, dass der Maler selbst das Opfer war.

Überall herrschte betroffenes Schweigen.

Ich hatte Mühe, die Bilder anzuschauen, denn es waren die gleichen, die mich auch nach all der Zeit in meinen Träumen verfolgten. Ich erkannte jede einzelne der Fratzen, ich hatte sie aus nächster Nähe gesehen, hatte sie gehört, gerochen und gespürt. Finn hätte mich vorwarnen müssen. Wo war er eigentlich?

Kevin tauchte in der Menge auf, seine Frau Nora gleich dahinter. Beide mit tief bewegten Mienen. Als sie mich sahen, kamen sie sofort zu mir, Kevin umarmte mich, und Nora fragte besorgt, wie es mir ging.

»Im Moment nicht so gut«, gab ich zu, »aber es geht schon. Wo ist Finn?«

»Hat sich verkrochen, was denkst du denn?«, antwortete Kevin. »Er hätte einen aber auch vorwarnen können.« Ich nickte.

Es wunderte mich nicht, dass er auch Kevin nichts darüber gesagt hatte. Nur Karina hatte die Bilder vorab sehen dürfen. Warum eigentlich? Die Antwort auf diese Frage erhielt ich schon sehr bald, denn Karina selbst stieß gleich danach zu uns. Sie trug Schwarz, das hatte sie wohl dem Anlass und dem Inhalt der Bilder entsprechend für angemessen gehalten.

»Hallo, Elsa!«, sagte sie mit gedämpfter Stimme und gab mir zwei Begrüßungsküsschen auf die Wange. »Ist es nicht fantastisch? Ich wusste ja, dass Finn ein großartiger Maler ist, aber diese Vorstellungskraft ... Man könnte fast meinen, er hätte es selbst erlebt.«

Ich hatte nicht gedacht, dass man mich an diesem Abend noch mehr schockieren könnte, aber Karina schaffte es mit einem Satz.

Sie wusste es nicht. Sie hatte keine Ahnung, dass Finn all das widerfahren war. Wie konnte das sein? Las sie denn keine Zeitungen? Oder hatte sie es gelesen und es nie mit Finn in Verbindung gebracht? Und er hatte es ihr nicht gesagt. Natürlich nicht, er hatte ja mit niemandem darüber geredet.

Mit einem Mal ging mir ein Licht auf. Ich erkannte, was Finn an Karina so anziehend fand. Sie war einer der wenigen Menschen, die völlig unbelastet waren. Mit dem er so tun konnte, als sei das alles nicht passiert.

»Und hast du das eine Bild ganz da hinten gesehen?«, plapperte Karina begeistert weiter. »Ich glaube, da hat er dich als Modell genommen.«

»Was?«

»Ja, es ist nicht sehr deutlich, und die Frau liegt auf dem Boden, aber sie sieht aus wie du.«

Mein Herz klopfte so stark, dass ich dachte, ich würde jeden Augenblick umkippen. Ich ging in die Richtung, die Karina mir gezeigt hatte. Nora lief neben mir her und hakte mich unter.

»Geh nach draußen, Elsa. Trink ein Glas Wasser«, riet sie mir.

»Gleich.«

Meine Augen glitten über die Bilder, über die Fratzen.

Dann sah ich, was Karina gemeint hatte. Ein Bild, das eine Frau zeigte, die zu Boden gefallen war. Ein bulliger Typ stand über ihr, bereit, jeden Moment zuzutreten. Das war ich, unzweifelhaft zu erkennen, unscharf gezeichnet, so wie Finn es in seinem nur noch halb bewussten Zustand wahrgenommen hatte. Mir wurde schlecht. Wäre Nora nicht an meiner Seite gewesen, ich wäre hingefallen. Sie führte mich zu einer Bank, scheuchte die dort sitzenden Leute weg und setzte mich hin. Dann verschwand sie kurz und kam mit einem Wasserglas zurück.

»Wo ist Finn?«, fragte ich wieder.

»Ich weiß nicht«, sagte Nora. »Irgendwo hier im Gebäude. Glaub ich.«

»Weiß Karina nicht, wo er ist?«

Nora sah mich an. »Karina?«, sagte sie. »Karina weiß gar nichts, das hast du doch gehört.«

»Ich suche ihn«, sagte ich, stand auf und beruhigte Nora, als sie mich wieder stützen wollte. »Es geht schon.«

Ich verließ den Saal und atmete auf. Für alle anderen Besucher der Ausstellung war es nur großartige politische Kunst, für mich war es ein Trauma, und ich fragte mich, was es erst Finn gekostet haben musste, diese Bilder zu malen.

Ich erinnerte mich daran, als er mir vor Monaten die Tür geöffnet hatte, im Bademantel. Als er so heruntergekommen ausgesehen hatte. Daran hatte er also gearbeitet. Ohne Kleider, ohne Schutz, nackt. Er hatte sich seinem Trauma ausgeliefert und es in unvorstellbarer Weise wieder durchlebt. Er hatte einen Weg gefunden, darüber zu sprechen. Das war seine Sprache: Bilder.

Wo sollte ich Finn suchen? Wenn er sich so fühlte wie ich, musste er an die frische Luft. Es war noch hell und warm draußen, am Eisbach tummelten sich die letzten Surfer und hatten wie immer ausreichend Publikum auf der Brücke.

Ich ging etwas weiter am Bach entlang, wo weniger Leute waren.

»Hey!«, rief er plötzlich hinter mir. Er saß auf dem Boden und lehnte mit dem Rücken an einem Baum. In der Hand hielt er eine Bierflasche, neben ihm lagen zwei weitere, eine voll, eine leer.

»Hey!«, sagte ich und setzte mich neben ihn. Er ließ seinen Kopf gegen meine Schulter fallen und schloss die Augen. Wir sprachen kein Wort.

Finns Ausstellung war ein großer Erfolg. In der Presse gab es Lobeshymnen, und die Besucherzahlen waren gigantisch. Doch das alles interessierte Finn nicht. Für ihn war es ein Heilungsprozess gewesen, nicht mehr und nicht weniger. Das Kapitel war abgeschlossen, und er widmete sich wieder angenehmeren Aufgaben.

Ich habe nie gefragt, ob Karina doch noch die Wahrheit über den Hintergrund dieser Bilder erfuhr. Vielleicht aus den Zeitungsartikeln. Mit Sicherheit hatte sie – stolze Freundin des Künstlers – alles gelesen, was es an Berichten über die Ausstellung gab, also musste es ihr wohl klar geworden sein. Wie auch immer ihre Reaktion darauf gewesen sein mochte, es war nie ein Thema zwischen Finn und mir.

Eines Tages, als wir gerade im Kino saßen, um uns Davids Film anzusehen, sagte Finn: »Übrigens, Karina hat mit mir Schluss gemacht.« Dabei griff er in den Eimer mit Popcorn, den ich auf dem Schoß hielt.

»Bist du eigentlich nicht selber vollkommen verwirrt, wenn du deine Stimme in einem fremden Gesicht hörst?«, fragte er übergangslos.

»Ähm ...«

»Ich finde das total verwirrend«, sagte er und sah mich prüfend an: »Sag mal was!«

»Wieso hat sie mit dir Schluss gemacht?«, fragte ich.

»Krass!«, sagte er.

In der Reihe vor uns drehte sich jemand um und zischte: »Ruhe!«

Auf dem Nachhauseweg brachte ich das Gespräch noch einmal auf.

»Wieso hat Karina mit dir Schluss gemacht?«

Er zuckte mit den Achseln.

»Leidest du? Muss ich dich trösten? Einmal drücken oder so?«

»Quatsch!«

»Du hast sie also nicht geliebt, um noch mal auf die Frage zurückzukommen«, stellte ich fest.

»Wahrscheinlich nicht«, sagte er leichthin.

»Hat sie dich geliebt?«

»Hätte sie dann mit mir Schluss gemacht?«

»Ja, vielleicht.«

Verständnisloses Stirnkrausziehen. »Und wieso? Das musst du mir erklären.«

»Manche Frauen sind so. Sie sehen ein, dass sie nicht wiedergeliebt werden und ziehen sich dann lieber zurück. Sie gehen selbst, bevor sie abserviert werden.«

»Das setzt aber ein Mindestmaß an Sensibilität voraus«, meinte Finn.

»Und? So unsensibel war Karina auch wieder nicht. Sie war nett und hilfsbereit und hat dich angehimmelt und ...«

»Sie hat einen anderen«, unterbrach mich Finn.

»Oh«, sagte ich. »Echt jetzt?«

Er lachte. »Es ist schmeichelhaft von dir, dass du das für so unwahrscheinlich hältst, aber so ist es.«

»Na dann ...«, sagte ich, »hast du ja noch mal Glück gehabt.«

Alex hielt sich nur unwesentlich länger. Wir sahen uns immer seltener. Er hatte viel zu tun, ich hatte viel zu tun, und meine Freizeit verbrachte ich, ehrlich gesagt, lieber mit meinem besten Freund als mit meinem Lover. Irgendwann kam es, wie es kommen musste, und es ereilte mich das gleiche Schicksal wie Finn: Ich wurde ersetzt.

Finn und ich feierten das Ereignis standesgemäß auf der Dachterrasse mit Aldi-Champagner und stießen an auf die wahre Liebe.

1996

Ende Januar erhielt ich einen Anruf von Andreas Buchner, der mir einen Anruf von Andreas Kleinholz ankündigte, was ich einigermaßen merkwürdig fand.

»Du wirst schon sehen«, meinte Buchner geheimniskrämerisch. Was war denn da los?

Ein paar Minuten später klingelte erneut das Telefon, und Kleinholz war am Apparat.

»Pass auf! Zwei Dinge: Erstens: Ich handele gerade einen Tourneevertrag mit Stage-Tour für dich aus. Rolle: Emilia Galotti. Zweitens: – Halt dich fest! – Du machst einen Film. Deutsche Komödie. Regie: Torben Mantrow. Arbeitstitel: ›Frau klaut‹. Was sagst du jetzt?«

Gespanntes Schweigen am anderen Ende der Leitung. Ich sah ihn förmlich vor mir. Den coolen Kleinholz, der sich, wenn ihn etwas begeisterte, in ein hibbeliges Kind verwandeln konnte. Ich hatte erst mit der Zeit herausgefunden, dass es Buchners eigentliche Aufgabe war, die Balance zwischen diesen beiden Persönlichkeiten zu halten: Kleinholz und Kleinholz.

»Frau klaut?«, war das Erste, was mir einfiel.

»Ja, das ist doch nur der Arbeitstitel«, wiegelte Kleinholz meinen unwichtigen Einwurf ab.

»Also«, sagte ich, »ich weiß nicht. Das klingt nach vielen Terminen, wenig Zeit in München.«

»Ja, na und?«, schrie Kleinholz ins Telefon. »Bist du nun Schauspielerin oder nicht? Da ist man viel weg, wenn man erfolgreich ist. Du kannst natürlich auch immer in München beim Synchron bleiben und hoffen, dass irgendwann mal ein Bröckchen vom Residenztheater oder von den Kammerspielen für dich abfällt. Durch Zufall.«

Ups! Da hatte ich wohl die falsche Reaktion gezeigt.

»Nein, natürlich nicht«, beschwichtigte ich ihn schnell. »Ich freu mich. Aber muss ich nicht erst zum Casting oder so?«

»Ja, natürlich musst du zum Casting oder so«, pflaumte er mich immer noch empört an. »Aber das wird schon, wenn du dich nicht völlig dämlich anstellst.«

Allmählich wurde mir sein Ton zu bunt, aber er war mein Agent und hatte schon viel für mich getan, also hielt ich mich zurück. Im Hintergrund hörte ich Buchner etwas sagen. »Also«, sagte Kleinholz, nun in etwas ruhigerem Ton, »Casting für den Film ist am nächsten Mittwoch um 17 Uhr draußen in der Bavaria. Stage-Tour nimmt dich vom Fleck weg, die haben dich letztes Jahr in Bremen gesehen.«

»Okay«, sagte ich und versuchte, etwas mehr Enthusiasmus zu zeigen. »Das sind ja tolle Nachrichten.«

»Das kannst du laut sagen«, sagte Kleinholz und legte auf.

Ohne zu Zögern ging ich hinüber zu Finn. Er saß gerade am Computer und arbeitete mit einem Grafikprogramm. Spielerei nannte er das, denn es gehörte nicht zu seiner eigentlichen Arbeit, aber er war der Meinung, dass er es auf jeden Fall beherrschen sollte, also fuchste er sich rein.

Ich holte mir einen Kaffee aus der Küche, setzte mich zu ihm und erzählte von Kleinholz, von den neuen Engagements, genauso wie von seinem rüden Tonfall nach meiner verhaltenen Reaktion.

Finn schüttelte den Kopf. »Wieso lässt du ihn so mit dir reden?«

»Ich weiß nicht«, sagte ich. »Was hätte ich denn zu ihm sagen sollen?«

»Fuck you«, schlug er vor.

»Ja, klar, und dann war's das, und ich krieg nie wieder was.«

»Elsa ...« Er schloss das Programm und klappte den Computer zu. »Du bist gut, und die verdienen Geld mit dir. Das ist keine Wohltätigkeit von Kleinholz, wenn er dir einen Job besorgt. Mach dich nicht immer so klein.«

Ich nippte schweigend an meinem Kaffee.

»Hast du keine Lust auf die Jobs?«, fragte er, nachdem er mich eine Weile beobachtet hatte. Zu dumm, dass er immer wusste, was ich dachte.

»Ich weiß nicht«, sagte ich. »Eigentlich bin ich gerade zufrieden. Ich spiele gern, aber ich muss keine Riesenkarriere machen, bei der ich kein Privatleben mehr habe oder kein Zuhause.«

Finns Miene drückte vollkommenes Verständnis aus.

»Dann mach es nicht. Tu nichts, was du nicht tun willst.«

»Das ist nicht so einfach.«

»Doch. Das ist ganz einfach«, entgegnete er und nahm meine Hand.

»Warum hab ich keine Banklehre gemacht, so wie mein Vater es mir geraten hat?«, seufzte ich.

»Weil du nicht gut rechnen kannst?«

»Auch das. Stimmt.«

Ich ging natürlich zum Casting. Torben Mantrow war begeistert von mir, und so bekam ich die Hauptrolle in *Frau klaut*, einer irrwitzigen Geschichte über eine Kleptomanin, die sich in den Geschäftsführer eines großen Kaufhauses verliebte.

Eigentlich wollte ich sie nicht. Ich fand das Drehbuch dämlich und wollte nicht in so einem Film mitspielen, auch wenn der Regisseur noch so bekannt war. Ich wollte auch nicht den Vertrag unterschreiben, der mich dazu verpflichtete, an Talkshows teilzunehmen und Filmpremieren beizuwohnen. Ich wollte das alles nicht und unterschrieb trotzdem. Mein einziger Trost war, dass Norbert stolz war. Ich traf ihn im Studio und war erschüttert darüber, wie schlecht er aussah, aber sein Gesicht hellte sich auf, als ich ihm von dem Film erzählte.

»Ich hab's ja immer gesagt: Dein Gesicht ist für die Kamera gemacht. Du wirst eine Riesenkarriere machen, pass nur auf.« Seine Stimme war heiser und schwach. Ich unterdrückte meine Bedenken. Norberts Freude war Motivation genug. Zum Glück wurde in München und in den Bavaria Filmstudios gedreht, sodass ich zu Hause wohnen und mich ab und zu an Finn anlehnen konnte, mental und körperlich.

Mit der Tournee war es anders. Die Proben waren zwar ebenfalls in München, doch dann ging es durch ganz Süddeutschland bis weit hinauf nach Hessen. Mit mittlerweile dreiunddreißig Jahren fühlte ich mich eigentlich zu alt für die Emilia, auch wenn ich wesentlich jünger aussah.

Mir tat weder das Reisen gut, noch die ständigen Vorstellungen. Ich wachte in Hotels auf und wusste oft nicht, wo ich war. Die meisten der anderen Schauspieler steckten das locker weg. Sie waren es entweder gewöhnt, oder sie genossen die Abwechslung und die Gemeinschaft der Truppe. Jeden Abend saßen sie nach der Vorstellung noch auf einen Drink zusammen. Ich war meist zu müde, außerdem vermisste ich mein gewohntes Umfeld, ich vermisste Finn, David, Norbert, Edda, Maria, sogar Frau Obermoser und ihr ständiges ›Frolein Frank‹. Ich vermisste Alfred II. und Finns Dachterrasse. Ich vermisste München.

So klein kam ich mir vor, so provinziell und unkünstlerisch. Als Schauspieler hatte man Leidenschaft für seinen Beruf zu empfinden, und alles andere kam weit dahinter. Aber so war ich nicht.

Ich überstand die Monate mit Mühe, und das Jahr war schon wieder längst in seiner zweiten Hälfte, als ich kurz zum Luftholen kam. *Emilia Galotti* war geschafft, der Film war geschafft, und es war Herbst. Finn hatte sich zwischenzeitlich einen kurzen Bart wachsen lassen, der ihn zehn Jahre älter machte, wie ich ihn wissen ließ – am nächsten Tag war der Bart wieder ab –, Nora war mit neununddreißig Jahren zum zweiten Mal schwanger geworden, Maria hatte einen Plattenvertrag abgeschlossen, David fünf weitere Filme gemacht und einen Preis gewonnen, Frau Obermoser hatte sich den Oberschenkelhals gebrochen, das Klonschaf Dolly war geboren und Deutschland Fußball-Europameister geworden. Das alles war geschehen, ohne dass ich auch nur ansatzweise die Zeit gehabt hätte, mich damit zu beschäftigen.

Ich war gerade eine Woche in München, als Kleinholz mir eine weitere Tournee aufs Auge drücken wollte. Stage-Tour sei ja so begeistert von mir gewesen, und ich hätte ja schon eine richtige Fan-Gemeinde, also die nächste Rolle sei dann die der Amalie in *Die Räuber*. Ich hatte kaum den Hörer aufgelegt, als mich ein Weinkrampf überfiel. Ich lag auf meinem Sofa und konnte nichts tun als heulen. Und es hörte nicht auf. Irgendwann – vielleicht nach Stunden – fand mich Finn in diesem Zustand. Er nahm mich in den Arm, versuchte, mich zu beruhigen und herauszufinden, was passiert war. Dann griff er zum Hörer, rief Kleinholz an und sagte ihm, er solle sich zum Teufel scheren mit seinen Räubern und mit allem anderen auch. Ich hatte nicht die Kraft, ihn davon abzuhalten, und ich wollte es auch nicht. Danach ging es mir besser. In Finns Armen schlief ich ein, und als ich erwachte, war er immer noch da, lag neben mir und schlief ebenfalls.

Finn blieb den ganzen Abend und die ganze Nacht bei mir, und ich war ihm dankbar dafür. Am nächsten Morgen ging er in seine Wohnung zurück, um zu duschen. Mit frischen Semmeln kehrte er nach einer halben Stunde zurück und machte Kaffee.

»Pass auf, wir frühstücken jetzt, dann packen wir und fahren nach Sylt«, sagte er entschieden.

»Nach Sylt?«

»Genau. Ich hab einen Freund in Hamburg angerufen, der hat ein Ferienhaus auf Sylt und mir immer wieder angeboten, dort Urlaub zu machen.«

»Auf Sylt?« Mein Auffassungsvermögen an diesem Morgen war begrenzt.

»Genau«, sagte Finn und grinste.

Wir packten ein paar Sachen zusammen, Finn organisierte einen Mietwagen, und dann fuhren wir noch am selben Tag los. Einfach so.

Es war genau das, was ich gebraucht hatte. Mit jedem Kilometer fühlte ich mich besser und freier. Als im Radio *Ich war noch niemals in New York* lief, grölten wir laut mit.

»Wie geht es Anna eigentlich?«, fragte ich, weil sie mir bei der Gelegenheit wieder einfiel und ich wusste, dass Finn noch gelegentlich Kontakt zu ihr hatte.

»Sie heiratet nächstes Jahr.«

»Echt? Das freut mich aber für sie«, sagte ich ehrlich.

»Ja, und mich erst«, meinte Finn trocken und gähnte.

»Wieso hast du eigentlich keinen Führerschein?«, fragte er.

»Ich hab einen, ich kann nur nicht Auto fahren«, sagte ich.

»Wieso nicht?«, fragte Finn zurück.

»Ich hab's seit …«, ich rechnete mit den Fingern nach, »seit acht oder neun Jahren nicht mehr gemacht. Damals hatte ich einen Freund mit einem Auto. Mit dem bin ich ab und zu gefahren.«

»Na dann«, Finn bog auf einen Rastplatz ab und parkte. Dann stieg er aus und sagte: »Bitte! Du bist dran.«

»Ich kann das nicht«, weigerte ich mich entsetzt. »Wir werden sterben.«

»Unsinn«, widersprach er. »Du übst jetzt hier ein bisschen, und dann fährst du. Immer langsam auf der rechten Spur hinter den LKWs her.«

»Ich kann echt nicht.«

»Das ist ein Automatikgetriebe, das kannst du nicht mal abwürgen«, beharrte er.

»Du hast keine Ahnung, was ich alles kann«, entgegnete ich, doch er schob mich unbarmherzig auf den Fahrersitz und drückte mir den Schlüssel in die Hand.

»Los jetzt!«

»Auf deine Verantwortung!«, sagte ich und steckte den Zündschlüssel ein.

Ich drehte ein paar Runden auf dem Parkplatz und erinnerte mich dabei wieder an alles. Es war gar nicht so schwer.

»Dann fahren wir jetzt los«, beschloss Finn und machte es sich auf dem Beifahrersitz gemütlich. Ich begriff nicht, wie er so ruhig bleiben konnte. Wir befanden uns auf einer Autobahn, und ich persönlich hielt die deutschen Autofahrer für gemeingefährlich, doch Finn war müde, und bis zum nächsten Parkplatz würde ich es schon schaffen.

Ich gab mir einen Ruck und fuhr langsam zur Ausfahrt. Zu langsam. Ein LKW nach dem anderen rauschte in atemberaubender Geschwindigkeit vorbei, da würde ich niemals reinkommen.

»Gib Gas!«, befahl Finn. Ich tat es und blinkte, von links kam ein weiterer LKW, und das Ende der Auffahrt war in Sicht.

»Oh, Scheiße, Scheiße, Scheiße!«

»Mehr Gas. Schneller!«

Ich trat das Gaspedal durch und rutschte vor dem Laster auf die Fahrbahn.

»Na also«, sagte Finn in aller Seelenruhe und lehnte sich zurück.

Ich fuhr, und Finn schlief ein. Wie konnte er mir so vertrauen?

Nachdem ich eine halbe Stunde auf der rechten Spur zwischen den Lastern dahingetuckert war, nahm ich all meinen Mut zusammen und vollführte mein erstes Überholmanöver. Ich wiederholte das Ganze dann noch ein paarmal, immer wenn ich sicher sein konnte, dass nicht plötzlich ein Raser in seinem teuren Auto aus dem Nichts hinter mir auftauchen und mich wegdrängen würde. Aber alles in allem war es ein erhebendes Gefühl.

Ich fuhr fast zwei Stunden, und Finn, der tatsächlich fest geschlafen hatte, lobte mich über die Maßen. Dann tauschten wir wieder, aber wir schafften es natürlich nicht bis nach Sylt. Am späten Abend kamen wir in Hamburg an, wo wir die Schlüssel für die Wohnung abholen wollten.

Steffen war ein alter Studienfreund von Finn, der nach seiner Zeit in München wieder in seine Heimat zurückgekehrt war. Er wohnte in einem Reihenhaus am Rande von Hamburg. Von außen sah es ziemlich spießig aus, von innen war es *sehr* spießig. Steffen war verheiratet und hatte drei Kinder, die natürlich schon im Bett waren. Als er öffnete, legte er sofort den Finger an den Mund, als befürchtete er, wir würden ihn mit einer Arie begrüßen und hätten dazu ein ganzes Orchester im Gepäck.

»Kommt rein«, flüsterte er und winkte uns eilig heran. Drinnen umarmte er Finn und gab mir die Hand. Seine Frau warf nur kurz einen Blick aus dem Wohnzimmer, nickte uns zu und ließ Steffen wissen, dass sie jetzt zu Bett ginge.

Er winkte uns in die Küche und bot uns zumindest ein Glas Wasser an.

Sicher, wir machten einen ziemlich fertigen Eindruck, erledigt von der Fahrerei, und vielleicht rochen wir auch nicht mehr so gut, aber zumindest Finn war doch schließlich ein Freund von Steffen.

Steffen war sehr nett und hatte Humor, auch eine gute Portion Selbstironie, was mir immer gut bei Leuten gefiel. Ich hatte kein Problem damit, mir vorzustellen, weshalb er und Finn Freunde geworden waren. Allerdings trennten sie mittlerweile Welten, was die Lebensumstände anging. Steffen unterrichtete Kunst an Schulen, seine Frau war Steuerberaterin und arbeitete von zu Hause aus, wie Steffen erklärte.

Er wartete eine Höflichkeitsfrist ab und holte dann den Schlüssel, was so viel bedeutete wie: War schön euch zu sehen und jetzt Auf Wiedersehen. Finn und ich tauschten heimliche Blicke. Wir waren hundemüde und hatten eigentlich auf ein Nachtlager gehofft. Zumindest auf dem Sofa oder dem Teppich.

Aber das konnten wir uns abschminken.

»Ihr wisst, wann morgen die Fähre von Norddeich aus geht?«, fragte Steffen.

Finn war verwirrt.

»Wieso Fähre? Und was ist Norddeich?«

»Na, man muss doch die Fähre nehmen, die geht von Norddeich aus«, sagte Steffen. »Da gibt es übrigens auch Garagen, wo ihr das Auto lassen könnt.«

»Wieso das Auto? Das nehmen wir doch mit.« Finn verstand nicht, wovon Steffen redete.

»Nein, das geht nicht«, belehrte ihn Steffen. »Auf Juist sind Autos verboten.«

»Auf Juist?!«, sagten Finn und ich wie aus einem Mund.

»Ja, klar. Juist.« Nun war Steffen irritiert.

»Sagtest du nicht immer Sylt?«, fragte Finn.

»Nein. Juist«, sagte Steffen. »Es war immer schon Juist.«

»Ist ja auch egal«, warf ich rasch ein und schnappte mir den Schlüssel. »Dann brauchen wir nur noch die genaue Adresse. Wir bringen den Schlüssel sicher zurück und sind gut zu dem Haus, versprochen.«

Steffen lachte und schrieb die Adresse auf. Finn machte immer noch dieses ungläubige Gesicht, doch ich bugsierte ihn zur Tür.

»Vielen Dank noch mal, Steffen«, sagte ich. »Und grüß deine Frau von uns.«

Steffen drückte Finn noch mal kurz und schloss erleichtert die Tür hinter uns.

Finn ging zur Fahrerseite und stieg ein.

»Und er hat Sylt gesagt«, beharrte er, als ich neben ihm saß. »Es war immer Sylt. Juist ist dieses winzige, schmale Ding, wo nichts los ist. Und keine Autos! Das heißt, wir müssen den ganzen Mist schleppen. Und ich bin scheißmüde!«

Die banale Sylt-Juist-Verwechslung brachte Finn an seine nervlichen Grenzen, was ich wahnsinnig komisch fand.

Wir fuhren etwa zweihundert Meter weiter, wo es in ein kleines Waldstück hineinging. Dort parkten wir, klappten die Sitze um und hüllten uns in unsere Jacken. Es war die ungemütlichste Nacht unseres Lebens. Wir hatten nichts gegessen, es war kalt, und die Sitze taugten wenig als Ersatzliegen.

»Ich glaube, die Reise war eine Scheißidee«, knurrte Finn im Halbschlaf. »Tut mir leid.«

»Muss es nicht «, sagte ich. »Es war genau die richtige Idee.«

Natürlich waren wir am nächsten Morgen wie gerädert. Und selbstverständlich kam niemand aus dem Wald heraus, der uns einen Kaffee oder eine Zahnbürste anreichte. Es blieb uns nichts übrig, als weiterzufahren. Nach einer Raststätte hielten wir vergebens Ausschau, die schien man hier oben abgeschafft zu haben. Immerhin fanden wir einen Parkplatz mit Toiletten, sodass wenigstens dieses Problem gelöst war. Nach zwei Stunden kamen wir in Norddeich an und stellten fest, dass wir mit der Fähre Glück hatten, die ging nämlich nur zweimal am Tag, bei Flut, und unsere legte bereits eine Stunde später ab. Wir brachten den Wagen in eine Mietgarage, holten unsere Sachen heraus und warteten auf die Fähre. Wir waren zu erschöpft, um irgendetwas zu reden. Die Fähre kam, und wir konnten endlich einen Kaffee trinken und etwas essen.

Die Fahrt übers Meer versöhnte mich ein wenig mit meinen akuten körperlichen Missständen. Es dauerte nicht lange, bis wir an der Insel anlegten, wo uns ein gehöriger Wind empfing.

Wir überprüften die Adresse und fanden zu unserer Freude heraus, dass es hätte schlimmer kommen können. Es war vergleichsweise nah, was einen Fußmarsch von lediglich einer halben Stunde bedeutete.

Das Haus lag direkt vor den Dünen, drei Schritte weiter, und man war am Meer. Wir konnten unser Glück nicht fassen und nahmen es als Entschädigung für die erlittenen Entbehrungen. Der Schlüssel passte, und den Kampf um den ersten Platz im Badezimmer gewann ich. Selten hatte ich eine Dusche mehr genossen. Als ich frisch, sauber und wohlriechend an Finn vorbeiging, rümpfte ich demonstrativ die Nase.

Dann sah ich mich im Haus um. Es war nicht groß. Es gab ein größeres Schlafzimmer mit einem Doppelbett und ein kleines mit zwei Kinderbetten sowie ein Wohn- und Esszimmer mit angegliederter Küche. Das Badezimmer war wie die Schlafzimmer im oberen Stock, unten befanden sich noch eine Toilette und ein Abstellraum. Alles sehr gediegen.

Der Kühlschrank war offen, leer und musste erst eingeschaltet werden. Und auch sonst befand sich nichts im Haus, keine Getränke, kein Kaffee, nicht einmal das Nötigste.

Das bedeutete, wir konnten nicht rumschlumpfen, sondern mussten einkaufen. Auf unserem Weg vom Hafen zum Haus hatten wir bereits einen Laden entdeckt.

Wir überlegten, was wir am dringendsten brauchten – Wasser, Kaffee, Alkohol und Schokolade – und schleppten diese und verschiedene andere lebensnotwendigen Dinge zurück zum Haus.

Wir hatten uns bislang noch keine Gedanken darüber gemacht, wie lange wir bleiben würden, wollten aber so eine Aktion keinesfalls noch einmal durchführen. Also begrenzten wir unseren Aufenthalt bis zu dem Zeitpunkt, an dem unsere Vorräte zur Neige gingen.

Als wir endlich alles hatten, was wir brauchten, einschließlich Ruhe, war es bereits früher Abend.

»Lass uns noch zum Meer gehen, deswegen sind wir ja schließlich hier«, schlug ich vor.

Den kurzen Spaziergang schafften wir gerade noch. Die Dünen begannen wenige Meter vom Haus entfernt. Wir mussten nur ein kleines Stück hineinlaufen, und plötzlich lag das Meer vor uns und glitzerte in der Abendsonne. Jetzt erst hatte ich das Gefühl, wirklich ganz weit weg von allem zu sein. Nein, ich hatte das Gefühl, dass es das alles gar nicht mehr gab: Kleinholz und seine Angebote, die ich nicht annehmen wollte, der Film, den ich bescheuert fand und für den ich bald strahlend die Werbetrommel rühren sollte, das Tourneetheater.

Ich setzte mich in den Sand, sah hinunter zum Meer, und alles war nicht mehr wichtig. Finn setzte sich neben mich.

»War vielleicht doch eine ganz gute Idee«, meinte er. »Und ob Sylt oder Juist ... Meer ist Meer.«

»Das ist die Nordsee«, belehrte ich ihn, während ich verträumt auf den Horizont blickte.

»Und? Ist doch auch ein Meer, oder?«

»Die Nordsee ist nicht wie jedes andere Meer. Sie ist mal nah und mal fern. Sie kommt und geht«, philosophierte ich.

»Und sie macht Elsa Frank tiefgründig.«

Finn legte sich hin und schloss die Augen.

»Nicht tiefgründig, sondern entspannt«, sagte ich mit der Ruhe einer Zen-Buddhistin. »Ich bin eins mit mir im Hier und Jetzt.«

Finn lachte. Ich beugte mich zu ihm hinab und gab ihm einen Kuss auf die Wange. »Danke!«

»Wofür?«

»Für das hier«, sagte ich und legte mich neben ihn. »Und dafür, dass du Kleinholz zum Teufel geschickt hast.«

»Keine Ursache.«

Sein Finger strich über meine Hand, die gewohnte zärtliche und beiläufige Geste.

»Wie ist das eigentlich gekommen?«, fragte er dann.

»Was denn?«

»Na, wieso war das so schlimm? Sicher gibt es doch die eine oder andere Schauspielerin, die keinen Weinkrampf bekommt, wenn man ihr *Die Räuber* anbietet.«

Ich lachte. »Ja, da kenn ich einige.«

»Also?«

»Ich hätte das von Anfang an nicht machen sollen«, sagte ich. »Du hattest ganz recht. Ich sollte nichts tun, was ich nicht tun will. Andererseits ist das verrückt. Wer kann sich das denn leisten? Die meisten Schauspieler krebsen doch rum und wissen nicht, wie sie ihre Miete zahlen sollen. Die würden wer weiß was dafür geben, über einen roten Teppich zu laufen oder eine Tournee nach der anderen zu machen. Wenn einer von denen hören würde, was ich hier abziehe …«

»Aber du bist du«, sagte Finn schlicht. »Hör auf, dich zu vergleichen oder daran zu denken, was *man* tut. Du hast keine Lust dazu, und das ist allein deine Sache.«

So war Finn. Und das war so beneidenswert. Aber ich war nicht so, und das war mein Problem. Ich wollte alles richtig machen, und richtig war für mich immer gewesen, was andere für richtig hielten.

»Manchmal denke ich, dass ich nicht für den Beruf gemacht bin«, sagte ich.

»Und wieso?«

»Weil mir so viel fehlt, was dazu gehört. Ich hasse es, im Mittelpunkt zu stehen, ich bin nicht schillernd oder exzentrisch, ich besitze keine Leidenschaft.«

»Bitte?« Finn stützte sich auf die Ellbogen und sah mich entgeistert an.

»Natürlich besitzt du Leidenschaft. Wie kommst du nur auf so etwas?«

»Wenn ich mich zum Beispiel mit dir vergleiche …«

»Ich sagte gerade, lass das Vergleichen.«

»Aber wenn ich es tue, dann sehe ich jemanden, der ein bisschen Talent hat und immer alles gut machen will: mich. Und ich sehe jemanden, der unglaublich viel Talent hat und sich für das, was er tut, verzehrt: dich.«

»Das stimmt doch nicht, Elsa. Du hast viel mehr als nur ein

bisschen Talent. Du besitzt Hingabe und Tiefe, und als Ophelia hast du dich sehr wohl verzehrt!«

Ich stutzte.

»Wann hast du mich denn als Ophelia gesehen?«, fragte ich. Er biss sich ertappt auf die Lippe.

»Ich war in der Premiere«, sagte er leise, senkte den Kopf und sah mich von unten heraus an, wie ein Kind, dessen Ball in der Fensterscheibe gelandet war.

»In der Premiere?«

Er nickte.

»David und Maria haben mich mitgenommen, weil Norbert ja nicht konnte.«

»Du hast das gesehen?«, fragte ich. »Und du hast nichts gesagt?«

»An dem Abend wollte ich lieber nicht. Und später ... na ja, du weißt ja selber, was da dazwischenkam.«

Alfred und meine Hasstirade natürlich.

»Oh, Finn!«, sagte ich, und wusste nicht, was mich mehr betroffen machte: dass er mich in dieser Rolle gesehen hatte, die so sehr von meinem damaligen Gemütszustand geprägt war, oder dass ich mich so benommen hatte, nachdem er mir extra nach Bremen zur Premiere nachgereist war. Das konnte ich ja nicht wissen, aber es tat mir auch jetzt noch, so lange danach, unendlich leid.

»Du warst so gut«, sagte Finn, »ich kann dir gar nicht sagen, wie. Du hast Leidenschaft, und du verzehrst dich für das, was dir am Herzen liegt, aber nicht für Dinge, die du nicht willst.«

Ich setzte mich auf. Der Sonnenuntergang hatte den Himmel über dem Meer in ein kitschiges, glühendes Abendrot getaucht. Der Horizont sah aus, als würde er brennen.

»Sieh dir das an«, sagte ich.

»Wahnsinn!«, sagte Finn. »So etwas sollte ich malen.«

Wir lachten. Er legte seinen Arm um mich und ich meinen Kopf an seine Schulter.

In den nächsten Tagen schlug das Wetter um. Es wurde kälter und regnete auch ab und zu. Die schmale Insel war an zwei Tagen abgelaufen, einmal nach Osten und einmal nach Westen. Den ganzen Ort kannte man nach einer Stunde. Es gab ein sogenanntes Verzehrkino, das Finn zu dem platten Scherz nötigte: »Hier kann man das Verzehren lernen, lass uns reingehen.«

Auf einer kleinen Leinwand lief *Independence Day*. Das Bild war unscharf, der Ton zu leise, und um uns herum wimmelte es von Paaren, die mit ihrem Essen raschelten oder miteinander knutschten.

Finn meinte nach der Hälfte: »Entweder wir essen jetzt auch etwas oder wir knutschen, oder wir gehen.« Wir gingen.

Knutschen mit Finn. Das war eines der wenigen Dinge, die ich noch nicht von ihm wusste. Wie küsste er? Es hätte mich einfach interessiert auf einer ganz harmlosen, informativen Ebene. Ich kannte jedes Stück Haut an seinem Körper, vom ersten Moment an genau genommen, aber seitdem hatte sich mir dieser Anblick noch viele Male geboten. Wenn ich zu ihm in die Wohnung ging und er gerade malte, und natürlich auch auf der Insel. Nicht daran zu denken, dass Finn sich ein Handtuch umgehängt hätte, wenn er aus der Dusche kam. Er fand einfach nichts dabei. Und mich haute es auch nicht mehr um. Er war gut gebaut, na und? Ich dagegen hielt mich immer bedeckt. Nun ja, bis auf das eine Mal, als er ein Aktmodell gebraucht hatte. Er hatte mir versprochen, er würde mich eigentlich gar nicht ansehen, also, als Mann, nur als

Maler, den man praktisch als Neutrum betrachten konnte, wenn er Akt malte.

Allerdings hatte er mich dabei nicht nur angesehen, sondern auch angefasst, bis sämtliche Körperteile die gewünschte Position hatten, und das so entstandene Bild trug Finns Handschrift, die nicht im Mindesten neutral war.

Wie auch immer, wir kannten uns. Doch als Finn in diesem Kino den scherzhaft gemeinten Vorschlag machte, ebenfalls zu knutschen, ertappte ich mich dabei, es eine Sekunde lang in Erwägung zu ziehen. Einfach, um auch das noch über ihn zu erfahren.

Als wir später lesend nebeneinander im Doppelbett lagen, wie ein Ehepaar nach dreißig Jahren Ehe oder wie Geschwister oder wie wir eben, kam der Gedanke zurück.

»Finn?«

»Mhm?«

»Ähh … nichts«, sagte ich.

»Was denn?«, fragte er. Das Buch schien langweilig zu sein.

Ich wüsste gern, wie du küsst. Und ich wüsste gern, ob du findest, dass ich gut küsse.

Nein, das ging nicht. Nicht einmal bei Finn.

»Ich wüsste gern, ob du Kinder haben willst.«

Das war tatsächlich meine Ersatzfrage? Ich lag neben ihm, nur in Unterwäsche, und fragte ihn, ob er Kinder haben wollte?

Und wie reagierte Finn darauf? Wie schon?

»Du meinst, jetzt gleich?«

Er robbte sofort zu mir rüber und tat so, als wollte er sich über mich hermachen. Ich schubste ihn weg und warf ihm mein Kissen über.

»Hör auf, Blödsinn zu machen«, sagte ich. »Es interessiert mich eben.«

Finn gab mir mein Kissen zurück.

»Und du?«

»Zumindest tickt die Uhr«, sagte ich. »Da denkt man eben darüber nach.«

»Hast du Torschlusspanik?«, fragte er in seiner direkten Art. Ich schnappte nach Luft.

»Also … davon war nicht die Rede.«

»Du hast gesagt, die Uhr tickt.«

»Tut sie ja auch, aber deswegen muss ich noch lange keine Panik haben«, sagte ich. »Es ging mir eigentlich auch nur darum, ob du dir grundsätzlich vorstellen könntest, Kinder zu haben. Ganz generell.«

Er dachte nach.

»Ich weiß nicht. Ich wäre ein schlechter Vater, glaub ich.«

Ich setzte mich auf.

»Wieso denn? Ich glaube, du wärst ein toller Vater.«

Er machte ein skeptisches Gesicht.

»Ich weiß nicht«, sagte er wieder. »Aber du wärst eine gute Mutter.«

»Meinst du?«

Er lächelte. »Natürlich.«

»Hm.«

Seltsames Gespräch. Ich hatte eigentlich etwas ganz anderes fragen wollen, und plötzlich stand diese Grundsatzfrage im Raum, mit der sich fast jeder in unserem Alter einmal auseinandersetzte. In Finns und meinem Fall war die Sache ganz einfach: In Ermangelung eines Partners stand es sowieso nicht zur Debatte, Kinder zu bekommen, und selbst wenn wir Partner finden würden, müssten die sich zuerst noch als geeignet und willig herausstellen.

»Wenn ich Kinder will, dann nur mit dem Richtigen«, sagte ich nach einer längeren Denkpause.

»Also nicht mit einem Alex«, stellte Finn fest.

»Um Gottes willen!«, rief ich und zog mir die Decke über den Kopf, um mich vor der bloßen Vorstellung zu schützen. Dann schlug ich die Decke wieder zurück.

»Und wie wäre es mit Karina gewesen?«

Finn verzog das Gesicht.

»Sie schreibt immerhin Kinderbücher«, erinnerte ich mich.

»Das stimmt«, sagte Finn, »und sogar schöne.«

»Ja?«

»Sonst hätte ich sie ja wohl nicht illustriert.«

Ich schmunzelte über den Anflug von Eitelkeit.

»Das hat mich anfangs zu ihr hingezogen«, sagte er. »Ich dachte, wer solche Kinderbücher schreibt, hat eine schöne Seele.«

»Eine schöne Seele?«, wiederholte ich lachend. Er grinste.

»Und später hast du entdeckt, dass ...?«, fragte ich.

»Dass sie ihre schöne Seele mit einem Putzfimmel gepaart hat, in die Kissen einen Knick macht und jedes Mal nach dem Sex unter die Dusche springt.«

»Oh, mein Gott«, sagte ich und zog mir die Decke erneut über die Ohren.

»Too much information!«

»Du hast doch gefragt«, erwiderte Finn und zog mir die Decke wieder weg.

»Und – wenn wir schon dabei sind – was hat dich bei Anna angezogen?«

»Willst du das jetzt über jede einzelne Freundin wissen?«

»Wie viele hattest du denn?«, fragte ich erstaunt. Ich hatte ihn nicht für einen solchen Frauenheld gehalten, trotz seines guten Aussehens.

Er begann an den Fingern abzuzählen, aber zwei Hände reichten dafür nicht.

»Lass es, ich will's nicht wissen«, unterbrach ich ihn empört.

Er lachte und meinte, er habe mich doch nur verarscht und es seien insgesamt – mit denen, die ich kannte – nur fünf gewesen.

»Die erste mit zwanzig«, sagte er und wartete auf meine Reaktion.

»Aha«, sagte ich nur und versuchte, mir mein Erstaunen nicht anmerken zu lassen.

»Du überlegst jetzt, ob ich als Teenager so verpickelt war, dass mich keine mit der Kneifzange anfassen wollte, stimmt's?«, sagte er provokant.

»Nein, denn dann würde man die Narben sehen«, konterte ich. »Das kann es schon mal nicht sein.«

»Also, was denkst du?«

»Ich denke, du warst so ein seltsamer Eigenbrötler, der den ganzen Tag nur gezeichnet hat.«

»Stimmt. Und du?«

»Ich?«

»Dein erster Freund?«

»Auch so etwa mit zwanzig.«

»Du warst zu schüchtern, oder?«

»Ich war zu unhübsch.«

»Du spinnst doch«, sagte er. »Du *bist* hübsch. Sehr sogar.«

Das Herzklopfen setzte ganz plötzlich ein. Da lag ich im Bett mit einem unglaublich gut aussehenden, unglaublich liebenswerten, unglaublich großartigen Mann, wir waren beide spärlich bekleidet, und er sagte mir, ich sei hübsch. Und dabei sah er mich an, wie man nur jemanden ansah, den man liebte. Aber es war Finn. Hätte er mich so angesehen, als wir uns gerade kennenlernten, als wir von der Vernissage nach Hause kamen, damals, dann wäre es passiert. Aber jetzt, nach all den Jahren, waren wir uns viel zu nah, um auf dieses Herzklopfen zu hören. Für eine Nacht würde ich nicht unsere Freundschaft riskieren.

»Gute Nacht, Finn!«, sagte ich leise und drehte mich auf meine Schlafseite.

Finn löschte das Licht.

Wir blieben noch ein paar Tage auf Juist, machten endlose Spaziergänge am Meer und ließen uns vom Wind alle ungebetenen Gedanken aus dem Kopf wehen. Das Dumme war nur, dass ich mir bei der Gelegenheit auch eine saftige Erkältung zuzog. Das Zeichen zum Aufbruch und zur Heimreise. Der Kühlschrank war leer, das Haus wieder aufgeräumt, und die Fähre brachte uns zum Festland zurück, was mich wehmütig gemacht hätte, hätte mein Hals nicht so wehgetan. In Norddeich pumpte ich mich mit Schmerzmitteln voll und schlief auf dem zurückgelehnten Beifahrersitz, während Finn die ganze Strecke bis nach München alleine fuhr.

Als wir wieder vor unserem Haus parkten, war ich froh und traurig zugleich. Ich hätte ewig mit Finn auf dieser Insel bleiben können, aber es tat gut, wieder im eigenen Bett zu liegen.

Nora, die sich um Alfred II. und auch um Finns Pflanzen gekümmert hatte, kam vorbei und brachte mir selbst gemachte Hühnerbrühe.

Das Telefon klingelte ein paarmal, aber ich befürchtete, es könnte Kleinholz sein, und fühlte mich zu schwach, um mich mit ihm auseinanderzusetzen.

Nach ein paar Tagen klingelte es an der Tür. Finn klingelte nicht, Post erwartete ich keine. Ich blieb vorsichtshalber auf meinem Sofa liegen und lauschte. Jetzt hörte ich Stimmen. Die von Finn war darunter und zwei andere, die ich nur allzu gut kannte.

Das Schlimmste war eingetreten. Finn sperrte die Tür auf, und herein kamen meine Eltern.

»Also hör mal, Elsa«, fing meine Mutter sofort an zu schimpfen, »du machst Sachen. Gehst nicht ans Telefon, rufst nicht zurück, machst die Tür nicht auf. Wir dachten schon, es ist etwas passiert. Wie gut, dass der junge Mann einen Schlüssel hat, sonst hätten wir jetzt die Polizei gerufen. Ist das dein Freund?«

Sie kam zu mir und küsste mich auf die Stirn.

»Nein, das ist nicht mein Freund«, sagte ich und sah hilfesuchend zu Finn, der sich grinsend verdrückte.

»Wieso hat er dann einen Schlüssel? Findest du das nicht leichtsinnig? Aber na ja, du bist ja alt genug.«

Mein Vater streichelte mir flüchtig über den Kopf und zog ganz automatisch eine Zigarette und sein Feuerzeug hervor.

»Würdest du bitte hier drin nicht rauchen, Papa?«, sagte ich sofort.

»Oh. Ja. Gut«, brummte er und ließ sich auf meinem Sessel nieder. Die nicht angezündete Zigarette behielt er in der Hand.

»Das wäre doch nicht nötig gewesen, dass ihr extra hierherkommt«, sagte ich. »Ich war nur etwas erkältet, das ist alles.«

»Nein, nein, das mussten wir abklären«, widersprach meine Mutter heftig. »Wir waren sowieso auf dem Weg nach Wien, und da mussten wir natürlich nach dir sehen.«

»Ach so«, sagte ich ernüchtert. Klar, sie waren ohnehin gerade auf dem Weg und dachten, da könnten sie ja auch gleich checken, ob ihre Tochter noch am Leben war.

Sie blieben über Nacht. Ich überließ ihnen mein Couchbett und zog einmal mehr zu Finn.

»Und das ist nicht dein Freund?«, vergewisserte sich meine Mutter.

»Nein.«

»Aber du schläfst mit ihm?«

»Ich schlafe nicht *mit* ihm, sondern *bei* ihm. Wir sind nur Freunde.«

»Tss!«, machte meine Mutter und schüttelte den Kopf.

Ich war erleichtert, als sie am nächsten Tag weg waren und gleichzeitig bestürzt darüber, dass ich erleichtert war. Sie hatten die ganze Zeit nur von Wien erzählt und was sie dort alles besichtigen würden. Keine einzige Frage nach meinem Leben. Außer der Frage, ob Finn mein Freund sei.

Als sie weg waren, sagte ich zu Finn: »Ich hab's mir überlegt, ich will doch keine Kinder. Ich hab die Gene meiner Eltern, die müssen ja irgendwo durchschlagen. Wahrscheinlich wäre das bei mir die Art, wie ich mit meinen Kindern umgehe. Sonst gibt es nämlich keine Ähnlichkeit.«

»Du hast die Stimme von deiner Mutter und die Augen von deinem Vater«, widersprach Finn. »Und es wäre spannend, eine kleine Elsa zu sehen.«

Er grinste mir zu und setzte sich wieder an den Zeichentisch.

Das Jahr ging allmählich dem Ende zu, doch zuvor feierte Finn noch seinen fünfunddreißigsten Geburtstag. Ganz alleine mit sich selbst. Er wollte auch keine Geschenke. Am Morgen verließ er das Haus und sagte nicht, wo er hinging. Es stürmte und regnete an diesem Tag, dem 16. November, und der Himmel war dunkelgrau.

Eigentlich war es nichts Besonderes, denn so machte er es jedes Jahr, das heißt, in den paar Jahren, in denen ich seinen Geburtstag mitbekommen hatte. Aber dass er es auch an einem so speziellen Geburtstag so halten würde, fand ich ungewöhnlich. Es war Samstag, die beste Zeit für eine Feier.

Ich hätte einfach fragen können, aber ich fand, dass mir das nicht zustand.

Als ich abends grübelnd in meiner Wohnung vor dem Fernseher saß, klopfte es an meiner Haustür. Es war Finn, nass bis auf die Haut und mit einer Flasche Champagner in der Hand.

»Ich dachte, wir stoßen noch schnell auf meinen Geburtstag an«, sagte er und drückte mir die Flasche in die Hand.

»Zieh erst mal die nassen Sachen aus«, sagte ich und verbesserte mich schnell: »Ich meine, zieh dich erst einmal um.«

Er lief in seine Wohnung und kam zwei Minuten später in trockenen Sachen zurück.

»Ich hab jetzt aber gar kein Geschenk«, sagte ich.

»Ich will auch gar keins«, entgegnete er und machte den Champagner auf.

»Alles Gute zum Geburtstag«, sagte ich, hob mein Glas und wollte ihn auf die Wange küssen. Er drehte den Kopf zu mir, und der Kuss landete auf seinen Lippen.

»Das reicht schon als Geschenk«, flüsterte er.

»Depp!«, sagte ich, um meine Verlegenheit zu überspielen. Er lachte.

»Was hast du gemacht?«, fragte ich, um abzulenken. Er senkte den Kopf und sagte: »Was ich jedes Jahr an meinem Geburtstag mache.«

Er nahm einen Schluck aus dem Glas, sah mich an, seufzte und sagte schließlich: »Ich war bei meiner Mutter.«

»Ach so?« Ich war verblüfft. So einfach war das: bei seiner Mutter.

»Ich bin jedes Jahr bei ihr, weil es der Tag ist, an dem mein Vater gestorben ist. An meinem ersten Geburtstag ist er die Treppe runtergefallen und hat sich das Genick gebrochen.«

Ich schlug die Hände vors Gesicht und murmelte nur: »Oh Gott!«

»Ich habe das Gefühl, ich schulde ihr den Tag, damit sie nicht allein ist und nicht in erster Linie daran denkt, dass sie an dem Tag ihren Mann verloren hat, sondern daran, dass sie ein Kind bekommen hat. So ist das.« Er zuckte mit den Schultern.

»Sie will es nie. Sie sagt, ich soll mit meinen Freunden feiern, aber das will ich einfach nicht, verstehst du?« Unfähig etwas zu sagen, nickte ich nur.

»Der Champagner ist von ihr«, sagte Finn. »Mit dem ausdrücklichen Auftrag, ihn mit dir zu trinken.« Er hob sein Glas. »Prost!«

»Auf deine Mutter«, sagte ich, »und ihren Sohn.«

1997

Am Heiligen Dreikönigstag, so wie es die Tradition will, half ich Finn dabei, den großen Weihnachtsbaum aus seiner Wohnung durchs Treppenhaus zu bugsieren, damit wir ihn zur Sammelstelle bringen konnten.

»Des Sie mir aber hernach die Nadeln aufkehrer doa«, verlangte Frau Obermoser, sich auf ihre Krücke stützend. Die brauchte sie im Grunde schon längst nicht mehr, aber sie war ihr ein liebes Requisit geworden, denn sie hatte festgestellt, wie hilfsbereit ihre Nachbarn dann waren. Man trug ihr Einkaufstüten nach oben, trug Post für sie zum Briefkasten oder brachte ihr Obst vom Viktualienmarkt.

»Nachert rutscht mer no aus«, rief sie uns hinterher. »Ich möchte ned noamol an Schenkelhals brechen«, verfiel sie in ihre merkwürdige Hochdeutsch-Bairisch-Mischung, die sie immer dann auspackte, wenn sie etwas besonders Gewichtiges zu sagen hatte.

»Machen wir, Frau Obermoser«, rief Finn. Der Baum nadelte aber auch wirklich wie die Hölle. Doch er hatte uns gute Dienste geleistet. Es war eins der schönsten Weihnachten überhaupt gewesen, mit allen Menschen, die uns am Herzen lagen. Norbert hatte mir mit seinem gesunden Aussehen das größte Geschenk gemacht. Er hatte es anscheinend geschafft und war wieder ganz der Alte. Ich hatte mit ihm über meine Kleinholz-Krise geredet, und er hatte mich nur in den Arm genommen und gesagt: »Du machst das alles schon ganz richtig. Hör immer auf dein Gefühl, das trügt dich nicht.«

Nora hatte inzwischen schon eine ziemliche Babykugel und es genossen, den Abend über nur im Sessel zu sitzen und sich bedienen zu lassen.

Auch Edda war da und natürlich Maria und David, sowie Finns Mutter, die ein fantastisches Essen zubereitete.

Der Baum nahm die Erinnerungen an diesen schönen Heiligabend nun mit zur Sammelstelle. Wie ernüchternd. Leider war er so groß und schwer, dass wir froh waren, ihn endlich loszuwerden. Auf dem Rückweg fiel mir ein, dass ich noch nicht in den Briefkasten geschaut hatte. Finn fischte jede Menge Post aus seinem Fach: neue Anfragen, Korrespondenzen mit Auftraggebern, Rechnungen und so weiter.

Ich fand eine einzige Postkarte mit einem Känguru darauf und dem Text: *I'll be back! Jo.*

Ich starrte die Karte so verdutzt und so lange an, dass Finn vor meinem Gesicht mit den Fingern schnippte.

»Was schaust du so?«, fragte er.

Ich wedelte mit der Karte. »Die ist von meiner besten Freundin Jo aus Australien.«

»Ich dachte, ich wäre deine beste Freundin«, sagte er und sah dabei seine Post durch.

»Meine ehemals beste Freundin. Kennst du nicht. Die war damals hier, als du gerade in New York warst. Sie ist gleich wieder weg, um einen australischen Millionär zu heiraten. Oder auch nicht zu heiraten, was weiß ich.«

»Und die kommt?«, fragte er.

»Scheint so. Keine Ahnung«, sagte ich.

»Sieht sie gut aus?«, fragte Finn.

»Also hör mal«, empörte ich mich, wurde aber wieder von Frau Obermoser unterbrochen.

»Gell, machas des, bittscheen«, sagte sie, wobei sie auf ihre Krücke gestützt aus der Wohnungstür lugte.

»Ja, Frau Obermoser«, sagten Finn und ich im Chor.

Nach dieser Postkarte hörte ich fürs Erste nichts mehr von Jo, worüber ich nicht unglücklich war. Ich konnte mich noch lebhaft an unsere letzte Begegnung erinnern. Diese überdrehte, auf Äußerlichkeiten fokussierte Walle-Haar-Femme-fatale, die sich nicht die Bohne für mich interessiert hatte, brauchte ich in meinem Leben wahrhaftig nicht. Ich hatte weder Sehnsucht nach ihr, noch war ich neugierig, was aus ihr geworden war.

Und ich hatte anderes zu tun: Die Promo-Tour für *Frau klaut*. Der Titel war doch tatsächlich derselbe geblieben, weil der Produzent ihn so witzig fand.

Im Februar ging es los mit Interviews. Ich musste mich hier und da sehen lassen, auf irgendwelchen Partys, die rein gar nichts mit dem Film zu tun hatten, aber bei denen Bilder geschossen wurden, die dann untertitelt waren mit: Elsa Frank, Hauptdarstellerin in Torben Mantrows neuer Komödie *Frau klaut*. Ich musste in aller Frühe aufstehen, um in Morning Shows der Privatsender launig Rede und Antwort zu stehen. Und ich musste natürlich der Premiere beiwohnen, das war klar. Roter Teppich, Kameras. Klick, Klick, Klick. Posen. Man hatte das alles vorher mit mir geübt. Pressekonferenz, Fernsehshows, Talkshows. Es war zum Kotzen. Es war nicht meine Welt. Ich beantwortete hundertmal dieselben Fragen und sagte immer das Gleiche. Zum Glück erkannte mich auf der Straße trotzdem kein Mensch. Ich war im Fernsehen und bei Events immer so aufgebrezelt, wie ich es im normalen Leben niemals war. Ich hatte doppelt so viele Haare, doppelt so volle Lippen, doppelt so große Augen und natürlich auch doppelt so große ... nun ja.

»Die doppelte Elsa«, sagte Finn amüsiert.

Günstig war, dass mein Filmpartner, Jens Plapperer, im Gegensatz zu mir schon sehr bekannt war und zudem ein richtiger Frauenschwarm. Also absolvierte er die meisten Termine, oder wir wurden gemeinsam eingeladen. Und natürlich war auch Torben Mantrow oft mit von der Partie.

Ich war froh, als der ganze Rummel abflaute. Der Film war recht erfolgreich, aber nicht sensationell. Die Kritiken waren durchwachsen, aber ich kam gut dabei weg. Einer der Kritiker schrieb, ich sei eine vielversprechende Schauspielerin, erfrischend natürlich und anders, doch er würde mir intelligentere Drehbücher wünschen, in denen ich mein Potenzial auch ausschöpfen konnte. Das war meine Lieblingskritik. Intelligentere Drehbücher! Allerdings!

Kleinholz, der eine Weile geschmollt hatte, war zufrieden mit mir und hatte gleich fünf neue Drehbücher für mich. Drei verwarf er selbst, zwei gab er mir zu lesen. Als intelligent oder wenigstens nicht dämlich konnte man keines davon bezeichnen.

Ich lud David, Maria und Finn zu einer gemeinsamen abendlichen Lesung mit verteilten Rollen und viel Rotwein ein. Wir hatten eine Menge Spaß. *Das* hätte man verfilmen sollen.

Ich schickte die Bücher an Kleinholz zurück und lehnte dankend ab, woraufhin er wieder schmollte.

Ein paar Wochen später rief Buchner mich an und fragte mich, ob ich Lust hätte, wieder etwas in Augsburg zu machen: Antigone. Ich hatte Lust. Dann fragte er mich, ob ich auch Lust hätte, die Agentur zu wechseln: von Kleinholz und Buchner zu Buchner. Die beiden Andreasse trennten sich. Es habe in letzter Zeit immer mehr Spannungen gegeben, erklärte Buchner, Kleinholz habe Ambitionen, aber keinen Standard mehr. Und jetzt sei Schluss damit. Ich sagte, das sei für mich in Ordnung.

Ende Februar kam Cecilia McGregor zur Welt, Finns kleine Nichte, von der ich zunächst fast gar nichts zu sehen bekam, weil ich ständig in Sachen Film-Promotion unterwegs war. Im April jedoch hatte ihr großer Bruder Paul seinen achten Geburtstag, und weil er in letzter Zeit ohnehin ein wenig zu kurz gekommen war, wollten seine Eltern ihm wenigstens einen schönen, großen Kindergeburtstag bereiten. Cecilia, wegen ihres sirenenartigen Gebrülls kurz Siri genannt, musste dazu natürlich das Feld räumen. Finn und ich erklärten uns großzügig und naiv bereit, die Kleine zu übernehmen. Nora pumpte fleißig Milch ab und packte eine Riesentasche mit dem ganzen Baby-Equipment voll.

Als wir die Kleine in Empfang nahmen, frisch gestillt und gewickelt, wie Nora uns versicherte, sah sie uns schon mürrisch an. Man glaubt nicht, wie schlecht gelaunt ein zwei Monate altes Baby dreinschauen kann. Sie machte mir ein bisschen Angst. Doch Finn packte sie seelenruhig in ihren Kinderwagen und schob los.

»In sechs Stunden könnt ihr sie wiederbringen«, rief uns Nora hinterher.

Fröhlich winkend machten wir uns davon.

Wir planten einen geruhsamen Nachmittag in Finns Wohnung. Ich wollte den Text für Antigone lernen, Finn hatte vor, die Illustrationen für einen Fantasy-Roman in Angriff zu nehmen, die dem Verlag ein Mörder-Honorar wert waren. Dazwischen eine gemütliche Runde Kaffee und Kuchen und Baby-Knuddeln. So hatten wir uns das vorgestellt. Muss ich erwähnen, dass all das nicht stattfand?

Wir hätten Siri, die süße Sirene, in ihrer Lautstärke und Ausdauer wahrscheinlich beeindruckend gefunden, hätten unsere Ohren dabei nicht so wehgetan. Abwechselnd liefen wir mit ihr auf dem Arm durch die Wohnung, Finn spielte Babylieder auf dem Klavier, wir kontrollierten die Windel und boten abgezapfte Milch an, aber nichts half. Siri brüllte.

»Packen wir sie in den Wagen und gehen um den Block«, schlug Finn nach einer geschlagenen Stunde mit hochfrequentem Babygeschrei vor. »Nora sagt, das Schaukeln beruhigt sie.«

»Sie stinkt«, stellte ich fest, als ich sie gerade anziehen wollte.

»Oh, nein«, stöhnte Finn.

Wir breiteten die Decke auf dem Boden aus und wickelten das Baby, was sich einfach anhört, aber fast eine halbe Stunde in Anspruch nahm. Am Ende dieser halben Stunde fanden wir Siri nicht mehr so süß. Sie war einfach ein rot angelaufener, die Fäustchen ballender, brüllender, stinkender Klops.

Ich bedauerte Nora und Kevin zutiefst. Wir konnten Siri ja wieder abgeben, aber die beiden und der arme, kleine Paul hatten sie an der Backe.

Als das Kind endlich in frischen Windeln und Kleidern steckte, darüber den warmen Baby-Overall, lagen wir alle drei völlig fertig auf dem Boden. Siri war etwas leiser geworden.

»Komm, schnell raus mit ihr«, trieb mich Finn an.

Siri schrie mit letzter Kraft das Treppenhaus zusammen und protestierte noch ein bisschen, als wir sie in den Wagen legten, doch als wir losfuhren, fiel sie ins Koma. Kurz überlegten wir, ob wir die Ruhe nicht lieber nutzen sollten, um wieder zurückzugehen und uns bei einem Kaffee zu entspannen, doch sobald wir den Wagen stoppten, fing die Kleine an zu quengeln. Wir liefen quer durch die Stadt zum Hofgarten und dann weiter durch den Englischen Garten bis zum Chinesischen Turm. Ich war noch nie so lange und weit gelaufen. Vor allem, weil wir ja auch wieder zurückmussten. Aber Siri schlief, und das war die Hauptsache. Am Chinesischen Turm kaufte ich zwei Brezen, während Finn dafür sorgte, dass der Wagen in Bewegung blieb. Zwischendurch sahen wir immer wieder auf die Uhr. Natürlich fühlten wir uns mies dabei, vor allem weil die Kleine so unglaublich lieb aussah, wenn sie schlief.

»Perfektes Täuschungsmanöver«, meinte Finn.

Wir bekämpften unsere Unterzuckerung und Erschöpfung mit Brezen und redeten uns den Stress mit lauter Blödsinn von der Seele. Es war gut, dass uns keiner zuhörte.

Wir liefen auf dem gleichen Weg zurück. Meine Füße taten mir weh, und ich war so müde, dass ich zuerst glaubte, ich hätte eine Erscheinung, als wir in die Reichenbachstraße kamen. Finn schob gerade den Kinderwagen, und ich hatte ihn untergehakt, als uns jemand entgegenkam, den ich irgendwie kannte. Kein Walle-Haar mehr, kein Gucci-Tuch und kein Armani-Mantel, aber laut wie eh und je und wie verrückt die Arme durch die Luft schleudernd, als sie mich sah: Jo.

Einmal mehr hatte sie eine optische Metamorphose vollzogen, trug ein Schlabberhemd, einen Schlabbermantel, Jeans und Birkenstocks, und ihr Haar war raspelkurz und rot gefärbt. Aber sie war es.

Vor Schreck packte ich Finn am Arm, sodass er abrupt stehen bleiben musste. Der Wagen tat einen kleinen Ruck, und Siri erwachte.

»Mann, was soll das denn? Jetzt haben wir den Salat«, schimpfte er. Als ich nicht reagierte, sondern trotz einsetzender Sirene nur geradeaus starrte, folgte er meinem Blick. Jo kam geradewegs und mit ausgebreiteten Armen auf uns zu, besser gesagt auf mich. Auf den wenigen Metern, die sie dabei zurücklegen musste, nahm sie plötzlich Finn, den Kinderwagen und das schreiende Baby wahr. Ihre Hände sanken nach unten, ihr Schritt verlangsamte sich, und man sah deutlich, wie es in ihrem Kopf ratterte.

»Elsa!«

Sie umarmte mich rasch, und ihr Blick wanderte zwischen Finn, dem Kinderwagen und mir hin und her. Ich hatte Jo noch nie so perplex gesehen.

»Jo!«, sagte ich. »Wie kommst du denn hierher?«

»Mit dem Flugzeug«, sagte Jo, eigentlich mehr zu Finn als zu mir. Dann platzte es aus ihr heraus.

»Also, ich muss sagen, das ist ja eine Überraschung. Du hättest ruhig mal schreiben können, dass du jetzt eine Familie hast.«

»Ja, Elsa.« Finn konnte es nicht lassen. »Warum stehst du eigentlich nicht zu uns?«

Ich musste lachen, doch weil sich in Jos Gesicht ein Unwetter ankündigte, klärte ich die Sachlage schnell auf.

»Das ist mein Nachbar und Freund Finn McGregor, und die junge Dame mit den starken Lungen ist die Tochter seines Bruders«, sagte ich, und zu Finn gewandt: »Und das ist meine Freundin Jo.«

»Aha«, sagte Finn, der sich natürlich an die Karte erinnerte und nun die Antwort auf seine Frage erhielt. Sah Jo gut aus? Ich nahm mir vor, ihn später nach seiner Meinung zu fragen.

»Ach so«, lachte Jo mit einer Spur zu viel Erleichterung, wie ich fand, und gab Finn die Hand.

»Soso, der Nachbar und Freund«, sagte sie und warf ihm einen tiefen Blick zu.

Das ging ja schnell.

»Und was macht *dein* Freund so?«, fragte ich sofort. »Oder dein Mann?«

Jo verdrehte die Augen und meinte, das sei eine laaaaange Geschichte, und sie müsse sich jetzt erst einmal umziehen und etwas essen. Ich begriff nicht gleich, dass sie beides bei mir zu tun gedachte, doch sie kannte den Weg zu meiner Wohnung und schlug ihn auch direkt ein. War da etwa kein reicher Lover mehr, der ihr Wohnung und Klamotten finanzierte? Es sah ganz so aus.

Finn und ich tauschten Blicke – meiner genervt, seiner belustigt – und schoben die schreiende Siri hinter Jo her.

»Wo wohnst du denn in München?«, fragte ich sie geradeheraus, als wir die Treppe nach oben gingen.

»Du, ich dachte, dass ich vorübergehend bei dir unterkommen könnte«, antwortete sie prompt. »Nur, bis ich was Passendes gefunden habe.«

Die hatte ja wohl eine Vollmeise.

»Oh, tut mir leid, Jo, aber meine Wohnung ist dafür etwas zu klein«, sagte ich. »Du kannst gerne heute bei mir übernachten, aber ab morgen musst du dir ein Zimmer in einem Hotel nehmen.«

Jo sah mich verdutzt an. Diese Töne kannte sie von mir nicht. Sie hatte nur die sechs Jahre jüngere Elsa in Erinnerung, die zu allem Ja und Amen gesagt hatte. Aber ich hatte inzwischen gelernt, zu ganz anderen Leuten Nein zu sagen. Und ich hatte bestimmt keine Lust, mehrere Wochen mit Jo auf fünfzig Quadratmetern zu verbringen.

Oben angekommen, schloss ich meine Wohnungstür auf und bat Jo einzutreten, ich käme in einer Stunde oder so nach. Dann ging ich mit Finn und Siri nach nebenan.

Als wir unter uns waren, sagte Finn nur: »Also, das ist deine Freundin Jo!«

Ohne zu antworten, holte ich die Flasche mit der Milch für Siri.

Finn beobachtete mich, während ich mich mit dem Baby im

Ohrensessel zurechtsetzte und ihr die Flasche an den Mund hielt. Sofort war das Kind zufrieden und nuckelte gierig.

Wie im Reflex griff Finn nach seinem Block und dem Stift und begann uns zu zeichnen. Jo war im selben Moment vergessen. Er tauchte in das Bild vor seinen Augen ein und hielt es fest. So entstanden innerhalb einer halben Stunde mehrere Skizzen von Siri und mir.

»Madonna mit Kind«, sagte ich, als ich sie mir ansah.

»Genau«, sagte Finn, »Madonna mit Kind.«

Siri war schon wieder eingeschlafen. Es war der schönste und friedlichste Anblick, den ich mir vorstellen konnte, und Finn machte auch noch ein paar Zeichnungen von dem schlafenden Kind. Ich legte mich daneben, schloss die Augen und wäre selbst fast eingeschlafen, doch wir mussten Siri wieder zurückbringen.

Ihre Eltern und ihr großer Bruder begrüßten uns strahlend. Sie hatten einen fantastischen Tag gehabt, Paul zumindest, und das war die Hauptsache.

Nora empfing ihre Kleine, als hätte sie sie ein Jahr lang nicht gesehen. Siri lachte ihre Mutter mit zahnlosem Mund an und ruderte mit den Ärmchen vor Freude. Sie war so unfassbar süß, dass ich auf die Frage, wie es denn so mit ihr gewesen sei, spontan antwortete: »Toll! Es war wirklich toll!« Und dann sagte ich den Satz, den Finn mir noch Wochen danach vorhielt: »Jederzeit gerne wieder.«

»Schön!«, strahlte Nora. Kevin warf Finn einen argwöhnischen Blick zu, aber Finn riss sich zusammen und bestätigte meine Aussagen zumindest dadurch, dass er nicht widersprach.

»Jederzeit gerne wieder!«, grummelte Finn auf dem Nachhauseweg.

»Also komm. Sie ist deine Nichte. Und sie ist so süß«, sagte ich.

»Du hast so ein schlechtes Kurzzeitgedächtnis, wie machst du eigentlich deinen Job?«

Für diese Bemerkung erhielt er einen kräftigen Hieb gegen die Schulter.

Als wir vor unseren Wohnungstüren standen, seufzte ich leise auf, und Finn sagte nur: »Viel Spaß!« Mit seinem breitesten Grinsen verschwand er. Ich betrat die Arena.

Jo hatte es sich auf meinem Sofa bequem gemacht und die Tiefkühlpizza verdrückt, die ich für Notzeiten in meinem Gefrierfach deponiert hatte. Und sie hatte die letzte Flasche Weißwein geöffnet.

Im Fernseher lief eine Vorabendserie mit zwei Kollegen vom Synchron in kleineren Rollen.

»Ich bin so was von kaputt, sag ich dir«, rief sie mir entgegen. »Es macht dir doch nichts aus, dass ich mich bedient hab, oder? Ich war völlig ausgehungert.«

Und ausgetrocknet, wollte ich noch hinzufügen, aber ich ließ es bleiben, schnappte mir stattdessen ein Glas und goss mir den letzten Rest von meinem guten Wein ein.

»Also?«, sagte ich, machte den Fernseher aus und warf mich in den Sessel. »Erzähl!«

»Erzähl du lieber mal, wer dein schnuckeliger Freund ist«, erwiderte Jo mit einem begehrlichen Leuchten in den Augen.

Ich hätte sie am liebsten an die Luft gesetzt. In diesem Augenblick. Um unserer alten Freundschaft willen tat ich es nicht.

»Ich hab ihn dir doch vorhin vorgestellt, was gibt's da noch zu wissen?«, fragte ich kühl.

»Seit wann seid ihr zusammen?«

»Wir sind nicht zusammen. Wir sind nur Freunde.«

»Ach!« Ihre Augen leuchteten noch mehr. »Hat er eine andere?«, hakte sie nach.

»Momentan nicht.«

»Soso!« Sie lächelte vielsagend in sich hinein.

»Jetzt erzähl du mal«, sagte ich, um sie auf andere Gedanken zu bringen.

Sie lehnte sich zurück und stöhnte genervt.

»Da gibt's nicht viel zu erzählen. Ich bin wieder hier.«

Sie sah mich an, als wäre das alles, was relevant war. Wen interessierte schon das Warum? Und eigentlich hatte sie damit recht. Es interessierte mich auch nur deswegen, weil sie in meiner Wohnung herumlungerte und blöde Fragen über Finn stellte.

Ich sagte also nichts, sondern hob nur die Augenbrauen, um ihr zu bedeuten, dass sie Kost und Logis mit etwas mehr Information zu honorieren hatte.

»Ich bin geschieden«, sagte sie gelangweilt.

»Oh«, sagte ich, nicht sonderlich betroffen.

»Ja«, sagte sie. »Aber was soll's. War sowieso die Luft raus. Irgendwann hat man dieses spießige Luxusleben eben auch satt. Dann hat er mich betrogen, und ich hab gesagt: Das war's.«

Ich fand es faszinierend, dass es diese billigen Seifenopern auch in Wirklichkeit zu geben schien. Wo war der Off-Knopf? Ich wollte gar nicht mehr davon hören. Nur eins noch:

»Und jetzt bist du steinreich?«, fragte ich gespannt.

Jo prustete.

»Pah! Von wegen. Der Typ war mit allen Wassern gewaschen und hat seine Schäfchen schön ins Trockene gebracht. Ich konnte das behalten, was er mir während unserer Ehe geschenkt hat, mehr nicht.«

»Wieso das denn?«

»Ach!« Sie winkte unwillig ab. An ihren Fingern blitzten diverse Ringe. Na also, mit solchen Geschenken, die man behalten durfte, ließ es sich doch ganz gut leben.

»Ich wollte auch gar nichts«, sagte sie cool. »Lieber ein sauberer Schnitt, weißt du.«

»Und was willst du jetzt hier machen?«, fragte ich.

»Ich such mir einen neuen Mann, der mich aushält« sagte sie und lachte laut los. Ich dachte nicht daran, den Mund auch nur zu verziehen.

»Nein, ehrlich, Elsa«, sagte sie dann. »Das lass ich auf mich zukommen. Du kennst mich doch. Ich falle immer auf die Füße. Ich find schon was.«

»Gut«, sagte ich. »Dann fang morgen schon mal an, eine neue Bleibe zu finden, denn ich brauche leider meine Ruhe.«

»Ach ja, wozu?«, fragte sie.

Ich hätte ihr eine scheuern können. War sie schon immer so? Hatte ich damals vielleicht nur ihre offensichtliche Unverschämtheit als Offenheit missdeutet und diese Art bewundert, weil sie mir selbst so völlig fremd war?

»Ich brauche Ruhe, um Text zu lernen«, sagte ich. »Ich spiele demnächst die Antigone in Augsburg.«

»Wow!«, sagte Jo mit gekünstelter Bewunderung. »So richtig am Theater?«

»Ja, so richtig am Theater«, erwiderte ich. »Ich bin Schauspielerin, schon vergessen?«

»Nein, natürlich nicht«, sagte sie. »Find ich gut, dass du was zu tun hast.«

Ich kochte innerlich und wusste genau, dass ich irgendwann platzen würde.

»Ich spiele Theater, mache Filme – im letzten Film von Torben Mantrow hatte ich zum Beispiel die Titelrolle, vielleicht sagt dir das was –, und ich verdiene mir eine goldene Nase beim Synchron. Ja, ich würde sagen, ich hab was zu tun.«

Ich kippte meinen Wein hinunter und stand auf.

»Du kannst heute Nacht auf dem Sofa schlafen, ich geh mal rüber zu Finn.«

Ich ließ sie einfach sitzen. Als Finn mir die Tür öffnete, stürmte ich an ihm vorbei auf die Dachterrasse.

»Ich brauche Luft«, sagte ich, als er mir folgte. »Ich brauche ganz viel Luft und mehr Wein. Die hat meinen ganzen Wein gesoffen, die Kuh.«

»Ganz ruhig, Elsa«, sagte Finn. »Luft ist hier draußen, und Wein kriegst du gleich.«

Ich erzählte ihm von meinem Gespräch mit Jo.

»War sie immer schon so?«, fragte Finn.

»Egozentrisch? Auf sich selbst fixiert? Selbstverliebt? Sich selbst ganz toll findend? Ja, ich glaub schon.« Ich kochte immer noch.

»Übrigens, falls du sie in irgendeiner Weise attraktiv findest und gerade Lust hast, geh rüber«, empfahl ich ihm. »Ich glaube, sie kriegt schon bei deinem Namen ein feuchtes Höschen. Echt gute Gelegenheit!«

»Elsa!« Finn runzelte die Stirn. Er konnte überhaupt nicht darüber lachen.

»Tschuldigung!«, sagte ich. »Findest du sie nun eigentlich gut aussehend?«

»Nein«, antwortete er, ohne zu zögern.

»Das kam zu schnell«, sagte ich. Er stöhnte auf.

»Nein, ehrlich«, sagte ich, »man muss doch darüber nachdenken, oder?«

»Ich nicht«, widersprach mir Finn. »Ich sehe beim ersten Blick, ob mir jemand gefällt. Ich bin Maler. Ich schaue anders. Mir fallen Dinge auf, die du vielleicht nicht siehst.«

»Und was ist dir an Jo aufgefallen?«, fragte ich.

»Ihre Augen«, sagte Finn sofort. »Da ist nichts drin.«

»Was denn nicht?«, fragte ich nach.

»Wärme, Herz, Seele, Gefühl ... das alles«, sagte Finn. »Ihre Augen sind nur Form und Farbe.«

»Interessant«, sagte ich. »Klingt nach einem Vampir.«

»Richtig«, sagte Finn. »Jemand, der Leute aussaugt. Leute wie dich oder den reichen Typen in Australien.«

»Boah, du bist aber heute rabiat in deiner Meinung«, sagte ich. »Ich weiß nicht, ob sie ganz so schlimm ist.«

Die alte Elsa, die nicht wollte, dass man die Erinnerung an frühere gemeinsame Zeiten mit der damaligen Busenfreundin besudelte, kam hervor.

»Hat aber vorhin so danach geklungen«, meinte er.

»Vielleicht hab ich übertrieben oder war genervt oder bin übermüdet oder ... hab Hunger. Hast du noch was zu essen?«

Wir bestellten uns der Einfachheit halber eine Pizza und sahen noch ein bisschen fern.

Danach ging ich schlafen, und Finn begann mit der Arbeit, die er sich eigentlich für den Tag mit Siri vorgenommen hatte.

Als ich am nächsten Morgen aufwachte, schlief Finn auf dem Sofa. Er hatte noch seine Kleider an, und auf seinem Zeichentisch lagen mehrere Entwürfe für das Buch. Wenn es so atemberaubend war wie Finns Bilder, hätte ich es sofort lesen wollen.

Ich kniete neben ihm nieder und rüttelte ihn vorsichtig an der Schulter.

»Finn«, flüsterte ich. »Leg dich doch ins Bett. Ich geh jetzt.«

»Gleich«, murmelte er und schlief weiter. Da holte ich die Bettdecke und legte sie über ihn.

Wie nicht anders zu erwarten, war Jo noch da. Sie hatte es sich in meinem Couchbett bequem gemacht und sah nicht so aus, als wollte sie demnächst auf die Suche nach einer anderen Unterkunft gehen.

Nachdem ich demonstrativ das Fenster im Wohnzimmer aufgerissen hatte, ging ich duschen. Als ich zurückkam, war das Fenster zu, und Jo saß fröstelnd im Bett.

»Seit wann bist du so ein Morgenmensch?«, fragte sie mit zerknautschtem Gesicht.

»Hallo! Es ist zehn Uhr«, klärte ich sie auf. »Ich hab zu tun.«

»Hach, bist du spießig geworden«, maulte sie, während sie sich aus der Decke schälte und ins Badezimmer schlurfte.

Ich biss mir auf die Zunge. Es würde bald vorbei sein, so lange konnte ich mich noch beherrschen.

Ich kochte Kaffee, baute das Bett um und deckte den Tisch. Ich würde sie nett mit einem Frühstück verabschieden, ich war ja kein Unmensch, aber dann musste sie sich auf die Socken machen. Ich ließ mich jedenfalls nicht aussaugen.

Jo blieb eine geschlagene Stunde im Bad. Ich hatte meinen Kaffee bereits getrunken und eine Scheibe Toast gegessen, als sie endlich herauskam, die schicke Kurzhaarfrisur gestylt und das Gesicht angemalt wie für ein Fotoshooting. Anscheinend hatte sie noch nicht alle teuren Klamotten versetzt, denn sie trug ein dunkelgrünes Etuikleid aus Leder.

»Oh, Kaffee!«, rief sie. »Den brauch ich dringend.«

»Hast du etwas Besonderes vor?«, fragte ich.

»Nein, eigentlich nicht«, sagte sie. »Aber man kann ja nie wissen.« Sie hob vielsagend eine Augenbraue.

Ich ging nicht auf ihre Andeutungen ein.

»Tja, dann werde ich mal sehen, wo ich unterkommen kann, nicht wahr?«, sagte sie anschließend.

»Tu das«, sagte ich.

»Du bist nicht begeistert, dass ich hier bin, was?«, sagte sie dann direkt.

Es war ihre Methode von früher, mich zu manipulieren.

»Doch, natürlich, ich freu mich«, hätte ich früher gesagt und diese Behauptung dadurch untermauert, dass ich ihr noch ein wenig länger Asyl gewährte.

»Weißt du, Jo«, sagte ich und sah sie dabei offen an. »Ich wünsche dir alles Gute, und es ist schön, dass du wieder hier bist, aber was erwartest du? Wir kennen uns doch gar nicht mehr. Ich weiß fast nichts von dir, und du weißt rein gar nichts von mir. Es interessiert dich nicht einmal. An mir interessiert dich nichts außer meiner Wohnung und meiner Pizza im Gefrierschrank.«

Ihr stand der rot geschminkte Mund offen.

»Wenn du meinst«, sagte sie und erhob sich. Sie zog ihr schickes Kleid zurecht, schnappte sich ihre Handtasche und sagte nur noch: »Ist es in Ordnung, wenn ich meine Koffer später hole?«

Ich sagte, das sei natürlich in Ordnung.

»Also dann, Elsa.«

Damit stöckelte sie davon.

Jo fand noch in derselben Woche eine Wohnung und einen Job in irgendeinem Luxusladen in der Maximilianstraße. Das Power-Styling hatte sich also ausgezahlt.

Ab und zu rief sie an, ab und zu rief ich an. Aus welchem Grund wir immer noch Kontakt hielten, wussten wir wahrscheinlich beide nicht so recht. Ein paarmal wollte sie Finn und mich zu sich in die Wohnung einladen, aber keiner von uns hatte Zeit, geschweige denn Lust. Ich war die ganze Woche über in Augsburg, und Finn arbeitete an diversen Projekten gleichzeitig. Häufig traf man ihn auch wieder unbekleidet an, wenn er an der Staffelei stand. Er wollte nicht verraten, was er malte, und versteckte die Bilder sorgfältig.

Anfang August feierte mein Vater seinen fünfundsechzigsten Geburtstag mit einem großen Fest. Natürlich wurde erwartet, dass ich dabei war, und so fuhr ich für ein paar Tage in meine alte Heimat. Bei dieser Gelegenheit traf ich auch mal wieder meinen Bruder mit seiner aktuellen Frau und zwei seiner diversen Kinder. Wir stellten fest, dass wir uns nicht allzu viel zu sagen hatten und ließen es dann auch gut sein. Mit den restlichen Verwandten war es nicht anders. Die Gespräche langweilten mich, und ich hatte nichts dazu beizutragen, denn ich war nicht vertraut mit den Krankheiten und Skandälchen im Verwandten- und Bekanntenkreis meiner Eltern. Manche fragten, was ich denn so täte in München. Schauspielerin, aha, das sei ja schön. Sie kannten nicht einmal den Film, den ich gedreht hatte. Ob ich noch nicht verheiratet sei und wie es mit Kindern aussehe, war da schon spannender.

»Sie hat einen Freund«, ließ meine Mutter die Verwandtschaft wissen, woraufhin ich widersprach. Nein, auch einen Freund hätte ich momentan nicht. Ich erntete bedauernde Blicke, meine Patentante versicherte mir tröstend, dass ich ja noch ein paar Jahre Zeit hätte. Ich fragte mich, ob ich mir nach Ablauf dieser Frist wohl ihrer Meinung nach die Kugel geben sollte.

»Was ist denn mit dem jungen Mann, den wir letztes Jahr kennengelernt haben?«, bohrte meine Mutter nach.

»Ich hab dir doch damals schon gesagt: Das ist nicht *mein* Freund, sondern nur *ein* Freund. Mein bester Freund.«

»Und ich hab dir das damals schon nicht geglaubt«, beharrte meine Mutter und zischte mir leise zu: »Immerhin hast du mit ihm geschlafen.«

»Hab. Ich. Nicht«, sagte ich genervt und suchte das Weite.

Ich ging nach draußen an die frische Luft, obwohl man von ›frisch‹ nicht reden konnte: Es war an diesem Tag drückend heiß. Ich hatte die Wahl, zu zerfließen oder im Haus meiner Eltern mitten unter den Gästen einen Schreikrampf zu bekommen.

Plötzlich klingelte mein nagelneues Handy. Es war Finn. Das musste Gedankenübertragung sein.

Ich ging ran, rief ein freudiges »Hallo« ins Telefon und wollte ihm gerade sagen, wie erleichtert ich war, endlich mit einem normalen Menschen zu reden, da unterbrach er mich.

»Elsa?« Seine Stimme hatte einen merkwürdig alarmierenden Ton.

»Ja? Was ist denn? Ist was passiert?«, fragte ich sofort.

»Ich ... nein, nichts Schlimmes, keine Sorge«, sagte er bedrückt.

»Finn, was ist denn los?«, rief ich ins Telefon.

Er seufzte.

»Hallo?«, sagte ich.

»Ja, alles okay. Ich wollte nur deine Stimme hören.«

Was war denn in ihn gefahren?

»Habt ihr ein schönes Fest?«, wechselte er betont munter das Thema.

»Die andern schon, denk ich«, sagte ich. »Ich weniger.«

»Wann kommst du denn morgen zurück?«, fragte er.

»Ich bin um 16.45 Uhr am Hauptbahnhof, wenn du es genau wissen willst.«

»Okay.«

»Finn?«

»Ja?«

»Ist wirklich alles in Ordnung?«

Erneutes Seufzen.

»Wir sehen uns morgen, okay?«, sagte er dann.

»Okay. Tschüss.«

Was war das denn? Diesen Anruf konnte ich mir nicht erklären.

Nach dem Abendessen zog ich mich bald zurück, und am nächsten Tag bereute ich, dass ich keinen früheren ICE genommen hatte, denn ich hätte schon gegen Mittag in München sein können.

Wenigstens hatte mein Zug keine Verspätung. Ich verfluchte die langen Bahnsteige in München und beschloss, mir draußen ein Taxi zu nehmen, um Zeit zu sparen, doch da kam mir Finn schon entgegen. Er sah so besorgt aus, wie er am Telefon geklungen hatte, doch als er mich entdeckte, hellte sich seine Miene auf.

»Hey!«, sagte er und nahm mich in die Arme. Inniger als sonst, wie mir schien.

»Hey!«, sagte ich. Er wollte mir die Reisetasche abnehmen, doch ich hielt ihn auf.

»Sagst du mir jetzt bitte, was mit dir los ist?«

Ich stellte die Tasche ab und wartete. Er schloss kurz die Augen, seufzte ein weiteres Mal und zog mich zu einer Bank auf dem Bahnsteig.

»Du wirst mich gleich hassen. Oder verachten zumindest, was genauso schlimm ist«, sagte er zerknirscht.

»Du hast jetzt auch noch Alfred II. auf dem Gewissen?«, fragte ich mit gespieltem Entsetzen, weil mich nichts dazu bringen konnte, Finn zu hassen.

»Ich hab mit Jo geschlafen«, sagte Finn.

Also gut. *Das* konnte mich vielleicht doch dazu bringen.

»Hast du nicht«, widersprach ich blödsinnig.

Er vergrub das Gesicht in den Händen und murmelte: »Doch.«

Um uns her liefen Menschen, fuhren Züge in den Bahnhof

hinein und aus dem Bahnhof heraus, erschallten Signale und Lautsprecherdurchsagen, doch mir kam es vor, als hätte jemand den Ton leise gedreht. Oder mein Gehirn ausgeschaltet, denn für ein paar Sekunden passierte in meinem Kopf rein gar nichts.

Das Nächste, das aus meinem Mund kam, war ebenso spontan wie unreflektiert.

»Wie?«

Er ließ die Hände sinken und sah mich entgeistert an.

»Damit meine ich natürlich nicht, wer oben war«, schrie ich ihn an, sodass er zusammenzuckte.

»Ich meine, wie konnte das passieren? Oder ...«, der Gedanke schien mir eigentlich zu absurd, aber was konnte jetzt noch absurd sein? »Oder bist du in sie verknallt?«

»Nein, bin ich nicht«, schrie er zurück.

»Und warum kannst du nicht zur Abwechslung mal mit einer Frau schlafen, für die du auch was empfindest?«

Ich war so laut, dass sich alle Leute umdrehten. Finn hielt den Kopf gesenkt und sagte nichts darauf. Ich wurde rot.

»Komm, wir gehen«, sagte ich.

Als er nach meiner Reisetasche greifen wollte, riss ich sie ihm aus der Hand.

»Die trag ich selber.«

Er war mit dem Wagen da, den er sich kürzlich gekauft hatte. Ein alter Kombi, der bald auseinanderfallen würde.

»Kannst du dir nicht mal ein vernünftiges Auto kaufen?«, fuhr ich ihn an, nur um noch ein bisschen zu motzen.

Er sagte nichts, sondern öffnete wortlos den Kofferraum. Ich stellte meine Tasche stattdessen auf den Rücksitz und stieg ein.

Ich konnte es nicht fassen. Er fand sie nicht einmal attraktiv, das hatte er doch selbst gesagt. Kalt und leer wie ein Vampir. Musste wohl seinen eigenen Reiz haben, so jemanden zu vögeln.

Ich kochte innerlich, doch nur, weil ich es so unmöglich und so unter Finns Würde fand, dass ich ihn am liebsten stundenlang geohrfeigt hätte, aber ich hasste ihn nicht. Kein bisschen.

»Lass uns in den Biergarten gehen«, schlug ich vor, als er fast an unserem Haus angelangt war.

Er warf mir einen argwöhnischen Blick zu, als befürchtete er, ich wollte ihn in eine Falle locken, um ihn dann grausam zu bestrafen.

»Ich brauch jetzt ein Bier, okay?«, sagte ich.

»Wohin?«, fragte er.

Bei dem Wetter waren alle Biergärten ziemlich voll, und vor allem in den bekannteren, am Chinesischen Turm und am Kleinhesseloher See, tummelten sich die ganzen Touristen.

»Aumeister«, entschied ich.

Dort angekommen, fanden wir erstaunlich leicht einen Parkplatz, holten uns zusammen eine Maß Bier und eine große Brezen und setzten uns ganz nach hinten unter die Bäume, wo die wenigsten Leute waren.

Finn vermied es die ganze Zeit, mich anzusehen. Scham kannte ich an ihm überhaupt nicht, doch jetzt schämte er sich offensichtlich.

»Also?«, fing ich an, diesmal ohne ihn anzuschreien. »Um noch mal auf meine Anfangsfrage zurückzukommen: Wie konnte das passieren?«

Er starrte vor sich auf den Maßkrug. Ich bezweifelte, dass dort die Antwort zu finden war, und sah ihm weiter ins Gesicht.

»Außer, natürlich, du willst es mir nicht erzählen«, lenkte ich ein.

»Doch«, sagte Finn. »Was meinst du, warum ich dich gestern angerufen hab?«

»Gestern?«, fragte ich. »Es war gestern?«

Er nickte und raufte sich die Haare. Dann fing er an zu erzählen: »Gestern, so gegen Mittag, klingelte Jo an meiner Tür, weil du nicht da warst. Sie sagte, sie wollte so gerne zum Baden gehen, an die Isar wie früher, und wollte dich abholen, aber du wärst ja leider nicht da.«

»Das hätte sie herausfinden können, wenn sie angerufen hätte«, schnaubte ich.

»Jedenfalls wirkte sie … irgendwie so …«, Finn suchte nach dem passenden Wort, »so arm.«

»Arm?«

»Ja, sie stand da mit ihrem Badezeug, und du warst nicht da und bist nicht mehr so richtig ihre Freundin, und sie hat glaub ich sonst keinen«, zählte Finn die Indizien für Jos Armut auf. »Jedenfalls hat sie gefragt, ob ich Lust hätte mitzukommen, alleine wollte sie nicht, dann ginge sie lieber wieder nach Hause. Und irgendwie tat sie mir dann leid.«

Ich konnte nicht fassen, dass Finn auf den Ich-bin-ja-so-arm-und-alleine-Trick hereingefallen war.

»Ich weiß, was du jetzt denkst«, sagte er.

»Dann muss ich es ja nicht sagen.«

»Nein, musst du nicht.«

Ich holte stattdessen tief Luft und sagte: »Und weiter?«

»Wir sind zur Isar gegangen, haben gebadet und uns danach ans Ufer gelegt und ein bisschen geredet, bis sie dann sagte …«

»Du, Finn, kannst du mir eben mal den Rücken eincremen, ich krieg so leicht Sonnenbrand«, unterbrach ich ihn mit einer perfekten Imitation von Jos Weibchen-Stimme. Finn stützte den Kopf in die Hände und nickte stumm.

»Soll ich dir nicht auch lieber den Rücken eincremen?«, fuhr ich auf gleiche Weise fort.

Finn musste lachen und warf mir einen entschuldigenden Blick zu.

»Du kennst sie gut«, sagte er.

Ich beugte mich vor und flüsterte: »Und wenn du mir jetzt noch erklärst, wie ihre Hände von deinem Rücken zu deinem Schwanz gekommen sind, muss ich nicht dumm sterben.«

Das Lachen verging ihm augenblicklich wieder.

»Es ist nicht an der Isar passiert.«

»Nein?«

»Nein. Sie hat mir den Rücken eingecremt und ...«

»Und?«

»Und den Nacken ... und an meinen Haaren rumgefummelt.«

»Und du dachtest: Oh, ist das aber schön.«

»Ja, es war schön«, sagte Finn trotzig. »Erogene Zonen nennt man das.«

»Und du lässt gerne mal fremde Frauen, die du eigentlich unsympathisch findest, an deinen erogenen Zonen rumfummeln, stimmt's?«

»Ich muss auch gar nicht weitererzählen«, sagte Finn wütend.

»Genau. Es geht mich nämlich überhaupt nichts an.«

Wir funkelten uns gegenseitig an und nahmen einen Schluck Bier.

»Und?«, fragte ich, als wäre nichts gewesen. »Wie ging's weiter?

»Sie fing an zu knutschen und ich hab mitgemacht«, sagte er.

»Einfach so«, sagte ich.

»Einfach so«, sagte er. »Das ist so, als wenn dir einer ein Stück Torte hinhält, nachdem du monatelang nichts gegessen hast.«

»Da würde ich kotzen«, sagte ich.

Er wandte den Blick ab und meinte: »Ich hab jedenfalls nicht gekotzt.«

»So gut vertragen hast du's aber auch nicht«, konterte ich unbarmherzig und fuhr gleich fort. »Und wo …?«

»Bei mir zu Hause, wo sonst.«

»Klar, wo sonst?« Ich nahm einen großen Schluck aus dem Maßkrug.

»Ihr seid also knutschend und fummelnd von der Isar zu dir nach Hause gelaufen, und dort hab ihr's krachen lassen.«

»So ungefähr«, sagte Finn düster.

»Und warum hast du mich danach gleich angerufen?« Das interessierte mich nun doch.

»Weil ich mich mies gefühlt hab. Und weil ich nicht so bin«, sagte Finn.

»Offensichtlich doch«, meinte ich trocken. »Aber was hab ich damit zu tun?«

In diesem Augenblick sah er mich an, als hätte ich ihm ein Messer in die Brust gerammt.

Wie konnte ich das fragen? Womit in Finns Leben hatte ich denn nichts zu tun? Natürlich musste er mich anrufen, und natürlich brauchte er hier meine Absolution. Es wäre umgekehrt genauso gewesen.

Ich nahm seine Hände in meine.

»Ich mein das nicht so«, sagte ich. »Ich bin nur sauer, okay? Jo ist nicht gut genug für dich. Du kannst schlafen, mit wem du willst, aber ich würde gerne mal eine von deinen Freundinnen mögen.«

Seine Daumen strichen über meine Handrücken.

»Wie konnte ich nur so dämlich sein?«, flüsterte er.

»Du bist ein Mann«, tröstete ich ihn sanft und grinste.

Er verdrehte die Augen, doch er grinste zurück.

Wir tranken noch ein weiteres Bier und bestellten danach ein Taxi. Seine alte Karre würde ohnehin keiner klauen.

Das eigentliche Problem an dem kleinen Intermezzo mit Jo war die Tatsache, dass diese natürlich davon ausging, dass Finn ihr auch weiterhin als Lover zur Verfügung stehen würde.

Finn, der noch nie groß darin war, sich von lästigen Freundinnen zu befreien, litt sichtbar. Es war ein Phänomen, dass jemand, der so unabhängig, offen und geradeheraus war wie er, es nie schaffte, einer Frau zu sagen, dass er nichts von ihr wollte. Mit Anna war es das Gleiche gewesen, und bei Karina hatte er gewartet, bis sie selbst einen anderen gefunden hatte. Und nun Jo, die schlimmer war als die beiden anderen zusammen.

David, den ich im Studio traf und dem ich Finns Misere geschildert hatte, dachte allen Ernstes darüber nach, wen er auf Jo ansetzen könnte, als Ersatz für Finn sozusagen, doch ich war der Meinung, dass Finn irgendwann einmal alt genug sein müsste, um solche Dinge alleine zu regeln.

Doch das tat er nicht, sondern hielt still, wenn sie ihm den Nacken kraulte, wenn ihre Hand in seine Hose glitt und mit Sicherheit bei allem anderen auch.

So ging es wochenlang.

Jo drängte sich zwischen Finn und mich und entfernte uns voneinander. Ich konnte und wollte ihm nicht helfen, und er konnte ihr nicht sagen, dass sie ihn in Ruhe lassen sollte. Es befremdete mich. Und natürlich empfand ich diese Befremdung noch viel stärker, weil es ausgerechnet Jo war. Je mehr sie hinter Finn her war, desto weniger wollte ich mit ihr zu tun haben und desto weniger hatte ich auch mit Finn zu tun.

Zumindest stellte ich fest, dass sie sich immer seltener in Finns Wohnung trafen, und da es mittlerweile zu kalt war, um an der Isar herumzuknutschen, nahm ich an, dass sie zu ihr gingen. In dieser Zeit zweifelte ich manchmal daran, ob ich Finn überhaupt kannte. Mir war klar, dass kein Mensch perfekt war, aber die Geschichte mit Jo und wie Finn sich dabei verhielt, hinterließ mehr als einen kleinen Fleck auf seiner weißen Weste.

Ich machte kein großes Thema daraus. Nur vor Edda, die wie üblich tief in mich hineinsah, konnte ich meine Enttäuschung nicht verbergen.

Wir saßen dabei in ihrem Wohnzimmer, in dem auch das Bild hing, das Finn von Edda gemalt hatte. Damals, an ihrem Geburtstag hatten wir nach langer Zeit wieder zueinandergefunden. Jetzt brach alles wieder auseinander. Und warum? Wegen Jo.

Ich wurde wütend auf diese Frau, die sich rücksichtslos nahm, was sie wollte.

Als Edda meine veränderte Stimmung hinterfragte, sagte ich ihr, was los war.

»Und was willst du dagegen tun?«, fragte sie mit schelmischem Lächeln.

»Ich? Was kann ich denn tun? Welches Recht hab ich denn, irgendetwas zu tun?«

»Wenn Finn im Netz einer Riesenspinne gefangen wäre, würdest du ihn doch retten wollen, oder?«

Ich verzog das Gesicht bei dem absurden Vergleich.

»Vielleicht hat er ja Spaß im Netz mit der Spinne«, sagte ich.

»Man hat keinen Spaß, wenn man nicht entkommen kann«, sagte Edda.

»Aber das kann er doch«, behauptete ich. »Der Vergleich hinkt leider, Edda.«

»Mag sein«, gab sie zu. »Aber kommt es darauf an?«

Sie legte dabei den Kopf so schief wie auf dem Gemälde, und auch ihr Blick war der gleiche. Als würde Finn selbst durch sie sprechen.

Auf dem Weg nach Hause dachte ich über das nach, was Edda gesagt hatte. Mich nicht in Finns Liebesleben einzumischen, gehörte zu meinen Prinzipien. Als hätte der Teufel seine Hand im Spiel, lief ein Pärchen in unserer Straße vor mir. Ich hätte sie selbst in völliger Dunkelheit noch erkannt: Finns große, schlaksige Gestalt und Jo, die sich an seinem Arm festkrallte. Ich drosselte mein Tempo, denn ich wollte ihnen nicht begegnen. Sie waren fast vor dem Haus angekommen, als sie ebenfalls langsamer wurden und schließlich stehen blieben und redeten. Ich hatte nun die Wahl, Halt zu machen und mich unwürdig in irgendeiner Ecke zu verstecken oder weiterzugehen und ihnen womöglich live beim Zungenduell zuzusehen. Jo hatte inzwischen Finns Arm losgelassen, und Finn gestikulierte aufgebracht. Ich war zu weit weg, um etwas zu verstehen. Jedenfalls sah es nicht aus wie der Einstieg zu einer wilden Knutscherei, weshalb ich mich für die zweite meiner Möglichkeiten entschied.

»Hallo, ihr zwei!«, sagte ich fröhlich, als ich fast bei ihnen war, so als hätte ich nichts von ihrem Streit mitbekommen.

»Ach, hallo«, sagte Jo in einem Ton, der keinen Zweifel daran ließ, dass ich der letzte Mensch war, den sie gerade sehen wollte.

»Hi!«, sagte Finn unsicher.

»Na, was macht ihr so?«, fragte ich. Wenn Jo die Spinne war, war ich jetzt die falsche Schlange.

»Wir machen Schluss«, sagte Jo barsch. Sie sah mich dabei an, als wollte sie mir persönlich die Schuld dafür geben, dabei konnte sie nicht einmal ahnen, dass ich in diesem Moment am liebsten mitten auf der Buttermelcherstraße einen Freudentanz aufgeführt hätte.

»Stimmt's?«, fragte sie Finn, als erwartete sie, von ihm Widerspruch zu hören.

»Stimmt!«, sagte Finn. Nur wenn man ihn sehr genau kannte, konnte man den ganzen Mut, den er dafür zusammennehmen musste, in seiner Stimme hören.

Bevor ich mich zurückhalten konnte, sagte ich: »Wurde aber auch Zeit!«

Jo versuchte, mich mit ihrem Blick zu töten.

»Wusste ich doch, dass du eifersüchtig bist«, giftete sie.

»Du hast völlig recht, Jo«, pflichtete ich ihr großmütig bei.

Jos Lippen bebten vor Wut und Ohnmacht.

»Tja, ich geh dann mal nach Hause«, sagte ich, wobei ich überlegte, ob ich Finn sicherheitshalber nicht gleich mitnehmen sollte, doch ein Blick auf Jos Miene machte mir klar, dass es zu keiner Last-Minute-Versöhnung kommen würde.

Ich hatte recht. Keine Minute nachdem ich in meiner Wohnung angekommen war, klopfte es an meiner Tür, und ein nervlich sehr angegriffener Finn kam herein. Er ließ sich auf mein Sofa fallen, atmete tief durch und schloss die Augen.

Ich gab ihm eine Minute, obwohl mich meine Neugierde umbrachte, und holte den Cognac, den ich normalerweise nur zum Kochen verwendete, aus dem Küchenschrank. In Ermangelung passender Gläser verteilte ich das hochprozentige Getränk einfach auf zwei kleine Tassen. Nicht gerade stilecht, aber der Zweck heiligte die Mittel.

Ich setzte mich neben Finn, stellte eine Tasse vor ihn auf den Tisch und nahm schon mal einen großzügigen Schluck aus der anderen.

»Ich hab Schluss gemacht«, sagte Finn mit einer Mischung aus Stolz und Verzweiflung. Ich schob ihm die Tasse hin, und er trank sie fast leer.

»Ich hab's nicht mehr ausgehalten«, sagte er.

»Was? Jo?«, fragte ich.

»Nein«, sagte er. »Doch. Natürlich auch Jo«, berichtigte er sich. Dann sah er mich an: »Aber vor allem hab ich es nicht ausgehalten, *dich* immer mehr zu verlieren. Das ist Jo nicht wert.«

Meine Kehle war wie zugeschnürt. Ich nahm seine Hand, doch er legte den Arm um mich und zog mich an sich. Anders als sonst. Inniger. Wir hatten uns schon viele Male umarmt, doch dieses Mal war alles fremd, von seinem Blick bis zu meinem Herzklopfen.

Das Telefon klingelte. Noch nie war mir der schrille Ton so sehr aufgefallen wie in diesem Augenblick. Ich reagierte erst, als Finn grinste.

»Ich geh schnell ran«, flüsterte ich, als wäre es ein Geheimnis, das wir teilten.

Als ich den Hörer nahm, spürte ich noch immer Finns Umarmung, sah die Wärme in seinen Augen, während er geduldig wartete, bis ich den Anrufer abgewürgt haben würde. Dann hörte ich Davids Stimme am anderen Ende der Leitung.

»Elsa? Norbert geht es sehr schlecht. Der Krebs ist wieder da.«

1998

Norbert starb in der ersten Stunde des ersten Tages im neuen Jahr. Man hatte sein Bett im Hospiz ans Fenster geschoben, sodass er das Feuerwerk über München sehen konnte, und dann machte er für immer die Augen zu.

Ich hatte ihn oft in diesem Hospiz besucht. Als klar war, dass es keine Hoffnung mehr gab, hatte sich Norbert mit dem Schicksal ausgesöhnt und das Gleiche von all seinen Freunden verlangt.

»Das Leben ist endlich«, sagte er, »niemand hat uns etwas anderes versprochen, also lasst das Hadern und Jammern.«

So lange er noch dazu fähig war, plante er alles für sein Ende. Er suchte sogar seinen eigenen Sarg aus. Er kündigte seine Wohnung und seine Versicherungen, was einiges an verwirrenden Korrespondenzen nach sich zog, denn schließlich konnte er noch keine Sterbeurkunde beilegen. Norbert brachte uns an seinen letzten Tagen noch zum Lachen, auch wenn das Weinen uns näher war.

»Wenn ich einen von euch sehe, der an meiner Beerdigung schwarze Klamotten trägt, der kriegt von mir aus dem Jenseits einen Tritt in den Arsch«, sagte er.

Bei meinem letzten Besuch am Nachmittag des 31. Dezember sagte er zu mir mit der brüchigen Stimme, die ihm zuletzt nur noch geblieben war: »Danke, dass du mir nie gezeigt hast, wie erschrocken du über mein Aussehen warst. Es gibt hier nicht viele Spiegel, aber, ich weiß, das war eine Leistung. Und danke, dass du nie geweint hast, obwohl ich weiß, dass es dir schwerfällt.« Danach weinten wir gemeinsam, weil wir wussten, dass es unser Abschied war.

Norbert war für mich wie ein Vater gewesen, er hatte mich geformt, mich gestärkt. Er hatte an mich geglaubt und war stolz auf mich. Ihn zu verlieren, bedeutete den größten Riss in meinem bisherigen Leben, den heftigsten Schmerz und eine Lücke, die niemand füllen konnte.

Wie er es sich gewünscht hatte, trug niemand auf dem Friedhof Schwarz. David hielt eine Rede, über die Norbert sich gefreut hätte, denn sie betrauerte nicht seinen Tod, sondern pries sein Leben und spiegelte die Heiterkeit wider, die ihn immer umgeben hatte.

Hinterher kamen wir, seine Freunde, die wir gleichzeitig seine Familie waren, zusammen und feierten, so wie er es gewollt hatte. Keiner erhielt einen Arschtritt aus dem Jenseits, doch am Abend weinte ich stundenlang mein Kissen nass. Ich bat Norbert um Verzeihung, weil ich so sehr darum trauerte, ihn verloren zu haben, doch das musste er mir nachsehen, wo auch immer er war.

Ich hatte keine Erfahrung mit dem Tod. Deshalb konnte ich nicht damit umgehen. Das Leben hörte irgendwann auf, und es würden noch mehr Verluste folgen. Diese Einsicht, die bis dahin nur eine theoretische gewesen war, raubte mir jede Energie.

Ich schleppte mich zu meinen Terminen und verkroch mich in der restlichen Zeit zu Hause. Finn versuchte, mich aufzubauen, doch ausgerechnet er war dazu am wenigsten geeignet, zu oft erinnerte ich mich an den Moment, kurz bevor das Telefon geklingelt hatte.

In meiner von Düsternis geprägten Seelenlage wertete ich das als ein Zeichen. Wir hätten beinahe alles geopfert, was wir hatten. Unsere Freundschaft hätte das nicht weggesteckt, wie bei Harry und Sally. Gut, am Ende heirateten sie, aber so war das nur in Filmen, die ein Happy End brauchten, mit dem wahren Leben hatte das nichts zu tun. Und unsere Beziehung war nicht so. Wir waren kein romantisches Paar, wir waren Finn und Elsa, unsere Freundschaft war etwas Besonderes.

Auch Finn schien das so zu sehen, denn er hatte nie wieder versucht, sich mir in einer anderen Weise zu nähern, als in der, die wir kannten: herzlich, vertraut, liebevoll, unerotisch.

Im Frühjahr war eine weitere Ausstellung im Haus der Kunst geplant. Seit seinen ›Fratzen‹, die in vielen Städten und sogar im Ausland gezeigt worden waren, war er weit mehr als ein Geheimtipp in der Kunstszene. Finn McGregor war ein bekannter Maler und ein begehrter Illustrator, der sich den Luxus leisten konnte, seine Aufträge sorgfältig auszuwählen.

Was die Ausstellung betraf, hüllte er sich in Schweigen. Es sei eine Überraschung, meinte er, doch sein Grinsen verriet mir zumindest, dass ich dieses Mal keinen Schock davontragen würde.

Mitte Februar brach plötzlich der Frühling aus. Die Sonne strahlte auf München herab, und es war so warm, dass einzelne Biergartenbesitzer die Gunst der Stunde nutzten und einen frühen Start in die Saison wagten.

An einem dieser wunderschönen Tage tauchte Maria im Studio auf, als ich gerade mit meinen Takes fertig war. David führte Regie im Nachbarstudio, deshalb dachte ich, sie hätte die Eingänge verwechselt.

»Bis David drüben fertig ist, ist es schon dunkel. Nein, ich wollte dich fragen, ob wir nicht zusammen in den Biergarten gehen wollen. Mädels-Tag!«, sagte sie.

Ich hatte eigentlich keine Lust, aber was hätte ich sagen sollen? Maria, nimm es mir nicht übel, aber bei dem herrlichen Wetter verkriech ich mich lieber in meiner Bude?

Maria hakte mich unter und führte mich zu ihrem Wagen. Wir entschieden uns für den Chinesischen Turm, wo wir ohne Mühe einen Platz in der Sonne fanden.

»Ist das nicht herrlich«, rief Maria, als wir beide ein Radler vor uns hatten.

Ich stimmte ihr zu. Natürlich war es herrlich, ich konnte es nur nicht genießen.

»Weißt du, was ich glaube«, sagte Maria mit einem ernsten Lächeln. »Ich glaube, dass Norbert irgendwo hier unsichtbar neben uns sitzt und sich wünscht, dass ich dir stellvertretend für ihn den Hintern versohle.«

Das hatte gesessen. Vor allem, weil es so unvorhergesehen kam. Maria war eine Freundin, aber eigentlich keiner von den Menschen, mit denen ich normalerweise meinen Gemütszustand besprach.

»Ich weiß nicht, was ...«, stammelte ich verblüfft.

»Finn macht sich Sorgen um dich, und David und ich auch.«

»Das müsst ihr nicht. Da ist gar kein Grund«, wiegelte ich ab.

»Nein? Es geht dir also gut?«, fragte sie skeptisch. Ich sah ein, dass es albern gewesen wäre zu lügen.

»Ich kann nicht einfach so tun, als würde es mir nichts ausmachen, dass Norbert nicht mehr da ist. Irgendwann wird es sicher wieder besser, aber jetzt noch nicht. Ich hab keinen Knopf, mit dem ich meine Trauer abschalten kann.« Ich merkte nicht einmal, dass mein Gesicht in Tränen schwamm.

Maria ergriff meine Hand.

»Norbert hätte nie von dir verlangt, nicht zu trauern, aber er hätte nicht gewollt, dass du diese Trauer zum Mittelpunkt deines

Lebens machst. Er ist tot, aber für uns geht es weiter. Und genauso muss es auch sein.«

Sie gab mir ein Papiertaschentuch.

»Hat Finn gesagt, dass du mit mir reden sollst?«, fragte ich, nachdem ich mich geschnäuzt hatte.

»Nein«, antwortete Maria kopfschüttelnd, »er hat nur gesagt, er kommt nicht an dich ran. Das war alarmierend genug.«

»Wieso das denn?«

»Wieso, fragst du?«, sagte sie, als läge die Antwort auf der Hand, und das tat sie natürlich.

»Wenn Finn sagt, er kommt nicht an dich ran, dann heißt das entweder, dass zwischen euch etwas wirklich Schlimmes vorgefallen ist oder dass man sich ernsthaft Gedanken um dich machen muss«, sagte sie. »Und was davon ist richtig?«

»Finn ist nicht mein Seelenbarometer«, behauptete ich.

»Doch, Elsa, auch wenn du es nicht wahrhaben willst, genau das ist er«, sagte Maria.

Sie seufzte tief und sagte dann unvermittelt: »David geht fremd.«

Es hatte auf mich den gleichen Effekt wie eine Ohrfeige auf jemanden mit einem hysterischen Anfall.

»Was?«

»Er geht fremd.«

Sie lächelte, zuckte mit den Schultern und legte den Kopf zurück, um ihr Gesicht von der Sonne bescheinen zu lassen, vielleicht aber auch, um mir nicht in die Augen sehen zu müssen.

»Seit wann ... ich meine, woher weißt du ...« Ich war sprachlos.

»Du kennst David schon länger als ich«, sagte Maria, »er war immer ein Aufreißer, stimmt's?«

Ich nickte. »Aber ich dachte ...«

»... dass sich das geändert hätte?« Sie blinzelte mich an und lachte. »Nein. Aber er hat mir von Anfang an reinen Wein eingeschenkt. Seine Liebeserklärung hat sich ungefähr folgendermaßen angehört: ›Maria, ich liebe dich, wie ich noch nie jemanden geliebt habe und nie wieder lieben werde, aber ich kann dir nicht versprechen, treu zu sein, ich kann nur versprechen, es zu versuchen.‹ Und dann hat er mich gefragt, ob ich damit leben kann. Und weil ich ihn genauso sehr liebte wie er mich, hab ich gesagt: ›Ja.‹«

Ich war wie benommen. Maria und David waren für mich in all der Zeit das ideale Paar gewesen.

»In den ersten Jahren war alles gut«, sagte Maria. »Er hat sich zusammengerissen, und ich dachte schon: Für mich hat er sich geändert. Und eines Tages ist es doch passiert. Mit einer jungen Kollegin vom Synchron, sie war noch jünger als du. Da musste ich mir überlegen, ob ich tatsächlich damit leben kann oder doch nicht. In der Theorie ist eben alles ein bisschen anders, nicht wahr?« Sie lächelte wehmütig.

»Und du hast dich entschieden«, stellte ich fest, denn sie waren ja noch zusammen.

Maria seufzte wieder und dachte nach.

»Ja, ich habe mich entschieden. Ich liebe ihn, und ich weiß, dass er mich liebt, egal, was er tut. Das ist für mich das Einzige, was zählt. Aber jedes Mal, wenn er fremdgeht, muss ich mich neu entscheiden, jedes Mal muss ich mir neu darüber klar werden, ob ich es wirklich ertragen kann. Es ist ja nicht so, als ob es mich nicht verletzt.«

»Wie kann er dir das antun?«, fragte ich, empört und enttäuscht von David.

»Er tut mir nichts an. Es war von Anfang an klar, wie er ist. Er gibt sich Mühe, und er liebt mich sehr, aber er kann nicht aus seiner Haut.«

Ich wollte gerade behaupten, dass man für einen geliebten Menschen sehr wohl aus einer solchen Haut können müsse, aber ich hielt mich zurück.

»Und du?«, fragte ich stattdessen.

»Ich? Du meinst, ob ich auch fremdgehe? Als Entschädigung?« Sie lachte. »Das wäre eine Möglichkeit, aber wenn ich fremd ginge, dann wäre das unser Ende, denn ich würde nicht mit einem Mann schlafen, nur weil ich Sex wollte, sondern nur, wenn ich ihn auch liebte.«

»Weiß David das?«

»Wir wissen alles voneinander, so wie es in einer guten Ehe sein sollte«, sagte sie und lachte herzlich.

Mein Weltbild hatte sich an diesem Tag einmal mehr um ein ganzes Stück verschoben.

Ich ging am Abend zu Finn und fragte ihn, ob er das von David gewusst habe. Er sagte, er habe ihn einmal mit einer hübschen Asiatin gesehen, Arm in Arm.

»Und wieso hast du mir das nicht gesagt?«, fragte ich empört.

»Weil es dich nichts angeht«, sagte er.

»Natürlich geht es mich etwas an«, widersprach ich trotzig.

Er lachte. »Nein, tut es nicht.«

Ich wollte beleidigt aus seiner Wohnung stürmen, als er mir hinterher rief: »Hey!«

»Was?« Ich blieb kurz vor der Tür stehen.

»Was hat Maria denn noch so gesagt?«, fragte er.

»Dass du dir Sorgen um mich machst«, sagte ich.

»Maria hat heute aber auch wirklich alles verraten, was sie

nicht sollte«, meinte er und kam auf mich zu. »Und was hast du ihr gesagt?«, fragte er, als er dicht vor mir stand.

»Dass du das nicht musst«, sagte ich mit klopfendem Herzen.

Er strich mir eine Haarsträhne aus dem Gesicht und zog mich an sich. »Das hoffe ich.«

Ich hatte in der nächsten Zeit einige Schwierigkeiten, normal mit David umzugehen, doch ich erinnerte mich daran, dass Maria damit leben konnte, wie sie sagte, darum riss ich mich zusammen.

Doch David selbst merkte, dass etwas nicht stimmte, und so nahm er mich eines Tages beiseite und sagte: »Maria hat dir erzählt, dass ich ...«

»Ja, hat sie«, unterbrach ich ihn, weil es mir peinlich war, mit ihm darüber zu reden.

»Sag mir einfach, was du sagen willst«, forderte er mich auf.

»Also gut«, sagte ich. »Idiot!«

David nickte. »Das hat Norbert auch gesagt.«

»Norbert hat es auch gewusst?«, fragte ich verblüfft.

»Was hat Norbert nicht gewusst?«, fragte David zurück. Ich schmunzelte.

»Jemanden wie Maria zu haben, ist ein Geschenk«, sagte ich dann. »Mach das nicht kaputt, okay?«

»Okay.«

Ich wollte gehen, als er noch zu mir sagte: »Elsa?«

»Ja?«

»Jemanden wie dich zu haben, ist auch ein Geschenk, vergiss das nicht.«

Ich fing mich langsam wieder. Vielleicht hatte ich nur die Zeit gebraucht, vielleicht hatte ich aber auch aufgerüttelt werden müssen, um wieder an die zu denken, die noch da waren.

In einem Anfall von Sentimentalität beschloss ich, meinen Eltern einen Besuch abzustatten, über den sie sich sogar zu freuen schienen. Bei der Gelegenheit kontaktierte ich auch meine alte Freundin Silke, die mich Jahre zuvor in München besucht hatte. Zusammen machten wir unsere früheren Stammkneipen unsicher. Außerdem fand ich in ihr endlich jemanden, der bereit war, sich mit mir *Titanic* anzusehen. Wir gingen zuerst ins Kino und hinterher in den ›Hinterhof‹, eine kleine Kellerbar gleich nebenan, um uns gemütlich bei einem Glas Wein über den Film auszutauschen.

Wir waren uns einig: eine riesige, aber sehenswerte Schnulze, die Musik ein Highlight, viele Szenen gegen Ende herzzerreißend, die Liebesgeschichte romantisch und Kate Winslet wunderschön. Silke fand darüber hinaus Leonardo di Caprio heiß, was ich weniger nachvollziehen konnte.

»Also ehrlich mal«, ereiferte sie sich, »der sieht doch süß aus. Und ich fand zum Beispiel die Szene, in der er sie gemalt hat, total erotisch.«

»Findest du?«, fragte ich.

»Natürlich«, sagte sie mit Überzeugung. »Das war doch fast so, als hätten sie Sex gehabt.«

»Ach was«, sagte ich abwehrend. »Er hat sie gemalt, das ist alles.«

»Er hat sie *nackt* gemalt. Es war ein Ersatz für den Liebesakt.«

»Unsinn, er war Maler. Ein Freund von mir ist Maler. Glaub mir, Aktmalen ist etwas rein Technisches.« Ich wurde rot. In hundert Jahren würde mir das noch passieren, dieses dumme, unsinnige Rotwerden ohne Grund. Oder mit Grund.

Silke sah mich schmunzelnd an.

»Es kommt wahrscheinlich auch ein bisschen darauf an, wen

ein Maler malt, oder? Wenn er wie Jack im Film eine Frau malt, in die er verliebt ist, dann ist das doch sicher etwas anderes.«

»Keine Ahnung. Vielleicht«, lenkte ich ein. »War ja auch nur ein Film.«

Wir entfernten uns zum Glück von dem Thema, bei dem ich mich nicht sehr wohlfühlte. Als Finn mich gemalt hatte, war das kein bisschen erotisch gewesen. Oder doch? Nein. Niemand konnte meine ungemütliche Position auf dem Tisch und Finns konzentrierten Blick mit einem kompensierten Liebesakt verwechseln.

Als ich zurück in München war, erhielt ich einen Anruf von Edda. Ob ich ihr helfen könne, etwas auszusuchen. Ich fragte, was, und sie sagte: eine Pflegerin.

Edda hatte eine Haushaltshilfe, Dorothee, die täglich kam und den ganzen Tag da war. Sie musste sich um nichts kümmern. Ich konnte mir nicht vorstellen, wofür sie eine Pflegerin brauchte, sie war noch gut zu Fuß und sah immer gepflegt aus. Aber wenn sie meinte.

Edda hatte sich über eine Agentur eine Auswahl an Bewerberinnen kommen lassen und wollte, dass ich bei den Interviews dabei war. Bewerberinnen über eine Agentur, das allein klang schon luxuriös, und ich vermutete, dass Edda sich die Arbeit einer Pflegerin, auch wenn diese praktisch nichts zu tun haben würde, einiges kosten ließ.

Es kamen insgesamt neun Frauen, die alle einen guten Eindruck machten. Die Interviews glichen nicht im Mindesten Jobinterviews, es war mehr wie neunmal Kaffeeklatsch. Edda erzählte viel und fragte wenig. Ich versuchte manchmal, die Gespräche in eine Bahn zu lenken, bei der man in irgendeiner Weise die Qualifikation der Frauen hätte erkennen können, doch Edda driftete immer wieder ab.

Als alle durch waren, fragte mich Edda: »Und? Welche nehmen wir?«

»Ich hab keine Ahnung. Welche hat dir denn am besten gefallen?«, fragte ich ratlos zurück.

»Ich kann mich nicht erinnern«, sagte sie lächelnd. Ich verstand nicht, was sie damit sagen wollte, und meinte: »Also hör mal, du wirst doch ...«

Sie unterbrach mich, indem sie ihre Hand auf meine legte.

»Elsa, ich kann mich nicht erinnern.«

Da begriff ich es.

»Ich hab es zum ersten Mal gemerkt, als ich mich nicht mehr an Dorothees Namen erinnern konnte. Ich wollte nach ihr rufen und dachte: Verflixt, wie heißt sie noch gleich?«, sagte Edda in mein entsetztes Schweigen der Erkenntnis hinein.

»Ich hab auch vorher immer wieder mal etwas vergessen, aber den Namen meiner Hausangestellten ... ich bitte dich.« Sie lachte hell auf.

»Ich bin zum Arzt gegangen, und nach ein paar Untersuchungen hat er die Diagnose gestellt.«

Sie ließ das Wort unausgesprochen zwischen uns schweben und machte nur eine kleine, resignierte Bewegung mit dem Kopf.

»Deshalb«, fuhr sie fort, »hab ich dich gebraucht. Damit du mir sagst, woran ich mich nicht erinnern kann: Welche war am nettesten, mit welcher konnte man sich am besten unterhalten, welche passt am besten zu mir?«

Ich verstand, was sie meinte. Es ging nicht ums Haarewaschen oder Beim-Anziehen-Helfen, sondern um Vertrauen.

Ich nahm alle Bewerbungsbogen mit den Fotos zur Hand und ging sie durch. Dann gab ich ihr zwei davon. Eine Frau im reiferen Alter, geschieden, gebildet, offen und natürlich, und eine jüngere, die, wie man in Bayern sagte, gut beieinander war und die uns mit ihrem humorvollen Wesen zum Lachen gebracht hatte. Edda lächelte. Ja, an die beiden konnte sie sich jetzt auch erinnern, und sie zog die jüngere vor.

»Man braucht etwas zu lachen, Elsa, immer, egal, was kommt.«

Ich rief sofort bei der Frau an und teilte ihr Eddas Entscheidung mit, danach verabschiedete ich mich und eilte nach Hause, um mit Finn darüber zu reden, doch er war nicht da.

Was war das für ein Jahr: Norbert tot, David, der seine Maria regelmäßig betrog, Edda an Alzheimer erkrankt. Gab es irgendwann auch einmal gute Nachrichten? Sagte man nicht, dass alle sieben Jahre das Leben eine Wende nahm? Was war vor sieben Jahren bei mir passiert? Ich versuchte, mich zu erinnern. Es war ein Jahr ohne Finn gewesen, das war das Erste, das mir in den Sinn kam. Ich hatte wenig Arbeit gehabt, und, oh Gott, ja, es war das Jahr, in dem ich bei der Theaterwerkstatt für *Hamlet* vorsprechen wollte. Markus Hansemann! Warum vergaß man solche Namen nicht? Und dann war da Jürgen gewesen, der Arme, der immer zur falschen Zeit in meinem Leben vorbeischaute. Es war ein überwiegend beschissenes Jahr gewesen. Und dann gegen Ende hatte ich Norbert kennenglernt und angefangen mit David zusammenzuarbeiten. Alles hatte sich seitdem geändert. Und jetzt? Würde es sich wieder ändern? Und was würde noch kommen?

Je näher die Ausstellung im Haus der Kunst rückte, desto seltener war Finn zu Hause und desto nervöser wurde er. Er wollte mir partout nicht sagen, was los war, stattdessen redete er plötzlich davon, dass er die Ausstellung vielleicht lieber absagen sollte, aber das ginge ja nicht mehr.

»Seit wann bist du so aufgeregt, wenn es um eine Ausstellung geht?«, fragte ich ihn.

»Bin ich gar nicht«, behauptete er, und mehr war nicht aus ihm herauszukriegen.

Die Eröffnung war am 2. Mai, einem Samstag.

Finn hatte den ganzen Vormittag außer Haus verbracht, kam aber am Nachmittag zurück, um diesmal mit mir gemeinsam zum Haus der Kunst zu fahren. Er war ein Wrack, und ich machte mir nun wirklich Sorgen.

Kevin holte uns am frühen Abend ab. Er hatte bereits die ganze Familie in seinem Van sitzen, inklusive Siri, die man in letzter Zeit häufiger auch Cecilia nannte, weil sich das Sirenenartige doch etwas ausgeschliffen hatte. Tatsächlich war sie ein meist gut gelauntes, strahlendes Kind, das freudig die Ärmchen nach uns ausstreckte. Ich nahm sie zu mir, und aus irgendeinem Grund stöhnte Finn auf.

Nora nahm mir das Kind nach einer kurzen Knuddelphase wieder ab und steckte sie in ihren Babysitz.

Als wir ankamen, herrschte bereits reges Treiben. Ich wusste zwar, dass Finn es in Kunstkreisen zu einer gewissen Berühmtheit gebracht hatte, aber in unserem Alltag spielte das keine Rolle, und für mich schon gar nicht. Für mich war er einfach Finn. Für die Leute, die zu seiner Ausstellung strömten, war er jedoch so etwas wie ein Star, und unsere Ankunft machte das nur allzu deutlich. Überall verfolgten uns – oder vielmehr Finn –Blicke und Getuschel. Und dann waren da auch noch Pressefotografen, die sich auf Finn stürzten. Das heißt, zuerst stürzten sie sich auf ihn. Dann sagte einer: »Das ist sie doch!« Und gemeint war unzweifelhaft ich, woraufhin das Geklicke der Kameras in meine Richtung weiterging.

Das ist sie doch? Um Gottes willen, so bekannt war ich jetzt auch wieder nicht. Ich hatte einen einzigen Film gedreht, wie konnten die um meine Person so ein Gewese machen?

Finn sah ganz elend aus, als er sah, dass die ganze Aufmerksamkeit plötzlich auf mir ruhte. Warum sich Nora und Kevin dabei so amüsierten, war mir schleierhaft.

»Das Kind!«, rief wieder einer. »Ein Foto mit dem Kind, bitte.«

»Jetzt reicht's!«, rief Finn, packte mich an der Hand und zog mich nach drinnen.

»Oh Gott, es tut mir so leid«, sagte ich. »Ich weiß überhaupt nicht, was in die gefahren ist. Die spinnen doch.« Ich war völlig zerknirscht.

»Elsa!«, unterbrach mich Finn und drängte mich in eine ruhige Ecke. »Ich ... Du ... Ich hab vielleicht einen Fehler gemacht. Ich weiß es nicht. Vielleicht auch nicht. Hauptsache, du weißt, dass ich ...« Ich schob ihn zur Seite, denn ich hatte gerade den Titel der Ausstellung auf einem großen Banner gelesen: *Madonna mit Kind*.

Etwas klingelte in meinem Kopf. Der denkwürdige Tag vor einem Jahr, als wir mit Siri gekämpft und Jo getroffen hatten. An dem Tag hatte er all diese Zeichnungen gemacht.

Ich näherte mich langsam der Halle. Als ich durch die große Flügeltür trat, schaute ich direkt auf das größte der Bilder, und es hätte mich fast umgehauen.

»Wahnsinn!«, entfuhr es mir unwillkürlich. Ich bemerkte nicht, dass Finn wieder neben mir stand und ängstlich meine Reaktion beobachtete. Genauso wie mehrere Hundert andere Menschen.

»Wahnsinn!«, murmelte ich noch ein paarmal.

Es war ein riesiges Gemälde von mir mit der kleinen Siri auf dem Arm, vollkommen natürlich und trotzdem umgeben von einer Aura, die nicht von dieser Welt zu sein schien, entrückt, überirdisch, heilig. Kein Madonnenbild im üblichen Sinne, aber nicht weniger als das Abbild vollkommener Liebe.

Ich tastete nach Finns Hand.

»Das ist unglaublich«, stammelte ich. »Wie machst du das? Das ist nicht normal.«

Er lachte glücklich. »Schau dir erst die anderen an.«

Ich sah mich um und entdeckte überall das gleiche Motiv, überall mich und Siri. Es waren völlig unterschiedliche Bilder, einige davon hatten dieses Madonnenhafte, doch andere waren in Stil und Ausdruck ganz anders und zeigten etwa auch das verzweifelt schreiende Kind und mich daneben mit ratlosem Blick. Eins war dabei, auf dem wir beide nebeneinander schliefen. Allen gemeinsam jedoch war ihre beispiellose Ausdruckskraft.

»Und wieso warst du nun so nervös?«, fragte ich ihn, nachdem ich mir fast alles angesehen hatte.

»Weil ich dachte, dass du vielleicht sauer wärst. Ich hab dich ja nicht um Erlaubnis gefragt.«

»Du hast Siri aber auch nicht um Erlaubnis gefragt«, schmunzelte ich.

»Ich hab ihr als Entschädigung ein Sparkonto eingerichtet.«

»Das könntest du bei mir genauso machen.«

»Ich dachte nicht, dass du so materiell bist.«

»Tja, da kennst du mich schlecht.« Ich sah ihn herausfordernd an, und er blickte genauso herausfordernd zurück.

»Herr McGregor, dürften wir ein Foto von Ihnen und Ihrer Frau machen?«

Ein kleiner, dicker Fotograf hatte uns ganz begeistert beobachtet.

»Von wem?«, fragte Finn verwirrt.

»Er meint mich«, erklärte ich. »Ja, klar, machen Sie ruhig.«

Übermütig schlang ich meine Arme um Finns Taille und legte

meinen Kopf an seine Brust. Der Fotograf schoss unzählige Fotos, und seine Kollegen gesellten sich schleunigst dazu.

»Wir sind übrigens nicht verheiratet«, klärte Finn das Missverständnis auf.

»Ach, das ist ja heutzutage auch nicht mehr nötig«, meinte einer der Presseleute und machte sich Notizen.

»Wir sind gar kein Paar«, fügte ich hinzu. Der Mann stutzte, und die Fotografen hörten auf zu klicken.

»Nein?«, fragte einer.

»Nein«, sagte ich grinsend.

»Und das Kind?«, fragte ein anderer.

»Ist meine Nichte«, sagte Finn und deutete nach hinten, wo Kevin Siri vor eins der Gemälde hielt und die Kleine aus vollem Halse lachte.

»Na, das ist ja ein Ding«, sagte der erste wieder.

»Aber«, setzte einer der Fotografen an, und suchte nach einer passenden Formulierung, »Sie beide sind schon sehr ... eng ... miteinander. Ich meine, sonst kann man so etwas doch sicher nicht zustande bringen, oder? Bilder von solcher Intensität.«

»Nein«, sagte Finn lächelnd, »das kann man sonst nicht.«

An diesem Tag gab es im Gegensatz zum letzten Mal reichlich zu trinken, und ich brauchte dringend etwas davon. Die Bilder hatten mich fertiggemacht. Finns Antwort auf die Frage des Fotografen hatte mich fertiggemacht. Ich besorgte mir ein Glas Sekt und ging noch einmal in Ruhe überall herum, während Finn Interviews gab und mit Kunstkritikern über Dinge sprach, von denen ich nichts verstand. In all den Jahren, die ich Finn kannte, hatte ich mich nicht unbedingt zur Kunstkennerin gemausert. Ich konnte nicht mitreden, wenn es um den Pinselduktus ging, die Farbgebung genauestens analysiert oder über seine Technik diskutiert wurde. Ich verstand nur die Sprache seiner Bilder und spürte, wie sie mich berührten.

»Wie fühlt sich das an?«, fragte eine bekannte Stimme, während ich in mein eigenes riesiges Portrait versunken war. David stand neben mir und ließ seine Augen über das Gemälde wandern.

»Gott, was ist der Mann begabt!«, sagte er wie zu sich selbst.

»Ja«, konnte ich nur zustimmen.

»Und?«, fragte er.

»Was und?«

»Wie sich das anfühlt, so gemalt zu werden.« David musterte mich prüfend.

Ich nutzte die Gelegenheit, mein leeres Glas gegen ein volles auszutauschen, als einer der Kellner vorbeikam.

»Toll«, sagte ich dann. »Es ist ... Wahnsinn.«

Er wartete auf etwas anderes, das konnte man ihm ansehen.

»Als Madonna«, sagte er, »Objekt der Anbetung. Unerreichbare, idealisierte Frau.«

Ich lachte. »Eine sehr weltliche Madonna«, meinte ich.

»In der Tat«, pflichtete er mir bei. »Sehr weltlich, sehr nah und vertraut, und doch so erhaben und fern.«

Ich lachte noch mal, doch diesmal klang es unnatürlich.

»Wie viel hast du schon getrunken, David?«, fragte ich scherzhaft.

»Das ist mein erstes Glas«, sagte er. »Keine Angst, da kommen noch ein paar dazu.«

»Na, ob das gut ist, wenn ein einziges Glas schon so einen philosophischen Anfall bei dir auslöst?«

David schmunzelte. »Weißt du was? Ich glaube, ich werde mal mit dem Künstler selbst darüber reden.«

Er gab mir einen Kuss auf die Stirn und schlenderte davon.

Objekt der Anbetung! Was David manchmal für Zeug redete. Ich hielt mich an meinem Glas fest und hoffte, dass es nicht noch mehr Leute gab, die mit mir über die Interpretation der Werke reden wollten, doch die Blicke, die mich verfolgten, spürte ich nun umso deutlicher.

Deswegen hatte Finn sich also Sorgen gemacht. Er hatte befürchtet, dass man die Bilder in dieser Weise fehlinterpretieren könnte, dass *ich* sie so interpretieren könnte. Oder vielleicht doch ... das Gegenteil? War es doch keine Fehlinterpretation, sondern die einzig mögliche? Hatte er das selbst irgendwann begriffen? Gerade noch hatte ich gedacht, dass ich die Sprache seiner Bilder verstand, doch verstand ich sie wirklich? Verstand er sie selbst?

Ich ging erneut durch den Saal und sah die Bilder nun mit anderen Augen. Ich wusste, wie sie entstanden waren, dass er nichts angehabt hatte beim Malen. Wie bei einem umgekehrten Akt. Mir fiel ein, was Silke über die Szene in Titanic gesagt hatte: ein Ersatz für den Liebesakt. Ich ging an dem Bild vorbei, auf dem ich mit dem Baby im Arm schlief. Wenn ich mir vorstellte, dass Finn dieses Bild gemalt hatte, während er nackt war ...

Die Luft in der Halle hatte plötzlich weniger Sauerstoff als zuvor. Ich suchte einen Weg nach draußen.

Finn trat mir in den Weg.

»Hat David dich auch mit diesem Unsinn vollgelabert?«, fragte er und versuchte ein missglücktes Lachen.

»Ähm, nein, ja.« Ich lachte genauso dämlich. »Ich muss nur kurz an die Luft, ich hab ein paar Gläser zu viel, glaub ich.«

»Soll ich mitkommen?«

»Nein, passt schon«, sagte ich rasch. »Schau mal, da will jemand was von dir.«

Ich zeigte dorthin, wo ein junger Mann offensichtlich darauf wartete, Finn weitere Fragen zu stellen, dann lief ich nach draußen und versuchte durchzuatmen. Was passierte hier? Warum fühlte sich auf einmal alles so seltsam an? Vor ein paar Stunden noch war Finn einfach Finn gewesen, und was war er jetzt?

In meinem Kopf drehte sich alles.

»Elsa?«

Nora tauchte neben mir auf und fasste mich am Arm.

»Geht es dir gut? Du bist ja leichenblass. Finn hat mich gebeten, nach dir zu sehen.«

»Nein, mir ist ein bisschen schlecht«, sagte ich ehrlicherweise. »Ich glaube, ich muss mir ein Taxi nach Hause nehmen.«

»Soll ich dich fahren?«

»Nein, wirklich, es geht schon. Sag Finn, es tut mir leid.«

»Um Himmels willen, es muss dir doch nicht leid tun. Fahr nach Hause und leg dich ins Bett, okay?«

Sie drückte mich kurz an sich und ging noch mit mir zum Taxistand.

Ich war erleichtert, als ich davonfahren konnte.

In meiner Wohnung angekommen, bereute ich mein Verhalten. Hatte ich nicht fürchterlich überreagiert? Ich hatte unter dem Eindruck der Bilder gestanden, die so viel Emotion und Kraft besaßen, dass sie einen einfach umhauten, aber das war eben Finns Kunst. Das hatte doch nichts mit mir zu tun. Warum hatte mich Davids Gerede so aufgewühlt? Mein Gott, ich hatte Finns große Ausstellung verlassen, wie konnte ich ihm das nur antun?

Einen kurzen Moment lang dachte ich darüber nach, wieder zurückzufahren, doch tatsächlich fühlte ich mich zu erschöpft. Ich würde später mit Finn darüber reden. Morgen.

Ich baute mein Sofa um, zog ein kurzes Nachthemd an und legte mich hin. Die Verliebten am Meer bei Sonnenuntergang sahen auf mich herab. Ich machte die Augen zu und stellte mir vor, ich wäre dort, und hörte das Meer rauschen.

Das Rauschen wurde lauter. Überall war Wasser. Ich rannte einen langen Gang entlang, an dessen Wänden ein Aktgemälde neben dem andern hing. Ich kümmerte mich nicht darum, denn das Wasser stieg immer höher, und ich musste ihn finden. Am Ende des Ganges befand sich eine Tür, die ich aufstieß. Und da war er. Er zeichnete, und auf einem Sofa lag eine nackte Frau: Ich. Ich schrie ihn an, er solle damit aufhören, denn wir würden gleich sinken. Ich zog und zerrte an ihm, doch er kam nicht mit und meinte, er müsse das noch beenden. »Aber dann wirst du sterben«, schrie ich ihn an. Auf einmal war mein nacktes Ich verschwunden, und er kam mit mir. Wir suchten verzweifelt den Weg nach oben, doch es gab keine Treppe.

»Hast du dein Handy dabei?«, fragte er plötzlich. »Geh weiter, und ruf die Polizei. Schnell.«

Dann ließ er meine Hand los und watete durch das Wasser auf eine Tür zu. Als er sie öffnete, stürzte sich eine Gruppe Skinheads auf ihn. Ich begann zu schreien, denn ich konnte mein Handy nicht finden. Ich konnte keine Hilfe holen und musste mit ansehen, wie sie ihn zusammenschlugen. Das Wasser färbte sich rot von seinem Blut.

Mit einem Mal stand ich im Freien vor einem der Rettungsboote, doch ich wollte zurück zu ihm. Gewaltsam wurde ich in ein Boot gesetzt. Ich schrie immer wieder seinen Namen, doch das Boot wurde aufs Meer hinabgelassen, und ich sah zu, wie das Schiff auseinanderbrach. Die anderen, die mit mir im Boot waren, tranken Champagner. Ich kannte einige von ihnen: Silke, David, Anna, Edda und Norbert. Sie lachten, prosteten mir zu und beachteten meine gellenden Schreie nicht. Am Boot trieb ein toter Körper vorbei. Es war Finn.

»Elsa!«

Ich hörte die verzweifelten Schreie einer Frau und dazwischen immer wieder meinen Namen.

»Elsa!«

Jemand versuchte, mich festzuhalten. Ich wehrte mich. Ich wollte nicht gerettet werden, doch der Griff war zu fest.

»ELSA!«

Das war Finns Stimme. Wie konnte das sein, wenn er tot war?

»Es war nur ein Traum, Elsa, es war nur ein Traum.«

Die Schreie hatten aufgehört, meine Schreie. Es war Finn. Er hielt mich fest an sich gepresst und sagte immer wieder: »Es war nur ein Traum. Es ist alles gut.«

Er war nicht tot. Er war bei mir und hielt mich. Ich schlang die Arme um ihn und fing an, unkontrolliert zu schluchzen.

»Finn!«

»Es ist alles gut«, sagte er wieder und wieder und streichelte mir dabei über den Kopf.

Finn musste meine Schreie schon von draußen gehört haben.

Er kroch zu mir ins Bett, sodass ich mich noch mehr an ihn klammern konnte.

»Ich hab geträumt, du wärst tot«, wimmerte ich und verschmierte sein Hemd mit Tränen und schwarzem Kajal.

»Das bin ich aber nicht, ich bin hier«, sagte er unaufhörlich weiterstreichelnd.

»Ich war auf der Titanic, und du hast mich gemalt, aber das war nicht ich, sondern ... eine andere ... Ich, und die hatte nichts an, und das Schiff ist gesunken. Und dann kamen diese Skinheads, und ich hatte kein Handy, und sie haben dich ...«

»Ist ja gut«, flüsterte er beruhigend.

»Du warst ...« Ich schluchzte wild.

»Ich bin hier, und mir passiert auch nichts, okay?«

Ich nickte halbherzig und schmiegte mich an ihn.

Mein Kopf lag an seiner Brust. Ich konnte seinen Herzschlag hören. Mein ganzer Körper war an seinen gepresst, seine Hände streichelten über meinen Kopf, meinen Nacken, meinen Rücken, und plötzlich machten sich auch meine Hände selbstständig, glitten unter sein Hemd und über seine nackte Haut. Ich hörte, wie sein Herz schneller schlug, hob den Kopf und sein Mund fand meinen.

Diesmal versanken wir wirklich. Alles versank und löste sich auf.

Wir hatten es getan. Die ganze Nacht lang, als wollten wir die Zeit bis zum Morgen ausnutzen, denn dann würde die Welt anders aussehen.

Zum Schluss waren wir doch noch eingeschlafen, eng ineinander verschlungen.

Ich hatte mit meinem besten Freund geschlafen. Etwas Dümmeres konnte man nicht tun. Dabei hatte es sich so gut angefühlt, so richtig, so selbstverständlich. Ich hatte nie etwas Schöneres erlebt. Niemals.

Trotzdem.

Ich war als Erste wach und versuchte, das wunderbare Gefühl meiner nackten Haut auf seiner nackten Haut nicht zu sehr zu genießen, und gleichzeitig wollte ich ihn sofort wieder küssen, eins werden, die Nacht noch einmal wiederholen.

Er schlug die Augen auf und sah, dass ich ihn beobachtete.

»Oh Gott«, entfuhr es ihm, und plötzlich mussten wir beide wie auf Kommando lachen.

»Das ist irgendwie …«, sagte er, und ich vollendete den Satz: » …irgendwie blöd gelaufen.«

»Ganz blöd gelaufen«, stimmte er zu. Wir lachten wieder.

»Aber schön war's«, sagte er dann leise.

»Ja«, sagte ich.

Die Ratlosigkeit, die schon vorprogrammiert war, machte sich endlich breit.

»Bereust du's?«, fragte ich vorsichtig.

»Nein«, sagte er, ohne auch nur einen Moment zu zögern.

»Ich auch nicht.«

Wir lächelten uns erleichtert an.

»Ich will nur nicht, dass sich etwas ändert zwischen uns«, sagte ich dann.

»Ich auch nicht«, stimmte er mir zu.

»Ich will nicht diese Harry-und-Sally-Nummer abziehen, verstehst du, was ich meine?«

»Ich hab den Film dreimal mit dir gesehen«, sagte er.

»Also, was tun wir?«

»Nichts.«

»Gut.«

Wir lagen splitternackt nebeneinander und waren uns völlig einig.

»Wir sagen es keinem«, sagte Finn.

»Auf keinen Fall«, betonte ich.

Nachdem wir alles geklärt hatten, blieben wir noch eine Weile liegen. Es fiel uns nicht auf, dass wir einander noch immer in den Armen hielten.

Es war also passiert. Es hatte eine ganze Weile in der Luft gelegen, nun war es passiert, und wir konnten zur Normalität zurückkehren. Zu der Beziehung, die wir hatten und die wir für nichts in der

Welt aufgeben wollten. Und wir hatten ein wunderschönes Geheimnis. Doch mehr sollte es nie sein.

Ich hatte ohnehin anderes zu tun, als mir über Dinge wie Sex mit dem besten Freund Gedanken zu machen. Buchner hatte sich ganz aufgeregt bei mir gemeldet. Er hatte mir am Residenztheater einen Termin zum Vorsprechen besorgt.

Am Residenztheater! Oh. Mein. Gott!

Ich war so aufgeregt, dass ich weder wusste, was ich vorsprechen, noch was ich anziehen sollte, noch wie mein zweiter Vorname lautete. Es fiel mir gerade noch ein, dass ich keinen zweiten Vornamen hatte. Buchner hatte danach gefragt, weil er fand, zwei Vornamen klängen staatstheatermäßiger, und zur Not könne man einfach einen erfinden. Finn begann sofort, einen möglichen zweiten Vornamen für mich auszusuchen. Elsa Elfriede Frank lag ganz hoch im Kurs. Gut fand er aber auch Elsa Erika Frank oder Elsa Angelina Frank.

Ich rief Buchner an und sagte ihm, ich hätte keinen zweiten Vornamen, ersatzweise müsste ich eben doppelt so gut spielen. Buchner sagte, das sei auch okay.

Das Vorsprechen sollte eigentlich am 29. Mai stattfinden, doch dann wurde es um zwei Wochen verschoben. Ich hatte nichts dagegen, denn ich war noch nicht besonders textsicher. Ich hatte wohl in letzter Zeit zu viel beim Synchron gearbeitet, wo alles nur für Sekunden im Kurzzeitgedächtnis gespeichert werden musste.

Am Morgen des Vorsprechens hatte ich ein mieses Gefühl.

»Du schaffst das schon«, ermutigte mich Finn, der mir extra Frühstück gemacht hatte. Ich bekam keinen Bissen hinunter.

Ich beschloss, ein wenig frische Luft zu tanken und zum Resi zu laufen, es war ja nicht weit.

Buchner erwartete mich schon. Ich war nicht die Einzige, die zum Vorsprechen geladen war. Herrlich, ein Wettkampf also. Ich wartete im Foyer mit meinen Kolleginnen, die alle nervös und zum Teil überdreht wirkten. Eine von ihnen trug das aufdringlichste Parfum, das ich je gerochen hatte, und offensichtlich hatte sie darin gebadet. Ich hielt mich von ihr so fern wie möglich, doch wo immer sie war, stand der Geruch.

»Schöner Duft«, sagte eine der anderen falsch grinsend zu ihr.

»Ja, danke«, sagte die Duftträgerin, »das ist mein Glücksparfum.« Sie kicherte albern.

Wenn ich mir die andern so ansah, konnte ich mir eigentlich ganz gute Chancen ausrechnen. Auch ohne zweiten Vornamen wirkte ich am ernsthaftesten und am professionellsten, allerdings wahrscheinlich auch am ältesten, mit meinen fünfunddreißig Jahren.

Die Frau mit dem Duft kam unmittelbar vor mir dran. Sie winkte uns anderen noch einmal zu und huschte auf die Bühne.

Nicht lange danach wurde ich aufgerufen.

Der Zuschauerraum war stockdunkel. Man konnte nur ahnen, wer einem da zuschaute. Buchner mochte einer von ihnen sein. Außerdem vermutlich der Intendant, der Dramaturg und der künstlerische Direktor, aber es war unmöglich auszumachen.

»Was haben Sie uns mitgebracht?«, fragte eine Stimme aus dem Dunkel.

»Viola aus *Was ihr* …« Ich stockte. Die Parfumwolke meiner Vorgängerin hing noch auf der Bühne, und ich stand mittendrin.

»*Was ihr wollt*«, sagte ich und gab mir Mühe, den Geruch zu ignorieren. Ich machte sogar einen kleinen Schritt zur Seite, um ihm zu entgehen.

»Wir hören. Bitte sehr«, drang es aus dem Zuschauerraum zu mir.

»Ich ließ keinen Ring …« Ich musste abbrechen. Mein Magen

revoltierte gegen den Geruch und gegen was auch immer ich am Abend zuvor gegessen hatte. Auf die Bühne zu kotzen, war keine Option. Dann lieber ein schneller Abgang in Würde.

»Entschuldigung«, stammelte ich noch rasch und rannte dann in Richtung Toiletten.

Noch während ich über der Kloschüssel hing, ging die Tür auf, und eine nölige, aber freundliche Stimme fragte: »Alles in Ordnung, Frau Frank? Kann man Ihnen helfen? Möchten Sie ein Glas Wasser?«

»Wasser, ja«, schaffte ich es vor der nächsten Attacke zu sagen.

Ich war fertig, in jedweder Hinsicht, und trank das Wasser, das mir die aufmerksame Assistentin gebracht hatte. Ich saß am Boden, sie kniete vor mir, ein nettes junges Mädchen mit Dutt und Nickelbrille.

»Waren Sie so aufgeregt?«, fragte sie teilnahmsvoll.

»Nicht besonders, nein. Nicht mehr als sonst«, sagte ich. »Mir war den ganzen Morgen schon ein bisschen schlecht, und dann war da dieser Parfumgeruch.« Ich schüttelte mich bei dem Gedanken daran.

»Sind Sie vielleicht schwanger?«, fragte sie in scherzhaftem Ton und lächelte.

»Du kannst das Vorsprechen wiederholen«, sagte Buchner, als er mir entgegenkam. »Das ist gar kein Problem. Die anderen waren alle nicht besonders. Die suchen immer noch.«

»Ich muss mal sehen«, sagte ich. »Tschüss, und danke dir.«

Ich ließ ihn einfach stehen.

Wo war die nächste verdammte Apotheke? Überall waren Apotheken, aber wenn man eine brauchte, war keine da.

Ich fand dann doch eine.

»Schwangerschaftstest, bitte!«

Ich zahlte und lief auf dem schnellsten Weg nach Hause.

Am Briefkasten stand Finn und sah mir erwartungsvoll entgegen.

»Wie war's?«, fragte er, doch ich antwortete nicht, sondern nahm seine Hand und zog ihn mit mir.

»Was ist denn los?«

»Gleich«, sagte ich nur.

In meiner Wohnung angekommen, warf ich mich auf die Couch und stützte den Kopf in die Hände.

»Elsa?«

»Ich konnte das Vorsprechen nicht machen, weil mir schlecht war«, sagte ich.

»Oh, nein, so ein Mist«, sagte er und setzte sich zu mir. »Das tut mir so leid.«

Er begriff nicht.

»Finn, mir war schlecht. Ich hab diesen blöden Parfumgeruch nicht vertragen, und ich hab gekotzt. Heute Morgen.«

Er sah mich verständnislos an.

»Ich hab auch meine Tage nicht bekommen, aber das ist bei mir nichts Besonderes, denn bei mir ist die Regel eine Un-Regel. Mal hab ich sie nach drei Wochen, mal nach sechs Wochen.«

Er starrte mich weiter an, doch langsam dämmerte es.

Ich zog den Schwangerschaftstest aus der Tasche und wollte ins Bad gehen, als er mich festhielt.

»Warte«, sagte er. »Was ist, wenn …?«

Wir sahen uns an. Was war, wenn?

»Lass uns das danach entscheiden, okay?«, schlug ich vor und machte mich sanft los. Er nickte bekümmert und wartete.

Ich las die Gebrauchsanweisung und machte alles wie angegeben, dann starrte ich auf das Sichtfenster. Es dauerte etwa zwei Sekunden, bis das blaue Kreuz erschien.

Ich war schwanger. Von Finn.

Eine Minute Schockstarre gönnte ich mir, bevor ich mit der Nachricht und dem Beweis das Badezimmer verließ.

Ich musste nichts sagen.

Finn stand sofort auf und kam zu mir, dann atmete er tief durch und sagte: »Ich will es.«

Ein Kind von Finn, wie hätte ich das je abtreiben können?

»Ich will es auch.«

So viel zu unserem Geheimnis.

In der darauffolgenden Zeit, als wir nach und nach Familie und Freunde darüber in Kenntnis setzten, dass ich ein Kind erwartete, kam es häufig zu folgendem Dialog:

»Was, du bist schwanger?«

»Ja.«

»Das ist ja ... toll.«

»Ja, war nicht ganz geplant.«

»Und ... ähm ... wer ist der glückliche Vater?«

»Finn.«

»Haaaahahaaa! Elsa! Nein, im Ernst, oder willst du es nicht sagen?«

»Es ist Finn.«

»---«

Wir hatten gewisse Schwierigkeiten, unseren Beziehungsstatus zu erklären. Niemand verstand so recht, dass sich zwischen uns nichts geändert hatte oder ändern würde, denn darüber waren Finn und ich uns völlig einig.

Vielleicht war gerade diese Gewissheit der Grund, warum wir uns schon sehr bald auf das Kind freuen konnten. Finn begleitete mich gespannt zu den Ultraschalluntersuchungen beim Frauenarzt, und wir machten uns voller Begeisterung an den Kauf der Babyausstattung.

Eine Änderung gab es dennoch. Da meine Wohnung für mich und ein Baby zu klein war, machte Finn den Vorschlag, einen Durchbruch in der Wand zwischen den beiden Wohnungen vornehmen zu lassen. Außerdem würden wir uns dadurch beide gleichermaßen um das Kind kümmern können.

Irgendwann gewöhnten sich die Leute um uns herum an die merkwürdige Situation und hörten auf, uns verstehen zu wollen.

Ein einziger Gedanke machte mich manchmal wehmütig: Hätte Norbert das nur erleben können. Im Geiste jedoch hörte ich ihn sagen: »So ist das Leben, Elsa, die einen kommen, und die anderen gehen.«

1999

»Ich geh jetzt nach Hause!«, schrie ich wild entschlossen. »Ich kann nicht mehr.«

Finn sah mich besorgt an, aber die Hebamme blieb ganz cool: »Das sagen sie alle irgendwann, aber bis jetzt hat's noch keine gemacht.«

Ich hatte zu diesem Zeitpunkt bereits gefühlte hundert Stunden Wehen hinter mir – tatsächlich waren es nur fünf oder so – und es tat sauweh. So richtig weh. Unbeschreiblich weh. Ich hatte keinen Bock mehr und wollte die Sache abblasen. Das musste doch möglich sein.

»Wollen Sie einen Kaffee?«, fragte die Hebamme. Sie meinte Finn, der dankend Ja sagte. Es war mitten in der Nacht, oder früher Morgen, je nachdem. Und er genoss schließlich nicht das Maß an Abwechslung, das ich hatte, also war er natürlich hundemüde und musste sich mit einem ordentlichen Kaffee stärken, der Sack.

Noch bevor ich mit Genugtuung seinen schuldbewussten Blick registrieren konnte, zermalmte mich die nächste Welle, was ich durch hemmungsloses Schreien kundtat. Was war Selbstbeherrschung? Was war Würde? Das hatte ich alles längst überwunden und pfiff darauf. Ich litt Höllenqualen, und das durfte jeder hören.

Die Hebamme meinte, die Wehen seien zu schwach, das müsse mehr werden.

Zu schwach? Was war sie? Ein Folterknecht?

»Ich will eine PDA«, artikulierte ich zwischen den Schreien.

»Dafür ist es zu spät«, sagte die Hebamme. »Ich bringe Ihnen ein paar Globuli.«

Homöopathische Kügelchen? Die sollte sie sich sonst wohin stopfen.

»Sie können sich gern zu Ihrer Frau auf das Bett legen und sie stützen«, sagte die grausame Frau nett zu Finn.

»Das ist nicht meine …«

»Ist doch jetzt scheißegal!«, brüllte ich, und er kam hastig zu mir.

»Nicht anfassen!«, pflaumte ich ihn an, als er mich kaum berührt hatte. Eine Wehe war zu Ende, doch die nächste folgte sofort.

»Verdammter Mist!«, jammerte ich und hoffte, ich würde diesmal einfach ohnmächtig werden. Sterben wäre in diesem Moment auch okay gewesen.

»Schön!«, jubelte die Hebamme in meine Schreie hinein. Der Muttermund sei jetzt ganz offen. Jetzt würde es nur noch ein paar Minuten dauern.

Es dauerte noch zwei Stunden. Ich hasste die ganze Welt.

»Man sieht schon das Köpfchen«, rief die Hebamme begeistert, »wollen Sie mal sehen?«

Ohne meine Antwort abzuwarten, hielt sie mir einen Spiegel dahin, wo man sich eher nicht betrachten will. Ich jedenfalls nicht, und schon gar nicht mit Finn nebendran. Man konnte etwa zwei Zentimeter Schädeldecke mit dunklem Haar erkennen. Nicht mehr. Das würde noch ewig dauern. Konnte ich nicht doch noch nach Hause gehen?

»Schieben!«, kommandierte mein Henker. Sie sagte immer schieben statt pressen, was mich zusätzlich irritierte. Ich war am Ende.

»Jaaaa, gut so!«, lobte sie mich, und Finn gab mir einen hilflosen Kuss auf meine verschwitzten Haare. Womöglich waren jetzt schon drei Zentimeter Schädeldecke zu sehen.

Dann kamen auf einmal noch mehr Leute in den Raum, keine Ahnung wie viele. Vielleicht war es auch nur einer. Wieder eine Wehe.

»Schieben!«

Ich schob und sah aus dem Augenwinkel heraus eine riesengroße Schere.

»Oh Gott!«, murmelte Finn neben mir.

»Einmal noch! Los!«

Und dann war es vorbei. Kein Schmerz mehr, strahlende Menschen um mich herum und ein kleines verschmiertes Etwas, das an einer Schnur hing, die Augen krampfhaft geschlossen hielt und protestierte: mein Sohn.

Ich wollte ihn sofort haben, und das durfte ich auch. Als er bei mir lag, wurde er gleich ruhig. Dann machte er die Augen auf und – es war unglaublich – er sah genau aus wie Finn.

Die Hebamme machte ein Foto von uns dreien, das ich später an einem sicheren Ort verschlossen hielt, damit niemand es je zu Gesicht bekam: den verheulten Vater, die malträtierte, verschwitzte Mutter und das schmierige, zerknautschte Kind. Es war der glücklichste Moment meines Lebens, das ja, aber ein Foto davon war nicht zu vertreten.

»Na, und wie heißt der kleine Mann?«, fragte die Hebamme, während Finn die Nabelschnur durchschnitt.

»Oh, wir haben noch gar nicht …«, begann Finn.

»Julius«, sagte ich. »Er heißt Julius.«

Finns Mutter war gerührt, als sie von dem Namen erfuhr, denn es war der Name ihres Mannes gewesen, Finns Vater. Sie besuchte ihren neuen Enkel sofort, als wir wieder einigermaßen präsentabel waren. Julius gesäubert und in süße Babyklamotten gesteckt, in Blau natürlich, Finn geduscht und ohne rote Augen, und ich ... na ja. Auch Kevin und Nora waren mitgekommen, doch Julius verschlief leider seine Einführung bei der Verwandtschaft.

Meine Eltern riefen zumindest an, und sogar mein Bruder ließ Glückwünsche ausrichten. Mit so viel familiärer Zuwendung hätte ich gar nicht gerechnet.

Dafür kam Edda am zweiten Tag in die Klinik. Ihre Pflegerin, Hannah, war dabei und fuhr sie in einem Rollstuhl.

»Der stand da unten rum«, erklärte Edda, »und ich hab nicht eingesehen, dass ich die Gänge hier zu Fuß ablaufe. Ich bin doch schon ... wie alt bin ich?«

»Dreiundachtzig«, sagte Hannah.

»Dreiundachtzig«, wiederholte Edda. Dann strahlte sie mich an, erhob sich mühelos von dem Gefährt und kam zu mir und meinem kleinen Wunder.

»Ja, du liebe Zeit! Was ist das für ein hübsches Kind!«, rief Edda aus und schlug die Hände vor Verzückung zusammen. »Und er sieht genauso aus wie dein Mann.«

»Ähm ... Finn ist nicht mein Mann«, sagte ich.

Edda winkte ab. »Ist doch egal. Wie heißt denn der Kleine?«

»Julius heißt er«, sagte ich, »so wie Finns Vater.«

»Julius! So ein schöner, alter Name!«, freute sich Edda.

Julius gab ein paar Töne von sich, und Edda meinte: »Und reden kann er auch schon!«

Wir lachten alle. Hannah schob Edda einen bequemen Stuhl hin und ging einen Kaffee trinken.

Edda erzählte alle möglichen Geschichten aus ihrem illustren Freundes- und Bekanntenkreis, die sich ums Kinderkriegen drehten.

»Ich selbst denke manchmal, Max und ich hätten auch Kinder haben sollen, aber das waren keine guten Zeiten dafür.«

Julius wachte auf, jammerte ein bisschen und suchte den Eingang zur Milchbar.

»Er ist wirklich so ein Süßer«, sagte Edda. »Wie heißt er denn eigentlich?«

Ich war so verdutzt, dass ich das arme Kind länger warten ließ als nötig. Nicht nur, dass sie nicht mehr wusste, wie er hieß, sie wusste auch nicht, dass sie es schon einmal gefragt hatte.

»Äh, Julius«, sagte ich und knöpfte dann doch mal mein Nachthemd auf.

»Schöner Name!«, fand Edda auch diesmal.

Ich wusste zwar, dass Edda Alzheimer hatte, doch sie hatte in den letzten Monaten merklich abgebaut. Ich nahm mir vor, bei der nächsten Gelegenheit mit Hannah darüber zu reden.

Finn kam täglich in die Klinik, und wenn er nicht gerade seinen Sohn auf dem Arm hielt oder sein Talent beim Wickeln ausprobierte, malte er uns. Ständig saß er mit dem Zeichenblock und dem Stift in der Hand da. Andere Väter kamen mit dem Fotoapparat, Finn kam mit Papier und Kohlestift. Wenn das so weiterging, würde es kein einziges Foto von Julius geben, aber dafür unzählige Zeichnungen, was toll war, nicht jedes Kind hatte einen Künstler zum Vater, aber der eine oder andere Schnappschuss wäre auch nett gewesen.

Zum Glück hatten wir Freunde, die Finn gut genug kannten, und so brachte David seinen Fotoapparat mit und sorgte für die mehr profanen Erinnerungsstücke.

Julius war am 9. Februar auf die Welt gekommen, und pünktlich an meinem Geburtstag konnten wir die Klink verlassen.

Ich hatte mittlerweile, dank Milcheinschuss, eine Oberweite wie Pamela Anderson, das war die gute Nachricht. Gelegentlich war ich allerdings auch ein heulendes Häufchen Elend, konnte nicht sitzen, und meine Figur glich einem ..., ach was, das will keiner wissen. Zumindest hatte ich keine Schwangerschaftsstreifen. Gott, allein schon das Wort! Also, ich hatte keine.

Aber Julius war gesund, das war die Hauptsache. Alles andere würde ich ihm dann in der Pubertät vorwerfen. »Ich hab dich unter Schmerzen geboren, und jetzt kommst du mir so!« So in der Art.

Wir waren eigentlich perfekt vorbereitet: Die Umbaumaßnahmen waren abgeschlossen, alle Babysachen besorgt, die Sache mit der Vaterschaft geklärt und das gemeinsame Sorgerecht beantragt. Auf dem Standesamt hatte Julius seinen Nachnamen erhalten: McGregor, wie der Vater. Es klang einfach cooler, und Coolness würde irgendwann wichtig sein. Es war ein Unterschied, ob sich ein Julius Frank die Haare mit Gel stylte oder ein Julius McGregor.

Meine Eltern, die ohnehin schon Probleme hatten, bei unserer Beziehung durchzusteigen, waren nicht gerade begeistert. Ein Telefonat mit meiner Mutter lief ungefähr so:

»Wieso heißt der Kleine denn nicht Frank, wie es sich gehört?«

»Weil man sich das aussuchen kann.«

»Ach so, heiraten will er dich nicht, aber den Namen fürs Kind, den bestimmt er.«

»Erstens haben wir das zusammen beschlossen, und zweitens war Heiraten nie ein Thema.«

»Und wieso eigentlich nicht? Das wäre doch normal, oder?«

»Wir sind aber nicht zusammen, Mama, das weißt du doch.«

»Aber ihr habt doch ein Kind!«

»Das hat doch damit nichts zu tun.«

»Ach so? Das hab ich aber anders gelernt.«

»Kommt ihr eigentlich irgendwann einmal zu Besuch?«

»Ja natürlich, aber im Moment ist es ganz schlecht, du weißt doch, dass der Papa es so mit den Bandscheiben hat.«

Selbst wenn Finn nicht den cooleren Nachnamen gehabt hätte, wären meine Eltern ganz klar ein lebendes Argument gegen meinen gewesen.

In den ersten Wochen herrschte Ausnahmezustand, denn wir waren permanent gestresst. Mein Leben schien sich nur noch ums Stillen und Wickeln zu drehen. Zumindest beim Wickeln konnte mir Finn helfen. Dann gab es aber auch noch andere Dinge, die man so machen musste: essen, kochen, waschen, putzen, einkaufen, duschen. Wann sollte man das alles machen?

Finn kam überhaupt nicht mehr zum Malen. Er vertröstete Auftraggeber und verschob Termine.

Nachts schlief der Kleine meist bei mir, da ich nun mal die Versorgungsstation besaß. Drei Stunden Schlaf am Stück waren Luxus. Das Gute war, dass sich das Figurproblem nach ein paar Wochen buchstäblich ins Nichts auflöste. Ich war so dünn, dass David und Maria uns eines Abends zwangen, ins Restaurant zu gehen. Sie hatten einen Tisch bei Fredo für uns bestellt, und die Rechnung ging auf sie. Und das Größte war: sie würden auf Julius aufpassen. Der Kleine war nun fast drei Monate alt, da konnte selbst ich mich überwinden, ihn in Obhut zu geben. Ich pumpte vorher Milch ab und gab sie Maria mit diversen Ratschlägen, Julius' Eigenarten betreffend. So bestand er zum Beispiel auf die Anwesenheit seines kleinen, grünen Tabaluga-Beißrings.

Wir gingen aus und ließen unser Kind allein. Ich kam mir vor wie eine Rabenmutter. Und es war merkwürdig. Wir gingen zusammen aus, doch es war kein Date und erst recht kein Treffen zwischen Freunden, sondern wie bei allen anderen Eltern, die einen Abend lang einen Babysitter hatten und ausgingen. Es fühlte sich so verheiratet an. Ich konnte nachvollziehen, warum uns alle für reichlich seltsam hielten. Wir hatten die perfekte Beziehung, nur dass wir eigentlich gar keine hatten.

Ich sagte Finn, worüber ich nachdachte.

Er grinste und sagte: »Wir könnten immer noch heiraten.«

Ich lachte auf, und er fiel in das Lachen ein. Es ebbte zu schnell ab, wir wechselten zu schnell das Thema. Vielleicht hätten wir an diesem Abend etwas erkennen müssen, doch gerade in dieser Zeit der Veränderung brauchten wir die Sicherheit zu wissen, dass wir die blieben, die wir waren.

Als wir wieder nach Hause kamen, fanden wir zwei völlig erledigte Erwachsene und ein schlummerndes Baby vor.

»Wie war's?«, fragte ich.

»Toll!«, antwortete Maria tapfer lächelnd. David nickte schwach.

Wie kam mir die Situation bekannt vor.

»Und wie war's wirklich?«, fragte ich also.

Marias Lächeln fiel zusammen, und David raufte sich die Haare.

»Wir konnten den Tabaluga nicht finden«, sagte Maria. »Wisst ihr eigentlich, was für ein Organ euer Sohn hat? Der wird mal Sänger.«

»Wissen wir«, sagte Finn und nahm Julius auf den Arm.

»Dann hat er seine Milch getrunken und David von oben bis unten ... Wir haben schnell was von dir aus dem Schrank geholt, Finn, das ist hoffentlich okay.«

Jetzt erst sah ich, dass das T-Shirt, das David trug, reichlich eng war.

»Und nach dem Wickeln – ihr wollt nicht wissen, wie lange das gedauert hat, nebenbei gesagt – ist er endlich eingeschlafen.«

»Mit anderen Worten«, sagte Finn, »wir können euch jederzeit wieder buchen, oder?«

»Unbedingt«, brummte David.

Julius wurde wach, rieb sich mit den Fäustchen die Augen und gähnte. Er war kurz davor zu schreien, da bemerkte er, auf wessen Arm er gerade war und lächelte.

Finn gab ihn mir, und er fing an zu glucksen und zu strahlen. Wie konnte man diesen Süßbatzen nur abgeben wollen?

Nicht alle Widrigkeiten hatten mit Julius selbst zu tun. Sein Kinderwagen, ein großes, bequemes Gefährt mit dicken, breiten Reifen und später umbaufähig zu einem Buggy, war tägliches Diskussionsthema zwischen Frau Obermoser und uns.

Im Treppenhaus, das wirklich groß genug war, gab es eine Nische zwischen der Treppe nach oben und dem Zugang zum Keller, und Frau Obermoser bestand darauf, dass der Kinderwagen genau da hineingestellt werden sollte. Nun war Julius' Kinderwagen aber sehr groß und breit und passte wirklich nur ganz knapp in diese blöde Nische. Finn hatte keine Lust, das teure Ding zu ruinieren, nur weil es an die Wand schrappte. Außerdem musste man Julius vorher rausnehmen und dann mit einer Hand den Kinderwagen passgenau hineinmanövrieren. Wenn man zu zweit war, konnte man das machen, aber alleine war es mehr als umständlich. Finn ließ also den Wagen in solchen Fällen auf der Seite stehen, wo er, wie gesagt, auch nicht im Weg war.

»Sie, Frolein Frank«, hieß es dann, wenn ich die Treppe runterkam und an ihrer Tür vorbeimusste. Sicher hatte sie neben dem

Spion einen Hocker deponiert, auf dem sie den ganzen Tag saß und wartete, bis sie mich abpassen konnte.

»Sie, Frolein Frank, eana earn Mo hat scho widder an Wogn ned gscheit obgstellt.«

Ich wunderte mich inzwischen nicht mehr darüber, warum sie mich immer noch als Fräulein bezeichnete, obwohl sie Finn für meinen Mann hielt. Wahrscheinlich hatte sie mitbekommen, dass wir nicht so richtig verheiratet waren, und hielt mich deswegen nicht wirklich für eine ›Frau‹, andererseits hatten wir ein Kind und lebten zusammen, also musste Finn doch mein ›Mo‹ sein. Irgendeine spezielle Frau-Obermoser-Logik musste jedenfalls dahinterstecken.

»Ich sag's ihm, Frau Obermoser«, pflegte ich dann zu sagen und hoffte immer, dass es damit gut wäre, doch es ging jedes Mal weiter.

»Wissns, wenn der Wogn ned da in dera Nischen steht, dann isser ja im Weg, wann die Feierwehr amol da nei muaß. Stellens earna des vor. Und des werd deier, des sog i earna.«

Unser Wagen stand also ihrer Meinung nach in der Feuerwehrzufahrt, oder eher im Feierwehreingang.

Ich erzählte Finn davon. Er stöhnte, schimpfte eine Weile auf die alte Nervensäge und grinste dann plötzlich.

Am Montag hörte ich Stimmen im Treppenhaus, eine davon eindeutig die von Frau Obermoser, die andere gehörte einem Mann, der genauso laut und genauso bairisch redete wie sie. Ich machte die Haustür auf, um zu verstehen, was da los war.

»Ja, wer hodn des veranlasst?«

»Ja, der Hausbesitzer, weran sunst«, rief der Mann aufgebracht.

Ich schlich vor zum Treppengeländer, wo man bis zum Erdgeschoss hinuntersehen konnte. Frau Obermoser stand da, auf ihren Stock gestützt, und schaute zu dem Bereich des Treppenhauses, der von oben nicht mehr einsehbar war. Dort musste sich der Mann befinden.

»Ja, warum jetzt des?«, fragte Frau Obermoser.

»Weil, des is a neie Vorschrift; was woas denn i«, grantelte der Mann und fuhr fort zu tun, was auch immer er da tat.

»Wasn fira Vorschrift?«

»A polizeiliche halt«, sagte der Mann unwirsch.

»Ja, aber waruman *do*?«, fragte Frau Obermoser und zeigte dorthin, wo sich der Mann befand. »Da is doch die Nischen, die is doch vui besser.«

»Naa, gor ned«, empörte sich der Mann. »Was moanas, warum da a Nischen is, ha? Damits frei bleibt. Des hat doch ois a Sinn, varstengas?«

»Na«, sagte Frau Obermoser irritiert. »Wieso muas die frei bleim?«

»Aus sicherheitstechnischen Gründen.« Er schlug sie mit ihren eigenen hochdeutschen Waffen. »I ko earna des a ned erklärn, des is zu kompliziert. Da miasns an Architekten frogn.«

»Aha!«, sagte Frau Obermoser dumpf.

»So is des: Die Nischen muaß frei bleibm, und a Kinderwognparkplotz muaß do sei. Des is Vorschrift. Und jetzt isser do. Aus!«

Frau Obermoser starrte noch ein paar Sekunden auf den Platz, den ich nicht sehen konnte, dann trat sie den Rückzug an und hinkte die Treppe hinauf.

Als ich später mit Julius nach unten kam, fand ich unseren Kinderwagen auf einem Platz an der Wand gegenüber der Treppe, der mit weißem Klebeband am Boden abgegrenzt und ebenfalls in weißen Druckbuchstaben mit ›Kinderwagenparkplatz‹ bezeichnet war. Es war genau die Stelle, die Finn immer bevorzugte. So ein Zufall. Aber wenn der Hausbesitzer das so haben wollte.

Im Sommer schafften es meine Eltern endlich, nach München zu kommen. Finn bezeichnete dieses Ereignis später gerne als die zweite Sonnenfinsternis des Jahres.

Die erste fand bekanntermaßen zwei Tage nach Julius' halbem Geburtstag statt und war tatsächlich ein beeindruckendes Ereignis. Wir standen mit unseren Plastikbrillen auf der Dachterrasse, glotzten in den Himmel und sagten: »Oh, die Corona!«

Dass es am helllichten Tag plötzlich stockdunkel wurde, war schon etwas einschüchternd; zu wissen, dass es Dinge gab, die so unvorstellbar viel größer waren als alles, was Menschen beeinflussen konnten, und dass wir im Grunde nur unbedeutende, kleine Pupse im riesigen Universum waren.

Zwei Minuten lang hielten wir den Atem an und fühlten uns klein, dann schrie Julius, weil er die Hosen voll hatte. Die Sonne war wieder da, und das Leben ging weiter.

Meine Eltern kamen eine Woche danach. Sie buchten natürlich ein Zimmer im Hotel, das war klar, aber sie buchten gleich für eine ganze Woche. Meine geheime Hoffnung war, dass wir dabei nur das Beiprogramm waren, neben Besuchen diverser Museen, Stadtrundfahrten, Ausflügen zu den Schlössern von König Ludwig und anderen Sehenswürdigkeiten im schönen Bayern. Das wäre jedenfalls typisch gewesen, und einen oder zwei Nachmittage hätte ich locker verkraftet. Aber nein, sie kamen und blieben, und das jeden einzelnen Tag dieser Woche. Was war denn in sie gefahren? Sicher, Julius war so süß, dass man ihn vierundzwanzig Stunden am Tag knuddeln wollte, aber normalerweise sprangen meine Eltern nicht so sehr auf das Kindchenschema an.

Sie nutzten die Gelegenheit, Finn genauer auf den Zahn zu

fühlen, und zwar ungefähr in der Art, wie es in dem Film *Der Marathon-Mann* mit Dustin Hoffman gemacht wurde. An diesem Abend kroch Finn zum ersten Mal seit Julius' Zeugung wieder in mein Bett. Nicht, weil ihm meine Eltern immer wieder suggeriert hatten, dass es zur Verantwortung eines Mannes, der eine Frau geschwängert hatte, gehörte, sie zu ehelichen, sondern einfach, weil er Trost und menschliche Wärme brauchte. Allerdings verdrängte ihn sein eigener hungriger Sohn bereits nach fünf Minuten, und er musste in die Kälte seines eigenen Bettes zurück. Zu dritt hatten wir bei mir keinen Platz.

Am nächsten Tag bekniete mich Finn, fliehen zu dürfen, und da er für die nächsten Tage Kraft tanken musste, erlaubte ich es ihm. Er fuhr zu seiner Mutter, die auch eine gute Tankstelle für menschliche Wärme war. Der Arme!

Das Dumme war nur, dass ich nun die volle Ladung abbekam, und zwar weniger unterschwellig.

»Das ist doch unmöglich, wie ihr beiden hier zusammenlebt«, empörte sich meine Mutter, die in diesen Dingen immer die Wortführerin war.

»Dein Freund ist ja ganz nett und sympathisch, aber Verantwortungsgefühl gleich null.«

Das konnte ich nun wirklich nicht auf Finn sitzen lassen.

»Wenn irgendjemand Verantwortungsgefühl hat, dann ist das Finn«, schnauzte ich wütend. »Er kümmert sich um alles, und er ist der beste Vater, den man sich vorstellen kann.«

»Er steht nur nicht zu dir«, sagte meine Mutter mit verkniffenem Mund.

»Natürlich steht er zu mir«, rief ich. »Wir heiraten nur nicht, weil wir nicht diese Art von Beziehung haben. Wir sind Freunde und kein Liebespaar. Wir haben es genau einmal getrieben, und das Ergebnis liegt da in der Babywippe.«

»Jetzt werd mal nicht vulgär, Elsa«, wies mich meine Mutter zurecht. »So haben wir dich nicht erzogen.«

»Ihr habt mich erzogen? Dass ich nicht lache. Was habt ihr mir denn beigebracht? Ein Mäuschen zu sein, das seinen Mund nicht aufkriegt und sich nichts zutraut? Das habt ihr mir allerdings gut beigebracht, ich bin noch heute dabei, es zu verlernen.«

Das Kinn meiner Mutter bebte. Sie verschränkte die Arme vor der Brust und wandte das Gesicht ab. Jetzt war mein Vater an der Reihe.

»Mach mal halblang«, sagte er und wechselte aus seiner gemütlichen Position im Sessel in Angriffsstellung. »Du kannst dich wirklich nicht beschweren. Ist doch was aus dir geworden, oder?«

»Aber nicht wegen, sondern trotz eurer Erziehung«, konterte ich prompt. »Außerdem habt ihr euch nie die Mühe gemacht, herauszufinden, was genau aus mir geworden ist, oder habt ihr mich je im Theater gesehen oder im Kino oder im Fernsehen? Nein, weil es euch nämlich egal ist.«

»Das ist eine Unverschämtheit«, wimmerte meine Mutter beleidigt.

»Ich hab dich mal bei *Aktenzeichen XY* gesehen«, korrigierte mich mein Vater.

»Toll, was hab ich da gespielt, eine Leiche?« Ich raufte mir die Haare und wünschte mir, Julius würde endlich anfangen zu meckern, aber der spielte zufrieden mit seinen Holzfigürchen an der Babywippe.

»Jedenfalls habt ihr kein Recht, euch in mein Leben einzumischen und mich zu kritisieren, und Finn schon gar nicht«, schloss ich unseren Streit.

Meine Mutter lief eingeschnappt in der Wohnung herum. Dabei kam sie an Finns Zeichentisch vorbei und warf widerwillig einen Blick darauf, der an einigen Zeichnungen, die Finn von Julius angefertigt hatte, hängen blieb. Sie nahm eine davon in die Hand: Julius mit zahnlosem, fröhlichen Babylachen, seinen Tabaluga fest im Griff. Das Gesicht meiner Mutter wurde ungewohnt weich.

»Malen kann er aber schön«, sagte sie leise.

»Ja, Mama, malen kann er sehr schön.«

Der Rest der Woche wurde etwas entspannter, sofern das mit meinen Eltern möglich war. Sie nutzten noch die eine oder andere Gelegenheit, unser Verhältnis infrage zu stellen, doch meistens hielten sie sich zurück und konzentrierten sich auf ihren Enkel, der sie mit seinem Charme komplett betörte.

Am letzten Tag versprachen sie – oder wie Finn es ausdrückte: drohten sie damit – bald wiederzukommen, und wir sollten sie doch auch besuchen.

Und dann vergoss meine Mutter doch tatsächlich fast ein paar Tränen, als sie Julius zum Abschied auf den Arm nahm. Sie hatte sich nur mit Mühe im Griff. Ich glaube, es war eine Art besonderer Rache von Finn, ihr genau in diesem Moment die Zeichnung von Julius zu überreichen, die sie so bewundert hatte. Er hatte sie in eine Mappe geheftet, die noch Platz für weitere Bilder ließ.

»Wir haben leider nicht viele Fotos«, meinte er, und um die Fassung meiner Mutter war es geschehen. Die mühsam zurückgehaltenen Tränen strömten aus ihren Augen, und vor lauter Rührung umarmte sie Finn. Das hatte er nun davon.

Im Herbst fing ich wieder an, beim Synchron zu arbeiten. Ich stillte nicht mehr, und Finn arbeitete sowieso von zu Hause aus. Es war ideal.

Julius entwickelte sich prächtig, er sagte »Mama«, robbte wie ein Weltmeister, und seine Spielzeugsammlung wurde immer größer.

Er liebte es, Finn beim Malen zuzusehen und mir beim Vorlesen zuzuhören, obwohl er weder das eine noch das andere verstand, doch er beobachtete oder lauschte mit offenem Mund. Und wenn er gar nicht einschlafen konnte, holte Finn sein Saxofon und spielte. Das wirkte immer.

Wir waren eine perfekte Familie, ohne eine zu sein. Wir waren ein perfektes Paar, ohne eins zu sein. Manchmal dachte ich über all das nach, doch ich hätte mir eher die Zunge abgebissen, als mit irgendjemandem darüber zu reden. Warum sollte man etwas zerreden, das perfekt war?

2000

Ein neues Jahrtausend!

Man stelle sich das vor: Unsere Generation erlebte eine Sonnenfinsternis und eine Jahrtausendwende. Sollten uns solche gigantischen Ereignisse in Raum und Zeit nicht aufrütteln? Sollten wir die Welt nicht mit anderen Augen sehen? Den Anlass nutzen, unser Leben zu überdenken?

Maria tat genau das: Sie beschloss in der Silvesternacht, sich von David zu trennen. Das war ihr Entschluss für das neue Jahrtausend: nicht mehr hinzunehmen, dass der Mann, den sie liebte, sie regelmäßig betrog.

Ich glaube, es war für uns ein größerer Schock als für David, der insgeheim immer befürchtet hatte, dass es irgendwann dazu kommen würde. Warum er dann nicht treu geblieben war? Warum lässt ein Alkoholiker nicht vom Alkohol ab, wenn er sieht, dass sein Leben dabei kaputtgeht?

»Ich liebe David, so wie ich keinen anderen Menschen liebe, aber ich kann nicht ständig meinen Stolz unter den Teppich kehren, sonst hab ich irgendwann keinen mehr«, sagte sie zu mir, als wir bei einem Glas Wein darüber redeten.

Was sollte man dazu sagen? Gar nichts. Sie hatte recht.

In der gleichen Zeit, als wir in der Weinstube saßen, begleitete

Finn David beim Sich-Besaufen in diversen Kneipen. So hatte jeder von uns seine Aufgabe.

»Ich kann nicht weiter so tun, als wäre nichts«, sagte Maria, »das hab ich in den letzten paar Jahren so gemacht, aber es kommt der Zeitpunkt, da muss man ehrlich mit sich sein. Ich hätte schon bei der Ersten die Segel streichen sollen.«

»Warum hast du es nicht?«, fragte ich. Sie lachte.

»Natürlich weil ich ihn liebe«, sagte sie. »Es war klar, dass es nur eine Affäre für ihn war, nicht einmal das. Wollte ich deswegen alles aufgeben? Nein. Zumal ich genau wusste, dass er mich liebte. Das tut er immer noch. Lieben tut er nur mich, aber offensichtlich nicht genug, um mich nicht zu verletzen.«

Maria war weder wehmütig noch verbittert.

»Zum Schluss war es nur der berühmte Tropfen, der das Fass zum Überlaufen brachte«, sagte sie. »Es war einfach einmal zu viel.«

»Ich verstehe dich«, sagte ich. »Ich kann mir bei euch nur einen ohne den anderen nicht vorstellen. Das wird eine Umstellung.«

Maria sah mich lange an.

»Weißt du, Elsa, mit dir und Finn geht es mir genauso«, sagte sie. »Ich kann mir einen ohne den anderen auch nicht vorstellen.«

Ich verzog das Gesicht, als hätte sie etwas völlig Abwegiges gesagt. »Das ist doch ganz was anderes«, wiegelte ich ab.

»Tatsächlich?«, fragte sie. »Du selbst hast es gerade eben als Kriterium für Zusammengehörigkeit angeführt, und das gilt bei euch beiden nicht?«

»Nicht so jedenfalls«, sagte ich.

»Elsa«, sagte sie mit eindringlichem Ton. »Vielleicht solltet ihr auch endlich aufhören, euch etwas vorzumachen. Ihr liebt euch, ihr habt ein gemeinsames Kind, aber ihr seid nur beste Freunde?

Wem wollt ihr das denn noch erzählen? Steht endlich zu euren Gefühlen.«

Ich war reichlich konsterniert.

»Tut mir leid, Maria, aber so liegen die Dinge zwischen Finn und mir einfach nicht. Ich hatte gedacht, dass zumindest unsere Freunde das sehen.«

»Niemand sieht das so, Elsa«, echauffierte sie sich. »Keiner versteht es, weil es nicht zu verstehen ist. Ihr gehört zusammen und tut, als wäre es nicht so. Wisst ihr, was für ein Riesenglück ihr habt? Und ihr vergeudet die Zeit damit, es zu ignorieren.«

»Mein Gott«, rief ich verärgert. »Muss denn alles nach Schema F laufen? Ist es so unvorstellbar, dass Menschen sich auf einer völlig anderen Ebene lieben können? Aber wenn man dem eigenen Mann jahrelang zusieht, wie er Sex mit anderen hat, wird man wohl blind für so etwas.«

Das war unter der Gürtellinie, aber ich ließ mir nicht das Leben vorhalten, das ich führte, weder von meinen Eltern, von denen ich nichts anderes erwartete, noch von meinen Freunden, die es eigentlich besser wissen sollten.

Maria verzichtete darauf, zurückzuschießen. Sie war nicht einmal beleidigt. Sie lehnte sich zurück und sagte ganz ruhig: »Also gut, dann irre ich mich eben oder bin einfach zu eindimensional. Aber eins würde mich interessieren: Was wäre, wenn Finn eine Freundin hätte? Was wäre, wenn du einen Freund hättest?«

»Das ist doch nichts Neues, das hatten wir beide schon«, schmetterte ich das Argument ab.

Maria schüttelte den Kopf.

»Wann war einer von euch je richtig verliebt? Stell dir vor, Finn würde die Frau seines Lebens treffen und heiraten, was würdest du empfinden?«

»Ich wäre glücklich für ihn«, sagte ich, ohne auch nur für den

Bruchteil einer Sekunde zu zögern. »Und umgekehrt wäre es genauso.«

»Und warum trefft ihr dann niemanden?«, fragte sie weiter.

»Weil wir ein Kind gekriegt haben, um das wir uns kümmern mussten. Wir sind nicht allzu oft rausgekommen, weißt du.«

»Ach ja«, sagte Maria ironisch. »Ihr habt ein Kind gekriegt. War das eigentlich eine unbefleckte Empfängnis?«

»Nein, eine befleckte«, sagte ich so cool wie möglich. »Willst du jetzt auch noch wissen, wie der Sex war? Dann müsste ich nämlich jetzt gehen, denn das wird mir allmählich zu übergriffig.«

»Schon gut«, sagte Maria. »Ich muss sowieso los.«

Sie hob die Hand und verlangte die Rechnung.

Unser Abschied wäre ziemlich kühl geworden, hätte Maria mich draußen nicht festgehalten und gesagt: »Ich wollte dich nicht verärgern Elsa, ich habe nur Angst, dass ihr euer Glück verpasst.«

Auf dem Nachhauseweg ging ich bei Kevin und Nora vorbei, wo wir Julius geparkt hatten. Er schlief und wurde auch nicht wach, als ich ihn in den Kinderwagen verfrachtete und ihn nachher die Treppe hochtrug. Er war so schwer geworden, dass ich hoffte, er würde demnächst laufen lernen.

Es dauerte noch ein paar Stunden, bis Finn nach Hause kam. Es war weit nach Mitternacht, und er hatte den schweren Gang von zu viel Alkohol. Als ich ihn bat, leise zu sein, kam er und setzte sich auf meine Bettkante.

»Das ist noch gar nichts«, lallte er, wobei er auf sich zeigte. »David ist völlig blau.«

»Was sagt er denn so?«, fragte ich.

»Nicht viel«, sagte Finn und kippte auf meinem Bett um, sodass er neben mir lag.

»Und was hast du zu ihm gesagt?«

»Was soll ich denn noch sagen?«

»Dass er ein Idiot ist?«, schlug ich vor.

»Hab ich vorher schon, das bringt jetzt auch nichts mehr.«

Er hob nun auch seine Beine aufs Bett.

»Und wie war's bei euch?«, fragte er unverständlich nuschelnd.

»Auch nicht so toll«, sagte ich. Finn schlief schon. Ich war froh, dass ich nicht weiter mit ihm reden musste. Bis zum nächsten Tag konnte ich mir immer noch überlegen, was von meinem Gespräch mit Maria ich ihm erzählen wollte.

Doch er fragte nicht weiter nach. Er ging wahrscheinlich davon aus, dass wir uns ausschließlich über David und Maria und ihre Trennung unterhalten hatten.

Trotzdem nagte das, was Maria gesagt hatte, an mir. Nicht, dass ich in Erwägung zog, dass sie womöglich recht hatte, doch es traf mich, dass offenbar nicht einmal unsere engsten Freunde unsere Beziehung verstanden. Doch das lag alles daran, dass Finn und ich im letzten Jahr natürlich sehr aufeinander fixiert gewesen waren, und selbstverständlich schien Julius der lebende Beweis dafür zu sein, dass unser Verhältnis alles andere als rein platonisch war.

Jetzt allerdings war Julius fast ein Jahr alt. Wir sollten damit anfangen, uns wieder als das zu sehen, was wir waren: zwei Singles, die in einer Wohngemeinschaft lebten. Mit ihrem gemeinsamen Kind. Ich sah ein, dass es ungewöhnlich war, aber so war es nun einmal.

Darüber redete ich mit Finn am darauffolgenden Sonntag beim Frühstück. Über unser Singledasein und darüber, dass wir wieder anfangen sollten auszugehen. Und zwar nicht miteinander, sondern mit anderen.

Finn hörte sich alles an und sagte: »Hmm!«

»Was heißt: Hmm?«

»Mit wem willst du denn ausgehen?«, fragte er und gab Julius, der in seinem Hochstuhl saß, ein Stück Käse.

»Ich weiß nicht«, sagte ich. »Das ergibt sich doch, oder?«

»Wie?«, fragte Finn, als hätte er seit Jahren kein Date mehr gehabt. Was genau genommen auch so war. Ich ja auch nicht.

»Ich weiß nicht«, sagte ich wieder. Julius sagte »Mama, Papa« und lachte. Zwei kleine Zähnchen blitzten hinter seiner Unterlippe hervor.

»Nächste Woche hast du Geburtstag«, sagte ich zu ihm. Er strahlte: »Uda«, wiederholte er das schwierige Wort fast fehlerfrei. Was waren wir stolz auf unser kluges Kind!

Dieser erste Geburtstag verdrängte zunächst die Idee mit den Dates.

Wir planten nur eine kleine Feier mit der Familie und Julius' Freund Klaus.

Klaus war auf den Tag genauso alt wie Julius. Seine Mutter Britta war alleinerziehend. Klaus' Vater hatte sich aus dem Staub gemacht, und ihre Familie wohnte, wie meine eigene, weit weg. Britta war Übersetzerin, was nicht wirklich viel Kohle brachte, aber günstig war, weil sie von zu Hause aus arbeiten und so von Anfang an noch etwas dazuverdienen konnte. Sie schlug sich so durch.

Kennengelernt hatten wir uns in einer Pekip-Gruppe. Das waren Krabbelgruppen, bei denen die Mutter-Kind-Bindung – gerne auch die Vater-Kind-Bindung – dadurch gestärkt werden sollte, dass in einem überheizten Raum die Babys splitternackt durch ihr Pipi krabbelten. Zumindest war das die Praxis. Ich weiß nicht, ob meine Bindung zu Julius gestärkt wurde, aber meine Freundschaft mit Britta nahm ihren Anfang, als sie mit angeekeltem Blick verfolgte, wie eines der Babys eine feuchte Spur hinter sich herzog, weil es gerade durch eine Pfütze gerobbt war. Die Mutter des Babys, Tristan hieß der arme Kerl, lachte nur amüsiert und meinte, es sei ja so schön zu sehen, was für ein natürliches Verhältnis die Kinder in diesem Alter noch zu ihren Ausscheidungen hätten. Später sei alles nur noch *bäh* und man verlöre diese Unbekümmertheit. Ich wollte schon vorschlagen, dass wir ja auch mal eine Erwachsenengruppe machen könnten, und sie könne dann gern durch mein Pipi robben. Das ließ ich aber sein, als ich sah, wie Britta sich vor unterdrücktem Lachen krümmte.

Julius und Klaus schienen einander genauso spannend zu finden wie ihre Mütter, denn sie verbrachten die Zeit meistens damit, sich gegenseitig an irgendwelchen Körperteilen zu ziehen, und lachten sich dabei kaputt. Die Betreuerin machte uns darauf aufmerksam, dass wir die Kleinen doch ermuntern sollten, sich auch den anderen Kindern der Gruppe zuzuwenden, doch das sah ich überhaupt nicht ein. Wenn Julius Klaus nett fand und Spaß mit ihm hatte, war das doch okay. Britta und ich waren beide nicht so richtig Pekip-kompatibel, und so ließen wir es nach drei Stunden bleiben und trafen uns dafür lieber privat.

Es war also eigentlich ein Doppelgeburtstag. Britta war sehr glücklich darüber, dass sie den Tag mit uns feiern konnte, denn nur so alleine mit Klaus, das hätte sie doch etwas traurig gefunden.

Bei der Gelegenheit lernte Britta auch Finn kennen. Sie war zwar schon mehrfach in unserer Wohnung gewesen, doch wir hatten uns immer mit den Kindern in meinen Bereich zurückgezogen, damit er, falls er überhaupt da war, in Ruhe arbeiten konnte.

Als Britta Finn zum ersten Mal sah, kam ich nicht umhin, ihren überraschten Blick zu bemerken. Ich hatte ihr natürlich von ihm erzählt und auch wie wir zueinander standen, was sie im Gegensatz zu den meisten anderen Leuten kein bisschen merkwürdig fand.

»Das ist doch toll für Julius, wenn ihr so ein gutes Verhältnis habt. Ich wünschte, das könnte ich von mir und Olaf auch behaupten«, hatte sie gesagt.

Doch natürlich hatte ich nie Finns Aussehen erwähnt, wozu auch? Für mich war es nichts Besonderes, dass er rein optisch von einem griechischen Gott nicht zu unterscheiden war. Als Finn Britta die Hand gab, sie freundlich anlächelte und mit seiner Kaschmir-Stimme begrüßte, konnte ich ihre Knie förmlich zittern sehen. Mist! Ich hatte ja angeregt, dass wir uns mit anderen treffen sollten, aber wenn Finn jetzt anfangen würde, sich mit der neuen besten Freundin seiner besten Freundin und Mutter seines Kindes, das der beste Freund des Sohnes dieser Frau war, zu treffen, dann würde das doch ein wenig zu kompliziert werden. Andererseits, was konnte ich tun, wenn die Dinge ihren Lauf nahmen? Britta war hübsch, nett und intelligent, er hatte es in der Vergangenheit schon schlechter getroffen.

Der Tag war sehr schön. Die beiden Geburtstagskinder hatten ihren Spaß und wurden von Siri, die schon fast drei Jahre alt war und ihre Mutter spielte, auf wackeligen Beinchen durch die Wohnung geführt. Ich hatte mir inzwischen eine Kamera besorgt und machte jede Menge Fotos, während Finn entspannt dasaß und die Szene natürlich zeichnerisch festhielt. Noch mehr Grund für bewundernde Blicke von Britta. Als er ihr am Abend eine Zeichnung von Klaus überreichte, die er eben mal so nebenbei angefertigt hatte, dachte ich schon, sie würde ihm um den Hals fallen, aber nein, sie beherrschte sich. Stattdessen wurde sie rot vor Freude. Ich, die Erfinderin des Errötens, konnte das gut nachempfinden.

In solchen Fällen war es von Vorteil, Kleinkinder zu haben, die die Aufmerksamkeit auf sich lenkten. Klaus war müde und wollte auf den Arm, was er durch penetrantes Zerren an Brittas Mantel kundtat. Britta tauchte ab, um ihren Sohn zu beruhigen und ihm seine Schuhe anzuziehen. Dann verabschiedete sie sich rasch.

»Wie findest du Britta?«, fragte ich später, als wir zu zweit auf diesen besonderen Tag anstießen.

»Sehr nett«, sagte Finn.

»Ja, ist sie«, bestätigte ich.

»Wieso fragst du?«, fragte er misstrauisch.

»Nur so.«

Er grinste und schüttelte den Kopf. »Willst du mich verkuppeln, oder was?«

»Nein«, widersprach ich heftig. »Wie kommst du denn darauf?«

Zu blöd, dass er mich so gut kannte.

Zumindest kannte ich ihn genauso gut und sah, dass er nicht so von Britta angetan war wie sie von ihm. War wahrscheinlich auch besser so.

Die nächsten Wochen und Monate brachten einige Veränderungen mit sich, nicht zuletzt durch die Tatsache, dass Finn einen Lehrauftrag an der Akademie der bildenden Künste annahm. Das hatte den Nachteil, dass er an zwei Tagen in der Woche weg war und ich mich mit meinen Terminen entsprechend arrangieren musste.

Ich war in dieser Zeit froh, nicht am Theater beschäftigt zu sein, das wäre schwierig geworden, deshalb war ich auch nicht allzu traurig, dass Buchner, nachdem er mir einen Termin für ein zweites Vorsprechen am Residenztheater in Aussicht gestellt hatte, eine Woche danach erneut anrief und diesen Termin absagte. Der neue Intendant brachte seine eigenen Leute mit. Allerdings, sagte Buchner, habe er da noch etwas anderes, das vielleicht auch interessant sein könne. Nichts am Theater, aber ein Film mit einem kommenden Starregisseur. Maurice Hamann galt als unkonventionell und auf intelligente Weise schräg. Ich kannte ihn nur dem Namen nach, denn ich hatte mich in den letzten zwei Jahren wirklich nicht mit der deutschen Filmszene befasst. Wozu auch? Nach *Frau klaut* hatte ich keinerlei Ambitionen in der Richtung gehabt. Aber warum nicht? Überbeschäftigt war ich schließlich nicht, und es wäre mal was anderes. Finn machte etwas Neues, da würde es mir auch nicht schaden. Und wenn ich an der Seite dieses künftigen Regiegotts Karriere machen würde, konnte Julius dann später in der Schule sagen: Mein Vater ist Professor und meine Mutter Filmstar. Okay, das hörte sich irgendwie doch nicht so gut an. Vor allem klang es nach einem aufgeblasenen, kleinen Wichtigtuer, den alle in der Klasse hassten.

Trotzdem entschied ich mich dafür, das Casting für den Film mit Maurice Hamann zu machen. Buchner freute sich und versprach mir, ich würde es nicht bereuen. Maurice sei wirklich etwas ganz Besonderes.

Einen Tag vor dem Casting rief Britta an, um zu fragen, ob wir uns zum Spielnachmittag mit den Kindern treffen wollten. Ich sagte ihr, ich könne nicht, aber Finn würde zu Hause sein. Klaus und Julius würden sich sicher freuen.

Ich hörte ihr Zögern durch die Telefonleitung hindurch. Das sei Finn doch bestimmt nicht recht, meinte sie.

»Moment, ich frag ihn«, sagte ich, noch bevor sie etwas einwenden konnte.

Na klar könne Britta kommen, sagte Finn, was ich prompt so weitergab.

»Ich weiß doch überhaupt nicht, worüber ich mit ihm reden soll«, gestand Britta ihre Bedenken.

»Das macht gar nichts. Finn macht es nichts aus zu schweigen«, sagte ich unbedacht, dann wurde mir klar, dass dies wenig tröstlich für Leute war, denen es sehr wohl etwas ausmachte.

»Ihr redet einfach über die Kinder«, sagte ich. »Finn kann stundenlange Monologe über Julius halten.«

»Also gut«, sagte sie tapfer. »Dann komm ich morgen.«

Sie wünschte mir noch alles Gute fürs Casting, und ich instruierte Finn, bei Brittas Besuch gefälligst nicht maulfaul zu sein.

»Wann halte ich denn Monologe über Julius?«, fragte er, woraufhin ich ihm riet, am nächsten Tag damit anzufangen.

Als ich das Haus verließ, war Britta noch nicht da. Ich machte mich wieder einmal auf den Weg nach Geiselgasteig. Ziemlich gut gelaunt dieses Mal. Buchner hatte meine Neugierde auf diesen vielversprechenden Maurice Hamann geweckt.

Ich hatte ein wenig Mühe, das Gebäude zu finden, in dem das Casting angesetzt war, und kam fast zu spät. Wie peinlich! Buchner erwartete mich bereits und entschuldigte sich dafür, dass er nicht auf die Idee gekommen war, mich im Auto mitzunehmen. Kleinholz hätte mich an seiner Stelle zusammengefaltet.

Dann begleitete er mich zu Maurice Hamann. Anscheinend war ich die Einzige an diesem Tag, was ich komisch fand. Das Casting fand in einem großen, leeren Fernsehstudio statt. In einer Ecke an einem breiten Tisch standen mehrere Leute. Eine Frau kam auf uns zu, sagte kurz »Hallo«, gab mir eine Fischhand und meinte, Maurice erwarte mich bereits. Ich hatte schon jetzt eine Art Déjà-vu, der Raum musste sich nur noch in eine alte, verstaubte Werkstatt verwandeln.

Dann löste sich aus der Gruppe von Leuten ein kleiner Mann

mit ungewaschenen Haaren, einem dünnen Ziegenbart, einer Designerbrille und speckigen Cordhosen. Ich war zu geschockt, um an all die Keime zu denken, die sich übertrugen, als er mir seine schwitzige Hand reichte. Es war Markus Hansemann. Der Möchtegern-Regisseur und Shakespeare-Vergewaltiger, dessen Namen man sich, wie ich geglaubt hatte, nicht merken musste. Musste man ja auch nicht, er hatte ja inzwischen einen neuen.

Er erinnerte sich wohl nicht an mich und ging gleich in medias res, erklärte mir seinen Film und das Drehbuch und fragte mich, ob ich Erfahrung damit hätte, Texte zu schreiben.

Ich hörte kaum zu und schüttelte bei der letzten Frage nur den Kopf. Das Neue nämlich sei, dass alle Darsteller ihre Texte selbst schrieben, nach gewissen Vorgaben selbstverständlich, aber dadurch sei gewährleistet, dass jeder wirklich nur das sagen würde, was ihm selbst auch so über die Lippen käme. Die Charaktere würden dadurch in einem hohen Maße an Authentizität gewinnen und der Film einen ungewöhnlichen Realismus transportieren.

»Trauen Sie sich das zu?«, fragte er mich, legte die Stirn in Falten und betrachtete mich ernst und prüfend über den Rand seiner Brille hinweg.

»Nein«, sagte ich.

Er hob seine zauseligen Augenbrauen.

»Nein, das traue ich mir nicht zu. Ich bin Schauspielerin und keine Drehbuchautorin. Ich ziehe es vor, so etwas Profis zu überlassen, die werden dafür bezahlt.«

Buchner schnappte nach Luft.

»Hätte ich Ambitionen, meine eigenen Texte zu schreiben, würde ich das tun, und zwar von Anfang an. Ich würde mir eine Geschichte ausdenken und sie in Bildern und Dialogen zu Papier bringen und mit Schauspielern einen Film daraus machen. So funktioniert das nämlich, Herr Hansemann. Und das unausgegorene Wischiwaschi-Zeug, das Sie manchen Leuten als unkonventionell und intelligent verkaufen wollen, ist nichts anderes als derselbe Bullshit, den Sie sich seinerzeit schon in der Theaterwerkstatt ausgedacht haben. Damals wie heute allerdings ohne mich.«

Damit drehte ich mich um, wie in den guten, alten Zeiten, und ging.

Buchner kam atemlos hinter mir hergelaufen.

»Was um alles in der Welt war denn das gerade? Was ist denn in dich gefahren, Elsa?«

Ich wirbelte zu ihm herum, immer noch in Fahrt.

»Erinnerst du dich an den verrückten Zausel, der mich damals als Hamlet engagieren wollte? Markus Hansemann hat nur seinen Namen und seine Brille gewechselt, ansonsten ist er noch derselbe Idiot wie damals.«

»Ein vielbeachteter und einflussreicher Idiot heutzutage«, meinte Buchner ungewohnt nüchtern und gar nicht amüsiert.

»So etwas kannst du nicht bringen, das fällt schließlich auch auf mich zurück. Wenn ich den Ruf habe, Leute anzuschleppen, die sich so aufführen wie du, dann kann ich meinen Laden gleich dicht machen.«

»Gut, dann solltest du mich am besten aus der Kartei schmeißen«, schlug ich vor.

»Ich werde darüber nachdenken.«

»Lass das Nachdenken, tu's einfach«, sagte ich wütend und ließ ihn stehen.

Vor lauter Frustration und Wut traten mir die Tränen in die Augen. Das konnte doch einfach nicht wahr sein. Wie konnte so ein Nichtskönner plötzlich so hochgespült werden? Und dass mich dieser ranzige Typ jetzt auch noch meinen Agenten gekostet hatte, setzte dem Ganzen die Krone auf.

Ich nahm mir ein Taxi, denn ich wollte so schnell wie möglich nach Hause.

In meiner Aufregung hatte ich nicht mehr an Britta und Klaus gedacht. Erst als ich die Tür öffnete und Lachen und Kleinkindgebrabbel hörte, fiel es mir wieder ein. Ich machte rasch einen Abstecher ins Badezimmer, um sicherzugehen, dass man mir den Ärger und die Enttäuschung nicht zu sehr ansah. Sah man aber.

»Elsa?«, rief Finn und tauchte wenig später im Rahmen der Badezimmertür auf.

»Was ist denn ...?« Weiter kam er nicht, denn da hatte ich mich schon an seine Brust geworfen, mein Schluchzen notdürftig in seinem Sweatshirt erstickend.

Bestürzt legte er die Arme um mich und wartete.

Julius hatte gehört, dass ich zurück war, und kam zu uns.

»Mama Aua«, sagte er ängstlich. Ich ließ Finn los und hob Julius hoch.

»Ja, Juli, Mama hat ein kleines Aua, aber nicht schlimm. Alles gut.«

Er patschte mir mit seinen Händen die Tränen weg und drückte sich an mich.

»Was ist denn passiert?«, fragte Finn leise, aber ich schüttelte den Kopf und bedeutete ihm, zurück ins Zimmer zu gehen, wo Britta und Klaus warteten.

Britta saß entspannt am Tisch und lächelte mir zu, als ich hereinkam. Sie hatte wohl, im Gegensatz zu mir, einen angenehmeren Nachmittag verlebt als erwartet.

Als sie mein Gesicht sah, verschwand ihr Lächeln für einen Moment. Dann sagte sie munter: »Super, dass du schon da bist, da ist nämlich noch ein Stück Kuchen, das nur auf dich gewartet hat. Und schau dir an, was die Jungs gebaut haben.«

Sie zeigte auf einen hohen Turm aus dicken Legosteinen, den Klaus sorgsam festhielt.

Ich bewunderte das Bauwerk gebührend, und beide Jungs waren stolz wie Oskar. Dann vergnügten sie sich damit, den Turm unter großem Hallo zum Einsturz zu bringen und danach wieder aufzubauen. Das Spiel ging endlos.

Ich setzte mich in den Sessel und trank einen Kaffee.

Finn sah mich erwartungsvoll an, und Britta meinte, dass sie jetzt vielleicht besser gehen solle, doch mir machte es nichts aus, dass sie meinen desolaten Zustand mitbekam.

Ich erzählte von dem Casting, fing allerdings bei meiner ersten Begegnung mit Markus Hansemann Anfang der Neunzigerjahre an, damit Britta mein Verhalten verstand. Während ich erzählte, erlangte mein Ärger wieder die Oberhand, sodass mein Talent, Leute zu imitieren, ein wesentliches und sehr böses Element meiner Schilderung wurde. Britta liefen bereits bei der alten Hamlet-Geschichte die Lachtränen übers Gesicht. Als ich bei der Neuauflage vom Nachmittag ankam, drohte sie beinahe zu ersticken.

»Oh, mein Gott!«, japste sie. »Elsa, du solltest zum Kabarett gehen. Ich kann nicht mehr.«

»Wieso warst du eigentlich so fertig, als du heimgekommen bist?«, fragte Finn. »Es war doch richtig, was du getan hast.«

Britta, die sich langsam beruhigte, stimmte ihm sofort zu, aber ich schüttelte den Kopf.

»Nein, war's nicht. Es hört sich alles witzig an, aber es hat mich mit hoher Wahrscheinlichkeit meinen Agenten gekostet.«

»Wenn das so ist, dann sch …«, mit Blick auf die Kinder beherrschte sich Finn und sagte: »… pfeif auf den Agenten.«

»Das sagst du so leicht«, entgegnete ich. »Du brauchst keinen Agenten, aber ich schon, wenn ich ab und zu auch mal am Theater arbeiten will, oder beim Film oder Fernsehen. Und das hab ich mir gründlich vermasselt.«

»Du hast gesagt und getan, was du gedacht hast, und das ist gut«, sagte Finn. »Willst du dich ewig verbiegen, damit du weiterkommst?«

»Man muss manchmal Kompromisse eingehen«, widersprach ich.

»Nein«, sagte Finn. »Man darf es nicht einmal. Kompromisse sind das Ende jeder Kunst. Mach Kompromisse in deinem Alltag, wenn es darum geht, was du essen willst oder wohin du in den Urlaub fährst. Aber mach keine Kompromisse, wenn es um das geht, was dich ausmacht. Scheiß auf Hansemann und Buchner. Du hattest vollkommen recht.«

Finn war stolz auf mich, viel stolzer, als er es gewesen wäre, hätte ich ein erfolgreiches Casting absolviert. Konnte ich das nicht auch sein?

Julius rief: »Seis mann!«, und strahlte.

Buchner ließ tatsächlich nichts mehr von sich hören. Zum ersten Mal zweifelte ich daran, ob es gut gewesen war, ihn damals zu wählen, statt Kleinholz. Vielleicht hätte Kleinholz mehr Rückgrat gehabt. Wie auch immer. Ich nagte nicht gerade am Hungertuch, ich hatte beim Synchron gut zu tun, und eine Menge Schauspieler taten nichts anderes, so wie David.

Trotzdem wurmte es mich. Warum belohnte das Leben so oft diese Blender und legte den anderen Steine in den Weg? Warum fanden Leute wie Markus Hansemann immer jemanden, der ihnen ihre Scheiße abkaufte und für Gold hielt?

Ich beschloss, mich von meiner Schauspielkarriere zu verabschieden.

Mitte des Jahres erhielt ich einen Anruf von Hannah, Eddas Pflegerin. Sie müsse etwas mit mir besprechen.

Natürlich ging es um Eddas geistigen Zustand, der sich mehr und mehr verschlechtert hatte. Seit Julius' Geburt waren anderthalb Jahre vergangen. Inzwischen konnte sie sich nicht mehr merken, welcher Tag gerade war. Sie wusste nicht mehr, was sie eine Stunde zuvor zu Mittag gegessen hatte. Sie verwechselte ihr Haus mit der alten Villa, in der sie aufgewachsen war, und verlief sich deshalb in ihren eigenen vier Wänden.

»Das Gute ist«, sagte Hannah, als ich mit ihr sprach, »dass man denselben Witz alle halbe Stunde machen kann, und sie lacht genauso wie beim ersten Mal. Ich muss also gar nicht mehr so kreativ sein.« Sie lächelte traurig.

»Es geht um Folgendes«, sagte sie dann ernst. »Edda braucht einen gesetzlichen Betreuer, der Entscheidungen für sie trifft und ihre Angelegenheiten regelt. Ich habe mit ihr darüber gesprochen, und sie sagte, dass Sie das machen sollten.«

Ich erschrak. Ich? Eddas Betreuerin?

»Sie hat sonst niemanden«, sagte Hannah. »Sie hat keine Verwandten, niemanden, der sich um sie kümmert.«

»Aber sie hat viele Freunde«, widersprach ich.

»Wirklich?«, fragte Hannah. »Und wo sind die alle? Ich sehe immer nur Sie und Ihre Familie, die zu Besuch kommen. Vielleicht hat sie Freunde gehabt, die ihre Gesellschaft schätzten, als sie noch gesund und weniger anstrengend war, aber von denen ist sicher keiner bereit, die Betreuung einer an Alzheimer erkrankten Greisin zu übernehmen.«

Hannah hatte recht. Wo waren die hundert Gäste, die Edda an ihrem achtzigsten Geburtstag hatten hochleben lassen? Ich wusste, dass Davids Bruder sie ab und zu besuchte, selten zwar, aber immerhin. Ich hatte angenommen, dass auch andere Leute hin und wieder vorbeischauten, doch das war wohl nicht der Fall.

»Wie dem auch sei«, sagte Hannah sehr sachlich. »Sie hat sich für Sie als Betreuerin entschieden. Ich kann Ihnen dabei helfen, alles in die Wege zu leiten, wenn es Ihnen recht ist.« Ich nickte. Wie konnte ich das ablehnen und riskieren, dass ein Unbekannter, der von irgendeiner Behörde bestellt werden würde, ihre Angelegenheiten regelte?

Doch es fühlte sich so an, als müsste ich meine alte Freundin an der Hand nehmen, um sie auf ihrem letzten Weg zu begleiten. Und wieder würde mich jemand verlassen, den ich liebte.

2001

»Ich will einen Hund!«

Es war nicht klar, von wem Julius diese energische Art geerbt hatte, doch meine Freundin Britta interessierte auch viel mehr die Frage, wieso mein Sohn mit zwei Jahren derart korrekte Sätze äußern konnte, während Klaus weiterhin lediglich mit »Wauwau!« auf die lustig wedelnden Tiere zeigte.

»Wir können keinen Hund haben, Juli«, sagte ich bestimmt. »Gehst du etwa mit ihm Gassi?«

Julius pumpte, und ich befürchtete einen der Anfälle, die er neuerdings hatte, wenn ihm etwas gegen den Strich ging.

»Wir fragen Papa, ob du schon einen Hund haben kannst, okay?«, log ich. Wenn man sich, so wie wir in diesem Augenblick, in der Öffentlichkeit befand, musste man sich einfach zu helfen wissen, oder das eigene Kind ließ einen alt aussehen, wenn es sich nämlich auf den Boden warf und Himmel und Hölle zusammenbrüllte.

Wenn ich darauf spekulierte, dass Julius die Frage nach dem Hund vergessen haben würde, bis Finn nach Hause kam, war ich schief gewickelt.

Finn arbeitete in letzter Zeit manchmal bis spät abends in der Akademie. Es machte ihm Spaß, mit den Studenten etwas auf die

Beine zu stellen oder zu sehen, wie Einzelne unter ihnen sich entwickelten.

Er wurde älter, in diesem Jahr würde er seinen vierzigsten Geburtstag feiern, oder wie immer nicht feiern. Wenn er von seinen Studenten erzählte, wurde mir das am stärksten bewusst. Er war kein Jungspund mehr, obwohl er noch immer wie einer aussah. Vierzig, mein Gott! Ich hatte jetzt schon Panik davor, wenn es mich ereilen würde.

Kaum betrat Finn die Wohnung, rannte Julius auf ihn zu und verkündete lauthals sein Begehr: »Ich will einen Hund!«

»Was willst du?«, fragte Finn verblüfft.

»Einen Hund«, wiederholte der Kleine.

Finn kniete sich nieder und seufzte: »Juli, ein Hund ist ...« Ich machte stumme Zeichen hinter dem Rücken unseres Kindes.

»Ein Hund ist ganz toll«, sagte Finn und blickte sich suchend um. Julius strahlte schon und hüpfte auf und ab. Dann spiegelte sich in Finns Augen die plötzliche Erleuchtung.

»Aber weißt du, was nicht so toll ist: Hunde zerbeißen Spielsachen.«

Julius starrte seinen Vater ungläubig an.

»Wenn dir das nichts ausmacht, dass der Hund deine Legos frisst und deine Kuscheltiere zerbeißt, dann können wir einen holen. Morgen schon, wenn du willst.«

»Nein!«, schrie Julius entsetzt. »Ich will keinen Hund. Ich will meine Legos.« Sein Kinn bebte.

»Also gut, Juli«, beruhigte ihn Finn, »dann lassen wir das mit dem Hund. Gut?«

Der Abend war gerettet.

Das Leben mit dem größer werdenden Kleinen wurde in mancher Hinsicht leichter und in mancher Hinsicht schwieriger. So würde das auch bleiben, das ganze Leben lang, sah ich das nicht an mir? Für alles, das leichter wurde, zahlte man mit etwas anderem, das schwerer wurde. Es fiel mir leichter, meine Meinung zu sagen, es fiel mir leichter, Entscheidungen zu treffen, es fiel mir leichter, mich zu mögen, doch es fiel mir schwerer zu warten, geduldig zu sein, Niederlagen zu akzeptieren. Alles, was mir schwerfiel, hatte mit Zeit zu tun.

Zeit war etwas, das ich nicht beeinflussen konnte und das mich hilflos machte. Edda, zum Beispiel, hatte nicht mehr viel Zeit. Sie glitt langsam aber unaufhaltsam hinüber in eine Welt, in der keiner sie mehr erreichen konnte. Ich hatte ihre gesetzliche Betreuung übernommen, bisher lediglich eine Formalität, doch jeder Tag brachte uns dem Ernstfall näher. Sie erzählte immer öfter von Max und warf so viel durcheinander, dass einem schwindlig wurde. Die Quintessenz aus all den verschiedenen und verworrenen Geschichten war einzig ihre große Liebe zu ihm.

Zeit hatte auch Maria und David endgültig auseinandergebracht. Nach dem Trennungsjahr wurde die Scheidung vollzogen. Zeit siegte über Liebe. Maria hatte eine neue Beziehung, wie ernst es damit war, wusste man nicht, und David, der war sowieso nie allein. Er war genauso bezaubernd wie elf Jahre zuvor, als ich ihn kennengelernt hatte, alterslos und interessant. Er hatte keine Schwierigkeiten, Frauen zu verführen, ohne dass sie es auch nur bemerkten.

Doch er hatte Maria nicht mehr, und das Vakuum, das dieser Verlust hinterlassen hatte, war für jeden spürbar, der ihn kannte. David war kein oberflächlicher Mensch, er hatte nur eine einzige Schwäche, und die ruinierte sein Glück.

Und dann hörte ich auch noch meine eigene Uhr ticken. Als Schauspielerin, die immer älter wurde und für die es immer weniger Rollen gab. Na gut, mit achtunddreißig war man noch ganz gut vermittelbar, aber dazu brauchte man einen Agenten. Der Gedanke, nur noch mit meiner Stimme zu arbeiten, frustrierte mich doch, und heimlich hoffte ich darauf, noch einmal auf der Bühne einen Erfolg zu haben wie in früheren Jahren. Noch einmal oben zu stehen und bejubelt zu werden, hymnenhafte Kritiken einzuheimsen und sie im Stillen wieder und wieder zu lesen. Ich hatte diese Momente damals viel zu wenig genossen, hatte mich oft fast geschämt, wenn ich im Mittelpunkt stand. Und jetzt, da ich es hätte genießen können, hatte ich es nicht mehr. Lief man seinem Leben ständig hinterher?

Und mein Vorschlag an Finn, mit anderen auszugehen, neue Beziehungen einzugehen? Auch das hatte nicht so ganz geklappt. Er war ein paarmal mit Britta ausgegangen, doch es hatte sich nicht mehr als eine Freundschaft entwickelt. Er war mit seiner Arbeit beschäftigt, mit der Akademie und mit Julius, das schien ihm zu genügen.

Ich selbst hatte einen Kollegen vom Synchron kennengelernt, der normalerweise in Berlin lebte. Er war gut aussehend und witzig gewesen, wir hatten uns gut unterhalten und schließlich in seinem Hotel miteinander geschlafen. Auch Zeitverschwendung: mieser Sex. Seitdem hatte ich es gelassen und akzeptierte, dass das Leben auch an mir als Frau vorbeirauschte.

Im Juli eröffnete mir Finn, dass er nach New York reisen würde. Er würde eine große Kunsttagung besuchen und einem alten Freund aus New Yorker Tagen bei der Eröffnung eines neuen Museums für zeitgenössische Kunst helfen. Er würde den ganzen August über weg sein. Ich konnte es mir gar nicht vorstellen und dachte auch an seinen ersten Aufenthalt in New York, der ungeplant um anderthalb Jahre verlängert wurde.

»Du kommst aber wieder«, vergewisserte ich mich. Ich kam

mir kindisch dabei vor. Doch Finn sah mich nur lächelnd an, zog mich an sich und sagte sanft: »Natürlich komme ich wieder.«

»Wirst du Anna treffen?«, fragte ich.

»Ja, vielleicht«, sagte er.

»Vielleicht flammt die alte Liebe ja wieder auf«, scherzte ich. Er verzog das Gesicht. »Sie ist verheiratet.«

»Das war David auch«, bemerkte ich trocken.

»Ich mach mich nicht an verheiratete Frauen ran«, sagte Finn entschieden.

»Na gut«, sagte ich. »Es wird noch andere hübsche New Yorkerinnen geben.«

»Wenn ich eine finde, lass ich es dich wissen«, versprach er und machte sich auf den Weg zur Akademie.

Julius und ich brachten Finn zum Flughafen, wo die Hölle los war. Es war der 30. Juli und Ferienanfang. Julius war schlecht gelaunt, ob der vielen Menschen und des Lärms, deshalb machten wir den Abschied kurz. Finn drückte Julius an sich, versprach, ihm etwas Schönes aus New York mitzubringen, und gab mir einen raschen Kuss auf die Wange. Weg war er. Ich sah ihm noch hinterher, als er durch die Kontrolle ging und dann groß und schlaksig in der Menge verschwand. Julius fing an zu weinen, und ich wollte am liebsten mitweinen, so leer und verlassen fühlte ich mich.

»Papa kommt ja wieder, Juli, in einem Monat ist er wieder da. Ganz bestimmt«, tröstete ich das verzweifelte Kind, das gar nicht begriff, warum es so verzweifelt war. Schnell brachte ich ihn nach draußen zum Auto. Ich musste mich nun darauf konzentrieren, den Weg zurück zu finden, was bei meinen Fahrkünsten etwas schwierig sein würde, noch dazu mit einem jammernden Kleinkind hinter mir.

»Juli, du musst mir jetzt helfen, kannst du das?«

Er sah mich mit zerknautschtem, nassem Gesicht an, alles Unglück der Welt auf seinen schmalen Schultern.

»Du musst jetzt helfen aufzupassen, ob ich auch richtig fahre, ja?«

»Ja«, jammerte das Kind ratlos.

»Weißt du, was du machen musst? Pass auf, du schaust jetzt immer aus dem Fenster nach oben zum Himmel, ja?«

»Ja.«

»Und wenn du eine Wolke siehst, musst du es mir sofort sagen, denn dann hab ich mich wahrscheinlich verfahren, okay?«

»Okay.«

»Toll. Du bist so eine große Hilfe, Juli.«

Julius ließ sich anstandslos in seinem Sitz anschnallen und starrte konzentriert in den tiefblauen Himmel. Ich fand meinen Weg, ohne mich ein einziges Mal zu verfahren, und sagte Julius, dass ich das nur wegen ihm geschafft hätte. Er war sehr stolz.

Wie lange würde ich solche Tricks noch anwenden können? Auch eine Frage der Zeit.

Zu Hause blinkte der Anrufbeantworter. Während ich Julius, der vor Erschöpfung eingeschlafen war, auszog, hörte ich nur mit halbem Ohr hin. Bis ich plötzlich die Stimme erkannte. Das war doch Pavel, Pavel Rainhard, der damals den guten Menschen von Sezuan in Augsburg inszeniert hatte. Ich hatte ihn ewig nicht gesehen. Es war zwar immer die Rede davon gewesen, dass wir wieder einmal etwas zusammen machen wollten, doch irgendwie hatte sich das nie ergeben. Ich drückte den Knopf noch einmal, um die ganze Ansage zu hören, und bewaffnete mich mit einem Stift und einem Stück Papier.

»Hallo Elsa, Achtung, nicht erschrecken, hier ist Pavel. Ich weiß, wir haben ewig nichts voneinander gehört, aber darum wird es auch Zeit. Ich hab versucht, deine Agenten zu kontaktieren, aber da bin ich irgendwie in einer Sackgasse gelandet. Dann dachte ich, ich probiere einfach, ob deine alte Nummer noch gilt. Ich müsste dringend etwas mit dir besprechen, sei doch so gut, und ruf mich zurück unter der Nummer ...«

Ich notierte hektisch, schaltete den Anrufbeantworter aus und wählte die Nummer, noch bevor ich darüber nachdenken konnte, dass dieser prompte Rückruf doch recht verzweifelt wirken könnte.

»Rainhard«, meldete sich Pavels Stimme.

»Hallo, Pavel, hier ist Elsa, ich hab gerade deine Nachricht gehört und dachte ...«

»Elsa!« Sein strahlendes Gesicht war förmlich durchs Telefon zu hören.

»Ist das schön«, sagte er.

»Ja, ich freu mich auch, Pavel«, sagte ich. »Wie geht es dir denn?«

»Wunderbar«, sagte er. »Ich bin Intendant in Nürnberg.«

»Wie bitte?«, entfuhr es mir.

Er lachte laut auf. »Ohne Scheiß. Ich kann's auch kaum glauben.«

»Gratuliere!«, sagte ich. »Wow, Intendant!«

»Und genau deshalb ruf ich dich auch an.«

Er machte eine Pause. Ich hielt die Luft an.

»*Der Widerspenstigen Zähmung*?«, sagte er dann. »Lust?«

Ich stieß die angehaltene Luft auf einmal wieder aus.

»Ob ich Lust habe? Die Bianca?«

»Nein«, sagte er. »Nicht doch Bianca. Katharina natürlich.«

»Ich?«, fragte ich. »Katharina?«

»Na klar«, sagte er.

Ich war sprachlos. Und unsicher. Konnte ich das überhaupt noch? Und Nürnberg, wie sollte ich das mit Julius auf die Reihe kriegen? Ich würde wochenlang weg sein. Andererseits, Finn war auch gerade wochenlang weg, und Julius war nicht auf einen Elternteil alleine fixiert.

»Ich hab schon lange nicht mehr auf einer Bühne gestanden«, sagte ich ehrlich.

»Ach, das ist doch wie Fahrrad fahren«, meinte Pavel.

»Muss ich nicht vorsprechen?«, fragte ich.

»Nein«, erklärte Pavel. »Ich bin der Intendant, und ich will dich. Ende.« Dann verlor er den abgeklärten Ton und wurde albern: »Ist das nicht geil? Ich kann sagen: ›Ich will das‹, und es wird dann einfach so gemacht. Ich befinde mich gefährlich an der Grenze zum Größenwahn, Elsa, das wäre das Einzige, was du zu bedenken hättest.«

Ich lachte. »Damit kann ich leben, glaub ich.«

Wir redeten noch eine Weile. Ich erzählte von Julius. Pavel war begeistert. Er vertrat die Auffassung, dass grundsätzlich alle Schauspielerinnen einmal ein Kind bekommen haben sollten, weil es den Horizont erweitere, wie er meinte.

»Ich bin sicher, du bist jetzt noch viel besser geworden. Du wirst eine sagenhafte Katharina.« Es ging mir runter wie Öl.

Ich konnte kaum abwarten, alles Finn zu erzählen, wenn er anrief.

Finn meldete sich erst am nächsten Tag und auch nur ganz kurz, um zu sagen, dass er gut angekommen war. Dann hatte er keine Zeit mehr, weil er zur Tagung musste. Er würde wieder anrufen.

»Wann?«, fragte ich den Hörer, der keine Antwort mehr gab. Ich war gar nicht dazu gekommen, meine Neuigkeiten zu verkünden.

Ich erzählte stattdessen Julius davon und las ihm gleich aus dem Theaterstück vor, was er äußerst spannend fand, zumindest zehn Minuten lang, dann brachte er mir sein Buch vom kleinen Bären, der krank war.

Ich erzählte auch Kevin und Nora und Finns Mutter von Pavels Angebot. Und David und Edda, die sich gleich dreimal hintereinander mit mir darüber freute, und Britta und auch Norbert, dem ich Blumen ans Grab brachte. Sogar meine Eltern erfuhren davon und versprachen mir, diesmal wirklich zur Premiere zu kommen. Nur Finn wusste nichts von meinem Glück. Er meldete sich hin und wieder kurz, fragte nach Julius, wollte ihn am Telefon haben, erzählte, dass er Anna getroffen habe, dass das Museum fantastisch werden würde, dass die Tagung interessant gewesen sei und er viele Kontakte geknüpft habe und dass sein Bett im Hotel hart wie Stein sei. Und immer musste er gleich los.

Pavel kam zu einem Treffen nach München, und es war großartig. Ich hatte fast vergessen, wie toll ich ihn als Regisseur gefunden hatte, seinen Ideenreichtum, seine Warmherzigkeit und seine Liebe zu dem, was er tat, ähnlich wie Finn eigentlich. Er würde das Stück auch inszenieren.

Die Proben würden im Januar beginnen und die Premiere Ende März stattfinden.

»So lange?«, fragte ich und dachte natürlich an Julius.

»Keine Angst«, sagte er, »du hast zwischendurch auch mal eine Woche frei. Ich richte ich es schon so ein, dass du nicht ewig von zu Hause weg bist.«

Einfühlsam war er auch noch.

Pavel und ich hatten so viel Spaß und verstanden uns so blendend, dass ich mich schon jetzt auf den Januar zu freuen begann.

Am 1. September wollte Finn wieder zurückkommen, doch er rief zwei Tage vorher an und sagte, dass sich die Eröffnung des Museums um eine Woche verzögern würde. Er würde also noch bis zum

9. September bleiben. Eine Woche länger, das würde den Kohl ja nicht fett machen.

Ich war nicht gerade begeistert. Ich hatte ihm immer noch nichts von meinem Gastengagement erzählt und fand außerdem, dass er Julius auch nicht länger warten lassen konnte. Doch wenn ich ehrlich zu mir war, musste ich mir eingestehen, dass es gar nichts damit zu tun hatte. Julius würde sich über seinen Papa freuen, egal, wann er wieder vor ihm stand. Es hatte nur mit mir zu tun. Mit meinem New-York-Trauma. Heute verschob er seinen Flug um eine Woche und morgen dann vielleicht um einen Monat. Oder womöglich war ihm auch irgendeine Frau über den Weg gelaufen, und er wollte ganz dort bleiben. Er sollte ja eine Frau kennenlernen, aber doch nicht in New York. Er sollte wieder zurückkommen. Es war so albern und dumm, aber ich hatte Angst.

Am 7. September klingelte abends das Telefon. Es war Finn, und ich hörte schon bei seinem ersten Atemzug, dass etwas nicht stimmte.

»Hör mal, Elsa, das wird hier nichts. Wir werden nicht fertig. Ich weiß, ich hab versprochen zu kommen, aber ich muss noch mal verschieben. Zwei Wochen. Aber dann kommt nichts mehr dazwischen. Hundertprozentig.«

Jemand zog mir den Boden unter den Füßen weg. Ich wollte das Telefon quer durch den Raum werfen. Ich wollte losschreien. Er würde dort bleiben, ich würde ihn nie mehr sehen.

Tränen schossen mir in die Augen und schnürten mir die Kehle zu, sodass ich kaum sprechen konnte.

»Weißt du was? Komm einfach gar nicht mehr zurück. Wir brauchen dich hier nicht. Du kannst mir gestohlen bleiben.« Zum Schluss hatte ich doch geschrien. Ich legte auf, ohne Finn noch einmal zu Wort kommen zu lassen.

Das Telefon klingelte noch ein paarmal, doch ich ging nicht ran.

Zum Glück war Julius über Nacht bei seiner Oma, und ich konnte meiner Tränenflut freien Lauf lassen.

Eine leise, vernünftige Stimme in mir sagte: Es sind jetzt aber nur zwei Wochen, Elsa, und nicht zwei Jahre. Ich sagte der Stimme, sie solle die Klappe halten, und in zwei Wochen könne eine Menge passieren.

Finn rief nicht mehr an. Er hatte es wahrscheinlich oft genug probiert. Nachdem ich eine Nacht geschlafen hatte, schämte ich mich. Nicht, dass ich weniger Angst hatte, aber wie konnte ich mich so gehen lassen?

Falls er doch noch mal anrief, würde ich mich bei ihm entschuldigen. Und wenn er nicht mehr anrief? Wenn es die letzten Worte waren, die wir gewechselt hatten?

Blödsinn. Er war wahrscheinlich verärgert, aber das würde sich doch legen. Oder nicht?

Ich versuchte, mich mit verschiedenen nützlichen Aktivitäten auf andere Gedanken zu bringen: Kleider kaufen für Julius, ausmisten, umräumen.

Als ich das alles erledigt hatte, war ich dankbar, dass Julius sofort seine Bücher anschleppte und ich eine halbe Stunde mit Lesen beschäftigt war. Am Abend wartete ich darauf, dass das Telefon klingelte, was ein paarmal vorkam. Beate vom Studio wollte neue Termine besprechen, Britta rief an, um sich zu verabreden, Hannah erzählte mir Eddas neueste Kuriositäten. Nur Finns Stimme kam nie aus dem Hörer.

Am Sonntag wachte ich mit dem Gedanken auf, dass er an diesem Tag eigentlich wieder zurückkommen wollte. Julius sprang zu mir ins Bett und wollte kämpfen. Wir tobten eine Weile herum und hatten Spaß. Ich riss mich zusammen. Dann eben noch vierzehn Tage warten.

Am Nachmittag gingen wir an der Isar spazieren. Ich hatte Kevin und Nora und natürlich auch Finns Mutter Bescheid gesagt, dass Finn nicht kommen würde, und Nora hatte sofort gefragt, ob ich Lust hätte, sie zu besuchen, aber ich wollte lieber mit Julius alleine sein. Ich wollte keine prüfenden oder mitleidigen Blicke auf mir spüren. Lieber mit Julius Hunde beobachten, seine Lieblingsbeschäftigung.

Auf einem Spielplatz blieben wir eine Weile hängen, weil Julius Freundschaft mit einem hübschen, kleinen Mädchen schloss. Die Mutter des Mädchens und ich beobachteten die beiden amüsiert und trennten sie nur schweren Herzens, als der Vater auftauchte und zum Aufbruch mahnte.

Zum Glück kam man in diesem Alter noch gut über Trennungen hinweg.

Wir gingen ebenfalls nach Hause, ich machte etwas zu essen und packte Julius nach einer Gutenachtgeschichte ins Bett. Im Fernsehen lief *Tatort*, nicht gerade das, was mich aufmunterte. Ich zappte ein bisschen herum und machte den Fernseher schließlich aus. Jeff Buckley musste jetzt aushelfen. Ich legte die CD ein und ging auf die Dachterrasse um bei *Hallelujah* den Blick über München zu genießen. Das entsprach meiner Stimmung: melancholisch und einsam. Ein Glas Rotwein hätte gut dazu gepasst, aber ich hatte keinen da.

Dann war das Lied zu Ende … und fing wieder von vorne an, wie von Zauberhand. In dem verspäteten Moment, in dem mir klar wurde, dass es keine Zauberhand gewesen sein konnte, stand er schon neben mir an der Brüstung und sagte: »Hey!«

»Finn!«

Ich warf die Arme um seinen Hals und hielt ihn so fest, dass ich ihn fast erwürgt hätte. »Es tut mir so leid, ich war so blöd, ich war so gemein. Bitte entschuldige. Ich bin so froh, dass du da bist.«

»Elsa, ich krieg keine Luft«, keuchte er lachend.

»Entschuldigung!«, sagte ich und konnte es immer noch nicht fassen.

Er lächelte mich an, er war nicht böse. »Schläft Juli schon?«, fragte er.

»Sieh nach, er hat sicher nichts dagegen, wenn du ihn noch mal aufweckst«, sagte ich.

Doch Julius schlief tief und fest. Er musste bis zum Morgen warten.

»Wieso bist du denn jetzt doch früher gekommen?«, fragte ich ein wenig schuldbewusst. »Weil ich so einen Aufstand gemacht habe?«

»Natürlich«, sagte Finn.

Ich schlug beschämt die Hände vors Gesicht.

»Tut mir leid«, sagte ich, doch Finn zog meine Hände weg.

»Es muss dir nicht leidtun. Ich wollte zurück. Ich hatte plötzlich das Gefühl, ich mache einen Riesenfehler. Für Keith ist es kein Problem, der kommt schon zurecht. Ich wollte schon eine Woche vorher zurück, aber ich fühle mich dann immer so verantwortlich.«

»Ich hatte nur Angst, dass du wieder zwei Jahre wegbleibst«, sagte ich dann ehrlich.

»So ein Unsinn, Elsa«, sagte Finn und schüttelte mich leicht im Nacken.

»Ich weiß«, sagte ich. »Ich bin so froh, dass du wieder da bist.«

»Bin ich auch.«

Am Dienstag war Finn wieder in der Akademie. Am Nachmittag, kurz nach drei, kam sein Anruf.

»Elsa, mach den Fernseher an. Sofort. Da ist was passiert. Ich bin gleich zu Hause.«

Seine Stimme klang so aufgewühlt, wie ich sie nie gehört hatte. Ich hatte keine Ahnung, wovon er redete, doch ich schaltete den Fernseher ein. Das Programm war egal, es kam überall das Gleiche. Es flimmerten Bilder über den Monitor, die ich nicht verstand. Das war New York, das World Trade Center, und es brannte, beide Türme. Zwei Flugzeuge hatten die Türme getroffen. Große Passagiermaschinen, die zielgenau mitten hineingesteuert worden waren. Man sah das Unfassbare in ständigen Wiederholungen. Korrespondenten versuchten an Informationen zu kommen, Moderatoren suchten nach Worten und immer wieder im Hintergrund die Bilder der brennenden Türme und Bilder von Menschen, die sich aus den riesigen Gebäuden stürzten.

Ich hörte den Schlüssel in der Tür, ein Rucksack, der in die Ecke geworfen wurde. Finns Schritte. Vor dem Bildschirm sank er auf den Boden. Zur selben Zeit fiel der erste Turm in sich zusammen. Finn schlug die Hände vors Gesicht und begann haltlos zu weinen.

»Da war ich. Vor ein paar Tagen war ich da noch.« Ich kniete neben ihm nieder und nahm ihn in die Arme. Und beinahe wäre er immer noch da gewesen, dachte ich. Julius hatte uns gehört und kam aus meinem Zimmer. Als er seinen Vater so aufgelöst sah, fing auch er lauthals an zu klagen.

Ich streckte die Hand nach ihm aus und hielt jetzt Finn im einen und Julius im anderen Arm. So saßen wir auf dem Boden, und die grässlichen Bilder flimmerten an uns vorbei.

Julius schlief in meinem Arm ein. Finns Erschütterung wich der Sorge um die Menschen, die er in New York kannte. Er wählte die Nummern von Anna und von Keith. Beiden und ihren Familien ging es gut, aber die Tragödie, die wir im Fernsehen sahen, erlebten sie aus nächster Nähe. Das Museum, das Keith eröffnen wollte, lag in Manhattan, wo nun die Straßen voller Staub und Asche waren. Anna hatte Nachbarn, die im World Trade Center arbeiteten, doch sie wusste nicht, ob sie am Morgen schon dort gewesen waren. Sie versprachen beide, Finn auf dem Laufenden zu halten. Er war erleichtert, stand aber noch immer unter Schock.

»Wenn du mich am Telefon nicht so angeschrien hättest, dann wäre ich jetzt noch dort, Elsa«, wiederholte er immer wieder. »Das Hotel war ganz in der Nähe.«

Es klingelte an der Tür. Kevin war gekommen, um nach seinem Bruder zu sehen, worüber ich sehr froh war. Ich nahm Julius zu mir und ging mit ihm in mein Zimmer. Als er wach wurde, erklärte ich ihm, dass es uns allen gut ging und dass Papa nur traurig war über etwas, das ganz weit weg von uns passiert war. Mit umwölkter Kinderstirn hörte er sich das an.

»Uns geht es gut.«

Mehr musste er nicht verstehen. Nach einer Weile setzte er sich wieder auf den Boden und baute eine lange, komplizierte Strecke mit seiner Holzeisenbahn.

Im Wohnzimmer verfolgten Kevin und Finn stumm die Nachrichtensendungen, die ununterbrochen liefen.

Ich stellte mir vor, was gewesen wäre, wenn Finn nicht zurückgekommen wäre, wenn er irgendwo dort in dieser Stadt wäre, in der jetzt Chaos und Verzweiflung herrschten. Ich schüttelte den Gedanken ab und setzte mich neben ihn auf die Couch. Er nahm meine Hand und hielt sie fest.

Finn bekam weiterhin gute Nachrichten von seinen Freunden, aber er hörte auch Berichte über das Grauen, das alle erlebt hatten.

Ende September rief Pavel an, den ich völlig vergessen hatte. Er sei Anfang Oktober in München und fragte, ob ich mit ihm zum Oktoberfest gehen wolle. Ich sagte ihm, ich sei in meinem ganzen Leben noch nie dort gewesen.

»Dann wird's aber langsam Zeit«, fand er. »Denkst du, dein Freund hat Lust mitzukommen?«

»Finn? Der lebt schon fast seit neununddreißig Jahren in München und war auch noch nie dort. Mit Sicherheit nicht.«

Finn war einer der überzeugten Wiesn-Hasser, die es durchaus auch gab. Meine Gründe waren weniger ideologisch geprägt. Ich konnte große Menschenansammlungen nicht ausstehen. Doch ich war neugierig, und mit Pavel zusammen konnte es ganz nett werden. Wir verabredeten uns für einen Tag unter der Woche, wenn nicht so viel los war. Am Donnerstag würde Julius wieder bei seiner Oma sein. Finn war in der Akademie und würde ihn später abholen. Ich hatte also frei.

Ich erzählte Finn eher beiläufig davon, mit seiner harschen Reaktion jedoch hatte ich nicht gerechnet.

»Du geht's zur Wiesn?«, fragte er mich entgeistert.

»Ja, ich geh zur Wiesn. Ich war da noch nie«, antwortete ich verblüfft in sein empörtes Gesicht.

»Und dann fängst du ausgerechnet in diesem Jahr damit an?«, fragte er. Ich verstand erst mit ein paar Sekunden Verzögerung. Er hielt es für pietätlos, sich auf einem Volksfest zu vergnügen, wenn kurz zuvor ein paar Tausend Menschen bei einem Terroranschlag ums Leben gekommen waren.

»Ich feiere ja keine Party. Ich treffe mich mit Pavel, und wir gehen einmal übers Gelände und trinken vielleicht etwas.«

Wieso musste ich mich eigentlich rechtfertigen?

»Mit Pavel?«

»Pavel Rainhard, den kennst du doch noch.«

Und dann fiel es mir wieder ein. Ich hatte Finn immer noch nichts von meinem Engagement erzählt.

»Stell dir vor, er ist jetzt Intendant in Nürnberg und hat mir die Rolle der Katharina in *Der Widerspenstigen Zähmung* angeboten. Im Januar fangen die Proben an, Premiere im März. Ich wollte es dir schon längst erzählen, aber ... da war immer etwas.« Ich sagte nicht: Aber du hast mir nie zugehört.

»Ist das nicht toll?« Ich strahlte, doch er teilte meine Freude nicht im Geringsten.

»Gratuliere!« Es klang so gleichgültig, als hätte er gesagt: Na und?

»Und wann wolltest du mir das erzählen? Vielleicht müssen wir irgendwas für Julius planen, oder?«

»Ja, natürlich, aber das ist doch kein Problem. Außerdem bin ich bisher nicht dazu gekommen.«

»›Finn, ich hab ab Januar ein Engagement in Nürnberg‹«, machte er mir vor. »Das dauert wie lange? Drei Sekunden? Die werden ja wohl irgendwo unterzubringen sein.«

»Was soll das denn jetzt? Wieso musst du wegen nichts einen Streit vom Zaun brechen?«

»Ach, wegen nichts? Du vergnügst dich auf dem Oktoberfest, als wäre nichts gewesen, mit deinem Intendanten, der dir eine Rolle besorgt hat. Soll ich in Jubel ausbrechen oder was?«

»Du sollst einfach die Klappe halten und dich nicht in Dinge einmischen, die dich nichts angehen. Und nur zu deiner Information: Ich war nicht auf der Besetzungscouch. Kümmere dich um dich selber und um deinen Sohn, das ist alles.«

Damit verschwand ich in meinem Zimmer, knallte die Tür zu und heulte vor Wut.

Was bildete er sich ein? Er war über einen Monat lang weg gewesen und hatte mich auch vor vollendete Tatsachen gestellt.

Und jetzt regte er sich darüber auf, dass ich meinen Beruf ausüben wollte?

Es herrschte Funkstille.

Ich traf mich nicht mit Pavel, weil mir die Lust vergangen war, aber ich redete auch kein Wort mehr mit Finn, es sei denn es ging um Julius, und auch vor dem Kleinen verhielten wir uns zivilisiert.

Auf diese Weise beschlossen wir das restliche Jahr, weil offenbar keiner von uns das Bedürfnis hatte, etwas daran zu ändern. Nicht einmal Finns vierzigster Geburtstag wurde groß zur Kenntnis genommen. Völlig grundlos herrschte plötzlich kalter Krieg.

2002

Gleich nach Neujahr ging ich nach Nürnberg. Es zerriss mich fast, als ich mich von Julius verabschiedete. Ich würde fünf Tage später wieder zurück sein, doch von nun an würden ständig Abschiede kommen, bis Ende März. Ich würde fast nur an den Wochenenden zu Hause sein und mich jeden Sonntagabend wieder von Julius verabschieden müssen. Und von Finn natürlich, aber das war ... nicht so wild.

Zum Glück war die Arbeit am Theater die reinste Freude. Ich spürte erst jetzt, wie sehr ich es vermisst hatte.

Pavel war bereits damals in Augsburg ein angenehmer Regisseur gewesen, doch er hatte inzwischen noch mehr Ruhe und Sicherheit gewonnen, und jeder einzelne Probentag war in jeder Hinsicht eine Bereicherung.

Tatsächlich in jeder Hinsicht.

Wir waren gerne zusammen, ob bei der Arbeit oder danach. Ich merkte erst in dieser Zeit, wie ausgehungert ich war – nach der Anerkennung als Schauspielerin und auch nach den Blicken, die Pavel mir zuwarf.

»Du hast dich unglaublich weiterentwickelt, Elsa«, sagte er einmal. »Wenn ich an die junge, verschüchterte Frau denke, damals in Augsburg, die nur auf der Bühne aufgeblüht ist, und wenn ich dich jetzt ansehe, dann ist das so ein großer Unterschied. Du bist so erwachsen geworden und selbstbewusst.«

»Erwachsen?«, lachte ich. »Na ja, mit einem Kind wird man zwangsläufig erwachsen.«

»Und man wird offensichtlich auch attraktiver«, raunte er mir zu und ließ seinen Blick von meinem Gesicht hinab über meinen Körper gleiten und wieder zurück.

»Und dabei warst du immer schon süß«, sagte er dann, »du hast es nur nicht gewusst.«

Wann hatte je ein Mann solche Sachen zu mir gesagt? Die beiden Idioten, die in jungen Jahren meine Freunde waren, hielten sich nie lange mit Komplimenten auf, und Alex, der wollte mit mir schlafen, das war alles. Na ja, ich auch mit ihm, so gesehen war das schon okay. Und Finn? Hatte der mir Komplimente gemacht? Ja, schon. Er hatte früher viele schöne Sachen zu mir gesagt. Und er hatte mir immer das Gefühl gegeben, etwas Besonderes zu sein, liebenswert. Aber Finn zählte in diesem Zusammenhang eigentlich gar nicht. Gute Freunde mussten schließlich so sein. Und warum dachte ich überhaupt dabei an Finn? Der saß in München und war muffig. Er fragte nicht einmal, wie die Proben waren.

An Julius' Geburtstag war ich natürlich da, den hätte ich um nichts in der Welt verpasst. Drei Jahre alt war er jetzt schon. Ich konnte es kaum glauben. Er redete wie ein Buch, ging alleine auf die Toilette und konstruierte Wunderwelten aus Lego. Wir hatten das hübscheste, klügste, liebste und begabteste Kind auf der ganzen Welt. Endlich mal wieder etwas, bei dem Finn und ich übereinstimmten.

Wir feierten noch keinen großen Kindergeburtstag, und auch Klaus und Britta waren diesmal nicht da, denn Britta war zu ihren Eltern gefahren. Es kam nur die Familie. Finns Familie. Diesmal hätte ich mir gewünscht, dass auch meine Eltern dabei gewesen wären, weil es nicht so war wie früher. Wir hatten es nicht geschafft, unseren Groll zu begraben. Wir waren wirklich nur noch eine Wohngemeinschaft mit gemeinsamem Kühlschrank und gemeinsamem Kind.

Kevin und Nora waren wie immer lieb zu mir und fragten mir Löcher in den Bauch über Nürnberg, die Proben und das Stück. Finns Mutter war zurückhaltender und befasste sich viel mit Julius. Ab und zu warf sie Finn besorgte Blicke zu. Ging es ihm nicht gut? Er machte nicht den Eindruck. Abgesehen von der Tatsache, dass er mit mir nur das Nötigste redete, war er wie immer.

Ich konnte den Tag nicht genießen und kam mir vor wie eine Rabenmutter, weil ich mich darauf freute, am nächsten Tag wieder nach Nürnberg zu fahren. Ich hätte Julius am liebsten mitgenommen.

Pavel holte mich vom Bahnhof ab und gab mir, was ich brauchte: Zuwendung, Geborgenheit und Wärme. Mit ihm zu schlafen, war anders als mit Alex. Sex mit Pavel war nicht die Hauptsache, es war die Zugabe.

Verliebte ich mich? Ich horchte in mich hinein und wartete darauf, dass mir ein Schwarm Schmetterlinge antworten würde, aber es war still. Mussten es denn immer die Schmetterlinge sein? Genügte es nicht, sich mit dem anderen einfach nur wohlzufühlen? Mir genügte es.

Mitte März brachte ich es endlich über mich, Finn zu fragen, ob ich eine Premierenkarte für ihn reservieren sollte. Meine Eltern hatten Wort gehalten und erinnerten mich wöchentlich daran, ihnen Karten zu besorgen. Sie waren richtig aufgeregt, und ich freute mich sehr darüber. Aber wenn Finn nicht kam, dann wäre alles andere schal.

Er stand in der Küche und schnitt Gemüse, als ich so cool

wie möglich, aber mit klopfendem Herzen fragte: »Brauchst du eigentlich eine Premierenkarte?«

Er hielt kurz inne, dann wandte er sich mir halb zu und fragte unsicher zurück: »Möchtest du denn, dass ich komme?«

Ich konnte ihm ansehen, dass sein Herz genau so sehr klopfte wie mein eigenes, als er auf die Antwort wartete. Tränen traten mir in die Augen, so groß war meine Anspannung.

»Ja, bitte«, sagte ich leise und versuchte, dabei nicht zu schluchzen.

Im nächsten Augenblick war er bei mir, schlang die Arme um mich, und wir heulten gemeinsam.

Als sich am 30. März der Vorhang im Staatstheater in Nürnberg hob, saß Finn also im Zuschauerraum neben meinen Eltern. Ich fragte mich, ob ich hätte spielen können, wenn er nicht da gewesen wäre.

Julius war bei Nora und Kevin und hatte mir als Talisman seinen Kuschellöwen gesandt. Vermutlich hatte Finn ihm den abgeluchst, aber er half mir trotzdem bei meinem Lampenfieber, das nach all der langen Zeit immens war.

»Du wirst, wie immer, unvergleichlich sein«, sagte Finn, um mich aufzumuntern.

»Unvergleichlich gut oder unvergleichlich schlecht?«, fragte ich ironisch.

»Einfach unvergleichlich«, sagte Finn, nahm mein Gesicht in seine Hände und gab mir einen Kuss. Nicht auf die Wange oder die Stirn oder mein Haar, sondern einen Kuss auf den Mund. Das war sein Glücksbringer, einer, den ich mit mir tragen konnte, auf meinen Lippen, der mich durch den ganzen Abend begleiten würde.

Pavel wünschte allen kurz vor dem Auftritt ›Toi, toi, toi‹ und kam zuletzt zu mir. Er spuckte mir symbolisch über die Schulter und wollte mich dann noch schnell küssen, doch ich drehte den Kopf zur Seite.

»Erst nachher«, flüsterte ich ihm zu, als er mich verständnislos ansah.

»Du hast recht«, sagte er und lächelte. »Nachher!«

Ich versuchte, in meine Rolle abzutauchen, die widerspenstige Katharina zu werden und alle Küsse – die empfangenen und die verweigerten – zu vergessen.

Du wirst unvergleichlich sein. Mit Julius' Löwen auf dem Inspizientenpult und Finns Kuss auf den Lippen machte ich meine ersten Schritte zurück in die Welt, die ich liebte.

Wenn ich später an jenen Abend zurückdachte, fiel mir ein Bild immer als Allererstes ein: meine Mutter, applaudierend und heulend in der ersten Reihe. So hatte ich sie noch nie erlebt. Sie saß da, so ergriffen und mit so viel Stolz, dass fast auch ich geweint hätte.

Zum Glück war sie nicht die Einzige, die so heftig applaudierte, auch der Rest des Publikums schien ihrer Meinung zu sein.

Das zweite Bild jedoch, das einen fast ebenso bleibenden Eindruck bei mir hinterließ wie das von meiner Mutter, war Finns Blick, als Pavel neben mir stand. Pavel küsste mich nicht oder umarmte mich, wahrscheinlich aus Rücksicht auf meine Eltern, mit denen ich ihn bekannt machte. Finn und er waren sich ja früher schon begegnet. Aber er ergriff wie selbstverständlich meine Hand und hielt sie fest.

Finns Blick fror für Sekunden ein. Der Nachteil daran, dass ich Finn so gut kannte, war, dass ich seine Gedanken lesen konnte.

Als Pavel mich endlich losließ, um sich den geladenen Honoratioren der Stadt zuzuwenden, und meine Eltern gerade das Foyer abschritten, nahm Finn die Gelegenheit wahr.

»Seit wann seid ihr zusammen?«

Ich bewunderte innerlich das unbeteiligte Interesse, das er in seine Stimme legte, eine echte schauspielerische Leistung.

»Das kam so nach und nach«, sagte ich vage.

»Also wieder kein bestimmter Tag, an dem man ein Jubiläum feiern könnte«, grinste er in Anspielung auf unsere Unterhaltung an Eddas Geburtstag.

»Nein«, lachte ich, »ich fürchte, ich werde auf ewig jemand sein, der ohne Jahrestagsfeiern auskommen muss.«

Damit hatte sich unser Reservoir an harmlosen Scherzen auch schon erschöpft.

Ich spürte, dass da noch mehr Fragen in der Luft lagen, aber Finn stellte sie nicht.

»Ich freu mich für dich«, sagte er. Auch seine Schauspielkunst hatte sich erschöpft. Was er eigentlich meinte, war: Ich *will* mich für dich freuen.

Meine Eltern sorgten für genügend Ablenkung, sodass wir doch noch einen entspannten Abend hatten, verabschiedeten sich aber bald ins Hotel.

Auch Finn wollte sich auf den Weg machen, denn es war immerhin ziemlich weit bis nach München. Ich hatte eigentlich geplant, bis zum nächsten Tag in Nürnberg zu bleiben, hatte aber ein ungutes Gefühl, Finn alleine durch die Nacht fahren zu lassen.

Ich sagte Pavel, ich würde gleich mit Finn nach München fahren, weil ich Julius wiedersehen wolle. Die nächste Vorstellung war ohnehin schon wieder in drei Tagen. Pavel verstand das gut, gab mir einen innigen Abschiedskuss und flüsterte mir noch einmal zu, wie großartig ich war.

Finn und Pavel gaben sich freundschaftlich die Hand.

»Fahrt vorsichtig«, sagte Pavel noch, dann fuhren wir los.

Es war schon nach Mitternacht, und die Autobahn war fast völlig frei. Wir redeten nicht. Ich war auch nicht mitgekommen, um zu reden, ich wollte nur neben ihm sitzen.

»Wieso wolltest du jetzt eigentlich mitkommen?«, fragte Finn nach einer Weile. Das mit dem Gedankenlesen funktionierte bei ihm genauso gut.

Ich war zwar die bei Weitem bessere Schauspielerin und hätte ihm glaubhaft die treusorgende Mutter vorspielen können, doch wozu?

»Ich wollte sicher gehen, dass du keinen Unfall baust«, sagte ich ehrlich.

»Was?«, brach es lachend aus ihm heraus.

»Ja, keine Ahnung. Der Weg ist ja ganz schön weit, und was weiß denn ich, wie du ...«

»Wie ich was?«, fragte er immer noch lachend.

»Wie du das mit Pavel aufgenommen hast. Vielleicht nervt es dich ja doch, du schweifst mit den Gedanken ab und dann: Bumm!«

»Oh, Elsa«, sagte er und schüttelte den Kopf. »Was du dir einredest!«

»Na, umso besser, wenn nicht«, sagte ich und verschränkte die Arme vor der Brust. Dann hatte ich mich eben lächerlich gemacht, na und?

»Vor allem«, sagte Finn im Oberlehrerton. »Wenn ich einen Unfall hätte, und du wärst dabei, was wolltest du denn dann tun?«

»Wenn du keinen Unfall hast, bin ich auch dabei und bin beruhigt. Ich muss nicht warten, bis mich irgendjemand anruft, entweder ein Krankenhaus oder die Polizei oder du, nachdem du angekommen bist.«

»Ich verstehe trotzdem nicht den Vorteil daran, wenn du dann auch in den Unfall verwickelt wärst. Es ist ganz einfach unlogisch.«

»Ist doch egal. Ich fühle mich hier im Auto eben wohler als im Hotel«, beendete ich die Diskussion.

»Oh, du fühlst dich hier bei mir in meinem schrottigen Auto wohler als in Pavels Armen im Hotel? Wenn das kein Kompliment ist!«

Er grinste zufrieden.

»Blödmann«, sagte ich.

Mit dem ›schrottigen‹ Auto brauchten wir zwei Stunden bis nach München.

»Na also«, sagte Finn, als er den Motor abstellte. »Kein Unfall.«

»Bist ja auch ein guter Fahrer«, gab ich zu.

»Die Autobahn war frei, da hättest sogar du fahren können«, bedankte sich Finn für das Lob, wofür er wieder einmal meine Faust an seinem Oberarm zu spüren bekam.

München bei Nacht war unnatürlich still. Fast wie auf dem Dorf. Die Dunkelheit und die Ruhe schufen eine wunderbare Stimmung. So friedlich.

Wir blieben eine Weile draußen stehen und genossen den Schlaf der Stadt.

Ich war froh, zu Hause zu sein, und ich war froh, mit Finn zwei Stunden durch die Nacht gefahren zu sein. Es waren zwei der bislang besten Stunden in diesem Jahr.

Von nun an war ich nicht mehr so oft von zu Hause weg. Ich fuhr zu den Vorstellungen, blieb über Nacht, worüber sich Pavel freute, und fuhr wieder nach Hause. Manchmal hatte ich zwei Wochen hintereinander keine Vorstellung. Dann kam Pavel ab und zu nach

München. Aber meistens fand die Beziehung statt, wenn Vorstellung war.

Finn freundete sich mit dem Gedanken an, dass Pavel und ich zusammen waren, zumindest war er deutlich entspannter als am Premierenabend, wenn Pavel zu mir kam. Die beiden verstanden sich im Grunde ganz gut, interessierten sich für die gleichen Dinge und waren oft einer Meinung. Julius erfuhr, dass Pavel mein Freund war und hatte keinerlei Probleme damit. Papa und Mama hatten eben Freunde, also zumindest Mama. Den Kleinen beschäftigte mehr, dass er nach den Ferien in den Kindergarten kommen würde.

Doch vorher, im August, hatte die gesamte Familie McGregor noch große Pläne.

Kevin und Nora hatten ab Mitte des Monats ein Haus in der Toskana gemietet und uns eingeladen mitzukommen. Und davor für eine Woche nach Inverness in Schottland, wo sie früher gelebt hatten und wo das Grab ihres Vaters war.

Ich war in einem Gewissenskonflikt. Sollte ich nicht die freie Zeit nutzen, um mit Pavel zusammen zu sein? Sollte ich mit nach Schottland kommen? Ich gehörte doch eigentlich gar nicht richtig dazu. Ich war keine McGregor.

Keiner drängte mich zu irgendetwas, was die Entscheidung im Grunde nur schwieriger machte.

Ich wollte, dass Julius mit seinem Vater nach Schottland reiste und mit ihm den kompletten Urlaub verbrachte. Ich wollte aber auch bei Julius sein. Und ich wollte Pavel nicht vernachlässigen. Was war das denn für eine Beziehung, wenn man nie zusammen war? Ich konnte mich aber nicht in zwei Hälften teilen.

Was tut man, wenn man sich keinen Rat weiß? Man fragt seinen besten Freund.

Ich fragte also Finn.

»Elsa, das musst du wissen«, sagte er. »Was soll ich dir da sagen?«

So viel zu den Ratschlägen meines besten Freundes.

»Also schön, was würdest du tun?«, hakte ich nach.

»Ich an deiner Stelle würde drei Wochen mit Pavel verbringen und Tag und Nacht durchvögeln«, sagte er unverblümt, doch als er meine betroffene Miene sah, entschuldigte er sich und meinte: »War doch nur ein Witz. Tschuldigung.« Er zuckte hilflos mit den Schultern.

»Ich weiß nicht, was ich sagen soll, Elsa. Komm mit uns, und schick Pavel in eine All-Inclusive-Absteige auf Ibiza? Ist doch alles blöd, was ich sage.«

»Pavel würde nicht nach Ibiza wollen«, vermutete ich. »Sylt vielleicht.«

»Sylt?« Finn lachte. »Da muss er aber aufpassen, dass er am Ende nicht auf …«

»Juist landet«, vollendete ich mit ihm gemeinsam den Satz. Wir lachten in Erinnerung an unsere Odyssee in den Norden.

»Komm mit nach Schottland«, sagte Finn plötzlich.

»Okay«, sagte ich, ohne nachzudenken.

Schottland und danach zwei Wochen mit Pavel statt Toskana, so lautete meine Entscheidung.

Natürlich hatte Finn selbst keine Erinnerung an seine Geburtsstadt mehr, und auch Kevin, der immerhin schon sieben gewesen war, als die Familie Schottland verließ, hatte nur noch vage Bilder im Kopf.

Unser erster Weg nach der Ankunft in Inverness führte uns zu ihrem ehemaligen Haus. Wir spazierten daran vorbei, bevor wir auf den Friedhof gingen. Ein alter Friedhof hinter einer großen Kirche, wild bewachsen und nicht so ordentlich und gepflegt wie die Friedhöfe in Deutschland, denen man jeden einzelnen Punkt einer ausführlichen Friedhofssatzung ansah. Auf diesem schottischen Friedhof in den Highlands beherrschte die Wahllosigkeit des Todes das Bild. Es dauerte eine Weile, bis wir das Grab fanden. Eine Schale mit frischen Blumen stand darauf. Eine alte Freundin von Finns Mutter kümmerte sich nun schon seit vierzig Jahren darum.

Julius McGregor 21.7.1932–16.11.1962

Er war nur dreißig Jahre alt geworden, das hatte ich nicht gewusst.

Die Kinder hatten Blumen dabei, die sie aufs Grab legten, dann spielten sie Fangen, und keiner verbot es ihnen. Paul passte auf die beiden Kleinen auf. Wir anderen standen schweigend um das Grab herum.

»Warum denken Menschen, dass ihre Angehörigen in solchen Gräbern sind?«, fragte Finns Mutter nach einer Weile. »Manche reden sogar noch mit den Grabsteinen.« Sie schüttelte den Kopf und betrachtete den Stein, in den der Name ihres Mannes eingemeißelt war.

»Und warum bringst du dann immer noch Blumen her?«, fragte Kevin und Finn fügte hinzu: »Und warum stehen wir immer, wenn wir hier sind, zehn Minuten hier herum?«

»Weil sich das so gehört«, erklärte ihre Mutter.

»Da steht sein Name, weiter nichts«, sagte Kevin.

»Ich weiß«, sagte seine Mutter.

»Lasst uns gehen«, sagte Finn, »die Kinder tun sich sonst noch weh, hier auf diesem Abenteuerfriedhof.«

»Also gut, dann los«, sagte seine Mutter und ging, ohne sich noch einmal umzudrehen.

Verwirrt flüsterte ich Nora zu, weshalb wir eigentlich nach Inverness gekommen waren, wenn weder das alte Haus noch das Grab von Bedeutung waren. Sie schmunzelte und sagte: »Das wirst du gleich sehen.«

Kevin fuhr den großen Mietwagen, in den alle reinpassten, quer durch die Stadt, bis er vor einem Pub anhielt, über dem ein altes Schild hing: Helen's. Helen, das war der Name von Finns Mutter. Sie strahlte. Deswegen waren wir also gekommen.

Im Pub waren bereits einige Leute versammelt, die uns wohl schon erwartet hatten und die Namensgeberin der Kneipe freudig und laut begrüßten. Ich verstand kein Wort. Finn und Kevin hatten auch so ihre Schwierigkeiten, aber ihre Mutter fiel gleich in den schottischen Slang ein.

Sie stellte uns vor, das heißt, eigentlich nur Nora, mich und die Kinder, denn Kevin und Finn waren als Söhne schon bekannt und wurden lebhaft umarmt, auch wenn sie nicht immer so genau wussten, von wem.

Die Kinder bekamen Limonade und Kuchen und wir Erwachsenen ein Bier.

»Keine Sorge«, sagte Finn, »wir können direkt ins Bett fallen, wir wohnen nämlich oben.«

Nach und nach erfuhr ich die Zusammenhänge. Der Pub hatte Finns Vater gehört und war nach seiner Mutter benannt. Nach Julius' Tod hatte der Bruder den Laden weitergeführt und mittlerweile dessen ältester Sohn. Finn hatte mehr Verwandte, als ich gedacht hatte. Und keinen von ihnen verstand ich, bis sein Cousin Seamus sich erbarmte und zu glasklarem Englisch wechselte. Die Schotten machten gerne mal einen Scherz. Die Runde wurde gegen Abend immer größer und lustiger, und je mehr Bier ich trank, desto besser wurde mein Schottisch. Das war also das Geheimnis.

Seamus hatte die Kinder nach oben gebracht, wo seine eigenen Kinder tobten und seine Mutter bereitwillig auf sie aufpasste.

Julius fremdelte kein bisschen, obwohl er kein Wort verstand. Er war überhaupt der Star, allein schon wegen seines Namens, aber auch weil er seinem Großvater, wie man mir versicherte, wie aus dem Gesicht geschnitten war.

»Siehst du, Elsa«, sagte Finns Mutter, die ich nach dem vierten Bier Helen nannte, »hier finde ich meinen Julius, wenn ich ihn suche, nicht auf dem Friedhof.«

Ich wusste nicht, wie ich an diesem Abend ins Bett gekommen war, aber vermutlich hatte Finn mich hochgetragen und – das war zu befürchten – auch ausgezogen, jedenfalls wachte ich am nächsten Morgen in einem großen Doppelbett auf. Zwischen Finn und mir lag Julius, was mich sehr beruhigte.

Ich betrachtete die beiden eine Weile. Es war unglaublich, wie ähnlich sie sich waren, sogar die Kopfhaltung beim Schlafen und der leicht geöffnete Mund waren identisch. Das Bild war so friedlich, dass ich gleich wieder einschlief, bis mein Sohn mich weckte, indem er auf meinem Rücken auf und ab hüpfte.

»Wir gehen auf die Burg«, rief er voll Begeisterung, »Aufstehen, Mama!«

In den nächsten Tagen machten wir Ausflüge ins Umland. Ich begann, mich in Schottland zu verlieben und auch in die feuchtfröhlichen Abende im Helen's. Die Zeit ging viel zu schnell vorbei.

Nach einer Woche kehrten wir wieder nach München zurück. Finns Mutter hatte die Erholung dringend nötig, und Kevin, Nora, Finn und die Kinder fuhren bereits einen Tag später weiter in die Toskana. Es ging alles so schnell, dass ich mir plötzlich ganz verloren vorkam, als kein Julius mehr durch die Wohnung tobte oder seine Bücher zum Vorlesen anschleppte, kein Finn am Zeichentisch saß oder in der Küche etwas schnippelte. Als das Telefon klingelte und ich Pavels Stimme hörte, war das wie ein Anruf aus einer anderen Galaxie.

Am nächsten Tag kam er nach München. Wir hatten keine großen Pläne geschmiedet, denn man konnte einen Urlaub auch ganz gut hier verbringen. Wir fuhren zum Starnberger See und in die Alpen, gingen in Biergärten, ins Kino oder bummelten einfach nur durch die Stadt.

Ich telefonierte fast täglich mit Julius, das heißt, ich rief Finn an, und der ließ Julius ans Handy. Der Kleine war begeistert. Es gab in der Nachbarschaft noch andere Kinder in seinem Alter, und sie spielten jeden Tag zusammen und richteten Unheil an, wie Finn erzählte. Doch Julius fragt auch immer, wann ich denn käme, und wenn ich sagte, dass ich in München auf die Wohnung aufpassen würde, kam ein lang gezogenes, schmollendes »Waruuuuuum?«

Ich hatte doch auch Sehnsucht nach ihm. Nach allen.

»Lass uns hinfahren«, sagte Pavel, nachdem er mich am Telefon beobachtet hatte.

»Ehrlich?«, fragte ich. Ich wusste nicht so recht, ob ich das wollte. Was würden die anderen sagen, wenn ich mit Pavel dort aufkreuzte? Finn vor allem. Aber der Wunsch, wieder bei meinem Sohn zu sein und mit ihm noch ein paar unbeschwerte Tage in schöner Umgebung zu verleben, war stärker als meine Bedenken.

Als wir ankamen, war Julius mitten im Toben. Im Garten war ein großes Planschbecken aufgebaut, in dem alle Kinder, die mir bekannten und ein paar unbekannte, sorglos und hüllenlos herumsprangen. Als Julius mich sah, stutzte er kurz, schrie dann lauthals »MAMAAAAA!«, stürmte auf mich zu und warf sich, nass und nackig wie er war, in meine Arme.

»Du bist ja gewachsen«, behauptete ich, und er strahlte stolz. Dann führte er mich überall herum und zeigte mir jeden Baum und jeden Strauch im Garten, die Katze der Nachbarn und den Teich mit den Fischen.

»Schlangen gibt's hier«, verkündete er wichtig.

»Igitt«, sagte ich.

»Die tun nix«, erklärte er mir beruhigend. Dann zeigte er mir das ganze Haus mit allen Zimmern, wo wir Kevin und Nora beim nachmittäglichen Geturtel störten.

»Tschuldigung!«, rief ich und zog Julius schnell weg.

»Hallo, Elsa«, rief Nora lachend zurück. »Schön, dass du da bist.«

Pavel fiel mir wieder ein, den ich einfach draußen hatte stehen lassen. Schuldbewusst zog ich Julius wieder mit in den Garten, doch dort saßen Finn und Pavel bei einem Glas Bier und unterhielten sich ganz entspannt.

Julius rannte wieder zum Planschbecken und ließ sich mit hellem Quietschen hineinplumpsen. Ich setzte mich zu den beiden Männern.

»Wir haben gerade über Florenz geredet«, sagte Pavel.

»Ich will morgen hinfahren«, erklärte Finn.

»Du alleine?«

»Kevin und Nora bleiben bei den Kindern, die haben sicher keine Lust, mit mir stundenlang durch die Uffizien zu laufen.«

»Ich hätte schon Lust«, meinte Pavel.

»Und du?«, fragte mich Finn.

»Ich natürlich auch«, sagte ich.

»Wir müssen aber früh aufstehen«, bemerkte Finn.

»Kennst mich doch, das ist genau meine Zeit«, behauptete ich, während sich zwei Mienen ironisch verzogen.

Am nächsten Tag machten wir uns in aller Herrgottsfrühe auf den Weg. Nach anderthalb Stunden waren wir am Ziel. Mit einem Stadtführer bewaffnet, klapperten wir zwei Stunden lang die einschlägigen historischen Sehenswürdigkeiten ab, bevor wir zu Finns eigentlichem Ziel gelangten: den Uffizien. In dem Moment, in dem wir die berühmte Gemäldegalerie betraten, war Finn in einer anderen Welt und kaum noch ansprechbar, und als wir nach vielen Stunden das Gebäude endlich wieder verließen, waren seine Augen vollständig rot, wie nach stundenlanger Bildschirmarbeit, doch er meinte, wir sollten noch einmal herkommen, er hätte bei Weitem noch nicht alles gesehen. Damit musste er die winzigen Details auf den Bildern meinen.

Auf der Rückfahrt setzte sich Pavel ans Steuer, Finn schlief hinten.

Finn überredete Nora und Kevin, noch einmal mit ihm nach Florenz zu fahren, während diesmal Pavel und ich die Kinder beaufsichtigten. Auch diesmal kam er mit entzündeten Augen zurück.

»Du hast sie echt nicht mehr alle«, schimpfte ich.

»Ja, schon gut«, murmelte Finn und zog sich auf die Liege im Garten zurück, zwei warme Kamillenteebeutel auf den Lidern.

Die Zeit in der Toskana war so entspannt, wie ich es mir nie vorgestellt hätte. Finn und Pavel verstanden sich wunderbar, Julius akzeptierte meinen Freund als Quasi-Familienanhang, und Nora und Kevin behandelten ihn ebenfalls mit einer Selbstverständlichkeit, als würde er schon seit Jahren dazugehören. Es war alles perfekt. Ich hätte eigentlich ununterbrochen Luftsprünge machen müssen, warum war mir nicht danach?

In München begann für Julius ein neuer Lebensabschnitt: der Kindergarten. Von nun an musste er sich daran gewöhnen, morgens das Haus zu verlassen und bis zum Nachmittag alleine zu bleiben, wenn man mal von den Erzieherinnen und den anderen Kindern absah. Doch es gefiel ihm gut, und die Umstellung ging zum Glück völlig reibungslos vonstatten.

Der neue Lebensabschnitt seines Vaters dagegen machte größere Schwierigkeiten.

Dass sich Finns Leben im Umbruch befand, hatte ich nicht bemerkt, doch er sagte es mir schließlich selbst.

»Kann ich mal etwas mit dir besprechen?«, fragte er eines Abends, als Julius, müde vom anstrengenden Arbeitstag im Kindergarten, schon tief und friedlich schlief.

»Klar«, sagte ich, überrascht von der förmlichen Anfrage.

Wir holten uns ein Bier und setzten uns an Finns alten Holztisch. Ich in den Sessel, er auf die Couch.

»Also, was gibt's?«, fragte ich.

»Ich hab jemanden kennengelernt«, sagte er ohne Umschweife.

»Ach so?«, sagte ich und wunderte mich darüber, dass er das so offiziell verkünden musste.

»Das heißt, ich kenne sie eigentlich schon seit einem Jahr, sie unterrichtet nämlich auch an der Akademie. Sie ist Bildhauerin.«

»Aha«, sagte ich, nur um etwas zu sagen.

»Also, wir haben nichts miteinander«, stellte Finn klar. »Aber ... ich fand sie immer schon gut. Und in letzter Zeit ... ich weiß nicht ... vielleicht bin ich ein bisschen lockerer geworden, seit ich gesehen habe, dass das mit dir und Pavel so gut funktioniert. Jedenfalls ... ich glaub, ich hab mich verliebt.«

Peng! Treffer! Mitten ins Herz.

Verliebt. Finn hatte sich verliebt. Ich musste jetzt etwas dazu sagen. Ganz schnell.

»Das ist ja toll!« Strahlen nicht vergessen.

Finn lächelte erleichtert.

»Ja. Na ja«, sagte er zweifelnd.

»Was ist denn?«, fragte ich hoffend.

»Ich weiß nicht, ob es auf Gegenseitigkeit beruht«, grübelte er.

»Mhm«, machte ich. Mit diesem Laut konnte man alles heucheln und alles verstecken.

»Wir arbeiten oft zusammen, bei Projekten und so«, erklärte Finn, »aber sie ist so ... unnahbar, irgendwie. Nett, aber ... na ja, nicht so ... wie du zum Beispiel.«

»Wie bin ich denn?«, fragte ich, bevor ich mich zurückhalten konnte.

»Na, du weißt schon ...«, sagte er.

Unnahbar war sie also und nicht wie ich. Das war es, was ihm gefiel?

»Sieht sie gut aus?«, wollte ich wissen, um einfach mal einen konkreteren Aspekt in das abstrakte Bild zu bringen.

»Und wie«, sagte Finn, »bildschön.«

Na klar, er sagte ja: nicht so wie ich.

»Geh halt mal mit ihr aus«, hörte ich mich sagen. Halt die Klappe, Elsa.

»Meinst du?«, fragte er unsicher.

»Na, wie willst du denn sonst an sie rankommen?«, fragte ich. »Oder ihr zeigen, dass du Interesse hast? Weißt du nicht mehr, wie das geht?«

»Ich wusste noch nie, wie das geht«, sagte Finn.

»Bitte?«, fragte ich.

»Im Ernst, ich hab mich noch nie in meinem ganzen Leben an eine Frau rangemacht, das hat sich immer so ergeben.«

Mir wurde so einiges klar. Ich dachte an Jo und ihre raffinierte Wir-wollen-doch-einen-Sonnenbrand-vermeiden-Methode.

»Die haben sich immer an dich rangemacht, was?«, vermutete ich.

»Glaub schon«, sagte er.

Ich verkniff mir ein Lachen und fragte stattdessen: »Ist sie eigentlich zu haben? Wie alt ist sie denn?«

»Sie ist so Anfang dreißig, glaub ich. Sie trägt keinen Ring, erwähnt nie jemanden und lebt allein. Also, ich denke nicht, dass es da jemanden gibt.«

»Obwohl sie so schön ist?«, gab ich zu bedenken.

Er zuckte mit den Achseln. »Vielleicht gerade deshalb.«

So schön also, dass Männer sich nicht trauten.

»Frag sie einfach, ob sie mit dir ausgeht«, sagte ich. »Du bist ja auch nicht gerade Quasimodo und ganz nett noch dazu.«

»Hm«, machte Finn und biss an seinen Fingernägeln herum.

»Und klug und begabt«, zählte ich weiter auf, »riechst gut, trägst coole Klamotten, kannst kochen, Klavier spielen.« Finn verdrehte die Augen.

»Schöne Kinder machen«, fügte ich hinzu, und er lachte.

»Sei nicht so ein Weichei, frag sie bei der nächsten Gelegenheit«, forderte ich ihn auf.

Was tat ich denn da? Das, was eine gute Freundin in solchen Situationen eben tut, sagte meine innere Stimme.

»Okay«, sagte Finn. »Versprochen!«

Ein Versprechen hatte ich ja nun nicht gerade verlangt, aber er sah so hoffnungsvoll aus und so süß, dass ich mich mit ihm freute.

Marias Stimme drängte sich in meinen Kopf.

Wann war einer von euch je richtig verliebt? Stell dir vor, Finn würde die Frau seines Lebens treffen und heiraten, was würdest du empfinden? Ich würde mich für ihn freuen, hatte ich gesagt, oder so ähnlich. Freute ich mich?

Was empfand ich? Freude jedenfalls nicht. Aber die würde sich schon noch einstellen, wenn Finn glücklich wäre. Dann wäre auch ich glücklich für ihn. Durfte ich denn nicht ein kleines bisschen geschockt sein, wenn er plötzlich, nach all den Anna- und Karina- und Jo-Geschichten, wirklich verliebt war? Ich meine, er war der Vater meines Kindes, machte mich das nicht auch zu irgendwas? Zumindest zu der Mutter seines Kindes. Und als solche hatte ich das Recht ... Quatsch. Ich hatte überhaupt kein Recht in Bezug auf Finn.

Am 17. November, dem Tag nach seinem Geburtstag, ging er zum ersten Mal mit ihr aus, mit Tess, Theresa Günther, der erfolgreichen, hochgelobten Bildhauerin. Das perfekte Paar, wie füreinander gemacht. Aber Tess war zurückhaltend. Sie warf sich nicht gleich an Finn ran, weder beim ersten, noch beim zweiten Date. Sie verbrachten schöne Abende, und das war alles.

Doch Finn schien zufrieden zu sein. Tess war so ziemlich das Gegenteil von allem, was er bisher kennengelernt hatte, und das gefiel ihm.

Je mehr Tess sich zurückhielt, desto mehr wollte er sie haben. Ich verzichtete darauf, ihm mitzuteilen, dass auch das ein alter Hut in weiblicher Taktik war. Vielleicht war es auch gar keine Taktik. Ich kannte sie ja nicht.

Finn bewunderte sie jedenfalls, ihre Arbeit, ihr Aussehen, ihr Wesen, alles.

Doch es ging nichts voran.

»Worüber redet ihr denn, wenn ihr ausgeht?«, fragte ich ihn, als er wieder einmal ungeküsst nach Hause kam.

»Über alles Mögliche«, sagte Finn.

»Was genau?«, fragte ich indiskret.

»Über ihre Arbeit, über meine Arbeit, über die Akademie, über Leute an der Akademie, über Studenten«, sagte er.

»Wie bitte? Nichts Persönliches?«, wunderte ich mich.

»Wir nehmen beide unsere Arbeit sehr persönlich«, widersprach Finn.

»Oh Gott, Finn, du *weißt* doch, wovon ich rede«, echauffierte ich mich. »Seit wann bist du denn so ungeschickt?«

»Ich bin mit Frauen immer ungeschickt, das *weißt du* doch«, blaffte er zurück.

»Du bist ungeschickt darin, sie loszuwerden, ja, *das* weiß ich, aber dass es umgekehrt genauso ist, wusste ich bisher noch nicht.«

»Ich dachte, wenn wir ausgehen, weiß sie, was los ist, aber sie tut so, als wüsste sie es *nicht*«, jammerte er.

»Und was soll sie tun, um dir zu zeigen, *dass* sie es weiß? Dir die Kleider vom Leib reißen?«

»Keine Ahnung«, sagte er.

»*Du* musst was tun«, erklärte ich ihm. »Ich kann's nicht fassen, dass ich dir so was erklären muss.«

»Und was?«

»Das kommt darauf an. Finde eine Gelegenheit, ihre Hand zu berühren, mach ihr ein Kompliment, schau ihr tief in die Augen, verführ sie. Himmel, was weiß denn *ich*?«

Finn sah mich gerührt an und sagte: »Du bist so süß, Elsa.«

Na also, ging doch.

2003

Falls auf Finns Weihnachtswunschzettel gestanden hatte: Tess in die Kiste kriegen, dann hatte der Weihnachtsmann gründlich versagt. Wenigstens traute er sich, die Neujahrswünsche für Tess mit einem Kuss auf ihre Wange zu unterstreichen.

Es ging also doch voran. Langsam. Irgendwann würden die Lippen folgen, dann würde eine Zunge ins Spiel kommen und so weiter. Er konnte es doch, das wusste ich zufällig aus erster Hand. Ahnte Tess, was sie sich entgehen ließ?

An einem schönen Tag im Januar passierte das Unglaubliche, ich lernte das Objekt seiner Begierde kennen. Finn hatte eine Mappe mit Aktzeichnungen, die seine Studenten angefertigt hatten, zu Hause vergessen und mich gebeten, sie vorbeizubringen, falls möglich. Ich fuhr also zur Akademie.

Er hatte mir den Weg in den Zeichensaal erklärt. Die Tür stand offen, und drinnen herrschte ein buntes Treiben, alles sehr kreativ, Finn mittendrin. Er war gerade über das Bild einer Studentin gebeugt, die ihn am liebsten in ihr Dekolleté eingeladen hätte und an seinen Lippen hing, was in dem Fall nicht bedeutete, dass sie ihm zuhörte. Die Studentin bekam die giftigen Blicke einer anderen ab. Finn merkte von alldem nichts. Ich machte mir einen Spaß daraus, mich ganz dicht hinter ihn zu stellen, misstrauisch beäugt von seinen weiblichen Fans, und ihm dann die Hand auf die Schulter zu legen. Er fuhr hoch und sah sich erstaunt um.

»Oh, super!«, sagte er, und nahm mir die Mappe ab. »Du bist ein Schatz.«

Zum Dank gab er mir einen Kuss auf die Augenbraue. Einer von Finns Zufallsküssen, es war nie sicher, wo sie landen würden. Mindestens die Hälfte des Kurses hielt augenblicklich die Luft an, und einige davon bedachten mich mit herrlich tödlichen Blicken. Ich überlegte kurz, ob ich ihm ganz flüchtig, wie aus Versehen, noch an den Hintern fassen sollte, da kam eine Frau in den Raum. Ohne sie zu kennen, nur durch Finns fast unmerkliches Erstarren, wusste ich, dass *sie* es war. Mist.

Sie war, wie Finn gesagt hatte, bildschön. Schwarze, schulterlange Locken, zurückgehalten von einem breiten Stoffband, ein Teint wie ... so was Ebenmäßiges hatte ich überhaupt noch nicht gesehen. Lippen wie Angelina Jolie, Augen wie Audrey Hepburn, eine traumhafte Figur, ziemlich groß. Ich hoffte auf schlechte Zähne, aber da öffnete sie schon ihren wunderschönen Mund zu einem Lächeln. Nun konnte ich verstehen, dass es einem Mann schwerfiel, sich an eine solche Frau ranzumachen.

Sie kam lächelnd auf uns zu und bat Finn kurz nach draußen. Ich kam gleich mit.

Sie wollte etwas wegen eines Projekts besprechen. Irgendjemand müsste sein Einverständnis geben und so weiter. Ich verstand nichts. Von meiner Anwesenheit ließ sie sich nicht beirren, vielleicht hielt sie mich für eine Studentin, jung genug sah ich schließlich aus.

Finn unterbrach sie dann und sagte: »Tess, ich hab dir doch von meiner Freundin Elsa erzählt.« Tess sah ihn verwirrt an. Ich streckte meine Hand aus und sagte: »Hallo, ich bin Elsa.«

»Oh!«, sagte sie. Ihre Gesichtszüge entglitten ihr ein wenig, doch dann reichte sie mir die Hand und lächelte. »Freut mich!«, sagte sie knapp. Ihre Hand erwiderte meinen Druck wie bei einer Kampfansage.

»Ich muss dann los«, sagte ich zu Finn. »Wir sehen uns zu Hause«, fügte ich hinzu und spielte dann auch noch meinen letzten Trumpf aus: »Sag mal, kannst du vielleicht Julius abholen?«

Finn, in rührender Arglosigkeit, wenn es um weibliche Hinterlist ging, sagte: »Ich glaub nicht, dass ich das schaffe, Elsa, ich dachte du …«

»Ja, passt schon. Mach ich«, sagte ich. »Also Tschüss.«

»Tschüss, und danke für die Mappe«, sagte Finn.

Tess sagte nichts.

Ich schlenderte lässig und mit dezentem Hüftschwung davon.

Das war sie also. Die unnahbare Schöne, die Finn in ein unsicheres, nervöses Etwas verwandeln konnte. Und sie hatte schon von mir gehört und natürlich auch von Julius. Auf der persönlichen Ebene waren sie also inzwischen angelangt.

Klar war mir jetzt auch, dass sie sehr wohl etwas von Finn wollte und dass sie mich als Bedrohung empfand, aus welchem unsinnigen Grund auch immer.

Optisch konnte ich nicht mithalten, das hatte sie doch wohl gesehen, und von Finn musste sie wissen, dass wir keine Beziehung hatten. Warum also war sie so geschockt gewesen? Und wieso hatte ich mich sofort herausgefordert gefühlt? Waren Frauen vielleicht generell so? Wie dämlich! Ich musste mir doch nur Finn und Pavel anschauen, wie entspannt und freundschaftlich sie miteinander umgingen. Ich sollte mit Tess auch so eine Freundschaft aufbauen. Wir sollten alle eine entspannte, große, ungewöhnliche, glückliche Familie sein dürfen.

Allerdings war immer noch nicht raus, ob Tess überhaupt Wert darauf legte. Finn kam ihr so langsam näher, als müsste er durch flüssiges Gummi waten. Aber vielleicht hatte ihr die Begegnung mit mir gezeigt, dass es auch noch andere Frauen in Finns Leben gab und sie es sich gut überlegen sollte, wie lange sie ihn noch hinhalten wollte. Was hatte man von dem leckersten Stück Torte, wenn es hinter Panzerglas eingeschlossen war? Da nahm man doch lieber den Apfelkuchen vom Büffet.

Pavel, um mal auf mein eigenes Liebesleben zurückzukommen, sah ich leider viel zu selten. Nürnberg war nicht gerade um die Ecke, und er war sehr beschäftigt. Es gab nicht mehr viele Vorstellungen der *Widerspenstigen*, und etwas Neues war nicht in Sicht. Außerdem hatte Pavel ein Problem damit, dass man ihm nachsagen könnte, er würde nur noch seine Freundin besetzen. Da musste schon wirklich etwas kommen, das mir auf den Leib geschneidert war. Ebenso wenig wollte ich mir nachsagen lassen, dass ich eine Rolle bekommen hatte, weil ich das Bett mit dem Intendanten teilte. Selten allerdings in letzter Zeit, wie gesagt.

So war ich wieder häufig im Studio anzutreffen. Bei einem französischen Film war ich auch wieder mal mit David zusammen besetzt. Er nahm noch immer fast die ganze Breite des Pults ein, nur war meine Ehrfurcht vor ihm nach all den Jahren merklich geschrumpft, und ich schob ihn unsanft mit der Hüfte zur Seite, um mir Platz zu verschaffen. Schließlich nahm er mich von hinten in den Arm, sodass wir in einigermaßen unsittlicher Haltung unsere Takes ablieferten.

»Was soll's«, bemerkte er anzüglich. »Es ist ein französischer Film, das sollte man schon irgendwie transportieren, oder?«

»Vollgomen rischtisch, Monsieur Aignerrrr«, schnurrte ich lasziv zurück. Die neue Cutterin, die fast direkt neben uns saß, fühlte sich etwas unwohl.

Natürlich gingen wir danach noch in die Kantine. An einem der Nachbartische saß der Läubel, sichtlich gealtert, doch immer noch in seiner schwarzen Lederjacke und mit den gleichen Geschichten wie eh und je unterwegs. Er hob die Hand, als er mich sah, und ich grüßte lächelnd zurück.

»Und? Wie geht's dir so?«, fragte ich David, als wir beide mit Rotwein versorgt waren.

»Gut!«, sagte er leichthin, um dann zynisch hinzuzufügen: »Immer was zu vögeln.«

»Ach komm, das steht dir nicht«, sagte ich.

»Wieso? Das denkt ihr doch alle, oder?«

»David, sei du nicht unfair, dann bin ich es auch nicht, okay?«

»Okay. Tut mir leid.«

»Siehst du Maria manchmal?«, fragte ich.

Er schüttelte den Kopf.

»Ist auch besser so.«

»Habt ihr gar keinen Kontakt mehr?«, wunderte ich mich.

»Manchmal telefonieren wir«, sagte er. »An Geburtstagen, an Weihnachten, an Silvester.«

Dann fiel ihm noch etwas ein. »Und sie hat mich angerufen, als Edda sie neulich nicht erkannt hat.«

Ich nickte. Hannah hatte mir davon erzählt.

»Maria war sehr erschüttert«, sagte David. »An dem Tag hatten wir zur Abwechslung mal ein längeres Gespräch, aber sonst nie.«

Er wirkte traurig und müde.

»Der Witz ist«, sagte er, »der dumme Spruch von vorhin stimmt nicht mal. In der Anfangszeit, als Maria weg war, hab ich mich getröstet. Ab und zu. Aber ich hab keine Lust mehr darauf.«

»Du wirst alt«, versuchte ich zu scherzen und ihn aufzumuntern.

»Genau«, sagte er. »Irgendwann ist alles vorbei. Dann hat man keinen Sex mehr, wird gebrechlich, kann nichts mehr sehen und hören, wird inkontinent, verliert den Verstand, und was bleibt dann noch?« Er klopfte sich auf die Brust. »Das, was da drin ist. Wenn du Glück hast, bleibt das bis ganz zum Schluss. Und das hab ich weggeworfen. So sieht's aus, Elsa.«

Ich konnte ihm nichts Tröstliches sagen, ich konnte ihm nur Gesellschaft beim Trinken leisten.

Die Stimmung wurde nicht besser, aber hinterher waren wir uns darüber einig, dass es ein guter Abend war und dass wir schon lange nicht mehr so ein gutes Gespräch geführt hatten. Deprimierend, aber gut.

Finn saß auf dem Sofa und schaute sich eine politische Talkshow an, als ich nach Hause kam.

»Pavel hat zweimal angerufen, Julius schläft schon lange, und ich wollte eigentlich noch weggehen«, knurrte er mir entgegen. Ich zog schwankend die Stiefel und den Mantel aus und nuschelte: »Tut mir leid.«

Dann nahm ich eine Decke, kuschelte mich neben ihn und erzählte von meinem Gespräch mit David und den vier Gläsern Rotwein.

»Es ist alles so traurig«, sagte ich und kippte mit dem Kopf auf Finns Schoß, wo ich dann wohl einschlief.

Am nächsten Tag standen neben meinem Bett ein Eimer, daneben ein Glas Wasser, eine Tablette Alka Seltzer und eine Nachricht:

Habe Juli in den Kindergarten gebracht. Kotz bitte nicht die Bude voll. Aber dein Einsatz für David ehrt dich.
Finn.

Ich löste sofort das Alka Seltzer auf und hoffte, dass der Drehschwindel bald vorbei sein würde.

Das Telefon klingelte. Das musste Pavel sein. Ich sollte rangehen. Zum Glück hatte Finn auch daran gedacht, das Telefon in Reichweite zu legen.

»Elsa Frank«, meldete ich mich, bemüht, nicht nach Kater zu klingen.

»Hallo Elsa, hier ist Hannah.«

Ich war überrascht.

»Elsa, wir müssen uns dringend unterhalten, können Sie heute Nachmittag vorbeikommen?«

Ich sah auf die Uhr. 10.30 Uhr. Ich sagte, gegen 16 Uhr könne ich da sein, und hoffte, dass ich bis dahin wieder fit sein würde.

Da Finn am Nachmittag keine Zeit haben würde, bat ich Britta, Julius mit nach Hause zu nehmen, bis ich zurück war. Klaus war Anfang des Jahres in Julius' Kindergarten gewechselt, und Britta und ich konnten uns auch mal gegenseitig entlasten.

So machte ich mich am Nachmittag nach zwei Alka Seltzer, einer ausgiebigen Dusche und etlichen Tassen Kaffee auf nach Bogenhausen. Dorothee, die Haushälterin, machte mir die Tür auf und sah mich schon bedrückt an. Hannah war mit Edda im Wohnzimmer. Als ich hereinkam, hob Edda beide Arme in die Luft und strahlte mir entgegen.

»Elsa, meine Liebe«, rief sie gut gelaunt. »Das ist ja so schön, dass du mich besuchst.«

Ich ging zu ihr und drückte sie kurz, während wir uns links und rechts Küsschen auf die Wangen hauchten. Edda war ordentlich gekämmt und gekleidet, und ihre Augen sprühten vor Lebendigkeit. Was war nicht in Ordnung mit ihr?

Wir redeten eine Weile. Ich erzählte von Julius, davon, dass er jetzt seinen Freund bei sich im Kindergarten hatte und was die beiden alles anstellten. Hannah lachte lauthals, auch Edda hatte ein Lächeln im Gesicht, doch es sprach von Ahnungslosigkeit und Verwirrung.

»Seit wann kennst du diesen Julius denn?«, fragte sie schließlich. Ich war wie vor den Kopf gestoßen, doch Hannah sagte rasch: »Das müssen jetzt etwa vier Jahre sein, nicht wahr Elsa?« Ich bestätigte das, nachdem Hannah mir unmerklich zugenickt hatte.

»Vier Jahre? Und warum hab ich den jungen Mann noch nicht kennengelernt?«, fragte sie mit dem bekannten schelmischen Lächeln.

»Er ist schüchtern, Edda«, sagte ich.

Hannah wechselte das Thema und redete eine Weile über eine Show im Fernsehen, die sie mit Edda zusammen angeschaut hatte. Edda konnte sich anfangs kaum erinnern, die Sendung überhaupt gesehen zu haben, aber je mehr Hannah darüber redete, desto mehr Erinnerungsfetzen kamen zurück.

»Edda, ich müsste Elsa kurz oben im Schlafzimmer etwas zeigen, Dorothee kommt solange zu Ihnen und leistet Ihnen Gesellschaft, ja?«, sagte Hannah.

Edda sah sie mit gerunzelter Stirn an und fragte: »Wer?«

Dorothee kam herein, und Hannah stellte Edda die Frau vor, die ihr seit mindestens zehn Jahren den Haushalt führte. Edda begrüßte sie freundlich und bot ihr Platz und einen Tee an.

Hannah und ich gingen nach oben, um ungestört zu sein.

»Das geht so nicht weiter, Elsa«, sagte Hannah. »Es ist in letzter Zeit so schlimm geworden. Sie geht nachts durchs ganze Haus und räumt alle Sachen um. Sie verriegelt die Türen, weil sie Angst hat, es käme jemand, um sie zu holen, wie sie sagt. Sie versteckt sich im Kleiderschrank oder unterm Bett. Ich weiß nie, was mich erwartet, wenn ich zu ihr komme. Sie kann nicht mehr unbeaufsichtigt bleiben, sie gefährdet sich selbst.«

Ich war entsetzt. Eddas Krankheit wirkte sich nicht nur auf das Gedächtnis aus, sie hatte Halluzinationen und zeitweise keinen

Bezug mehr zur Wirklichkeit. Der Moment, vor dem ich mich immer gefürchtet hatte, war gekommen. Ich musste meine Betreuungspflicht erfüllen.

»Und was sollen wir tun?«, fragte ich.

Hannah sah mich betreten an, die Antwort lag klar auf der Hand, aber ich wollte es nicht akzeptieren. Edda in ein Heim geben? Niemals. Sie hatte doch Geld, es musste eine andere Möglichkeit geben.

»Ich kann das nicht mehr bewältigen, Elsa«, sagte Hannah bekümmert.

»Bitte, Hannah, ich verstehe das, aber ich kann Edda nicht …«

»Es gibt sehr gute Heime«, sagte Hannah.

»Aber sie soll ihre letzten Jahre zu Hause verbringen – oder die Zeit, die ihr noch bleibt. In ihrem Wohnzimmer mit ihrem Bild an der Wand und ihren ganzen …« Erinnerungen hatte ich sagen wollen.

Ich brach in Tränen aus. Edda verschwand. Sie war noch da, aber gleichzeitig verschwand sie. Und ich musste die Verantwortung dafür übernehmen, was mit ihr passieren würde oder dem, was von ihr übrig war.

»Ich weiß, wie schwer das ist«, sagte Hannah und streichelte mir hilflos über den Arm.

Ich schüttelte den Kopf und wischte mir das Gesicht ab.

»Sie geht nicht ins Heim«, entschied ich. »Ich bitte Sie zu bleiben, Hannah. Ich werde noch eine weitere Pflegerin einstellen, mit der Sie sich abwechseln können, und wenn es sein muss noch eine, aber Edda bleibt, wo sie ist.«

Hannahs Blick verriet ihre Zweifel.

»Ich glaube ehrlich gesagt nicht, dass sie sich das leisten kann.«

»Das werden wir sehen. Zur Not muss ich die Villa verkaufen.«

Es zerriss mich fast, als ich das sagte. Die Villa, in der alles angefangen hatte. In der ich damals mit David auf Finns Vernissage war, in der ich Edda zum ersten Mal begegnet war. Die Villa, die Edda mit Max verband. Aber es war letztlich nur ein Gebäude, und Edda selbst war wichtiger.

Noch am selben Tag rief ich die Agentur an, die damals schon Hannah geschickt hatte. Ein paar Tage später hatte ich bereits die ersten Bewerbungen auf dem Tisch liegen.

Ich suchte Eddas Papiere zusammen und ging damit zu Kevin, um ihn zu bitten, sie sich anzusehen und einen Finanzplan zu erstellen. Als er damit fertig war, wussten wir, dass an dem Verkauf der Villa kein Weg vorbeiführen würde. Ich musste also einen Makler damit beauftragen, einen Käufer zu finden. Ich war so mit Edda beschäftigt, dass ich alles andere aus den Augen verlor.

Finn musste mich daran erinnern, dass unser Kind seinen vierten Geburtstag feiern wollte, und zwar richtig und natürlich mit Klaus zusammen. Dabei hatte er zugleich die ultimative Idee.

»Wie wäre es, wenn wir den Geburtstag in der alten Villa feiern? Als Abschied. Es wäre bestimmt in Eddas Sinn.«

Natürlich wäre es in Eddas Sinn. Einmal noch das alte Gemäuer mit Leben füllen, mit Kinderlachen und Geschrei und Getrampel. Einmal noch ein paar Erinnerungen basteln für die Zeit, in der uns der Zugang für immer verwehrt sein würde.

Ich stimmte zu, und so verbrachten wir den Nachmittag des 9. Februar in der Villa, die wir vorher noch sauber gemacht und auf die Invasion von fünfzehn Kindern vorbereitet hatten. Es war ein Traum, und alle waren begeistert.

Da die Kinder noch recht klein waren, waren auch einige Eltern geblieben.

»Was für ein unglaublich tolles Haus«, meinte eine der Mütter.

»Und mit dem großen Garten wäre das doch ideal als Kindergarten.«

»Ich glaube nicht, dass ein öffentlicher Träger sich das leisten könnte«, befürchtete ich.

»Dann eben ein privater«, sagte sie.

Ein Luxuskindergarten für die Kinder reicher Eltern, dachte ich skeptisch, aber im Grunde war es mir egal, wer die Villa kaufte. Sie würde nie mehr das sein, was sie einmal war.

Die beiden Geburtstagskinder und ihre Gäste hatten viel Spaß und wir auch. Es war ein würdiger und fröhlicher Abschied von diesem besonderen Ort.

Meinen eigenen Geburtstag ein paar Tage später ließ ich komplett unter den Teppich fallen. Ich hatte weder die Zeit noch die Nerven, mich damit auseinanderzusetzen, dass ich die Schallmauer von vierzig Jahren durchbrach. Ich sagte Pavel, dass es nicht schlimm sei, wenn er erst am Sonntag zum Feiern kommen würde, und Finn, dass er ruhig an diesem Abend mit Tess ausgehen könne.

Ich hatte für den Nachmittag Bewerbungsgespräche anberaumt und begab mich zu Eddas Haus. Edda war gerade dabei, den ganzen Mülleimer zu durchwühlen, weil sie dachte, sie hätte dort einen Ring verloren. Durch nichts war sie davon abzubringen, und jedes Mal, wenn Dorothee den auf dem Boden verteilten Müll wieder einsammelte, protestierte sie schreiend.

»Lass uns in deinen Schmuckschatullen nachsehen, Edda«, schlug ich vor. »Vielleicht ist der Ring ja dort.«

Gemeinsam gingen wir nach oben, wo sie ihren Schmuck aufbewahrte. In der zweiten Schatulle war der Ring, den sie im Kopf hatte. Zumindest hielt sie einen hoch und lächelte erleichtert.

»Den hat Max mir geschenkt«, sagte sie und streifte ihn

über. Der Ring sah noch nicht so alt aus, aber sie wollte es anscheinend glauben oder glaubte es wirklich.

Nach der ganzen Aktion war sie so erschöpft, dass sie sich hinlegte und einschlief.

Inzwischen waren die ersten Bewerberinnen da. Hannah und ich einigten uns sehr schnell und übereinstimmend auf eine ruhige, sympathische Frau Mitte fünfzig, von der wir glaubten, dass sie einen guten Einfluss auf Eddas Gemüt haben würde. Über die Arbeitsbedingungen waren wir uns bald einig und auch über die Bezahlung. Für den Moment reichten Eddas Erspartes und ihre Einkünfte aus Rente und Wertpapieren, doch das würde nicht lange so sein. Die alte Villa musste so schnell wie möglich einen Käufer finden.

Ich fühlte mich völlig ausgelaugt. Als ich nach Hause kam, war ich froh, dass keiner da war. Julius durfte bei Klaus übernachten, Brittas Geburtstagsgeschenk.

Ich schenkte mir ein Glas Sekt ein und wartete vergeblich darauf, dass Finn von seinem Date zurückkam. Kurz vor Mitternacht ging ich ins Bett und lauschte auf die Haustür. Nichts. Ich schlief ein und erwachte wieder, als es draußen schon hell wurde. Jetzt hörte ich die Tür, seine Schritte und bald danach den Wasserhahn im Badezimmer. Ich stand auf.

»Hey!«, sagte ich.

»Morgen!«, sagte er und grinste. Ich reagierte nicht.

»Bist du jetzt erst nach Hause gekommen?«, fragte ich überflüssiger Weise.

»Ja«, sagte er. Ein erwartungsvoller Ausdruck lag auf seinem Gesicht. Was wollte er von mir? Eine Gratulation dafür, dass er die Unnahbare endlich flachgelegt hatte? An meinem Geburtstag? Ausgerechnet dann, wenn ich ihn brauchte?

»Schön für dich«, sagte ich nur und ging zurück in mein Zimmer.

Mein Körper fühlte sich zu eng an, ich konnte kaum noch atmen. Es passte nichts mehr hinein, kein Atemzug, keine weitere Neuigkeit, die ich nicht verdauen konnte. Ich wollte heulen, aber ich konnte nicht. Es ging nichts rein und nichts raus.

Erst als das Telefon klingelte, merkte ich, dass ich wieder eingeschlafen war. Finn ging ran, und ich hörte ihn ein paarmal »Ja«, »Ist gut« und »Alles klar« sagen.

Danach klopfte er an meine Tür. Eine Sekunde lang war ich versucht, nicht zu antworten, aber das wäre zu albern gewesen.

Er öffnete die Tür und sagte, Britta habe angerufen, sie wolle mit den Kindern in den Zoo gehen.

»Okay«, sagte ich.

»Willst du einen Kaffee?«, fragte er.

»Okay«, sagte ich wieder.

»Soll ich ihn dir bringen?«

»Nein, ich komm schon.«

Er hatte die Nacht mit Tess verbracht. Musste ich mir die Geschichte jetzt anhören? Bitte nicht. Gerade jetzt wollte ich nicht auch noch das Bild von einem nackten Finn, der sich mit einer ebenso nackten Tess herumwälzte, in meinem Kopf haben.

Ich zog meinen dicken Frotteebademantel mit Kapuze über und ging in die Küche. Finn hatte geduscht. Er sah sehr ... gereinigt aus. Kaffeeduft hob meine Laune.

»Warst du eigentlich sauer?«, fragte Finn. Immer gleich mit der Tür ins Haus, wie eh und je. Das Frühstück, das er gezaubert hatte, verführte mich zur Ehrlichkeit.

»Bisschen«, muffelte ich in meine Handfläche, mit der ich mein müdes Kinn abstützte.

»Du hast doch gesagt, ich könnte weggehen.«

»Ja, aber nicht so lange«, sagte ich, »nicht die ganze Nacht.« Als ich hörte, wie blöd das klang, musste ich selbst lachen. Finn grinste.

»Du bist vielleicht eine Nummer«, sagte er und war so nett, mir einen Toast zu schmieren, damit ich mich nicht aus meiner Muffelposition herausbewegen musste.

»Essen kannst du selber, oder?«, fragte er.

»Ja, danke«, sagte ich und biss in den Marmeladentoast.

»Wie war's bei Edda?«, fragte er, und ich erzählte. Vom Müll, von dem Ring, von der neuen Pflegerin, von den Kosten, von meiner Erschöpfung. Er unterbrach mich nicht, sondern hörte nur zu. Ich kannte wenige Leute, die so zuhören konnten wie Finn. Er hörte zu und nahm einem dabei all den Ballast ab, weil er ihn an sich heranließ.

»Arme Edda«, sagte er. Ich nickte. Er reichte mir die Hand über den Tisch und ergriff meine. »Und arme Elsa.« Keine Floskel, sondern Mitgefühl. Er wusste, wie sehr ich Edda mochte.

»Tut mir leid, dass ich gestern nicht da war«, sagte er.

»Quatsch«, erwiderte ich. »Das muss es nicht. Lass dich nicht so von meiner doofen Laune verunsichern.«

»Doch. Noch dazu, weil es dein Geburtstag war. Ich bin ein unsensibler Arsch.«

»Ach Finn«, lachte ich und drückte seine Hand. »Jetzt mach aber mal einen Punkt.«

Sein Finger auf meinem Handrücken, mehr brauchten wir nicht, um uns zu verstehen.

Finn belästigte mich nicht mit Berichten darüber, wie es mit Tess war. Er blieb seit Februar ab und zu über Nacht weg, jedoch nicht allzu häufig. Tess war, genau wie er selbst ja auch, sehr beschäftigt und reiste außerdem viel herum. Sie sahen sich privat nicht viel häufiger als Pavel und ich, obwohl sie immerhin in der selben Stadt lebten.

Finn wirkte nervös. Wenn das Telefon läutete, sprang er wie von der Tarantel gestochen auf und nahm den Hörer, und wenn es nicht Tess war, fiel seine Stimme ernüchtert ab.

Sie hielt ihn hin. Ab und zu durfte er ihr nahekommen, aber nur um im nächsten Moment wieder auf Distanz gehalten zu werden.

Ich musste manchmal an Anna denken, die wie eine Klette an Finn gehangen hatte. Tess war das Gegenteil. Ich hatte Anna damals manchmal verachtet, aber immerhin hatte sie Finn geliebt. Bei Tess dagegen schien alles Berechnung zu sein. Wenn man etwas für jemanden empfand, wie konnte man sich dann immer wieder so zurückziehen? Oder war sie einfach nur klug genug, um zu verstehen, dass Finns Interesse umso schneller erlosch, je näher Frauen ihm kamen? Wollte sie sichergehen, ihn zu behalten?

Fragen über Fragen, und ich konnte keine beantworten, weil ich Tess einfach nicht kannte. Sie legte keinen Wert darauf, Finns Freunde und Familie kennenzulernen, und über Julius zählte ich ja auch irgendwie zur Familie. Sie kam nie in unsere Wohnung, sie trafen sich immer bei ihr oder gingen aus. Tess war ein Mysterium, vielleicht machte das einen Teil des Reizes aus.

Wäre ich so direkt gewesen wie Finn, hätte ich ihn gefragt. Aber ich wollte mich, wie immer, nicht einmischen. Das war ein Teil seines Lebens, in dem ich nichts zu suchen hatte.

In Bogenhausen pendelte sich das Leben allmählich wieder ein. Edda gewöhnte sich, im Rahmen ihrer Möglichkeiten, an die neue Pflegerin, die sich mit Hannah abwechselte. Weil sie sich Elviras Namen nicht merken konnte, nannte sie sie ebenfalls Hannah. Für Elvira war das in Ordnung.

Kevin hatte mir die Sache mit dem Makler weitestgehend abgenommen, was eine große Erleichterung war, und schließlich fand sich auch ein Interessent, der nicht gleich in Ohnmacht fiel, als er hörte, was alles an dem Gebäude getan werden musste.

Die alte Villa wurde verkauft. So traurig es auch war, mir wurde eine Riesenlast von den Schultern genommen, und Edda war versorgt.

Als das alles erledigt war, besuchte ich Edda, um es ihr mitzuteilen. Ich wusste nicht, ob sie es verstehen würde, oder ob sie sich überhaupt an die alte Villa erinnerte oder daran, dass sie schon längst nicht mehr bewohnt war, aber ich wollte, dass sie davon erfuhr.

Finn begleitete mich dieses Mal, denn er hatte Edda schon länger nicht mehr gesehen.

Hannah öffnete die Tür und führte uns ins Wohnzimmer. Edda war nicht da, aber die Tür zur Terrasse war offen. Dort draußen stand sie auf ihren Stock gestützt und blickte in den Garten hinaus. Die Sonne brachte jetzt alles zum Blühen, das müde Braun und Grau des Winters wichen den lebendigen Farben des Frühlings. Edda lächelte entrückt in den Sonnenschein.

»Edda«, sagte Hannah sanft, »schauen Sie mal, wer da ist.«

Edda drehte sich um und kam lächelnd zurück ins Wohnzimmer. Als sie uns sah, verschwand ihr Lächeln für einen kurzen, ungläubigen Moment, um dann umso strahlender wiederzukehren. Sie sah nicht mich an, sondern Finn.

»Max!«, rief Edda und wankte auf Finn zu. »Du bist wieder da. Ich habe gewusst, dass du zurückkommst.« Liebevoll nahm sie sein Gesicht in beide Hände und flüsterte: »Max …«

Finn warf mir einen hilflosen Blick zu, doch ich war genauso überfordert wie er. Hannah, die täglich derartige Situationen mit Edda erlebte, blieb ganz ruhig.

»Wir sollten den beiden einen Platz anbieten, nicht wahr Edda?«, sagte sie.

»Ja, natürlich«, stimmte Edda zu. »Wo hab ich nur meine Gedanken?« Sie lachte, und wir konnten nicht anders als mitzulachen.

Edda setzte sich in ihren Sessel, während wir auf dem breiten, geblümten Sofa Platz nahmen. Hannah setzte sich auf den zweiten Sessel, und Dorothee brachte den Tee. Als Dorothee weg war, fragte Edda: »Wer war die Frau?«

»Das war Dorothee, die Haushälterin«, erklärte Hannah, vermutlich zum x-ten Mal. Edda fragte: »Ich habe eine Haushälterin? Das ist ja praktisch.«

Finn gluckste in seine Tasse.

»Elsa«, wandte sich Edda an mich, »wo hast du Max denn getroffen? Hat er sich bei dir versteckt?«

»Ähm, nein«, sagte ich und überlegte fieberhaft, was ich am besten sagen könnte. Sollte ich das Missverständnis auflösen? Sollte ich mitspielen?

»Max muss sich nicht mehr verstecken«, warf Hannah ein. Eddas Gesicht leuchtete. »Gott sei Dank!«, rief sie.

»Edda«, sagte ich, um dem Gespräch eine andere Richtung zu geben und weil ich den Anlass meines Besuchs nicht außer Acht lassen wollte.

»Edda, ich wollte gerne etwas mit dir besprechen.«

»Ja, was denn, meine liebe Elsa?«, fragte Edda und nippte so grazil an ihrem Tee wie eh und je.

»Die alte Villa …«, begann ich, »du erinnerst dich doch …«

»Ja, natürlich«, erwiderte Edda.

»Also, wir haben sie verkaufen müssen, damit du hier in deinem Haus wohnen bleiben kannst.«

Oh Gott, das war schlecht. Das war ganz schlecht. Hannah

hob auch schon warnend die Augenbrauen, doch Edda meinte nur: »Ja, natürlich, wenn Max sich nicht mehr verstecken muss, brauchen wir die Villa nicht mehr. Hast du mit meinen Eltern darüber gesprochen?«

»Es ist alles in Ordnung«, sagte Hannah, bevor ich wieder etwas Ungeschicktes sagen konnte.

»Und für dich ist das auch in Ordnung, Max?«, wandte Edda sich an Finn.

»Ähm, ja«, sagte er, »kein Problem.«

»Gut!«, rief Edda fröhlich. Ihre Augen blieben bei Finn.

»Ach, Max«, sagte sie wehmütig. »Jetzt kannst du auch wieder Klavier spielen, nicht wahr?«

»Ja«, sagte Finn tonlos, dann räusperte er sich.

»Spielst du für mich?«, fragte Edda mit der bittenden Miene eines jungen Mädchens.

Um Gottes willen, es hörte nicht auf. Finn konnte zwar Klavier spielen, aber Max war Pianist gewesen. Edda machte eine Geste zu dem großen Flügel, der im Zimmer stand und fast nie gespielt wurde.

Finn schluckte und schaute Hilfe suchend von mir zu Hannah.

»Ich glaube, der Flügel ist schon länger nicht mehr gestimmt worden«, sagte ich.

»Das macht doch nichts. Wenn Max spielt, hört man die falschen Töne überhaupt nicht«, fegte Edda meinen Einwand mit leichter Hand vom Tisch.

Sie legte den Kopf schief und sagte: »Für mich, Max, ja?«

Mit einem unterdrückten Seufzer stand Finn auf, ging zum Klavierhocker und öffnete den Deckel des Flügels. Er schlug ein paar Tasten an, man hörte sofort den verzerrten Klang eines verstimmten Instruments, doch Eddas Augen leuchteten, und sie lehnte sich erwartungsvoll in ihrem Sessel zurück.

Ich hatte keine Ahnung, wie ich Finn da rausholen konnte.

Er wollte sich gerade hinsetzen und anfangen, als Edda sagte: »Du weißt, was du spielen sollst, nicht wahr, Max?«

Noch mehr Panik in Finns Augen. Unsicher fragte er: »Was denn?«

Edda sah ihn verschwörerisch lächelnd an: »Was du immer für mich gespielt hast: *Liebesleid*.«

Ich musste dem ein Ende machen, Finn konnte vielleicht so tun, als sei er Max und hätte sich in all den Jahren versteckt, doch er konnte nicht einfach etwas auf dem Klavier spielen, was er gar nicht kannte und noch weniger spielen konnte. Ich wollte gerade den Mund aufmachen, da hellte sich sein Gesicht auf und er fing an zu spielen.

Abgesehen von den schrägen Tönen, die der Flügel produzierte, klang es wunderschön. Edda sang den Text an manchen Stellen lautlos mit, Finn spielte wie ein Virtuose. Als das Lied zu Ende war, seufzte Edda auf und war plötzlich nicht mehr ansprechbar, als wäre sie innerlich weggegangen.

»Wenn sie etwas sehr angestrengt hat, dann ist sie so. Sie wird wahrscheinlich bald einschlafen«, flüsterte Hannah uns zu und legte eine Decke über Edda, die nicht reagierte.

Wir beschlossen zu gehen.

Als wir draußen waren, atmete Finn auf und meinte, er sei komplett durchgeschwitzt.

»Seit wann spielst du eigentlich so gut Klavier?«, fragte ich.

»Wie bitte? Ich spiele schon immer Klavier, seit wann kennst du mich denn?«, gab er scheinbar beleidigt zurück.

»Aber *so* gut«, betonte ich. Er schmunzelte.

»Reiner Zufall«, gestand er. »Ich dachte, ich hör nicht recht, als sie sagte, was ich spielen soll. Das ist eins meiner Lieblingsstücke, und ich hab diese Version bis zum Erbrechen geübt, weil ich es unbedingt können wollte.«

»Wann denn?«, fragte ich.

»Das ist lange her«, sagte er. »Mit zwanzig. Ich wollte meine erste Freundin beeindrucken.«

»Ach?«

»Ja, so einer war ich: der tagelang schwierige Klavierstücke übt, um eine Frau rumzukriegen. Hat auch geklappt.« Er grinste stolz.

»Dann bist du ja doch Max nicht so unähnlich«, bemerkte ich. »Du hast es für eine Frau gespielt und er auch.«

Sein Grinsen verschwand.

»Meinst du, Edda leidet? Ob sie merkt, was mit ihr los ist?«

Ich zuckte nur mit den Schultern.

»Das Stadium hat sie glaube ich schon hinter sich«, meinte ich.

Statt ins Auto einzusteigen, spazierten wir noch ein wenig an der nahe gelegenen Isar entlang.

»Apropos Frauen«, sagte ich.

Er warf mir einen misstrauischen Seitenblick zu.

»Ja?«, sagte er. »Frag einfach.«

Ich lachte, und er fuhr fort: »Du, Finn, wie läuft's denn so mit Tess?«, imitierte er mich.

»Du, Finn, wie läuft's denn so mit Tess?«, wiederholte ich.

Er packte mich und nahm mich in den Schwitzkasten, während ich in hellen Tönen quietschte. Ein paar Teenager, die vorbeigingen, sahen uns an, als wären wir Idioten.

Finn ließ mich los, und ich richtete mein Haar.

»Und?«, fragte ich dann.

»Weiß nicht«, sagte er.

»Seid ihr jetzt zusammen oder nicht?«

»Ich weiß es nicht«, sagte er genervt.

»Entschuldige mal, aber wie kann man das nicht wissen?«

»Sie ist eben anders«, sagte er. Ich verstand nicht, was das damit zu tun hatte.

»Aber ihr …« Ich machte eine äußerst undamenhafte, unsittliche Geste.

»Ja, tun wir«, sagte Finn.

»Aber dann …«

»Ich auch nicht.«

»Was?«, fragte ich irritiert.

»Ich versteh es auch nicht«, sagte er frustriert. Wie immer hatte er längst gewusst, was ich sagen wollte.

»Vielleicht solltest du sie mit ihren eigenen Methoden schlagen«, schlug ich vor.

»Was für Methoden?«, fragte Finn ahnungslos.

»Zieh dich zurück, mach dich rar, spring nicht gleich, wenn sie ruft«, sagte ich.

»Ich hab aber keine Lust auf solche Spielchen«, sagte er entschieden. »Ich will mit ihr zusammen sein, und Ende.«

»Dann sag ihr das«, sagte ich. »Wenn du keine Lust auf Spielchen hast, solltest du ihres auch nicht mitmachen. Entweder sie liebt dich und will mit dir zusammen sein, oder sie soll dich in Ruhe lassen.«

Er sah mich mit gerunzelter Stirn an.

»Lass dich nicht verarschen, Finn«, sagte ich. »Vielleicht tut sie das ja auch gar nicht, vielleicht weiß sie auch nicht, woran sie mit dir ist. Herrgott, ihr seid doch keine Teenies mehr.«

Wer war ich, ihm eine solche Standpauke zu halten? Aber sollte ich ihn in die Arme einer Frau treiben, die in meinen Augen so kalt war wie eine Hundeschnauze, wenn auch eine sehr schöne?

»Liebst du sie?«

Die gleiche Frage hatte ich ihm schon zweimal gestellt, bei Anna und auch bei Karina. An seine jeweiligen Reaktionen konnte ich mich noch gut erinnern.

»Ich glaub schon«, sagte er diesmal.

»Du glaubst?«, fragte ich zurück.

»Ich bin verrückt nach ihr«, sagte er und sah dabei zu Boden. »Wenn ich sie nur sehe oder ihre Stimme höre, hab ich schon dieses Kribbeln. Was denkst du, was los ist, wenn ich sie anfasse? Oder sie mich?«

Ich wollte es mir aus irgendeinem Grund nicht ausmalen.

»Und sie?«

Er starrte ins Leere und zuckte dann mit den Schultern. Ich wollte seine Hand nehmen, doch stattdessen warf er die Arme um mich und verbarg sein Gesicht in meinem Haar. Finn hatte Liebeskummer.

Er ertrug weiter tapfer ihre Wechsel zwischen Nähe und Distanz. Aber ich wusste, wie es ihm ging, und dafür hätte ich Tess am liebsten an ein ausgehungertes Rudel Wölfe verfüttert.

Als sie nach dem Sommer für ein halbes Jahr eine Gastprofessur in Berlin annahm, hoffte ich schon, damit wäre es vorbei. Aber Finn war inzwischen ans Warten gewöhnt, und wenn sie rief, dann flog er auch nach Berlin.

Wir hatten Julius erklärt, dass Papa eine Freundin hatte, genauso wie Pavel mein Freund war, doch Pavel kannte er gut, und Tess hatte er noch nie gesehen. Julius verstand das nicht so ganz. Genau genommen verstand er auch meine Beziehung zu Pavel nicht, denn wir waren viel zu selten zusammen. Nur Papa und Mama waren immer zusammen. In der Wohnung jedenfalls und bei ihm. Das war für ihn das Wichtigste. Aber er wollte schon gern etwas über Tess erfahren.

»Ist deine Freundin auch so lustig wie Pavel?«, fragte er Finn eines Abends beim Essen.

Finn schmunzelte und verneinte die Frage. Tess hatte viele Vorzüge, aber lustig, nein, das war sie nicht unbedingt.

»Schade«, meinte unser Sohn.

»Mag sie Kinder?«, fragte er weiter. Diese Frage konnte Finn überhaupt nicht beantworten, was ich für äußerst bedenklich hielt, immerhin hatte er eins.

»Ich ... äh, ... bestimmt«, riet er ins Blaue hinein.

»Ist sie so hübsch wie Mama?«, fragte Julius unschuldig.

Finn wurde rot. Im Ernst, er wurde rot. Finn, dem nichts peinlich war. Und er konnte nicht damit umgehen, weil er dieses Gefühl aufsteigender Hitze im Gesicht gar nicht kannte. Hilflos starrte er seinen Sohn an.

»Sie ist ... ja, sie ist sehr hübsch«, stammelte Finn.

»Ja, aber so hübsch wie Mama?«, verlangte der Kleine mit erhobener Stimme zu wissen und grinste. Das Abbild seines Vaters.

Finn lächelte ihn an, kniff ihn zärtlich in die Wange und sagte: »Niemand ist so hübsch wie deine Mama.«

2004

»Lass uns einfach die Dinge so betrachten, wie sie sind.«

Pavel und ich saßen an einem Sonntag im Februar – einen Tag nach meinem Geburtstag – in einer gemütlichen Weinstube in Nürnberg. Wir saßen an einem Ecktisch in einer Nische, Pavel hielt meine Hand und lächelte mich liebevoll an, während er diesen Satz sagte.

Es war mein erster Besuch in Nürnberg im neuen Jahr. Zum letzten Mal war ich im vergangenen Dezember da gewesen, was man praktischerweise mit einem Spaziergang über den Christkindlesmarkt hatte verbinden können.

Pavel versuchte, so oft wie möglich nach München zu kommen, doch im Grunde war er viel weniger flexibel als ich.

Wie waren die Dinge also? Wir sahen uns selten. Aber was viel schlimmer war: Wir vermissten einander nicht. Nicht sehr jedenfalls. Vielleicht vermisste er mich ein bisschen mehr als ich ihn.

»Ich bin jetzt Ende vierzig«, sagte Pavel. »Und du bist ...«

»Das erwähnt man bei einer Frau nicht«, bemerkte ich, aber er wusste, dass es nur ein Scherz war, und vollendete seinen Satz gnadenlos: » ...einundvierzig.«

Ich legte schützend eine Hand über die Augen, als wollte ich sie vor dieser unschönen Zahl verschließen. Er lachte: »Einundvierzig, jawohl. Und nebenbei bemerkt, hast du deinen Geburtstag lieber mit deinem Sohn und seinem Vater verbracht als mit mir.«

»Und Kevin und Nora und David und Helen und Britta und …«

»Schon gut«, sagte er. »Was ich sagen will, ist: Ich bin zu alt für diese Art von Beziehung. Einmal im Monat sehen und in die Kiste. Das reicht mir nicht mehr. Ich hätte gern eine Familie. Du hast schon eine.«

»Ich hab ein Kind«, sagte ich, als wäre das keine Familie.

Pavel lächelte wieder.

»Ich weiß, was du hast, und das ist wunderbar, aber ich bin kein Teil davon, und das wird sich auch nicht ändern. Was nicht deine Schuld ist«, fügte er hinzu.

»Julius mag dich sehr gern«, sagte ich.

»Und ich mag den Kleinen sehr gern, aber ich hätte auch gern eigene Kinder. Willst du noch ein Kind mit mir? Willst du zu mir nach Nürnberg ziehen und alles – bis auf Julius natürlich – zurücklassen? Nein, das willst du nicht.«

Ich verstand, was er sagen wollte, und er hatte natürlich recht.

»Und über das Thema Liebe will ich gar nicht reden«, sagte Pavel.

Nein, besser nicht. Ich hatte Gefühle für ihn und er für mich, aber mit Liebe hatte das nichts zu tun.

»Lass uns das beenden«, sagte Pavel. »Dann können wir beide wieder offen sein für etwas Neues.«

Ich nickte. »Gut«, sagte ich.

Wir verbrachten noch einen schönen Abend und eine letzte Nacht zusammen. Am nächsten Tag fuhr ich zurück nach München.

Finn war zu Hause und tobte sich an der Staffelei aus. Er trug lediglich eine mit Farben zugekleckste, alte Jeans, als ich kurz hereinkam und Hallo sagte. Dann ging ich in mein Zimmer zurück.

Er hatte mich kaum bemerkt, aber das war gut so, denn ich fühlte mich nicht danach, das Ende meiner Beziehung zu Pavel mit ihm zu besprechen. Leute, die eben eine Beziehung beendet hatten, und Leute, die gerade schwer verliebt waren, hatten im Allgemeinen keinen großen gemeinsamen Nenner, auch nicht, wenn es sich um mich und Finn handelte.

Natürlich würde ich es ihm sagen, sobald sich die Gelegenheit ergab, aber bis dahin wollte ich meine Ruhe.

»Möchtest du einen Kaffee mit mir trinken?«, fragte Finn und steckte den Kopf durch die Tür, während er praktisch zeitgleich anklopfte.

Da war die Gelegenheit.

Ich zögerte eine Sekunde zu lange. Zu lange für jemanden, der mich so gut kannte.

»Was ist los?«, fragte er in altbekannter Finn-Manier.

»Wir haben uns getrennt«, sagte ich. Finn reagierte wie jemand, der sich erst noch überlegen musste, wie er reagieren sollte, nämlich gar nicht. Als hätte man ihn in der Zeit eingefroren, stand er zwischen Tür und Angel, sah mich an und schien auf eine weitere Erklärung zu warten, die ihm dabei half zu entscheiden, wie groß sein Bedauern zu sein hatte.

»Passt schon«, sagte ich bairisch lapidar.

Er kam zu mir und setzte sich neben mich.

»Sicher?«, fragte er.

»Ja«, sagte ich.

»Dann lass uns Kaffee trinken«, sagte er und zog mich hinter sich her in die Wohnküche.

Auf dem Weg dahin schnappte er sich sein Hemd und warf es über. Dann schenkte er uns beiden je einen Monsterbecher Kaffee ein.

»Was malst du?«, fragte ich, um auf ein anderes Thema zu kommen.

»Mist«, sagte er. »Ich male Mist.«

»Ist doch Quatsch«, widersprach ich.

»Erstens verstehst du davon nichts, und zweitens willst du nur ablenken«, bemerkte Finn treffend.

»Ich will nicht ablenken, ich will nur nicht reden. Es gibt nichts zu reden. Alles in Ordnung.«

»Gut.«

Wir hoben beide unsere Monstertassen zum Mund und ertränkten das Gespräch in Kaffee.

Ein paar Stockwerke unter uns bohrte jemand Löcher in die Wand. Es waren neue Mieter eingezogen, die einiges in der Wohnung verändern wollten. Natürlich mit Genehmigung des Hausbesitzers. Es war kurz vor zwölf, also konnte man getrost darauf vertrauen, dass Frau Obermoser die Lärmbelästigung bald beenden würde.

»Sie des geht fei need. Ab zwelfe is da herin eine Mittagsruhe. Hams des verstandn?«

Finn und ich mussten den gleichen Gedanken haben, denn wir grinsten beide vor uns hin.

»Weißt du, ich mochte Pavel«, sagte Finn unvermittelt.

»Mochte? Er ist ja nicht tot«, erwiderte ich.

»Nein, aber vielleicht werde ich seinen Nachfolger weniger mögen«, offenbarte Finn unumwunden den Gang seiner Gedanken.

»Ich kann dich ja vorher nach deiner Meinung fragen«, ätzte ich.

»Ich hab das jetzt nicht böse gemeint, und es geht mir auch nicht um mich«, sagte Finn.

»Ich weiß«, sagte ich.

»Ich will nur, …«, fing er an, doch unterbrach sich selbst.

»Was?«

»Du weißt schon«, sagte er.

Er wollte, dass ich glücklich war und dass der Mann, mit dem ich zusammen war, mich auch verdient hatte. So in etwa hätte er es wahrscheinlich ausdrücken wollen. Es ging mir ja umgekehrt genauso.

»Ich kann mir nicht vorstellen, dass es in absehbarer Zeit einen Nachfolger geben wird«, sagte ich.

»Warum nicht?«, fragte er.

»Weil das dann ein Max sein müsste«, sagte ich.

»Ein Max«, wiederholte Finn leise und nachdenklich. Er trank seinen Kaffee aus, stand auf und ging zurück zu seiner Staffelei.

Mitte März besuchte Finn Tess in Berlin und kam mit mieser Laune zurück. Tess musste noch zwei Monate dranhängen und würde nicht vor Anfang Juni in München sein.

»Ich glaube, es gefällt ihr in Berlin, vielleicht bleibt sie ganz dort«, unkte Finn mit düsterer Miene. Sofort rumorte es in mir: Würde er dann früher oder später auch nach Berlin ziehen? Was wäre er bereit, für Tess aufzugeben? Würde er seinen Sohn hier zurücklassen? Ich dachte immer gleich an das Äußerste.

»Hast du Lust, heute Abend mal wieder zum Italiener zu gehen?«, fragte ich, um Finn aufzuheitern und mich von diesen wilden Überlegungen abzubringen.

»Weiß nicht«, grummelte Finn. Er befand sich im Leidensmodus.

»Julius ist sowieso bei deiner Mutter, und wir waren schon ewig nicht mehr bei Fredo.«

»Na gut«, sagte er.

Maria und David hatten Fredo entdeckt und uns die Empfehlung gegeben. Ein kleines, verwinkeltes Restaurant, das über zwei Etagen ging. Es schien nur aus Treppen und Mauern zu bestehen, die die Tische verbargen. Man war gezwungen, den Kellner zu fragen, wo es noch einen freien Platz gab, denn wenn man sich selbst auf die Suche machte, musste man in jeden Winkel schauen, weil man einfach keinen Überblick bekam.

Fredo selbst, der Besitzer, war ein kleiner, dicker, älterer Mann, der jeden Gast persönlich begrüßte und sich erkundigte, ob alles passte. Er lebte schon seit vierzig Jahren in Deutschland, aber sprach immer noch so gebrochen Deutsch, als hätte er gerade erst einen Grundkurs hinter sich gebracht. Finn vermutete ja, dass Fredo in Wahrheit genauso fließend Deutsch sprechen konnte wie seine Kinder, er sich aber das Flair bewahren wollte. Wie auch immer, wenn Fredo an den Tisch kam, war die Stimmung gut.

Ich griff zum Telefon und fragte, ob sie einen Tisch für uns hätten.

»Alles klar«, sagte ich und schleppte Finn abends einfach hin.

Mario, Fredos ältester Sohn, begrüßte uns und führte uns in die obere Etage, in den hinteren Bereich, wo wir durch eine weiße Steinmauer von den angrenzenden Tischen fast völlig abgeschirmt waren. Mario zündete eine Kerze an und reichte uns die Speisekarten.

»Zu trinken?«, fragte er.

Wir bestellten zwei Rotwein und vertieften uns dann in die Karte, die wir längst auswendig kannten.

Ich wählte Saltimbocca, Finn Lasagne, wir pflegten nach der Hälfte die Teller zu tauschen.

Noch bevor das Essen kam, tauchte Fredo auf.

»Signorina Elsa, Signore Finn! Wie gehte? Iste Freude zu sehe. Große Freude.« Er strahlte über sein ganzes rundes Gesicht .

»Wir freuen uns auch immer hier zu sein, Signore Fredo«, sagte ich. Er hauchte mir einen Kuss auf den Handrücken.

»Ahh, wunderschone Signorina, wird immer schoner.«

Wie kam es eigentlich, dass Komplimente immer dreimal so gut klangen, wenn ein Italiener sie machte? Es ging einfach runter wie Öl.

Zum ersten Mal an diesem Abend grinste Finn, als er mich dabei beobachtete, wie Fredo mit mir flirtete.

»Was ist denn?«, fragte ich, als Fredo gegangen war.

»Ahh, wunderschone Signorina«, schnurrte Finn.

»Du solltest nebenbei Telefonsex anbieten«, schlug ich vor. »Du hast Talent.«

»Oder ich könnte Tess fragen, ob sie Lust darauf hat«, überlegte er.

»Steht sie auf so was?«, fragte ich sofort.

»Keine Ahnung«, gab er zu.

»Du könntest sie jetzt anrufen und es ausprobieren, dann hab ich auch noch was davon.«

Finn schnalzte entrüstet.

»Kaum kommt ein Italiener und macht dir Komplimente, fallen alle Hemmungen.«

»Nicht alle«, versicherte ich ihm.

Der Blick, den wir tauschten, dauerte einen Moment zu lange. In der Ferne hörten wir Fredos dröhnenden Tenor und ein enthusiastisches: »Ah, bella Signora!«

Unser Lachen löste die Spannung.

Das Essen kam, und der Kellner wies gleichzeitig neuen Gästen einen Platz in der benachbarten Nische zu.

Während wir mit Essen beschäftigt waren und Finn peinlich genau darauf achtete, dass ich auch nicht zu viel Saltimbocca aß, sodass genau die Hälfte davon für ihn übrig blieb, lauschten wir unwillkürlich den leisen Gesprächsfetzen des Paares am Nebentisch. Nach ein paar Minuten kam Fredo und setzte zu seinem üblichen begeisterten Begrüßungssermon an.

»Ahh, iste große Freude zu sehen. Habe ich gedacht oft an Sie beide und habe so lange nichte gesehen. Erlaube mir, Sie einzulade zu eine Glas Vino Rosso, Spezialität von de Haus. Zur Feier zu sehe alte Freunde. Si?«

Als der Mann antwortete und sich herzlich bedankte, spuckte ich fast den Wein über den Tisch. Finn hatte mitten im Kauen gestoppt und sah mich mit vollen Backen und aufgerissenen Augen an. Das war Davids Stimme. Und die Frau, die ein warmes »Vielen Dank, Fredo« hinterherwarf, war niemand anderes als Maria. David und Maria hatten ein Date. Oder was auch immer.

Flüsternd diskutierten wir, ob wir uns zu erkennen geben sollten.

»Wir tun einfach so, als hätten wir nichts bemerkt und reden ganz normal«, flüsterte Finn mir zu. Ich nickte. Dann konnten die beiden *uns* entdecken, wenn sie wollten.

Natürlich fiel uns nun kein unverfängliches Thema mehr ein, worüber wir hätten reden können. Wir tauschten unsere Teller und aßen schweigend zu Ende.

Als der Kellner kam und unsere Teller abräumte, fragte er uns, ob es geschmeckt habe. Normalerweise bedankten wir uns und sagten, wie vorzüglich alles war, was bei Fredo auch immer stimmte. Diesmal lächelten wir beide nur freundlich, nickten heftig, und ich reckte auch noch stumm einen Daumen in die Höhe. Das war zu viel für Finn. Er prustete heraus.

»Es hat toll geschmeckt. Vielen Dank«, sagte er lachend zu dem irritierten Kellner.

Am Nachbartisch war das Gespräch verstummt. Plötzlich

tauchte Davids Kopf über der Mauer auf, die unsere Tische trennte.

»Das gibt's doch nicht«, sagte er.

Ich hielt eine Serviette vor mein rotes Gesicht, Finn hielt sich die Rippen vor Lachen.

»Das sind die beiden«, sagte David und drehte den Kopf dabei zu Maria.

»Ich hab doch gesagt, dass es eine ganz schlechte Idee ist, ausgerechnet hierher zu gehen«, hörte man Maria im Hintergrund.

»Wir waren zuerst da«, sagte Finn zu David. »Nur für den Fall, dass einer von uns jetzt das Feld räumen muss.«

Maria kam mit ihrem Rotweinglas um die Ecke und setzte sich zu uns an den Tisch.

»Was soll's«, sagte sie. David runzelte die Stirn und setzte sich nur zögernd neben sie.

»Vielleicht stören wir die beiden ja«, warf er ein.

»Wobei?«, fragte Maria und sah mich dabei provokant an.

»Seid ihr wieder zusammen?«, fragte Finn, ohne Zeit zu verlieren. Ich trat ihm unterm Tisch gegen das Bein, doch es war David, der zusammenzuckte.

»Tschuldigung!«

»Also hör mal«, sagte Maria prompt, »von allen Menschen solltet ihr doch am besten wissen, dass man zusammen essen gehen kann, ohne zusammen zu sein. Nur so als Freunde.«

»Elsa und ich waren aber noch nie etwas anderes, ihr schon«, antwortete Finn ungerührt.

»Okay, Finn, es reicht jetzt«, mahnte ich ihn. »Sei nicht immer so indiskret.«

Fredo kam wieder vorbei, hob die Hände, jubelte: »Ahh, wie in de alte Zeite!«, und orderte sofort noch mehr Rotwein aufs Haus.

Anscheinend hatten Maria und David in letzter Zeit wieder

häufiger Kontakt, doch es deutete nichts darauf hin, dass sich wieder etwas anbahnte.

Maria hatte ein neues Bühnenprogramm entwickelt und war mit Konzerten so ausgebucht wie schon lange nicht mehr. Außerdem arbeitete sie an einer neuen Platte, und die Aufnahmen führten sie nach Köln.

»Ich werde in nächster Zeit nicht mehr allzu häufig Gelegenheit haben, zu Fredo zu gehen«, sagte sie. »Aber das ist gar nicht so schlecht. Ab und zu muss man auch mal was anderes sehen. Ich freu mich drauf.«

Sie tauschte einen Blick mit David, der bändeweise Subtext enthielt, den weder Finn noch ich interpretieren konnten.

Fredo hatte ganz und gar nicht recht. Es war nicht ›wie in de alte Zeite‹. Wir redeten, und das Unausgesprochene schwang immer mit. Wir hatten uns alle verändert, und auch unsere Beziehungen hatten sich verändert. Bestimmte Themen wurden vermieden, Fragen nicht gestellt. Es war ein netter Abend, wir lachten viel und hatten immer noch genug zu erzählen, aber die Unbeschwertheit von früher fehlte.

Der Abend gab mir zu denken. Hätten Finn und ich je eine Beziehung geführt, hätten wir geheiratet, als Julius unterwegs war, wären wir dann womöglich auch getrennt und würden darum kämpfen, nicht das Falsche zu sagen? Würden wir uns Blicke zuwerfen, die uns gegenseitig an unsere Verfehlungen erinnerten? Vielleicht hätten wir uns über die gleichen Banalitäten gestritten wie alle Paare, vielleicht hätten wir die gleichen Ansprüche an den anderen erhoben. Vielleicht hätte Finn mich dann auch mit Tess betrogen, oder ich ihn mit Pavel. Vielleicht hätten wir längst vergessen, wie sehr wir uns mochten.

»Denkst du, Maria und David kommen noch mal zusammen?«, fragte Finn später, als wir nach Hause gingen.

»Du?«, fragte ich zurück.

»Ich glaube, manche Menschen gehören einfach zusammen«, antwortete Finn.

»Ja«, sagte ich. »Das glaub ich auch.«

Anfang Juni kehrte die Frau zurück, von der Finn hoffte, dass sie diejenige war, die zu ihm gehörte. Tess hatte ihre Koffer gepackt und Berlin Lebewohl gesagt.

Finn war erleichtert, dass sich seine Befürchtungen nicht bewahrheitet hatten. Doch nicht nur das: Die lange Trennung schien Tess völlig verwandelt zu haben, was ihr Verhalten Finn gegenüber anbelangte. Das distanzierte, abwartende Gehabe, dass sie so oft an den Tag gelegt hatte, verschwand. Plötzlich konnte sie gar nicht genug von Finn kriegen, im Vergleich zu früher natürlich. Sie war immer noch eine unabhängige Frau, die sich an niemanden klammerte und die nicht unbedingt einen Mann an ihrer Seite brauchte, aber jetzt wollte sie einen. Und dieser Mann war Finn.

Sie rief häufiger an, wollte sich häufiger treffen und bat ihn häufiger, bei ihr über Nacht zu bleiben. Finn war selig, und ich freute mich für ihn, auch wenn er nun viel seltener zu Hause war, eigentlich nur noch zum Arbeiten. Julius vermisste seinen Vater. Und er hatte dessen Freundin immer noch nicht zu Gesicht bekommen. Das war das Einzige, was mir Sorgen bereitete. Ich fand es nicht richtig. Wenn Tess Finn wollte, dann hing Julius da eben mit dran, und mit dem musste sie sich genauso auseinandersetzen.

Finns Mutter sah das wohl ähnlich, denn eines Sonntagnachmittags, als sie zu Besuch war, Julius ihr seine neuen, hoch komplizierten Lego-Baukästen vorführte und Finn von einem Telefonat mit Tess zurückkam, fragte sie: »Dürfen wir deine Freundin eigentlich auch einmal kennenlernen?«

»Ja, klar«, sagte Finn sofort.

»Wann denn?«

»Ich weiß nicht. Wird sich schon mal ergeben«, erwiderte er.

»Wann denn?«, wiederholte seine Mutter mit sanfter Starrköpfigkeit.

»Ach, Mama, was willst du denn jetzt hören?«

Innerlich feuerte ich Helen an. Wenn jemand das Recht hatte, danach zu fragen, dann doch wohl seine Mutter.

»Wie lange seid ihr jetzt zusammen?«, fragte sie.

Finn dachte nach.

»Seit ... eine Zeit lang«, sagte er schwammig.

»Und kennt sie deinen Sohn?«

»Nicht persönlich«, wich Finn aus.

»Wen kennt sie denn persönlich?«, fragte Helen.

»Elsa«, trumpfte Finn auf. »Elsa hat sie mal getroffen. Letztes Jahr, nicht wahr, Elsa?«

»Ich glaube, deine Mutter meint: Wen aus deiner Familie kennt sie?«, sagte ich spitzfindig.

Finn sah mich verblüfft an. »Aber du bist doch ...«

Er verstummte. Familie?

Helen versteckte ein Lächeln.

»Mein Schatz, ich möchte deine Freundin gern kennenlernen. Ich sehe doch, dass sie dich glücklich macht«, sagte sie dann. Helen war so unwiderstehlich wunderbar, dass man ihr nichts abschlagen konnte, Finn am wenigsten.

»Ist ja gut, Mama«, sagte er. »Sie möchte euch ja auch kennenlernen.«

Eine kühne Behauptung, doch ich hielt mich mit meiner Skepsis zurück. Immerhin war Finn jetzt in Zugzwang. Die ganze Zeit über hatte er die Augen vor der Tatsache verschlossen, dass Tess eine Art Exklusivanspruch auf ihn stellte. Jetzt aber hatte Helen ihrerseits einen Anspruch angemeldet, für sich selbst und für ihren Enkel, und den konnte Finn nicht so einfach vom Tisch fegen.

Doch dann gab es wieder eine Verzögerung. Tess plante für den Herbst eine große Ausstellung ihrer letzten Werke und hatte eine Menge zu tun, keine Zeit für Kennenlerntermine.

Wie bekannt sie überhaupt war, bekam ich erst mit, als ich in einer Ausgabe der *art*, dem Kunstmagazin, das Finn abonniert hatte, einen Riesenartikel über sie fand: *Portrait der Bildhauerin Theresa Günther. Eine Künstlerin der Sonderklasse.*

Finn hatte es auch schon zu einigen Artikeln und Erwähnungen in der Zeitschrift gebracht, aber dieses Portrait ging über vier Seiten und war eine Hymne.

Ihrer Ausstellung im Herbst in München wurde darin so entgegengefiebert, als handelte es sich dabei um den dritten Teil der Verfilmung von *Herr der Ringe* oder den nächsten Harry Potter. Dass die Künstlerin bei alledem auch noch aussah wie ein Supermodel, war sicher kein Handicap.

Nachdem ich den Artikel gelesen hatte, kam ich mir vor wie eine kleine graue Maus, ein Gefühl, das ich zuletzt mit Mitte zwanzig gehabt hatte.

Ich hätte das Bild in der Zeitschrift Julius zeigen können, damit er endlich mal einen Eindruck hatte, aber das ließ ich besser bleiben. Von wegen ›Niemand ist so hübsch wie deine Mama‹. Das Foto hätte Finn als liebenswerten, aber schamlosen Lügner entlarvt. Neben Tess sah ich aus wie Brot.

Und dann kam diese seltsame Einladung. Finn solle doch bitte seine ganze Familie mit zur Ausstellungseröffnung bringen. Wie bitte? Das erste Treffen bei so einer Gelegenheit? Ein einfaches Kaffeetrinken tat es wohl nicht. Oder war dann der Rahmen zu intim? Was sollte Julius bei dieser Ausstellung? Und zählte ich eigentlich in diesem Zusammenhang zur Familie oder nicht?

Finn machte sich solche Gedanken nicht. Er war glücklich, dass Tess diesen Vorschlag gemacht hatte. Ein weiterer Fortschritt in der Beziehung. War da auch irgendwo ein Ende in Sicht?

Kevin und Nora reagierten genauso befremdet wie ich, und Finns Mutter warf sofort die Frage nach Julius auf.

»Der kommt natürlich mit, das gefällt ihm doch«, behauptete Finn.

Keiner von uns widersprach, denn wenn Finn sich wie ein kleiner Junge freute, konnte man ihn schlecht enttäuschen.

»Was zieht man denn da an?«, fragte Nora, der ich kurz zuvor den Artikel über Tess gezeigt hatte. Es roch nach schicker Abendrobe.

»Ganz normal«, sagte Finn.

»Genau, Nora«, sagte ich. »Einfach so, wie du auch zur Oscar-Verleihung gehst.«

Finn verdrehte die Augen.

Als der große Tag kam, wusste ich immer noch nicht, ob ich auch eingeladen war. Ich rief Nora an und fragte, ob sie Julius mitnehmen könnten, denn Finn war den ganzen Tag über schon bei Tess und half ihr. Wobei auch immer.

»Kommst du nicht mit?«, fragte Nora.

»Tess hat Finns Familie eingeladen, nicht mich«, sagte ich.

»Also hör mal!« Nora klang konsterniert.

»Nora, bitte, wir müssen uns jetzt nicht über meine Stellung im McGregor-Clan unterhalten. Dass ihr mich mitzählt, weiß ich schon. Aber Finns Freundin sieht das wahrscheinlich etwas anders.«

»Weiß Finn, dass du nicht kommst?«, fragte Nora.

»Wir haben uns nie darüber unterhalten«, antwortete ich.

»Weil er natürlich davon ausgeht, dass du kommst«, erwiderte

Nora, dann gab sie es auf. »Also schön, ich kann dich ja verstehen, und natürlich nehmen wir Julius mit, aber Finn wird nicht gerade froh sein.«

»Vielleicht ja doch«, sagte ich.

Nora und Kevin kamen gegen sechs Uhr abends vorbei und holten Julius ab. Ihre eigenen Kinder blieben zu Hause.

Kevin warf mir nur noch einen vielsagenden Blick zu, unterließ aber jeden Versuch, mich zu überreden.

Als sie weg waren, hatte ich das Gefühl, einen schweren Fehler gemacht zu haben. Ich stellte mir meine Reaktion vor, wenn ich an seiner Stelle gewesen wäre. Zu spät. Schuld war eigentlich nur dieser dumme Artikel gewesen. Und natürlich die Tatsache, dass Finn nie gefragt hatte, ob ich dabei sein würde oder nicht. Natürlich weil es für ihn selbstverständlich war. Und jetzt kamen die anderen alleine. Ich blöde Kuh!

Es war wichtig für ihn gewesen, Tess endlich bei seiner Familie einzuführen, und ich ruinierte es.

Ich rannte ins Badezimmer, versuchte irgendwas mit meinen Haaren anzustellen, ließ es bleiben, schmierte mir Make-up ins Gesicht, wischte es wieder ab, lief zu meinem Schrank und nahm in Augenschein, was ich überhaupt anziehen konnte, fand nur einen simplen grauen Hosenanzug und ein schwarzes Top, hängte das Teil wieder in den Schrank, lief zurück ins Badezimmer, versuchte es erneut mit Make-up, putzte meine Zähne, benutzte Parfum, setzte mich auf den Badewannenrand und schrie laut: »Verdammt!«, lief wieder zum Schrank, stolperte über Julius Lego-Turm und hielt entsetzt inne, als das Telefon läutete.

»Hallo?«, sagte ich kleinlaut in den Hörer.

»Elsa?« Finn klang aufgeregt, im Hintergrund hörte man Stimmengewirr.

»Ja?« Ich Kuh, ich Kuh.

»Wie geht es dir?«, rief er besorgt ins Telefon, um den Lärm zu übertönen.

»Es … es geht«, sagte ich unsicher.

»Meine Mutter hat mir gesagt, dass du dich nicht wohl fühlst und lieber zu Hause geblieben bist. Was ist denn los?«

Helen! Sie hatte es also nicht übers Herz gebracht, ihrem Sohn zu sagen, dass seine beste Freundin und Mutter seines Kindes aus einer dämlichen Laune heraus ganz einfach nicht kommen wollte. Helen hatte für mich geschwindelt. Oder für Finn.

»Es geht mir schon viel besser, mach dir keine Sorgen. Ich hab sogar gerade überlegt, ob ich nicht doch noch kommen soll«, sagte ich.

»Ehrlich?«, rief er hocherfreut. »Geht's dir auch wirklich gut?«

»Ja, wirklich. Ich weiß auch nicht, was das vorhin war.«

Erbärmliche Lügnerin.

»Sag Helen bitte, dass es mir besser geht und ich komme, okay?«

»Ja, super! Gott sei Dank«, sagte Finn. »Bis gleich!«

Eine Viertelstunde später saß ich im Taxi. Ich trug den langweiligen Hosenanzug, wenig Make-up, die Haare offen und mein Lieblingsparfum von Jil Sander. Zu meinem suboptimalen Outfit und meinem schlechten Gewissen kam nun noch die Peinlichkeit hinzu, den Mitwissern aus Finns Familie unter die Augen treten zu müssen. Und dann war da auch noch die unvermeidliche Begegnung mit der überirdischen Theresa Günther …

Die Ausstellung fand auf einem alten Fabrikgelände im Osten Münchens statt.

Die Halle war so groß, dass sich die Menschenmenge, die da war, locker zwischen den ausgestellten Skulpturen verteilte, von denen jede durch eine Seilabsperrung geschützt und von einem Spot angestrahlt wurde.

Die Atmosphäre war beeindruckend. Die Sachlichkeit und Kargheit der Halle kontrastierte mit den Skulpturen, die in ihrer Abstraktheit die Eleganz der Künstlerin wiederspiegelten. Auch wenn ich so gut wie nichts von Kunst verstand, und in ihrer abstrakten Erscheinung noch viel weniger, so konnte ich mich ihrer ungewöhnlichen Faszination nicht erwehren. Je länger man ein Objekt betrachtete, desto mehr begann es zu leben, kühler Stein begann zu atmen und eine Geschichte zu erzählen.

Während ich durch die Halle ging, hielt ich Ausschau nach den anderen. Weiter hinten hatte sich ein größerer Pulk an Menschen gebildet. Blitzlichter ließen vermuten, dass sich dort die Künstlerin der Presse stellte. Die *art* würde sicher einen weiteren Artikel bringen.

In ihrem roten Kleid war sie nicht zu übersehen. Mir blieb fast die Luft weg. Theresa Günther hatte ihre schwarze Lockenpracht hochgesteckt und ihr Bilderbuchgesicht mit zwei Strähnen umrahmt. Die Farbe ihrer Lippen war perfekt auf die ihres Kleides abgestimmt. Ihre eleganten High Heels waren so schwarz wie ihr Haar. Ihre Augen funkelten wie Sterne, wenn sie lachte, und sie lachte viel. Die Kameras klickten und blitzten. Erst auf den zweiten Blick sah ich Finn, der direkt neben ihr stand, das Accessoire, das die Inszenierung der Schönheit komplett machte. Was für ein Paar!

Fast hätte ich mich wieder umgedreht und wäre gegangen, hätte mich Julius nicht entdeckt, der ein paar Meter weiter an der Hand seiner Großmutter stand.

»Mama!«, rief er lauthals und rannte auf mich zu.

»Schau mal, mein Zahn.« Er lachte mich breit an und zeigte mit dem Finger auf die Lücke in der Mitte der oberen Zahnreihe.

»Der ist raus«, fügte er überflüssigerweise und stolz wie Oskar hinzu.

»Super!«, jubelte ich mit ihm und nahm ihn auf den Arm, meinen großen Jungen, der nun ein echtes Vorschulkind mit dazugehörender Zahnlücke war. In diesem Moment hatte ich alle Schönheiten der Welt in roten Kleidern vergessen und strahlte mit meinem Kind um die Wette.

Das Blitzlichtgewitter hatte einen Augenblick lang aufgehört, denn Finn, das schicke Accessoire, hatte in eine andere Richtung gesehen, dorthin, wo sein Sohn jauchzend entschwunden war. Er ließ Tess stehen und kam lächelnd auf mich zu.

»Mensch, Elsa, was machst du denn für Sachen? Alles gut?«, fragte er und gab mir vor aller Augen einen Kuss auf die Wange. Tess' Züge froren für einen Sekundenbruchteil ein. Dann strahlte sie wieder.

»Ja«, sagte ich, »alles gut!«

»Ich hab den Zahn«, sagte Finn.

»Was?«

»Den Zahn!« Er kramte das kleine, blütenweiße Etwas aus seiner Hosentasche und hielt es hoch.

»Der ist für die Zahnfee, Mama«, erklärte Julius wichtig. »Den legen wir unters Kissen.«

Helen, Kevin und Nora waren herangekommen und kommentierten weder durch Bemerkungen noch durch Blicke meine Spontangenesung.

»Tolle Ausstellung, was?«, meinte Kevin.

»Ja, sehr beeindruckend«, stimmte ich zu. »Habt ihr die Künstlerin schon kennengelernt?«

»Flüchtig«, lächelte Helen und strich dabei Finn über den Arm. »Sie ist natürlich sehr beschäftigt an so einem Abend, das ist klar.«

Und deswegen war es ja auch so eine bescheuerte Idee, ausgerechnet daraus den Kennenlernabend zu machen, dachte ich, sagte aber nichts.

Tess ließ die Fotografen hinter sich und schwebte heran.

Lächelnd legte sie den Arm um Finns Taille und platzierte die Hand dabei sehr nah an seinem Hintern. Reviermarkierung nannte man das wohl.

Finn zeigte mit der Hand zu mir und sagte: »Ihr habt euch ja schon kennengelernt, erinnerst du dich?«

»Ach ja, richtig«, sagte Tess, als würde es ihr eben erst wieder einfallen. »Elsa, nicht wahr?«

»Genau«, sagte ich. Wir reichten uns die Hand.

»Das ist meine Mama«, verkündete Julius stolz. Es klang nach: Überleg dir gut, ob du dich mit ihr anlegen willst.

Tess lächelte bezaubernd.

»Hat Tess dir schon eine Privatführung durch die Ausstellung gegeben, Juli?«, fragte ich.

»Nöö«, sagte Julius und schüttelte den Kopf.

»Das kann ich auch machen«, sagte Finn, bevor Tess etwas antworten konnte.

»Das ist lieb von dir.« Sie gab ihm einen Kuss. »Ich muss noch mit ein paar Leuten Small Talk machen«, entschuldigte sie sich. Dann schwebte sie wieder davon, nur um nach wenigen Metern erneut umlagert zu werden, wahrscheinlich von ihren Small-Talk-Verpflichtungen.

Wir schlenderten durch die Halle, während Finn die eine oder andere Bemerkung zu den Objekten fallen ließ.

»Sehr begabt, deine Freundin«, lobte ich.

»Kenner sagen das«, pflichtete Finn mir bei.

»Bist du ein Kenner, Mama?«, fragte Julius und pulte mit dem Finger in seiner Lücke herum.

»Nein«, gab ich zu.

»Papa, bist du ein Kenner?«, fragte er weiter, während er ausprobierte, ob er seine Zunge durch die Lücke hindurchschieben konnte, und dabei etwas debil aussah.

»Nein«, sagte auch Finn, woraufhin ich ihn erstaunt ansah.

»Also hör mal«, sagte ich.

»Im Ernst«, er senkte seine Stimme. »Ich hab von dem Kram auch nicht besonders viel Ahnung.«

»Weiß sie das?«

»Ja, ich denke schon.«

»Und wie gefällt es dir, Juli?«, fragte ich.

»Was denn?«

»Na, Tess' Kunstwerke.«

»Wo sind die denn?«, fragte Julius erstaunt.

»Hier überall stehen die. Die Skulpturen. Die hat Tess gemacht«, erklärte ich unserem zahn- und planlosen Kind. »Wir reden doch die ganze Zeit schon darüber.«

»Ach so?«, sagte er erstaunt. »Aber das sind ja keine Bilder, so wie Papa malt.«

»Nein, das ist was zum Anfassen«, sagte Finn. Julius wollte es sofort ausprobieren, aber ich hielt ihn gerade noch zurück.

»Also, es sind Kunstwerke zum Anfassen, aber man *darf* sie nicht anfassen«, belehrte ich den Kleinen. Finn nahm ihn vorsorglich auf den Arm.

»Das ist ja doof«, maulte Julius. »Bilder sind zum Angucken, und man *darf* sie auch angucken.« Wir lachten alle.

Durch die Menge hindurch erhaschte ich Tess' Blick. Nicht eifersüchtig, nicht wütend, nicht beleidigt … hilflos. Sie sah eine Familie, die zusammengeschweißt war durch ein Kind und durch viele gemeinsame Jahre. Es war für sie egal, was ich für Finn war und ob sie die Frau war, die er liebte, denn da würde immer etwas sein – das jedenfalls sagte dieser Blick –, was sie nie aufholen konnte. Mit einem Mal fühlte ich mich schuldig. Ich hätte durch mein Fernbleiben ein Zeichen setzen können. Ich hatte nur an mich gedacht und an Finn, doch ich hatte nie daran gedacht, was es für Tess bedeutete, wenn ich da war.

Anna hatte damals aufgegeben. Sicher, sie hatte gedacht, ich hätte etwas mit Finn, aber unabhängig davon hatte sie mich als Nummer eins auf seiner Liste bezeichnet. Wer wollte schon Nummer zwei sein?

Dass Anna sich zurückgezogen hatte, war für Finn sehr willkommen gewesen, aber wenn Tess Finn verlassen würde, weil da immer noch jemand anderes war, dann würde es ihm das Herz brechen. Daran wollte, daran *durfte* ich nicht schuld sein.

Ich musste einen Weg finden, mich von Finn zu lösen.

2005

Gute Vorsätze einzuhalten, ist oft schwer. Entweder man ist zu bequem, oder es kommt immer etwas dazwischen, das Leben zum Beispiel.

Wie sollte ich mich von Finn lösen? Wir wohnten in einer Wohnung. Wir hatten extra, als Julius schließlich ein großes Bett und ein eigenes Zimmer brauchte, aufwendige Umbaumaßnahmen vorgenommen. Sollten wir nach alldem etwa ausziehen? Sollte Finn ausziehen? Zu Tess? Das konnte ich doch nicht entscheiden. Außerdem wäre es hart für Julius gewesen. Es war alles so kompliziert.

Es schien aber gut zu laufen zwischen den beiden, sodass sich mein schlechtes Gewissen in Grenzen hielt. Julius verbrachte ab und zu Zeit mit ihnen, nicht besonders viel, aber immerhin hatte Tess sich daran gewöhnt, dass er da war und zu Finns Leben gehörte. Ich dagegen hielt mich sehr zurück. Es wäre mir nie eingefallen, in Finns Teil der Wohnung aufzukreuzen – eigentlich ja unser Wohnzimmer –, wenn sie da war, was selten genug vorkam. Entweder räumte ich das Feld, oder ich suchte mir eine nützliche Beschäftigung, die ich in meinem Terrain verrichten konnte.

Julius' Geburtstag war die Ausnahme. Er wurde in diesem Jahr sechs, bald war er ein Schulkind.

An seinem Geburtstag war natürlich die ganze Familie da.

Tess kam auch. Ich hätte darauf gewettet, dass sie irgendeine Entschuldigung finden würde, aber nein, sie war tapfer und schenkte Julius sogar ein sehr schönes Spiel, das er sich gewünscht hatte. Nachdem er es ausgepackt hatte, reckte er die Faust martialisch in die Luft und brüllte: »Ja!«, was Tess ein erleichtertes und ziemlich sympathisches Lächeln entlockte. Dennoch fühlte sie sich inmitten der ganzen Familie sichtlich unwohl, auch wenn Finn keine Gelegenheit ausließ, sie einzubinden, und auch wir anderen taten unser Bestes, ihr das Gefühl zu geben, willkommen zu sein.

»Das Geschenk war ja ein echter Volltreffer«, sagte ich zu ihr. »Damit liegt er uns schon seit Monaten in den Ohren.«

Tess lächelte. »Finn hat mir den Tipp gegeben, ehrlich gesagt«, sagte sie, ein wenig beschämt. »Ich hab ja nicht so viel Ahnung, was Kindern in dem Alter gefällt.«

»Immer das, was sie bei anderen sehen«, sagte ich lachend. »Und dann geben sie ihre Wünsche weiter.«

»Ach, so funktioniert das«, staunte Tess. »Und ich dachte schon, man müsste sich an irgendwelche pädagogisch wertvollen Empfehlungen halten.«

»Das klappt, bis sie etwa drei sind, ab dann kannst du nur noch versuchen zu verhindern, dass sie den letzten Schrott haben wollen.«

»Ich denke, Julius hat einen anspruchsvollen Geschmack«, meinte Tess.

»Klar hat er den«, antwortete ich stolz. Wir lachten beide. Na also, ging doch.

Meinen eigenen Geburtstag ein paar Tage später überging ich geflissentlich. Zweiundvierzig, das musste man nicht feiern.

Finn schenkte mir einen neuen Farn, denn Alfred der Soundsovielte hatte auch schon wieder den Geist aufgegeben. Mein erster Alfred blieb unerreicht, mein Seelenfreund, mein Zuhörer, mein Vertrauter. Finn hatte noch immer Schuldgefühle deswegen.

Meine Eltern riefen an, und meine Mutter erzählte stundenlang von ihrer geplanten Reise nach Paris. Erst am Ende des Gesprächs fiel ihr ein, dass sie aus einem bestimmten Anlass angerufen hatte.

»Ach, du liebe Zeit«, regte sie sich über sich selbst auf, »ist das jetzt schon Altersdemenz? Das ist ja schlimm.«

Ich versicherte ihr, dass es keinen Grund zur Sorge gab und dass sie geistig noch sehr gut dabei war. Zum Glück. Denn wie das Gegenteil aussah, konnte ich am Beispiel von Edda verfolgen, die ich regelmäßig besuchte. Jedes Mal wurde es ein bisschen schlechter.

Sie halluzinierte, war längst inkontinent und manchmal auch recht unleidlich. Hannah und Elvira hatten so viel Mühe mit ihr, dass ich noch eine dritte Kraft eingestellt hatte, sodass man einen Schichtplan machen konnte. Das Geld vom Verkauf der Villa schmolz dahin, aber das war egal.

Um die Weihnachtszeit herum hatte die Ärztin schon prophezeit, dass es nicht mehr lange dauern würde, aber Edda hielt tapfer durch, überstand den Jahreswechsel und fieberte ihrem Geburtstag entgegen, von dem sie wusste, dass er im Mai war und dass sie dann neunzig Jahre alt werden würde. Nicht dass ihr die Zahl selbst noch etwas sagte. Ich dachte an ihren achtzigsten zurück, wie anders da noch alles gewesen war. Heute würde sie keinen der damals Anwesenden mehr erkennen, mich ausgenommen, und sogar zu mir sagte sie mittlerweile manchmal Hannah. Jede Frau war Hannah.

Der 21. Mai war ein Samstag. Ich war der einzige Gast, denn andere Menschen hätten sie nur verwirrt. Nicht einmal Finn wollte ich bitten, mich zu begleiten. Seit sie ihn für Max gehalten hatte, war er noch ein paarmal dabei gewesen, und dieses verstörende Ereignis hatte sich zum Glück nicht mehr wiederholt, allerdings konnte sie auch nichts mit ihm anfangen. Finn war, wie so viele Menschen in ihrem Leben, aus ihrem Gedächtnis gelöscht.

Aus irgendeinem Grund wirkte Edda an ihrem Geburtstag besonders glücklich. Sie saß in ihrem Sessel und strahlte fast wie in alten Zeiten, nur dass die Augen dabei leerer waren als früher. Ihre neue Pflegerin saß mit am Tisch. Die Pflegerin hieß Gerlinde, aber natürlich nannte Edda sie Hannah.

»Hannah, hab ich Ihnen erzählt, wie ich Max kennenlernte?«

»Nein«, sagte Gerlinde, obwohl sie es höchstwahrscheinlich in irgendeiner Variante schon einmal gehört hatte.

»Das war noch lange vor dem Krieg«, sagte Edda. »Ich war zwanzig und mit meinen Eltern zu Besuch bei seinen Eltern. Er spielte Klavier, und ich verliebte mich auf den ersten Blick in ihn. Er spielte *Liebesleid*, es war wunderbar.«

Sie verstummte. Die Geschichte ging nicht weiter. Ihr Blick wandte sich nach innen, und sie vergaß uns, die wir um sie herum saßen. Ihr Mund bewegte sich, ohne dass ein Wort zu hören war, begleitet von einer sparsamen Mimik und gelegentlichen Kopfbewegungen. Man wusste nicht, mit wem oder worüber sie redete. Dann sackte sie auf ihrem Sessel zusammen. Die Party war vorbei, sie war nicht mehr ansprechbar. Es war erschütternd. Gerlinde brachte Edda ins Bett, und ich verabschiedete mich.

Auf meinem Weg kam ich an der alten Villa vorbei, die, inzwischen renoviert, in neuer Pracht erstrahlte. Der neue Inhaber hatte keine Kosten gescheut. Es kam mir vor wie Hohn: Das Gebäude lebte wieder auf, während die ehemalige Besitzerin verfiel.

Zu Hause erwartete mich eine leere Wohnung. Finn und Tess waren mit Julius ins Legoland gefahren. Nichts lenkte mich ab von dem Bild, das sich immer wieder in meinen Kopf drängte:

Edda als zusammengefallenes Häufchen Mensch, dessen Geist sich längst verabschiedet hatte und dessen Körper die Seele noch nicht loslassen konnte.

Ich saß auf meinem Schlafsofa und sah hoch zu der Zeichnung, die immer noch an ihrem alten Platz hing: *Verliebtes Paar am Meer bei Sonnenuntergang*. Sie markierte nicht nur den Beginn meiner Freundschaft mit Finn, sondern auch der zu Edda. Ich erinnerte mich daran, wie sie in ihrem Sessel saß und Hof hielt.

Fünfzehn Jahre war das nun her. Edda hatte seitdem ebenso sehr zu meinem Leben gehört wie Finn, und beide entfernten sich mehr und mehr. Wie würde mein Leben in weiteren fünfzehn Jahren aussehen? Dann würde ich siebenundfünfzig sein, Julius längst erwachsen. Wer würde dann noch da sein?

Die Haustür und Julius aufgeregte Stimme rissen mich aus dem Strudel der zerstörerischen Gedanken.

»Mamaaaaa!«, brüllte er ungeduldig.

»Ja-ha!«, antwortete ich, und sofort flog die Tür auf. Er warf sich zu mir auf das Sofa und erzählte ohne Punkt und Komma, mit fliegenden Händen und glänzendem Gesicht.

»Hast du jetzt Hunger?«, fragte ich ihn.

»Nein, wir haben da gegessen. Selbst gemachte Pizza.« Er grinste und presste dabei die Lippen zusammen.

»Na, das war dann ja ein toller Tag«, sagte ich.

»Jap!«, bestätigte er. Wo er dieses ›Jap‹ aufgeschnappt hatte, das er neuerdings öfter benutzte, war mir schleierhaft.

»Elsa?«, rief Finn und klopfte an meine Tür. Das Klopfen war eigentlich mehr für Tess.

»Ja?«

Er streckte den Kopf durch die Tür.

»Wie war's bei Edda?«, fragte er mit besorgter Miene.

Ich zuckte nur mit den Schultern und lächelte ratlos. Was

sollte man da sagen? Nett? Es war nicht nett, jemandem zuzusehen, wie er sich auflöste.

Finn blieb in der Tür stehen. Normalerweise wäre er zu mir gekommen und hätte mich in den Arm genommen, weil er sah, dass es nötig war, aber so wusste er nicht recht, was er tun sollte. Tess war nebenan, da war diese Intimität nicht so ganz angemessen.

»Hast du Lust, einen Wein mit uns zu trinken?«, fragte er.

Ich lachte. »Nein, Finn, du bist lieb, aber äh … nein, eher nicht.« Er seufzte.

»Mag Elsa nicht einen Wein mit uns trinken?«, hörte ich Tess im Hintergrund rufen.

Finn und ich sahen uns überrascht an.

»Komm schon«, sagte er.

»Tess ist ganz nett«, flüsterte mir Julius ins Ohr.

»Also gut.«

Ich erhob mich mühsam und folgte den beiden ins Wohnzimmer.

»Hallo, Elsa«, begrüßte mich Tess nett und hielt mir auch schon ein Glas Rotwein hin.

»Davon kostet jeder einzelne Schluck so viel wie eine ganze Flasche aus dem Supermarkt. Ich sag's nur. Nicht runterkippen«, bemerkte sie barsch, dann lachte sie über mein befremdetes Gesicht.

»Keine Sorge, ich hab eben nur meinen Vater zitiert. Das hat er nämlich wortwörtlich zu mir gesagt, als er mir die Flasche zum Geburtstag überreicht hat.«

Sie nahm einen satten Schluck aus ihrem eigenen Glas. »Vor … ungefähr drei Jahren war das.«

»Aha«, sagte ich und trank vorsichtig. Es war ein absoluter Augenöffner. Ich hatte keine Ahnung von Wein, es gab besseren und schlechteren, der bessere stand im Supermarktregal oben. Aber der hier hatte in keinem Regal gestanden, sondern wahrscheinlich eher in einem Tresor.

»Wahnsinn!«, sagte ich.

»Ich hab zwei Flaschen davon«, sagte Tess. »Mein Vater gibt gern mit seinem teuren Wein an.«

»Ist er Weinhändler?«, fragte ich.

»Nein, nur stinkreich«, sagte Tess verächtlich. »Er sammelt alles, was gut und teuer ist. Das hat er sich verdient, meint er.«

Sie nahm einen weiteren großen Schluck.

»Tja, so haben wir alle unsere Sorgen«, meinte Finn seufzend.

»Ich hab keine Sorgen mit meinen Eltern«, widersprach Tess cool, verdrehte ihre großen Audrey-Hepburn-Augen und zog einen Mundwinkel ihres unglaublichen Angelina-Jolie-Mundes nach oben. Selbst diese alberne Grimasse konnte sie nicht entstellen.

»Sie haben Sorgen mit *dir*«, schmunzelte Finn.

Tess schnaubte. Mein Gesicht war wohl mit so vielen Fragezeichen übersät, dass sie es für nötig hielt, eine Erklärung abzugeben.

»Meine Eltern haben sich für ihr einziges Kind etwas anderes vorgestellt als eine Karriere als Bildhauerin. Bildhauerin! Wer wird denn so was? Medizinerin wäre okay gewesen, eine Karriere in der Wirtschaft, aber Kunst? Ich bin das schwärzeste Schaf, das es in einer Familie geben kann. Aus Sicht meiner Eltern.«

»Die spinnen doch«, entfuhr es mir. »Sehen die nicht, wie viel Erfolg du hast? Und wie bekannt du bist?«

Tess lachte bitter auf. »In Künstlerkreisen bin ich bekannt, nicht in der Welt meiner Eltern. Und als Erfolg sehen die das nicht. Erfolg zeigt sich in Zahlen auf dem Bankkonto. Aber egal. Jedenfalls ist der Wein gut, und mein Vater kann ruhig mit seinen taktlosen Sprüchen um sich werfen, interessiert mich nicht mehr.«

»Eltern!«, sagte ich nur. Ich hätte nun meine eigenen Erfahrungen in das Gespräch einbringen können, wir hätten etwas gemeinsam gehabt, aber ich ließ es bleiben. Mir gefiel, dass Tess auf einmal so offen war, aber ich war noch nicht so weit.

Julius kam und fragte, wann er das nächste Mal wieder ins Legoland gehen dürfe.

»Erst mal gehst du jetzt ins Bett«, sagte ich.

Julius maulte nur ein bisschen und trollte sich dann ins Badezimmer.

»Er ist lieb«, sagte Tess. »Ich weiß bei Kindern nie, was ich mit ihnen reden soll und so, aber bei Julius ist das ganz einfach.«

»Er findet dich auch nett«, sagte ich zu ihr.

»Ehrlich?« Sie lächelte erfreut.

Finn sah von einer zur anderen und war sichtlich froh über unser harmonisches Beisammensein.

Später fragte Finn noch einmal nach Edda.

»Es wird immer schlimmer«, sagte ich nur. »Bald wird sie wahrscheinlich gar niemanden mehr erkennen.«

Tess sah nicht so aus, als wäre sie im Unklaren darüber, wer Edda war und was sie mir bedeutete.

»Du weißt, wer Edda ist?«, fragte ich trotzdem. Sie nickte.

Ich stellte mir vor, was Edda – die alte Edda – alles zu sagen gehabt hätte über Tess' Aussehen, wie sie sich überschlagen hätte mit Komplimenten und wie sie dann Geschichten erzählt hätte von den Schönheiten, denen sie in ihrem Leben begegnet war, all den schönen Frauen und schönen Männern.

»Du hättest sie kennenlernen sollen«, sagte ich zu Tess. »So, wie sie früher war.«

»Das hat Finn auch gesagt«, sagte Tess leise.

Ich trank mein Glas leer und verabschiedete mich von den beiden. Ich fragte nicht, ob sie hierblieben oder noch zu Tess Wohnung fuhren.

Was hätte Edda zu Tess gesagt? Und was hätte sie zu mir über Tess gesagt? Egal. Heutzutage kannte sie ja nicht einmal mehr Finn. Ich vermisste es, mit ihr über diese Dinge reden zu können, ihre Meinung zu hören, ihre kleinen, ironischen Bemerkungen abschmettern zu müssen und ihr Lachen darüber. Ich vermisste alles an ihr, und dabei war sie nicht einmal tot. Es war viel schlimmer als tot.

Als ich die Haustür hörte, kamen mir die Tränen.

Am nächsten Tag wurde ich wach, als jemand zu mir ins Bett kroch. Julius konnte sich inzwischen schon erstaunlich breitmachen.

»Schläfst du noch?« So eine tiefe Stimme hatte er allerdings noch nicht. Das war Finn.

Ich zuckte zusammen.

»Spinnst du?«, fragte ich.

»Was denn? Seit wann darf ich nicht mehr zu dir ins Bett?«, fragte er zurück.

»Seit Tess etwas dagegen haben würde. Zu Recht«, entgegnete ich.

»Ach Quatsch. Außerdem ist sie nicht da. Sie ist gestern Abend noch nach Hause gefahren. Sie musste heute ziemlich früh aufstehen, und da wollte sie mich nicht stören.«

»Wie rücksichtsvoll! Und da hast du gleich die Gelegenheit ergriffen, zu einer anderen Frau ins Bett zu steigen.«

»Du bist keine andere Frau.«

»Sondern?«

»Jetzt benimm dich nicht so doof, und komm her«, sagte er und nahm mich in die Arme.

»Ich muss dich drücken, weil es dir schlecht geht, wegen Edda, das lass ich mir nicht nehmen, okay?«

»Okay«, wimmerte ich, ließ es zu und genoss es, dass mich endlich jemand festhielt.

Mehr brauchte ich nicht, so einfach war das, und Finn wusste es.

Natürlich schliefen wir noch mal ein. Erst Julius' Hechtsprung auf das Bett weckte uns unsanft wieder auf.

»Wieso hast du bei Mama geschlafen?«, fragte er seinen Vater.

»Hab ich nicht, ich war nur früh wach und musste sie trösten, weil Mama ein bisschen traurig war«, erklärte Finn umstandslos.

»Ach so«, sagte Julius. »Bist du jetzt nicht mehr traurig, Mama?«

»Nein, jetzt ist alles wieder gut«, sagte ich. »Was ist, Juli, machst du Frühstück?«

»Mach ich«, sagte Julius stolz und düste ab in die Küche. Frühstückmachen am Wochenende war seine neue Leidenschaft. Er deckte den Tisch perfekt und machte sogar Toast. Es war ziemlich cool und mit das Nützlichste, was wir ihm beigebracht hatten.

»Weiß Tess, dass du dich ab und zu in meinem Bett aufhältst?«, fragte ich.

»Sie weiß, dass ich mich zumindest einmal bei dir im Bett aufgehalten habe«, antwortete Finn grinsend.

»Und wie hast du ihr das erklärt?«

»Ich hab gesagt, dass es einmal eben über uns kam. Völlig unbeabsichtigt.«

»Eben«, sagte ich. »Und wenn ich an ihrer Stelle wäre, würde ich befürchten, dass das noch mal passieren könnte. Völlig unbeabsichtigt. Vor allem, wenn man schon mal an Ort und Stelle ist.«

»Unsinn«, wiegelte er ab.

»Finn, tu nicht immer so, als wäre das alles ganz normal. Für uns ist es normal, aber niemand sonst sieht das so. Die meisten Leute haben sich daran gewöhnt, wie es bei uns ist, aber wie soll jemand, der neu in dein Leben kommt – oder in meins eventuell mal wieder – damit klarkommen?«

»Tess ist nicht neu in meinem Leben«, gab er trotzig zurück.

»Sie nimmt es in Kauf, aber glaub doch nicht, dass sie sich sicher fühlt. Keine Frau würde das. Es ist einfach seltsam.«

»Was willst du denn jetzt von mir?«, fragte Finn und kreuzte widerwillig die Arme vor der Brust.

»Gar nichts, nur dass du ein bisschen mehr Einfühlungsvermögen Tess gegenüber zeigst.«

Hatte ich das wirklich gesagt? Mehr Einfühlungsvermögen Tess gegenüber?

Er sah mich mit gerunzelter Stirn an. Am liebsten hätte ich gesagt: Vergiss den ganzen Quatsch, und halt mich einfach noch ein bisschen länger fest. Vergiss Tess, vergiss die Vernunft und eigentlich alles. Lass uns einfach wir sein, und wer damit nicht zurechtkommt, hat eben Pech gehabt. Aber ich sagte nichts.

Julius rief laut: »Früüüüüüühstüüüüüück!«

»Du hast wahrscheinlich recht«, sagte Finn leise und bedauernd. Ich nickte. Wir standen auf und gingen in die Küche. Ich wusste, dass es das letzte Mal war, dass Finn sich zu mir ins Bett gekuschelt hatte.

Ich besuchte Edda im Laufe der nächsten Wochen öfter als sonst. Jedes Mal schien sie ein bisschen mehr zu schwinden, auch körperlich. Ihre Kräfte ließen nach, sie konnte nur noch kurz in ihrem Sessel sitzen und jede Kleinigkeit regte sie auf. Oft halluzinierte sie, war ängstlich und verschreckt.

»Es geht zu Ende«, sagte Hannah.

Ich wusste, dass sie recht hatte, und ich wünschte es mir für Edda. Ich wollte in dieser Zeit so oft wie möglich bei ihr sein. Meistens saß ich nur da, beobachtete sie im Schlaf oder schickte den Mann mit der Augenklappe, der, laut Edda, in einer Ecke neben ihrem Schrank stand, nach draußen. Oder den großen Hund. Oder die rothaarige Frau. Oder Hans Albers. Es hätte witzig sein können, wen und was Edda alles in ihrem Schlafzimmer sah, aber das war es nicht. Es war anstrengend, und manchmal hielt ich es keine zwei Stunden aus, um nicht selber verrückt zu werden. In kurzen klaren Momenten lächelte Edda mich an und reichte mir die Hand, dann sollte ich ihr etwas von mir erzählen. Aber das waren immer nur Minuten.

Dann kam der Tag, an dem Edda für kurze Zeit ins Leben zurückkehrte und dann für immer ging. Später habe ich mich manchmal gefragt, ob es mir lieber gewesen wäre, sie wäre einfach eingeschlafen, ohne den Zustand, in dem sie sich nun schon seit Jahren befand, noch einmal zu verlassen, aber ihre Seele kämpfte wohl mit aller Macht darum, ihren Geist ein letztes Mal zu kontrollieren.

Als ich kam, lag sie im Bett. Schon in dem Moment, in dem Hannah mir die Tür öffnete, bemerkte ich, dass etwas anders war, doch sie sagte nichts. Und als ich Eddas Schlafzimmer betrat, sah ich es sofort an ihrem Blick: Er war hellwach und voller Leben.

In ihren Augen fand sich endlich auch ihr Lächeln wieder, als sie mich begrüßte und mir die Arme entgegenstreckte. Die Leere war verschwunden, wie durch ein Wunder.

»Elsa!«, rief sie freudig, ganz wie früher.

Ich ging zu ihr und nahm ihre beiden Hände in meine.

»Ich bin so froh, dass du da bist«, sagte Edda und fragte: »Was macht dein Kleiner? Wie heißt er noch gleich?«

»Julius. Dem geht es gut«, sagte ich. »Dieses Jahr kommt er schon in die Schule.«

»Oh, mein Gott, der Arme!«, lachte Edda. »Und wie geht es Finn?«

Es war das erste Mal seit langer Zeit, dass sie Finn wieder erwähnte. Er war einer der Letzten gewesen, die ihr Gedächtnis langsam ausgeblendet hatte. Das Gesicht, der Name, die ganze Person. Jetzt war er wieder da.

»Dem geht es gut«, sagte ich. »Er hat seit einiger Zeit eine Freundin und ist sehr glücklich mit ihr.«

Edda legte den Kopf schief und schmunzelte. »Soso«, sagte sie. »Und du? Bist du auch glücklich mit ihr?«

»Ja, natürlich«, antwortete ich.

Sie hob die Augenbrauen und ließ mich dadurch unmissverständlich wissen, was sie dachte.

»Sie ist sehr nett«, betonte ich, »und bildschön.«

»Freut mich für Finn«, sagte Edda. »Er hat nur das Beste verdient.« Dabei sah sie mir auf kryptische Weise in die Augen.

»Weißt du noch an meinem Geburtstag, welcher war das noch gleich?«

»Du meinst den achtzigsten?«

»Ja, genau. Da hat Finn mir das Portrait geschenkt. War das nicht wunderbar?«

Sie erinnerte sich daran, ich konnte es nicht fassen.

»Es war so ein schöner Tag«, sagte Edda. »Einer der schönsten überhaupt, denke ich.«

Ihre Stimme klang wehmütig. Ich zog den Sessel ans Bett und setzte mich hinein. Sie sah mich an und sagte: »Auch der Tag, an dem ich dich kennengelernt habe, war ein schöner Tag, Elsa. Dafür war ich immer dankbar.«

Ich drückte ihre Hand und sagte: »Ich auch.«

Sie lächelte.

»Ich hatte überhaupt ein schönes Leben, obwohl ich das gar nicht verdient habe«, sagte sie.

»Unsinn Edda, natürlich hast du es verdient«, widersprach ich.

Sie schüttelte den Kopf.

»Nein, ganz sicher nicht.«

Sie klang seltsam. Nach Abschied.

»Ich sterbe, Elsa«, sagte sie und hob die Hand, bevor ich etwas sagen konnte.

»Das ist in Ordnung so. Aber ganz am Schluss, egal, ob man daran glaubt, dass uns jemand in einer anderen Welt erwartet, oder nicht, sollte man doch reinen Tisch machen, nicht wahr?«

Ich schluckte den Kloß im Hals hinunter. Es gehörte sich nicht, einer Sterbenden etwas vorzuheulen, doch ich verstand nicht, worauf sie hinauswollte.

»Erinnerst du dich an unsere erste Begegnung?«, fragte sie.

»Natürlich«, sagte ich.

»Auch daran, was ich dir erzählt habe?«

»Von Max hast du erzählt«, sagte ich.

Sie nickte. »Weißt du auch noch, was ich von ihm erzählt habe?«

Ehrlicherweise konnte ich mich nicht mehr daran erinnern, welche der vielen verschiedenen Max-Geschichten es damals gewesen war. Ich dachte nach, wusste es aber nicht mehr genau.

Sie lächelte traurig.

»Egal, was es war, Elsa, es war eine Lüge«, sagte sie. »Ich habe niemals die Wahrheit über Max gesagt, niemals, es wäre viel zu schlimm gewesen. Nur eines hat gestimmt: dass ich ihn geliebt habe.«

Sie wandte den Blick ab und sah in die Ferne.

»Mein Vater und der Vater von Max waren gute Freunde. Auch

unsere Mütter mochten sich sehr gern, und ich verstand mich ganz gut mit der Schwester von Max. Max selber kannte ich am wenigsten, denn er war selten zu Hause. Er war ein hoch begabter Pianist. Aber die Familie Goldstein war jüdisch, und ich muss dir nicht mehr erklären, oder?« Edda machte eine kurze Pause, in der sie Kraft zu sammeln schien.

»Sie waren den damals üblichen Repressalien ausgesetzt. Sie überlegten zu fliehen, aber Deutschland war doch ihre Heimat. Max wollte sie zur Flucht überreden, doch seine Eltern waren stur, besonders sein Vater. Dann verpassten sie die Gelegenheit und waren hier gefangen, in einem Land, das bis zum Äußersten ging, um die Juden loszuwerden. Mein Vater versteckte die ganze Familie Goldstein, dazu die Schwester der Mutter und noch ein anderes befreundetes Ehepaar, die Jandas, im Keller unserer Villa. Es war ein geheimer Raum hinter einem Regal, das sich wegklappen ließ. Niemand hätte sie dort je entdeckt. Das war 1942. Meine Eltern mussten vorsichtig sein, wenn sie Einkäufe machten. Es durfte nicht auffallen, dass sie plötzlich viel mehr Lebensmittel brauchten, überall konnte ein Spitzel lauern. Die Goldsteins und die Jandas waren tagsüber auch oben im Haus, aber bei der geringsten Gefahr versteckten sie sich wieder unten. Für Max war es besonders hart, denn er vermisste das Klavierspielen. Wir hatten zwar einen Flügel, aber keiner von uns spielte so gut wie ein Pianist, also wäre es aufgefallen, wenn plötzlich Konzertmusik aus unserem Haus gekommen wäre. Nur manchmal, tagsüber, wenn wir alle Türen und Fenster schlossen und Decken vor die Ritzen legten, damit der Schall gedämpft wurde, spielte er ganz leise. An meinem Geburtstag 1943 spielte er zum ersten Mal *Liebesleid* für mich. Es war wunderschön. Er war so gottbegnadet und durfte sein Talent wegen dieser Verbrecher nicht ausleben. Stattdessen musste er sich in einem Kellerloch verstecken. Ich hatte großes

Mitleid mit ihm. Da wir im gleichen Alter waren, unterhielten wir uns oft. Wir mochten uns, und ich glaube, ich machte sein Leben im Versteck ein wenig erträglicher. Immer wenn es sicher war, spielte er für mich. *Liebesleid* war mein Lieblingsstück.« Ein kleines Lächeln huschte über Eddas Gesicht, doch augenblicklich verschwand es wieder.

»Ich verliebte mich in ihn. Er war der wunderbarste Mensch, den ich mir vorstellen konnte. Manchmal war ich dem Schicksal sogar ein wenig dankbar dafür, dass es diesen Mann in unser Haus gebracht hatte, so dumm sich das auch anhört. Ich war sicher, dass auch er in mich verliebt war. Wir verstanden uns so gut, wir verbrachten so viel Zeit miteinander, und meine eigenen starken Gefühle verführten mich dazu, es zu glauben … aber es war nicht so.«

Edda hielt inne und flüsterte fast unhörbar noch einmal: »Es war nicht so.«

Ich hörte ihr gebrochenes Herz in diesem Flüstern.

»Ich machte den Fehler, ihm meine Gefühle zu offenbaren, denn ich hielt ihn für schüchtern, weil er jede Gelegenheit verpasste, mir wirklich nahezukommen. Es war kurz vor Silvester 1943, da sagte ich ihm, dass ich ihn liebte und dass ich mir ein Leben ohne ihn nicht mehr vorstellen konnte. Ich dachte, er wäre darüber glücklich, aber das Gegenteil war der Fall. Er war traurig. Weil er mir sagen musste, dass er mich gernhatte, aber nicht so. Er liebte eine andere Frau. Eine Jüdin, die geflohen war. Sie hatte ihn gebeten, mit ihr zu kommen, doch er hatte sich für seine Eltern und Schwester verantwortlich gefühlt und war deswegen hiergeblieben. Sie würde auf ihn warten, sagte er. Sie war seine große Liebe, immer schon. Und ich war … nichts.«

Ihre Hände krallten sich in die Bettdecke, wollten sich an etwas festhalten, damit sie zu Ende erzählen konnte.

»Ich liebte und wurde nicht wiedergeliebt. Und ich hatte mich lächerlich gemacht. Ich war so verletzt. Und ich fühlte mich benutzt. In meinem Haus wollte er überleben, um später zu einer anderen zurückzukehren? Nein.«

Edda schüttelte den Kopf.

Ich ahnte, wie es weiterging, und wollte es am liebsten nicht hören. Aber sie musste es loswerden, reinen Tisch machen.

»Ich habe dann etwas Schreckliches getan. Das Allerschrecklichste überhaupt. Unverzeihlich. Ich habe Max denunziert und alle anderen auch und damit auch meine eigenen Eltern.«

Ich schlug die Hände vors Gesicht. Das konnte nicht sein. Das konnte einfach nicht sein. Das konnte Edda nicht getan haben. Nicht die Frau, die ich kannte.

»Meine Eltern wurden enteignet und kamen nach Dachau, wo meine Mutter ein Jahr später starb. Max und alle anderen sind in Auschwitz ermordet worden. Nur mein Vater hat überlebt und ist nach Kriegsende wieder in seine Villa zurückgekehrt. Dort hat er mich wieder aufgenommen. Ich weiß nicht, wie er es schaffte, mich nicht zu hassen. Ich selbst habe mir nie verziehen, ich habe acht Menschenleben auf dem Gewissen. Sofort nach meiner Tat habe ich es bereut, aber es war zu spät. Ich habe den Mann getötet, den ich liebte. In der ersten Zeit habe ich mehrfach versucht, mich umzubringen. Das konnte nicht schwer sein in Kriegszeiten, sollte man meinen, aber es durfte wohl nicht sein. Es wäre zu einfach gewesen. Meine Strafe war es, mit der Schuld zu leben, in dem Haus, in dem es passiert ist, mit einem der Opfer, das mir vergeben hat. Nach dem Krieg habe ich mir selbst eine weitere Strafe aufgebürdet: Ich habe behauptet, mein Name sei Goldstein, da ich mit einem Juden, Max Goldstein, verheiratet gewesen sei. Es sollte mich für immer daran erinnern, was ich getan hatte. Es herrschte so ein großes Durcheinander damals, dass es nicht schwer war, diese Behauptung glaubhaft zu machen. Dieser Name hat jedoch dazu geführt, dass ich niemals die Wahrheit sagte, wenn ich danach gefragt wurde. Immer habe ich erzählt, dass Max und ich ein Paar waren, immer war er mein Geliebter. Bis heute.«

Das war sie also, die Wahrheit hinter all den verschiedenen Geschichten. Keine tragische Romanze. Gar keine Romanze, keine Tragödie, einfach nur ein tiefer menschlicher Abgrund, wo man ihn nicht vermutet hätte.

Edda starrte vor sich hin, ihre Hände in der Bettdecke vergraben, still. Sie hatte es vollendet, all ihre Kräfte hatte sie noch einmal für diese Beichte mobilisiert, und jetzt waren sie aufgebraucht. Jetzt war sie bereit für was auch immer sie erwartete. Was sie zurückließ, spielte keine Rolle mehr.

Ich wusste nicht mehr, was ich fühlen sollte. Abscheu? Trauer? Mitleid? Der Schock hatte mir sämtliche Empfindungen geraubt.

Als ich sah, wie die Leere in Eddas Augen zurückkehrte, kamen die Worte wie von selbst aus meinem Mund: »Es ist alles gut, Edda, mach dir keine Sorgen. Du wirst für mich immer die sein, die ich damals kennengelernt habe, und etwas anderes wird nie eine Rolle für mich spielen. Ich bin froh, dass es dich in meinem Leben gab.«

Edda drehte langsam den Kopf zu mir und sah mich verwundert an.

»Elsa? Seit wann bist du denn da? Das ist ja schön. Ich bin nur ein wenig müde.«

Dann schloss sie für immer die Augen.

Ich erzählte niemandem davon. Nicht Hannah und noch nicht einmal Finn. Edda hatte es *mir* erzählt, sie hatte es *mir* anvertraut, keinem sonst. Vielleicht würde ich es Finn irgendwann einmal erzählen, wenn ich selbst mehr Abstand davon hatte, aber ich wusste nicht, ob ich einen solchen Abstand je erreichen würde.

Meine Welt hatte sich auf den Kopf gedreht. Alles, was ich bisher geglaubt oder gedacht hatte, wurde infrage gestellt. Die Wahrheit war brutal und die große Liebe nichts als ein Mythos.

Ich trauerte um Edda, aber in meine Trauer mischte sich der Gedanke an das, was sie mir gebeichtet hatte. Ich konnte nicht um sie weinen, vielleicht irgendwann einmal, aber nicht jetzt.

Ich bereitete mit Hannah zusammen die Beerdigung vor und stürzte mich auf das, was in solchen Fällen getan werden musste. Das Letzte, was ich noch für sie tun konnte.

Es war eine große Beerdigung, dafür hatte ich gesorgt, denn ich hatte alle ihre Bekannten und Freunde verständigt, die noch am Leben waren, und diese gebeten, die Nachricht weiterzugeben. Diesmal kamen alle in Schwarz, und das war angemessen. Der Himmel war grau, und es nieselte leicht. Sogar das Wetter entsprach dem Anlass.

Ich hatte einen ihrer alten Freunde gebeten, die Trauerrede zu halten. Es war eine gute Rede, die die Edda, die ich fünfzehn Jahre lang gekannt hatte, wiederaufleben ließ und das letzte Bild, das ich von ihr hatte, in den Hintergrund drängte. Er betonte ihre Großzügigkeit, ihre Lebensfreude, ihren Sinn für alles Schöne und die feine Ironie, mit der sie so manches Gespräch würzte, ihre Klugheit und Offenheit.

Keiner der Anwesenden wusste, was ich wusste.

David und Maria waren gekommen, ebenso Davids Bruder mit seiner Frau. Kevin und Nora, Finn und Tess. Ich hielt Julius an der Hand. Hannah, Elvira, Gerlinde und Dorothee, die die letzte Zeit mit ihr verbracht hatten, waren natürlich auch da.

Ich fing ab und zu verstohlene Blicke von Finn auf. Eigentlich wäre sein Platz an meiner Seite gewesen, aber wie sollte man das

Tess erklären? Ich hielt mich an Julius fest, der ganz brav und geduldig war und später tapfer mit uns allen den langen Weg über den riesigen Nordfriedhof bis hin zum Grab marschierte, wo Eddas Sarg in die Erde gelassen wurde.

Einige der Trauergäste versammelten sich danach in Eddas Villa, wo Dorothee den traditionellen Beerdigungskaffee vorbereitet hatte. Es wäre in Eddas Sinn gewesen, sich dort zu treffen. Wo hätte sie einem näher sein können?

Nach zwei Stunden war auch das vorbei. Als ich das große Wohnzimmer verließ, fiel mein Blick ein letztes Mal auf Eddas Portrait an der Wand. Egal, was ich am Schluss von ihr erfahren hatte, so würde ich sie in Erinnerung behalten.

Sechs Wochen später erhielt ich Post vom Nachlassgericht.

Ich war zur Testamentseröffnung geladen. Außer mir kam zum vereinbarten Termin an einem späten Vormittag Ende Juli nur noch Hannah.

»Wusstest du, dass Edda ein Testament gemacht hat?«, fragte ich sie. Sie nickte.

»Natürlich. Schon vor sechs Jahren, kurz nach Julius' Geburt.«

Ich war perplex.

»Sie meinte damals, sie wolle es erledigen, solange sie noch in der Lage wäre zu denken«, erklärte Hannah.

Wir suchten gemeinsam den Raum auf, der auf unseren Einladungen angegeben war, klopften und traten ein.

Ein freundlicher, älterer Mann mit Nickelbrille und Haarkranz saß hinter dem Schreibtisch eines kleinen, schmucklosen Büros. Er stand auf, reichte uns die Hand, stellte sich mit »Ludewig« vor und lud uns ein, Platz zu nehmen.

Nachdem er unsere Personalien festgestellt hatte, schlug er eine Akte auf und holte ein sorgsam aufbewahrtes Stück Papier hervor. Eddas Briefpapier, in ihrer feinen, gleichmäßigen Schrift beschrieben.

Es stand nicht viel darauf, das konnte man sehen.

Herr Ludewig räusperte sich und fing dann an:

»Hiermit erkläre ich, Edda Goldstein, im Vollbesitz meiner geistigen Kräfte meinen letzten Willen.

Alles, was ich besitze, hinterlasse ich in Dankbarkeit und ewiger Freundschaft Frau Elsa Frank.

Für Frau Hannah Seeliger verfüge ich ein lebenslanges kostenfreies Wohnrecht in meiner Villa oder, im Falle des Verkaufs der Villa, eine Abfindung von einem Zehntel des Verkaufspreises. Darüber hinaus soll auch ein Zehntel meines Barvermögens an Hannah gehen.

Falls sich die alte Villa meiner Eltern zum Zeitpunkt meines Todes noch in meinem Besitz befindet – was ich aufgrund meiner fortschreitenden Krankheit bezweifle –, soll sie weiterhin einem guten Zweck dienen.

Liebe Elsa, liebe Hannah, ich danke Euch für all die Jahre der Treue.

Bleibt immer die, die ihr seid.

In Liebe, Edda«

Darunter ordnungsgemäß Ort und Datum sowie Eddas Unterschrift: Edda Goldstein.

»Und hier habe ich noch zwei persönliche Briefe an Sie beide, die dem Testament beilagen und die ich Ihnen bei Testamentseröffnung übergeben soll. So hat es die Verstorbene verfügt«, sagte Herr Ludewig. Er überreichte uns zwei Umschläge.

Danach erklärte er uns noch diverse Formalitäten, wie es nun mit dem Antritt des Erbes weiterging und so fort. Ich konnte gar nicht richtig zuhören.

Draußen vor der Tür blieben wir zunächst eine Weile stehen. Das war alles zu unwirklich, um wahr zu sein. Ich hatte nicht in meinen kühnsten Träumen daran gedacht, dass Edda ein Testament zu meinen Gunsten angefertigt haben könnte. Ich hatte nie darüber nachgedacht, was mit ihrem Besitz nach ihrem Tod passieren würde. Als sie noch lebte, hatte ich mich mit ihrer Versorgung beschäftigt und mit ihrer Krankheit, und nachdem sie gestorben war, waren mir all die Dinge, die sie mir an ihrem letzten Tag gesagt hatte, im Kopf herumgespukt. Hannah ging es nicht viel anders.

»Ich brauch jetzt ... Alkohol«, sagte ich. Hannah nickte.

»Edda hat noch diesen genialen alten Cognac im Schrank«, sagte sie. »Was meinst du? Der gehört ja jetzt dir.«

Wir sahen uns an, brachen in hysterisches Gelächter aus und hielten uns augenblicklich den Mund zu. Es war alles zu viel.

Ich rief Finn an und bat ihn, sich um Julius zu kümmern, ich müsse mich jetzt ungestört ins Delirium saufen. Ich würde ihm später alles erklären. Falls er mich suche, ich sei in der Villa.

Dann machten Hannah und ich uns auf nach Bogenhausen, machten es uns in den bequemen Liegestühlen auf der Terrasse gemütlich und dröhnten uns zu, um die Neuigkeiten zu verdauen. Der Cognac war köstlich. Gegen drei Uhr nachmittags schlief ich hackedicht ein. Am frühen Abend rüttelte Hannah an meinem Arm und reichte mir ein großes Glas Wasser. Ich nahm an, dass ich genauso fertig aussah wie sie. Ich trank das Wasser, freute mich darüber, dass sich diesmal nicht alles drehte, und schlief wieder ein.

Als ich danach wieder aufwachte, war es schon dunkel.

Das Licht auf der Terrasse war angeschaltet, und statt Hannah saß Finn auf der anderen Liege. Es war möglich, dass das nur eine Sinnestäuschung meines alkoholisierten Gehirns war, also sah ich ihn nur an.

»Na?«, sagte er.

Seine Stimme, also musste er es wohl doch sein.

»Du solltest Tess in den Wind schießen und mich nehmen. Ich bin nämlich seit heute steinreich«, silbenschmierte ich. Ich war besoffen, da durfte man alles sagen, ohne dass es einem jemand vorhalten konnte.

Finn schmunzelte. »Hab ich schon gehört. Von Hannah. Sie ist schon ins Bett gegangen.«

»Aha«, sagte ich und zeigte dann mit dem Finger nach hinten. »Das ist mein Haus.«

Ich machte ungelenke Gesten, die das ganze Gelände umfassten. »Mein Garten, meine Terrasse. Alles meins.«

Finn hob die halbleere Flasche Cognac hoch: »Dein Cognac!«

»Genau, mein Cognac«, bestätigte ich.

»Kommst du mit nach Hause, oder willst du gleich in *deiner* Villa bleiben?«, fragte er amüsiert. Er hatte einen kleinen, blassen Klecks grüner Farbe an der Wange. Wahrscheinlich hatte er ihn schon den ganzen Tag spazieren getragen, aber das war ihm egal. Das falsch geknöpfte, alte Hemd, die Hose mit dem Riss, die Haare, die einfach in die Richtung standen, die ihnen gerade die liebste war – er achtete nicht auf solche Sachen, wenn er in seine Arbeit vertieft war. Doch er hatte alles stehen und liegen lassen, um dafür zu sorgen, dass ich gut nach Hause kam. Er war immer noch da, wenn ich ihn brauchte.

Ich streckte die Hand aus, und er kniete sich neben mich, die Brauen fragend nach oben gezogen.

Ich strich mit den Fingern durch sein Haar.

»Du wirst alt. Du kriegst graue Haare.«

Er neigte seinen Kopf unmerklich meiner Hand entgegen. Es wäre ganz leicht gewesen, ihn an mich zu ziehen, und ich war noch betrunken genug, um es zu wollen, doch auch schon wieder nüchtern genug, um es mir zu verbieten. Als ich meine Hand zurückzog, hielt er sie kurz fest, dann ließ auch er los.

»Komm«, sagte er leise.

Die Erbschaft änderte erst einmal gar nichts. Ich kaufte mir keine teuren Klamotten, ich arbeitete nicht weniger, ich machte keine teure Urlaubsreise auf die Malediven. Ich richtete ein hübsches Konto für Julius ein, das war alles.

Nach Tagen fand ich Eddas Brief in meiner Handtasche. Ich brachte es nicht über mich, ihn zu öffnen, und legte ihn erst einmal verschlossen in eine Schublade in meinem Schreibtisch.

Ich versuchte, nach den turbulenten Monaten wieder Ruhe in meinen Alltag zu bringen und mich auf das zu konzentrieren, was mir wichtig war. Und das war in erster Linie Julius. Es galt eine Schultüte zu basteln, einen Ranzen zu besorgen und eine lange Liste mit Utensilien abzuarbeiten, die er brauchen würde. Vorher, Ende August, kam es noch zu einem erfreulichen Intermezzo, denn die schottische Verwandtschaft kam für zwei Wochen zu Besuch: Finns Cousin Seamus, seine Frau Mary und ihre beiden Kinder Neil und Annie, ein Zwillingspärchen, das zwei Jahre älter als Julius war. Es war Hannah, die auf die Idee kam, sie in der Villa einzuquartieren. Mir selbst war es gar nicht richtig bewusst, dass ich ein riesiges Haus besaß, über das ich frei verfügen konnte. In meiner Vorstellung gehörte es immer noch Edda, und war es nicht pietätlos, so kurz nach ihrem Tod fremde Menschen dort wohnen zu lassen? Hannah jedoch erinnerte mich an Eddas große Gastfreundlichkeit, und so zog Familie McGregor aus Inverness für die Zeit ihres Aufenthalts in der Villa ein.

Der große Vorteil daran war, dass wir uns dort alle versammeln und gemütlich beieinandersitzen konnten: die ganze Familie McGregor samt Anhang, Hannah und mir. Mary und Helen tobten sich in der Küche aus, und am Abend saßen wir alle draußen im Garten. Es war paradiesisch.

Mir war der irritierte Blick von Seamus nicht entgangen, als Finn mit Tess aufkreuzte, doch nach einem leisen Gespräch mit Helen, das ohnehin sonst keiner verstanden hätte, verzichtete er auf jegliche Bemerkungen. Er war nur ausgesprochen freundlich zu mir, entweder hatte er Helens Erklärung doch nicht so richtig verstanden oder seine eigene Meinung dazu.

Erst als ich mich beim Essen abends bewusst neben Tess setzte und mich angeregt mir ihr unterhielt, schien sich Seamus etwas zu entspannen.

Tagsüber zeigten wir – Finn und ich hauptsächlich – den Schotten München und Umgebung. Sie liebten es. Seamus zog es magisch in die Biergärten, und im Zuge dessen fand ich mich zum allerersten Mal überhaupt auch im Hofbräuhaus wieder. Siebzehn Jahre lang hatte ich diese bajuwarische Touristenattraktion erfolgreich vermieden. Finn hatte seinen Skizzenblock dabei und zeichnete eine Karikatur von uns allen – Kevin und Nora, Seamus und Mary und mir – am Tisch mit unseren Maßkrügen vor der Nase. Mir hatte er auf dem Bild einen gewaltigen, völlig unrealistischen Vorbau verpasst und ein Dirndl mit entsprechendem Ausschnitt angezogen. Dafür bekam er eins hinter die Ohren, während sich Seamus lauthals amüsierte.

Der Abschied fiel uns allen schwer. Diese beiden Wochen waren genau das, was ich nach der schwierigen Zeit mit Edda gebraucht hatte. Und die Villa war zu einem neuen Ort geworden, wie früher angefüllt mit positiven Erlebnissen und Gefühlen.

Vielleicht hatte ich die Zeit auch deswegen so genossen, weil

Tess selten dabei war. Es war fast wie in alten Zeiten gewesen. Ich schämte mich für den Gedanken.

Der große Tag von Julius Einschulung kam. Wieder ein Schritt weiter im Leben, dachte ich wehmütig und hoffte, dass er möglichst lange so begeistert von der Schule bleiben würde wie am ersten Tag und erst spät herausfinden würde, wie ätzend es in Wirklichkeit war.

Aber das wusste er noch nicht, noch war alles gut. Das Kind war stolz, die Eltern waren stolz, die Großmutter war stolz, so wie es sein sollte. Klaus war in Julius' Klasse, also konnte der Spaß am gemeinsamen Unfug weitergehen. Ihre Klassenlehrerin sah ein bisschen aus wie eine Hexe, machte aber im Umgang mit den Kindern einen herzlichen und netten Eindruck. Na gut, Hänsel und Gretel waren am Anfang auch freundlich empfangen worden. Wir würden sehen.

Bereits nach ein paar Tagen kehrte Routine ein. Julius behielt den Spaß an der Sache, hatte keinerlei Schwierigkeiten und konnte bereits nach ein paar Wochen fließend lesen. Endlich konnte er kontrollieren, ob ich ihm die ganzen Jahre über Quatsch vorgelesen hatte. Endlich konnte er die Titel seiner Lieblingskindersendungen im Fernsehen selber lesen. Plötzlich erschien er mir so groß. Es ging alles zu schnell.

Schon wurde es Herbst, schon kam der Winter, schon war das Jahr zu Ende.

2006

»Wann kann ich denn nun einen Hund haben?«, fragte Julius mit gerunzelter Stirn.

Das Argument mit den Legosteinen, die der Hund auffressen würde, zog inzwischen nicht mehr.

»Juli«, versuchte ich an seine Vernunft zu appellieren, »wer soll sich denn um den Hund kümmern? So ein Tier macht viel Arbeit.«

»Menno!« Er verschränkte die Arme.

»Ist doch so. Du bist noch zu klein, um alleine mit ihm Gassi zu gehen. Stell dir vor, dir begegnet ein anderer Hund und die beiden streiten sich, was machst du dann? Gar nichts, weil du noch zu klein bist. Warte noch ein paar Jahre, und dann können wir weitersehen.«

Zeit gewinnen, das war alles, worauf es ankam, wenn man mit Kindern argumentierte. Das hatte einmal funktioniert, es würde wieder funktionieren. Ich konnte mir ja jetzt schon mal ausdenken, mit welchem Argument ich seinen Hunde-Wunsch dann in vier Jahren zurückweisen würde. Dann wäre er elf. Mal sehen.

»Kann ich wenigstens Karten für die Weltmeisterschaft kriegen?«, forschte Julius weiter.

Er war seit kurzem Fußballfan, seit Klaus von Brittas neuem Freund Jens, seines Zeichens Sportjournalist, ab und zu mit ins Stadion genommen wurde. Klaus erzählte immer ganz begeistert davon, und nun interessierte sich auch Julius für die Bundesliga. So konnte es gehen: Weder Finn noch ich hatten sehr viel mit diesem Sport am Hut, aber unser Sohn wünschte sich Karten für die WM.

»Ich hab keine Ahnung, wo und wie wir Karten für die WM herbekommen sollen«, gab ich zu.

»Ach Mensch, nix darf ich«, schimpfte der Kleine und zog schmollend ab in sein Zimmer.

Ich erzählte Finn von den Wünschen seines Sohnes. Er verdrehte nur die Augen und ging nicht weiter darauf ein. Er schien mit anderen Dingen beschäftigt, und da es beruflich bei ihm wie immer hervorragend lief, konnte es sich nur um private – privateste – Probleme handeln, doch weil er von sich aus nichts sagte, ließ ich ihn in Ruhe.

Wir hofften, dass Julius' Wünsche sich in Luft auflösen würden, aber die WM näherte sich mit Macht. Zwei Monate später würde das Eröffnungsspiel in München stattfinden. Utopisch, jetzt noch Karten zu erwischen. Mein Kind musste eben lernen, seine Frustrationstoleranz zu erweitern. Das war wichtig fürs ganze Leben. Einzelkinder hatten damit sowieso ihre Schwierigkeiten, also war es eine gute Übung.

Und üben konnte er jeden Tag in der Schule, wo er Klaus traf, der in seiner Begeisterung nicht zu bremsen war und natürlich bei der Eröffnung dabei sein würde. In der neuen Allianz-Arena. Spitzenplätze.

Seltsamerweise bekam nur ich den Unmut unseres Kindes ab, als ob ich persönlich die Zuständigkeit für unerfüllbare Wünsche innehätte. Finn wurde damit gar nicht weiter belästigt. Das sah ich aber nicht ein.

Er saß gerade am Zeichentisch, als ich die Gelegenheit ergriff, ihn an seine Vaterpflichten, und zwar die weniger angenehmen, zu erinnern.

»Kannst du mich bitte mit dem Pipifax in Ruhe lassen?«, sagte er. »Es ist doch alles geklärt, oder?«

»Wie bitte? Pipifax? Hast du sie noch alle?«, fuhr ich ihn an.

»Ich muss das bis Mittwoch fertig haben, also wäre es nett, wenn du mich jetzt verschonen würdest, okay?«

Er sah nicht gut aus. Gestresst und müde. Und normalerweise reagierte er nicht so gereizt, schon gar nicht, wenn es um Julius ging. War er krank?

Ich setzte mich auf den Hocker neben ihn. Er stöhnte leise, als ob er noch mehr Vorwürfe erwartete.

»Geht es dir nicht gut?«, fragte ich.

»Doch, mir geht es gut, ich hab nur Stress. Kann ich jetzt weiterarbeiten?«

Er sah mich nicht einmal an.

»Ich wollte doch nur …«

»Herrgott, Elsa!«, brüllte er so laut, dass ich zusammenzuckte. Finn war, seit ich ihn kannte, kaum je laut geworden. Wenn wir uns gestritten hatten, ja, aber dann hatte er einen Grund gehabt. Und immer war es ihm mies gegangen. Immer war eine Verletzung der Grund gewesen. Bei Jürgen damals oder später bei der Oktoberfestgeschichte nach dem 11. September. Ich hatte immer gewusst, was es war. Diesmal nicht. Er behandelte mich einfach nur, als wäre ich unerträglich lästig.

Ich ging in mein Zimmer. Ohne zurückzubrüllen, ohne ein weiteres Wort.

Er kam nicht hinterher. Ein paar Minuten später schlug die Haustür zu.

Finn kam spät in der Nacht nach Hause, arbeitete bis in den Morgen und legte sich dann ins Bett.

Ich hatte den ganzen Tag über im Studio zu tun, und als ich nach Hause kam, war er schon wieder weg. Wenn er bei Tess war, wäre er doch kaum in der Nacht nach Hause gekommen. Tat er aber. So ging das ein paar Tage, bis ich es nicht mehr aushielt.

Ich blieb in der Nacht auf und wartete, bis er kam.

Er war offensichtlich nicht erfreut, mich wach im Sessel vorzufinden, doch das war mir egal.

»Komm mit«, sagte ich, stand auf und ging vor in meine Küche, den Raum, der am weitesten von Julius' Zimmer entfernt war.

Er folgte mir nur widerwillig.

»Was ist?«, fragte er.

»Du kannst mich gerne noch einmal anbrüllen, aber ich will jetzt wissen, was los ist. Hast du einen Mord begangen? Trägst du dich mit dem Gedanken auszuwandern? Hast du dich heillos verschuldet, auch wenn ich mir nicht vorstellen kann, wodurch? Hast du eine unheilbare Krankheit? Oder was ist los?«

Es war die letzte der genannten Möglichkeiten, die mir eigentlich Angst machte, auch wenn ich sie genauso flapsig dahinwarf wie die ersten drei.

Ich erwartete, dass er wieder genauso genervt reagieren würde wie ein paar Tage zuvor, doch er sah mich nur lange an, trat dann einen Schritt vor und nahm mich in die Arme.

»Es tut mir leid, dass ich dich angebrüllt hab«, sagte er leise.

»Und?«

Ich drückte ihn so weit von mir weg, dass ich ihn ansehen konnte.

»Und ich habe keinen Mord begangen, und ich wandere nicht aus, und ... was war das dritte?«

»Ist doch egal.«

»Und ich bin kerngesund, soweit ich weiß«, sagte er dann.

Um meine Erleichterung zu überspielen, machte ich mich aus seiner Umarmung frei und sagte möglichst sachlich: »Gut!«

»Gut!«, wiederholte er. Seine Arme hingen jetzt haltlos neben ihm, und er wollte wieder gehen.

»Finn!« Er drehte sich um.

»Komm her, und erzähl«, sagte ich und setzte mich an den Tisch.

Er zögerte einen Moment, doch dann setzte er sich zu mir und stützte den Kopf auf.

»Wegen Tess?«, riet ich. Er nickte.

»Aber es ist nicht aus, oder?«

Er zuckte mit den Achseln. Wieder das alte Lied. Er wusste nicht, woran er mit ihr war. Und dabei war es im letzten Jahr so gut gelaufen.

»Sie sagt, sie weiß nicht, woran sie mit mir ist, und das könne sie nicht länger ertragen«, sagte Finn.

Wie bitte? Andersherum?

»Aber wieso denn?«, fragte ich verständnislos.

Er schnaubte, sah mich an und hob die Augenbrauen, als ob die Antwort auf der Hand läge. Ich verstand immer noch nicht.

»Sie sagt, sie hat keine Lust mehr, mich zu teilen«, sagte er.

»Mit wem denn?«, fragte ich wieder.

Finn lachte traurig.

»Meint sie mich?«, fragte ich empört. Wieso war ich eigentlich empört? Es war doch genau das, was ich selber auch schon befürchtet hatte. Dass sie sich wie Anna damals als Nummer zwei betrachten würde. Aber das war doch nicht ansatzweise vergleichbar. Und ich hatte mich zurückgehalten, zumindest so weit man das mit einem gemeinsamen Kind tun konnte. Was wollte sie denn noch?

»Sie hat angenommen, dass du in die Villa ziehen würdest«, erklärte Finn.

»Was?«

»Oder gehofft.«

»Warum sollte ich denn in die Villa ziehen? Julius ist hier zu Hause«, sagte ich. Und in Gedanken fügte ich noch hinzu: Und hier ist auch sein Vater.

»Das hab ich ihr auch gesagt«, stimmte Finn zu.

»Oder denkt sie, ich lasse mein Kind hier und ziehe weg?«

Ich wurde allmählich wütend.

»Nein«, sagte Finn. »Ich weiß nicht, wie sie sich das vorstellt, aber sie sieht sich selbst eben außen vor.«

»Und jetzt?«

»Jetzt setzt sie mir die Pistole auf die Brust«, sagte er schlicht.

»Und verlangt was genau?«, fragte ich weiter.

Er zuckte wieder mit den Achseln.

»Ich könnte zu ihr ziehen«, sagte er dann.

Mein Herz rutschte mir bis in die Knie. Die Wohnung ohne Finn? Was würde Julius sagen?

»Ich will das aber nicht«, gestand Finn. »Ich will mit ihr zusammen sein, aber ich will deswegen nicht mein Kind verlassen.«

»Das Kind ist ja auch nicht das Problem.«

»Da ist überhaupt kein Problem. Ich will nicht ohne Julius sein, und du willst es auch nicht, also bleiben wir beide bei ihm, so einfach ist das.«

»Nicht für Tess«, widersprach ich. »Oder für irgendjemanden an ihrer Stelle.«

Finn runzelte die Stirn. Natürlich sah er das auch, er war ja nicht blöd. Er hatte nur den Kopf in den Sand gesteckt und gehofft, alles könnte einfach so bleiben, wie es war. Aber Tess war zielstrebig, und wenn sie wusste, was sie wollte, dann tat sie etwas dafür. Sie verlangte nichts Unmögliches oder Unziemliches. Sie wollte Finn, sie wollte mit ihm leben, wer konnte ihr das verdenken? Für sie war es entweder oder. Alles oder Nichts. Finn musste sich entscheiden.

»Und wie seid ihr jetzt verblieben?«, fragte ich, als er nichts mehr sagte.

»Es herrscht Funkstille«, sagte er. Hätte ich mir denken können.

»Und wie geht es weiter?«

»Weiß nicht«, sagte er und stand auf. »Ich hab viel zu tun. Das ist gut.«

Er ging.

Ich konnte mir nicht vorstellen, auf diese nächtlichen Gespräche zu verzichten. Aber so würde es kommen, wenn er Tess behalten wollte.

Am 2. Mai – ohnehin ein denkwürdiges Datum, deshalb musste ich es mir nicht erst im Kalender rot ankreuzen – erhielt ich einen Anruf von einem uralten Bekannten, den ich längst aus allen Adresslisten gestrichen hatte: Andreas Kleinholz, mein alter Agent. Er hatte mich damals nach Augsburg gebracht und all die großen Pläne mit mir gehabt: Theatertourneen, Filme. Wer weiß, vielleicht hätte er aus mir tatsächlich einen Star gemacht, den Ehrgeiz dazu hatte er, und mir hatte man das Talent dazu nachgesagt. All das, gepaart mit einem leisen Anflug von Wehmut, schoss mir durch den Kopf, als ich plötzlich seine Stimme hörte.

»Hallo, Elsa, nicht erschrecken, Kleinholz am Apparat. Wollte mal ausprobieren, ob deine Nummer noch funktioniert. Hahaha.«

Sein bemühtes Lachen täuschte nicht über seine Nervosität hinweg.

»Hallo Andreas«, sagte ich so offen, als hätte es nie irgendwelche Misstöne zwischen uns gegeben. »Das ist ja eine Überraschung.«

»Ja, nicht wahr«, lachte er wieder.

»Wie geht's dir so?«, fragte ich.

»Danke, kann nicht klagen, hab ganz schön viele Eisen im Feuer heutzutage«, sagte er. »Und einen neuen Partner übrigens. Kein Andreas diesmal. Hahaha.«

»Ist auch besser, glaub ich«, sagte ich und fiel in sein Lachen mit ein.

»Du, warum ich unter anderem anrufe«, sagte er dann und kam endlich zum Punkt. »Ich hab mich neulich mit Torben unterhalten, also Torben Mantrow, kennst du doch noch.«

»Klar kenn ich Torben«, sagte ich. Wie konnte ich *Frau klaut* vergessen.

»Ja, also, Torben, der hat nach dir gefragt. Was du so machst, ob du noch im Geschäft bist.«

»Bin ich. Eigentlich«, sagte ich nüchtern. »Hauptsächlich Synchron und Voice Over in der Werbung.«

»Ah ja«, sagte Kleinholz. »Nimm es mir nicht übel, Elsa, du hast eine tolle Stimme und bist eine erstklassige Sprecherin, aber ich finde, du verschwendest dein Talent, wenn man dich nie sieht.«

Ich hätte es ihm trotzdem übel genommen, hätte Norbert nicht damals vor vielen Jahren das Gleiche gesagt.

»Mir reicht es«, sagte ich nur.

»Okay, kein Problem, nichts für ungut«, sagte Kleinholz sofort versöhnlich. »Die Sache ist die: Torben macht eine neue Fernsehserie im Herbst, und da wäre eine Rolle, für die er dich im Auge hat. Keine sehr große Rolle, aber interessant. Und das Ganze spielt in München, du müsstest also nicht in der Gegend herumreisen.«

Aha, anstatt Torben zu sagen, dass er mich nicht mehr vertrat, und ihm meine Nummer zu geben, hatte er sich also gedacht: Den Deal nehme ich mit. Kleinholz eben. Allerdings hätte er es ihm auch ausreden und stattdessen eins seiner eigenen vielen Eisen, die er im Feuer hatte, ins Spiel bringen können. Das hatte er nicht getan, was eigentlich auch wieder nett war.

Er wartete auf eine Antwort.

»Das hört sich gut an«, sagte ich. »Kann ich das Drehbuch lesen?«

»Natürlich, und Torben würde sich gerne mit dir treffen, wenn du interessiert bist.«

»Gib ihm einfach meine Nummer«, sagte ich.

»Alles klar«, sagte Kleinholz aufgekratzt. »Freut mich, wieder mit dir zu arbeiten, Elsa.«

»Ja, mich auch«, sagte ich, obwohl ich mir da nicht so sicher war.

Noch am selben Tag brachte ein Fahrradbote das Buch, und am Abend rief Torben Mantrow persönlich an.

Wir verabredeten uns für den nächsten Abend in einer Schwabinger Bar.

Tatsächlich hatte ich das Drehbuch für den Pilotfilm noch in der selben Nacht gelesen und war begeistert. Die Serie war schräg, voll schwarzem Humor, aber stellenweise auch sehr berührend und tiefsinnig. Die Hauptpersonen waren drei Freunde, die ein kleines Bestattungsunternehmen gründeten, sich am Anfang gegen die Konkurrenz durchsetzen mussten und später mit allerlei ungewöhnlichen, schwierigen und mitunter auch skurrilen Todesfällen zu tun hatten. Meine Rolle war die der unkonventionellen Trauerrednerin, die am Ende jeder Episode ihren Auftritt hatte, wobei ihr dramaturgisch nicht nur die Aufgabe zufiel, dem Toten einen würdigen Abschied zu geben, sondern auch, die Geschehnisse aufzuarbeiten und zu einem Abschluss zu bringen.

Mir gefiel die Rolle. Sie war klein, aber durch ihre besondere Stellung am Schluss herausgehoben, und man konnte sehr viel daraus machen. Es kam darauf an, was sich Mantrow vorstellte.

Ich war richtig aufgeregt, als ich das Lokal betrat. Torben Mantrow saß schon an einem Tisch in der Nähe der Bar und neben ihm ein sympathisch wirkender jüngerer Mann im Anzug, den ich nicht kannte.

Torben war erschreckend gealtert, sein ehemals blonder Haarschopf hatte sich gelichtet und war durchzogen mit grauen Strähnen, sein Gesicht war kantiger geworden. Ihm ging wahrscheinlich das Gleiche durch den Kopf, als er mich sah. Auch ich war schließlich zehn Jahre älter geworden.

Torben stand auf und gab mir die Hand.

»Elsa, das gibt's ja gar nicht. Du hast dich ja überhaupt nicht verändert.«

Genauso gehörte sich das, obwohl es sich tatsächlich so anhörte, als meinte er es ernst. Musste ich jetzt sagen: Du auch nicht?

»Im Gegensatz zu mir«, fügte er auch schon lachend hinzu.

»Ach was«, murmelte ich.

»Darf ich mich vorstellen«, sagte der jüngere Mann und erhob sich ebenfalls. »Ich bin der neue Partner von Andreas Kleinholz, Philip Dräumer. Wie Träumer nur mit D.«

»Oh«, sagte ich. »Hallo. Freut mich.«

Wir setzten uns. Torben bestellte mir ein Getränk meiner Wahl zum Zeichen, dass ich eingeladen war, und fragte dann direkt: »Und? Was sagst du zu der Serie?«

Ich dachte eine Sekunde lang darüber nach, ob ich mich zieren sollte, den Preis ein bisschen in die Höhe treiben, aber so war ich nicht.

»Toll«, sagte ich. »Ich hab das Buch heute Nacht gelesen und finde es einfach nur toll.«

Mantrow strahlte.

Ich fragte ihn noch, wie er sich die Rolle, die für mich vorgesehen war, genau gedacht hatte, und tatsächlich gefiel mir seine Vorstellung davon ausnehmend gut. Ich hatte keinerlei Schwierigkeiten, mich damit zu identifizieren, und wusste sofort, dass es mir großen Spaß machen würde.

»Wenn du mich dabeihaben möchtest, dann würde ich es sehr gerne probieren«, sagte ich ohne Umschweife. »Und natürlich, wenn die Produzenten einverstanden sind.«

»Die wollen mich und lassen mir freie Hand«, sagte Torben Mantrow mit einer wegwischenden Handbewegung.

»Dann ist ja alles klar, oder wie sehe ich das?«, lachte Philip Dräumer einigermaßen verblüfft, und zu mir gewandt meinte er: »Können Sie mir jetzt erklären, warum Andreas Sie für schwierig hält?«

»Ja, das könnte ich, aber vielleicht finden Sie das mit der Zeit noch alleine heraus«, sagte ich und warf ihm einen herausfordernden Blick zu. Ach du liebe Zeit! Ich warf Blicke. Ich flirtete. Mit diesem Burschen, der wahrscheinlich zehn Jahre jünger war als ich.

»Ich freue mich drauf«, sagte der junge Mann und prostete mir mit seinem Wein zu.

Im Geiste rechnete ich zurück, wann ich das zum letzten Mal gemacht hatte. Hatte ich mit Pavel geflirtet? Nicht wirklich. Wir hatten uns einander ganz harmonisch über die gemeinsame Arbeit angenähert. Flirten war ein ganzes Erdzeitalter her.

Torben tat so, als merkte er nichts, und wir hatten noch einen sehr schönen Abend. Ich rief mir ein Taxi und kam so gut gelaunt zu Hause an wie schon lange nicht mehr. Ich hatte eine neue Rolle in einer neuen, spannenden Fernsehserie, ich hatte großartigen Wein getrunken und mit einem viel jüngeren Mann geflirtet. Ich fühlte mich sauwohl.

Julius schlief schon, und Finn brütete über seinem Zeichentisch. Ich hatte keine Lust, mir die Stimmung durch ein weiteres Problemgespräch über Tess kaputtmachen zu lassen, und schließlich konnte ich ihn schlecht damit aufmuntern, dass ich ihm von Philip Dräumer erzählte. Deshalb zog ich mich in mein Zimmer zurück und genoss das gute Gefühl noch ein bisschen.

Ein paar Tage später rief Torben an und sagte, es sei alles klar, und ich könne die Verträge unterschreiben. Die Dreharbeiten würden nach den Sommerferien beginnen.

Kleinholz meldete sich und gratulierte mir. Ganz nebenbei fragte er, ob ich Lust hätte, mich auch in Zukunft wieder offiziell von ihm vertreten zu lassen.

»Nur unter einer Bedingung«, sagte ich. Ich hörte, wie er am Telefon stutzte.

»Wenn du mir Karten für das Eröffnungsspiel besorgen kannst, bin ich wieder dabei«, sagte ich.

»Wie bitte?«, fragte Kleinholz.

»Mein Sohn wünscht sich nichts sehnlicher, als zur WM zu gehen. Na ja, abgesehen von einem Hund, aber das kommt nicht infrage. Und jetzt greife ich nach jedem Strohhalm. Also?«

»Ähm«, machte Kleinholz am anderen Ende der Leitung unschlüssig.

»Schon gut«, erlöste ich ihn. »War nur ein Scherz.«

Er lachte, aber versprach sich umzuhören. Wo? Bei der Kanzlerin? Bei Jürgen Klinsmann? Beim Weihnachtsmann? Julius' Wunsch war utopisch, damit musste er sich abfinden.

Obwohl Finn seine eigenen Sorgen hatte, von denen ich übrigens nicht wusste, wie er damit umging – traf er sich überhaupt noch mit Tess? Suchte er nach einer Lösung? –, widmete er sich seinem Sohn und versprach ihm ausgiebiges Fernsehen während der WM sowie Besuche mehrerer Public Viewings. Das half etwas. Noch zwei Wochen bis zur Eröffnung, dann einen Monat Irrsinn, und dann würde alles wieder so sein wie vorher. Das musste doch auszuhalten sein.

Um uns ein wenig einzustimmen, luden wir Britta, Klaus und Jens ein. Jens, der Sportbesessene, war mindestens so aufgeregt wie die Jungs. Er bedauerte es zutiefst, dass er nicht auch noch Karten für Julius übrig hatte. Auch Julius bedauerte diese Tatsache zutiefst.

Überall wurde nur noch über die WM geredet. David hatte sogar zwei Karten für das Halbfinale in München ergattert. Als ich ihn fragte, für wen die zweite Karte war, grinste er nur vielsagend.

»Seit wann interessiert sich Maria für Fußball?«, schoss ich ins Blaue.

»Tut sie gar nicht«, antwortete er. »Aber sie kommt trotzdem mit.« Sein Strahlen war so glücklich wie früher.

Eine Woche vor dem großen Ereignis war auf meinem Anrufbeantworter eine Nachricht.

»Hallo, Elsa, Philip Dräumer hier. Sag mal, hättest du Zeit, dich heute oder morgen kurz mit mir zu treffen? Es gäbe da noch etwas zu besprechen. Ruf mich doch bitte im Büro zurück.«

Hatte ich mich zu früh gefreut? Hatte Andreas den jungen Kollegen eingestellt, um die schlechten Nachrichten zu verkünden? Was gab es denn zu besprechen? Ich hatte den Vertrag doch unterschrieben.

Ich rief wunschgemäß zurück, und wir verabredeten uns für

den frühen Abend in der Max-Emanuel-Brauerei. Diesmal trug er Jeans, Turnschuhe und ein graues T-Shirt und war von den vielen Studenten, die sich hier tummelten, nicht zu unterscheiden.

»Hi!«, sagte er lächelnd und streckte mir die Hand entgegen.

»Hi!«

»Was trinkst du?«

»Ähm ... vielleicht ein Radler.«

Ich wollte nicht den Eindruck erwecken, ich tränke immer nur Alkohol, obwohl ... Radler war ja eigentlich auch Alkohol, aber nicht so richtig.

Er bestellte ein Radler für mich und für sich selbst ein Helles.

»Also?«, fragte ich.

Er grinste.

»Also, Andreas und ich hatten vor ein paar Tagen ein Gespräch über dich.«

Er machte eine kleine Pause, um es spannend zu machen.

»Du wolltest von ihm erfahren, was an mir schwierig ist?«, riet ich.

»Nein, eigentlich nicht. Das wollte ich ja gern selbst herausfinden«, entgegnete er. In seinen ziemlich blauen Augen erschien ein beinahe unmerkliches Blitzen.

»Andreas hat mir erzählt, dass du eine Bedingung für unsere weitere Zusammenarbeit gestellt hast.«

Ich runzelte die Stirn, denn im Augenblick wusste ich nicht, was er meinte.

Er schob einen Umschlag zu mir rüber. Da dämmerte es mir. Aber das war nicht möglich.

»Gut aufheben, keinem zeigen! Die sind echt wertvoll. Manch einer würde dafür töten«, erklärte er.

»Das ist nicht das, was ich denke, oder?«

»Doch, ich denke schon«, lachte er.

Vorsichtig linste ich in den Umschlag hinein: zwei Karten für das Eröffnungsspiel Deutschland gegen Costa Rica in der Allianz Arena in München.

Ich schlug mir auf den Mund, um den schrillen Aufregungsquietscher, der in meiner Kehle lauerte, zu unterdrücken.

Philip strahlte übers ganze Gesicht, weil ihm die Überraschung so gelungen war.

»Aber wie …?«, flüsterte ich heiser durch meine Finger.

»Mein Vater hat die Karten bekommen und sie mir geschenkt. Zum Geburtstag. Für meine Freundin und mich. Aber ich interessiere mich nicht für Fußball, und mit meiner Freundin ist seit einem halben Jahr Schluss. Also lagen die Karten nutzlos bei mir herum.«

»Und dann hast du gehört, dass mein Sohn sich welche wünscht«, vollendete ich.

»Genau«, sagte er. »Du kannst also selber mit deinem Sohn gehen oder deinen Mann mit ihm schicken.«

Meinen Mann. Seine Art herauszufinden, ob ich verheiratet war oder liiert.

»Meinen Mann gibt's nicht«, sagte ich, »nur Julius' Vater. Und wir sind nicht zusammen.«

»Tja, nicht die erste Beziehung, die nicht hält«, sagte er.

»Wir hatten nie eine Beziehung. Wir sind lediglich befreundet, und das sind wir immer noch. Seit sechzehn Jahren«, sagte ich. Als ich es aussprach, konnte ich es selbst kaum fassen. Seit sechzehn Jahren kannte ich Finn.

»Im Ernst?« Philip war so verblüfft, wie jeder, der von unserer ungewöhnlichen Freundschaft hörte. »Und ihr habt ein Kind?«

»Ja«, sagte ich schulterzuckend. »Einmal ist keinmal.«

Ich versteckte mein Gesicht in meiner Radlermaß. Tatsache war: Es war nicht ›keinmal‹, es war noch immer die glücklichste

Nacht meines Lebens, auch wenn es mir schwerfiel, das zuzugeben.

»Das ist ja toll«, sagte Philip. »Und ihr zieht den Kleinen zusammen groß?«

»Ja, wir wohnen sogar zusammen«, sagte ich und wartete auf seine Reaktion.

Erneut Verblüffung.

»Ihr wohnt sogar zusammen?«

»Ja, wir waren Nachbarn, dann haben wir ein Kind bekommen und einen Durchgang zwischen den beiden Wohnungen gemacht, damit wir uns gemeinsam um Julius kümmern können.«

Ich beobachtete ihn.

»Und ihr seid ... nur Freunde?«

»*Nur* würde ich nicht sagen. Finn ist mein bester Freund. Aber ja, wenn du so willst: Wir sind ›nur‹ Freunde.«

Er sah mich eine ganze Weile verdattert an, dann schüttelte er den Kopf und lachte.

»Du bist wirklich einer der unglaublichsten Menschen, denen ich je begegnet bin.«

»Ist das gut oder schlecht?«

»Das ist ... sehr gut«, sagte er und beugte sich ein wenig vor. Mit einem viel zu langen, viel zu eindeutigen Blick. Und der Mann war viel zu jung für mich. Es war traumhaft.

Julius' Reaktion, als ich zu Hause die Karten auspackte, war einfach unbeschreiblich. Ich dachte für einen Moment, das Kind würde einen Herzinfarkt bekommen, aber es war lediglich der angemessene Ausbruch eines Siebenjährigen, der seinen verloren geglaubten Herzenswunsch erfüllt bekam.

Finn freute sich mit ihm, obwohl er nun in der Pflicht war und mit seinem Sohn ins Stadion musste. Natürlich fragte er, wo die Karten plötzlich herkamen.

Ich hatte schon vorher erwähnt, dass ich ab Herbst in einer Serie mitspielen würde, von Philip Dräumer war dabei jedoch noch nicht die Rede gewesen.

»Und der schenkt dir einfach so die Karten?«, fragte Finn misstrauisch.

»Er braucht sie ja nicht«, sagte ich.

Finn wartete immerhin eine halbe Minute, bis er mit seiner nächsten Frage herausrückte.

»Und hast du was mit dem?«

»Noch nicht«, gab ich trocken zurück.

»Ist es ein ›Max‹?«, fragte Finn. Ich begriff nicht, was er meinte.

»Du hast doch mal gesagt, beim nächsten Mal müsste es schon ein ›Max‹ sein, wenn du wieder eine Beziehung anfängst.«

Max, das Synonym für die wahre Liebe, den einzig Richtigen, das meinte er. Er hatte ja keine Ahnung von dem, was mir Edda kurz vor ihrem Tod anvertraut hatte. Er wusste nicht, dass für mich diese Seifenblase längst zerplatzt war.

»Ich weiß es nicht, Finn«, sagte ich, in meiner Euphorie plötzlich ausgebremst durch die Erinnerung an Eddas Geschichte.

»Na ja, ist ja deine Sache«, sagte Finn und ging wieder zurück an die Arbeit.

Julius verkündete Klaus die frohe Botschaft. Finn und Jens verabredeten sich, um sich vorher im Stadion zu treffen, denn ihre Plätze lagen nicht allzu weit auseinander. Britta und ich gingen, um mitreden zu können, zu einem der Public Viewings. Angesteckt von der einmalig mitreißenden Stimmung brüllten wir uns die Seele aus dem Leib und jubelten wie von Sinnen bei jedem Tor der deutschen Mannschaft. Wie gigantisch musste es erst im Stadion sein!

Wir trafen uns hinterher alle bei uns in der Wohnung. Die Kinder wirkten, als hätten sie gerade eine Reise zum Mond hinter sich, und sogar Finn strahlte überwältigt. Und das ganze Spektakel würden wir für die nächsten vier Wochen haben, traumhaftes Wetter inklusive. Was für ein Sommer!

Ab da verpassten wir kein Spiel der deutschen Mannschaft und sahen auch viele der anderen. Wir jubelten und litten mit, feierten auf der Fanmeile, schwenkten Fähnchen und verbrüderten uns mit Leuten aus aller Welt, genauso wie ganz Deutschland, wie es schien. Alles andere war für diese Zeit vergessen, wir befanden uns auf einer großen, fröhlichen WM-Wolke.

Als es vorbei war, waren wir traurig, aber wir waren dabei gewesen. Ich war glücklich, dass Julius das erlebt hatte und dass wir es mit ihm erleben durften. Finn hatte endlich aufgehört zu brüten. Und ich? Ich sortierte mich ebenfalls neu. Und das alles nur, weil der Wunsch unseres Kindes so hartnäckig gewesen war. Vielleicht sollten wir auch über einen Hund nachdenken. Doch diesen Gedanken verwarf ich schnell wieder.

Im Juli zehrten wir noch ein bisschen von der guten Stimmung des vergangenen Monats, doch der August drohte uns wieder in den alten Trott zurückzuwerfen. Da meldete sich Tess. Und zwar bei mir.

Ich hätte beinahe das Telefon fallen lassen, als ich ihre Stimme hörte.

Sie fragte nach Finn und wie es ihm ging. Ich wusste nicht, was ich sagen sollte oder durfte, oder worüber Finn sich möglicherweise aufregen würde. Also war ich ziemlich einsilbig, was Tess natürlich falsch interpretierte. Oder richtig. Wie auch immer.

Ich fand meine Position zwischen den Stühlen nicht besonders bequem und riet ihr, Finn doch selbst anzurufen.

Das traue sie sich nicht, sagte sie. Sie hätte Angst, er würde sie zurückweisen. Und ob ich ihm nicht einfach ausrichten könne, dass sie angerufen habe.

Tess war und blieb mir ein Rätsel. Erst hielt sie Finn auf Distanz, dann plötzlich wurde sie zutraulich und lernte seine Familie kennen. Schließlich hatte sie sich sogar mir angenähert, und alles schien in Ordnung. Dann aus heiterem Himmel diese Jetzt-will-ich-dich-immer-und-ganz-für-mich-alleine-Geschichte, und nun das hier: ankriechen auf niedrigstem Niveau und die vermeintliche Konkurrentin als Friedensbotin missbrauchen. Ich sollte Finn davon überzeugen, sie wieder in seinem Herzen aufzunehmen? Tess vermisste ihn. Tess, die Unnahbare, die Zögernde, die Kompromisslose, die Schöne warf sich ihm zu Füßen und machte sich klein. So musste man das also machen. Sie spielte auf der Klaviatur seiner Gefühle wie eine Meisterin.

Wenn ich mir nicht absolut sicher gewesen wäre, dass Finn sie zurückhaben wollte, dann hätte ich die Klappe gehalten. Tess war mir egal, Finn nicht.

»Tess hat angerufen. Sie will dich zurück«, sagte ich, als Finn die Wohnung betrat. Er starrte mich an.

»Was?«

»Ruf sie an«, fügte ich hinzu, dann ging ich in mein Zimmer und wählte die Nummer von Philip Dräumer.

Finn traf sich mit Tess und wirkte danach um einiges entspannter.

Ich traf mich mit Philip und ... nun ja, es war ebenfalls sehr entspannend, kann ich nur sagen.

Beide legten wir unsere unterschiedlichen Beziehungen Ende August kurz auf Eis, da wir mit Kevin und seiner Familie wieder in die Toskana fuhren. Finn wartete auf eine Gelegenheit, mit mir über Tess zu reden, aber ich war nicht scharf darauf. Seit Tess' letztem Anruf hatte ich die Nase voll. Ich hatte die Drehbücher dabei und studierte meine Rolle für die Serie, wenn ich mich nicht gerade um Julius kümmerte oder mich mit Nora und Kevin unterhielt. Ich achtete darauf, so wenig wie möglich mit Finn alleine zu sein.

Nach dem Urlaub ging es mit den Dreharbeiten los, die für mich nicht bequemer hätten liegen können. Arbeit nur an den Wochentagen und nur tagsüber. Es war wie ins Büro gehen. Ich musste mich nicht krummlegen, um für Julius da zu sein, und ich hatte genügend Zeit fürs Studio oder andere Sachen. Und zu allem Überfluss machte es auch noch Spaß. Die Serie war hervorragend, die Dialoge sprachen sich wie von selbst, und die Kollegen waren unglaublich nett. Das alles gegen Bezahlung. Ich kam mir beinahe schlecht vor.

Und das Sahnehäubchen auf dem Dessert des ausklingenden Jahres war meine unverhoffte Beziehung zu Philip. Weniger sexlastig als die zu Alex und aufregender als die zu Pavel, war sie es etwas ganz Neues. Ein Mann, der neun Jahre jünger war als ich, mit dem ich albern und ernst sein konnte, der unkompliziert war, aber nicht simpel, der gebildet war, aber es nicht ständig beweisen musste, der genau wie ich einfach sehen wollte, was dabei herauskam, ganz ohne Erwartungen. Philip war Finn nicht ganz unähnlich, vor allem, weil er ebenfalls gut aussah und gleichzeitig völlig uneitel war.

Ich begrüßte den Herbst in seltenem Einklang mit mir selbst, ich war zufrieden und wünschte mir, dass es so bleiben möge.

Aber wie so oft erwartete mich da noch eine Kleinigkeit. So wie die Taube einem genau dann auf den Kopf scheißt, wenn die Sonne gerade so herrlich scheint.

»Kann ich dich mal sprechen?«, sagte Finn und streckte eines Morgens den Kopf zur Tür herein, als ich in meiner Küche saß, Kaffee trank und den Text für den nächsten Drehtag lernte, den vorerst letzten in diesem Jahr, danach gab es eine kleine Pause bis nach Silvester.

»Klar, komm rein«, sagte ich. »Nimm dir Kaffee, wenn du willst.«

Finn setzte sich ohne Kaffee.

»Was ist denn?«, fragte ich, als er nur dasaß und auf seine Hände starrte. Untypisch, dass Finn mit etwas nicht direkt herausrückte.

Er sah mich kurz an und starrte dann weiter.

»Hallo?«, sagte ich und versuchte, ihm von unten ins Gesicht zu sehen. »Wenn du Julius wärst, würde ich dich jetzt fragen, ob du etwas angestellt hast.«

Er schmunzelte halbherzig und atmete tief ein und aus. Ich hatte noch nie erlebt, dass ihm etwas so offensichtlich schwerfiel.

Mein Herz fing an zu klopfen, so heftig, dass ich fühlen konnte, wie es gegen die Rückenlehne meines Stuhls schlug.

»Ich …«, fing er an.

Schlucken. Er räusperte sich.

»Ich werde ausziehen, Elsa«, sagte er.

Mir schossen die Tränen in die Augen. Ich blinzelte sie schnell weg.

»Ich werde zu Tess ziehen.« Seine Stimme brach ab.

Wir saßen am Tisch und heulten.

2007

Finn wartete bis nach Julius' achtem Geburtstag. Dann packte er fast alle seine Sachen und brachte sie zu Tess, die ein kleines, altes Haus am Rande Münchens besaß. Mit Werkstatt und kleinem Garten. Es gab genug Platz für Finn.

Es war so wie damals, als er nach New York verschwunden und S. Schulze eingezogen war. Nur dass er diesmal wirklich nicht wiederkommen würde.

In den ersten Tagen, nachdem er es mir gesagt hatte, dachte ich, ich könnte es nicht ertragen. Ich konnte mir nicht vorstellen, dass er nicht ständig um uns war. Natürlich würden wir uns auch weiterhin noch oft sehen, aber es war anders. Er war nicht mehr am Morgen da oder in der Nacht. Wir hatten nicht mehr den gleichen Nachhauseweg und das gleiche Zuhause. Seit fast fünfzehn Jahren lebten wir praktisch zusammen. Und nun war das zu Ende. Es war richtig so, aber unsagbar schwer.

Und mein Herz brach für Julius gleich mit, obwohl der Kleine es besser wegsteckte, als ich gedacht hatte. Er sah ein, dass Papa bei Tess wohnen wollte, weil sie ja seine Freundin war. Wieso wollte er nicht wie andere Kinder, dass Papa und Mama immer bei ihm und immer zusammen waren? Weil wir es ihm so beigebracht hatten natürlich. Wir hatten ihm von Anfang an diese merkwürdige Beziehung vorgelebt, in der Papa mit Mama nichts zu tun hatte. Klar, sie hatten sich lieb, aber sie gehörten nicht zusammen, sie gehörten zu anderen. Das hatte er verinnerlicht. So hatten wir es doch gewollt, das hatten wir doch gut hingekriegt, oder nicht?

Finn ging es so wie mir, das konnte ich sehen. Wir sprachen nicht mehr viel miteinander. Nach diesem Morgen war alles gesagt. Natürlich redeten wir, über das Notwendige eben, über das, was besprochen werden musste, alles, was Julius betraf, und alle praktischen Dinge. Wir organisierten unser Leben neu, sodass es für alle Beteiligten gut war.

Am besten war es zweifellos für Tess. Sie bedankte sich sogar bei mir. Ich hätte ihre Beziehung gerettet, ich hätte ihr Finn zurückgebracht. Schön für sie.

Zum ersten Mal überhaupt meldete sich tief in mir eine Stimme, die mich anschrie: Es ist alles falsch. Tess ist falsch. Finn tut das Falsche. Du hast alles falsch gemacht.

Halt die Klappe, sagte ich zu der Stimme. Sie hätte sich früher melden können, was sollte das jetzt noch?

Doch erst mit der Zeit wurde sie leiser, und irgendwann war sie weg. So wie Finn.

Ich machte mir klar, dass meine Zweifel und meine Trauer ganz normale Reaktionen auf die Veränderung in meinem Leben waren. Aber Veränderungen schafften auch Platz für Neues. Philip zum Beispiel war jetzt viel öfter bei mir. Er verstand sich gut mit Julius, bei dem er wegen der WM-Karten einen Stein im Brett hatte. Philip hatte mehrere Neffen und Nichten und einen guten Draht zu Kindern.

Finn kümmerte sich natürlich nach wie vor intensiv um seinen Sohn. Er verbrachte kaum weniger Zeit mit ihm als zuvor, nur mit dem Unterschied, dass er nicht immer und unmittelbar zur Verfügung stand. Aber unsere Organisation war perfekt. Wir ergänzten uns, und wenn wir beide einmal ausfielen, sprang unser Familien- und Freunde-Netzwerk ein.

Einmal sagte Julius: »Das ist bei uns genauso wie bei Lenes Eltern, die sind auch geschieden.«

»Wir sind aber nicht geschieden, Julius«, sagte ich entsetzt, »das weißt du doch.«

»Ja, ich weiß. Ist aber genauso.«

Die Dreharbeiten für die erste Staffel unserer Serie waren abgeschlossen. Der Sender wollte erst mal mit acht Folgen einen Testlauf starten und, falls dieser erfolgreich wäre, eine zweite Staffel nachschieben. Keiner der Beteiligten hatte Zweifel daran.

»Das muss gefeiert werden«, sagte David, der kurz danach anrief und dem ich davon erzählte.

»Das wurde schon gefeiert«, lachte ich. »Ausgiebig, verlass dich drauf.«

»Aber nicht mit mir.«

Natürlich nicht mit ihm, er hatte ja auch nichts damit zu tun, was wollte er denn?

»Also, wann wollen wir feiern?«, fragte er weiter.

»Ähm, wir können uns jederzeit treffen«, sagte ich verwirrt.

»Am Donnerstag?«

»Ähm, ja, okay, aber ...«

»Lass uns zu Fredo gehen, ja? Wie in alten Zeiten«, sagte er. »Also bis Donnerstag. Acht Uhr bei Fredo. Und, Elsa, lass deinen Freund diesmal zu Hause, okay?«

Unverschämtheit! Ich hätte Philip wahrscheinlich sowieso nicht mitgebracht, wenn ich mich mit David traf, aber das auch noch zu verlangen, war frech.

Am Donnerstag war Oma-Tag für Julius, also musste ich nicht einmal Finn anrufen, um ihn zu bitten, den Kleinen zu übernehmen, aber ich hätte mit Philip ausgehen können. Allerdings hatte ich David länger nicht gesehen, und trotz seines merkwürdigen Verhaltens am Telefon freute ich mich auf ihn.

Als ich um acht Uhr bei Fredo eintraf, wurde ich wie immer überschwänglich begrüßt.

»Ah, wunderschone Signorina. Iste große Freude. Iste ganz besondere Freude. Habe die schonste Tisch in de ganze Lokal reserviert.«

Er geleitete mich in den zweiten Stock und führte mich zu einem größeren Nischentisch, an dem schon jemand saß: Finn.

»Was machst du denn hier?«, fragte ich, als er mich genauso verblüfft ansah wie ich ihn.

»Das wollte ich dich auch gerade fragen.«

»David hat mich angerufen, er wollte den Abschluss meiner Serie mit mir feiern«, sagte ich und deutete mit einem Augenrollen an, dass ich dies mittlerweile für eine fadenscheinige Ausrede hielt, um mich hierherzulocken.

»Zu mir hat er gesagt, er hätte einen speziellen Auftrag für mich, und das müsse man in Ruhe besprechen.«

»Was für einen Auftrag sollte David für dich haben?«, fragte ich und machte immer noch keine Anstalten, mich zu setzen. Fredo stand neben mir und wartete mit eingefrorenem breitem Lächeln darauf, dass er mir endlich den Stuhl unter den Hintern schieben konnte.

»Vielleicht setzt du dich erst mal«, sagte Finn mit einem Blick zu Fredo.

»Entschuldigung«, sagte ich an den kleinen Italiener gewandt und setzte mich Finn gegenüber.

»Und jetzt?«, fragte ich.

»Was weiß ich«, sagte Finn.

Seit dem Morgen, als er mir von seiner Absicht auszuziehen

erzählt hatte, hatten wir nicht mehr so zusammengesessen, das wurde mir plötzlich schmerzlich bewusst.

»Wie geht's dir?«, fragte ich, als hätte ich einen komplett Fremden vor mir.

»Gut«, sagte er, so wie man eben knapp und höflich diese doofe Frage beantwortete.

»Und selbst?«, fragte er dann zurück.

»Auch gut, danke«, antwortete ich.

»Freut mich«, sagte er. Ich sah das Zucken um seine Mundwinkel und konnte das Lachen nicht mehr zurückhalten, es war einfach zu dämlich. Er lachte befreit mit.

»Na also, geht doch«, rief David, der gerade um die Ecke kam. Ihm folgte lächelnd Maria. Sie setzten sich an den Tisch, und David meinte: »Gut, dass das geklappt hat.«

»Was hat geklappt?«

»Na, euch beide hierherzulocken.«

Ich verzog das Gesicht, und Finn meinte, dazu hätte David nicht so einen Aufstand machen müssen.

»Nein?«, fragte David zurück und sah Finn und mich zweifelnd an. »Umso besser. Fredo hatte jedenfalls seinen Spaß.«

Wie auf Kommando kam der Genannte um die Ecke und hatte vier Gläser Champagner auf einem Tablett.

»Danke, Fredo, wir bestellen später, ja?«, sagte David, und Fredo nickte zwinkernd.

»Also«, sagte David, verteilte die Gläser und hob seines in die Luft.

»Auf uns!«

Wir tranken alle, dann hielt Finn es nicht mehr aus.

»Sagst du uns jetzt bitte endlich, was wir hier feiern?«

David und Maria lächelten sich verschwörerisch an.

»Sag du es«, sagte Maria.

David holte tief Luft, setzte an, doch brach wieder ab. Dann ging er um den Tisch herum und forderte Finn, der neben Maria saß, auf, mit ihm den Platz zu tauschen.

Als das endlich geklärt war, sagte David feierlich: »Maria und ich heiraten wieder.«

»Oh, mein Gott!«, rief ich und verbarg mein Gesicht in den Händen, weil mir natürlich sofort wieder die Tränen kamen vor lauter Freude. Doch da war ich nicht die Einzige. Auch Finn hatte feuchte Augen, als er David und Maria umarmte und ihnen gratulierte. Und unsere Rührung brachte das glücklich wiedervereinte Paar ebenfalls zum Weinen. Die Leute an den umliegenden Tischen, die alles mitbekamen, waren so nett, sich ihr Befremden kaum anmerken zu lassen, und nach kurzer Zeit waren wir alle wieder in der Lage, uns zu beherrschen.

Fredo kam und fragte: »Wolle jetzt bestelle, oder solle Fredo wiederkomme?«

Wir bestellten einfach das Übliche, sodass der arme Mann nicht noch mehr Mühe mit uns hatte.

»Also, jetzt könnt ihr euch auch denken, was wir von euch beiden wollen«, sagte David und wischte sich die letzte Rührung aus den Augenwinkeln.

»Wir hätten euch beide gerne als Trauzeugen«, sagte Maria.

»Das letzte Mal hatten wir nämlich die falschen«, ergänzte David.

»Genau, es waren die Trauzeugen, deshalb hat es nicht funktioniert«, bestätigte Maria. »Diesmal wollen wir alles richtig machen.«

»Angefangen mit euch beiden.«

Maria und David strahlten uns an.

»Das ist ja ziemlich viel Verantwortung«, meinte Finn, zupfte sich nachdenklich am Ohrläppchen und sah mich an. »Findest du nicht?«

»Absolut. Gibt's eine Versicherung, falls es mit uns auch schiefgeht?«

»Wird es nicht«, sagte David ernst. Maria lächelte mich an. »Diesmal nicht.«

»Und wann soll die Party steigen?«, fragte Finn.

»Im Oktober«, sagten beide wie aus einem Mund.

»Das ist ja noch eine Weile hin«, stellte ich fest.

»Gönn uns doch ein wenig Verlobungszeit und Vorfreude«, erwiderte David.

»Und ihr müsst euch ja auch darauf einstellen«, meinte Maria.

»Wieso?«, fragte ich. War das eine Anspielung auf das abgekühlte Verhältnis zwischen Finn und mir?

»Na ja, ihr müsst ja auch Zeit haben. Nicht dass sich einer von euch zufällig auch mit Hochzeitsplänen trägt«, antwortete David, was von Finn mit einem spontanen und entschiedenen »Quatsch!« quittiert wurde. So spontan und entschieden, dass ich ein Grinsen nicht unterdrücken konnte. Gut, dass Tess das nicht gehört hatte.

»Und du?«, fragte mich Maria.

»Ich bitte dich!«, antwortete ich lachend. »Ich stehe nur für andere Hochzeiten zur Verfügung.«

»Sehr gut!« sagte David. »Nicht dass ich euch beiden keine Hochzeit gönnen würde – wie ihr seht, sind wir davon so begeistert, dass wir es sogar zum zweiten Mal tun –, aber es sollte schon gut überlegt sein, nicht wahr?«

Sich mit David und Maria über Liebe und Beziehungen zu unterhalten, war immer schon wie ein Spaziergang über ein Minenfeld gewesen, denn im Gegensatz zu allen anderen, die sich daran gewöhnt hatten, dass Finn und ich kein Paar waren, hatten die beiden das Thema nie ruhen lassen. In Anspielungen oder auch ganz direkt.

David hob noch einmal sein Glas, sodass Finn und ich nicht gezwungen waren, auf seine Bemerkung zu reagieren.

»Auf das, was wir lieben!«, sagte David und sah Maria dabei tief und glücklich in die Augen.

Das Essen kam, Fredo kam, verteilte Komplimente und machte Scherze. Wir unterhielten uns über das, was wir in der vergangenen Zeit voneinander verpasst hatten. Ich erzählte begeistert von meiner Beerdigungsserie und wurde von allen höhnisch daran erinnert, dass ich mich einst über Torben Mantrow und vor allem über sein Faible für dämliche Titel wie *Frau klaut* lustig gemacht hatte.

»Wie heißt die Serie? *Mensch stirbt?*«, riet David.

»Nein, sie heißt: *Wem die Stunde schlägt*«, erwiderte ich ganz cool. Mein Teller war halbleer, und ich wischte unentschlossen in der Soße herum.

»Im Ernst?«, rief David, während die anderen beiden schmunzelten.

»Blödsinn«, gab ich zu. »Ich weiß den endgültigen Titel noch nicht.«

»Was war denn der Arbeitstitel?«, fragte Finn, während er unauffällig auf meinen Teller schielte. Auch *Frau klaut* sollte ursprünglich nur ein Arbeitstitel sein.

»Der war ... *Feierabend*«, sagte ich. »Ist doch egal, die Serie ist wirklich gut«, rief ich in das Gelächter hinein und fragte Finn: »Tauschen wir nun, oder isst du deine Lasagne ganz?« Sofort griff er nach meinem Teller und schob mir seinen hin.

Mit dieser Geste wurde es endgültig wieder so wie früher. Maria, David, Finn und ich bei Fredo. Wir alberten herum, führten tiefsinnige Diskussionen, bestellten mehr Wein, teilten zu viert einen großen Nachtisch und zwei Cappuccino. Wir waren die letzten Gäste, die das Lokal verließen. Alle Autos blieben stehen, wie es sich gehörte, und wir nahmen zwei Taxis. David und Maria hatten sowieso den gleichen Weg, und Finn lud mich ein. Es war seltsam, als ich in der Buttermelcherstraße aus dem Taxi ausstieg und er darin sitzen blieb.

»Ich fahre wahrscheinlich zu meiner Mutter«, meinte er, »dann kann ich morgen Julius in die Schule bringen und mein Auto abholen.«

»Morgen?«, sagte ich mit einem Blick auf die Uhr. »In vier Stunden muss er aufstehen.«

»Halb so schlimm, ich steh ja selten genug mit ihm auf in letzter Zeit«, sagte er.

Ich schluckte die fiese Bemerkung, die mir auf der Zunge lag, hinunter und sagte nur: »Da freut er sich sicher, wenn er dich sieht.«

»Fahr mer jetzt wieder?«, fragte der Taxifahrer genervt.

»Ich kann auch hier zahlen und in ein anderes Taxi umsteigen, wenn Ihnen das lieber ist«, schoss Finn zurück. Der Fahrer grummelte in seinen Bart, das sei nicht nötig.

»Das war schön heute Abend«, sagte Finn zu mir.

»Fand ich auch.«

»Bis dann.«

Er streckte die Hand aus dem Fenster. Ich nahm sie.

»Mach's gut.«

Der Taxifahrer ließ den Motor wieder an, ich winkte Finn noch einmal zu und ging.

Es war Scheiße. Warum drum herumreden? Es war einfach Scheiße. Es würde noch lange dauern, bis ich mich daran gewöhnt haben würde. Hatte er sich schon daran gewöhnt? Vielleicht war das Leben mit Tess ja so wunderbar, dass er den Abschiedsschmerz schnell vergessen hatte. Wie lange hatte er mir in den Ohren gelegen mit dieser Frau? Jahrelanges Hin und Her. Und jetzt hatte er sie.

Ich war schon auf halber Höhe im Treppenhaus, als ich unten die Tür hörte.

»Elsa?«, rief er leise.

»Finn? Was machst du denn hier?«

»Ich nehme mir doch ein anderes Taxi«, sagte er, während er die Treppe hochspurtete.

Außer Atem kam er bei mir an.

»Ich hab noch was vergessen«, sagte er, nahm mich in die Arme und drückte mich an sich.

Ich lachte glücklich. »Du spinnst ganz schön.«

Er mochte nicht mehr ganz so fit sein wie in jüngeren Jahren, seine Haare grau an den Schläfen und in den Bartstoppeln, aber sein Grinsen war noch genau das gleiche.

»Das weißt du doch«, sagte er und gab mir noch einen Kuss auf die Wange.

Dann rannte er im gleichen Tempo wieder nach unten.

Nach diesem Abend kehrte wieder Normalität in unser Verhältnis ein. Die Übergangsphase nach Finns Auszug war überstanden, jedenfalls was unseren Umgang miteinander betraf. Wir trafen uns ab und zu auf einen Kaffee in der Stadt, oder er kam einfach so vorbei, auch wenn Julius gerade nicht da war. Als ich fragte, was Tess dazu sagte, meinte er nur, das sei ihm egal. Er mische sich schließlich auch nicht in ihre Freundschaften ein. Hatte sie überhaupt welche?

Philip hatte keinerlei Probleme mit Finn. Er war weder eifersüchtig, noch hinterfragte er unsere Freundschaft. Er war ein

Mensch, der die Dinge so nahm, wie sie waren, und das machte ihn vollkommen unkompliziert, was ich sehr angenehm fand.

Auch Julius bemerkte die entspannte Lage zwischen seinen Eltern.

»Lenes Eltern verstehen sich nicht so gut, sagt Lene«, verkündete er.

»Ist Lene deine neue Freundin?«, wollte Finn wissen.

»Nee, die kenn ich schon ganz lange«, sagte der Junior.

»Und wieso kenn ich die nicht?«

»Als er Lene kennengelernt hat, warst du gerade in New York« sagte ich.

»Bitte? Das ist doch schon ewig her.«

»Stimmt. Julius hat Lene auf einem Spielplatz getroffen, da waren sie gerade mal zweieinhalb und haben sich damals schon bestens verstanden.«

»Und letztes Jahr ist Lene zu uns in die Schule gekommen, weil sie mit ihrer Mutter nach der Scheidung in einen anderen Schulbezirk gezogen ist«, erklärte Julius die genauen Umstände ihres Wiedersehens.

»Und du hast sie sofort wiedererkannt?«, fragte Finn zweifelnd.

»Nein, aber sie haben sich sofort gut verstanden, genau wie auf dem Spielplatz. Und als ich dann mal Lenes Mutter beim Abholen traf, haben wir uns aneinander erinnert.«

»Ist ja romantisch«, sagte Finn lächelnd.

»Quatsch, Papa. Alles nur platonisch«, sagte Julius, der mit diesem Wort praktisch aufgewachsen war. »Wie bei euch.«

Ende August kam die offizielle Einladung zur Hochzeit am 5. Oktober. Wie beim ersten Mal fanden die Trauung und die Feierlichkeiten außerhalb Münchens statt. Nach längerem Überlegen hatten Finn und ich beschlossen, Julius zu Hause zu lassen. Erstens hatte er am Freitag noch Schule, und zweitens würde er sich einfach langweilen. Stattdessen durfte er bei Klaus übernachten, und das war für Julius ein viel größerer Spaß. Natürlich würde es auch für uns entspannter sein, so mit Tess und Philip im Schlepptau, außerdem hatten wir noch einen speziellen Grund, warum wir Julius lieber nicht dabeihaben wollten.

Die Hochzeit wirkte ein wenig wie ein Remake. Wie beim ersten Mal war es Oktober und das Wetter ein Traum. Nein, es war eigentlich noch ein wenig schöner, noch wärmer, noch sonniger. Wieder war die Umgebung malerisch, und wieder sahen Braut und Bräutigam zum Niederknien aus, wenn auch um vierzehn Lebensjahre, eine Ehe und eine Scheidung weiser.

In das kleine, als Kapelle getarnte Standesamt passten bei Weitem nicht alle Gäste hinein. Finn und ich mussten uns um unsere Plätze natürlich keine Sorgen machen, denn als Trauzeugen saßen wir diesmal ganz vorn beim Brautpaar. Eigentlich hatten wir nicht viel zu tun. Unterschreiben eben. Aber trotzdem war es etwas Besonderes. Sie hatten uns ausgewählt, ihre Verbindung zu bezeugen. Ich sah kaum, wo die Unterschrift hinsollte, weil ich so unendlich gerührt war, als sich David und Maria zum zweiten Mal in ihrem Leben das Jawort gaben. Zum ersten Mal überhaupt verstand ich den Sinn einer Heirat, das tiefe Versprechen. Wie viel Liebe und Verbundenheit gehörten dazu, diesen Schritt noch einmal zu gehen, allem, was gewesen war, zum Trotz. Zum Glück ließen sich die frisch Vermählten von mir anstecken und weinten ein bisschen mit, was zu einer allgemeinen Heulerei unter den weiblichen Gästen führte, die sich wenig später alle im Waschraum trafen, um ihr Make-up wieder festtauglich zu machen.

Tess war natürlich nicht darunter, sie hatte nicht geweint. Warum auch? Sie kannte David nicht besonders gut und Maria schon gar nicht, denn die war ja schon weg gewesen, als Tess auf der Bildfläche erschien. Tess begleitete Finn. Das war alles.

Wieder einmal sah sie so umwerfend aus, dass sich sämtliche Gäste nach ihr umdrehten. Sie trug ihr Haar offen, was allein schon ein Blickfang war: große, schwarze Naturlocken, die ihr über die Schultern fielen. Und ihre Traumfigur steckte in einem königsblauen, engen Kleid, knöchellang, aber an der Seite geschlitzt bis zum Oberschenkel.

Ich selbst konnte da nicht mithalten, dafür schmückte ich mich mit einem jungen, gut aussehenden Mann an meiner Seite, das half ein wenig. Philip machte im Gegensatz zu Tess einen lockeren Eindruck und fühlte sich sichtlich wohl. Als Agent kannte er bereits ein paar der Gäste, und er freute sich, als er Maria kennenlernen durfte, die er schon lange als Sängerin bewunderte.

»Netter Junge«, wisperte mir David ins Ohr, als Philip sich gerade angeregt mit Maria unterhielt. Junge! Mir war schon klar, was mir David sagen wollte.

»Eigentlich eine jüngere und blondere Version von Finn, meinst du nicht?«, fügte er beiläufig hinzu.

»Ist mir noch nie aufgefallen, aber wenn du es sagst«, erwiderte ich, entschlossen, mich nicht auf seine Neckereien einzulassen. David lachte.

»Nein, wirklich, ich mag ihn, und ich freu mich für dich.« Er küsste mich auf die Wange.

Das Original kam mit seiner schönen Freundin im Arm daher. Tess gratulierte dem Brautpaar, wurde Philip vorgestellt und machte artig Konversation.

»Elsa!«, wandte sie sich schließlich an mich. »Mensch, du warst ja sensationell in dieser neuen Serie.«

Feierabend – auch diesmal war, wie befürchtet, aus dem Arbeitstitel der Sendetitel geworden – war ein paar Tage zuvor angelaufen. Mit hohen Einschaltquoten und guten Kritiken. Finn hatte mich, genau wie viele andere Freunde und sogar meine Eltern, gleich danach angerufen und mir gratuliert.

»Danke!«, sagte ich erfreut. Ich hatte nicht gedacht, dass Tess sich so etwas anschaute, aber wahrscheinlich musste sie, weil Finn es sehen wollte. Sie lächelte zurück, der Gesprächsstoff erschöpfte sich bereits.

»Finn sagte mir, dass es eine zweite Staffel geben wird«, sagte sie, so als würde sie das tatsächlich interessieren.

»Ja, nächste Woche gehen die Dreharbeiten los. Wir freuen uns alle sehr darüber«, antwortete ich, als würde ich vor einer Reporterin auswendig gelernte Statements abgeben.

»Schön!«, sagte sie. Wieder dieses gegenseitige Pausenübertönungslächeln. Finn kam zu Hilfe.

»Na, geht's wieder? Ich dachte schon, wir müssten dich wegen Dehydrierung ins Krankenhaus einliefern lassen.«

»Blödmann!«

Er erntete meinen gefürchteten Fausthieb gegen den Oberarm und lachte. David sagte mit gespielter Entrüstung: »Würdet ihr euch als unsere Trauzeugen bitte ein wenig erwachsener benehmen? Das fällt alles auf uns zurück.«

Tess gab ihr Bestes, mit uns zu lachen, aber es war eindeutig nicht ihr Humor. Sie wirkte jedoch gleich wieder versöhnt, als Finn seinen Arm um ihre Hüfte legte und sie an sich zog.

Ich schnappte mir Philip und suchte unsere Plätze an den Tischen, die für das Essen vorbereitet waren. Wir saßen natürlich in der Nähe des Brautpaars, also waren Finn und Tess am selben Tisch, nur auf der anderen Seite.

Nach der Vorspeise klopfte David mit dem Messer an sein Glas und erhob sich. Alles wurde still.

»Ich bin sehr froh, dass unsere Trauzeugen sich bereit erklärt haben, eine kleine Rede für uns zu halten.«

Alle drehten sich nach Finn und mir um und ergötzten sich an unseren entsetzten Gesichtern.

»Kleiner Scherz!«, sagte David lachend. »Natürlich haben sie keine Rede vorbereitet.«

Allgemeines Gelächter, doch bevor David fortfahren konnte, erhob sich Finn und sagte laut: »Wir haben keine vorbereitet, aber wir könnten schon eine halten, nicht wahr, Elsa?«

David und Maria waren verblüfft, Philip hatte ein erstauntes Schmunzeln im Gesicht, und das von Tess war völlig versteinert. Sie wollte überall sein, nur nicht hier.

»Klar, können wir«, sagte ich tapfer, wenn auch mit Herzklopfen, nahm rasch einen kräftigen Schluck aus meinem Wasserglas und stand ebenfalls auf. Tosender Applaus. Finn kam auf mich zu und zog mich an der Hand nach vorn, dorthin, wo die Bühne für die Musiker aufgebaut war und wo uns alle sehen konnten.

»Gibt's hier ein Mikrofon, oder müssen wir schreien?«, fragte er. Natürlich gab es eins, denn Maria würde später noch singen. Finn reichte es mir und setzte sich selbst ans Klavier.

»Lieber David, liebe Maria«, sagte ich, während mein Herzklopfen stärker wurde.

»Wenn ihr euch nachher beschweren wollt, dann bitte bei Finn, denn das war seine Idee.«

Finn grinste und schlug ein paar Töne auf dem Klavier an.

»Er hat vorgeschlagen, an Stelle einer Ansprache ein Lied für euch zu singen«, sagte ich. Begeisterter Applaus.

»Finn hat dabei nur außer Acht gelassen, dass ich nicht singen kann.«

Gelächter.

Finn nahm mir das Mikro aus der Hand und sagte: »Ich hab

Elsa angeboten, dass ich singe, und sie spielt Klavier, aber das wollte sie auch nicht.«

Noch mehr Gelächter. Ich setzte mich zu Finn auf die Klavierbank.

»Dann besser ein schlecht gesungenes Liebeslied«, sagte ich.

»Nur welches?«, fragte Finn. »Vielleicht ...« Er begann zu spielen und sang: »Dein ist mein ganzes Herz.« Ich setzte ein: »Du bist mein Reim auf Schmerz.«

»Eher nicht«, meinte Finn, und ich schüttelte bestätigend den Kopf.

»Dann wäre da zum Beispiel ...« Finn spielte ein paar weitere Akkorde, und wir sangen zusammen zwei Zeilen des Refrains von *Come what may* aus dem Film *Moulin Rouge*. Plötzlich hielt er inne, grinste und verriet: »Ich war mit Elsa damals in dem Film, und sie hat am Ende noch viel mehr geheult als heute bei der Trauung.«

Ich verpasste ihm einen saftigen Stoß in die Rippen.

»Aua, das war nicht abgesprochen«, beschwerte er sich.

»Deine Bemerkung über meine Heulerei auch nicht.«

Und dieses kleine On-stage-Gefecht ebenfalls nicht, aber das Publikum amüsierte sich.

»Jedenfalls ist das auch nicht das Richtige«, schloss Finn und rückte ein wenig von mir ab, bevor er den nächsten Song anspielte: »I can't help falling in love with you.« Ich legte eine verblüffende Imitation von Elvis Presley hin. Finn grinste, wechselte in einem vollkommen harmonischen Übergang das Lied und sang seinerseits: »Maybe I didn't treat you, quite as good as I should have ...« Dabei bedachte er mich mit einem schmachtenden Blick.

Ich nahm ihm mit gespielter Entrüstung das Mikro weg. »Lassen wir das«, sagte ich, während Finn leise weitersang: »Will you still love me tomorrow.«

»Klappe! Ich sagte, wir lassen dieses Thema.« Ich warf dem

Brautpaar einen entschuldigenden Blick zu, als wären diese kleinen Anspielungen vollkommen unbeabsichtigt dazwischengeraten.

»Sorry«, sagte Finn, wenig zerknirscht, und spielte auf dem Klavier ein paar Takte von *Eternal Flame*.

Als er aufgehört hatte, die letzten Lacher verklungen waren und ich wieder die volle Aufmerksamkeit genoss, stand ich auf, schloss die Augen und fing ohne Begleitung an: »If I should stay, I would only be in your way, so I'll go but I know, I'll think of you every step on the way …«

Ich öffnete meine Augen wieder und sah zu Finn hinab, weil jetzt das Klavier einsetzen sollte, doch er schüttelte den Kopf und nahm das Mikro.

»Ganz falscher Text«, sagte er, und murmelte: »Außerdem kriegst du die hohen Töne nicht.«

Ich riss das Mikro wieder an mich.

»Stimmt«, gab ich zu und setzte mich zu ihm auf die Bank.

»Ihr seht, es ist nicht leicht, ein passendes Lied zu finden. Entweder ich kriege die Töne nicht, oder der Text passt nicht …«

»Oder es trieft vor Kitsch«, fügte Finn hinzu, der meine Ausführungen mit scheinbar zufälligen Läufen begleitet hatte.

»Aber es gibt da ein Lied …«, sagte ich dann. Finn beendete sein Spiel, und ich fuhr fort: »Eigentlich passt es nicht zu einer Hochzeit– jedenfalls nicht zu jeder Hochzeit –, aber es passt auf jeden Fall zu zwei Menschen, die ihre Trennung überwunden haben. Und deshalb: für Euch beide.«

Ich rückte so nah an Finn heran, dass ich ihn spüren konnte. Das brauchte ich zur Beruhigung, denn jetzt war der Spaß zu Ende, und ich musste zwei Dinge gleichzeitig tun, die ich nicht besonders gut konnte: singen und meine Tränen unter Kontrolle halten.

Finn fing an zu spielen, und ich sang.

Es war die langsame Version eines alten Abba-Songs, von dem man wusste, dass er entstanden war, als sich zwei der vier Mitglieder gerade privat trennten. Ich hatte vehement mit Finn darüber diskutiert, ob es ausgerechnet dieses traurige Lied sein sollte. Es beschrieb zwei Menschen, deren gemeinsame Zeit vorüber war und die nun auf unterschiedlichen Wegen durchs Leben gehen würden. Ohne dass einer dem anderen die Schuld gab, ohne Groll. Es war einfach so, auch wenn sie all das Schöne, das sie sich gegenseitig gegeben hatten, noch einmal würdigten.

»Wie kann man das auf einer Hochzeit singen?«, hatte ich verständnislos geäußert. »David und Maria gehen nicht auseinander, sie haben sich entschlossen, wieder zusammen zu sein.«

»Aber genau das ist doch der Punkt in dem Lied«, hatte Finn erwidert. »In den letzten Zeilen geht es genau darum: Wenn man alles hinter sich hat, dann bleibt nur noch eins: die Liebe. Und die kann zwei Menschen auch wieder zusammenbringen, weil nichts anderes zählt.«

Weil nichts anderes zählt …

Ich sang für Maria und David *When all is said and done*.

Ich schaffte es bis zum letzten Ton, bevor meine Augen doch noch feucht wurden. Ich bemerkte kaum, dass alle Leute im Saal aufgestanden waren und wie verrückt klatschten, denn Finn legte spontan den Arm um mich und gab mir einen Kuss, mitten auf den Mund. Plötzlich standen David und Maria vor uns, beide mit völlig verheulten Gesichtern, und umarmten uns.

»Wusste ich doch, dass es eine gute Idee war, euch als Trauzeugen zu nehmen«, sagte David und umarmte uns beide noch einmal gleichzeitig.

»Du hast so wunderschön gesungen, Elsa«, heulte Maria. »Woher kannst du das nur?«

»Kann ich gar nicht«, behauptete ich. »Ich hab nur geübt. Täglich 25 Stunden ungefähr.«

Unsere Überraschung war geglückt. Ich hatte wochenlang versucht, Finn seine Idee auszureden, aber er hatte argumentiert, das sei mal was anderes und schöner als das übliche Gequatsche. Ich als Schauspielerin könne so etwas doch wohl bewältigen – und das bisschen Singen ...

Möglicherweise war es der Appell an meine Berufsehre gewesen, vielleicht aber auch die Aussicht darauf, mit Finn oft, sehr oft zu proben, was mich dazu gebracht hatte einzuwilligen. Wir trafen uns heimlich, nicht einmal Tess oder Philip wussten davon. Julius war in dieser Zeit häufig bei Klaus oder Lene zu Besuch, was ihm sehr lieb war.

Als ich mich wieder auf meinen Platz setzte, strahlte Philip mich an.

»Das war unglaublich. Das eröffnet uns ja völlig neue Perspektiven, was deine Vermittlung angeht.«

»Wie bitte?«, fragte ich lachend.

»Na hör mal, du kannst singen, das hättest du uns eher sagen sollen.«

»Die meisten Schauspieler können auch singen, Philip«, erwiderte ich. »Zumindest sollten sie es ein bisschen können, und mehr als ein bisschen ist es bei mir schließlich auch nicht.«

»Ich fand es wunderschön«, sagte er lächelnd und gab mir einen Kuss aufs Ohrläppchen.

Ich bemerkte, dass Tess Finn sehr viel weniger enthusiastisch empfing und dass sie ihm auch während des Essens die kalte Schulter zeigte. Natürlich, Finn hatte mich geküsst. Vor allen Leuten. Auf den Mund. Na und?

Himmel, was wollte sie denn noch? Sie hatte ihn doch schon in ihrem Netz, sie hatte ihn so eng an sich gebunden wie keine andere Frau vor ihr. Wann begriff sie endlich, dass ich keine Konkurrenz war? Philip hatte damit doch auch kein Problem. Jedenfalls würde auf dieser Hochzeit kein Tanz mit Finn für mich drin sein.

Nach dem Essen ging ich mit Philip an die frische Luft, so wie die meisten der Gäste. Wir mischten uns unter die Leute und gingen Finn und Tess tunlichst aus dem Weg. Wenn ich ab und zu einen Blick auf sie erhaschte, kam es mir so vor, als wollte Finn seinen Fauxpas dadurch wettmachen, dass er Tess ständig berührte. Er erinnerte mich an Anna, die sich permanent an ihn geklammert hatte, oder auch Karina, bei der mir das gleiche Verhalten aufgefallen war. Nur brachte Tess ihn dazu, sich an sie zu klammern. Ich hätte kotzen können. Eine Zeit lang hatte ich Tess fast schon gemocht, ich hatte Mitleid mit ihr gehabt, aber inzwischen hatte sich mein Bild wieder gründlich gewandelt.

Ich versuchte, mich auf Philip zu konzentrieren und auf den schönen Tag. Ich unterhielt mich mit vielen Leuten, die mir alle sagten, wie sehr sie unser kleines Trauzeugen-Intermezzo genossen hatten. Hoffentlich sagten sie dasselbe zu Finn, während Tess danebenstand.

»Lass uns ein bisschen spazieren gehen«, sagte ich zu Philip, der bereitwillig wie immer mitkam.

»Hast du was?«, fragte er.

»Nein, was denn?«, fragte ich überrascht zurück. Hatte er mir etwas angemerkt?

»Du magst Tess nicht, oder?«, fragte er. Wie viel hatte er noch mit Finn gemeinsam? Sensibel und direkt.

»Wie kommst du darauf?«, fragte ich zurück.

»Du meidest deinen besten Freund, mit dem du kurz zuvor noch sehr harmonisch ein Ständchen gesungen hast, da ist das doch naheliegend.«

»Ständchen?«, wiederholte ich lachend, um abzulenken.

»Ich mag sie übrigens auch nicht«, sagte Philip.

»Gut zu wissen«, sagte ich. »Und ich meide Finn nicht, weil ich Tess nicht mag, sondern weil sie eifersüchtig ist und ich ihm keinen Ärger machen möchte.«

»Wie bitte?« Philip verzog verständnislos das Gesicht. »Das ist doch *ihr* Problem. Und seins. Lass dich doch nicht so manipulieren. Das Leben ist zu kurz, um sich von anderen vorschreiben zu lassen, wie man sich zu verhalten hat.«

Auch das hätte von Finn sein können. Früher. Aber inzwischen ließ er sich selbst so einiges vorschreiben. Doch Philip hatte recht. Immer wenn Tess wollte, dass ich das Feld räumte, dann räumte ich es, obwohl es keinen Grund dafür gab.

Aber ich tat es für Finn.

Ich drehte mich im Kreis, aber es war alles zu kompliziert, um es Philip zu erklären.

Wir gingen zurück und kamen gerade rechtzeitig, um das erste Lied der Band zu hören. Es wurde allmählich dunkel, und der Saal war dezent beleuchtet.

Maria hatte sich umgezogen und trug jetzt ein schulterfreies, schwarzes Abendkleid. Sie tanzte mit David durch den Saal. Nach einer angemessenen Wartefrist gesellten sich die anderen Gäste dazu. Finn tanzte mit Tess. Ich tanzte mit Philip.

Dann betrat Maria die Bühne. Zu blöd, jetzt würden gleich alle erfahren, wie sich eine richtige Sängerin anhörte.

Sie lächelte und sagte, sie wolle sich noch einmal bei Finn und mir bedanken, denn wir hätten ihr und David das allerschönste Geschenk gemacht, das sie sich vorstellen konnten.

Finn stand ein paar Meter von mir entfernt, und unsere Blicke trafen sich kurz.

»Aber«, sagte Maria, »es gibt ein Lied, das die beiden in ihrer Aufzählung vergessen haben. Eins der schönsten Liebeslieder überhaupt, und als Dank möchte ich es speziell für Finn und Elsa singen.«

Schon bei den ersten Tönen des Klaviers wusste ich, welches Lied sie meinte. Wusste Maria, welche Bedeutung es für Finn und mich hatte, oder war es reiner Zufall? Sie sang *The Rose*.

In meinem Inneren hörte ich Frau Obermosers Stimme ›Der spuilt scho den ganzen Ownd Trumbet‹, und ich musste unwillkürlich lachen. Und zwei Jahre später, mitten in der Nacht, hatte Finn es für mich über den Dächern von München noch einmal gespielt. Ich sah zu ihm hin. Er sah zu mir und grinste. So lange war das her, doch Maria ließ die Vergangenheit für uns noch einmal aufleben.

Frenetischer Beifall folgte, als der letzte Ton verklang. Maria ging auf Finn zu und forderte ihn zum Tanz auf, und David stand plötzlich neben mir, um mich auf die Tanzfläche zu ziehen.

»Der obligatorische Tanz mit den Trauzeugen«, erklärte er.

»Ach! Dann lass uns das schnell hinter uns bringen«, sagte ich.

Er lachte und wirbelte mich herum wie eine Puppe, zumindest kam es mir so vor. Finn und Maria gaben da ein etwas harmonischeres Bild ab.

»Finn kann Philip nicht besonders gut leiden, was?«, sagte David, während er sich bemühte, mich etwas mehr wie eine Tanzpartnerin zu behandeln.

»Was? Wie kommst du darauf?«

»Ich dachte nur. Man sieht euch vier nicht gerade häufig zusammen.«

»Und das liegt an Philip?«

»Ich hab nur eine Vermutung geäußert, mehr nicht«, beschwichtigte mich David.

»So ein Quatsch, wieso sollte Finn Philip nicht mögen?«

»Weil er sein zehn Jahre jüngeres Spiegelbild ist, und weil er mit dir zusammen ist«, antwortete David als wäre das eine offenkundige Tatsache.

»David«, sagte ich und atmete tief durch, »wann wirst du endlich mit dem Unsinn aufhören?«

David sah mich lange an und sagte: »Du hast recht. Tut mir leid.«

Wir tanzten noch eine Weile zusammen, dann kam Philip, und David widmete sich wieder seiner Frau.

Als die Band Pause machte, setzte ich mich, während Philip uns etwas zu trinken besorgte.

»Na, tanzt du wieder nur mit dem bestaussehenden Mann im Saal?«

Finn setzte sich mit einem Glas Sekt zu mir.

»Wo ist dein Schatten?«, rutschte es mir heraus. Finn lachte und sagte, Tess unterhalte sich gerade angeregt mit Davids Bruder.

Philip kam zurück, stellte ein Glas Wein vor mich hin und entschuldigte sich gleich wieder, weil er einen alten Bekannten getroffen habe. Taktgefühl musste ich also auch noch auf seine Liste mit positiven Eigenschaften schreiben.

»Meintest du ihn mit dem bestaussehenden Mann?«, fragte ich Finn.

»Hast du noch mit einem anderen getanzt? Außer mit David?«, fragte er zurück.

»Bis jetzt hat mich noch keiner gefragt«, sagte ich provokant.

»Was sind das nur alles für Luschen hier«, sagte er kopfschüttelnd.

»Ich nehme an, die haben alle Angst, was ihre Frauen denken könnten.«

»Sag ich ja: Luschen.«

Die Band nahm ihre Plätze wieder ein. Finn streckte grinsend die Hand aus.

»Darf ich bitten?«

»Du traust dich was«, sagte ich und nahm seine Hand.

Von irgendwo her traf uns der Blick von Tess, aber es war mir egal. Es war das erste Mal seit langer Zeit, dass Finn und ich uns wieder so nah waren. Sie spielten ein langsames Lied. Ich hatte noch mehr Herzklopfen als vor unserem Auftritt. Finn hatte unrecht gehabt: Jetzt erst tanzte ich mit dem Besten.

2008

Als ich um Mitternacht mit Philip auf der Dachterrasse das Feuerwerk über München ansah und auf das neue Jahr anstieß, dachte ich daran, was sich in den letzten Jahren alles so verändert hatte. So vieles. Große, einschneidende Veränderungen, einige davon sehr schmerzhaft: Eddas Tod, Finns Auszug aus der Wohnung. Natürlich gab es auch Positives: meine Beziehung mit Philip etwa oder meine Beteiligung an *Feierabend*, die mir ein neues Angebot nach dem anderen einbrachte. Und natürlich Maria und David.

Ich sah in den erleuchteten Himmel und fragte mich, was das kommende Jahr bringen würde. Ich hatte noch keine Ahnung, dass genau ein Jahr später fast nichts mehr so sein würde, wie es war.

»Gutes neues Jahr!«, flüsterte mir Philip ins Ohr wie ein Geheimnis, dann blieb er mit seinem Mund gleich an Ort und Stelle und arbeitete sich küssend meinen Hals hinunter.

»Spielt ihr Vampir?«, fragte Julius, der in der Tür auftauchte.

»Julius, bleib drinnen, du bist doch erkältet.«

Ich schob Philip beiseite und brachte meinen Sohn wieder ins Warme. Die Romantik war erst mal dahin.

»Papa hat mich angesteckt, der ist auch erkältet«, erklärte mir Julius.

»Ich weiß«, sagte ich.

Finn war über Weihnachten krank geworden, und weil er trotzdem zumindest einen Tag mit Julius verbringen wollte, hatte er ihn dabei eben angesteckt. So viel wusste ich, aber das war so ziemlich alles.

Unser Tanz bei der Hochzeit – aus dem mehrere geworden waren –, hatte sich bitter gerächt. Tess beanspruchte Finn seitdem voll und ganz für sich. Zeit für Julius war in Ordnung, Zeit für Julius' Mutter nicht.

»Übrigens: Gutes neues Jahr, mein Schatz«, sagte ich und gab Julius einen Kuss.

»Auch Gutes neues Jahr«, sagte Julius und nieste.

»Gesundheit! Und ab ins Bett.«

Julius maulte nur ein bisschen.

»Kommt Papa morgen?«, fragte er noch.

»Weiß ich nicht«, sagte ich wahrheitsgemäß. »Vielleicht ist er noch krank.«

Ich war mir nicht sicher, ob es überhaupt noch möglich war, irgendwelche Feiertage mit Finn und Julius gemeinsam zu verbringen.

Zu meiner Überraschung kam er doch, und das, obwohl er noch ziemlich mitgenommen aussah.

»Wird eure Dusche gerade repariert?«, fragte ich mit Blick auf seine fettigen Haare.

»Witzig«, sagte er mit heiserer Stimme.

»Also hör mal, dir geht's ja wirklich noch nicht so besonders. Solltest du nicht im Bett liegen?«

»Nein, sollte ich nicht. Geht schon.« Hustend verteilte er großzügig seine Viren in der ganzen Wohnung.

»Mach mal den Computer an«, kommandierte er und kontaminierte das Keyboard auch schon mit seinen Fingern, weil er nicht warten konnte.

Er gab etwas in die Adresszeile ein, drückte Enter und grinste mich an.

»Ich hab jetzt eine Webseite«, sagte er stolz.

»Wow! Toll!«, sagte ich und setzte mich ungeachtet der Ansteckungsgefahr neben ihn.

Auf der ersten Seite war ein atemberaubendes Foto von Finn, das ihm allein schon Massen von Kundinnen sichern würde.

»Man sollte dich jetzt mal fotografieren«, sagte ich und fasste angewidert in seine Strähnen.

»Sieht doch gut aus, oder?«, fragte er.

»Was, du oder die Seite?«

»Die Seite natürlich«, sagte er. »Hat ein neuer Kollege an der Akademie gemacht. Web-Designer. Der meinte, man braucht eine Webpräsenz heutzutage.«

»Aber du doch nicht«, widersprach ich. »Du bist doch auch so bekannt genug. Du hast doch dein Kundennetzwerk als Illustrator.«

»Das hat damit nichts zu tun«, belehrte mich Finn. »Außerdem macht es Spaß.«

Offensichtlich, denn trotz der tiefen Schatten unter den Augen und der triefenden Nase strahlte er übers ganze Gesicht.

»Ich mach dir mal einen Tee«, sagte ich.

»Danke«, krächzte er.

Julius kam zur Tür herein und stürzte sich jubelnd auf seinen Vater. Sollte er ruhig, er hatte sich sowieso schon angesteckt.

»Und Tess hat dir heute Ausgang gewährt?«, fragte ich später, als Julius wieder an seinen neuesten komplizierten Legoteilen herumbaute.

»Wahrscheinlich hat sie gedacht, dass ich heute so scheiße aussehe, dass du bestimmt nicht über mich herfallen wirst«, antwortete Finn unverblümt.

»Da hat sie ausnahmsweise mal recht«, grinste ich, aber ich war schon etwas verwundert, dass Finn aus der Eifersucht seiner Freundin gar keinen Hehl mehr machte.

»Aber ich muss trotzdem los«, sagte Finn und trank seinen Tee aus.

»Pass auf dich auf, okay?«, sagte ich und umarmte ihn zum Abschied. »Und komm mal wieder vorbei. Kannst dir ja vorher die Haare ein paar Tage lang nicht waschen, dann lässt sie dich.«

»Mach ich«, sagte Finn und gab mir einen Kuss auf den Kopf.

Zwei Tage später lag ich mit einer Erkältung im Bett.

David und Maria hatten nach ihrer Hochzeit eine vierwöchige Kreuzfahrt gemacht, und seitdem hatten wir uns noch nicht wieder gesehen, weil jeder von uns mit irgendetwas beschäftigt war, Maria mit Proben für eine neue Konzertreihe, David mit Synchronbüchern und Aufnahmen, ich mit den Dreharbeiten zu *Feierabend*, die sich in der zweiten Staffel für mich etwas ausgeweitet hatten, weil die Figur, die ich spielte, so gut beim Publikum ankam.

Wir telefonierten ab und zu, aber das ersetzte kein ausgiebiges Treffen bei Fredo.

Schließlich beschlossen Maria und ich, uns wenigstens zu zweit zu treffen, da sich kein Termin für alle finden ließ.

Fredo überschlug sich und gab uns den besten Tisch, was er natürlich bei jedem Gast behauptete, aber eigentlich gab es auch gar keine schlechten Tische in seinem Lokal.

Maria sah glänzend aus, jünger und strahlender denn je. Ganz offensichtlich war es die richtige Entscheidung gewesen, David noch einmal zu heiraten.

Maria zeigte mir Fotos von der Kreuzfahrt, die einfach traumhaft waren. Nach außen hin hatte ich so etwas immer als spießig und langweilig abgetan, etwas für Greise und Fans des *Traumschiffs*, aber heimlich beneidete ich die beiden.

»Stell dir vor, eines Abends wäre fast die Showeinlage ausgefallen, weil der Sänger eine Magenverstimmung hatte«, erzählte Maria aufgeregt. »Der war so grün im Gesicht, dass er aussah wie Shrek.«

Ich lachte.

»Jedenfalls haben sie mich gefragt, ob ich vielleicht so nett wäre, einzuspringen, gegen Gage natürlich, und später wollten sie mich vom Fleck weg für nächstes Jahr engagieren.«

»Ist ja toll! Machst du das?«, fragte ich begeistert. Auf dem Meer herumschippern, die Welt sehen, abends ein bisschen singen und dafür noch bezahlt werden, stellte ich mir nicht schlecht vor.

»Vielleicht«, lächelte Maria vielsagend. »Kommt drauf an.«

»Auf was?«

»Auf alles Mögliche. Ob ich Lust hab, ob ich Zeit hab, ob ich wieder einmal Abstand von David brauche ...«

Sie lachte, als sie mein entsetztes Gesicht sah.

»Keine Angst, noch mal lass ich ihn nicht wieder los.«

Dann wurde sie ernst.

»Ich mach mir aber auch nichts mehr vor, Elsa. David wird immer bleiben, wie er ist. Ich hab nur beschlossen, dass ich das lieber in Kauf nehme, als noch mal ohne ihn zu leben. Ich hab mir selbst in die Tasche gelogen, als ich dachte, dass ich das könnte.«

Ich wartete darauf, dass Maria nun wieder von Finn und mir anfangen würde. Sicher war sie noch immer der gleichen Ansicht wie vor acht Jahren, aber sie sagte nichts.

»Sag mal«, begann ich vorsichtig, »wie bist du eigentlich damals bei der Hochzeit auf *The Rose* gekommen?«

Maria runzelte verwirrt die Stirn.

»Wieso? Weil es ein schönes Lied ist, deshalb. Und weil ich es gern singe, ehrlich gesagt«, fügte sie schmunzelnd hinzu.

»Klar, ich dachte nur, weil es zufällig mein Lieblingslied ist. Und auch das von Finn.«

Maria zog erstaunt die Augenbrauen hoch.

»Echt? Das wusste ich nicht.« Sie lachte auf. Wenn das nur gespielt war, machte sie es gut.

Ich beschloss, ihr zu glauben, und erzählte die Geschichte von damals, von dem Saxofon und Frau Obermoser.

»So habt ihr euch also kennengelernt? Du und Finn?«, fragte sie.

»Ähm, nein, eigentlich hatten wir uns vorher schon einmal ›kennengelernt‹.« Ich begleitete meine Aussage mit zwei in die Luft gemalten Anführungszeichen und lachte laut auf, als ich daran dachte. Maria lachte mit, ohne zu wissen, was ich meinte.

»Erzähl!«, sagte sie.

»Das kann man eigentlich nicht erzählen«, sagte ich und musste noch mehr lachen.

Doch es war fast achtzehn Jahre her, und es war Maria, die mir gegenübersaß, also erzählte ich die ganze Geschichte unserer ersten Begegnung inklusive der Begebenheit am Briefkasten, als Finn bemerkte, Kevin habe ihm geraten, sich zu entschuldigen.

Maria lachte Tränen.

»Kennt David die Geschichte?«, fragte sie und wischte sich dabei die Augen mit einem Taschentuch ab.

»Nein, niemand«, sagte ich. »Und erzähl es bloß keinem. Vor allem nicht Finn. Obwohl … dem hat es ja damals schon nichts ausgemacht.«

Wir lachten wieder.

»Schade, dass er sich in letzter Zeit so verändert hat«, sagte Maria.

»Hat er doch gar nicht«, behauptete ich.

»Nein? Findest du nicht?«

Ich dachte nach. Hatte Finn sich verändert? Für mich nicht. Für mich war er immer noch der Finn, der damals nackt vor meiner Wohnung gestanden hatte, der mich in der alten Villa herumgeführt und mir seine Bilder gezeigt hatte, der mir beim Kotzen den Kopf gehalten und mir auf der Dachterrasse auf dem Saxofon *The Rose* vorgespielt hatte. Ich war sicher, er würde sich auch heute noch ohne Rücksicht auf sich selbst zwischen ein wehrloses Opfer und eine Horde Nazis werfen, und er würde einem ihrer Anwälte eins in die Fresse geben, wenn er ihn in der Wohnung seiner Freundin vorfinden würde. Und er würde noch vom Nordpol zu mir kommen, wenn ich ihn brauchte. Er hatte sich nicht verändert. Alles um uns herum hatte sich verändert, wir waren die, die wir immer waren.

»Findest du nicht«, fragte Maria, die mich beobachtet hatte, sanft, »dass Tess ihm alles Spontane genommen hat? Er ist ja nicht einmal mehr in der Lage, sich mit seinen alten Freunden zu treffen.«

»Ja«, sagte ich, »das finde ich auch. Aber so war er immer schon in Beziehungen. Er stellt das, was er selbst will, zurück.«

»So funktionieren Beziehungen aber nicht«, sagte Maria.

Ich zuckte mit den Achseln.

»Und mit Liebe hat das auch nichts zu tun«, fügte sie hinzu.

»Sind wir jetzt wieder an dem Punkt, an dem du mir sagen willst, dass Finn eigentlich zu mir gehört?«, fragte ich resigniert.

Maria sah mich ernst an.

»Nein, wir sind an dem Punkt, an dem ich dich daran erinnere, dass du als Finns beste Freundin ihm ins Gewissen reden solltest, wenn sein Leben in eine Richtung führt, die ihm nicht guttut.«

»Was soll ich denn machen?«, fragte ich.

»Sei einfach ehrlich zu ihm, und tu nicht so, als ginge dich alles nichts an.«

Maria meinte es gut, und sie hatte recht, es war nur nicht ganz so einfach, wie sie es sich vorstellte. Die Wahrheit war, dass ich Angst hatte.

Eine Woche nach dem Treffen mit Maria gab es einen Trauerfall in unserem Haus. Der Mann von Frau Obermoser starb an einem Schlaganfall. Mir wurde bewusst, dass ich, seit ich dort eingezogen war, fast immer nur sie gesehen hatte. Sie war ständig im Treppenhaus oder unten vor der Tür, oder sie kam plötzlich aus ihrer Wohnung geschossen, wenn man vorbei ging. Sie beschwerte sich, und sie kümmerte sich. Jeder im Haus kannte sie, aber er trat nie in Erscheinung. Sie erwähnte ihn ständig, den Franzl, aber man sah sie kaum zusammen. Und jetzt war er tot.

Ich erfuhr es von einer Nachbarin im ersten Stock und hielt im vierten Stock an, um zu kondolieren. Frau Obermoser machte die Tür auf. Sie trug Schwarz und war aschfahl. Als ich ihr mein Beileid aussprach, brach sie in Tränen aus und bat mich herein. Es war mir unangenehm, aber ich konnte schlecht ablehnen, also betrat ich zum ersten Mal überhaupt ihre Wohnung. Es war, als reiste man in einer Zeitmaschine in die sechziger Jahre. In der Küche stand ein uralter Küchenschrank, passend zu den robusten Stühlen und dem Tisch aus derselben Zeit. Eine Anrichte mit Spitzendeckchen, eine Glasvase mit Plastikblumen, eine alte Spüle und ein Kühlschrank, von dem ich gar nicht wissen wollte, wie viel Strom er fraß. Keine Spülmaschine natürlich, aber ein moderner Herd.

Mein Blick fiel kurz auf das berühmte Bild von Franz Josef Strauß, dann setzte ich mich zu der am Boden zerstörten Frau Obermoser an den Küchentisch.

Sie erzählte mir vom Franzl und was für ein herzensguter Mann er war, davon, was er gerngehabt hatte, von seiner Pfeifensammlung und wie sie beide einmal live im Musikantenstadl im Publikum dabei gewesen waren. Sie zeigte mir Autogramme von Maria Hellwig und von Karl Moik. Ich musste nur nicken, weiter nichts. Sie vergaß, mir etwas anzubieten, und als es ihr nach einer Stunde auffiel und sie mich fragte, ob sie einen Tee machen solle, nutzte ich die Gelegenheit, mich zu entschuldigen. Ich müsse Julius abholen. Ob ich zur Beerdigung käme, fragte sie mich, und ich sagte, das würde ich natürlich tun.

Der Tod dieses mir eigentlich unbekannten Mannes und Frau Obermosers Schmerz hatten mich so mitgenommen, dass ich Finn anrufen musste.

»Herr Obermoser ist gestorben, kommst du mit zur Beerdigung?«, fragte ich, kaum dass er den Anruf angenommen hatte.

»Was? Wer? Elsa?« Verwirrung auf ganzer Linie.

Im Hintergrund hörte ich Tess, bei der natürlich gleich wieder die Alarmglocken schrillten.

»Der Mann von Frau Obermoser ist tot, und sie hat mich gebeten, zur Beerdigung zu kommen«, sagte ich.

»Ach du Scheiße!«, entfuhr es ihm.

»Ich geh hin. Sie tut mir so leid. Kommst du mit?«

Wieder Tess' Stimme im Hintergrund. Konnte sie nicht mal die Schnauze halten? Jemand war gestorben. Finn erklärte ihr genau das. Also, dass jemand gestorben war. Das mit der Schnauze ließ er weg.

»Ich … ähm …«, sagte er ins Telefon. Tess' Stimme verriet ganz klar ihren Unmut.

»Ist es möglich, dass du auch mal eine Entscheidung triffst, ohne ihre Erlaubnis einzuholen?«, blaffte ich ihn an.

Der Arme! Aus dem Telefon heraus schimpfte die eine, im Hintergrund die andere.

»Ja, das ist möglich«, rief er ins Telefon und nach hinten: »Kann ich jetzt mal telefonieren?«

»Also?«, fragte ich versöhnlich.

»Ja, gut, ich komm mit«, sagte er. Offenbar war er in einen anderen Raum gegangen.

»Okay«, sagte ich. »Nächsten Montag um elf am Ostfriedhof.«

»Soll ich dich abholen?«, fragte er. Ich war drauf und dran, etwas Schnippisches zu antworten, doch dann sagte ich nur: »Das wäre nett.«

Ich legte auf und sagte laut und wütend zu meinem Handy: »Blöde Kuh!«

Gemeint war natürlich Tess.

Frau Obermoser war über die Maßen gerührt, dass ›mein Mann‹ auch mitkam.

Die Trauergemeinde war übersichtlich, aber es waren erstaunlich viele Leute aus unserem Haus da. Wahrscheinlich hatten alle einmal bei ihr am Küchentisch sitzen dürfen und waren dann eingeladen worden. Auf den Leichenkaffee verzichteten wir jedoch, weil Finn schon ständig auf die Uhr sah. Er habe noch einen Kurs an der Akademie, meinte er, doch ich vermutete eher, dass Tess ihn am Eingang erwartete.

»Musst du dich dann nicht noch vorher umziehen?«, fragte ich.

»Wieso? Kann man im schwarzen Anzug keinen Kurs abhalten?«

Ich dachte an die Studentinnen, die ihn vor Jahren schon so angehimmelt hatten, und da hatte er nur seine abgewetzten Jeans und ein T-Shirt getragen. Was würde Finn im Anzug erst auslösen?

»Doch, doch. Warum nicht?«, sagte ich grinsend.

»Also dann ... wir sehen uns«, sagte er und gab mir einen flüchtigen Kuss auf die Schläfe.

Ich wollte schon antworten: »Ach ja? Und wann?«, doch ich ließ es bleiben.

Ich ging zu Fuß nach Hause und ließ mir dabei Zeit. Auf der Reichenbachbrücke blieb ich stehen und sah eine Weile die Isar hinunter. Schon wieder eine Veränderung, keine, die mich direkt betraf, aber dennoch. Ich summte die Melodie aus dem alten Lied von Hannes Wader vor mich hin: ... *dass nichts bleibt, dass nichts bleibt, wie es war ...*

Was würde in zehn Jahren sein? Was war *vor* zehn Jahren gewesen? Ach ja, Julius Zeugung. Vor fast genau zehn Jahren: am 2. Mai 1998. Wollten wir nicht immer Jahrestage feiern? Das wäre doch mal einer. Aber wahrscheinlich keiner, den man offiziell begehen sollte. ›Hey, Tess, hast du Lust zu unserer Jahrestagsparty zu kommen? Vor zehn Jahren haben Finn und ich miteinander geschlafen, wenn das kein Grund zum Feiern ist!‹

Ich gluckste bei der Vorstellung. Eine Frau mit zwei Kindern an der Hand warf mir einen seltsamen Blick zu. Oh Gott, ich war gerade mal fünfundvierzig und wurde schon wunderlich. Außerdem fiel mir auf, dass ich fror, der Frühling ließ auf sich warten. Rasch überquerte ich die Brücke und ging über den Gärtnerplatz nach Hause.

Mitte Mai waren die Dreharbeiten schon wieder beendet. Ich hatte Zeit und besuchte mit Julius in den Pfingstferien meine Eltern, die sich darüber wirklich freuten. Auch sie waren nicht mehr die Jüngsten. Das Herumreisen hatte nachgelassen, und das Interesse an ihren Kindern und Enkelkindern war gestiegen. Es waren ein paar nette, erholsame Tage.

Ich traf mich auch wieder einmal mit meiner alten Freundin Silke, die inzwischen einen Sohn in Julius' Alter hatte und zum zweiten Mal verheiratet war. Vor zehn Jahren hatten wir uns das letzte Mal gesehen, aber es war, als wäre keine Zeit vergangen, davon abgesehen, dass unsere beiden Sprösslinge um uns herumliefen und Blödsinn machten.

»Wie machst du das eigentlich, dass du immer noch aussiehst wie Ende zwanzig?«, fragte Silke, die noch nie ein Problem damit gehabt hatte, einer anderen Frau ein Kompliment zu machen.

»Tu ich doch gar nicht«, widersprach ich geschmeichelt.

»Also gut, wie Anfang dreißig«, schränkte Silke ein. »Hat das was mit deinem Job zu tun, oder womit?«

»Vielleicht mit meinem Freund«, schmunzelte ich und erzählte, dass Philip mehr als neun Jahre jünger war als ich.

»Das ist doch heute kein Thema mehr«, meinte Silke ganz locker. »Wenn man sich liebt ...«

Ich wandte unwillkürlich das Gesicht ab. Von Liebe war nun nicht direkt die Rede zwischen Philip und mir.

» ... oder wenn man Spaß hat«, erweiterte Silke taktvoll ihren Satz, »dann ist das doch okay.« Wir lachten beide.

»Und Julius' Vater?«, fragte Silke vorsichtig.

»Mit dem versteh ich mich gut«, sagte ich. »Wir haben ja lange zusammengelebt, also, als Freunde.«

»Schön«, sagte Silke lächelnd.

Beim Abschied versprachen wir uns gegenseitig, uns spätestens in zehn Jahren wieder zu kontaktieren, damit unsere Freundschaft nicht einschlief. Schade, dass Silke nicht in München wohnte.

Auch meine Eltern waren traurig, als wir wieder fuhren.

»Das war aber nicht lange«, jammerte meine Mutter und wollte mich gar nicht mehr aus ihrer Umarmung entlassen. Dieselbe Behandlung musste Julius über sich ergehen lassen. Ich lud meine Eltern nach München ein, schließlich gab es in der Villa bei Hannah jede Menge Platz.

Als ich nach Hause kam, waren auf meinem Anrufbeantworter zwei Nachrichten von Finn. Wieso rief er mich nicht auf dem Handy an?

»Hallo, Elsa, ich müsste mal mit dir sprechen. Ruf mich bitte zurück, wenn ihr wieder da seid.«

Ich kannte diesen Ton, und er verhieß nichts Gutes. Was wollte er mir diesmal gestehen oder mitteilen?

Dann kam die zweite Nachricht.

»Und bevor du jetzt anfängst zu grübeln: nichts, weswegen du dir Sorgen machen müsstest. Bis dann.«

Ich atmete erleichtert auf. Er kannte mich eben.

Am nächsten Tag rief mich Hannah an. Ob es okay sei, wenn ihr Freund zu ihr in die Villa ziehen würde. Er sei auch ein ganz anständiger, netter Mensch und ich könne ihn mir gern vorher ansehen.

Ich war davon überzeugt, dass Hannahs Freund nett war, darum sagte ich ihr sofort, dass es selbstverständlich in Ordnung sei, aber ich würde mich auf jeden Fall freuen, ihn kennenzulernen und käme gerne wieder einmal auf einen Kaffee vorbei.

Ich kombinierte diesen Kaffee mit der Verabredung mit Finn, der vorher Julius zu seiner Mutter bringen und mich hinterher in Bogenhausen abholen sollte.

Hannahs Freund war tatsächlich sehr nett. Ein wenig schüchtern, aber das machte ihn nur umso liebenswerter. Er war außerdem Gärtner und würde sich um den Garten kümmern. Die beiden bewohnten sowieso nur zwei Zimmer des großen Hauses und behandelten den ganzen Rest wie ein Heiligtum.

Kurz vor fünf klingelte Finn und holte mich ab. Sein Auto stand direkt vor der alten Villa, die sich völlig verändert hatte. Der Garten war ein Paradies, und vor der Tür lagen Kinderspielsachen herum. Die Idee, aus dem alten Gebäude einen Privatkindergarten zu machen, war in die Tat umgesetzt worden. Wehmütig sah ich durch den Zaun. Früher hatte es mir besser gefallen. Jetzt hatte es nur noch entfernt Ähnlichkeit mit dem Gebäude, in dem ich Finns Vernissage besucht hatte. Das Haus, das so viele Geschichten erzählt hatte, schöne und tragische, war jetzt schick gemacht für die Kinder reicher Eltern.

»Schade, oder?«, sagte Finn, der wie immer meine Gedanken lesen konnte. Ich nickte.

Dass nichts bleibt, dass nichts bleibt, wie es war …

Und ein neues Auto hatte er auch, stellte ich dann fest. Diesmal eins, das nicht aus dem vorigen Jahrtausend stammte und richtig gut aussah, zumindest fahrtüchtig.

»Du machst dich«, sagte ich. »Seit wann hast du das? Julius hat gar nichts erzählt.«

»Nagelneu«, sagte Finn. »Fehlt nur noch der Wohlfühlkratzer.«

»Der was?«

»Ich fühle mich erst wohl, wenn in einem Auto der erste Kratzer oder die erste Beule drin ist. Bis dahin denke ich nämlich immer: Hoffentlich kriegt das keinen Kratzer. Verstehst du?«

»Klar, völlig logisch«, sagte ich. »Soll ich das schnell mit dem Schlüssel erledigen?«

»Nein, das muss unabsichtlich passieren«, erklärte Finn.

»Verstehe!«, sagte ich. »Und wegen dieser heimlichen Neurose hast du jahrelang nur Schrottautos gefahren.«

»Keine Sorge, mein Therapeut meint, das kann man heilen.«

»Gut!«

Wie hatte ich diese albernen Flachsereien zwischen uns vermisst. Was war passiert?

»Weilt Tess eigentlich gerade auf einem anderen Kontinent, oder warum kannst du dich an einem stinkgewöhnlichen Werktag mit alten Freunden treffen?«

»Wieso?«, fragte er und ließ sich diesmal nicht auf ein scherzhaftes Geplänkel ein. »Ist doch kein Problem.«

Er lenkte den Wagen auf demselben Weg nach Hause wie damals in der Nacht nach der Vernissage. Fast erwartete ich, dass uns ein schwarzer BMW den Weg verstellen und mir eine Blondine den Mittelfinger zeigen würde, aber das passierte nicht.

Wir hatten Glück, dass genau vor unserem Haus ein Parkplatz frei wurde.

»Also«, sagte ich, kaum, dass die Wohnungstür hinter uns ins Schloss gefallen war.

»Worum geht es denn jetzt?«

Finn ging langsam ins Wohnzimmer und sah sich um, als wollte er jeden Winkel in sich aufsaugen.

»Ich muss dir was sagen«, sagte er.

»Ja, deswegen bist du ja hier«, sagte ich unbekümmert, denn er hatte schließlich angekündigt, dass ich mir keine Sorgen machen müsste.

Finn setzte sich aufs Sofa und stützte die Ellbogen auf die Knie.

»Tess geht ab Herbst nach Berlin«, sagte er niedergeschlagen. Ich verstand nicht. Für immer?

»Sie hat eine Professur dort angenommen, und sie hat auch als Künstlerin dort viel bessere Möglichkeiten. Sie hat schon diverse Aufträge aus Berlin absagen müssen, weil sie hier in München wohnt.«

Er fixierte den Boden und sah elend aus.

»Oh Gott, Finn«, sagte ich mitleidig, setzte mich zu ihm und legte meine Hand auf seinen Arm.

Er sah mich an.

»Elsa, ich gehe mit ihr.«

Nein.

Das war alles, was ich noch denken konnte. Nein.

So musste es sich anfühlen, wenn man aus dem obersten Stockwerk eines sehr hohen Gebäudes fiel. Oder wenn man ertrank. Ich wartete darauf, dass mein Leben an mir vorbeiziehen würde, aber das war wohl wirklich nur den allerletzten Sekunden vor dem Tod vorbehalten. Und ich starb ja nicht. Obwohl es sich genauso anfühlte.

»Sagst du bitte etwas?«, sagte er, als ich mich aus meiner Schockstarre nicht lösen konnte. Ich hatte sogar noch die Hand auf seinem Arm.

»Du spinnst doch«, blaffte ich ihn an, bevor ich darüber nachdenken konnte, aber es war mir egal. Ich wollte auch nicht mehr darüber nachdenken und mich beherrschen.

»Elsa ...«, schaltete er auf Beschwichtigung. Er musste wohl im Entferntesten mit einer Reaktion dieser Art gerechnet haben. Aber was gab es da zu beschwichtigen? Was gab es an einer 600-Kilometer-Distanz schönzureden?

»Das kannst du nicht machen. Denkst du eigentlich an Julius?«, schrie ich ihn an. »Denkst du daran, wie oft du ihn noch sehen wirst? Oder willst du ihn alle naselang nach Berlin verfrachten? Soll er ständig in Zügen oder Flugzeugen sitzen, um seinen Vater mal wieder zu sehen? Oder ist dir das egal? Ist es okay für dich, ihn nicht mehr zu sehen, nichts mehr von ihm mitzukriegen. Gar nichts?« Ich stellte all diese Fragen, ohne ihm auch nur eine Sekunde Zeit zu einer Antwort zu lassen.

»Und deine Mutter ist hier. Deine ganze Familie«, schrie ich. »Ist dir das alles egal?«

»Natürlich ist es mir nicht egal«, übertönte er mich endlich im Schreien. »Was denkst du denn von mir?«

Ich achtete nicht auf ihn und machte unverdrossen weiter.

»Klar, Tess lässt nichts zurück, aber von dir verlangt sie es.«

»Wär es dir lieber, wir würden uns trennen?«

»Ja, das wär mir lieber, wenn das die einzige Alternative ist.«

»Du hast sie doch nicht alle. Tess hat ganz recht, du hast einfach was gegen sie.«

»Du schnallst gar nichts, oder?«

Ich ging so dicht auf ihn zu, dass er den Eindruck haben musste, ich würde handgreiflich werden, und zurückwich.

»Sie ist diejenige, die eifersüchtig ist, von Anfang an war sie das. Sie hat dich so manipuliert, dass du ihr aus der Hand frisst und alles, aber auch alles tust, was sie will. Und sie will vor allem eins: dich aus meiner Reichweite bringen. Dich in ihrem Haus zu haben, ist ihr scheinbar noch nicht sicher genug, jetzt muss es auch noch eine andere Stadt sein. Weit weg. Ohne Rücksicht darauf, dass auch dein Kind darunter leidet. Und du raffst es einfach nicht.«

»Zumindest sehen wir jetzt endlich, wer von uns beiden hier neurotisch ist. Hast du Verfolgungswahn oder was? Tess hat eine ganz normale Entscheidung getroffen, und wir wollen zusammenbleiben, ist das so schwer zu verstehen? Ich fass es einfach nicht, wie du reagierst. Nur weil du selber nur unverbindliche, oberflächliche Bumsbeziehungen pflegst, heißt das nicht, dass das für andere Leute genauso ist.«

»Du blödes Arschloch, was weißt du denn von meinen Beziehungen?«

»Nur dass du deinem kleinen Toy-Boy anscheinend nicht so

wichtig bist, dass er auch nur ein klitzekleines bisschen eifersüchtig wird, wenn er dich mit mir sieht.«

»Wahrscheinlich sieht er keine Gefahr in dir«, höhnte ich.

»Ja? Da hat er allerdings recht, ich bin bestens versorgt. Mit einer Frau, der ich etwas bedeute. Und falls sie eifersüchtig auf dich sein sollte, dann nur, weil sie mich liebt.«

»Da verwechselst du leider Liebe mit Besitzanspruch.«

Wir starrten einander hasserfüllt an.

»Was weißt *du* eigentlich von Liebe?«, fragte Finn so verächtlich, dass mir eiskalt wurde. »Sollte nicht der nächste Mann, mit dem du dich einlässt, der Richtige sein? Hast du das nicht angekündigt? Ein Max? Das hast du doch gesagt. Ist nur nichts draus geworden.«

Als er das sagte, konnte ich die Tränen nicht mehr zurückhalten. Die ganze Wut und Verzweiflung schossen aus mir heraus.

»Ein Max? Soll ich dir was sagen? Es gab nie einen Max. Weder für mich noch für Edda. Kurz vor ihrem Tod hat sie mir die ganze Wahrheit über ihren Max erzählt. Dass er ein jüdischer Pianist war, der sich mit seiner Familie und anderen Juden in ihrem Keller versteckt hat. Dass sie ihn geliebt hat, und dass er sie *nicht* geliebt hat, und deswegen hat sie ihn verraten. Sie hat ihre einzige, wahre, große Liebe verraten. Sie hat ihn ans Messer geliefert. Ihn und alle andern. Das war die Geschichte von Max. Das war der ganze Mist, den sie zuletzt noch bei mir abgeladen hat. Erzähl du mir nichts von Liebe, die gibt es nicht. Und jetzt hau ab.«

Ich stieß ihn in Richtung Tür. Er war zu schockiert, um noch irgendetwas zu erwidern oder sich zu wehren.

»Hau ab, und lass dich nie wieder blicken. Geh nach Berlin oder nach New York oder zur Hölle, es ist mir egal.«

Ich schlug die Tür hinter ihm zu und brach heulend im Flur zusammen.

Es war alles aus. Alles gesagt. Mehr konnten wir uns nicht mehr an den Kopf werfen. Der kleine Rest von Finn, der mir in den letzten Monaten noch geblieben war, war nun auch weg, und es gab nichts, was das wiedergutmachen konnte.

Es tat so weh, dass ich dachte, ich könnte den Schmerz nicht überleben. Ich war dankbar, dass Julius nicht da war, und blieb einfach auf dem Fußboden liegen. Das Telefon klingelte. Ich hörte den Anrufbeantworter und Kevins Stimme. Finn hatte einen Unfall gehabt, aber es ging ihm gut, nur ein paar Kratzer. Na wunderbar, da hatte er ja seine Wohlfühlkratzer. Ich machte mir nicht die Mühe, zurückzurufen. Sollte sich Tess um ihn kümmern. Sollte sie doch alles von ihm haben.

Ich blieb liegen, bis mein Kopf vom vielen Weinen dröhnte.

Ich hasste Finn so sehr. Und Tess. Aber vor allem hasste ich mich selbst, weil ich immer stillgehalten hatte, weil ich nie etwas gesagt hatte und weil ich mir nie eingestanden hatte, was ich wirklich empfand. Wie konnte man nur so unfassbar versagen?

Mein Zeitgefühl setzte aus, es wurde dunkel und wieder hell. Ich schleppte mich zum Telefon, rief Helen an und bat sie, Julius noch einen weiteren Tag zu nehmen. Ich kroch ins Bett, schlief ein und wünschte mir, nie wieder aufzuwachen. In meinen klareren Momenten schämte ich mich für diese Gedanken, wegen Julius, doch ich schaffte es nicht, aufzustehen. Es war einfach zu schwer.

Das Telefon klingelte manchmal und kurz darauf mein Handy. Ich antwortete nie. Ich konnte mit niemandem reden. Am Abend klingelte es an meiner Haustür, und als ich auch auf das Sturmklingeln nicht reagierte, polterte es heftig gegen die Tür.

»Elsa!«

Es war Davids Stimme.

»David«, wimmerte ich und wankte zur Tür. Er fing mich auf, als ich ihm in die Arme fiel.

»Elsa, was machst du denn nur?«, fragte er mit einer Mischung aus Besorgnis und Erleichterung und trug mich in mein Zimmer. Ich klammerte mich an ihn, und obwohl ich eigentlich keinen Tropfen Flüssigkeit mehr in mir haben konnte, fing ich wieder an zu heulen.

»Kevin hat mich angerufen«, sagte David. »Er musste sich um Finn kümmern und hat mich gebeten, nach dir zu sehen. Du bist nicht ans Telefon gegangen, und da haben wir uns Sorgen gemacht.«

»Habt ihr gedacht, ich tu mir was an wegen dem Arsch?«, fragte ich empört schluchzend.

»Nein ... keine Ahnung ... Kevin hat mir nur gesagt, was passiert ist. Also, so ungefähr. Was er eben aus Finn herausbekommen hat.«

Ich verzog das Gesicht, denn ich konnte den Namen nicht mehr hören.

David hielt mich eine Weile, dann sagte er leise: »Finn geht mit Tess nach Berlin?«

»Ich will nichts mehr hören«, murmelte ich und versteckte mein Gesicht in seinem Hemd. »Ich will nichts mehr hören. Sag nichts mehr. Bitte. Sag nichts mehr.«

David schwieg und hielt mich fest.

In den Tagen danach musste ich mich zusammenreißen, denn Julius war wieder da. Ich musste mich kümmern, auch wenn Kevin mein gesamtes Umfeld aktiviert hatte. Britta und Lenes Mutter luden Julius fast jeden zweiten Tag zu sich ein, David und Maria waren da, so oft es ging. Nora und Kevin schauten regelmäßig vorbei, und Helen bot sogar an, einige Tage zu mir zu ziehen. Finn erwähnte keiner. Julius, der von alledem nichts ahnte, hatte mir erzählt, dass der Papa im Krankenhaus war, aber nur zwei Tage.

Und das neue Auto vom Papa hatte eine eingedellte Tür und war in der Reparatur. Ich sagte ihm, dass das alles nicht so schlimm sei, und fragte keinen, was vorgefallen war. Ich hatte mit mir zu tun, und weder das Auto noch Finn waren in Lebensgefahr.

Der Einzige, den ich immer abwimmelte, war Philip. Erstens wollte ich ihm nichts erklären müssen, das zumindest konnte ich mir bei allen anderen sparen, und zweitens klang Finns gehässige Bemerkung über meinen ›Toy-Boy‹ noch in mir nach.

Maria machte sich große Vorwürfe. Sie fürchtete, dass sie mich negativ beeinflusst hatte mit dem Gespräch einige Wochen zuvor. Doch da konnte ich sie beruhigen, nicht sie war schuld, sondern allein Tess.

Finn betrat die Wohnung nicht mehr. Wenn er Julius abholte, dann aus Kevins Wohnung, oder Julius kam einfach runter an die Straße. Und wenn er ihn zurückbrachte, ließ er ihn aussteigen und wartete, bis er im Haus war. Natürlich fragte Julius irgendwann nach, er war ja nicht blöd und auch nicht mehr so klein. Aber er fragte keinen von uns, sondern Helen. Und die forderte ihren Sohn auf, Julius die Wahrheit darüber zu sagen, warum wir uns gestritten hatten.

»Papa zieht nach Berlin«, sagte er eines Sonntagabends, als Finn ihn nach einem Ausflug in die Berge wieder nach Hause brachte.

»Ich weiß, Juli«, sagte ich zu ihm und achtete darauf, den Kloß in meinem Hals und meine Tränendrüsen unter Kontrolle zu behalten.

»Habt ihr euch deshalb gestritten?«, fragte er und setzte sich zu mir aufs Sofa. Ich schaltete die Nachrichten aus. Die Welt meines Kindes war im Moment wichtiger.

»Ja, deshalb«, sagte ich und verbesserte mich dann ehrlicherweise: »Auch deshalb.«

»Papa sagt, er kann mich trotzdem noch oft sehen. Und ich kann ihn besuchen.«

»Ja, da hat er recht«, bestätigte ich, obwohl ich mich innerlich fragte: Oft?

»Er sagt, Berlin ist viel größer als München, und man kann viel mehr machen.«

Na klar, in Berlin steppt der Bär, das ist doch die Hauptsache für ein Kind, dachte ich und sagte: »Das stimmt. Berlin ist eine tolle Stadt.«

»Warst du schon einmal da?«, fragte Julius interessiert.

»Ja, das ist aber schon lange her, damals gab es die Mauer noch«, sagte ich.

»Boah, so lange?«, sagte Julius.

Ich lachte. Erstens, weil ich stolz auf mein kluges Kind war, das mit dem Begriff ›die Mauer‹ schon etwas anfangen konnte, und zweitens, weil er mich nun für uralt hielt.

»Über zwanzig Jahre«, sagte ich.

»Vielleicht können wir Papa ja mal zusammen besuchen, oder? Wenn ihr nicht mehr böse miteinander seid?«

›Nein, Juli, ich glaube nicht‹, hätte ich sagen müssen, doch ich sah in sein hoffnungsvolles kleines Kindergesicht mit Finns Augen darin und antwortete: »Ja, Juli, vielleicht können wir das.« Er grinste zufrieden mit geschlossenem Mund.

Ich wunderte mich darüber, dass das Leben irgendwie weiterging, obwohl ich gedacht hatte, es müsste aufhören. Aber es kam immer ein nächster Morgen und noch einer und noch einer, bis sich all diese Morgen wieder zu einem ganz normalen Alltag aneinanderreihten. Einem anderen als zuvor, aber Menschen waren flexibel und ertrugen immer mehr, als sie dachten.

Finn war aus meinem Leben verschwunden, und ich lebte

noch. Bald würde er auch nicht mehr in München sein, und ich würde nur noch ab und zu an ihn denken. Er würde zu einem Teil meiner Vergangenheit werden. Das konnte ich mir jetzt noch nicht vorstellen, aber ich hatte mir ja auch nicht vorstellen können, jemals wieder von dem Fußboden im Flur aufzustehen, und hatte es doch getan.

Mit Philip machte ich Schluss. Einfach so. Ohne Anlauf, ohne langes Tut-mir-leid-aber-Geschwätz. Ich wollte keine Beziehung mehr, weder eine unverbindliche noch sonst eine. Ich wollte nicht länger so tun, als könnte irgendjemand Finn ersetzen. Philip nahm es so unkompliziert hin, wie er eben war, und außerdem hatte Finn recht gehabt, so wahnsinnig wichtig war ich ihm letztlich doch nicht gewesen, ich brach ihm also nicht das Herz damit.

Den Sommer verbrachte ich hauptsächlich damit, auf den Herbst zu warten, darauf, dass endlich alles vorbei war.

Ich konnte nicht verhindern, dass Julius mir Updates über den Umzugsstatus im Hause McGregor-Günther gab.

»Da stehen so viele Kisten rum, man kommt fast gar nicht mehr durch«, oder: »Morgen kommt der Umzugswagen, aber Papa hat gesagt, er bleibt noch eine Woche hier.«

Natürlich, eine Woche später war der 16. November, Finns Geburtstag, und den wollte er noch einmal mit seiner Familie verbringen.

Ich hatte mit Nora verabredet, dass sie Julius an diesem Abend nach Hause bringen würde, doch als es klingelte und ich aufmachte, stand Finn vor mir.

»Hallo, Mama«, sagte Julius und sprang mir auf den Arm. Ich stöhnte und ließ ihn sofort wieder runter.

»Du wirst zu schwer für so was, Juli.«

»Jap!«, sagte er nur und rannte an mir vorbei in sein Zimmer, dann schaute er noch mal heraus und fragte: »Kommst du rein, Papa?«

Finn sah mich unsicher an, und ich trat einen Schritt zur Seite, damit er wenigstens in den Flur kommen konnte.

»Nur kurz«, sagte Finn, und Julius zog zufrieden wieder ab.

Da standen wir nun und wussten nicht, was wir sagen sollten. Es war das erste Mal, dass ich ihn seit unserem Streit wiedersah. Okay, ich hatte mir ein paarmal das Bild auf seiner Webseite angesehen, aber das zählte ja nicht.

Ich hätte mir denken können, dass er sich verabschieden würde, so war er schließlich, er ließ Dinge nicht in der Luft hängen. Aber dann sollte er jetzt auch etwas sagen, nämlich ›Auf Wiedersehen‹, und dann gehen. Als das Schweigen langsam peinlich wurde, fiel mir zum Glück doch etwas Unverbindliches ein.

»Alles Gute zum Geburtstag übrigens.«

»Danke!«

Mehr als ein einseitiges Hochziehen der Mundwinkel brachte keiner von uns zustande. Er sah unglücklich aus.

»Also dann«, sagte ich.

»Ich wollte dich eigentlich etwas fragen«, warf er schnell ein.

Oh Gott, bitte nichts fragen, dachte ich, denn das konnte nur wieder in einem Desaster enden. Geh doch einfach, bevor ich mich nicht mehr beherrschen kann und dich so festhalte, dass sie dich nur mit einem Schneidbrenner befreien können.

»Ja? Was denn?«

»Ich ... ich wollte fragen ... Könnte ich ein paar Sachen von mir vorübergehend in der Villa unterstellen?«

»Was?«

Ich begriff nicht, was das sollte. War in Berlin nicht genug Platz? Wollte er sich den Transport für seine alten Sachen, die er nicht mehr brauchte, sparen?

»Nur meinen großen Zeichentisch und das tiefe Regal. Und die Staffelei und das Zeug eben.«

»Wieso deinen …« Den Zeichentisch, das gute Stück, das er schon seit Jahrzehnten besaß?

»Was soll das denn schon wieder?«, rief ich gequält.

»Ich geh nicht nach Berlin, Elsa. Ich bleibe hier.«

»Was?«

»Ich hab mich von Tess getrennt.«

Jetzt war er es, der gequält aussah. Ich verstand nicht, was er sagte. Ich musste träumen. Gleich würde Tess als Werwölfin durch die Tür springen und Finn den Kopf abbeißen, und ich würde schreiend in meinem Bett aufwachen.

»Aber wieso …«, hörte ich mich murmeln.

»Also, kann ich erst mal in die Villa?«, wiederholte Finn seine Frage. Kein Werwolf kam durch die Tür. Es war alles echt. Deswegen war Julius auch so gut gelaunt gewesen: weil sein Vater nicht wegging.

Deshalb sah Finn so unglücklich aus. Und es war meine Schuld.

»Elsa?«, sagte er, als ich nicht antwortete.

»Ja, klar, kannst du«, stotterte ich.

Wie sehr musste er mich hassen. Ich hatte ihm ein schlechtes Gewissen eingeredet und alle gegen ihn aufgebracht, sogar seine eigene Familie. Ich hatte seine Beziehung zerstört.

»Also dann«, sagte er jetzt und rief nach hinten zu Julius: »Tschüss, Juli, bis morgen!«

Julius kam aus seinem Zimmer gestürmt und flog in Finns Arme.

»Bis morgen, Papa.«

Er gab ihm einen Kuss und rannte wieder davon.

Finn nickte mir mit einem halbherzigen Lächeln zu und sagte: »Tschüss, Elsa.«

Dann öffnete er die Tür und ging.

Ich hätte Freudentänze aufführen müssen, aber ich war nur bestürzt.

Ich riss die Tür auf und rief: »Finn! Warte!«

Dann rannte ich die Treppe hinunter, so schnell ich konnte. Unten hörte ich seine Schritte.

»Warte! Bitte!«

Er stand mitten auf dem Kinderwagenparkplatz, als ich ihn einholte.

»Es tut mir leid«, rief ich noch auf den letzten Stufen der Treppe.

»Das wollte ich nicht, bitte glaub mir das. Ich hab es nicht so gemeint, als ich sagte, es wäre mir lieber, dass du dich von Tess trennst, als dass du nach Berlin gehst. Ich hab das nicht so gemeint.«

Ich stand vor ihm und merkte nicht einmal, dass ich ihn an den Armen gepackt hatte, so als wollte ich ihn persönlich zu Tess zurückbefördern.

»Elsa …«, versuchte er mich zu unterbrechen. Nachbarn gingen an uns vorbei, aber das war mir egal.

»Du kannst doch alles noch geradebiegen, oder? Du musst doch nicht alles aufgeben, weil ich dir so was Blödes eingeredet hab.«

»Elsa, du hast mir nichts eingeredet«, sagte er ruhig.

»Aber doch. Und es tut mir so leid.«

In meiner Verzweiflung fiel mir nicht auf, dass Finn plötzlich gar nicht mehr angespannt war.

»Es muss dir nichts leidtun«, sagte er und hielt meine Hände fest.

»Doch«, beharrte ich.

»Nein, verdammt noch mal.«

Er rüttelte mich sanft. Eine Ohrfeige wäre angesichts meiner Hysterie auch angemessen gewesen. Doch er hatte etwas Besseres parat.

»Ich liebe Tess nicht. Ich liebe nur dich.«

2009

Kurz nach Neujahr saßen Finn und ich mitten in der Nacht an einem Tisch im *Helen's* in Inverness. Eingehüllt in mehrere warme Decken und mithilfe jeder Menge Ale arbeiteten wir unsere Vergangenheit auf.

Es war Kevins Idee gewesen, München nach all der Aufregung hinter uns zu lassen und mit der ganzen Familie nach Schottland zu fahren. Mitten im Winter. Es war schweinekalt.

Wir versuchten ganz unter uns, ein paar entscheidende Fragen in unserem Leben zu klären. Wir hätten natürlich auch die anderen Leute in unserem Umfeld zu Rate ziehen können, die auf alle diese Fragen scheinbar immer schon die richtige Antwort gewusst hatten, aber wir betrachteten das Ganze als unsere Privatsache.

Außerdem ging uns das ewige »Na also, warum nicht gleich so?« oder »Wir haben's doch gewusst« oder »Das war doch jedem klar« auf die Nerven. Wenn es so klar gewesen wäre, hätten wir ja nicht mehr als achtzehn Jahre gebraucht, um es selbst zu merken.

Nun erfuhr ich, dass Finn an jenem schicksalhaften Abend im Sommer so durch den Wind gewesen war, dass er erstens vergessen hatte, sich anzuschnallen, und zweitens, beim Linksabbiegen in beide Richtungen zu sehen, was er mit einem zweitägigen Krankenhausaufenthalt und einer teuren Rechnung fürs Auto bezahlen musste. Er gab zu, dass er gehofft hatte, das wäre für mich Anlass genug, ihm zu vergeben und zu ihm zu eilen.

»Dann fing Tess noch an, auf dir herumzuhacken«, erzählte er. »Und alle haben mich behandelt wie einen Schwerverbrecher, trotz Schleudertrauma.«

»Du Armer«, sagte ich mitleidlos.

»Und da hast du gemerkt, dass ich recht hatte in Bezug auf Tess?«

»Quatsch, das hab ich doch schon vorher gewusst. Du hast ja keine Ahnung, was für einen Aufstand die gemacht hat, wenn ich bloß deinen Namen erwähnt hab. Und nach der Hochzeit war es ganz aus.«

»Ich will gar nicht mehr wissen«, sagte ich und brauchte nach dem Tess-Thema einen großen Schluck Ale.

»Aber wieso hat es noch Monate gedauert, bis du endlich Schluss gemacht hast?«

»Ich wollte den dramaturgisch besten Moment abwarten«, bemerkte er sarkastisch.

Ich zog nur die Brauen hoch. Unsere Beziehung war noch zu jung für solche Scherze, fand ich.

Er verdrehte die Augen und sagte: »Weil ich ein Idiot bin, zufrieden?«

»Ja, danke, das wollte ich hören.«

»Und weil ich sauer auf dich war. Und weil ich es noch nie auf die Reihe gekriegt habe, Schluss zu machen, das weißt du doch besser als jeder andere. Und weil ich dachte, du willst mich gar nicht mehr in München haben. Oder auf diesem Planeten.«

»In diesem Sonnensystem«, fügte ich hinzu. Er nickte und erzählte, wie ihn dann alle bearbeitet hatten, Kevin, seine Mutter und vor allem David, und dass er an seinem Geburtstag wusste, dass er am nächsten Tag unmöglich wegfahren konnte, auch wenn ich nie wieder etwas mit ihm hätte zu tun haben wollen.

Wollte ich aber und dabei keine einzige Sekunde mehr verlieren. Julius staunte nicht schlecht, als er am nächsten Tag pünktlich zur Schule wollte und feststellte, dass ich verschlafen hatte. Aus gutem Grund.

»Papa, was machst du denn da?«, fragte er beinahe entrüstet, als er vor meinem Bett stand, um mich zu wecken. Als Entschädigung erlaubten wir ihm, die Schule zu schwänzen und uns stattdessen dabei zu helfen, Finns Sachen wieder in die Wohnung zu bringen.

Ich lachte bei der Erinnerung daran in mich hinein, und Finn fragte mich, an was ich dachte. Ich sagte es ihm.

»Neulich hat Julius mich gefragt, ob wir jetzt heiraten würden«, erzählte er. »Dabei hat er ganz angewidert ausgesehen.«

»Du hättest ihm sagen können: Keine Sorge, Juli, auch wenn wir heiraten, bleiben Mama und ich nur Freunde.«

Wir lachten uns kaputt, hätten aber genauso gut heulen können über die ganzen Jahre, die wir verschwendet hatten.

Aber waren sie wirklich verschwendet? Wollte ich auch nur eine Sekunde mit dem Finn der letzten achtzehn Jahre missen? Er nahm meine Hand und strich mit dem Daumen darüber. Na gut, manches hatten wir wirklich noch nachzuholen, aber das war ja kein Problem. Wie hieß es doch in dem Abba-Song: *Slightly worn, but dignified and not too old for sex.*

»Mir ist kalt, lass uns nach oben gehen«, sagte ich. Ich musste es nicht zweimal sagen.

Wir führten noch viele Gespräche wie das in jener Nacht. Über die vielen verpassten Gelegenheiten, die Missverständnisse und alles, was dazu geführt hatte, dass wir uns dämlicher verhalten hatten, als die Polizei erlaubte. Der Tag, um den wir immer wieder kreisten, war der 2. Mai 1998, Julius' Schöpfung, wie Finn es nannte.

»Wir hatten den perfekten Sex mit dem perfekten Partner, und was sagst du als Allererstes? Ich will nicht, dass sich etwas ändert.« Er schlug sich mit der flachen Hand gegen die Stirn. Jedes Mal, wenn er es erwähnte. Mit der Zeit befürchtete ich bleibende Hirnschäden.

»Aber *du* hast doch sofort zugestimmt«, wies ich die alleinige Verantwortung entschieden zurück. »Ich auch nicht, ich auch nicht«, äffte ich ihn nach.

»Ich hab es höchstens einmal gesagt«, widersprach er. »Und was hätte ich denn sagen sollen?«

»Das, was du mir vor ein paar Wochen gesagt hast zum Beispiel: Ich liebe dich.«

»Dann hätten wir die Kacke am Dampfen gehabt«, behauptete er dreist.

»Was heißt denn das nun wieder?«

»Du warst noch nicht so weit. Ich male dir Madonnen-Bilder und du schnallst nichts. Nicht mal, wenn David dich mit der Nase drauf stößt.«

»Also hör mal, das ist eine glatte Unverschämtheit. Ich war schon Jahre vorher so weit, als du auf deinem dämlichen Saxofon herumtrompetet hast. Da hättest du mich haben können.«

Wir blätterten in den Seiten unserer gemeinsamen Geschichte und zeigten uns, an welchen Stellen es hätte anders kommen können oder müssen, bis wir am Ende einsahen, dass alles geschrieben stand und daran nichts mehr zu ändern war. Warum auch, wir hatten doch eine gute Zeit gehabt. Meistens. Und die beste lag noch vor uns.

Alle unsere Freunde und unsere Familien freuten sich mit uns, doch am allerglücklichsten war Julius, auch wenn er es zu eng fand, wenn er sich nach einem schlechten Traum zwischen uns ins Bett quetschte oder sich angeekelt abwandte, wenn wir uns küssten. Das war er nicht von uns gewohnt, aber wahrscheinlich fanden alle Kinder in seinem Alter das peinlich. Wir rissen uns ein wenig zusammen, auch wenn wir so viele Küsse nachzuholen hatten. Julius genoss es, uns zusammen zu haben, er genoss die Klarheit, die herrschte, und er genoss, dass Finn ihm heimlich etwas versprochen hatte.

Als ich eines Abends von Synchronaufnahmen nach Hause kam und meine Tasche auf mein Bettsofa warf, traute ich meinen Augen nicht. Das Bild war verschwunden. Mein Bild. Die Verliebten am Meer bei Sonnenuntergang.

»Mein Bild ist weg«, rief ich laut.

»Ich hab's umgehängt«, beruhigte mich Finn. »Es ist jetzt über dem neuen Bett.«

Wir hatten uns endlich ein Doppelbett gekauft, das am Tag zuvor geliefert worden war. Julius zog in mein altes Zimmer um. Ich schaute aber sicherheitshalber noch mal nach. Da stand das gemütliche neue Bett, und darüber, am Kopfende, hing mein Bild. Ich fand es noch immer wunderschön. Doch dann fiel mir die Kinnlade herunter. Julius gluckste. Das Bild hing nicht nur woanders, es *war* anders.

»Ich fand, man sollte es updaten«, sagte Finn.

Die Verliebten hatten Gesellschaft bekommen. In einiger Entfernung lief ein Kind am Strand, mit wenigen Strichen gezeichnet, aber zweifellos ein Kind, lebhaft und fröhlich: unser Kind. Ich war so gerührt, dass ich feuchte Augen bekam, doch dann entdeckte ich weitere neue Striche auf dem Bild, nur drei oder vier neben dem Kind, aber bei Finn genügte das, um zu erkennen, was es war.

»Ein Hund?«, fragte ich. »Warum ist da ein Hund?«

Ich sah von Vater zu Sohn. Die gleichen Augen, derselbe Gesichtsausdruck, freudig, aufgeregt, schuldig.

Ich hatte einen schlimmen Verdacht, ging aus dem Zimmer und stolperte über ein hellgelbes Wollknäuel.

»Nein!«, entfuhr es mir. »Das ist nicht wahr.«

Ich starrte den Hund an, und der Hund starrte mich an. Mit den süßesten, dunklen, dummen Welpenknopfaugen, die man sich denken konnte.

»Das ist Frieda«, sagte Finn. »Frieda vom Zwickel. Sie ist adlig.«

Frieda machte artig Sitz.

»Und sie ist schon stubenrein«, sagte Julius.

»Adlig und stubenrein, soso!«

»Ich dachte, Julius ist jetzt alt genug, und wir haben es ihm schon so lange versprochen«, argumentierte Finn schuldbewusst. »Und zu jeder richtigen Familie gehört ein gelber Hund.«

»Du hast zu viele amerikanische Filme gesehen.«

Der gelbe Hund machte Platz und legte die Pfötchen sittsam nebeneinander. Hatten sie ihm das beigebracht?

»Kann man mich vorher mal fragen?«, beschwerte ich mich, um das aufkeimende Ist-der-süß-Gefühl zu verdrängen.

»Manchmal ist es besser, dich vor vollendete Tatsachen zu stellen«, flüsterte Finn in mein Ohr, legte die Arme von hinten um mich und küsste meinen Nacken. Julius drehte sich weg.

Ich kniete mich vor den kleinen, gelben Wischmopp zu meinen Füßen und streckte die Hand aus.

»Na du?« Frieda biss begeistert in meine Finger.

Am nächsten Morgen besorgten wir als Erstes ein Sortiment Kauknochen.

Ein Thema umschifften wir lange Zeit wie eine gefährliche Klippe. Es ging um Edda. Ich hatte in unserem Streit unvermittelt die nackte, grausame Wahrheit über sie ausgekotzt und Finn damit so sehr schockiert, dass wir beide nie mehr darüber hatten reden wollen.

Bis wir zusammen auf dem Friedhof waren, an ihrem Grab. Es war schon Herbst. Ein ungemütlicher, kühler Wind riss die verfärbten Blätter von den Bäumen. Noch ein Jahr zuvor hatten wir gedacht, alles sei zu Ende, und jetzt feierten wir bald Jahrestag. Der 16. November, leicht zu merken: Finns Geburtstag. Seitdem hatte sich das Leben in einer Weise verändert, dass ich es kaum glauben konnte. Oder nein, eigentlich war ja das Schöne: Es hatte sich nicht verändert. Das, was ich mir nach unserer gemeinsamen Nacht elf Jahre zuvor gewünscht hatte, dass sich nichts verändern sollte, war eingetreten: Wir waren noch immer die besten Freunde, nur dass es für unsere Liebe endlich keine Grenzen mehr gab.

Eddas Grab war mit Blättern bedeckt, sodass ich mich gleich geschäftig daran machte, es wieder in Ordnung zu bringen. Finn kniete neben mir und half ein bisschen mit, doch ich spürte, dass er mit den Gedanken woanders war.

»Erzählst du mir von Max und Edda?«, fragte er schließlich, ohne mich anzusehen.

Ich hätte es lieber an einem anderen Ort getan, wo ich nicht das Gefühl hatte, Edda hörte vielleicht zu, aber möglicherweise war das ja gerade der passende Augenblick.

Wir setzten uns auf eine Bank in der Nähe, und ich erzählte ihm die ganze schreckliche Geschichte.

»Als ich das alles hörte, ist so viel kaputtgegangen. Max, das war für mich ein Symbol, die Garantie dafür, dass es das wirklich gibt: die große Liebe.«

»Ich weiß«, sagte Finn.

»Und mir vorzustellen, dass Edda so etwas getan hat ... Ich konnte nicht einmal richtig um sie trauern, ich war nur wütend auf sie. Wegen dieser Lüge, und weil sie mir das alles aufgehalst hat. Ich hab mir gewünscht, dass sie es nicht gesagt hätte.«

»Edda hatte dich sehr gern«, sagte Finn. »Einem Menschen das Schlimmste von sich selbst zu offenbaren, einen größeren Vertrauensbeweis gibt es nicht.«

»Das hört sich an, als hätte sie mir ein Geschenk gemacht«, sagte ich zweifelnd.

»Irgendwie schon.« Er sah nachdenklich zu Eddas Grab.

»Als du mir das mit Edda an den Kopf geworfen hast, damals, da war ich völlig fertig. Dabei war der größte Schock für mich nicht einmal, dass Edda all diese Menschen verraten hat, sondern dass sie in Wirklichkeit nie mit Max zusammen gewesen ist. Ist das nicht verrückt?«

»Ja«, sagte ich.

»Ich glaube, insgeheim wollte ich immer dein Max sein«, sagte er dann beinahe beschämt.

Ich brachte ein trauriges Lächeln zustande und lehnte mich an ihn. »Du bist mein Finn, das ist besser.«

Die dunklen Wolken über uns drohten mit Regen, deswegen hielten wir uns nicht mehr lange auf. Auf dem weiten Weg über den Nordfriedhof kamen wir an einer Skulptur vorbei, bei der ich an Tess denken musste. Ich wusste wenig davon, wie das Ende zwischen ihr und Finn verlaufen war. Sie war in Berlin, und ab und zu tauchte sie auf den Seiten der Kunstmagazine auf, die Finn abonniert hatte. Alles, was Finn mir über sie erzählt hatte, war, dass sie immer schon gespürt hatte, dass er eigentlich mich liebte. Auf ihre Art hatte sie versucht, damit umzugehen.

Er hatte keinen Kontakt mehr zu ihr, was die Vermutung nahelegte, dass es keine harmonische Trennung war. Wie sollte es das auch? Sie tat mir in gewisser Weise leid, aber für dieses Quäntchen Mitleid würde sie mich noch mehr hassen. Das war doch das Letzte, was ein Verlierer vom Sieger wollte. Allerdings sah ich mich nicht als Siegerin. Es hatte ja keinen Kampf gegeben. Ich hätte Finn jederzeit losgelassen. War das nicht jahrelang genau das Problem? Dass wir uns gegenseitig losließen und den anderen immer in dem Glauben, wir wollten ihn gar nicht festhalten.

So hatten wir schon damals nach der Vernissage vor unseren Türen gestanden und uns nicht entschließen können, einfach zu sagen, was wir wollten: nur noch ein wenig länger zusammen sein und miteinander reden. Ich hatte Finn nicht sagen können, dass ich ihn vermissen würde, als er nach New York zog. Und Finn hatte mir nicht gesagt, dass er sich gar nicht für andere Frauen interessierten. Er hatte mir nach unserer gemeinsamen Nacht nicht gesagt, dass sich für ihn alles geändert hatte und dass er es auch so wollte. Das, was wir uns nicht gesagt hatten, würde ein ganzes Buch füllen.

»Wir hätten alles anders machen können«, sagte ich, während wir Arm in Arm über den Friedhof schlenderten.

»Was meinst du?«, fragte er.

»Alles. Das fängt schon damit an, dass ich dir meinen Bademantel und einen Kaffee hätte anbieten können, während du auf Kevin gewartet hast.«

Finn lachte und widersprach.

»Hättest du nicht.«

»Warum nicht?«

»Weil das nicht du gewesen wärst«, sagte er. »Hör auf, in der Vergangenheit herumzustochern, das bringt nichts. Es ist alles so passiert, wie es passiert ist, weil wir *wir* sind. Und genau deshalb, weil du *du* bist, liebe ich dich.«

Es blitzte am Himmel.

»Du musst lernen, dich einfacher auszudrücken, Finn. Ich hab von dem Satz nur den letzten Teil verstanden.«

»Der ist ja auch die Hauptsache.«

Ein gewaltiger Donnerschlag schien einen Riss in die Wolkenwand zu hauen, der Himmel öffnete sich, und der Regen platschte auf uns nieder. Ich verschob meine Erwiderung auf später, wenn wir nass bis auf die Knochen in dem Auto mit den vielen Wohlfühlkratzern sitzen würden. Später. Es gab kein Später, es gab nur jetzt. Ich blieb abrupt stehen.

»Was ist denn?«, schrie er, um das Prasseln des Regens und das Krachen des Donners zu übertönen.

»Ich muss noch was sagen«, schrie ich zurück.

»Jetzt? Mitten im Gewitter?«

»Ja. Ich liebe dich auch.«

»Ich weiß.«

»Gut.«

Er nahm meine Hand und wir rannten weiter.

Gut, dass wir das geklärt hatten.

2010

Wir hätten alles so lassen können, wie es war, denn wir hätten nicht glücklicher sein können. Wir hatten alles, was wir uns je hätten wünschen können. Aber etwas fehlte noch. Nur was?

Eines Tages, als wir mit David und Maria bei Fredo saßen, kamen wir darauf, und Finn sprach es aus. Ganz nebenbei, kurz nachdem wir unsere Teller getauscht hatten.

»Wir könnten eigentlich heiraten, oder?«

Da man nicht mit vollem Munde spricht, kaute ich erst zu Ende, schluckte und meinte dann: »Ja, warum nicht?«

»Gott, ist das romantisch!«, stöhnte David und bestellte eine Flasche Champagner, um wenigstens mit Stil darauf anstoßen zu können, dass wir jetzt verlobt waren, was wir gar nicht so richtig bemerkt hatten.

»Und wann wollt ihr das … machen?«, fragte Maria und betonte das Wort ›machen‹ so, dass es sich nach einer handwerklichen Tätigkeit anhörte.

»Wir *machen* es am 14. Mai«, sagte Finn spontan.

»Gute Idee, dann kann ich mir das Datum merken«, stimmte ich zu. »Außerdem steht es ja auf dem Bild.«

»Eben«, sagte Finn.

»Man merkt sich sein Hochzeitsdatum, weil man an dem Tag geheiratet hat«, belehrte uns David mit missbilligendem Gesichtsausdruck. »Nicht weil es zufällig auf irgendeinem Bild steht.«

»Nicht *zufällig* und nicht auf *irgendeinem*«, protestierte ich vehement.

»An dem Tag haben wir uns vor zwanzig Jahren kennengelernt«, erlöste Finn David endlich von der Annahme, wir wären die unromantischsten Menschen auf der ganzen Welt.

»Ach, *der* Tag!« Maria kicherte, was wiederum Finn dazu veranlasste, mich irritiert anzusehen.

»Ich hab's ihr mal erzählt«, gab ich zu.

»Aha!«, sagte Finn

»Darf ich auch mitlachen?«, fragte David genervt. Durfte er.

Es war also innerhalb von zehn Minuten beschlossen und nach einer weiteren Stunde alles Relevante besprochen: Maria und David würden natürlich unsere Trauzeugen sein, wer sonst? Die komplette Familie McGregor aus Schottland würde eingeflogen werden, und wir würden in der Villa feiern. Das waren die Eckpfeiler unserer Planung.

Wo wir schon einmal da waren, fragten wir Fredo, ob er für das Essen sorgen könne und mussten uns danach nicht enden wollende Glückwünsche anhören. »Iste eine grosse Ehre, so grosse Ehre. Wirde die beste Essen, das ich habe gekocht in meine ganze Lebe.«

Bei der Gästeliste verfielen wir manchmal in einen kleinen Disput, vor allem als ich Philip, zu dem ich weiterhin ein gutes Verhältnis hatte, einladen wollte und – was auf noch größeres Entsetzen stieß – Frau Obermoser.

»Sie gehört doch irgendwie zu den Menschen, die uns die ganze Zeit auf unserem gemeinsamen Weg begleitet haben«, argumentierte ich.

»Nur dass sie uns dabei meistens auf die Nerven ging«, erinnerte mich Finn.

»Sie ist so allein und würde sich sicher freuen.«

»Dann lad sie mal zum Kaffee ein, aber doch nicht zu meiner Hochzeit.«

»Erstens würde sie bei einem Kaffee erwarten, dass sich das wiederholt, und eine Hochzeit ist etwas Einmaliges.« Mit einem Blick auf David und Maria fügte ich hinzu: »Also meistens. Und zweitens ist es nicht *deine* Hochzeit, sondern *unsere* Hochzeit.«

Finn gab sich geschlagen, verlangte aber nun, auch ein paar Leute aussuchen zu dürfen.

»Anna«, sagte er tollkühn.

»Anna?«

»Wenn du schon so nostalgisch sein willst: Sie hat immer schon mehr in uns gesehen, von Anfang an.«

»Mit dem gleichen Argument könntest du auch Tess einladen«, konterte ich gnadenlos.

»Aber Anna ist nett«, hielt Finn dagegen. »Und ihr Mann auch.«

Ach so, sie hatte ja einen Mann. Und sie war wirklich nett gewesen. Eigentlich.

»Also gut, fliegen wir Anna ein, mit Mann.«

»Und wenn wir schon dabei sind, auch Keith. Auch mit Mann.«

Das würde eine teure Hochzeit werden. Egal.

Als wir Julius über unsere neuesten Pläne informierten, fiel ihm als Einzigem eine weitere Frage ein, die noch zu klären war:

»Heißt du dann auch McGregor?«, fragte er mich.

»Ähm, keine Ahnung«, sagte ich ehrlicherweise und dachte nach. »Klar, wieso nicht?«

Weil es total unemanzipiert war, immer den Namen des Mannes anzunehmen, hätte die Antwort lauten müssen. Namen waren wichtig, bedeuteten Identität und Zugehörigkeit.

»Elsa McGregor klingt auch viel cooler«, meinte Julius. Besser konnte man es nicht auf den Punkt bringen.

Es war nicht ganz klar, was die größere Freude in unserem Umfeld auslöste, die Tatsache, dass wir unsere Verbindung nun ganz offiziell machten, oder die Aussicht auf ein rauschendes Fest. Sicher Letzteres, denn so sensationell war es nach über einem Jahr nun auch nicht mehr, dass wir zusammen waren. Nur Frau Obermoser hatte Schwierigkeiten, die Zusammenhänge zu verstehen, als ich ihr die Einladung überbrachte.

»Wos derns? Heiroten? Und I hab mer denkt, Sie san scho long verheirot.«

»Nein, Frau Obermoser, dann wären Sie doch zur Hochzeit eingeladen gewesen.«

»Ja, da homs recht.«

Ich beschloss, Frau Obermoser zu meiner Verwandtschaft an den Tisch zu setzen, die würden sich prima verstehen.

Wir beauftragten die Geburtstagsplanerin von Eddas achtzigstem Geburtstag mit der Ausrichtung der Hochzeit, und wir mussten nur das Aufgebot und die Ringe bestellen. Letzteres verschoben wir immer wieder, weil wir nicht wussten, was eingraviert werden sollte. Irgendetwas Schönes. Es war ja auch noch Zeit.

Und natürlich mussten wir uns auch noch etwas Schickes zum Anziehen besorgen, keinen Hochzeitsfummel, aber schick eben. Zu diesem Zweck begaben wir uns, begleitet von Maria und David als unsere Berater, auf die Maximilianstraße, Münchens edler Shopping-Meile. Finn trug zur Abwechslung mal keine zerrissenen Jeans, sondern eine helle Hose und ein gebügeltes Hemd, und er hatte sogar einen Kamm benutzt. Ich hatte meine Haare so frisiert, dass ich mir in meiner Rolle in *Feierabend* glich, dazu einen schmalen Rock mit Schlitz und die höchsten Pumps, mit denen ich gerade noch laufen konnte. Wenn man in der Maximilianstraße einkaufen wollte, war es von Vorteil, wenn man als ›die aus dem Fernsehen‹ erkannt wurde, das Lächeln der Verkäuferinnen wurde dann gleich viel breiter. Zudem hatte Maria mir ihre Gucci-Handtasche geliehen, die aussah, als hätte sie ein Extrafach für eine goldene Kreditkarte oder alternativ Platz für jede Menge Geldscheine.

Wir schlenderten also die Straße hinunter und betraten zum ersten Mal in unserem Leben alle diese Designer-Luxus-Läden: Versace, Louis Vuitton, Hermès, Escada, Armani und so weiter.

Finn hatte natürlich nicht die geringste Mühe, einen Anzug zu finden. Die Verkäuferinnen überschlugen sich fast, doch es war meine Meinung, die zählte. Wir entschieden uns für einen braunen Anzug mit Weste und Krawatte, in dem er so unverschämt gut aussah, dass ich einerseits Komplexe bekam und ihn andererseits am liebsten gleich an Ort und Stelle ... nun ja.

Für mich wurde die Auswahl schwieriger. Erstens waren die Verkäuferinnen bei mir längst nicht so engagiert, und zweitens fand ich nichts, was mir wirklich gefiel. Maria entdeckte schließlich ein kurzes, weißes Brautkleid mit einem unkonventionellen, aber nicht zu verrückten Schnitt. Ich hatte zwar kein richtiges Hochzeitskleid gewollt, aber weil es mir gefiel, probierte ich es an. Es passte perfekt, und als ich in den Spiegel sah, war ich selbst von den Socken.

Jede andere Frau an meiner Stelle hätte vermutlich sofort gesagt: Das nehme ich. Wie gesagt, jede andere, aber so unkompliziert konnte ich es natürlich nicht machen, denn eigentlich hatte ich ja nichts Weißes gewollt, eigentlich auch nichts Kurzes, eigentlich wollte ich mich noch weiter umsehen. Finn sah so genervt aus, als überlegte er, die Hochzeit abzublasen, doch er sagte nichts. Nicht zu mir jedenfalls. Der Verkäuferin befahl er, das Kleid zur Seite zu hängen, und wehe, sie würde es verkaufen. Dann begleitete er uns mit mürrischem Gesicht in die nächsten beiden Läden. Natürlich fand ich nicht annähernd etwas Vergleichbares. Einen letzten Versuch wollte ich noch unternehmen. Einen allerletzten, denn die Schuhe brachten mich um.

Wir betraten den Laden, begleitet von einem dezenten Klingelgeräusch der Tür. Weiter hinten war eine Verkäuferin mit platinblondem Bob in ein Gespräch mit einer Kundin vertieft. Eine andere Verkäuferin erschien wie aus dem Nichts durch einen schweren, cremefarbenen Vorhang hinter dem Kassenbereich und schritt hüftschwingend auf uns zu.

Wir brachten unser Anliegen vor, und sie hatte auch gleich ein passendes Kleid, mit dem sie mich in die Umkleidekabine schickte. Während ich mich aus meinen Klamotten schälte und mich mit den komplizierten Schnürungen eines Traums in Lachs vertraut machte, hörte ich von außen die Stimme der Verkäuferin: »Du, Jo, hatten wir so ein ähnliches Kleid nicht noch in einer kürzeren Variante?«

Jo?!

Eine Sekunde später stürzte Finn zu mir in die Kabine, das Gesicht schreckverzerrt, mit dem Daumen nach außen zeigend und stumm mit dem Mund das Wort »Jo!« formend.

Dann hörte man unverkennbar ihre Stimme, so laut wie eh und je.

»Hättest du nur das blöde Kleid genommen«, flüsterte Finn fast unhörbar, aber deswegen nicht weniger aufgebracht.

Die Verkäuferin kam und fragte, ob alles in Ordnung sei und ob das Kleid passe. Ich zog meine eigenen Kleider wieder an und antwortete: »Ist, glaub ich, doch nicht ganz mein Fall.«

»Ich hätte da noch ein anderes …«

Sie verschwand. Wir spitzten durch den Vorhang. Jo hatte uns den Rücken zugewandt.

»Jetzt oder nie«, flüsterte Finn, zerrte mich aus der Kabine und strebte, ohne Maria und David zu beachten, der Eingangstür zu. Das Kleid ließen wir einfach hängen.

Nach etwa einer Minute kamen Maria und David aus dem Laden.

»Was war denn das gerade?«, wollten sie wissen. Die Verkäuferin lasse mir gute Besserung und Glückwünsche zur Schwangerschaft ausrichten.

»Ein Dämon aus unserer Vergangenheit«, sagte ich. »Seine Ex-Freundin und meine Ex-Beste-Freundin.«

»Sie war gar nicht meine Freundin«, widersprach Finn. »Nicht so richtig.«

»Ach? Sollen wir zurückgehen und sie fragen, wie sie das sieht?«, schlug ich vor.

»Nein, wir holen jetzt dein Kleid ab«, beendete Finn das Thema.

Natürlich amüsierten wir uns später über diese Begegnung. Oder vielmehr Nicht-Begegnung. Was wäre passiert, wenn sie uns gesehen hätte?

»Vielleicht hättest du sie am Ende noch zu unserer Hochzeit eingeladen«, unkte Finn, doch da konnte ich ihn beruhigen. Es gab Grenzen.

Mit dem Kauf unserer Kleider waren die Vorbereitungen praktisch abgeschlossen. Als es nichts mehr zu tun gab, als auf den Tag zu warten, kam mir alles erst richtig zu Bewusstsein.

Wir würden heiraten. Heiraten! Finn und ich. Was war das für ein absurder Gedanke! Und was für ein schöner.

Wir hatten die Ringe vergessen.

Wir hatten es immer wieder vor uns hergeschoben, uns mit anderen Dingen beschäftigt, Kleider gekauft, auch für Julius, mit Eltern und Freunden telefoniert, mit der Planerin telefoniert, mit Hannah telefoniert, die die Vorbereitungen in der Villa überwachte, und bei alldem hatten wir die Ringe vergessen.

Ich hatte es gewusst. Ich hatte gewusst, dass irgendetwas schiefgehen würde. Die Ringe. Das Allerallerallerwichtigste überhaupt. Wichtiger als der Trauschein, wichtiger als das Fest. Und wir vergaßen sie einfach.

Finn war genauso bestürzt wie ich, als wir es drei Tage vor der Trauung feststellten. Wo sollten wir jetzt noch Ringe herbekommen? Aus dem Kaugummiautomaten? Schöne Ringe mit Gravur wollten wir haben. Aber wir hatten ja sowieso nicht gewusst, was drinstehen sollte. Ich wurde ohnehin schon nervös, und das brachte mich nun an den Rand eines Nervenzusammenbruchs. Finn blieb zuerst ruhig, telefonierte bei allen möglichen Juwelieren in München herum, erklärte die Situation, bettelte, doch bekam überall zu hören, dass es innerhalb von nur drei Tagen unmöglich war. Manche fanden allein schon die Frage zum Lachen. Schließlich gab ihm ein befreundeter Kollege einen Tipp und die Adresse einer kleinen Goldschmiede auf dem Land. Wir fuhren sofort los.

Als wir bei einem alten Bauernhof in einem winzigen bayrischen Dorf landeten, verloren wir die Hoffnung. Kaum zu glauben, dass hier Trauringe zu erstehen waren. Und als aus dem Kuhstall der Bauer herauskam, ein älterer Mann mit runzligem Gesicht, dreckigen Gummistiefeln und blauer Latzhose, der einen Eimer mit einer stinkenden Brühe trug und uns einen mürrischen Blick zuwarf, wollten wir uns im wahrsten Sinne des Wortes vom Acker machen. Da entdeckte ich ein kleines Schild an einem

Baum neben dem Stall. Ich ging darauf zu, um es zu lesen, als mich der Bauer auch schon ansprach.

»Woins zu meim Sohn?«

»Ähm, zur Goldschmiede«, sagte ich zögernd.

»Ums Haus rum«, sagte er kurz angebunden und zeigte vage in die Richtung, dann verschwand er mit seinem Eimer hinter dem Stall.

Ich winkte Finn heran und konnte nun auch das Schild lesen: *Goldschmiede hinter dem Haus*.

Wir gingen um das Wohnhaus herum und fanden eine Tür, an der auf einem einfachen Messingschild ›Goldschmiede‹ stand. Wir waren nicht überzeugt, aber da wir nun schon einmal hier waren, klopften wir an.

»Tür ist offen«, rief eine Männerstimme von innen.

Wir traten ein und befanden uns augenblicklich in einer anderen Welt.

Der Raum erstreckte sich über zwei Stockwerke, mit massiven Stützpfeilern in der Mitte, freigelegtem, altem Mauerwerk an einer Seite, einem großen Kamin und davor einer Sitzgruppe aus verschiedenen alten Sesseln. Eine schmale Treppe führte nach oben zu einer Galerie. Inmitten eines wilden, kreativen Durcheinanders, das den größten Teil des Raums ausmachte, gab es eine größere Werkbank, einen kleinen Zeichentisch und ein Werkbrett, an dem ein Mann mit langen, zu einem Zopf zusammengebundenen Haaren saß. Er trug eine Brille mit einer Lupe und beendete, was auch immer er gerade tat, bevor er zu uns hochsah.

»Hallo«, sagte er dann und lächelte freundlich. Vor ihm lag etwas, das aussah wie der Anhänger einer Kette, zwei ineinander verschlungene silberne Rosen, die eine davon dunkler und abgeknickt, ein vollendetes Kunstwerk in meinen Augen. Finn war genauso angetan, und wir vergaßen beinahe, den Gruß zu erwidern.

»Das ist für eine Kundin in der Schweiz. Die hat immer irgendwelche Spezialwünsche, die ihr Leben symbolisieren sollen. Tagebuch führen wäre billiger.« Sein Hochdeutsch hatte einen leichten bairischen Akzent.

»Und was symbolisiert das hier?«, fragte ich und zeigte auf den Anhänger.

»Raten Sie mal«, sagte der Mann.

»Trennung?«

Er nickte und verdrehte die Augen. »Was tut man nicht alles.«

Dann kam er auf uns zu und gab uns die Hand.

»Korbinian Holzleitner. Was kann ich für Sie tun?«

Er führte uns zu der Sitzgruppe und bot uns Platz an.

Wir stellten uns ebenfalls vor, sagten, wir hätten über einen Freund von ihm gehört, und zögerten mit unserem Anliegen, denn es kam uns plötzlich so dumm vor.

Korbinian Holzleitner wartete ruhig.

Nach einigen Sekunden Schweigen sagte Finn: »Wir brauchen Trauringe.«

»Ah«, sagte Herr Holzleitner nüchtern.

»Bis Freitag«, sagte Finn.

»Aha«, sagte der Goldschmied schon etwas reger.

»Ich weiß, dass das ein unmögliches Ansinnen ist, das hat man uns heute schon mindestens hundertmal gesagt, und es ist eine noch größere Unverschämtheit, mit so etwas zu jemandem zu kommen, der ein richtiger Künstler ist, aber wir haben zwanzig Jahre auf diesen Tag gewartet, und dann vergessen wir die Ringe. Sie waren unsere letzte Hoffnung.«

»Was heißt zwanzig Jahre gewartet?«, fragte Korbinian Holzleitner interessiert. Wir erklärten es ihm, es dauerte eine Weile, und er machte inzwischen Kaffee. Wir erzählten dem Mann unser Leben.

Als wir fertig waren, stand er auf und winkte uns, ihm zu folgen. Er ging die Treppe hinauf zur Galerie. Oben befanden sich lauter Schränke und Vitrinen mit Schmuckstücken, Kunstwerken vielmehr, denn mit normalem Schmuck hatten sie nur das Material gemein.

Er öffnete eine Schublade, in der sich einige Trauringe befanden. Mir blieb fast das Herz stehen. Jedes einzelne Paar war ein Traum.

»Die sind alle schon uralt«, sagte Korbinian Holzleitner. »Aus meiner Anfangszeit, als ich mich selbstständig gemacht hab. Ich hab mir gedacht, Trauringe werden immer verlangt, und es war eine gute Übung, aber die Leute sind meistens wegen anderen Sachen gekommen. Trauringe werden beim Juwelier in der Stadt gekauft, nicht bei mir. Also, wenn Ihnen ein Paar gefällt ... passend zu machen, ist kein Problem. Nur das mit der Gravur wird knapp. Aber versuchen kann ich's. Übrigens, ich bin kein Künstler, ich bin Handwerker, so seh ich das.«

Er stützte seine Hände in die Seiten und duldete keinen Widerspruch.

Alle Ringe hatten eine auffällige Textur und eine zumindest äußerlich unregelmäßige Form, als hätte jemand nur so ungefähr einen Kreis geformt. Gemeinsam war allen Paaren, dass sie aussahen, als hätte man sie genau in der Mitte auseinandergeschnitten, manche von ihnen hatten an dieser Schnittstelle eine Gravur, die nur, indem man die Ringe zusammenfügte, wieder erkennbar wurde. Bei einem der Ringpaare aus Weißgold bildete diese Gravur eine Rose. Finn und ich griffen gleichzeitig danach.

»Ich mag halt Rosen«, sagte Korbinian Holzleitner, als wollte er sich entschuldigen.

»Den nehmen wir«, sagte Finn, während ich den kleineren anprobierte. Er passte, wie für mich gemacht. Und auch als Finn mühelos seinen überstreifen konnte, meinte Korbinian Holzleitner verblüfft, die hätten wohl nur auf uns gewartet.

»Und die Gravur?«, fragte er dann.

Da schwiegen wir betreten, weil wir es immer noch nicht wussten.

»Ich sag immer so«, sagte der Meister und berichtigte sich. »Also, zumindest die wenigen Male, die ich Trauringe verkauft hab, hab ich das gesagt.«

Er kratzte sich lachend am Ohr und führte dann den Satz zu Ende: »Man sollte sich auf das Wesentliche beschränken. Kein langer Satz, keine Liebeserklärung, das macht man gefälligst mündlich. Nein, nur das Wesentliche, und das sind immer noch die Namen.«

Wie recht er hatte! So simpel war das. Das hätten wir früher haben können, aber dann hätten wir niemals die Ringe mit der geteilten Rose entdeckt.

»Datum und Namen«, sagte Herr Holzleitner noch mal, nahm einen Zettel und einen Stift und notierte: »Das wäre dann also?«

»14.5.2010«, sagte Finn.

»Machen wir nur 14.5.«, sagte Korbinian Holzleitner. »Das reicht und spart Zeit. Und die Namen?«

»Finn und Elsa«, sagte ich.

»Na wunderbar. Bei Korbinian und Annemarie hätte es länger gedauert.«

Er notierte alles und versprach, sein Bestes zu tun.

»Aber es soll ja schön sein, gell?«, sagte er, was so viel hieß wie: Das braucht eben Zeit.

Er versprach jedoch, die Ringe persönlich nach München zu liefern, nach Möglichkeit zum Standesamt.

Draußen stand die Sonne schon über dem Horizont. Der

Bauer, Korbinian Holzleitner Senior, fuhr den Traktor in die Garage und winkte uns zum Abschied zu.

Und dann war er da, der Freitag, der 14. Mai.

Die Trauung fand um zwölf Uhr mittags in der Mandlstraße in Schwabing statt. Die Räumlichkeiten in dem kleinen Standesamt waren nicht für eine große Hochzeitsgesellschaft ausgelegt, darum warteten die meisten Gäste in der Villa, betreut von der Planerin und Hannah.

In der Mandlstraße waren nur wir, unsere Familien, unsere engsten Freunde und natürlich die beiden Trauzeugen.

Was fehlte, waren die Ringe. Korbinian hatte gesimst, er schaffe es einfach nicht, außer wir würden auf das a bei Elsa verzichten. Das wollten wir nicht, und so konnten wir nur mit dem Kopf schütteln, als die Standesbeamtin uns fragte, ob wir noch Ringe tauschen wollten. Wollen ja, aber können nein.

Vorher hatte sie eine fünfminütige belanglose Ansprache gehalten, in einem entnervenden, langatmigen Leierton.

Dann hatte sie jeden von uns gefragt, ob wir den anderen heiraten wollten. Wir sagten beide Ja. Sie erklärte uns für verheiratet, wir küssten uns pro forma und unterschrieben die Heiratsurkunde, ebenso wie die Trauzeugen. Das war's.

Es war ungefähr so romantisch wie unsere Verlobung bei Fredo. Nur dass das wenigstens witzig gewesen war.

Nicht einmal meine Mutter vergoss ein paar Tränen. Noch nicht einmal *ich*.

Wir machten ein paar Fotos und verteilten uns dann auf die Autos, um zur Villa zu fahren. Wenigstens schien die Sonne. Wenigstens sahen wir gut aus.

Wir fuhren bei David und Maria mit, und David sorgte dafür, dass wir als Letzte ankamen. Der Jubel, der uns empfing, machte die desillusionierende Nüchternheit der Trauungszeremonie wett. Wir waren lange damit beschäftigt, alle zu begrüßen und die Glückwünsche entgegenzunehmen.

Eine kleine, pummelige Frau mit riesigen Augen, hochgesteckten blonden Haaren und einem Zentner Schminke streckte mir die Hände entgegen.

»Elsa, my dear! Remember, what I told you? You've always been his number one.«

Sie lachte ein helles Kleinmädchenlachen. Hinter ihr stand ein Hüne mit Cowboyhut und schmunzelte. Anna und ihr Mann. Ich war platt. Wo war der fragile Engel geblieben? Finn warf mir grinsend einen Blick zu.

Sein Grinsen wich einem reservierten Lächeln, als Philip links und rechts Küsschen auf meine Wange hauchte und mir dabei die Hand auf die Hüfte legte. Natürlich gratulierte er auch Finn, mit Handschlag und entwaffnender Herzlichkeit.

Finn beugte sich zu mir. »Und da kommt schon der Nächste«, sagte er, als hinter Regina Pavel auftauchte.

»Mit meinen hab ich wenigstens noch ein gutes Verhältnis«, flüsterte ich rasch zurück und umarmte Pavel, der in weiblicher Begleitung war.

»Das ist meine Frau Andrea«, sagte er mit einem glücklichen Lächeln.

»Oh, mein Gott, das ist ja toll! Herzlichen Glückwunsch auch euch«, sagte ich und gab Andrea die Hand.

Frau Obermoser tauchte plötzlich vor mir auf und schüttelte mir und danach Finn gerührt die Hand. Weil sie sonst niemanden kannte, wollte sie gleich bei uns stehen bleiben und ein längeres Gespräch anfangen, doch Britta war zur Stelle und lotste sie zu meiner Verwandtschaft. Fast die ganze Crew von *Feierabend* war da und viele Kollegen vom Synchron. Auch Andreas Kleinholz hatte eine Einladung erhalten. Ganz besonders freute ich mich über Silke und ihre Familie.

Finn hatte jede Menge Künstlerkollegen eingeladen. Sein Freund Keith aus New York, den ich noch nicht kannte, war der schrillste, lebhafteste, humorvollste und warmherzigste Mensch, den ich je kennengelernt hatte. Er wollte Finn gar nicht mehr loslassen. Sein Freund Louis dagegen war zurückhaltend und sanft, das perfekte Gegengewicht.

Vor lauter Händeschütteln und Umarmungen kamen wir gar nicht dazu, das Werk unserer Organisatorin zu bewundern, die aus dem riesigen Garten ein traumhaftes Festgelände gezaubert hatte und aus dem großen Salon einen Festsaal. Eddas Bild hing da, wo es immer hing, doch es war so integriert, dass man das Gefühl hatte, sie wäre selbst dabei.

Plötzlich spielte die Band. Nicht eins von den schnulzigen Hochzeitsliedern, sondern *Viva la Vida*. Es lebe das Leben. Finn musste mich nur ansehen, und schon tanzten wir ausgelassen übers Parkett. Nicht der traditionelle Hochzeitswalzer, aber was war bei uns schon traditionell?

David zog Maria heran und gesellte sich mit ihr dazu. Ebenso Keith und Louis, dann die Schotten, die keine lange Einladung brauchten, sowie Kevin und Nora, Britta und Jens, Pavel und Andrea, und schließlich fast alle Paare, die anwesend waren.

Der Sänger der Band hatte eine Stimme wie Michael Bublé und sah sogar doppelt so gut aus. »Ein kleines Extrageschenk«, sagte Maria zwinkernd, als sie vorbeitanzte.

Nach drei Liedern im gleichen flotten Stil waren alle erschöpft. Nach einer kurzen Erholungspause gab Fredo das Zeichen zum Essen.

Julius erhielt die Erlaubnis, statt bei seinen peinlichen Eltern bei seinen Freunden, Klaus und Lene, sitzen zu dürfen. Die schottischen Zwillinge, Siri und Silkes Sohn leisteten ihnen Gesellschaft. Sollten die Kinder doch genauso viel Spaß haben wie wir.

Fredo hatte sich beim Menu erwartungsgemäß übertroffen.

»Iste beste Essen von die ganze Welt«, sagte Finn begeistert, und ich antwortete: »Aber musse aufbasse auf die weiße Kleid. Brauche eine Handetuche.«

Mein Kleid überlebte es, und Fredo holte sich hinterher den verdienten Applaus ab, wobei er sich strahlend und stolz verbeugte wie ein Operntenor.

Davids Handy klingelte, obwohl wir striktes Telefonverbot ausgesprochen hatten. Er entschuldigte sich und schaltete es sofort aus. Dann nahm er Maria an der Hand und meinte, nach dem guten Essen müsse er einen kleinen Verdauungsspaziergang unternehmen. Schon waren die beiden weg. Unsere Trauzeugen verzupften sich einfach, ohne vielleicht noch ein paar Worte an uns zu richten. Aber gut, wir wollten ja ohnehin mit den Traditionen brechen.

Auch die anderen Gäste verliefen sich im Garten oder gleich an der nahen Isar. Die Kinder erhielten den Auftrag, Frieda Gassi zu führen.

Wir nutzten die Gelegenheit, um uns ausführlicher und diesmal getrennt voneinander mit verschiedenen Leuten zu unterhalten. Meine Eltern waren begeistert von dem Fest, und sogar mein Bruder taute ein wenig auf. Frau Obermoser unterhielt sich prächtig mit meinen Tanten, die allerdings gewisse Schwierigkeiten hatten, ihr Bairisch zu verstehen.

Am späten Nachmittag begann die Band erneut zu spielen, diesmal ruhigere Stücke, weniger Tanz- als Hintergrundmusik.

Die Spaziergänger kehrten zurück, und der Garten füllte sich. Wir tanzten zu einer langsamen Version von *The way you look tonight*.

Als das Lied zu Ende war, trat David ans Mikrofon.

»Ich glaube, es ist klar, dass dieses Lied für dich war, Elsa«, sagte er charmant. Dann bat er um die ungeteilte Aufmerksamkeit, die ihm ohnehin sicher war, allein schon wegen des irritierenden Effektes seiner bekannten Stimme.

»Meine sehr verehrten Damen und Herren, heute durfte ich Zeuge sein – im wahrsten Sinne des Wortes sogar: Trauzeuge – bei einer der denkwürdigsten Hochzeiten überhaupt. Ich meine das in doppelter Hinsicht. Denkwürdig im Hinblick auf das Paar und denkwürdig im Hinblick auf die Zeremonie. Fragen Sie die paar Leute, die dabei waren, fragen Sie die Frischvermählten, Sie haben nichts verpasst. Grund genug, denke ich, dass wir das Ganze einfach jetzt und hier wiederholen, wo alle dabei sein können. Machen wir eine Neuauflage der Trauung, machen wir es besser. Und vielleicht beginnen wir mit der passenden Musik.«

Schon erklang eine Gitarre, und Maria sang mit dem Sänger im Duett *Auld Lang Syne* – das Lied über alte Freunde. Es war wunderschön.

Die Gäste kamen näher heran, Kevin brachte zwei Stühle für uns und setzte sich in Vertretung für David hinter uns.

David selbst stand vorne und spielte wohl den Part des Standesbeamten, doch es sah nicht aus, als wäre es ein Spiel. Ich suchte Finns Hand.

Als das Lied zu Ende war, blieben alle still. Maria setzte sich zu Kevin, und David begann: »Liebe Elsa, lieber Finn! Ihr erinnert euch sicher noch daran, wie wir uns kennenlernten. Lasst es mich euren Gästen erzählen. Also, das war so: Elsa traf ich zum ersten Mal vor zwanzig Jahren im Synchronstudio. Ich weiß es noch wie heute, sie trug eine Bluse mit Blümchenmuster, eine Jeans, hatte damals noch kurze Haare und war unglaublich nervös und schüchtern. Aber wie gut war sie, wenn sie vor dem Mikrofon stand und spielte! Wie absolut brillant. Jede Zurückhaltung und Schüchternheit fielen von ihr ab. Sie gab sich vollständig hin. Wie habe ich diese Frau bewundert, und wie rührend war es zu sehen, wie sie sich danach wieder zurückverwandelte in ein staunendes, kleines Mädchen, das gar nicht wusste, wie bezaubernd und wie talentiert es war. Finn kenne ich sogar noch länger, und es ist eine längere Geschichte, aber wir haben ja Zeit. Ich bin ihm begegnet, als er sich als Portraitmaler etwas dazuverdiente. Was er sonst gerade so machte, weiß ich nicht mehr. Man konnte ihn auch mal in der Fußgängerzone Saxofon spielen hören, nicht dass er eine Genehmigung gehabt hätte. Jedenfalls saß er da an der Leopoldstraße, und meine damalige Begleitung forderte mich auf, ein Portrait malen zu lassen. Ich setzte mich also hin, und der junge Mann mit den ungekämmten Haaren und den zerrissenen Jeans malte hoch konzentriert. Als ich zufällig auf die Uhr blickte, sah ich, dass ich zu spät zu einem Termin kommen würde. Das konnte ich mir aber nicht leisten, damals noch nicht. Ich sagte dem jungen Mann also, dass ich gehen müsse, er sei ja sowieso fertig. Dachte ich jedenfalls. Ich wollte zahlen und das Portrait nehmen, aber er protestierte: Das könne man so nicht lassen, das Bild sei beschissen. Ich fand es eigentlich gut gelungen, extrem gut sogar. Er sagte, dafür könne er kein Geld verlangen, und ich solle das Bild einfach nehmen und verschwinden. Ein paar Tage später klingelte er an meiner Haustür. Sein blödes Verhalten tue ihm leid, aber es habe ihm keine Ruhe gelassen, und er wollte gerne das Portrait beenden. Weiß der Himmel, wie er herausgefunden hatte, wo ich wohnte. Außerdem war das Bild in meinen Augen fertig, da gab es nichts zu beenden. Aber da stand er vor mir, Finn eben, und es war ihm wirklich wichtig. Ich holte das Bild und ich saß noch einmal Modell. Er sah mich lange an, machte ein paar Striche, und das war's. Ich wollte mich schon aufregen, weil er für die drei Minuten so einen Aufstand gemacht hatte, aber dann sah ich das Bild. Es war völlig verändert, es lebte. Es war, als hätte er mit den letzten paar Strichen dem Portrait die Seele eingehaucht. Wer Finns Bilder kennt, weiß, wovon ich rede. Ich war fassungslos. Aber Finn grinste nur, bedankte sich und wollte gehen. Das war der Moment, in dem ich meinen Bruder und die Akademie erwähnte. Ich kann auch sehr hartnäckig sein und hab ihn dazu überredet, sich vorzustellen. Der Rest ist Geschichte, und seitdem sind wir befreundet. Als ich nun Jahre später Elsa kennenlernte, hat sie mich so sehr an Finn erinnert. Nicht falsch verstehen, sie war natürlich in vielem das genaue Gegenteil. Ordentlich gekleidet und gekämmt, zurückhaltend und schüchtern. Sie hätte nie ohne Genehmigung etwas getan oder wäre fremden Leuten in ihr Haus gefolgt. Sie hätte nicht frustriert herumgeschimpft, nicht in der Öffentlichkeit. Aber sie war auf ihre Art genauso bedingungslos wie Finn, und genau wie bei ihm hatte alles, was sie tat, Seele. Genau wie er war sie humorvoll, liebenswert, völlig uneitel, und man konnte sich großartig mit ihr unterhalten. Was lag näher, als sie zu seiner Vernissage mitzunehmen? Und dann standen sich die beiden gegenüber, verhielten sich merkwürdig, und Elsa sagte: ›Wir sind Nachbarn‹. Ich bezweifle, dass sie selbst den Funkenflug zwischen sich bemerkt oder richtig gedeutet haben, aber ich. Damals schon. Liebe Elsa, lieber Finn, ich glaube nicht, dass ihr euch auch nur ansatzweise vorstellen könnt, wie schwierig es manchmal für mich war, euer Leben zu verfolgen. Ich habe mich ein bisschen gefühlt wie Finn, der wusste, dass das Bild noch nicht fertig war, dass etwas fehlte, obwohl es bereits vorher grandios war. Ihr wart ein perfektes Paar, ihr hattet eine großartige Freundschaft, die ihr um jeden Preis beschützen wolltet, aber es hat etwas gefehlt. Nach zwanzig Jahren ist das Bild jetzt vollendet. Ihr habt es nicht zerstört, ihr habt nur etwas hinzugefügt.«

Meine Augen schwammen in Tränen, und Finns leicht bebendes Kinn zeigte, dass auch er um Fassung rang.

David lächelte und fuhr fort: »Doch weil ich bei eurer überaus romantischen Verlobung dabei war – ›Wir könnten eigentlich heiraten. Warum nicht?‹ –, genauso wie bei der ebenso romantischen Trauung heute Mittag – wenigstens wisst ihr jetzt über eure Rechte und Pflichten Bescheid –, und weil ich da auch noch gar keine Ringe an euren Fingern sehe, frage ich euch jetzt noch einmal: Lieber Finn, möchtest du mit deiner langjährigen besten Freundin, Mutter deines Kindes und heimlichen Liebe deines Lebens, Elsa, die Ehe eingehen?«

Finn grinste verlegen und glücklich zugleich und sagte: »Ja.«

»Liebe Elsa, möchtest du ebenfalls mit deinem langjährigen besten Freund, Vater deines Kindes und lange verleugneten Liebe deines Lebens, Finn, die Ehe eingehen?«

Die Röte in meinem Gesicht kontrastierte wunderbar mit meinem Kleid und der tränenverwischte Kajal machte die Sache nicht besser, deshalb sagte ich rasch: »Ja.«

»Kraft meiner Eigenschaft als euer ältester gemeinsamer Freund, der zwanzig Jahre Wartezeit hinnehmen musste, um dieses Ereignis zu begehen, erkläre ich euch hiermit zu Mann und Frau – und bitte euch jetzt, die Ringe zu tauschen.«

Welche Ringe?

Maria stand auf und hielt uns das Kästchen mit Korbinian Holzleitners Kunstwerken hin, graviert und nur für uns. Während ich meinen Tränen freien Lauf lassen musste, versuchte ich, Finns Ringfinger zu ertasten, dann fühlte ich den Ring an meiner Hand und Finns Lippen auf meinen. Sehen konnte ich nichts mehr.

Um mir den Todesstoß zu versetzen, begann die Band zu spielen, und Maria sang *Save the Best for Last*.

Es war gemein. Es gehörte sich nicht, eine Braut, von der man wusste, dass sie praktisch im Wasser gebaut hatte, so fertigzumachen. Zum Glück hatte sich mein neuer Ehemann besser im Griff, zog mich auf die Tanzfläche und stellte mir fürs Erste großzügig sein teures Sakko zum Verstecken und Gesichtabwischen zur Verfügung.

Aber musste es nicht genauso sein? Waren Hochzeiten nicht dazu da, dass man sich die Augen ausheulte vor lauter Glück und Rührung? Das zumindest hatten wir erreicht. Allein dafür hatte es sich schon gelohnt.

Wir genossen den Rest des Tages bis weit in die Nacht. Es war wirklich genau das, was noch gefehlt hatte für unser persönliches perfektes Happy End. Was für ein dummes Wort übrigens, denn ein Happy End war doch immer nur ein Anfang. Wie tragisch wäre es gewesen, wenn es für uns schon das Ende gewesen wäre. Nein, wir fingen erst an, gemeinsam.

Als wir spät in der Nacht nach Hause kamen, Julius komatös in sein Bett fiel, Frieda sich in ihrem Korb zurechtgebuddelt hatte, wir unsere Festkleider gegen schlumpfige Sofaklamotten ausgetauscht hatten und noch mit einem letzten Glas Champagner ganz für uns alleine auf unseren Tag anstoßen wollten, fiel mir plötzlich etwas ein.

Eddas Brief. Ich hatte ihn nie geöffnet, und jetzt schien mir endlich der passende Augenblick gekommen zu sein.

Ich holte ihn und kuschelte mich zu Finn aufs Sofa, sodass er mitlesen konnte.

Liebe Elsa,

wenn du das liest, bin ich nicht mehr da, und das ist vermutlich dann auch gut so. Wer weiß, was es im Jenseits noch alles zu erleben gibt. Also: Nicht traurig sein.

Ich wollte dir nur noch etwas sagen, bevor ich es vergesse, was wahrscheinlich ist, wie du weißt, deshalb schreibe ich es auf, denn es ist wichtig.

Ich habe dir einmal gesagt, die großen Lieben enden meistens traurig. Das ist Unsinn. Die großen Lieben enden gar nicht, denn das ist es, was sie groß macht. Ich wünsche dir so eine Liebe, die nie endet.

Für immer,
Deine Edda

Ende